우석 김형균(1890-1963) 선생 존영 - 화동 김은철 선생 아버지시다.

오재 김제원(1890-1976) 선생 존영 - 화동댁 김옥남 여사 아버지시다.

화동(和洞) 김은철(金殷喆,1917-1979) 선생 존영

화동댁 묘진옥(妙眞玉) 광산김씨 김옥남(金玉南, 1920-1981) 여사 존영

화동 선생 형제와 누이〈우측부터 맏형 환철, 둘째형 권철, 화동 선생,
누이동생 현주(호적명 선순), 막내동생 효철〉

고향 사창마을 앞에서 동서들과 (우측부터 화동댁 김옥남 여사,
재종동서 용정골댁, 재종동서 인촌댁, 재종동서 수곡댁, 친동서 목들댁)

화동 김은철 선생 회갑에 부인 김옥남 여사와 (1977년 음 3월 3일)

차녀 계순 결혼식 기념
(1977.12.4. 을지예식장)

화동선생 회갑기념 가족사진
형제부부와 아들딸 내외, 조카, 질부
자손들 (1977. 음 3 .3.)

정사계 회원들과 제주도 관광　　　　　화동 선생 부부 제주 관광
(1977년 회갑직후 정방폭포)　　　　　(1977년 회갑직후 정방폭포)

화동 선생이 직접 써 만든 자손들을 위한 교재

세 동서가 함께　　　　　　　　화동 선생 아들딸 7남매(1977년 음 3. 3.)
(1977년 음 3.3. 화동공 회갑)　　왼쪽부터 종회 종후 종태 종원 계순 종상 현순

화동댁 자매 (김옥남·옥순)창경궁 벚꽃 구경
(1973년 봄)

화동댁 김옥남 여사와 손자 손녀들
(1981년 음 1. 1. 설 날)

화동 선생이 직접 써 만든 자손들을 위한 교재

화동 선생 부친 우석 김형균 선생 묘비건립
(1991년 4월 6일 한식날)

화동 선생 조부 사창 김희술 선생 묘비건립
(1992년 5월 3일)

화동 선생 부부 묘소 (1996년)                          화동 선생 자손들
(전북 장수군 산서면 사상리 지름댕이)

화동 선생 셋째 아들(만경 김종태님,1946- ) 팔순잔치(2025년 음1.19.)

표지 사진 : 사창마을 전경

화동 김은철 선생이 성장하여 평생 살았던 고향 마을이다.
(549쪽 고향 사창마을 참조)

1917년생

# 화동 김은철 삶과 현대사

김종원 엮음

도서출판 명성서림

# 차 례

# 제3장 화동 김은철 선생의 뿌리

# 제4장 화동 삶 연보 현대사

## 제6장 아래뜸 이사와 불어나는 가족들

## 제2장 화동 김은철 선생 묘비문

## 제3장 사창공과 자손 이야기

# 부록

제1부

❖
❖
❖

## 화동 김은철 삶과 현대사

국가공인 한민족 시조 단군 표준 영정(1978년 홍숙호 화백그림)
기원전 2333년 10월 3일 한민족 국가 조선을 건국함

# 제1장

## 여명

# 근면 검소 성실의 화신 화동 김은철 선생

국립서울현충원에 가면 한국전쟁과 월남전 전몰장병들이 안장되어 있다. 또 독립운동가들 묘역이 있다. 전투나 독립투쟁에서 세상을 깜짝 놀라게 할 공적을 세운 이들은 더없이 존경스럽고 자랑스럽다.

그러나 우리는 무명용사탑의 무명용사를 가장 명예스럽게 생각해야 한다. 그들이 말없이 밑받침되었기에 전쟁 승리 장수나 독립운동 영웅도 출현할 수 있었던 것이다. 역사의 주인, 주체는 유명한 자가 아니라 무명한 자라는 의식이 있어야 민주시민일 것이다. 우리가 지금까지 권력과 벼슬의 성공, 학교 성적과 성과의 일등에만 박수치는 분위기에 집중해 온 것은 무명용사의 명예와 숭고한 헌신에 대한 존중이 없었기 때문일 것이다. 자기 일에 최선을 다하는 사람이 가장 훌륭한 사람이다.

이 책에서 소개하는 화동 김은철 선생은 필자의 선고(先考)로 무명인사이지만 근면 검소 성실로 일생을 채웠다. 선생의 맏형이 자녀들에게 "공자 맹자가 따로 없다. 너희 화동 작은아버지가 공자 맹자다."라고 평가할 정도였으니 사람들의 스승이 될 훌륭한 인품과 근면 성실한 삶을 실천한 일생이었다.

화동 김은철(和洞 金殷喆, 1917~1979) 선생은 나라를 빼앗긴 일제 침략기인 1917년에 전북 장수군 산서면 산골 사창마을 부안김씨(扶安金氏) 집안에서 우석 김형균(愚石 金炯均) 선생과 남양홍씨 홍기동(洪基東) 여사의 4남 2녀 중 셋째 아들로 태어났다. 식민지 치하에서 맨주먹으로 시작하여 극한의 육체노동 28년을 이겨내며, 처자식을 건사하여 화동가문을 만들었다. 이어서 광복과 미군정, 대한민국정부수립,

6·25한국전쟁, 4·19민주혁명, 5·16군사정변, 10·17유신쿠데타까지 현대사의 격변기를 아무렇지도 않은 듯 태연히 근면 성실로 채우면서 태산처럼 제자리를 묵묵히 지켜온 자연과 같은 삶이었다. 그것은 가정을 지키기 위한 태산 같은 우직함이었다. 국민들 절대 다수를 차지하는 이런 삶 때문에 가문이 형성되고 국가가 유지되어 온 것이다. 평생을 일찍 자고 새벽 4시면 일어나 사서삼경 경서를 강독하고, 소죽을 끓이고, 아들딸 7남매를 일찍 깨워 근면 성실하도록 장성하게 키워 사회의 훌륭한 역군으로 만들었다. 명절과 경사스런 잔치에는 민요와 시조창을 읊조리고, 삼강오륜과 인륜 도덕 곧 인간의 도리에 충실하도록 자녀를 가르치고, 근면 검소 성실 호학(好學)하는 것이 선생 삶의 철학이었다.

더구나 지금은 민주주의 시대이다. 국민이 주인이며 국민이 임금인 시대가 민주주의이다. 물론 나라의 주인인 국민은 권리를 주장하기 전에 스스로 책임을 다하는 삶을 영위해야 한다. 왕조실록처럼 백성들 삶의 기록이 중요시되어야 한다. 지구촌 민주주의 선진국인 대한민국은 온 국민 자서전 집필시대와 온 국민 전기(傳記) 출판시대를 열어야 한다. 그렇게 될 때 진정한 현대사가 되고 현대 문명사가 창조될 것이다. 온 국민 자서전 집필과 전기 출판은 새로운 현대 역사 문명시대를 열 것이다. 이와 같이 기록을 으뜸으로 여기는 한민족 역사한류가 진정한 한류일 것이다. 국민은 국가의 근본이다. 화동 김은철 선생 같은 무명 인사의 성실한 삶이 말없이 국민의 밑바탕을 이루고 있는 한 대한민국은 영원할 것이다.

구한말 이후 1917년부터 1979년까지 화동 김은철 선생 삶과 시대별 현대사를 이해하려는 독자들과 후예들에게 독서의 기쁨이 된다면 이 또한 글쓴이의 기쁨과 보람이 아니겠는가.

을사년 늦가을, 만은(晚隱)서재에서 엮은이 김종원(金鐘元) 삼가 씀

**엮은이 김종원(金鍾元)**

1949년 전북 장수 출생, 호 만은(晩隱), 연세대교육대학원 국어교육학과 졸, 국어교육학 석사, 서울특별시 중등 국어교사, 교육청 장학사,교육연구사, 대영고 교감, 신화중 교장, 경동고 교장 역임, 국가교육공무원직 정년퇴임. 시, 시조, 수필, 문학평론 등단, 인문학[문(文)·사(史)·철(哲)]연구가, (사)한국시조문학진흥회 부이사장, 현대시인협회 이사·한국시조시인협회 감사 역임, 한국문인협회 회원, 「성동문학」 창간, 「한국시조문학」 주간 역임. 시집 「당신을 알고부터」 등 6권, 선현문집 담허재 김지백의 「澹虛齋集」, 명은 김수민의 「明隱集」 영인 발간, 강서문학상,세계시가야금관왕관상, 한국시조시인협회이사장상, 한국문인협회이사장상, 국제펜클럽한국본부장상 수상, 대한민국 홍조근정훈장, 국가유공자 등록 수훈, 저서 「金圻詩文硏究」, 「뿌리 찾아 삼만 리」, 「1917년생 화동 김은철 삶과 현대사」 外

Email : wonabuji@hanmail.net

# 1. 흙은 인류의 고향

　모든 것은 **빅뱅**(Big Bang) 곧 **대폭발**(大爆發)로부터 시작되었다. 태초에는 모든 물질과 에너지가 매우 좁은 구역에 모여 있었으며, 이것이 **기원전 138억 년경 대폭발**하여 오늘날 관측되는 우주로 팽창하였다. 물리학에서 말하는 이 우주의 기원설이 오늘날 정설이 되었다. 대폭발로 온갖 물질과 에너지가 먼지처럼 떠돌다가 여기저기 뭉쳐서 각종 별이 되었는데 **지구는 46억 년 전에 생겼다.** 각종 바위가 세월에 따라 풍화작용으로 부서져서 흙이 되었다.

　350만년~450만 년 전에 아프리카에서 발생한 인류라는 종(種)은 오랜 세월에 걸쳐 5대양 6대주로 퍼졌다. 우리 민족은 원시시대에는 **수렵생활**을 하면서 튀르키예와 중앙아시아로 진출했는데 중앙아시아 초원지대에 이르러 **유목생활**을 시작하였다. 기마유목민족이라 불린 이들은 진화를 거듭하여 5만 년 전 신생 인류 슬기슬기사람(호모사피엔스사피엔스)이 되면서 천산산맥과 천하(바이칼 호) 주변에 머물러 고대국가를 형성하고, 만주와 요서 요하, 중원 하서주랑(河西走廊)과 동부지방 산동반도와, 한반도로 진출하여 일부는 일본열도까지 들어갔다.

　**한반도 수렵시대인 구석시시대 역사 유적**은 1966년 발굴된 평양시 상원군 검은모루동굴로서 100만 년의 것으로 밝혀졌다. 남한에서는 1980년 충주댐 건설로 인한 수몰지역 지표조사에서 나타난 충북 단양의 금굴이 70만 년 전의 유적이며, 1978년 주한 미군 그렉 보웬(Greg Bowen)이 발견한 경기도 연천 전곡리 유적은 50만 년 전의 것이다. 이외에도 북한 지역에는 함북 웅기군 굴포리, 평남 덕천군 승리산 유적이 있고, 남한 지역에는 충남 공주 석장리, 충북 청원 만수리, 경기도 남양주 호평 유적에서 각종 석기와 사람 동물 뼈 화석, 동물 뼈로 만든 여러 도구들이 출토되어 구석기시대의 생활상을 유추할 수 있게 했다.

세계 최초의 벼농사는 1만7천 년 전 한반도에서 시작했다는 것이 최근 밝혀졌다. 충주 소로리에서 17000년 전에 재배했던 볍씨가 발굴되어 인류 역사를 다시 쓰게 만들었다. 농사를 짓기 시작했다는 것은 수렵생활이나 유목생활처럼 이동하는 삶이 아니라 **농경과 목축생활 곧 정착생활을 시작해 신석기시대혁명**이 시작되었음을 의미한다. 이때 잉여농산물을 소유한 자가 지배계급이 되면서 계급이 발생했다. 계급의 발생은 평등한 가운데 서로 돕던 상호부조 전통을 무너뜨리고 경쟁에서 승리한 집단과 개인은 지배계급으로, 패배한 집단과 개인은 피지배계급으로 전락했다. 이런 계급분화는 전투를 유발하여 청동기시대로 접어들면서 제도로 자리잡게 된다. 신석기인들은 사람은 죽어도 영혼은 죽지 않는다는 영혼불멸 사상을 가지면서 종교가 탄생했다. 하늘과 인간을 연결시켜 주는 중보자인 제사장은 종교뿐만 아니라 정치적 힘도 갖게 되었다. 잉여농산물이 발생하고, 계급과 종교가 탄생하면서 인류의 삶은 과거와 전혀 다른 방향으로 전개되어 국가가 탄생했다. 산업혁명으로 국가가 공업과 서비스업 중심의 2차 산업국가가 되기 전까지 수만 년 이상 1차 산업인 농경을 담당했던 '농민들은 국가(부족, 씨족사회 포함)의 근본'이라는 존귀한 말처럼 귀한 존재로 여겨졌다. 농경의 터전인 흙은 농민들의 근원지였다.

유목민족 등과 달리 농경민족에게 흙과 땅은 먹을 것을 제공하는 단순한 농경지로만 인식된 것이 아니다. 그들에게 흙과 땅은 태어난 곳이자 되돌아가야 할 숙명적인 근원지였다. 즉 흙을 일구고 그 흙속에 식물을 키워 양식을 장만하며, 흙을 이겨 지은 집에서 삶을 살아온 그들에게는 흙과 땅이 가장 크고 유일한 은혜적 존재이고 안식처였다.

흙에는 정신적인 의미가 있다. 즉, 고향으로서의 땅과 흙이다. 그 땅에서 태어났으며 조상의 피와 땀이 섞인 흙에서 자신의 뿌리와 가치관을 찾는 토착적 생각이 땅과 흙을 고향이라는 생각에 연결시키게 되는 것이다. 이러한 까닭에 태어난 땅과 흙에서 떠날 수 없고 어느 때고 되돌아가야 했다.

역사시대의 대부분을 차지하는 농경 사회에서 흙은 만물을 생장시키는 어머니와 같은 존재였다. 건축의 재료이자 토기 등 필요한 물품의 재료였고 사람이 살다가 되돌아갈 거처였던 것이다. 그래서 인간의 삶에서 신앙의 대상으로 승화되거나 고향의 상징이 되기도 했다. 지금도 인간 식생활 재료의 주된 원천인 땅은 산업사회의 발전과 더불어 산성비, 화학 비료, 살충제 등으로 오염되어 신음하는 역설적인 상황을 맞고 있다.

흙은 인간과 자연을 이어주는 가장 소중한 연결고리이다. 흙은 식물과 동물의 서식지이며 인간은 흙을 통해 자연과 교감하고 삶의 의미를 찾을 수 있다. 자연의 뿌리가 되는 흙은 인간과 세상의 근본을 이루게 되는 터전이다.

태초에 조물주는 인간을 흙으로 빚었다고 한다. 성경 창세기에서는 이렇게 말한다. "여호와 하나님이 흙으로 사람을 지으시고 생기를 그 코에 불어 넣으시니 사람의 생령이 된지라." 후한 시대 응소(應劭)가 지은 '풍속통의(風俗通義)'에서는 이렇게 말한다. "하늘과 땅이 처음 생겼을 때 아직 사람이 없었다. 여신 여와가 황토를 뭉쳐 사람을 만들었다. 사람을 하나하나 만들다 보니 힘이 들었다. 새끼줄을 진흙탕 속에 담갔다가 꺼내 사방으로 흩뿌렸다. 흩어진 진흙들이 모두 사람이 되었다." 살아 숨 쉬는 흙, 곧 삶과 죽음의 경계를 넘어서는 생태였을 것이다. 흙으로 빚어져 흙을 경작하고 흙으로 돌아가야 하는 것이 인간의 숙명이라고 한다면, 인간의 모든 것은 흙으로 시작하여 흙으로 끝난다고 하겠다.

이런 사상은 동서양에서 다르지 않다. 흙은 존재의 고향이며 세계 이해의 처음과 끝으로 여겨져 왔다. 물, 불, 바람, 흙으로 구성되는 우주의 여러 요소 중 하나인 흙은 신이 인간을 만든 최초의 도구이며 인간 존재의 본질로서의 의미가 있다.

동양 사상에서는 우주 만물의 변화를 나무(木), 불(火), 흙(土), 쇠(金), 물(水)의 다섯 가지 기운(五行)으로 압축해 설명하려고 했다. 오행은 음양(陰陽)의 바탕을 이루면서 모든 원소가 존재하는 기반이 된다.

자연의 본질적인 뿌리를 두는 것은 '흙'이 있는 곳, '땅'이다. 땅에서는 다양한 자연의 생명체가 자라난다. 나무와 꽃과 같은 식물과 미생물, 들판과 대지에서 살아가는 여러 동물이 어우러져 자연 생태계를 형성하게 된다. 흙에 뿌리를 내려 살아가는 나무처럼 흙 위에서 살아가는 생명체는 무수히 많다. 숲에서 살아가는 나무들처럼 동물들도 흙과 함께 살아가면서 대지와 들판을 뛰어다닌다.

숲에서 살아가는 나무와 들판을 뛰어다니는 동물과 인간의 삶은 모두 밀접한 관계를 지닌다. 그들은 각자 혼자만의 삶이 아니며 자연이라는 공간에서 더불어 살아가고 있기 때문이다. 인간은 만물과 함께 살아가야 할 자연의 일원이다. 우리가 꿈꾸는 삶은 흙에 터전을 둔 나무처럼 자연과 함께하는 공생의 삶일 것이다.

그러나 갈수록 흙과 땅이 사라져 가고 있다. 무분별한 개발과 발전에 힘입어 삶의 터전이 없어져 가고 있는 것이다. 오늘날과 같은 현대적 삶의 조건에서는 문명이 시작된 이래 자연과 인간이 가장 근원적이고 심각한 위기에 당면하고 있다고 할 수 있다.

흙이 없어지고 함께 살아가야 할 땅이 사라진 세상에서 우리에게 계속해서 인간적으로 의미 있는 삶이 가능할 수 있을 것인가. 사람들은 땅이 없어져도 과학기술이 또 다른 생존을 가능케 하리라고 여길 것이다. 그렇지만 우리에게 흙과 땅이 없어져 간다는 것은 숨 쉴 생명의 공간이 없어져 가는 거와 다르지 않다.

오늘도 어디에선가 파헤쳐져 죽어가는 흙은 흙의 비애로써 인간의 비애를 부추긴다. 시골 땅 산비탈의 붉은 흙은 봄볕 속에서 부풀어 생명을 발산한다. 흙의 붉은색은 봄이 펼쳐내는 모든 색깔 중에서 가장 신선하고 생생하다. 이 붉고 생생한 흙은 그 땅에 코를 박고 일하는 사람들과 그 속에서 살아가는 생물의 생명을 존재케 한다.

생동하는 흙 속에서 언 땅이 녹고 햇볕이 땅속으로 스며들어 봄은 활짝 기지개를 켠다. 모든 생명이 흙과 함께 하나가 되어 어울려 살아야 우리의 땅은 축복의 공간이 될 수 있다. 종국에는 한 줌의 흙으로 돌아가는 것이 인간일진대, 어이하여 사람들은 흙의 경건함을 알지 못하는 것인가. 연암 박지원은 홍범우익서(洪範羽翼序)에 오행(물, 불, 쇠, 나무, 흙)이란 하늘이 부여한 것이요 땅이 소장한 것으로, 사람이 이에 힘입어 살아 나가는 것이라 했다. 이렇듯 동양의 대지(흙)란 본디 소유할 대상이 아닌 생활의 편리(이용)와 풍요로운 삶(후생)의 도구에 지나지 않았다.

## 2. 평생 흙을 사랑한 사람

이 책 주인공 화동(和洞) 김은철(金殷喆,1917~1979) 선생은 평생 흙을 사랑하고 이용한 사람이다. 그의 삶이 우리 민족의 전통적 삶과 같았기 때문이다. 1970년대 초, 필자가 서울 양천구 신월동에 살 때 화곡동과 신월동 주변은 아직 개발이 안 되어 온통 논과 밭이었다. 그 때 땅 한 평이 2000원이었다. 시골 전북 장수 산골 논 땅 한 평도 2000원으로 같았다. 아들은 아버지께 시골 논밭을 전부 팔아 서울 신월동이나 화곡동에 논밭을 사서 농사지으시면 가사조력을 할 수 있다고 건의한 일이 있다. 시골 논밭 40여 마지기를 팔면 서울에서도 같은 평수의 논밭을 살 수 있었다. 8000평 이상을 살 수 있었다. 그 때 아버지는 펄쩍 뛰며 이렇게 말했다.

"너 참, 미쳤구나. 그것을 말이라고 하냐? 선영을 버리고 타향에 와서 농사를 지으라는 것이 말이나 되냐?"하는 아버지의 정색에 그 뒤로 말도 못 꺼냈다.

우리 민족은 일찍부터 원시적 농경(農耕)으로 토지와 인연을 맺어온 민족이다. 설혹 홍수·혹한·가뭄 등 혹심한 자연의 횡포를 겪어 때로는 헐벗고 굶주리며 살아가게 되어도 그들은 그들을 태어나게 하고 생활의 터전을 주고 또 마지막에는 다시 돌아가야 할 흙과 땅을 순박함과 참됨으로 버리지 않았으며, 인간적인 삶의 아픔을 흙과 땅에 호소하며 살아왔다.

이러한 생각들이 절실한 삶 속에 승화되어 흙과 땅을 수호신적인 존재, 은혜적인 존재, 신앙의 대상으로 섬기는 계기를 낳았다. 우리 민족에게 흙이란 현실적으로 농토·농민생활·경제·재산, 그리고 소유를 의미하였다. 경제활동의 중심이자 생활의 터전이며, 생명이 달려 있는 곳이 흙이고 땅이었다고 말할 수 있다.

이러한 까닭에 한치의 땅을 더 얻는다는 것은 곧 재물과 복을 얻는 일이며, 한치의 땅을 잃는다는 것은 삶의 한 부분을, 생명의 한쪽을 잃어버리는 것을 뜻하였다. 비옥하며 넓고 좋은 땅에 대한 희구는 현세적인 일로 끝나는 것이 아니라 내세에까지도 연장하려는 집착이 어느 민족보다 강하였다.

## 농업적 측면 (낱말풀이는 61쪽 하단 참조)

토양의 화학적·이학적·미생물학적인 여러 성질이 종합된 것을 지력(地力)이라 하는데, 식물양분량(植物養分量)의 많고 적음으로 표시되며 양분량이 많은 토양일수록 지력이 높다.

적절한 토양구조와 지력을 유지하기 위하여 경작지는 지속적으로 흙갈이·객토(客土)치기 또는 시비(施肥)사업이 이루어져야 한다. 토양의 반응은 식물의 생육에 중대한 영향을 주며, 중성 또는 미알칼리성인 때가 가장 좋고 심한 산성, 심한 알칼리성은 식물에게 좋지 않다.

심한 산성토양을 개량하는 데는 직접 석회를 뿌리거나 퇴구비(堆廐肥)·녹비(綠肥) 등의 유기물을 주며 인산질비료(燐酸質肥料)의 사용이 유효하다. 한편, 알칼리성 토양을 개량하는 데는 복토, 비음식물(庇蔭植物)의 재배, 유황분의 사용으로 알칼리의 중화를 얻고 동시에 퇴비 등의 유기질비료를 사용한다. 비옥한 경작지를 얻기 위하여 비료를 주게 되는데, 시비는 재배하는 작물에 따라 인위적으로 비료성분을 공급하여주는 것이다.

시비는 토양·기후·작물 등에 따라 다르다. 짚·잡초·낙엽 등을 퇴적하여 부식시킨 비료를 퇴비라고 하며, 퇴비 속에 있는 유기물은 흙 속에서 미생물의 작용으로 변해간다. 퇴비는 흙의 보수성(保水性)을 증가시키며, 흙을 갈기 쉽게 만들고 물리성을 좋게 한다. 그 밖에도 퇴비는 흙의 흡비력(吸肥力)을 증가시키고 화학성 개량에도 도움이 된다. 화동 선생은 해마다 말치재 큰산에서 아들과 머슴을 며칠씩 보내 키만큼 자란 산 풀을 베어다가 우마차에 싣고 와서 며칠씩 썰어 퇴비를 만들었다.

한편, 경작지의 토층을 개량하고 토지생산성을 높이기 위하여 다른 곳의 흙을 넣어주는 것을 객토치기라 하는데, 객토에는 입토식(入土式)과 적토식(積土式)이 있다.

입토식 객토는 경작지의 토성이 좋지 않을 때 하며, 적토식 객토는 경작토층이 얕을 때 흙을 보충하거나 토지가 낮아서 배수가 불량할 때 지면을 높일 목적으로 한다. 이러한 일들이 계획적으로 이루어지는 것을 농지개량사업이라고 한다. 화동 선생은 해마다 산에서 황토를 퍼 우마차에 싣고 돌아가면서 논에 흩뿌렸다. 돌아가면서 논마다 이렇게 하면 몇 년 안 되어 모든 논의 객토작업이 완성되었다.

농지개량은 기본적으로 흙과 물, 그리고 작물의 유기적 관계를 적정하게 유지하도록 하여 생산물의 질과 양을 높이려는 것이 목적이다. 농지개량사업에는 수리사업(水利事業)에 의한 관개와 배수로 적정한 수량의 조절, 개간이나 간척사업에 의한 농경지의 확장, 경지정리에 의한 농토의 생산기반의 정리와 정비, 농로의 설치 등이 포함된다.

우리나라에서는 1960년대까지는 관개·배수에 중점을 두고 수리사업이 진행되었으며, 1960년대 이후에는 토지개량사업으로 전환하고 수리는 물론 개간·간척·경지정리 등을 망라하게 되었다. 이것이 다시 1970년대에 와서 농지기반에 관한 부분을 농지개량사업이라고 정의하면서, 농토의 개량·개발·보전 및 집단화와 농업의 기계화에 의한 농업 생산성 증대를 꾀하게 되고 농촌근대화를 촉진하였다.

## 민간신앙적 측면

우리 민족은 예로부터 삶의 터전인 흙을 대상으로 다양한 놀이를 전개, 발전시켜 왔다. 두꺼비집짓기·땅뺏기놀이·지신(地神)밟기 등의 놀이가 대표적인 예이다.

두꺼비집짓기는 모래밭에서 헌 집과 새 집을 바꾸자고 노래하며 모래로 집을 짓는 놀이이다. 땅뺏기놀이는 봉건적 내부 모순의 하나였던 토지에 대한 지배층의 압제를 극복하며 더 넓은 삶의 터전을 쟁취하기 위한 표현으로 볼 수 있다.

땅재먹기·땅뺏기 등으로 불리는 이 놀이는 가위바위보를 하여 이길 때마다 손뼘으로 호를 그려가며 자기 땅을 확대하여가는 놀이이다.

지신밟기놀이는 지신을 위로하여 한 해의 풍년·안택(安宅)·무병장수·초복을 빌며 악귀를 몰아내고 착한 신을 불러들이는 놀이이다. 우리나라 민속놀이의 대부분이 그렇듯이 지신밟기놀이도 한 해가 시작되는 정월 초순에서 정월 보름에 이르는 사이에 행하여진다. 한 마을이 한 뜻으로 선두대·농악대·가장행렬을 형성하여 서낭당 앞에서 산주지신풀이를 하고 온 마을을 돌며 지신을 밟는다.

집에는 원래 주인방에 조상신, 마당 복판에 터주신, 대청에 성주신, 부엌에 조왕신, 주부가 거처하는 방에 삼신신, 그 밖의 잡신으로 여섯 신이 있는데, 터주신은 이 여섯 신 중의 하나이다.

지신밟기는 집마다 마당놀이를 하고 나서 대청·큰방·부엌·우물·장독·곳간·대문 등을 차례로 돌며 풀이를 한다. 집주인은 이들에게 돈과 음식을 대접하는데, 여기에서 모인 돈은 마을의 공동기금이나 지역사회의 공익사업에 사용되는 것이 통례이다. 이것은 악함을 물리치고 옳은 일을 되새기며 한 마을의 공동관심사를 함께 논의, 결정하는 공동체 의식에 바탕을 둔 것이다. 또, 우리 민족은 예로부터 모든 우주만물에 정령과 신이 있다고 믿어 왔으며 흙에 대하여서도 마찬가지였다. 흙과 땅속에는 지신·터주신·지모신이 있어서 우리 인간의 생사·화복·길흉을 좌우한다고 믿어 이들을 섬겼으며, 고수레 같은 행위를 하는 까닭도 이에 연유한다.

## 상징적 의미

흙에는 정신적인 의미가 있다. 즉, 고향으로서의 땅과 흙이다. 그 땅에서 태어났으며 조상의 피와 땀이 섞인 흙에서 자신의 뿌리와 가치관을 찾는 토착적 생각이 땅과 흙을 고향이라는 생각에 연결시키게 되는 것이다.

이러한 까닭에 태어난 땅과 흙에서 떠날 수 없고 어느 때고 되돌아가야 했다. 또 흙은 물과 더불어 자연의 근간으로, 인생은 흙에서 태어나 흙 속으로 돌아가는 것이 그 행로라 생각하였다. 이것을 환토관(還土

觀)이라 한다.

이 모든 생각이 자기가 태어난 땅과 흙에 향수를 가지게 하고 동경의 대상이 되도록 하여 조국이라는 말과 밀접한 연관을 맺는다. 따라서 사람들은 현대에 와서도 잃어버린 흙을 되찾고 자기의 설 땅을 찾으려고 갈등과 고통, 수난의 과정을 겪고 있다.

문명의 발달로 흙에 대한 이러한 사상이 위축되고 비인간적인 도시화·규격화 등의 현상이 점차 깊어짐에 따라 현대인은 역으로 흙과 함께 하는 생활, 흙과의 친화와 교류, 흙으로의 회귀 등을 추구하게 되었다.

또 하늘이 자칫하면 감찰적 사명을 가지고 군림하는 두려운 대상으로서 차갑게 느껴지기 쉬운 것과는 대조적으로, 땅에 뿌리박은 사상에는 서민적인 분위기와 함께 포용적인 온화함을 느끼게 하였다. 하늘의 사상이 지배층의 생활이념의 근본이 된다면, 땅의 사상은 피지배자의 입장에 있는 서민층의 사상이나 신앙을 뒷받침하는 기반이라 할 수 있다.

원시시대 사람들이 처음 흙을 자각하였을 때, 그것은 일종의 수호신적 성격을 띤 것으로 느꼈다. 여기에서 대지를 신앙의 대상으로 섬기는 계기가 생겼다. 이것을 지모신관(地母神觀)이라 한다. 지모는 모든 사물의 영원한 생명적 근원을 의미한다. 모든 것은 그것에서 태어나 그것으로 돌아가며 또 그것 자체이다.

까닭에 흙은 남성적 하늘에 대한 배우자로서의 여성적 대지가 되기도 한다. 즉 땅은 태초에 하늘에 의해 수태하여 천지창조를 하였다. 지모의 사상은 농업적 전통에서 발생하며 농경적인 풍요를 희구하는 데서 태어났고, 흙은 이로써 한층 은혜적인 존재로 인식되어 땅에서 생산되는 곡물과 함께 신앙의 대상이 되었다.

특히, 우리나라에서는 흙 중에도 황토(黃土, 朱土)가 벽사( 邪)의 힘이 있다고 믿었다. 때문에 제를 올리는 곳이나 출산을 하였을 때 금줄과 함께 황토를 뿌려놓거나 뭉쳐놓았다. 이렇게 해서 악귀나 부정의 출입을 막았다.

서낭제를 올릴 때 왼새끼 금줄을 둘러치고 황토를 깔아놓는 예도 그런 연유에서이며, 문 앞에 황토를 놓았을 때 들어가면 부정을 탄다고 하였다. 경복궁 앞을 황토현(黃土峴)이라고 이름지은 것도 다분히 그런 뜻이 있었던 것으로 생각된다.

이처럼 흙이 인간에게 도움을 주는 친화력을 가졌다는 생각은 철저하여서 흙을 밟고 살아야 건강하고 탈 없이 성장할 수 있다고 생각하였다. 또한, 흙은 기복(祈福)의 대상이었고 재산이기도 하였다. 이러한 까닭에 흙을 쓸어버리면 복이 나간다고 여겨서 마당을 쓸 때면 집 안쪽으로 쓸어야 했다.

이 밖에 오행(五行)에서는 생각하는 것이 '土'에 속하여, 생각 '思'의 한자는 밭 '田' 밑에 마음 '心'을 붙인 것으로 마음의 밭을 갈아 다스린다는 뜻이 내포되어 있다. 또 음양으로 볼 때 '土'는 음이며 오장 배열에서는 비장(脾臟)이 토에 속한다.

그리고 '金·木·水·火'에 토기가 없는 데가 없다고 하였다. 우리 민족은 땅속의 세계를 죽음의 세계로 생각하였다. 따라서 귀신의 혼백이 땅에서 올라온다고 믿었으며, 중생들은 자기가 지은 죄업으로 지하의 감옥인 지옥에 갇혀서 고통을 받게 된다고 여겼다.

논에 물을 대느라고 보를 만들고, 그리고 그야말로 피와 땀을 섞어서 땅을 갈아놓은 것이다. 그 논에서 나는 쌀을 먹고 화동 김은철 선생의 조상과 화동댁의 조상이 대대로 살고 즐기던 곳이 사창마을이다. 아들딸 자손들의 뼈나 살이나 피나 다 이 흙에서, 조상의 피땀 섞인 이 흙에서 움돋고 자라고 피어난 꽃이 아니더냐.

## 대지 숨 쉬는 흙의 상상력

흙이 숨을 쉰다. 인간은 죽어서 흙이 된다. 죽어서 흙이 된 인간은 흙의 숨을 쉰다. 깊게 판 구덩이에 들어가 누우면 어떤 느낌일까? 웅덩이의 크기만큼 시야가 좁아지니 신경이 한곳에 모일 수밖에 없을 것이다. 살에 닿은 나무뿌리와 잔돌과 무수하게 엉켜있는 땅속의 풍경들이 스친다. 크고 작은 바람과 구름, 몇 줌의 햇볕과 살랑이는 이름 모를 풀들, 때때로 들리는 새들의 지저귐, 아! 지상의 모든 살아있는 것들의 호흡들이 느껴진다. 낮으로는 강렬한 햇빛과 밤으로는 쏟아져 내리는 달빛과 별빛들, 죽어있는 내 몸 위로 쏟아져 내리는 별들이 흙의 알갱이 알갱이마다 스며들어 하늘과 땅이 교접하는 풍경이라니. 이토록 강렬한 명상 체험이 또 있을까. 지상의 울음들이 그치는 시간, 구덩이에 흙을 채우기 시작하면 비로소 나의 몸은 동그란 봉분 아래 한 마리 벌레처럼 웅크리고 새 호흡을 시작한다. 흙의 숨이다. 실제로는 셀 수도 없이 많은 종류의 유기물들이 쉬는 숨이겠지만, 내가 흙으로 돌아가 쉬는 숨일 것이니 어찌 흙의 숨이라 말하지 않을 수 있겠는가. 본디 사람이 흙으로부터 왔고 대기의 숨을 받아 호흡하게 되었다고 하지 않았던가.


## 3. 이웃 중국에서 본 우리 민족성

세계 최고(最古)의 지리풍속 고서인 산해경(山海經)에는 대황지 가운데 불함산이 있는데 그곳에는 우리 한민족인 숙신씨가 흰옷을 즐겨 입는다고 하였고, '삼황오제인 복희 신농 황제와 소호(小昊) 고양(高陽) 고신(高辛) 당요(唐堯) 우순(虞舜)의 오제는 모두 숙신(肅愼)에서 배출된 사람들이다.'라고 기록되어 있다. 곧 3황 5제는 고대 한국인이다.

(山海經 海外西經 大荒地中 有山名曰不咸 肅愼氏之白民也 有樹名曰
雄 常先八代帝於此取之)

삼국지 위지동이전(三國志魏志東夷傳)에는 옛날 기자가 옮겨갔던
그 조선 사람들은 인성이 후덕하고 욕심이 적은 사람들로 염치가 있는
사람들이기에 서로 길을 가더라도 먼저 길을 양보하는 미덕을 지닌 백
성들로서 모두가 동성은 결혼을 하지 않고 항상 근후(謹厚)한 생활을
하며 흰옷을 입고 사는 백의민족이었다.고 기록되어 있다.

(三國志魏志卷三十東夷傳 昔箕子去之朝鮮 其人性愿慤少嗜欲有廉
恥 皆以濊爲民同姓不婚 謹厚衣尙白 其俗行者讓路)

후한서 지리지(後漢書 地理志)에는 은나라가 쇠망하여 기자가 옮겨
갔던, 동이 조선 사람들은 천성이 유순하여 어질고 착하며, 도가 행해
지는 나라로 도적질하는 일이 없기 때문에 문을 잠그는 일이 없으며,
부녀자들은 정숙하여 음행을 하는 일이 없고, 옛날 공자도 구이에서 살
고 싶어 했던 순결한 백성들이다.

(後漢書卷二十八下 地理志 東賈眞番之利 皆濊貊朝鮮 殷道衰箕子去
之朝鮮 犯禁八條 是以其民終不相盜 無門戶之閉 婦人貞信不淫 東夷天
性柔順 異於三方 故孔子欲居九夷有以也 師古曰 東夷其國有仁賢之化
可以行道也)

사기 진 본기(史記 秦 本記)에는 조선 융이의 나라에는 윗사람은 아
랫사람을 순박한 덕으로 대우하고 아랫사람은 윗사람에게 충성과 신
의로 섬기는데, 한나라의 정치가 마치 한 몸을 다스리는 것과 같은 이
치인 참 성인(眞 聖人)의 정치라고 했다.

(史記秦本記 由余笑曰 夫戎夷不然 上含淳德以遇其下 下懷忠信以事

其上 一國之政猶一身之治 不知所以治 此眞聖人之治也)

한나라 초기의 회남자(淮南子: 유안劉安, 유방의 손자)는 조선의 백
성인 숙신은 천손 민족으로서 군자가 끊이지 않는 가히 공경하는 옛날
군자의 나라였다고 했다.

(淮南子隊形訓 ...肅愼氏天民 肅敬也 愼畏也 傳曰 肅愼白民唯仁爲能
然也 東方德仁故君子國)

(淮南子眞訓 太行石間東方極 自碣石過朝鮮大人之國)

맹자(孟子)는 제자 백규의 질문에 답하기를 단군조선 말기 예맥조
선의 세제는 요순(堯舜)의 십분의 일(10%) 세제보다 경미한 이십분의
일(5%) 세제였다고 하였다.

(孟子告子下 白圭曰 吾欲二十而取一何如 孟子曰 子之道貊道也 欲輕
之於堯舜之道者貊也 欲重之於堯舜之道者桀也 什一而稅堯舜之道也 寡
則貊 多則桀)

우리민족을 표현하기를 '천손민족'이라고 하였으며, 흰옷 밝은 옷을
즐겨 입는 백의민족, 천성이 유순하고, 인성은 욕심이 없어 담백하다
하였고, 공손하여 서로 길을 양보하며, 도둑이 없어서 문을 잠그지 않
는다고 하였으며, 부녀자들은 정숙하여 음행을 하지 않는다. 또한 동성
은 서로 혼인하지 않고, 하늘의 이치를 따르고 근면하며 순박하고, 남
자들은 불의를 보면 참지 못하고 정의감에 불타며, 군자가 끊임없이 나
오는 군자국이다. 정치는 윗사람과 아랫사람이 서로 아끼고 사랑하며
마치 한 몸의 수족과 같이 하고 있으며, 세제는 5% 세금이며, 사람을
사랑하고 아끼는 홍익인간 정신이 몸에 배어 있는 참으로 순수한 사람
들이라고 한 것이다.

이렇게 우리 민족을 이웃나라들이 자신들의 기록에까지 자세히 적어 놓았다는 것은 그만큼 본받을 점이 많고 훌륭했었다는 확실한 증거가 되는 것이다.

하늘의 직계 손(天孫)으로서 지혜가 충만한 우리 민족은 전 세계 최고의 의식주 문화와 소리글자 '한글'과 뜻글자 '한자(韓字)'를 발명한 문자강국으로 문화를 창조하고 발전시킨 훌륭한 민족임을 항상 자랑스럽게 생각해야 할 것이다.


## 4. 대한제국 멸망과 일제수탈의 어두운 그림자

### (1) 서구열강 침략과 무너지는 조선왕조

일본은 1854년 3월 31일, 미국 해군 페리 장군이 이끄는 일곱 척의 전함에 의한 무력에 굴복해 250여 년간 지속해오던 도쿠가와 막부(에도 막부)가 쇄국정책을 포기하고 미일화친조약(가나가와조약)을 맺었다. 이후 1857년 미일조약, 1858년 6월 19일 수호통상조약을 체결해, 효고(兵庫) 등 4개 항을 열 것, 치외법권을 인정할 것, 일본에 관세 자주권이 없는 협정 관세로 할 것 등을 약속했다. 같은 해 러시아, 영국, 프랑스, 네덜란드도 이를 본떠 일본과 통상 조약을 맺었다.

일본은 내부 혼란기를 거쳐 막번 체제를 해체하고, 전국을 현(縣) 체제로 바꿔 왕정복고를 통한 중앙통일권력의 확립에 이르는 광범위한 변혁과정을 총칭하는 명치유신(明治維新;메이지이신,1868~1871)을 단행했다.

그러나 조선은 순조가 즉위한 1800년 이래 헌종과 철종을 거치면서 60여 년 동안 외척 독재가 횡행했다. 국가 기강은 무너지고 탐관오리가

판을 쳐 백성들의 삶이 피폐하고 곤궁해진 가운데 열두 살의 고종이 즉위하고 흥선대원군이 섭정을 맡아 혁신을 단행한 끝에 외척 독재는 사라졌지만, 세계의 흐름에 역행하여 쇄국정책을 펴는 바람에 서양의 신식 무기로 무장하는 변화의 시기를 놓쳤다.

앞서 **일본은 임진·정유왜란에 조선 도공들을 납치해 고급 도자기를 생산 서양에 수출하여 부를 축적해 서양의 신식 무기와 군함을 사들여 무장했다.** 일본은 이후 타이완정벌론과 조선정벌론이 대두되어 1874년 군사 5000명으로 타이완을 점령했고, 1875년 9월 21일, 군함 운양호로 불법 침범하여 강화도에 대포를 쏘고, 영종도에 상륙하여 방화, 살인, 약탈을 자행해 조선군 전사 35명, 포로 16명을 내고, 대포 35문, 화승총 130여 정과 무수한 군기를 약탈했으나 일본군은 단지 2명의 경상자만 냈을 뿐이었다.

이 무렵 부안김씨(扶安金氏) 사직공파 충경공(휘 익복益福) 손자 담허재(휘 지백之白) 자손들 집성촌인 전북 장수군 산서면 사창마을로 가 보자. 담허재 7대손(잉손仍孫) 후곡(後谷) **김한필**(金漢弼,1794~1877) 대(代)에 고향 월곡(月谷)에서 1800년대 초에 사창마을로 분가해서 고래등 같은 기와집을 짓고 살아 자손이 번창하기 시작했다. 후곡은 이 책의 주인공 화동 김은철의 고조할아버지다. 후곡은 왜적들이 통상을 요구하며 강화도와 영종도에 대포를 쏘고 침범하여 조정이 근심에 쌓여 있다는 소문을 듣고 놀랐다. 후곡은 아내 창평댁 문화유씨(文化柳氏)와 1남 2녀를 두었는데, 외아들은 낙리(洛鯉,순조 32년 1832. 07.02.~고종 광무 6년 1902.10.14. 수 71세)이며, 맏딸 부안김씨(扶安金氏, 순조 壬午 1822.5.12~고종 乙卯 1879.11.5.향년 58세)는 윗마을 월곡(月谷) 사는 창원(昌原) 정설상(丁說相)에게, 둘째 딸 부안김씨(扶安金氏, 1827년 丁亥~1881년 辛巳 2월 25일 卒, 향년 55세)는 화순 사는 제주(濟州) 양상봉(梁相鳳)에게 시집갔다. 둘째 딸 자손들은 친정 사창마을에 세거했다. 후곡공 묘는 전북 진안군 성수면 좌산리(원좌산), 후곡공 어머니[先] 정부인(貞夫人) 남원양씨(南原梁氏) 묘소 아래, 백미산(白米山;尨尾山) 동쪽기슭 술좌(戌坐)에 부부 합폄(合)이다.

후곡 김한필 외아들 **김낙리**(金洛鯉)의 자(字)는 치원(致遠), 호 창은(昌隱), 순조 32년 임진 1832년 07월 02일생으로, 고종 광무 6년 임인 1902년 10월 14일 졸했으니 수 71세였다. 배 전주이씨(全州李氏,1829.4.14.~1894.11.25. 향년 66세)와 혼인 4남 2녀를 두었다. 배 전주이씨 묘소는 전북 장수군 산서면 사상리 사창마을 안산 전록(前麓) 한천(寒泉) 논 위 오좌(午坐)이다.

또 후배(後配) 김해김씨(金海金氏,1841.9.29.~1909.10.29. 향년 69세)와 혼인 3남 1녀를 두었다. 후배 김해김씨 묘소는 전북 임실군 지사면 한우물[대정동大井洞] 선영 전록(前麓) 임좌(壬坐)이다.

창은공의 일곱 아들은 종술(鍾述,1857~1920), 응술(應述,1862~1901), 호술(灝述,1864~1916), 희술(禧述,1862~1899), 영술(英述,1865~1940), 홍술(洪述,1870~1939), 철술(喆述,1875~1914)이고, 세 딸은 풍천(豊川) 노정현(盧正鉉), 고령(高靈) 신익구(申益口), 제주(濟州) 한도술(韓道述)에게 시집갔다. 창은공 아들 7형제 중, 아버지 창은공과 둘째 아들 응술, 넷째 아들 희술은 일제침략기 전에, 나머지는 일제 침략기에 별세했으니 험난한 격변기의 삶이었다.

1875년 일본이 의도적으로 일으킨 운양호(雲揚號,운요호)사건을 해결하기 위해 1876년 흔히 **강화도조약**이라 일컫는 **조일수호조규**를 맺었다. 이후 조선은 **임오군란**(1882)과 **갑신정변**(1884)을 겪고도 10년의 태평한 세월을 개혁하지 못했고, 독립을 위한 구체적 대안도 미련하지 못했다. 조정은 혼탁해지고, 지방관의 횡포와 부정부패는 날로 심화되어 백성들의 불만이 고조되더니 급기야 대대적인 농민 봉기가 일어났다. 그 **동학농민혁명**(1894)을 거치며 국력이 극도로 쇠약해졌다. 농학농민혁명군 진압을 위해 조선이 청군을 요청, 청군이 상륙하자 일본군이 조선의 요청도 없이 상륙하여 동학혁명군을 격파하고, 청일 양국은 조선의 종주권을 노리고 1894년 7월 24일부터 1895년 4월 17일까지 **청일전쟁**(淸日戰爭)을 벌여 일본이 승리했다. 갑신정변 실패로 일본에 망명해 있던 개화파가 청일전쟁 승리로 모두 조선으로 돌아와 일본의 위세를 등에 업고, 일본이 서구에서 받아들인 일본식 개혁을 조선에 이식하려 했는데 이것이 고종의 뜻과 맞아 1894년 7월 27일(음 6월 25일)부터 1896년 2월 11일까지 단행된 **갑오개혁**(갑오경장)이다. 주요 내용은 유교 경전과목으로 치르던 과거제를 폐지하고 실무과목으로 관리 선발, 신분제를 개혁해 문무 반상(班常) 구별 폐지 및 노비제 폐지, 은본위 화폐제도, 조세의 현금 납부제, 인신매매금지, 도량형 통일, 조혼 금지, 과부의 재가 허용, 고문과 연좌법 폐지, 경무청 설치로 경찰제도 실시, 한성사범학교 등 근대식 각종학교 설치로 신교육 실시, 태양력과 건양 연호 실시, 종두법 실시, 단발령, 사법권 독립과 재판소 설치, 근대적 우편제도 실시, 치안과 행정 분리 등이다. 그러나 개혁정책을 추진하는 과정에서 일본의 침략야욕을 간파하고 이를 견제하는 러시아, 독일, 프랑스 삼국간섭으로 추진력을 상실하자 조선 정부는 삼국간섭으로 러시아와 협력하는 것이 일본을 조선에서 몰아내는 방법이라고 여겨 **친러 정권**이 수립되었다.

## 명성황후(明成皇后) 시해 을미사변 발생

이에 위기감을 느낀 일본이 1895년 10월 8일(음 8월 20일) 일본공사 미우라 고로(삼포오루三浦梧樓)를 시켜 러시아에 호의적인 명성황후를 시해하는 **을미사변**(乙未事變)을 일으키고 고종을 협박하여 김홍집 내각을 다시 성립시켰다. 이에 전국 애국지사들이 **을미의병**을 일으켜 왜적들과 싸웠다. 일본제국의 침략야욕에 위기를 느낀 고종임금은 나라를 지키기 위해 전전긍긍한다. 명성황후 시해로 신변 불안을 느낀 고종이 1896년 2월 11일, 러시아 공사관으로 피신하는 **아관파천**(俄館播遷,1896.2.11.~1897.2.20.)이 발생했다. 이에 김홍집 등 갑오개혁 중심인물들은 백성들에게 살해되거나 일본으로 망명하였다. 고종은 일본의 을미사변에 가담한 김홍집, 유길준, 정병하, 조희연을 을미사적(乙未四賊)이라며 역도로 규정했다.

## 숨 가쁜 일제침략 – 러일전쟁 을사늑약 정미7조약 한일병탄

1895년 청일전쟁 승리로 시모노세키조약을 체결하여 대만과 요동반도를 청으로부터 빼앗은 일본은 러시아, 독일, 프랑스 삼국간섭으로 요동반도를 다시 청나라에 돌려준 뒤 러시아에 이를 갈았다.

일본제국은 대한제국을 집어삼키기 위해서는 러시아를 물리쳐야 했다. 1904년 2월 8일 선전포고도 없이 중국 여순(뤼순) 항 근처에서 러시아 함대를 기습적으로 공격해 **러일전쟁**(1904.2.8.~1905.가을)을 일으켰다. 그 와중에 1905년 7월 27일 미국과 일본은 테프트·가쓰라밀약을 맺었다. 이것은 일본은 대한제국을, 미국은 필리핀을 침략하기로 한 밀약이었다. 일본이 대한제국을 침략해도 된다는 미국의 허락을 받은 것이다.

러시아 남진을 경계하던 미국과 영국의 지원을 받은 일본이 러일전쟁에서 승리하자 일본은 그해 1905년 11월 17일 대한제국의 외교권을 박탈하는 **을사늑약**(乙巳勒約)을 강제로 체결하여, 통감부를 두었다. 이등박문(伊藤博文)이 초대 통감으로 부임하였다. 고종은 을사늑약의 부당함을 알리기 위해 네덜란드 헤이그에서 열리는 만국평화회의에 밀사를 파견했다. 일제는 고종황제의 **헤이그** 만국평화회의 **밀사**(이상설, 이준, 이위종) **파견**을 문제 삼아 1907년 7월 20일 광무제 **고종황제**

(이재황李載晃:이형李㷩)를 강제로 퇴위시키고, 융희제 **순종황제**(이척 李坧)를 즉위하게 했다. 그리고 1907년 **한일신협약(정미7조약)**을 체결 하여, 일본인 차관을 둘 것, 행정, 입법 관리 임명에 통감의 동의를 받을 것, 경찰권을 빼앗고, 군대를 해산할 것, 신문지법·정치 자유를 빼앗는 보안법을 시행하였다. 이제 대한제국은 빈껍데기만 남게 되었다.

　1899년 경인선 개통이 일제 침략의 발판 노릇을 했고, 일제는 한반 도와 만주 침략의 길로 철도부설권을 빼앗아 1905년 1월 1일 경부선 영업을 시작하고, 1906년에는 경의선을 개통했다. 1911년 11월에는 압 록강철교를 개통하여 부산에서 만주 장춘까지 열차가 운행되었다. 이 는 한반도 수탈과 대륙침략을 가속화하는 수단이 되었다.

## 1909년 안중근 의사 이등박문 저격 사살의 의미

　1909년 10월 26일 9시30분, 민족 영웅 안중근(安重根) 의사가 만주 하얼빈역에서 한국 침략의 앞잡이 이토 히로부미(이등박문)를 저격 사 살했다.

　총격 후, 안중근은 가슴 안에 있던 태극기를 높이 들어 올리며 에스 페란토어로 "**코레아 우라!**"라고 3번 크게 외치며 만세를 불렀다. 이 외 침은 "**대한독립만세!**"라는 뜻이다. 안중근의 의거는 지구촌 톱뉴스가 되었다. 하얼빈역에서 체포된 안중근 장군은 일본 검사 미조부치 다카 오로부터 심문을 받으면서, **대한의군 참모중장**(大韓義軍參謀中將)의 자격으로 독립전쟁 중 적장 이등박문(이토 히로부미)을 사살한 이유 15가지를 다음과 같이 당당하게 말했다.

　1. 대한제국 명성황후를 시해한 죄
　2. 대한제국 황제(고종 광무제)를 폐위한 죄
　3. 을사늑약과 정미조약을 강제로 체결한 죄
　4. 무고한 한국인을 학살한 죄

5. 정권을 강제로 빼앗은 죄

6. 철도, 광산 산림을 강제로 빼앗은 죄

7. 제일은행권 지폐를 강제로 사용케 한 죄

8. 대한제국의 군대를 강제로 해산시킨 죄

9. 한국인의 교육을 방해한 죄

10. 한국인의 외국 유학을 금지시킨 죄

11. 교과서를 압수하여 불태워버린 죄

12. 한국인이 일본인의 보호를 받고자 한다고 세계에 거짓말을 퍼뜨린 죄

13. 현재 한국과 일본 간에 분쟁이 끊이지 않고 있는데도, 마치 한국이 태평무사한 것처럼 일왕을 기만한 죄

14. 동양평화를 파괴한 죄

15. 일왕의 아버지 태왕을 죽인 죄

안중근은 1910년 2월 14일 사형 선고를 받고, 어머니 조마리아 여사가 보낸 편지의 내용에 따라 항소를 포기하고, 3월 26일 뤼순 감옥에서 형장의 이슬로 사라졌다.

"내 시신을 하얼빈공원 곁에 묻었다가 조국으로 이장해 달라."는 유언을 남겼다.

안중근의 독립투쟁 정신은 10년 뒤 1919년 **기미3·1독립만세혁명**으로 이어져 지구촌 사람들을 놀라게 하였다.

그 뒤 **1932년 4월 29일 중화민국 상하이시 홍커우(虹口) 공원**에서 대한민국 임시정부 김구 주석의 지시를 받은 한국 독립운동가 **윤봉길 의사**가 일본 제국의 주요 인사들에게 폭탄을 투척하여 중국 침략의 원흉 백천 대장 등을 폭사하게 하여 세계적인 뉴스가 되었다. 한국인들의 이런 독립을 위한 투쟁은 전 세계에 알려져 훗날 일본이 망하면 한국을 독립시킨다는 카이로회담과 얄타회담으로 이어져 1945년 8월 15일 일

본의 패망으로 한국의 독립을 가져왔다. 저항하지 않는 민족은 유구국(오키나와)의 유구족처럼 역사에서 사라진다.

## 나라를 파는데 앞장선 사람들

매국노의 대명사 이완용, 이완용과 쌍벽을 이룬 친일 매국노의 화신 송병준, 고종과 순종황제에게 협박을 일삼았던 간적 윤덕영, 황제 앞에서 칼을 뽑은 이병무, 개화세력에서 친일파로 변신한 고영희, 일본의 대륙침략을 선동한 조중응, 을사늑약 체결 당사자 박제순, 골수 친일파 권중현, 친일로 얻은 재산을 도박으로 탕진한 이지용, 변절의 간신 이근탁, 을사늑약의 또 다른 주역 이하영, 정미칠적에 오른 왕족 이재곤, 전형적인 간신배 민병석 등은 꼭 기억해야 할 민족의 역적들이다.

드디어 일제는 마지막 마수를 뻗어 1910년 8월 22일 **한일병탄조약**을 강제로 체결하여 **8월 29일** 공포함으로써 대한제국은 멸망하고 말았다. 국제법상 불법인 원천무효였다. 한일병탄 후 일본제국은 즉시 황제의 나라 대한제국을 인정할 수 없다면서 **대한제국 명칭을** (왕의 나라) 조선으로 되돌리고 한반도에 조선총독부를 설치하여 조선총독이 다스린다고 발표했다.

## 35년 동안 파견된 9명의 조선총독들

### 조선총독부 설치

대한제국을 강제로 집어삼킨 일제는 경복궁 앞을 헐고 조선총독부 건물을 지었다. 조선총독은 입법·사법·행정권을 한 손에 쥔 절대 권력자였으며, 총독부는 절대 권력을 유지하고 시행하는 기관이었다. 모든 조선총독은 육군대장 출신의 무관으로 일본 천황이 임명하였다. 일본 내각 총리를 거쳐 황제에게 보고하고 재가를 받도록 되어 있으나 실제로는 천황에게 직속되어 어떤 관료의 간섭도 받지 않고 한국의 입법, 사법, 행정에 관한 절대 권력을 행사했다. 총독부 내에는 총무부, 내무부, 탁지부, 농상공부, 사법부가 있었는데, 사무는 정무총감이 통괄했다. 정무총감은 총독을 보좌했기에 총독의 재량에 의해 데라우찌와 하세가와 총독 시절엔 유명무실한 존재이기도 했지만, 사이토 총독 때부터 역할이 매우 다양해졌다. 조선총독부 건물은 광복 후 대한민국 중앙청 건물로 사용된 후 국립중앙박물관으로 사용되기도 했으나 대한민국 14대 대통령 김영삼이 1995년 "일본의 버르장머리를 고쳐놓겠다."며 역사바로세우기 실천으로 철거하여 사라지고, 경복궁 원형을 되살렸다. 이로써 일본 중고등학교와 대학교 학생들이 일본 교사들 인솔로 서울에 수학여행 와서 조선총독부 건물을 배경으로 단체사진 찍으며 재침략의 꿈을 꾸게 했을지도 모르는, 눈살을 찌푸리게 했던 풍경은 사라졌다.

## 조선총독부 중앙 및 지방행정기구

총독부의 기구는 행정기구와 사법기구, 치안기구, 자문조사기관, 교육기관, 경제기구로 구분될 수 있다. 행정기구는 중앙행정기구와 지방행정기구로 나눌 수 있는데, 중앙행정기구에는 총독관방, 총무부, 내무부, 탁지부, 농상공부, 사법부 등이 있었다. 총독관방에는 비서과와 무관실이 있고, 총무부에는 외사국·회계국·문서과, 내무부에는 지방국·학무국·서무과·탁지부에는 사세국·사계국·세관공사과·서무과 등이 있었다. 농상공부에는 식산국·상공국·서무과, 사법부에는 민사과·형사과·서무과가 있었다.

지방행정 기구는 도·부·군·면이 있었는데, 부에는 부윤, 군에는 군수가 있었다. 부와 군 아래에 여러 면을 두고 면장이 면을 관장했다.

　행정기구에 소속된 관료의 직급은 크게 고등관과 하급관으로 나뉘었느데, 고등관에는 1급에서 9급까지 있었다. 1,2급은 칙임관, 3급에서 9급은 주임관이라 했다. 하급관에는 1급에서 4급은 판임관, 그 아래로 촉탁과 고원이 있었다. 사법기구는 재판소와 감옥, 치안기구는 경무총감부가 있었다. 자문조사기관으로는 중추원과 취조국이 있었고, 교육기관은 모든 학교, 경제기구로는 철도국·통신국·세관·임시토지조사국이 있었다.

　치안기구인 경무총감부는 헌병의 관할 아래 있었다. 한국 주둔 헌병대장인 육군장관이 경무총감을 겸임했기 때문이다. 헌병대장은 경무총감을 하고, 각 도에 파견된 헌병좌관이 도 경무부장을 겸임했다. 조선총독부의 경찰관서는 헌병대의 지배 아래 있었다. 헌병은 총독의 직속이었으므로 결국 총독이 헌병을 통해 경찰을 지배하는 구조였다.

　경무총감부 아래에는 서무과·고등경찰과·경무과·보안과·위생과가 있었고, 지방에는 각 도 경무부를 두고, 서울에는 경성직할경찰서를 두었다. 각 도의 경무부 산하에는 순사파출소·순사주재소·수상경찰서·경찰서를 두었으며, 경성경찰서 아래 경찰서·경찰분서·순사주재소·순사파출소를 두었다.

　헌병은 군사와 경찰뿐 아니라 행정·사법·기타 잡무에 이르기까지 모든 분야에 간섭할 수 있는 권한이 있었다. 이는 총독이 헌병을 통해 한국사회를 철저히 감시·감독할 수 있는 무단통치를 가능하게 했다. 중일전쟁과 태평양전쟁 때 많은 한국인 남성들의 징병과 징용, 정신대라는 미명으로 20만 명의 여성들을 군수공장이나 군대 위안부로 강제로 끌고 갔다. **일제침략기 9명의 조선총독**은 다음과 같다.

**1대 데라우치 마사타케**(사내정의寺內正毅,1852~1919) 외무대신으로

1910년 5월 제3대 한국통감으로 부임하였다가 한일병탄조약이 체결되자 초대 조선총독이 되고, 일본 총리 2년 동안 독선을 일삼고 전쟁을 통한 제국주의 팽창에 몰입했다. 헌병을 동원한 무단통치로 토지조사 사업을 벌여 토지를 빼앗는 경제수탈, 105인 사건을 조작하여 민족주의자들을 감옥에 가두었다.

**2대 하세가와 요시미치**(장곡천호도長谷川好道,1850~1924) 육군원수로 1916년 10월 데라우치 후임으로 2대 조선총독으로 부임했다. 데라우치와 마찬가지로 헌병으로 무단통치를 자행하여 1919년 기미3·1독립운동을 무자비하게 탄압하고, 학살하였다. 역사학자이자 대한민국임시정부 제2대 대통령 박은식(朴殷植)의 한국독립운동지혈사(韓國獨立運動之血史)에 의하면 3월 1일부터 5월말까지 3개월간 시위 참가자 200백만, 피살자 7,509명, 부상자 15,961명, 피검자 46,948명, 교회당 47, 민가 715호가 불탔다고 한다. 한편 일제측 조선총독부 통계는 3월 1일부터 1년간 살해 7,645명, 부상 45,562명, 체포 49,811명, 가옥 724호, 교회당 59동, 학교건물 3동이 소각되었다고 했다. 일제의 숫자는 의식적으로 줄이려고 했다는 점을 감안할 때, 만세운동의 피해는 훨씬 크고 심각했을 것이다. 국제적 비판이 고조되자 하세가와는 조선총독에서 해임되었다.

**3대, 5대 사이토 마코토**(제등실齋藤實,1858~1936) 삼일독립운동으로 무단통치에 대한 한국인들의 거센 저항을 무마하기 위한 문화정치를 내걸고 1919년 9월 2일 남대문역(서울역)에 도착한 그는 백발의 강우규 열사가 던진 폭탄에 혼비백산해야 했다. 해군무장 출신이었다. 헌병경찰 대신 일반경찰로 바꾸고, 민족 신문과 잡지 간행을 허용했다. 한국인의 교육기회 확대를 선언하여 초중등교육 기관이 전국에 더 많이 설치되었다. 강압적인 통치방식은 여전했다. 1927년까지 3대 총독을 지내고, 2년 뒤 다시 돌아와 5대 총독이 되어 2년간 재임하다가 1931년에 물러나 일본으로 돌아가서 1932년 일본총리가 되었으나 1936년 2월 26일 군국주의를 강화하려는 황도파 청년장교들에게 살해되었다.

**4대 야마나시 한조**(산이반조山梨半造,1864~1944) 1927년 12월 조선 총독으로 부임, 1929년까지 2년간 머물렀다. 일본 군부 안에서도 뇌물과 부정사건에 연루된 배금장군으로 평판이 좋지 않았다. 육군대신 및 대장으로 1923년 9월 1일 관동대지진 때에 계엄사령관 및 동경 경비사령관을 겸임했는데 조선인 6,066명의 학살을 조장하거나 방치했다. 1925년 군복을 벗은 2년 만인 1927년 조선총독으로 화려하게 부활했다. 1928년 5월 14일 스물넷 한국 청년 **조명하**가 히로히토 일왕 장인 구니노미아 구니요시를 대만에서 독검으로 찔러 이듬해 1월 죽었다. 이 일로 야마나시는 궁지에 몰렸다. 더구나 1929년 쌀과 콩 경성 선물거래 시장인 미두취인소 인허가로 측근을 통해 5만원의 뇌물을 받아 총독에서 불명예 퇴진했다.

**6대 우가키 가즈시게**(우원일성宇垣一成,1868~1956) 육군대신으로 1931년 6월 조선총독으로 부임했다. 온건한 사람으로 문화정치로 문치를 앞세워 내선일체를 강조하고, 황국신민화 정책, 농촌진흥운동을 지원하고, 최남선, 윤치호, 이광수를 회유하여 친일분자로 만들었다. 만주사변을 비롯한 중국대륙 침략에 한국인을 동원하고, 한반도 쌀을 군량미로 충당하였다. 임시정부에서 이진만, 이덕주 등 한인애국단원을 파견하여 암살하려 했지만 일본경찰에 채포되어 실패했다. 5년 동안 조선총독을 마치고 귀국하여 총리에 지명되기도 했다.

7대 미나미 지로(남차랑南次郞,1874~1955) 육군대장 관동군사령관에서 예편하던 1936년 조선총독으로 부임했다. 중국 전역으로 침략을 확장하는 일제의 정책에 맞추어 문화통치를 버리고 한민족말살정책과 무단통치로 전환했다. 중일전쟁에 한국인을 참전시키기 위해 지원병제도를 실시하고, 창씨개명을 강제하고, 조선어사용을 금지시켰다. 모든 행사에 '황국신민서사'를 제창하게 하고, 국민징용법을 이용하여 많은 한국인들을 강제징용했다. 그의 탄압정책 때문에 많은 독립운동가, 계몽가들이 창씨개명을 하고 변절자로 전락하는 결과를 낳았다. 1942년 5월 28일까지 조선총독으로 머물다가 일본으로 돌아갔다. 전범재판에 종신형을 받고 병보석으로 풀려 1955년에 죽었다.

8대 고이소 구니아키(소기국소小磯國昭,1880~1950) 관동군 참모장, 조선군사령관 출신으로 1942년 5월 조선총독으로 부임했다. 태평양전쟁이 시작된 몇 달 뒤였기 때문에 미나미 못지않게 민족말살정책에 몰두했다. 학교의 한국어 시간 폐지, 한국어 사용 금지, 학도병제도, 정신대를 만들어 여성들을 군수공장과 전장에 위안부로 보냈다. 2년 정도 지나 1944년 7월 일본 총리에 임명되어 떠났다. 전범재판 종신금고형을 받아 복역 중 1950년 70세로 사망했다.

9대 아베 노부유키(아부신행阿部信行,1879~1953) 육군대장, 대만군사령관, 36대 총리를 지낸 사람으로 1944년 7월 24일 조선총독으로 부임했다. 일본 전황이 매우 좋지 않고, 전시체제였기에 고이소 총독 정책을 이어받아 민족말살정책을 유지했다. 한국인들을 전쟁에 동원하고, 징병과 징용, 여성정신대 동원, 학도병 동원, 국민의용대 편성으로 전쟁에 비협조적인 한국인들을 무자비하게 탄압하고 검거했다. 취임 1년이 지났을 때 일본은 항복을 선언했고, 아베는 1945년 9월 9

일 할복자살을 시도했지만 실패하고 항복조인식장에 나와 조인 문서에 서명했다. 그해 9월 12일 조선총독에서 해임되고, 일본으로 송환되어 전범으로 체포되었지만 당시 일본 국내 관직을 맡지 않았기 때문에 무혐의로 풀려났다. 일본으로 돌아갈 때 80톤짜리 배에 짐을 가득 싣고 가던 중 폭풍을 만나 물건을 버린 뒤 겨우 부산으로 되돌아온 일화로도 유명하다. 한국을 떠나면서 한국이 조선의 옛 영화를 되찾으려면 100년은 족히 걸릴 것이고, **식민사관 교육을 심어 놓았기에 그동안 한국인끼리 서로 물고 헐뜯다가 망할 것**이므로 자신은 다시 돌아올 것이라고 장담했다고 한다. 그러나 한국은 100년도 안 되어 산업화와 민주화를 함께 달성한 세계 10대 경제대국과 민주주의 선진국이 되었다.

## (2) 황제국 대한제국(大韓帝國) 건국과 태극기

청나라와 일본제국의 간섭을 물리치고자 조선 고종 임금은 독립의 의지로 황제국을 건국한다. 황제국 준비로 하늘에 제사지내기 위한 **환구단**(圜丘壇;조선호텔 자리)을 건립한 고종은 **1897년 10월 12일** 환구단에 나아가 하늘에 제사지내고, **황제로 즉위**한다. 국호를 '조선(朝鮮)'에서 '**대한제국(大韓帝國)**'으로 바꾸고, 청나라 연호를 버리고 연호를 **광무**(光武) 원년이라 선포하고, 황제 **광무제**(光武帝)로 즉위하여 황제국이 되어 근대개혁을 서둘렀다. 그리고 일본제국에 시해당한 왕비를 '**명성황후**(明成皇后)'로 책봉·추존했다. 그해 11월 22일 명성황후 유해를 청량리 홍릉에 안장하니 황후 시해 2년 뒤였다.

### 태극기 탄생

강화도조약에 참석했던 조선대표단이 국기 제작의 필요성을 고종에게 주청하자, 태극기는 1876년 **고종의 하명**으로 역관(譯官) **이응준**(李

應俊,1832~1897)이 **1878년** 처음 만들어 1882년 5월 22일, 조미수호조약 본회담 때 처음 게양했다. 그 뒤 1882년 8월 14일 수신사 **박영효** (朴泳孝,1861~1939)가 수정 사용한 태극문양 4괘를 그린 태극기를 고종 20년 1883년 1월 27일, 국기로 제정하여 '조선 국기'라 명명하고 온 나라에 선포했다.

고종은 **'조선 국기'** 태극기를 **'대한제국 국기'**로 나라 이름을 바꿔 그대로 명명하고 사용하였다. 이제 태극기는 대한제국 국기가 된 것이다. 태극기는 조선왕조 조선 국기 14년과 대한제국 국기 13년 도합 27년간 국기로 사용되다가 1910년 8월 29일 일본제국의 대한제국 국권 강탈 (한일병탄)로 나라가 멸망하면서 쓰일 수 없게 되었다.

대한제국이 망하자 1919년 3월 1일 민족대표 33인이 **'태극기'**라는 이름을 붙여 태극기를 들고 '대한독립 만세'를 불렀고, **1919년 4월 11 일** 대한민국 임시정부에서 **'대한민국 국기'**로 선포하였다. 그 뒤 1948 년 8월 15일 대한민국 정부가 탄생하면서 태극기를 정확한 규격으로 만들어 정식 국기로 사용하게 되었다.

## (3) 대한제국 내 일본인 인구변화

1876년 개항 당시 대한제국 내 54명에 불과했던 일본인은 1884년 갑신정변 말에는 4,356명, 1894년 청일전쟁 말에는 9,354명으로 서서히 불어나다가 1905년 러일전쟁 말에는 4만 2,460명, 1906년 말에는 8 만 3,315명으로 급증했다. 한국강점 1910년 말에는 17만 1,543명, 3·1 독립만세운동 1919년 말에는 34만 6,619명, 1931년에는 약 51만 명이던 것이 1942년 말에는 약 75만 명에 이르렀다.

조선총독부의 1925~26년 인구조사를 국적별로 보면 조선인이 1,861만 5,033명, 일본인이 44만 2326명, 그 밖의 외국인 4만 6,541명으로 되어 있다. 1945년 8월 15일 일본이 망하자 미군정청 감시를 받으면서 한반도에 살던 일본인 70만 명이 일본으로 돌아갔다.

## (4) 해마다 증가하는 한반도 인구

1910년대 초대총독 데라우치와 2대총독 하세가와의 무단통치 아래에서 만주와 일본, 러시아, 미국 등으로 떠나는 한국인이 많았지만 전체 인구는 매년 꾸준히 증가했다.

1911년 조사에 따르면 한반도 내에 한국인은 1312만 8780명, 일본인은 17만 1543명, 청국인 1만 1818명, 기타 외국인 876명이었다. 일본으로 건너간 한국인은 14만 3000여 명으로 조사되었고, 만주에 머물던 한국인은 25만 6900여 명이었다. 한반도 내 인구는 1332만 명 정도였다. 그러나 2년 뒤 1913년 조사 통계에서는 인구가 1545만 8863명으로 기록된다. 2년 만에 213만 명이 늘어난 것이다. 이것은 실제 인구가 늘어났다기보다는 통계가 좀 더 정확해진 것으로 봐야 할 것이다. 1915년 인구조사에서는 1595만 7630명으로 기록되어 있는데, 1913년에 비해 불과 50만 명이 늘어난 것에 그치고 있기 때문이다. 1년에 25만 명씩 증가한 것이다. 1920년 한반도 인구는 한국인 1698만 1298명, 일본인 34만 6496명, 외국인 2만 6334명으로 조사된다. 도합 1735만 명 정도인데, 1913년보다 190만 명 늘어난 수치이다. 해마다 약 27만 명씩 불어난 셈인데 이를 기준으로 할 때 1910년대 한반도 인구는 매년 27만 명씩 약 270만 명 늘어난 것으로 보아야 한다. 1910년 한일병탄 당시의 한국인은 약 1500만 명으로, 매년 1.54퍼센트 인구 증가율을 보였음을 알 수 있다. 이제 이런 시대에 태어난 이 책의 주인공 이야기를 해보자.

# 제2장

## 출생과 성장 수학기

# 1. 텃골댁 셋째 아들로 태어나다

이월이지만 아직 찬바람은 돌무렁이 들판을 지나 조상거리 팽나무 나뭇가지를 흔들며 매섭게 사창마을로 불고 있었다. 다가오는 봄을 시샘하는지도 모르는 심술궂은 바람이었다. 쏴~ 쏴~ 뒷동산 대숲이 온몸을 흔들며 서늘한 소리를 낸다. 축시가 되자 홈실댁은 스물여덟 살된 아들에게 물을 끓이며 가위를 소독하라고 시켰다. 큰아들집에 살던 홈실댁이 둘째 며느리 해산을 돕기 위해 같은 마을인 전북 장수군 산서면 사상리 85번지(옛 지번 4통2호) 둘째 아들 형균 집에 온 것이다. 올해 서른 살 된 둘째 며느리 텃골댁이 어젯밤부터 산기가 있어 밤을 새우며 지켜보는 중이었다. 드디어 이마에 땀이 송글송글 맺힌 둘째 며느리가 마지막 힘을 쓰자 우렁찬 아기 울음소리가 들려왔다. 때는 나라를 빼앗긴 지 7년이 된 정사년(丁巳年,1917년) 음력 2월 17일 축시(丑時)였다. 양력으로는 3월10일 토요일이었다.

"응아~! 응아~!"

"아가, 수고했다. 아들이다."라고 죽산박씨(竹山朴氏) 홈실댁은 땀범벅인 며느리를 안심시키더니 부엌쪽을 향하여

"아범아, 끓는 물에 소독한 가위 좀 다오, 탯줄을 잘라야겠다."

텃골양반 형균(炯均)은 올해 쉰 네 살인 어머니가 몸소 둘째 며느리 해산까지 돕는데 고마우면서도 죄송한 마음이 들었다. 머리가 벌써 반백(半白)인 어머니였기 때문이다.

"아부지, 또 머스마 동생이에요?"

올해 열 살 된 큰딸 복연(福妍, 호적명 善男)이가 남동생이 태어나 반가우면서도 여동생을 기대한 듯 말한다.

"응, 그렇단다. 창기(昌基), 만기(萬基)는 잘 자냐?"

"예, 건넌방에서 자고 있어요."

창기(호적명 煥喆)는 7살, 만기(호적명 東喆, 족보명 權喆)는 4살 된 두 아들의 아명 겸 자(字)로 불러주는 이름이다.

방안에 들어가니 아내 남양홍씨(南陽洪氏) 홍기동(洪基東) 여사는 이름 대신 텃골댁으로 불리며 살아온 시집살이도 힘들지 않은지 미소를 지으며 형균을 바라본다. 텃골댁은 임실군 운암면 금기리 텃골마을 남양홍씨 집안 홍성숙(洪成淑) 공(公)과 김씨부인(金氏夫人)의 맏딸로 태어나 열아홉에 이곳 사창마을 부안김씨 집안에 시집와서 맏딸 복연, 아들 창기와 만기 그리고 지금 또 아들을 낳았으니 스스로 생각해도 흐뭇하다.

"수고했소."하고서 아직 빨간 핏덩이 같은 갓난 아들을 내려다본다.


아들이 방으로 들어오자 홈실댁은 며느리를 위하여 부엌으로 들어가 미역국을 끓인다. 형균은 셋째 아들 자(字)를 영기(永基)라고 지어야겠다고 생각한다. 길 영[永]자에 자(字)돌림자 터 기[基]자다. 호적명은 좀더 생각해 보아야겠지. 형균은 사랑방으로 물러나와 숯과 빨간 고추를 듬성듬성 집어넣으며 금줄용 새끼를 왼쪽으로 꼬았다. 대문에 금줄을 걸어야 잡인들이 해산(解産)한 집인 줄 알고 접근하지 못할 것이다.


며칠 후 형균은 아기 호적명을 은철(殷喆)이라고 지었다. 은나라 은 자(殷)에 부안김씨(扶安金氏) 항렬자 밝을 철자(喆)를 붙였다. 다음날에는 미역을 보내 주었던 형균의 큰형수 새터댁(전주이씨)과 큰형 새터양반(炯珍)이 찾아와 득남을 축하했다. 그날 오후에는 동생 회봉골양반(炯才)과 제수 회봉골댁(탐진최씨)이 찾아왔다. 애경사에 직계 조상님 다음으로 형제자매만큼 살갑게 정을 나누는 관계가 또 있을까.

사창마을은 평화로워 보였으나 나라 안팎은 시끄러웠다. 1914년 7월 28일에 유럽을 중심으로 일어난 제1차 세계대전은 지금도 곳곳에서 전투 중이었다. 1917년 들어서는 미국도 참전하였다. 아기 은철이 태어난 다음해인 1918년 11월 11일에야 병사 900만 명 이상을 포함하여 1천5백만 명이 목숨을 잃고 제1차 세계대전은 끝났다. 세계 역사상 아홉 번째 많은 사망자가 나온 것이다. 사망자가 많은 순서로 1위에서 10위까지 헤아려 보면 다음과 같다. 1위는 제2차 세계대전으로 7천만 명~1억3천만 명이 사망했다. 2위는 중국 내전과 모택동(毛澤東)의 대학살로 4천만 명이 사망했으며, 3위는 징기스칸의 몽골 정복전쟁으로 역시 4천만 명이 사망했다. 4위는 당나라 안사(안록산과 사사명)의 난으로 3천6백만 명이 사망했으며, 5위는 명나라 멸망으로 2천5백만 명이 사망했다. 6위는 소련 스탈린의 공산혁명 대학살로 2천만 명이 사망했으며, 7위는 중국 태평천국의 난으로 2천만 명이 사망했다. 태평천국의 난은 1850년부터 1864년까지 벌어진 대규모 내전이었다. 8위는 징기스칸의 후예를 자처하는 티무르의 정복전쟁으로 1천7백만 명이 사망했으며, 9위는 제1차 세계대전 1천5백만 명이 사망했다. 10위는 러시아 내전(적백 내전)으로 9백만 명이 사망했다.(위키백과 및 구글 참고)

제1차 세계대전이 끝나면서 독일제국, 오스트리아-헝가리제국, 러시아제국, 오스만제국이 해체되고 새로운 민족 중심 독립국가가 탄생하였다.

은철이 태어나던 1917년 국내외 상황은 어떠했나. 1월 1일부터 이광수가 매일신보에 장편소설 무정(無情)을 연재하기 시작했고, 11월에는 같은 신문에 개척자를 연재하기 시작했다. 3월 7일 중국이 간도의 한국인 거주권 및 토지소유권을 인정했다. 3월 31일 고종의 네델란드 헤이그 밀사로 파견되었던 3의사의 한 사람인 이상설(李相卨)이 망명지 러시아 우수리스크에서 순국했다. 5월 26일에는 전차의 광화문선이 준공되었다. 6월 8일 일본을 방문한 순종황제는 6월 28일 귀국했다. 하긴 나라가 망해 딱히 할 일도 없으니 구경삼아 갔는지도 모를 일이다. 7월 17일 조선총독부는 수리조합령(水利組合令)을 공포했다. 7월 29일 간도지방의 한국인에 대한 경찰권이 일본 관헌에게 넘어갔다. 7월에 신규식(申圭植) 신채호(申采浩) 박은식(朴殷植) 등이 중국에서 '대동단결선언'을 발표했다. 러시아 2월혁명으로 로마노프왕조가 붕괴했다. 9월 10일 중국 손문(孫文)이 광동군(廣東軍) 정부를 수립했다. 10월 17일 한강인도교가 준공되었다. 11월 10일 채기중(蔡基中)이 군자금 조달에 협조하지 않은 대구 부호 장승원(張承遠)을 사살했다. 11월 7일 러시아 러닌이 11월혁명을 일으켜 소비에트(Soviet) 정권이 수립되었다. 12월 9일 김준연(金俊淵) 백관수(白寬洙) 등이 일본에서 호남친목회를 조직했다.

## 2. 산서보통학교 우등생 영기 소년

김은철 소년이 열 살이 되는 1926년, 아버지를 따라 전북 장수군 산서면 소재지 동화리에 있는 산서보통학교에 입학하여 1930년 산서보통학교 제3회로 졸업하였으니 4년제 공립보통학교였음을 알 수 있다. 은철의 자(字)는 영기(永基)로 일찍 지어주었기에 아명 삼아 집에서는 영기라고 불렀다. 1924년에 개교한 산서공립보통학교에는 개교하던 해에 맏이 창기, 다음해 1925년 둘째 만기가 입학했다.

# 전라북도 장수군 산서면의 유래

산서면은 전라북도 장수(長水)의 팔공산(八公山) 서쪽에 위치한 고장으로 조선말에는 남원 진전방(眞田坊)과 장수 수서방(水西坊) 지역이었다. 구석기시대 유물이 발견된 바 있고, 고인돌이 있는 것으로 미루어 구석기시대와 단군조선부터 사람이 생활한 고장이었음을 알 수 있다. 삼한시대에는 고랍국(古臘國)에 속했으며, 삼국시대에는 백제 거사물현(居斯勿縣)이라 하여 지금의 덕과 보절, 사매, 산서, 오수, 삼계, 지사 일대가 관할인 독립된 현이었다. 통일신라시대에는 경덕왕 16년(757) 청웅현(靑雄縣)으로 바뀌어 임실군 영현이 되었다. 고려 현종 9년(1018)에 청웅현을 거령현(居寧縣)으로 개칭하여 남원부(南原府)에 예속하였다.

조선 태종 13년(1413) 장수현 7개 방이 생겨 신서방(身西坊)이 되고, 조선 후기 남원부 48방의 내외진전방(內外眞田坊)이었다가 고종 32년(1895)에 장수군 신서방이 수서방(水西坊)이 되고, 광무 10년(1906)에 방(坊)을 면(面)으로 개칭하였다. 한일병탄 이후 1914년 군면 통합에 따라 장수군 팔공산 서쪽에 있다 하여 산서면(山西面)이 되었다.

텃골댁 39세인 1926년 11월, 친정어머니가 별세했다. 친정으로 달려간 딸은 돌아가신 친정어머니가 그리워 산발을 하고, 슬피 통곡하였다. 슬픔이 지나쳐 초상을 치르고 나자 병석에 누웠다.

## 산서공립보통학교 입학과 졸업

우리나라 소학교제도는 대한제국 고종황제의 근대화 개혁정책에 따라 1895년 7월 19일 공포된 소학교령(칙령145호)에 따라 소학교가 설립되었다. 수업연한은 심상과 3년, 고등과 2~3년으로 만 8세에서 15세 아동을 대상으로 하였다. 1896년 서울에서 매동, 정동, 지방에서 남원, 순천, 개성 등지에 100여 곳 소학교가 설립되었다. 친일파들은 마치 일제가 한국을 근대화시킨 양 왜곡하고 과장하지만 근대화 개혁은 대한제국 광무제 고종황제가 시작하였다. 세계 근대화 조류에 따라 대한제국도 착착 근대화 작업을 추진하고 있었다.

조선을 두고 시대착오적인 쇄국정책으로 근대화가 늦어진 나머지 망국을 초래했다는 이야기를 하지만 중국 및 일본보다 앞서 서구문물을 받아들인 것은 바로 전깃불이다. 그 유명한 토마스 에디슨(1847~1931)이 인류 역사상 위대한 백열전구를 발명한 것은 1879년 10월이었다. 1887년 1월~3월 사이 조선의 정궁 경복궁에서도 가장 깊숙한 건청궁에 전등을 설치하고 불을 밝혔다. 전등 설치에 관한한 중국과 일본보다 2년이나 빠른 것이었다. 임오군란(1882년)과 갑신정변(1884년)을 겪은 고종이 야밤에 일어나는 변란이 두려워 전전긍긍했고, 또 그 때문에 미국 에디슨전기회사에 연락하여 발전기를 설치하고, 불을 훤히 밝혔던 것이다. 만일 정치 군사 사회 경제를 혁신하고, 전기를 산업화에 일찍 도입해 전국으로 확대했다면 일본에 나라를 빼앗기는 일은 없었을 지도 모른다.

1905년 을사늑약 이후 통감부 강요로 1906년 학제를 고쳐서 소학교 이름을 보통학교로 바꾸고, 수업연한도 6년에서 4년으로 줄였다. 1910년 국권상실 후 1911년 제1차 조선교육령에서는 그대로 보통학교 4년, 1922년 제2차 조선교육령에서는 6년으로 수업연한을 바꾸었다. 중일전쟁이 발발한 1937년 다음해 1938년 제3차 조선교육령에서는 소학교 명칭을 심상소학교(尋常小學校)로 바꾸었다.

중일전쟁이 한창이던 1941년 3월 31일, 한국인을 충량한 일본국의 신민(臣民), 곧 국민으로 만들겠다는 취지에서 국민학교로 바꾸었다. 광복 후에도 이 명칭을 계속 사용하다가 김영삼정부 때 민족정기를 회복한다는 취지에서 1996년 3월 1일부터 초등학교로 이름을 바꾸어 오늘에 이르고 있다. **100여년 만에 소학교→보통학교→심상소학교→국민학교→초등학교로 다섯 번 바뀐 것이다.**

1924년 6월 10일 장수군 산서면 동화리 208번지에 산서공립보통학교(山西公立普通學校)가 7300평 대지 위에 건평 1050평으로 개교하였다. 개교 첫해에 텃골댁 첫째, 다음해에 둘째, 그 다음해 셋째 아들이 입학하였다. 은철은 1926년 입학했으니 나이 열 살이 되어서야 아버지 텃골양반을 따라 산서공립보통학교에 입학할 수 있었다. 1930년 제3회로 졸업했다.

계월국민학교는 1955년 4월 1일 산서초등학교 계월분교장으로 개교하여, 1957년 4월 12일 계월국민학교로 승격되었다. 학령인구 감소로 1993년 2월 28일 제34회 졸업으로 계월국민학교를 폐교하고, 산서국민학교로 통합시켰다.

산서초등학교는 화동 선생 형제들과 화동 선생 맏아들 종회, 둘째 종후, 셋째 아들 종태까지 졸업했다. 그 뒤 산서면 하월리에 계월초등학교가 개교하여 화동 선생 넷째 아들 종원부터 그 아래 아들딸, 맏이와 둘째 아들이 사창에 살 때까지는 손자 손녀들도 집에서 가까운 계월초등학교를 다녔다.

## 산서초등학교 100주년 기념 행사
## - 계월국, 성계국 포함

지금당(知今堂)은 1602년(조선 선조35년) 창원인 만헌(晚軒) 정염

(丁焰,1524~1609, 86세) 선생과 유헌(遊軒) 정황(丁煌,1512~1560)의 제자로 창원정씨 외손 경주인 활계(活溪) 이대유(李大㽃,1540~1609) 선생이 월곡에 창건한 학당으로 장수군에서 홍학당(전라북도 문화재 자료 제147호)에 이어 두 번째로 창건된 학당으로서 역사적, 관련인물의 향토사학적 가치가 높다.

지금당은 아동들의 동몽선습, 사자소학부터 청장년에게 4서3경을 가르치는 전통 사립 교육기관으로서 초중고등학교 교육과 대학교육을 담당했다. 조선말까지 문과대과 7명, 생원진사 30여 명을 배출했다. 지금의 전북특별자치도 장수군 산서면 하월리에 있다. 2016년 3월 14일 장수군 향토문화유산 제11호로 지정되었다. 지금 건물은 1900년대 창원정씨, 경주이씨, **부안김씨**, 삭녕최씨, 전주이씨, 김해김씨 여섯 문중이 지금당계를 조직하면서 대지357평, 답 490평으로 선대의 유지를 받들기 위해 건립한 것이다.

## 지금당에 계월초등학교 개교

1602년 설립된 전통 사립학교 지금당(知今堂)에 1955년 후헌(后軒) 정철수(丁哲洙,1913~1996,수 84세) 계월국민학교 초대 기성회장 등의 노력으로 산서국민학교 계월분교가 설립되고, 1957년 계월국민학교로 승격되었다. 초대 장담 교장, 2대 온낙봉 교장의 부임으로 이어졌다. 계월국민학교는 1993년 폐교되어 산서국민학교에 통합되기까지 1,575명의 졸업생을 배출했다.

산서초등학교는 개교 100주년 행사를 2024년 5월 11일 산서초등학교에서 폐교된 계월초, 성계초 출신들과 면민들을 초청하여, 선서초등학교 양철승 전 교장, 계월국민학교 3회 졸업생 김길순 여사 장남, 현 한재남 교장을 주축으로 면민의날 행사와 함께 성대하게 거행했다. 이

날 발전기금으로 답지한 성금이 3억 원에 달하는 것으로 전해지고 있다. 기금 중 일부로 「산서초등학교100년사」를 편찬할 것으로 알려지고 있다.

한편 우석공 배(配) 남양홍씨 홍기동 여사 친정은 전북 임실군 운암면 금기리 텃골이다. 현재(1983년) 후예 홍인표가 살고 있다. 현명하고 똑똑한 부인이 친정어머니 소상에 음식을 잘못 들은 뒤 병을 얻어 정신을 못 차리자 우석공은 살림에 흥미를 잃고 사창 동녘 이완생네가 경영하는 주막에서 석촌양반, 덕촌양반(김장곤, 김상곤 아버지) 등과 술로 나날을 보내게 되었다. 어떤 때는 산서, 오수, 남원, 임실, 진안 등지로 하얀 두루마기를 걸치고 다니며 풍류를 즐겼으니 집안 살림은 말이 아니었다.

우석공은 논 12마지기를 유산으로 받아 사상리 사창마을 사창길15-12(사상리97번지, 현 계촌댁 양회연 거주)에 분가하였다가, 앞집에 사는 4촌형(서창댁)이 어떻게 형 뒤를 누르고 살까보냐고 힐난하는 바람에 바로 이웃 동쪽집(현 덕산댁 김석곤 거주)으로 옮겨 살게 되었다. 내외분이 살림에 재미를 붙이지 못하는 사이 유산으로 받은 논은 차츰 남의 손으로 넘어갔다.

우석공은 아들 환철(煥喆), 권철(權喆), 은철(殷喆), 효철(孝喆)과 딸 복연(福妍), 현주(賢珠), 4남 2녀 6남매를 두었다. 그러나 나라를 빼앗긴 일제침략기에 아들들이 학교에 다닐 무렵에는 끼니마저 잇기가 어렵게 되었다. 월사금 50전을 못 내어 형제들은 산서보통학교(일제침략기의 4년제 초등학교)에서 쫓겨나기가 일쑤였다. 당시 쌀 한 말이 1원이었으니 50전은 쌀 반 말 값이었다.

이런 환경에서 형제들은 아버지의 구장(區長;里長)곡(穀, 구장 수고비를 주민들이 곡식으로 내었음)을 받으러 당골, 가리대마을까지 다녀야 했는데 주로 셋째 영기, 둘째 만기가 다녔다. 당시 구장곡은 쌀보리는 두 납대기(되), 겉보리는 세 납대기였다.

은철과 권철은 스스로 끼니를 해결하면서 학교에 다녀야 했다. 어머니(텃골댁)가 외할머니 상에 다녀온 뒤로 병환이 나서 살림을 돌보지 않았기 때문이다. 끼니를 끓일 쌀이나 보리쌀도 없어서 형제는 사창마을, 가리대마을 당골마을을 다니면서 구장(이장)곡을 받아와 절구에 찧어 보리죽을 끓여 먹고 학교에 가야 했다. 마을 사람들이 주로 겉보리를 주기 때문에 절구질을 더 오래 해야 했다. 이렇게 보리죽 아침을 먹고 학교에 가면 시작종이 울리거나 심지어 한두 시간이 끝나 있기 일쑤였다. 그런데도 형제들은 반에서 수석도 하고, 성적이 상위권을 유지했다. 특히 늘 지각이었지만 은철은 반에서 수석을 하였다. 사람들이 어머니 텃골댁 머리를 닮아 두뇌가 명석하여 공부를 잘한다고 하였다. 어머니 텃골댁은 시집와서 마을 아낙네들에게 한글강습회를 열어 한글을 깨우쳐 주기도 하는 선구적인 부인이었기 때문이다. 그러나 그런 어머니가 병들어 정신 줄을 놓아버렸으니 무슨 소용인가. 형제들은 갖은 고생을 다하면서 소학교 과정을 마쳐야 했다. 은철은 갖은 고생을 하면서 1930년 산서공립보통학교 4년을 제3회로 졸업했다. 당시 학제는 1922년에 6년제로 개편되었으나 졸업대장에 1930년 졸업(졸업대장 제131번)으로 기록된 것으로 보아, 종전과 같이 4년 만에 졸업시킨 것을 알 수 있다.

그러나 고생을 참다못한 둘째 권철(만기)이 만주로 돈 벌러 떠나자 큰아들 환철(창기)도 만주로 떠났다. 그러나 만주 봉천(심양) 등지 황사현상 속에 노동으로 고생하던 환철, 권철 형제는 한국이 사람 살기 좋은 곳임을 깨닫고 되돌아오게 된다.

우석공의 맏며느리 홍곡댁이 1931년 시집와서 빨래를 하려고 보니, 도련님들이 갈아입을 옷이 없어 옷을 벗어 내놓고 빨래한 옷이 마를 때까지 벌거숭이인 채로 방안에 있어야 했다. 그 당시 일화를 둘째 아들 당곡공(만기, 궐철)은 조카인 필자에게 들려주었다. 어느 날인가 오수 장날 사발골, 월곡 사는 장꾼들이 오수장에 가기 위해 한 떼가 집 앞을 지나가고 있었다. 어린 형제들은 넓은 무명천으로 치마처럼 앞만 가리고 대문 앞에 나가 지나가는 장꾼들 구경을 하고 있었다. 어느 장꾼이 말했다.

"여보게들, 얘들이 계집아이들인가, 사내아이들인가?"

"글쎄."

다른 장꾼 한 사람이 머뭇거리면서 말할 때였다.

"야, 이놈들아, 우리가 가시내인가 봐라!"하고, 어린 3형제가 일제히 치마처럼 둘렀던 무명천 주렁치를 걷어 올리자 어린 소년들 고추가 드러났다. 그러고는 부끄러운지 소년들은 얼른 들췄던 것을 내리고 쏜살같이 대문 안으로 내달렸다.


## 3. 진학을 포기하고 집안일을 거들다

살림살이가 바닥을 쳐서 우석공 아들들은 겨우 산서공립보통학교를 졸업했으니 상급학교 진학은 꿈도 못 꾸었다. 겨우 성장하여 집안일을 거들다가 어렵게 짝을 지어서는 맨손으로 다시 신접살림을 시작하여 스스로 집안을 일으켜야 했다. 그 지난한 삶은 필설로 다 표현하기 어려운 그 당시 일제침략기를 살아내야 했던 모든 이 땅 민초들의 삶이었을 것이다. 그리고 살림하는 틈틈이 선원이 서당 회당 홍순주(晦堂 洪淳柱) 선생을 찾아다니며 구학문 사서삼경을 배우기 시작하였다. 홍순주 선생 문집「회당유고(晦堂遺稿)」끝부분 제자들 명단 선립계원명록(仙立稧員名錄)에 환철, 은철, 효철 3형제 명단이 들어 있다. 회당 선생은 텃골댁 아들들의 고숙(姑叔고모부)이다.

화동 선생 아버지 텃골양반 우석공(휘 炯均) 묘는 전북 장수군 산서면 사상리 사창 오정골[五井洞] 도독골쪽으로 조금 올라가서 당골쪽 산자락 밭 위 양지바른 곳 부부 쌍분 임좌(壬坐)이다. 배 남양홍씨는 사창 돌무렁[石會洞] 밭 위 양지에 장사지냈으나, 그 뒤 우석공이 보아 둔 경남 함양 고산 연소혈(燕巢穴,제비둥지처럼 생긴 명당)로 이장했다. 그러나 묘소 실전(失傳)을 우려한 둘째 아들 당곡(堂谷, 권철)이 조카 만정(晩貞,종후)을 대동하고 현지에 가서 다시 유골을 모셔와 아버지 묘소에 부좌(祔左) 쌍분으로 모셨다.

---

**농업관련 낱말풀이** (25쪽 읽을 때 참조)

시비(施肥) : 토양 개량과 생장 촉진을 위해 토양에 맞게 비료를 주는 일
퇴구비(堆廐肥) : 볏짚, 나엽 등 농산 부산물을 부숙시켜 만든 퇴비와 축사에서 나오는 구비를 통칭함. 堆 쌓을 퇴, 廐 외양간 구
녹비(綠肥) : 생풀이나 생나무 잎으로 만든 충분히 썩지 않은 풋거름으로 못자리 만들 때 자운영, 연맥 등 생풀거름은 비료사용을 줄이고 지력을 높임
인산질비료(燐酸質肥料) : 작물의 뿌리·줄기 생육과 꽃눈 형성, 열매 형성에 필수적인 인(P)을 공급하는 비료
비음식물(庇蔭植物) : 비음(덮을 비庇, 그늘 음陰)은 '햇빛가리기'라는 뜻이니 알칼리성 토양(산성 토양을 중화하기 위한 개량 방법)에서 재배되는 식물. 현대에는 인삼재배 등 비음식물보다 그늘막을 설치하는 경향이 더 많다.

**부안김씨 49(21)세(世) 증 이조판서 충경공(휘 익복益福) 신도비**

(전북 남원시 산동면 목동리 만행산 풍곡)

임진왜란 의병장 충경공은 화동 김은철 선생의 13대조로 남원 입향조(入鄕祖)시다.

# 제3장

## 화동 김은철 선생의 뿌리

그러면 화동 김은철 선생 조상들은 어디에서 유래했을까? 족보와 고문헌을 종합하면 아득한 조상은 반만년이 넘은 5400년 전의 소전(少典)에서 시작된 세계김씨의 도시조(都始祖) 소호금천씨(少昊金天氏)까지 거슬러 올라간다. 세계김씨 중시조는 한 무제(漢武帝) 때의 투국(秺國) 투 경후(秺敬侯) 김일제(金日磾)이다. 김일제 아버지는 진시황(秦始皇) 태자 부소(扶蘇)를 따랐다. 그는 진시황 사후 환관 조고에 휘둘린 암군 호해(胡亥)의 폭정으로, 진(秦)나라가 멸망하는 혼란기가 오자 흉노제국(匈奴帝國)으로 피신해 좌현왕(左賢王)이 된 휴저왕(休屠王)이다. 휴저왕의 태자(太子)였던 김일제는 한 무제가 곽거병을 앞세운 흉노제국 침공전쟁 중 부왕(父王) 휴저왕(休屠王)이 한(漢)나라에 항복하는 것을 주저하자, 전쟁 패배로 흉노황제에게 살해당할 것을 두려워하여 항복을 강력하게 주장하는 우현왕 혼야왕(昆邪王)에게 죽임을 당하고, 모후와 동생 왕자 김륜(金倫) 등 4만여 명이 한나라 장수 곽거병(霍去病)에게 포로로 잡혀왔다. 그 뒤 한 무제 암살을 막은 공을 세워 벼슬이 투나라 제후인 투후(秺侯)에 이른 것이다. 이후 자손들이 세습 투후에 봉해진다. 김일제 자손이 신라국 김씨이고, 동생 왕자 김륜 자손이 가야국 김해김씨이다.

서기 8년 왕망(王莽)이 한 제국(漢帝國)을 멸망시키고 신제국(新帝國)을 세우자 왕망과 이종사촌인 김일제 증손 김당(金當)은 신나라 조정에 주체세력으로 참여할 수밖에 없었다. 그러나 신나라(서기8~23)가 그만 15년 만에 후한(後漢) 광무제(光武帝) 유수(劉秀)에게 멸망하고 말았다.

투후 김일제 후예들은 목숨이 위태롭게 되어 산동반도에서 배를 타고 한반도 김해를 거쳐 동해안 경주 바닷가에 도착하여 사로국에 들어가, 투후 김일제 4대손 김성(金星)이 신라김씨 시조 대보공 김알지(金閼智)가 되었다고 보고 있다. 그들은 세력을 키워 김알지 7세손 김미추가 왕위에 오르니 김씨 첫 번째 왕, 신라 13대 미추왕(味鄒王)이다. 503년 지증왕(智證王, 휘 지대로智大路) 4년, 사로(계림)국 건국 560년이나 흘렀지만 갑자기 국명을 신라(新羅)로, 국가원수 명칭을 '마립간'에서 '왕(王)'으로 바꾸었다. 왕망이 세운 신(新)나라의 신(新)자를 붙여 신라(新羅)라고 한 것은 역사상 신라가 유일하다. 중원 대륙식으로 명칭을 바꾼 것은 김씨가 모든 권력을 장악했음을 뜻하는 것이다. 부안김씨 직계조상들은 신라시대에 6명의 왕(내물대왕, 지증대왕, 원성대왕, 신무대왕, 문성대왕, 경순대왕)을 배출했다. 화동 김은철 선생과 그 자손들의 직계 조상 계보(系譜)는 다음과 같다.

## 1. 직계조상 계보

### (1) 신라김씨 선대세계(先代世系)

아프리카에서 발생한 인류 중 우리 고대 한국인들은 중앙아시아와 몽골 초원지대에 살았다. 그 유목민시대를 거쳐 만주(연해주)와 한반도, 중원대륙 요하 요서지방 동쪽 산동반도 지역과 서쪽 하서주랑(河西走廊) 쪽으로 이동하여 거주했다. 우리나라 신라김씨(新羅金氏)와 가야국 김씨(駕洛金氏: 김해김씨) 족보 기록 이전 선대(先代) 세계(世系)를 살펴보면 다음과 같다.

5400년 전 소전(少典)이 강수(姜水) 감병관(鑑兵官)에 임명되어 강수 땅에 살게 되었다. 강수(姜水)는 중국 산서성 기산현을 흐르는 강이다. 여기서 정숙한 여인 유교(有嬌)를 만나 혼인하여 이들 부부가 아들 염제 신농(炎帝神農)과 황제 헌원(黃帝軒轅)을 낳았다. 강수 땅에서 낳았다고 하여 맏아들 염제 신농씨 후예들은 성을 강(姜)이라 했다.

둘째 아들 황제 헌원은 성을 희(姬) 또는 공손(公孫)이라 했다. 헌원씨를 유웅씨(有熊氏), 제홍씨(帝鴻氏)라부르기도 한다. **황제 헌원의 맏아들 소호금천(少昊金天)에서 여러 성씨가 나왔다. 소호금천씨는 세계 김씨(世界金氏) 도시조(都始祖)다. 투후 김일제는 세계 김씨 중시조(中始祖)라 부른다.**

　소호금천(少昊金天)···**진백**(秦伯:秦穆公:秦始皇20대조)···**휴저왕**(休屠王)-**김일제**(金日磾)-**건**(建)-**국**(國)-**당**(當)-**성**(星:김알지) : 신라김씨

## (2) 신라시대(금성:서라벌 시대)

1세조(世祖) 원시조 대보공 김알지(金閼智)-2세조 세한(勢漢)-3세 아도(阿道)-4세 수류(首留)-5세 욱보(郁甫)-6세 구도(九道)-7세 말구(末仇)-8세 내물왕(奈勿王) 마립간(麻立干) 내물(奈勿)-9세 복호(卜好)-10세 습보(習寶)-11세 지증왕(智證王) 휘(諱) 지대로(智大路), 국호 신라, 군호 왕(王)-12세 진종(眞宗)-13세 흠운(欽運)-14세 마차(摩次)-15세 법선(法宣)-16세 의관(義寬)-17세 위문(魏文)-18세 효양(孝讓)-19세 원성왕(元聖王) 휘(諱) 경신(敬信)-20세 예영(禮英)-21세 균정(均貞)-22세 신무왕(神武王) 휘(諱) 우징(佑徵)-23세 문성왕(文聖王) 휘(諱) 경응(慶膺)-24세 안(安)-25세 민공(敏恭)-26세 실홍(實虹-27세 효종孝宗-28세 경순왕(敬順王) 휘(諱) 부(傳)

## (3) 고려시대(설악산, 인제 김부리 일원→**부령扶寧**→개경→부령)

29세(1)세조(世祖) 경순왕 태자 김부(金富)대왕 김일(金鎰)-30(2)세(世) 은둔공 기로(箕輅)-31세(3) 은거공 희보(希寶)-32(4)세 상서

공 경수(景修)-33(5) 부령부원군 춘(春)-34(6)세 부령군 인순(仁順)-35(7)세 부령군 작신(作辛)-36(8)세 복야공 의(宜)-37(9)세 문정공 구(坵)-38(10) 충선공 여우(汝盂)-39(11)세 평장사공 각(恪)-40(12)세 전의공 지경(之冏)-41(13)세 대제학공 용수(龍壽)-42(14) 중랑장공 인정(仁鼎)-43(15)세 지군사공(知郡事公) 광서(光敍)

## (4) 조선시대(부안→남원부 금릉·금지면→장수군 산서면 월곡·사창)

-44(16)세 대호군공 당(瑠)-45(17)세 통례공 회윤(懷允)-46(18)세 사직공 후손(後孫)-47(19)세 옹촌공 석량(錫良)-48(20)세 찰방공(察訪公) 광(光)-49(21)세 충경공(忠景公) 익복(益福)-50(22)세 도촌공(陶村公) 연(沇)-51(23)세 담허재공(澹虛齋公) 지백(之白)-52(24)세 장사랑공(將仕郎公) 석(晳)-53(25)세 오촌공(鰲村公) 유기(裕基)-54(26)세 군곡공(君谷公) 잠(箴)-55(27)세 첨정공(僉正公) 연장(鍊章)-56(28)세 명은공(明隱公) 수민(壽民)-57(29)세 성경재공(誠敬齋公) 복현(復鉉)-58(30)세 후곡공(後谷公) 한필(漢弼)-59(31)세 창은공(昌隱公) 낙리(洛鯉)-60(32)세 사창공(社昌公) 희술(禧述)-61(33)세 우석공(愚石公) 형균(炯均)-62(34)세 화동공(和洞公) 은철(殷喆)-63(35)세 만효(晚孝) 종회(鍾會), 만정(晚貞) 종후(鍾厚), 만경(晚景) 종태(鍾泰), 만은(晚隱) 종원(鍾元), 만성(晚盛) 종상(鍾上), 지원(芝園) 계순(季順), 예원(藝園) 현순(賢順)

인류 탄생에서부터 중원 대륙시대, 신라시대, 고려시대, 조선시대 화동 김은철 선생 13대조 충경공까지의 직계조상 역사는 이미 필자가 저술하여 2024년 2월 17일, 서울 명성서림에서 발간한 「뿌리 찾아 삼만리」를 읽어보기 바란다.

화동 김은철 선생의 13대조 남원 입향조(入鄕祖) 증 이조판서(贈吏曹判書) 충경공(忠景公) 금릉(金陵) 김익복(金益福)부터 간략한 직계 조상 족보를 보이면 아래와 같다.

## 2. 충경공 금릉 김익복 선생 이후 직계조상 족보

사직공 후손(後孫)의 증손, 찰방공 광(光)의 셋째 아들
**익복**(益福)

부안김씨 49(21)세(世)충경공 익복은 화동 김은철 선생의 13대조로, 자(字)는 계응(季膺), 호(號)는 금릉(金陵), 시호는 충경공(忠景公)이다. 조선 명종 6년 신해 1551.02.19. 부안 옹정리 본가에서 출생, 선조 32년 기해 1599.02.01. 정유재란 순천 왜교성(예교)싸움에서 적탄을 맞고 창병 치료 중 진중에서 순국 졸. 향년 49세. 묘소는 전북 남원시 산동면 목동 만행산 풍곡 운중발룡(雲中發龍) 대 명당(大明堂) 터 임좌(壬坐) 부부 쌍분. 묘표는 미능재(未能齋) 최상중(崔尙重)의 손자 사간(司諫) 간호(艮湖) 최유지[崔攸之,1603~1673]찬, 글씨 사헌부 지평 목춘자(牧春子) 최치옹[崔致翁,1635~1683] 씀. 묘비명(墓碑銘)은 영의정 문간공(文簡公) 한산인(韓山人) 송서(松西) 이경재(李景在,1800~1873) 찬(撰). 순조 4년 1804(갑자)년 2월 1일에 신도비(神道碑)를 건립했다. 비문은 이조판서 조진관(趙鎭寬,1739~1808)이 찬(撰)했다. 묘제 음력 10월 둘째 토요일 10시 제각 풍곡재(風谷齋)에서 준비하여 지낸다.

1567년(명종 22년 丁卯) 17세 때, 남원부 금릉(金陵 : 금안방金岸

坊) 안터마을(현 남원시 금지면 택내리 내기마을:안터마을) 사는 죽암 (竹岩) 안전(安瑑)의 딸 순흥안씨(順興安氏)와 혼인함으로써 부안에 서 남원 금릉 안터마을로 이주하였다. 이로써 호(號)를 금릉(金陵)이 라 하였다. 부안 서당 스승을 작별하고, 남원에서 처 고모부 옥계(玉溪) 노진(盧禛,1518~1578, 향년 61세) 선생 문하(門下)에서 본격적으로 수학(修學)하여 크게 성취하였다. 노진은 경남 함양군 지곡면 개평마 을 출신, 처조부(妻祖父, 장인 안전安瑑의 아버지) 사제당(思齊堂) 안 처순(安處順)의 사위로 당시 처가인 남원 금릉 안터마을에서 살았다. 23세 때 선조 6년 1573년(계유)에 사마시(司馬試) 생원(生員)에 형 승 복(升福)과 함께 제4인으로 합격, 30세 때, 선조 13년 1580년(경진) 3 월 18일에 문과(文科) 별시(別試)에 3등 14인으로 급제. 홍문관(弘文 館) 정자(正字,정9품), 홍문관(弘文館) 박사(博士,정7품), 사헌부(司憲 府) 감찰(監察,정7품), 예조정랑(禮曹正郎,정5품), 선조 22년 1589년 (기축)에 능성현령(綾城縣令,종5품 지방관). 선조 25년 1592년 음력 4 월 13일, 임진왜란 발발. 능성현령(綾城縣令)으로서 맨 처음 격문을 짓 고 방을 붙여 의병을 모집. 그해 6월, 의병들을 의병장 양대박(梁大樸) 에게 보낼 때 맏아들 류(瀏)가 의병들을 인솔. 김류(金瀏)는 양대박 종 사관(從事官)이 되어 종군, 군졸을 통솔하고 군량미 보급을 원활히 하 였는데 양대박 의병은 임실 운암전투에서 큰 전공을 세웠다. 곧 1592 년 6월 25일 임실 운암천변에 침입해 아침식사 준비로 무방비 상태인 왜적을 양대박 의병 1천여 명이 급습하여 왜적 1207 명을 죽이고, 각종 군기를 노획하였으며 조선 측 포로 114 명을 구출하였다. 의병 피해는 고작 40여 명이었다. 이 왜적들은 무주진안방면으로부터 전주로 향하 던 소조천륭경(小早川隆景;고바야카와,1533~1597.7.26)의 왜군들이 었다. 이 전투는 호남의병이 최초로 승리한 전투로 '임진왜란 운암대첩 (雲巖大捷)'으로 일컬어진다. 이 기록은 양대박의 「양대박사마실기」와 유팽로의 「진중일기」에 적혀 있다. 임실군 운암면 입석리 미암마을에 가면 '충장공 양대박 장군 운암 승전비(忠壯公梁大樸將軍雲巖勝戰碑)'가 우뚝 세워져 있다.

전 보성현감 임계영(任啓英,1528년 중종23~1597년 선조30)·전 회덕현감 박광전(朴光前,1526 중종21~1597 선조30) 등 지사(志士)들을 설득하여 함께 피를 나눠 마시는 삽혈동맹(歃血同盟)으로 국난극복을 하자고 맹서하고 의병을 일으켰다. 의병 2천여 명을 이끌고 경상도 성주, 개령현, 합천, 거창을 지키고, 전라도 금산(錦山),무주(茂朱),장수(長水)로 침입하려는 왜적과 접전하여 적을 무찔러 전주 남원으로 향하는 왜군을 막아 호남을 지켰다.

44세 때인 1594년(선조 27년 갑오) 충청도도사(忠淸道都事, 현 충청도 부지사)가 제수되어 부임하였다. 충청도도사, 곧 호서(湖西)의 아사(亞使)로서 각 고을을 순회하면서 왜란으로 피폐된 민정을 살피고, 순회 업무가 끝나자 충청도 연산에 머물러 사계(沙溪) 김장생(金長生,1548년~1631)과 더불어 도의와 학문을 심도 있게 강론하며 사귀어 호서의 민심이 안정되고, 도의와 학문이 더욱 발흥(發興)되었다.

45세 때인 1595년(선조 28년 을미) 7월 8일에 아버지 찰방공(察訪公 휘 光)이 별세하였다. 선생은 벼슬을 그만 두고 부안으로 달려가 지극 정성으로 장례를 치렀다. 슬픔이 지나쳐 보는 사람들마다 선생을 보고 눈물 흘리지 않는 사람이 없었다. 부안 연곡리 석동산(席洞山) 선영에 모신 선친 묘소 주변에 여막(廬幕)을 치고 3년 시묘(侍墓)살이에 들어갔다.

1597년(선조 30년 정유) 강화회담 결렬되자 왜가 소서행장(고니시 유키나가)이 거느린 좌군(左軍) 6만, 가등청정(가토 기요마사)이 가느린 우군(右軍) 8만, 총 14만 명의 군사로 정유재란(丁酉再亂)을 일으켰다. 이에 권율(權慄) 도원수(都元帥)가 선생을 불러 종사관(從事官)을 맡게 하니 공이 친상의 대상을 치르고 담제(禫祭;대상大喪을 지낸 그 다음다음 달에 지내는 제사)를 앞에 두고서도 왜적에 대해 분개하며 결연히 말하기를 "임금이 난리에 피신하고 있는데 부모에 대한 효로부터 임금의 은혜를 찾아 옮겨가는 것은 당연한 충이라."하고 주먹을 불끈 쥐고 급히 싸움터로 나아갔다. 권율 도원수는 곧 선생을 조정에 영광군수(靈光郡守, 종4품 지방관) 겸 나주진관 병마첨절제사(羅州鎭管兵馬僉節制使)로 천거하여 제수(除授)되었다. 선생은 아우 태복(泰福), 맏아들 류(瀏)와 함께 의병을 모아 분전하여 왜적에게 빼앗긴 영광성을 탈환하였다. 가을이 되자 명나라 원병은 순천에 진을 치고 있었다. 소서행장(小西行長)이 이끄는 왜성 예교(曳橋)의 왜적들과 대치하고 있었는데 선생은 아우 태복과 함께 밖으로는 군수물자를 모아 명나라 원병에게 보급하고 안으로는 외로운 영광성(靈光城)을 굳게 지켰다.

배 정부인(貞夫人) 순흥안씨(順興安氏)[인종 1(을사)년 1545년~광해군 6(갑인)년 1614년 5월 10일 수(壽) 70세] 묘소는 남원시 산동면 목동리 풍곡 만행산 중록 충경공 묘소와 쌍분이다.

선생의 아내 순흥안씨는 남원부 금릉(金陵) 안터마을(현, 남원시 금지면 택내리 내기마을:안터마을)에서 아버지 죽암(竹岩) 안전(安瑑)과 어머니 언양김씨(彦陽金氏)의 2남 1녀 중 고명딸로 인종(仁宗) 1(을사)년 1545년 태어났다. 조부(祖父)는 기묘명현(己卯名賢) 기재(幾齋)·사제당(思齊堂) 안처순(安處順, 성종 23년 1492.~중종 29년 1534, 향년 43세), 증조(曾祖)는 안기(安機), 외조는 별좌 언양김씨(彦陽金

氏) 김성벽(金成璧)이다.

오빠는 김천도(金泉道) 찰방(察訪)으로, 하서·송강·오음 윤두수·청련 이후백(李後白)과 도의로 사귀며 영사정을 중수한 매담(梅潭) 안창국(安昌國,1542~1595)이고, 남동생은 선무랑 용양위 사과(宣務郎龍驤衛司果) 안선국(安善國,1547~1628)이다. 안선국 아들 안영(安瑛)이 훗날 의병장 고경명 의병부대의 부장으로서 금산싸움에서 고경명과 순절했다. 부인이 오빠 안창국 다음 둘째로 태어났다. 남매가 효도하고 우애하며 한 마을에서 사이좋게 살았다. 모두 인품이 순수했으며, 학문에 정진함이 한결 같았다. 부인은 어버이 사랑을 듬뿍 받고 자라 부안 김씨 집안의 17세(歲) 청년 금릉 김익복과 명종 22(정묘)년 1567년 신부집 마당에서 혼례식을 올리고 부부의 연을 맺었다.

혼인 다음해인 선조1(무진)년 1568년 맏아들 류(瀏)가 친정집 별채 서옥(壻屋)에서 태어났다. 손자가 태어나 찰방공(휘 光) 부안김씨 집안뿐만 아니라, 고명딸에게서 외손자가 태어나 순흥안씨 집안의 기쁨도 매우 컸다.

선조 4년(신미)년 1571년에는 둘째 아들 화(澕)가 태어났다. 아들 둘을 두자 친정집 옆 텃밭에 새집을 지어 서옥에서 이사하였다. 몇 년 후에는 딸이 태어났다. 이어서 선조 20(정해)년 1587년에는 셋째 아들 연(沇)이 태어났다.

부인은 3남(류, 화, 연) 1녀를 낳아 기르며 사랑을 듬뿍 쏟았다. 자녀들에게 효도와 우애, 국가에 대한 충성, 신뢰하는 대인관계를 실천하도록 하는 효제충신(孝悌忠信)을 입신의 근본으로 삼도록 가르쳤다. 부인은 부덕(婦德)을 갖추어 고요하면서도 곧았고, 삼강오륜을 실천하는 현모양처였다. 아들들이 혼기가 차자 차례로 장가보내고, 자신처럼 고명딸은 주부(主簿) 남원인(南原人) 양기남(楊起南)에게 시집보냈다.

정충지학(精忠至學)으로 정조 22년 1798(무오)년 8월 17일에 가선대부 이조참판 겸 동지경연의금부사 홍문관제학 동지춘추관 성균관사 오위도총부 부총관을 증직했다. 또 충경공 세 아들 교관공(敎官公) 류(瀏), 재간당공(在澗堂公) 화(澕), 도촌공(陶村公) 연(沇), 세 손자 용암공(春巖公) 지순(之純), 백암공(白巖公) 지중(之重), 담허재공(澹虛齋公) 지백(之白)의 일곱 분을 모시는 사우(祠宇) 칠절사(七節祠)를 지어 제향토록 하는 일문칠절(一門七節) 표창을 하고 증직 교지(왕의 임명장)를 내렸다.

순조(純祖) 33(계사)년 권율(權慄) 도원수와 함께 나주 충장사(忠壯祠)에 제향되었다. 나주 충장사는 훼철되고 금산 이치에 다시 세웠다.

철종(哲宗) 4(계축)년 1853년 자헌대부(資憲大夫) 이조판서(吏曹判書) 겸 동지경연의금부사(同知經筵義禁府事) 홍문관(弘文館)·예문관(藝文館) 대제학(大提學), 지춘추관성균관사(知春秋館成均館事), 오위도총부(五衛都摠府) 도총관(都摠管)을 추증했다.

고종 8(신미)년 1871년 3월 16일 충경공(忠景公) 시호(諡號)를 받았다. 시장(諡狀)에서 "나라(임금)를 섬김에 목숨을 다 바쳤으니(殉節) 충(忠)이요(事君盡節曰忠), 약자를 돕고 위급을 구했으니 '세상을 구한 거룩한 사람(濟世者)'이라 경(景)이라 한다(由義而濟曰景)."라고 하였다. 충경공(忠景公) 김익복 선생이 '나라를 섬김에 목숨을 다 바쳤으며,

임진·정유재란으로 위급에 빠진 조선국 사직을 구하고, 백성들을 구한 거룩한 사람이다.'라고 평가한 것이다.


충경공(忠景公) 익복(益福) 셋째 아들
## 도촌공(陶村公) 연(沇)

　충경공 김익복 셋째 아들로, 부안김씨 50(22)세(世) 휘는 연(沇), 자는 장원(長源), 호는 도촌거사(陶村居士)이다. 도촌공은 화동 김은철 선생의 12대조이다. 선조 29년 정해 1587년생, 신묘 1651년 10월 7일 졸, 향년 65세. 광해군 9년 1617(정사)년 사마시(司馬試)이 1등으로 합격하여 만력(萬曆) 명 진사(名進士)로 만방에 이름을 떨쳤다. 그러나 광해군의 인목대비 유폐에 항소하며 대과(大科)에는 응시하지 않았다.

　광해군 10년 1618(무오)년 인목대비를 서궁에 유폐시킨 '금용(金墉)의 변'이 일어났다.
　중국 위(魏)나라 2대 명제(明帝, 조예曹叡,204~239)가 하남성 낙양 시골 동쪽에 쌓은 금용성(金墉城)에 서궁(西宮)을 지었다. 서진(西晉) 추존 문제(文帝,사마소司馬昭)가 위제(魏帝) 조방(曹芳, 232~274)을 폐위하여 금용성에 유폐시켰고, 서진을 세운 무제(武帝) 사마염(司馬炎,236~290) 이후 2대 혜제(惠帝, 사마충司馬衷,259~306)의 황후 가남풍(賈南風,257~300)이 무제 비 양 태후(楊太后)를 반역으로 몰아 금용성에 유폐시켜 굶겨죽였다. 악행을 일삼던 가 황후(賈皇后,가남풍) 자신도 나중에 그곳에 유폐되어 독주를 받고 죽었다. 이렇게 황제·황후를 유폐시킨 '금용성 서궁'을 비유해 광해군이 인목대비를 서궁에 유폐시킨 '금용의 변'이라 일컬었다. 공은 모후(母后)를 폐한 패륜을 극간하였으나 결과는 없었다. 이에 수옹(睡翁) 송갑조(宋甲祚, 1574.12.10.~1628.4.1.)와 더불어 연명으로 죽을 각오로 항소(抗疏)를 올렸다. 송갑조는 은진송씨로 우암 송시열의 아버지다. 귀향하여 공명(功名)에는 일절 뜻을 두지 않고 유유자적(悠悠自適)하였다.

인조 2년 1624(갑자)년 이괄(李适)의 난이 일어나자 중형(仲兄) 재간당(在澗堂) 김화(金澕)와 함께 창의하여 의병(義兵)을 모아 군량미를 싣고 여산에 도착하니 이괄의 난이 평정되었다는 소식을 듣고 군량미 3천곡(三千斛; 3천 가마니)을 군영에 희사하고 회군하였다.

인조 14년 1636(병자)년 병자호란(丙子胡亂)이 일어나자 셋째 아들 백암 지중(之重), 넷째 아들 담허재 지백(之白), 중형 김화(金澕) 맏아들 조카 용암 지순(之純)과 함께 창의하여 청주(淸州)에서 적군을 토벌하고 북진 중 인조 임금이 청 태종에게 항복했다는 소식을 듣고 북녘을 향하여 대성통곡하고 회군하였다. 1637년(인조 15) 이후부터는 세상과 인연을 끊고, 산수 좋은 곳에 집 한 칸을 짓고 산 속에서 시를 읊조리고 살며 스스로 자신의 호를 도촌거사(陶村居士)라 하였다. 옛 정절(靖節) 도연명(陶淵明)의 뜻을 취한 것이다. 우암 송시열이 쓴 묘비문에서 "한 손으로 의(義)를 붙들고 곤궁해도 후회하지 않았다."고 하였고, 또 "그가 세운 행적은 다른 사람이 미치지 못할 바다."하였다. 동춘 송준길은 공의 묘비문에 "만력진사(萬曆進士)"라고 썼다. 이 사실은 「존주록」에 기록되어 있다. 문과에 급제하여 높은 벼슬로 세상을 호령하며 부귀영화를 누릴 수 있는 능력을 지녔음에도 모후를 폐하는 임금의 패륜에 항소하며 대과(문과) 시험을 거부한 공의 일생을 송시열이 잘 평가한 것이다.

정조 22년 1798(무오)년 일문칠절(一門七節) 표창과 조봉대부 동몽교관(童蒙敎官)을 추증하였다. 칠절사(七節祠)와 절의사(節義祠)에 제향되었다. 배위 동복현감(同福縣監) 송처중(宋處中)의 딸 영인(令人) 여산송씨(礪山宋氏)와 4남 1녀를 두었다. 맏아들 양망재 김지명(金之鳴)은 1639년(인조 17) 기묘식년 사마시(己卯式年司馬試)에 진사 부장원으로 합격하였고, 율리(栗里) 김지성(金之聲)은 1648년(인조 26) 무자식년 문과(戊子式年文科)에 급제하여 정랑(正郎), 순창군수(淳昌郡守)를 지냈다. 김지성은 아들이 없는 백부(伯父) 교관공 김류(金瀏)에게 양자로 가 대를 이었다. 셋째 아들 백암 김지중(金之重)은 1651년(효종 2) 신묘식년 사마시(辛卯式年司馬試)에 생원 3등으로, 넷째 아들 담허재 김지백(金之白)은 1648년(인조 26) 무자식년 사마시(戊子式年司馬試)에 생원 부장원으로 합격하였다. 딸은 사간(司諫) 천묵재(天默齋) 이상형(李尙馨)의 둘째 아들 이문원(李文源)과 혼인했다.

묘소는 남원시 산동면 목동리 만행산 풍곡 아버지 충경공 증 이조판서 김익복 묘역의 맏형 교관공 김류(金瀏) 묘소 바로 아래 임좌(壬坐)이다. 묘비문은 우암(尤庵) 송시열(宋時烈)이 찬(撰)했고, 글씨는 동춘당(同春堂) 송준길(宋浚吉)이 썼다.


도촌공 연(沇) 4자(子)
**담허재**(澹虛齋) **지백**(之白)

부안김씨 51(23)세(世) 자(字)는 자성(子成), 호는 담허재(澹虛齋)로 화동 김은철 선생의 11대조이다. 계해 1623년 10월 28일생, 신해

1671년 6월 22일졸, 향년 49세. 어려서부터 배우기를 좋아했으며 신독재(愼獨齋) 김집(金集)에게 수학(修學)하고, 인조(仁祖) 26년(1648) 무자(戊子) 식년시(式年試) 생원(生員) 2등(二等) 21위로 합격하였다. 이 해는 시험을 궁전 앞뜰에서 보게 되었는데 고위직 시험관을 보내어 보게 한 것은 개인이 개입되지 않도록 하여 채점을 공정하게 하기 위해서였다. 그는 신독재 김집 문하에서 수학하였는데 드디어 마음에 근본과 실질을 간직하고 밖의 어떤 유혹도 뿌리칠 수 있었다. 날마다『심경』과『근사록』에 대하여 잠심 연구하고 조용히 그 뜻을 음미하고 신독재 선생과 함께 의례를 문답하고, 또 동문수학한 동춘 송준길, 우암 송시열과도 도의를 강론하고 학문을 함께 닦았다.

일찍이 '심통성정설(心統性情說)'을 연구하여 발표했다. 2천 8백여 언(言)에 달하는데 끝에는 도표(圖表)를 만들어 붙였다. 이에 의하면 성(性)은 하늘에서 발생하고, 칠정(七情)은 성(性)에서 나오는데 이 성(性)은 적연(寂然)한 속에 해저(該貯)하고, 정(情)은 감통(感通)할 즈음에 발출한다. 성(性)과 정(情)을 주재하는 심(心)이 있어야 하는데 그것이 곧 심통성정(心通性情)이라 하였다. 이 저술 '심통성정설(心統性情說)'로 거유(巨儒)로 추앙받았다.

효종 9년 무술년(1568)에 동몽교관에 천거되어 사직서 참봉을 제수했으나 나아가지 아니하였다. 1636(병자)년 병자호란이 일어나자 아버지를 따라서 셋째 형 백암(白巖) 지중(之重), 종형(從兄) 지순(之純)과 함께 창의(倡義)하여 의병(義兵)을 모아 출정하여 청주에서 적을 토벌하고 북상 중 임조 임금이 항복했다는 소식을 듣고 북녘을 향하여 대성통곡하고 회군하였다.

현종 8년 정미년(1667)에 명나라 남쪽사람 임인관(林寅觀) 등이 표류하여 제주에 이르니 조정에서는 장차 청나라로 보내려 함에 형 백암 김지중(金之重)과 그 불가함을 상소하여 대의(大義)를 세웠다. 연이은 가뭄 기근으로 역병이 창궐하여 병이 들어 신해 1671년 6월 22일 월곡 (月谷, 장수군 산서면 월곡) 집에서 별세하자 복을 입는 제자들이 많았다. 제자 황신구가 행장을 지었다. 1695년(숙종 21) 남원 산동면 목동리 요계서원(蓼溪書院)에 배향(配享)되었다.

정조(1777~1800) 22년 1798(무오)년 일문칠절(一門七節)에 표창되고, 통훈대부(通訓大夫) 사헌부 집의(司憲府執義)를 증직하였다. 3세7충절(三世七忠節)을 제향하기 위해 나라에서 세운 전북 남원시 이백면 강기리 내기마을 칠절사(七節祠)에 부안김씨 충경공 김익복 부·자·손 7충절(七忠節)이 함께 제향(祭享)되었다.

예조판서 지재(趾齋) 민진후(閔鎭厚)가 지은 묘갈명(墓碑銘)에서 "학문으로 도를 깨우치니 투철하고 정미하였도다. 모든 사물의 이치를 내 몸에 돌이켜 구하니 넉넉한 스승이었네. 배우고 여력이 있으되 벼슬하지 않고 지조가 돌처럼 단단했고 비분강개한 시를 읊으며 충의의 마음이 격렬했었다."고 담허재를 평하였다.

담허재 김지백의 문집 「담허재집(澹虛齋集)」6권 3책은 선생을 사숙(私淑)한 유계(幽溪) 정재흥(丁載興)의 발의(發議)로 증손 급(笈)과 5대손 수민(壽民)이 수집 편차하고, 뒷날 8대손 낙린(洛麟)·낙리(洛鯉)와 9대손 종술(鍾述)에 의해 고종 32년 1895년 목활자로 소량 간행했고, 1989년 7월 30일 12대손 종원(鐘元)이 화보와 간행사 해제를 붙여 여강출판사(驪江出版社)에서 영인 발간하여 각 대학 도서관에 보급하였다. 「담허재집(澹虛齋集)」6권 3책의 내용은 한시 축문 제문 기(記)

소(疏) 서(書) 잡저(雜著) 서(序) 발(跋) 행장 부록 등이다. 시에는 오언절구 22수, 칠언절구 57수, 오언율시 12수, 칠언율시 41수, 오언고시 5수, 만시(輓詩) 29수, 부(賦) 1수 등 각체의 시가 수록되어 있다.

충간공(忠簡公) 유헌(遊軒) 정황(丁熿) 현손녀, 정진(丁瑨)의 딸, 아내 증 숙인(淑人) 창원정씨(昌原丁氏)와 아들 석(晳)과 계(啓 : 일찍 죽음) 2남과, 2녀 남원 윤수(尹修), 삭녕 최치옹(崔致翁)을 두었다. 묘소는 전북 임실군 지사면 안하리 한우물[大井洞] 양촌(陽村) 뒷산 건좌(乾坐)에 배위 증(贈) 숙인(淑人) 창원정씨(昌原丁氏)와 쌍분이며 묘소 아래 제각 담허재(澹虛齋)가 있다. 후예들의 집성촌은 전북 장수군 산서면 사상리 사창마을이다.

담허재(澹虛齋) 지백(之白) 장자
# 석(晳)

부안김씨 52(24)세(世)로 자(字)는 성여(聖汝), 휘 석(晳)은 화동 김은철 선생의 10대조이다. 인조 21년 계미(癸未) 1643년생, 현종 6년 을사(乙巳) 1665년 4월 16일졸, 향년 23세. 아버지 담허재와 어머니 창원정씨의 2남 2녀 중 장자로 과거 급제 후 장사랑(將仕郎, 종9품 문관벼슬)을 지내던 중 병으로 조졸(早卒)했다. 초배(初配) 익위(翊衛) 최휘(崔徽)의 딸 삭녕최씨(朔寧崔氏)와 혼인했으나 일찍 상처(喪妻, 기일 11월 20일)했다. 후배(後配)는 홍시현(洪時顯)의 딸 남양홍씨(南陽洪氏, 기일 2월 9일)와 아들 유기(裕基)를 두었다. 묘는 전북 임실군 지사면 안하리 대정마을 양촌 뒷산 담허재공 묘 좌측 고개너머 50여 보쯤 세모꼴의 세 무덤 임좌(壬坐)이다. 맨 위가 장사랑공 묘이고, 아래 좌우가 삭녕최씨와 남양홍씨 무덤이다. 묘사는 매년 10월 10일 묘소에서 지냈다.


## 장사랑공 석(晳) 장자
# 유기(裕基)

부안김씨 53(25)세(世)로 자 덕중(德仲), 호 오촌(鰲村)으로 화동 김은철 선생의 9대조이다. 현종(顯宗) 4년 계묘(癸卯) 1663년생, 숙종 (肅宗) 22년 병자(丙子) 1696년 졸, 향년 34세. 묘 임실군 오수면 오암 리 넓적골들 오산(鰲山) 만초동 종조(從祖) 백암공(지중) 묘 위쪽 건좌 (乾坐) 합폄이다. 배는 진사 유정(柳挺)의 딸 문화유씨(文化柳氏, 기일 11월 28일)로 조(祖)는 감역(監役) 유동연(柳東淵)이다. 아들 잠(箴), 재(箋, 초휘 절節), 급(笈) 3남과 전주 이이만(李頤萬), 흥덕(興德) 장연 (張演) 2녀, 5남매를 두었다.


## 오촌공(鰲村公) 유기(裕基) 장자
# 잠(箴)

부안김씨 54(26)세(世)로 자(字) 경숙(警叔), 호 군곡(君谷)으로 화 동 김은철 선생의 8대조이다. 숙종(肅宗) 8년 임술 1682년 4월 4일생, 영조(英祖) 8년 1732년 임자(壬子) 4월 4일 졸, 향년 51세. 초배(初配) 는 옥계(玉溪) 노진(盧禛)의 후예 노석(盧錫)의 딸 풍천노씨(豊川盧 氏, 기일 3월 28일)와 혼인하여 아들 계형(啓亨), 연장(鍊章)과 딸 전주 이침(李忱)을 두었다. 후배(後配) 능성구씨(綾城具氏, 기일 3월 1일)와 재혼하여 셋째 아들 계추(啓樞)를 두었다. 묘는 임실군 지사면 안하리 대정마을 양촌 뒷산 담허재공 묘 아래 건좌(乾坐) 3합폄(合 )이다. 임실군 오수면 군지실 봉비동에서 최근 이장했다.


군곡공(君谷公) 잠(箴) 차자
# 연장(鍊章)

부안김씨 55(27)세(世)로 자(字) 문욱(文郁), 호 첨정공(僉正公)으로 화동 김은철 선생의 7대조이다. 숙종 32년 병술 1706년생, 영조 2년 병오 1726년 8월 3일 졸, 향년 21세. 철종 6년 을묘 1855년 증 통정대부 사복시 첨정(僉正). 배 소권(蘇權)의 딸 숙부인(淑夫人) 진주소씨(晉州蘇氏, 을유 1705년생, 임술 1742년 8월 21일 졸, 향년 38세)는 열행(烈行)을 실천했다. 시숙 계형(啓亨)의 네 아들 수억(壽億, 수민(壽民), 수창(壽昌), 수정(壽鼎) 중 둘째 조카 수민(壽民)을 입양(入養)하고 3년 복을 입었다. 천 일 동안 햇볕을 보지 않고 애통(哀痛)해 하니 머리와 피부에 종기가 나고 구더기가 생기도록 몸을 돌보지 않았다. 17년을 수절(守節)하면서 딸을 고이 길러 삭녕최씨(朔寧崔氏) 최관(崔瓘)에게 출가시켰다. 또 양자(養子) 수민(壽民) 교육에 심혈을 기울여 대학자(大學者)로 성장시켰다. 딸을 출가시킨 해 부군(夫君) 기일(忌日) 3일 전부터 곡기(穀氣)를 끊고 애통해하며 제사를 지내고, 곡기 끊은 21일 만에 마침내 자진(自盡)하였으니 때는 영조(英祖) 18년 임술 1742년 8월 21일 향년 38세, 꽃다운 청춘에 부군 곁으로 갔다. 그토록 그리워하던 부군(夫君) 곁으로 승천(昇天)하였으니 이는 아내와 어머니의 도리를 다한 만고(萬古)의 열녀(烈女)다. 신라 천 년 왕족의 후예요, 칠절사(七節祠)에 배향(配享)된 일문칠절(一門七節)의 맥(脈)을 잇는 가풍(家風)의 흐름이었다. 아들 수민이 어머니 열행을 기록해 조정에 보냈다. 정조 22년 무오 1798년 명정(命旌; 열녀표창)을 받았다. 정려각(旌閭閣)은 전북 장수군 산서면 하월리 옛 계월초등학교 은행나무 밑에 있다. 정려각은 전북 장수군 향토문화문화유산 제9호로 지정되었다. 묘는 임실군 지사면 안하리 대정마을 양촌 담허재 묘 앞산기슭 갑좌(甲坐) 합폄이다.


## 첨정공(僉正公) 연장(鍊章) 계자(系子)
# 수민(壽民)

　부안김씨 56(28)세(世)로 자는 제옹(濟翁), 호는 명은(明隱)으로 화동 김은철 선생의 6대조이다. 영조 10년 갑인(甲寅) 1734년 12월 7일생, 순조 11년 신미(辛未) 1811년 5월 29일 졸, 수 78세. 아버지는 계형(啓亨,숙종 30년 갑신 1704.~정조 2년 무술 1778.10.22. 수 75세)이고, 어머니는 흥덕장씨(興德張氏)이며, 요절(夭折)한 중부(仲父) 증 사복시첨정(司僕寺僉正) 연장(鍊章,숙종 32년 병술 1706.~영조 2년 병오 1726.8.3. 향년 21세)에게 입양되어 양모(養母) 숙부인(淑夫人) 진주소씨(晉州蘇氏, 을유 1705년생, 임술 1742년 8월 24일 졸, 향년 38세) 슬하에서 자랐다. 미호(渼湖) 김원행(金元行,1702~1772)의 문인이다. 명나라 유민(遺民)이라 자처하며, 호를 명은(明隱)이라 짓고, 과거를 포기하고 평생 성리학(性理學)·경학(經學)·의리학(義理學) 연구에 몰두하여 대학자가 되었다. 주희(朱熹)와 송시열(宋時烈)의 저서를 애독하고, 도연명(陶淵明)과 같은 은자들을 흠모하여 차운(次韻)하기도 하였다. 인물성동이논쟁(人物性同異論爭)에 대해서는 낙론(洛論)을 지지하면서도 절충적 입장을 취하였다. 저술로는 「천군설(天君說)」·「영

대설(靈臺說)」등 성리학 관계 논술이 다수 있으나 그의 주요 저작은 경
학 또는 의리학이 많은 부문을 차지한다. 그것은 100여 개 이상의 도설
(圖說)과 「경의조대(經義條對)」등의 논술을 통해 짐작할 수 있다. 학문
정신은 소중화(小中華) 의식으로 요약된다. 이는 유학의 도통(道統)이
단군(檀君)·기자(箕子) 이래 동쪽으로 전수되었고, 특히 명나라가 중
원에서 망한 후 송시열 등의 노력으로 『춘추(春秋)』의 존주양이(尊周
攘夷) 정신이 전적으로 우리나라에서 보존·유지된다는 관점으로서, 공
의 「소중화설(小中華說)」에 잘 나타나 있다. 이러한 소중화 의식을 바
탕으로 「기동악부(箕東樂府)」와 「내성지(奈城誌)」같은 작품들이 저술
되었다. 저서 『명은고(明隱稿)』22권 22책은 손자 한익(漢益)과 외손
이치백(李致白)이 정서 편집했고, 6대손 두철(斗喆)과 7대손 종원(鐘
元)이 1986년 보경문화사에서 『명은집(明隱集)』으로 영인 발간하여
각 대학도서관에 보급해 박사학위 논문이 10여 편 나왔다. 원본 명은고
는 7대 종손 종훈(鐘勳) 소장하고 있다.

공의 저술 춘추좌전(春秋左傳) 주해(註解)가 정조의 문집 홍재전서
(弘齋全書)에 수록되었다. 1853년(철종 3년) 학행(學行)으로 통훈대
부 사헌부 지평(司憲府持平)에 추증되고, 1855년(철종 6) 승정원좌승
지 겸 경연참찬관(承政院左承旨 兼 經筵參贊官)에 가증되었다. 초배
(初配)는 천묵재(天默齋) 이상형(李尙馨)의 후예 이복규(李福圭)의 딸
숙부인(淑夫人) 전주이씨(全州李氏, 기일 11월 23일)이다. 후배(後配)
는 이복휘(李福輝)의 딸 숙부인(淑夫人) 전주이씨(全州李氏, 기일 1월
27일)로 아들 명현(命鉉), 복현(復鉉), 딸 성주(星州) 이찬영(李纘榮),
전주 박종윤(朴宗胤), 청주 한옥(韓沃) 2남 3녀를 출산했다. 묘는 전북
임실군 지사면 실곡리 북창 안산(地番 남원시 덕과면 용산리) 오좌(午
坐)이다. 묘갈명은 척재(戚齋) 이서구(李書九)가 짓고, 글씨는 성서(尙
書) 김세균(金世均)이, 전서(篆書)는 성서(尙書) 조성하(趙成夏) 가 썼

다. 행장은 성서(尙書) 김수근(金洙根)이 찬했다. 2003년 3월, 한우물 (전배)과 건지산(후배)의 배위 두 분 묘소를 공 좌우에 이장(移葬)하여 합폄(合窆)하고, 순한문으로 된 구비를 국역(國譯)하여 세웠다. 전북 장수군 산서면 사상리 사창마을 이로재(履露齋)에서 음력 10월 시제 를 지낸다.


명은공(明隱公) 수민(壽民) 차자
# 복현(復鉉)

　부안김씨 57(29)세(世)로 자(字)는 덕여(德汝), 호는 성경재(誠敬 齋)로 화동 김은철 산생의 현조(5대조)이다. 영조 45년 기축(己丑) 1769년 12월 10일생, 헌종 6년 경자(庚子) 1840년 8월 22일 졸, 향수 72세. 어려서부터 말이 적고 행동이 숙성하였다. 학문에 전념하여 혈 서로 경계(警戒)하고 경전(經典)에 잠심(潛心)하면서 성담(性潭) 송환 기(宋煥箕,1728~1807), 과재(過齋) 김정묵(金正黙,1739~1799) 두 선 생에게 사사(師事)하였다. 화양동(華陽洞) 만동묘(萬東廟)에 배알하 고 그 풍광과 산수(山水)가 좋아 감격하였다. 이는 충경공(忠景公)부 터 3대 7충절(忠節)이 빛남을 선생이 굳게 잘 지켜 대대로 전한 의(義) 이다. 해마다 새로운 책력을 볼 때마다 청나라 연호를 제거하고, 명(明) 나라 마지막 16대 황제 의종(毅宗,재위:1627~1644년) 주유검(朱由 檢,1641.2.6.~1644.4.25.)의 숭정(崇禎) 연호로 바꿔 썼다. '타고난 양 심(良心)을 잃지 말고 그대로 간직하여, 그 성품, 즉 하늘이 주신 본성 [天性]을 키워 나감'이라는 뜻의 '존심양성(存心養性)'을 근본으로 삼 아 거짓을 내치고 진실하고 참되게 살기를 힘썼다. "사람이 양심의 명 령대로만 하게 되면 곧 천성(天性)을 알게 되고, 천성을 안다는 것은 곧 하늘을 아는 것이다. 그러므로 양심을 잃지 말고 간직하여 하늘이 주신 타고난 성품을 올바로 키워 나가는 것이 하늘을 섬기는 길이다."라고 두 아들을 가르쳤다. 거함에 궤안[几案;의자, 사방침(四方枕), 안석(案席) 따위를 통틀어 이르는 말]과 의복(衣服)을 반듯이 정제하고, 몸은 게으르지 아니하고, 입은 쓸데없는 농담이나 잡담을 않고, 사람을 정성껏 대접하고, 만물을 접하는 데는 한결같은 법도와 너그러움으로 하며, 사람의 악행을 보면 맞서서 물리치고, 자녀들이 잘못이 있으면 엄하게 깨우치고, 형제자매간에 우애하며, 친척간에 돈목하고, 행인을 대접하되 흉년에는 힘을 다하여 구휼(救恤)하니 굶어죽지 않고 살아난 자들이 많았다. 헌종 4년 무술(戊戌) 1838년 선생 70세에 추은(推恩,조선시대 국가에서 관리와 백성에게 내린 은전)으로 첨지중추부사(僉知中樞府事)가 되었다. 헌종 6년 경자(庚子) 1840년 8월 22일 졸(卒)하시니 향수(享壽) 72세였다. 처음 장지는 전북 임실군 오수면 금암리 뒷산이었다. 그 후 다시 임실군 삼계면 봉현리 숙호(宿虎)마을 뒤 자좌원(子坐原)으로 이장하였다. 행장(行狀)은 예조판서(禮曹判書) 신석우(申錫愚,순조 5년 1805년~고종 2년 1865년)가 지었고, 묘갈명(墓碣銘)은 선생의 종손 오헌(梧軒) 종술(鍾述)의 요청으로 연재(淵齋) 송병선(宋秉璿, 헌종 2년 1836년~ 고종 42년 1905년 음력 12월 30일)이 지었다.

선생은 학행으로 철종(哲宗) 6년 을묘(乙卯) 1855년 호조참판(戶曹參判)에 추증(追贈)되었다. 문집 유고「성경재집(誠敬齋集)」은 혈손 천수·종대 부자가 보관 중 행방불명이 되어 안타까움을 남겼다. 배 정부인(貞夫人) 남원양씨(南原梁氏, 영조 43년 정해 1767.~순조 15년 을해 1815. 6.24. 향년 49세)는 양제인(梁濟仁)의 딸이다. 정부인 남원양씨 묘소는 전북 진안군 성수면 좌산리 원좌산마을 뒷산 백미산 임좌(壬坐)이다. 아들 둘을 낳으니 맏아들 한익(漢益)은 문과급제 후 병조참판(兵曹參判)이고, 둘째 아들 한필(漢弼)은 첨지중추부사 겸 오위장

(僉知中樞府事 兼 五衛將) 벼슬을 지냈다.

## 성경재공(誠敬齋公) 복현(復鉉) 차자
# 한필(漢弼)

부안김씨 58(30)세(世)로 자(字) 양숙(良叔), 호 후곡(後谷)으로 화동 김은철 선생의 고조이다. 정조 18년 갑인 1794년 7월 12일생, 고종 14년 정축 1877년 1월 26일 졸, 향수 84세. 성경재 복현 둘째 아들. 어머니는 양제인(梁濟仁)의 딸 남원양씨(南原梁氏, 묘소 진안군 성수면 죄산리 백미산 壬坐)이며 병조참판 제곡(悌谷) 한익(漢益)의 아우이다. 어려서 가학으로 아버지 증 호조참판 성경재(誠敬齋) 선생에게 학문을 배웠다. 1810년 17세 때 창평현 문화유씨 가문 처녀와 혼인하여 고향 월곡에서 아랫마을 사창에 기와집 저택을 지어 분가하였다. 공은 성품이 순수하고 아름다우며, 효성이 지극하고 우애하며 뜻과 행실이 돈독하여 향리에 칭송이 자자하였다. 형 한익이 과거를 보러 갈 때 임실군 성수산(聖壽山) 상이암까지 배웅하고 상이암(上耳庵)에서 백일기도를 지극정성으로 드렸다. 기도 덕분인지 형 한익이 문과(文科)에 급제하여 후에 병조참판이 되었고, 자신도 벼슬길이 열려 첨지중추부사 겸 오위장(僉知中樞府事 兼 五衛將) 벼슬을 지냈다. 유산으로 출산 실패 끝에 딸 둘을 겨우 낳은 아내는 아직 대를 이을 아들을 낳지 못했다. 아들을 낳게 해 달라는 소원도 몇 년 뒤 이루어졌다. 마침내 석헌(石軒) 정간공(靖簡公) 유옥(柳沃)의 후예 유상기(柳庠琪)의 딸 배(配) 숙부인(淑夫人) 창평댁 문화유씨(文化柳氏,1795.10.19.~1874.6.20. 향수 80세)가 아들을 낳자 꿈속에서 본 잉어를 생각하고 아들 이름을 돌림자 서울 락(洛)과 잉어 리(鯉)자를 써서 '낙리(洛鯉)'라 했는데 낙리가 7남 3녀를 두어 자손 번성을 가져왔다. 2016년 3월 1일 현재 후곡공(後谷公, 漢弼) 외아들 창은공(昌隱公, 洛鯉) 자손 현황(별세한 사람 모두 포함)은 아들 7명, 손자 20명, 증손자(曾孫子) 42명, 현손자(玄孫子) 99명, 5대손(來孫내손) 110명, 6대손(昆孫곤손) 29명이다. 남자 307명, 여자 279명 총계 586명이다. 1남 2녀 3남매를 두었다. 외아들은 낙리(洛鯉,순조 32년 1832. 07.02.~고종 광무 6년 1902.10.14. 수 71세)이며, 맏딸 부안김씨(扶安金氏, 순조 壬午 1822.5.12~고종 乙卯 1879.11.5.향년 58세)는 윗마을 월곡(月谷) 사는 창원(昌原) 정설상(丁說相)에게, 둘째 딸 부안김씨(扶安金氏, 1827년 丁亥~1881년 辛巳 2월 25일 卒, 향년 55세)는 화순 사는 제주(濟州) 양상봉(梁相鳳)에게 시집갔다. 둘째 딸 자손들은 친정 사창마을에 세거했다. 묘는 전북 진안군 성수면 좌산리(원좌산), 후곡공 어머니[先妣] 정부인(貞夫人) 남원양씨(南原梁氏) 묘소 아래, 백미산(白米山;尨尾山) 동쪽기슭 술좌(戌坐)에 부부 합폄(合窆)이다. 묘갈명(墓碣銘)은 종오대손(從五代孫) 종훈(鍾勳)이 찬(撰)했다.

후곡공(後谷公) 한필(漢弼) 장자
# 낙리(洛鯉)

부안김씨 59(31)세(世)로 자(字)는 치원(致遠), 호 창은(昌隱)으로 화동 김은철 선생의 증조이다. 순조 32년 임진 1832년 07월 02일생, 고종 광무 6년 임인 1902년 10월 14일생, 수 71세. 아버지는 통정대부 절충장군 겸 오위장 후곡 한필(漢弼), 어머니는 숙부인(淑夫人) 문화유씨(文化柳氏). 아버지 후곡 한필이 임실 성수산 상이암에서 백일기도 중 꿈에 오원강(烏院江)에서 낚시하는 노인에게 잉어를 선물 받아 가슴에 안는 꿈을 꾸고 돌아와 몇 년 뒤 아들을 낳자 이름을 항렬자 '서울 락(洛)'자에 이름자 '잉어 리(鯉)'자로 지었다고 한다. 왕성한 번식력을 가진 잉어를 상징하는 이름 때문이었을까? 공은 7남 3녀를 두어 그 뒤 자손 번성을 가져왔다. 공은 평생 자신을 스스로 다스려서 다른 사람보다 자신을 높이려 하지 않는 겸손한 마음과 자세로 효제충신(孝悌忠信)을 실천하였다. 일문칠절(一門七節)의 충절을 지켜온 근본 있는 집안임을 스스로 깨우쳐 배웠으나 남에게 자랑하지 않았기에 고을 사람들마다 칭찬하였다. 자신의 행적을 세세히 기록하지 않아 자손들과 후학들이 안타깝게 여겼다. 그러나 조상 대대로 나라에 대한 충성과 청렴함으로 높은 관직을 이어왔고, 자손들이 번성하여 걸출한 인물들이 계속 나오고 있으니 공의 음덕(陰德)은 자자손손 끊임없이 이어질 것이다. 2016년 3월 1일 창은공(昌隱公) 낙리(洛鯉)의 자손 현황(별세한 사람 모두 포함)은 아들 7명, 손자 20명, 증손자(曾孫子) 42명, 현손자(玄孫子) 99명, 5대손(來孫내손) 110명, 6대손(昆孫곤손) 29명이다. 남자 307명, 여자 279명 총계 586명이다. 공의 묘소는 전북 장수군 산서면 사상리 사창마을 동북 뒷산기슭 지름댕이 자라봉(鰲峯오봉) 을좌(乙坐)이다. 묘비명은 안동인 효산(曉山) 권희철(權熙哲)이 지었다. 영천에서 사창마을 가는 지름댕이 포장도로 길가에 "昌隱居士扶安金公洛鯉(창은거사부안김공낙리)의 墓(묘) 入口(입구) 표석"이 우뚝 세워져 있다. 공은 충경공(忠景公) 이상형(李尙馨)의 후예 이호연(李湖淵)의 딸 전주이씨(全州李氏, 1829.4.14.~1894.11.25. 향년 66세)와 혼인 4남 2녀를 두었다. 배 전주이씨 묘소는 전북 장수군 산서면 사상리 사창마을 안산 전록(前麓) 한천(寒泉) 논 위 오좌(午坐)이다.

또 후배(後配) 김해김씨(金海金氏, 1841.9.29.~1909.10.29. 향년 69세)와 혼인 3남 1녀를 두었다. 후배 김해김씨 묘소는 전북 임실군 지사면 한우물[대정동大井洞] 선영 전록(前麓) 임좌(壬坐)이다.

공의 일곱 아들은 종술(鍾述), 응술(應述), 호술(灝述), 희술(禧述), 영술(英述), 홍술(洪述), 철술(喆述)이고, 세 딸은 풍천(豊川) 노정현(盧正鉉), 고령(高靈) 신익구(申益口), 제주(濟州) 한도술(韓道述)에게 시집갔다.

## 창은공(昌隱公) 낙리(洛鯉) 4자
# 희술(禧述)

부안김씨 60(32)세(世)로 자(字) 경호(敬浩), 호 사창(社昌)으로 화동 김은철 선생의 조부이다. 철종 13년 임술 1862년 3월 13일생, 고종 광무 3년 기해 1899년 8월 22일 졸, 향년 38세. 창은(昌隱) 낙리(洛鯉)의 넷째 아들이다. 공은 형들과 함께 연재(淵齋) 송병선(宋秉璿,1836~1905) 선생에게 글을 배워 지행일치(知行一致)를 실천하고자 노력하였으며, 자신에게 엄격하고 남의 잘못에는 매우 너그러웠다. 스승 연재 선생의 영향으로 외세(外勢)를 배격하는 정신을 가져 1894년 갑오동학농민혁명에 참여하고 돌아온 뒤 그 후유증으로 일찍 별세했다. 묘는 전북 장수군 산서면 사상리 사창마을 뒷동산 정상 남향 계좌(癸坐)이다. 묘비명(墓碑銘)은 증손 만은(晩隱) 종원(鍾元)이 찬(撰)했다.의금부도사(義禁府都事) 박제현(朴濟鉉)의 딸 홈실댁 죽산박씨(竹山朴氏,1864.7.20.~1937.8.1. 수 74세)와 혼인하여 아들 형진(炯珍), 형균(炯均), 형재(炯才) 3남과 딸 하나는 남양 회당(晦堂) 홍순주(洪淳柱)에게 시집갔다. 부인 죽산박씨 묘는 전북 장수군 산서면 사상리 사창마을 뒷동산 서쪽자락 조상거리 임좌(壬坐)이다.

사창공(社昌公) 희술(禧述) 차자

**형균**(炯均)

　부안김씨 61(33)세(世)로 화동 김은철 선생 아버지시다(책 앞 화보 존영 참조). 자(字) 주로(周路), 호 우석(愚石), 고종 27년 경인 1890년 2월 11일생, 계묘 1963년 06월 17일 졸, 수(壽) 74세. 공은 한학에 밝았고, 이웃의 행사의 길일 택일을 도왔으며, 이웃들의 애경사에 격의 없이 출입하여 상부상조하는 미덕을 실천했다. 병들은 아내와 변함없이 해로하여 운암면 텃골 처가에서 군자라고 평하였다. 성품이 호탕하면서도 검소하고 욕심이 없었다. 고을 선비들과 산천을 순례하며 풍수지리를 논하고, 시조를 읊었다. 임실군 운암면 금기리 텃골 홍성숙(洪聖淑)의 딸 남양홍씨(南陽洪氏) 텃골댁 홍기동(洪基東,1888년 01월 28일생, 1962년 12월 21일 졸, 수 75세) 처녀와 혼인하여 4남 2녀를 두었다. 아들 환철(煥喆), 권철(權喆), 은철(殷喆), 효철(孝喆)과 맏말은 김해 김용진(金容珎), 둘째딸은 청주 한상선(韓相善)에게 시집갔다. 묘는 장수군 산서면 사상리 오정골 후록 쌍분 임좌(壬坐)이다. 묘비명은 손자 만은(晩隱) 종원(鍾元)이 찬하고, 글씨는 운초(雲樵) 정병조(鄭炳朝)가 썼다.


우석공(愚石公) 형균(炯均) 3자

**은철**(殷喆)

　부안김씨 62(34)세(世)로 자(字) 영기(永基), 호(號) 화동(和洞), 선생은 이 책의 주인공이다(책 앞 화보 존영 참조). 정사 1917년 2월 17일 생, 기미 1979년 3월 3일 졸, 향년 63세. 천성이 총명하고 배우기를

즐겼으며 호방하고 근면 검소 성실하였다. 맨손으로 시작하여 논밭 40
여 마지기의 부농으로 자수성가하였다. 인품이 어질어 우애가 깊고 언
행에 사려 깊은 뜻이 있어 맏형 환철이 공자 맹자와 같다는 평을 하였
다. 한학에 열심이어서 논어 맹자 등을 새벽마다 강독하였다. 조상 제
사에 정성을 다 하여 지내기 위해 새벽같이 일어나 엄동설한에도 앞 냇
가에서 얼음을 깨고 목욕재계하였으며, 남원 부안 등지의 조상 시제에
집안 두철, 병철 형들과 자주 다녔다. 배는 문숙공(文肅公) 김주정(金
周鼎) 후예 오재(梧齋) 김원태(金源泰, 籍名 濟源)의 딸 광산김씨(光山
金氏) 옥남(玉男, 1920년 11월 11일생, 1981년 10월 17일 졸, 향년 62
세)으로 배 외조(外祖)는 남평(南平) 문덕삼(文德三)이다. 아들 종회
(鍾會), 종후(鍾厚), 종태(鍾泰), 종원(鍾元), 종상(鍾上), 딸 계순(季
順), 현순(賢順), 5남 2녀 7남매(9남매 중 남매 鍾三, 孝順은 조졸)를 두
었다. 묘는 전북 장수군 산서면 사상리 지름댕이 윗논 건너 동쪽 산 선
영 간좌(艮坐) 쌍분(雙墳)으로 묘비명(墓碑銘)은 4자 만은(晚隱) 종원
(鍾元)이 찬했다.

부안김씨 담허재 종중 후곡 김한필은 그 자손들의 사창(社昌) 입향
조(入鄕祖)이다. 후곡 김한필 선생과 그 자손 이야기를 살펴보자.

## 3. 후곡 김한필(後谷 金漢弼)의 잉어 꿈

올해 마흔한 살이 된 김한익(金漢益)은 동생 김한필(金漢弼)과의 작
별을 위해서 말에서 내렸다. 김한필은 화동 김은철 선생 고조할아버지
이다.

"이번엔 틀림이 없을 거야. 염려 마."

"형님! 이쪽 걱정은 마시고 잘 다녀오십시오."

두 선비는 두 손을 마주잡은 채 차마 떨어질 줄을 몰랐다. 말고삐를 쥐고 옆에 섰는 마부 꺽쇠는 그 모습을 부러운 듯이 바라보고 있다. 이곳은 장수(長水)의 팔공산(八公山)이 서북으로 뻗어 내린 산줄기로 전라북도 임실군 성수면 산골인 것이다.

때는 조선 순조 27년(1827년)의 일이니 지금(2017년)부터 190년 전의 일이다. 나라에서 보이는 과거에 응시하기 위해 떠나는 형을 동생 김한필이 배웅하고 있는 것이다. 고향 남원부 진전방(眞田坊, 현 전북 장수군 산서면) 다리실[月谷]과 사창(社昌)이 여기서 얼마나 될까? 아마 수십 리, 아니 백 리가 넘을 지도 모른다. 과거를 보는 날은 아직도 석달 열흘이나 남았다. 하지만 이렇게 미리 떠나서 한성에 일찍 도착해야만 시험정보를 교환할 수가 있는 것이다. 형의 모습이 점점 멀어지자 동생 한필은 상이암(上耳庵)이 있는 부근 산으로 오른다.

상이암은 임실군 임실읍 동쪽 12Km쯤, 성수면과 진안군 백운면 사이에 솟아 있는 성수산(聖壽山,876.4m)에 있다. 성수산의 산계는 금남호남정맥상에 위치하는 장수 팔공산(八公山, 1,151m)의 서쪽지맥으로 '팔공산-마치령-구름재-임실 성수산-대운치-내동산-진안 성수면 성수산'으로 이어진다. 성수산을 경계로 북쪽의 물은 진안군 백운면의 백운천으로 흘러 섬진강의 본류를 이루고, 남쪽의 물은 임실 성수면 월평리를 거쳐서 섬진강의 지류인 둔남천으로 흘러 순창군 적성면에서 섬진강 본류와 합쳐진다. 이 상이암에는 고려 태조 왕건(王建)과 근세조선 태조 이성계(李成桂)가 하늘과 부처에 기도를 올리고 왕위에 올랐다는 이야기가 전해지고 있다.

성수산을 약 600m쯤 오른 곳에 있는 조그마한 사찰 상이암은 신라 헌강왕 1년(875년)에 도선국사(道詵國師)가 창건하고, 1394년 조선 태조 3년에 각여선사(覺如禪師)가 크게 증수하였다. 고려와 조선 태조의 창업 기운이 서린 이곳 성수산은 1894년 동학농민혁명 때 농민군 3

대 지도자의 하나인 김개남이 여름 한철 머물렀기에 관군과 전투로 갑오동학혁명 때 불탄 것을 1909년 순종 융희 3년 김대원선사(金大圓禪師)가 다시 지었다. 성수산은 대한제국 말기 임실출신 의병장 이석용이 의병들을 모으고 거사를 도모했던 곳이기도 하다. 한국전쟁 때 또 불타서 재건위원들이 다시 중창하여 1958년 11월 28일 법당상량식을 거행하였다. 현재 상이암은 법당을 비롯해서 칠성각, 산신각, 요사채 등이 있고, 법당 앞쪽 마당 너머에 태조 이성계의 글씨를 보관한 어필각이 있다. 칠성각 편액은 조선후기 3대 명필 창암 이삼만 글씨인데 따로 불타지 않고 보관되어 있다.

도선국사가 이곳에서 도통하고 내려간 곳이 송도(松都:고려의 서울이 된 개성)였다고 한다. 도선은 송도의 왕씨(王氏) 집안에 이르러 '내년에 반드시 귀한 아들을 얻을 것'이라고 예언했는데, 그 예언대로 아들을 얻으니 그가 바로 왕건이었다는 것이다. 왕건이 17세 되던 해, 그는 도선과 함께 전국 명산을 두루 찾아다니다가 성수산에 올랐는데, 도선은 왕건에게

"이 산이 흥하면 나라와 집안이 흥하고[此山興則邦家興(차산흥즉방가흥)이요], 이 산이 망하면 나라와 집안이 망할진대[此山亡則邦家亡(차산망즉방가망)], 바야흐로 왕공(王公)은 성지(聖地)에 발을 들여 놓았으니 이 산에 정성을 드리면 대망을 이룰 수 있을 것입니다."하였다.

도선의 말에 따라 왕건은 백일기도를 했으나 효험이 없어 사흘 동안 더해 103일을 기도하고 골짜기의 물[沼]에 가서 목욕하고 있는데, 뜻밖에 소년[童子] 하나가 나타났다. 왕건이 성과 사는 곳을 묻자 성은 불가(佛家)로 이름없는 마을에 산다고 한 후, 시 한 수를 읊고 자취를 감추었다. 부처가 모습을 보인 것을 깨달은 왕건은 매우 기뻐하면서 이곳을 환희담(歡喜潭), 산 이름을 팔공산(八公山), 암자를 도선의 이름을 따 도선암(道詵庵)이라 했는데 과연 왕건은 고려를 세운 태조 임금

이 되었다. 고려 태조 왕건이 관음보살의 계시를 받고 기뻐서 쓴 歡喜潭(환희담)이라는 친필 글씨는 바위에 새겨져 지금까지 남아 상이암 철성각 오르는 길과 계단초입이 만나는 지점 부근에 있다. 길 옆 벽쪽으로 높이 125cm의 작은 암석이 세워져 있고, 거기에 '歡喜潭(환희담)'이라고 새겨져 있다. 환희담 글씨 옆에는 작은 글씨로 후대에 쓴 것으로 보이는 왕태조필(王太祖筆)이라는 글씨가 새겨져 있다.

고려말 도선암에 각여 선사(覺如禪師)가 있었는데, 안변(安邊) 석왕사(釋王寺)의 무학 대사(無學大師, 속명 朴自超, 경남 합천 출생)를 찾아간 이성계에게 무학은

"일천 집에서 한꺼번에 우는 닭울음[千家鷄一時鳴(천가계일시명)]은 고귀(高貴)함을 뜻하며, 온갖 나무의 꽃이 한꺼번에 떨어짐[萬樹花一時落(만수화일시락)]은 꽃이 지면 열매 맺음을 뜻함이요, 큰 바닷속에 들어가 머리에 관을 쓰는 것[頭載冠昇入大海(두재관승입대해)]은 필시 용상에 오를 꿈이므로 정성껏 기도하며 기다리십시오."라고 꿈풀이[解夢]를 해 주며, 팔공산 도선암의 각여선사에게 가서 기도하면 신의 도움을 받을 것이라고 하였다. 그래서 이성계도 도선암에서 백일기도를 했다. 효험이 없자 3일 더 한 후 환희담에 들어가 목욕을 했는데, 어린 중이 와서 같이 목욕을 했다. 어린 중이 간 후 거동이 심상치 않아 근처의 절에 가서 물어보니 그런 중은 없다고 하였다. 이성계는 그가 바로 왕건이 만났던 관세음보살인 것을 깨닫고 바위 위에 '三淸洞(삼청동)'이란 글자를 새겼다. '삼청(三淸)'은 본래 도교에서 신선이 산다는 이상세계를 말하는 것으로 옥청(玉淸)·상청(上淸)·태청(太淸)을 지칭한다. 성수산 부근에 삼청리(三淸里) 마을이 있는데 산과 물과 돌이 모두 맑으므로 삼청리라고 했다고「한국지명총람」에 설명해 놓은 것으로 볼 때 이성계가 쓴 삼청동의 삼청의 의미는 '신선이 사는 것 같은 깨끗하고 맑은 깊은 산중과, 이곳에서 몸과 마음을 씻어내 심신이 맑아진

세계를 의미하는 것'으로 보인다.

이로부터 얼마 후, 밤 하늘에 서광이 비치고 백색 무지개가 서울 자미궁(紫微宮) 안으로 뻗쳤는데 공중에서는 '이공 성계(李公 成桂)는 성수 만세(聖壽萬歲)'를 누리라' 는 소리가 크게 들려 산에 세 번 메아리쳐 이성계의 귀에까지 들렸다.

과연 이성계는 조선을 건국하고 태조가 되어 무학 대사를 국사(國師)로 섬기고, 성수만세에서 성수(聖壽)를 따고, 성수만세 소리가 이성계 임금[上]의 귀[耳]에 들렸다고 하여, '팔공산 도선암(八公山 道詵庵)'을 '성수산 상이암(聖壽山 上耳庵)'으로 이름을 바꾸었다. 팔공산의 지명이 임금의 천수(天壽)를 뜻하는 성수산(聖壽山)으로 바뀐 것이다. 이성계가 몸소 쓴 '三淸洞(삼청동)'이란 글씨는 그 후 자연석을 다듬어 암자 입구에 세우고 집을 지어 세워 '어필각(御筆閣)'이라 하였는데 상이암 입구에 지금도 세워져 있다.

한필이 이렇게 멀리 형을 배웅하게 된 것은 두 가지 이유가 있었다. 하나는 형의 과거 급제를 기원하는 일이고, 다른 하나는 한익, 한필 형제에게 아들을 점지해 달라는 백일기도를 고려와 조선 건국 전설이 깃든 상이암에서 올리기 위한 일이다. 사실 그 때 마흔한 살인 한익과 서른네 살인 한필에겐 아직 대를 이을 아들이 없었던 것이다.

한필은 상이암 절의 주지 스님의 안내로 요사채의 신도들이 기도하기 위해 거처하는 방으로 갔다. 가지고 온 짐을 방에 놓고 나니 다리실과 사창의 일이 걱정되었다. 자기를 따라온 꺽쇠를 내일 집으로 보내야겠다고 생각했다. 해는 벌써 서산으로 기울고 있었다.

밤.

산골짜기의 물에 목욕재계한 한필은 100일 기도의 첫날밤을 맞는다.

"우주 만물의 길흉화복을 주관하시는 옥황상제(玉皇上帝) 하느님이시여, 대자대비하신 부처님이시여, 대보공(大輔公) 이하 열조(列祖)님이시여, 우리 형님 김한익이 과거에 급제할 수 있도록 보살펴 주십시오. 또한 더욱 바라옵는 것은 저희 형제가 혼인 후 오랜 세월이 흐르도록 대를 이을 아들이 없으니 아들 하나만 점지해 주시기를 간절히 비옵나이다. ……."

한필의 기도 소리와 함께 밤은 자꾸 깊어만 갔다.
얼마나 많은 시간이 흘렀을까?
얼마나 많은 세월이 흘렀을까?


3년도 넘게 지루하고 갑갑하게 느껴지건만 한필이 상이암에 온 지는 오늘로 석 달 열흘째가 된다. 다리실[月谷] 큰댁에 계시는 아버지(誠敬齋성경재)는 안녕하신지, 사창에 있는 아내(문화유씨)는 잘 지내는지 갑갑하기 짝이 없다. 물론 식량을 가져오는 하인 꺽쇠가 양쪽의 소식을 전하고는 있지만 그립고 궁금한 마음은 어찌할 수가 없다.
이 날 밤은 더욱 정성된 마음으로 몸을 씻고 기도를 올렸다.
한필은 오원강(烏院江, 임실군 관촌 사선대 앞을 흐르는 강, 섬진강 상류임)가를 거닐고 있었다. 백발의 신선 같은 노인이 낚시질을 하고 있었다.
"잘 잡히는지요?"
한필의 물음에 노인은 아무 대답도 없이 물가에 담가 두었던 다래끼(고기 담는 대나무로 엮은 그릇)에서 싱싱한 잉어 한 마리를 꺼내 준다. 한필이 받자 잉어는 팔딱 뛰어오른다. 깜짝 놀란 한필이 팔을 벌려 가슴에 받아 안았다. 눈을 뜨니 주위는 아직 깜깜하다. 멀리 산골 마을에서 닭울음소리가 들리는 듯하다.
이상도 하다.
잉어라, 잉어…….

꿈속에서 받은 잉어.

한필은 꿈을 깬 지금도 잉어를 안고 있는 것 같은 생생한 감격을 안고 있었다. 이제 날이 새면 백 일 만에 그립던 아버지와 아내를 만나러 고향으로 돌아가는 것이다.

날이 밝자 주지 스님을 하직한 한필은 껑쇠를 재촉하여 고향 남원부 진전방으로 향한다.

다리실[月谷] 큰댁에서 아버지 성경재공(復鉉)은 아들 한필의 백일 기도를 높이 치하하며 즐거워한다.

"정말 갸륵한 일이다. 너의 갸륵한 정성, 하늘과 조상님도 가만있지는 않을 것이다."

사창(社昌)마을에 돌아오니 젊은 아내 문화유씨(文化柳氏)는 집 안팎을 단정히 정리하고 미소하며 맞는다.

"그 동안 얼마나 고생이 많았소?"

한필의 물음에

"아니예요, 오히려……?"

다소곳이 그 동안의 한필의 건강을 걱정하며 살핀다.

백 일 만에 만난 젊은 한필 부부.

서로를 그리워한 한필 내외의 운우지정(雲雨之情)은 거룩함 바로 그것이었다.

며칠 후.

한성에서 형 한익의 과거 급제 소식이 요란하게 전해졌다. 한익이 금의환향하던 날, 남원고을이 떠들썩하도록 축하 잔치가 벌어졌다.

그 후 형 한익은 조선 순조 때 자인현감(慈仁縣監), 김해부사(金海府使), 사간원대사간(司諫院大司諫)을 거쳐 철종 6년 1855년 11월 5일 병조참판(兵曹參判, 국방부차관)에 임명되어 강직한 성품으로 원칙과

정도로 국사를 행하니 조정과 사대부들의 칭송이 자자하였다.

한편 한필 내외의 좋은 금슬은 마을 사람들의 부러움을 샀다. 드디어 몇 해 지나지 않아 유씨 부인에게 태기가 있자 한필은 상이암 절에서 꾼 잉어 꿈을 생각하고 기대에 부풀었다.

"부인, 만일 사내아이를 낳으면 이름을 잉어라고 짓겠소. 즉, 돌림자 (항렬자) 물이름 락, 서울 락(洛)과 잉어 리(鯉)자를 합해 낙리(洛鯉)라 고 하겠소. 김낙리(金洛鯉), 어떻소?"

부인은 수줍어 얼굴을 붉힌 채 미소만 지을 뿐이다. 부인은 창평 현(昌平縣, 현 전남 담양군 창평면 혜곡리)에서 시집와서 창평댁 이라 불리웠다. 증 숙부인 문화유씨(贈淑夫人 文化柳氏, 정조 19년 1795.10.19~고종 11년 1874.06.20. 수 80세)는 정간공(靖簡公) 석헌 (石軒) 유옥(柳沃, 1487~1519)의 직계 후예 유상기(柳庠琪)의 딸이었 다. 관동별곡을 지어 가사문학으로 유명한 송강(松江) 정철(鄭澈)의 장인이 유옥 아들 유항강이다. 당대의 이름난 문장가를 손서(孫壻)로 둘 만큼 창평 석헌 유옥의 문화유씨는 명문거족이었다. 그 집안의 내력 있는 와송당(瓦松堂)에서 신방을 차렸을 새신랑 후곡(後谷) 또한 부, 자,손 3대에 걸쳐 임진·정유왜란과 정묘·병자호란에 아버지(1), 아들 (3), 손자(3) 일곱 사람, 7현(七賢)이 충절(忠節)을 세워 일문칠절(一門 七絶) 표창을 받고 서원 겸 사당 칠절사(七絶祠, 전북 남원시 이백면 내 기리에 있었음)를 세워 제향토록 하여 많은 국민들이 추앙했기에 가능 했을 혼맥이었다. 이후 남원 충경공 김익복 일문칠절 부안김씨는 타 성 씨들이 서로 혼인하고 싶어 하는 명문거족으로 이름을 떨쳤다.

한필 내외의 지극한 정성에 하늘도 감동했음인지 열 달 뒤에 우렁찬 울음을 터뜨리며 사내아이가 태어났다. 때는 조선 순조 32년(1832년) 임진년 음 7월 2일이었다. 유씨부인 38세, 후곡 김한필 39세 때였다. 한 필 아들이 복을 불러왔을까. 한필에게도 벼슬길이 열렸다. 어려서부터 형과 함께 한학자인 아버지 증 호조참판(贈戶曹參判) 성경재(誠敬齋) 김복현(金復鉉) 선생에게 수학(修學)한 한필은 기골마저 장대하였으니 곧 문무를 갖춘 걸출한 인물이었다. 고을 사람들이 한필을 평하기를 "성품이 순수하고 아름다우며 효성이 지극하고 형제간 우애가 깊으며 뜻과 행실이 돈독하여 향리 밖에까지 칭송이 자자하다."고 하였다.

이런 한필이기에 음사(蔭仕)로 천거되어 통정대부 행 절충장군 첨지중추부사 겸 오위장(通政大夫行 折衝將軍 僉知中樞府事兼 五衛將 : 궁궐 경비대장, 현 대통령 경호실장)에 나아가게 된다. 김한필(金漢弼, 정조 18년 1794.07.12~고종 14년 1877.01.26. 수 84세)의 자(字)는 양숙(良叔), 호는 후곡(後谷)이다. 병조참판 김한익(金漢益, 정조 11년 1787.06.26.~철종 10년 1859.08.08. 수 73세)의 자(字)는 겸수(謙叟), 호는 제곡(悌谷)이었다. 병조참판인 제곡과 오위장인 후곡의 나라 사랑과 충성스런 직무수행은 왕실의 감동을 가져와 많은 봉토(封土:莊地)를 하사받았는데, 후예들의 전답과 진안 임실 장수지역 후곡 후예들의 종산들인 임야(山地)는 후곡의 공로에 보답하는 조선왕조의 녹봉에 후예들이 더 늘려나간 것이다. 광복 후 대한민국 정부수립으로 토지 개혁이 실시되어 많은 전답은 경자유전(耕者有田) 원칙에 따라 소작인들에게 거의 무상으로 분배되었다.

이런 연유로 후곡(後谷) 김한필(金漢弼)의 아들 창은(昌隱) 김낙리(金洛鯉) 후예들은 잉어를 먹지 않는다.

위에 말한 한익은 병조참판을 지내 부안김씨 집안에서 참판공(參判公)이라 부르고, 한필은 후곡공(後谷公), 또는 오위장공이라 부른다. 후곡은 필자의 5대조이시고, 후곡 아들 낙리(洛鯉)는 필자의 고조할아버지시다. 객관성 있는 표현을 위해 존칭을 삼갔다.

후곡의 간절한 정성에 감동한 하늘의 뜻에 따라 태어난 아들 낙리(洛鯉)는 자(字)를 치원(致遠), 호를 창은(昌隱)이라 하였다. 창은공은 번식력 왕성한 잉어를 상징한 태몽으로 태어난 때문이었을까? 뒷날 낙리는 7남 3녀 ─, 10남매를 두어 집안의 번성을 가져왔으니 어찌 한 집안만의 자랑스럽고 감격스런 이야기에 머물 일이겠는가?

─────────────

1) 필자 김종원(金鐘元)은 재종숙(再從叔) 김두철(金斗喆), 중부(仲父) 김권철(金權喆)님으로부터 조상에 읽힌 이야기를 1983년 12월에 듣고 재구성함. 재종숙 김두철 님은 해마다 상이암에 시주미를 보낸다고 하였다.

2) 2016년 3월 1일 현재 창은공(昌隱公, 洛鯉) 자손 현황은 아들 7명, 손자 20명, 증손자(曾孫子) 42명, 현손자(玄孫子) 99명, 5대손(來孫내손) 110명, 6대손(昆孫곤손) 29명이다. 남자 307명, 여자 279명 총계 586명이다. 각 성씨마다 이런 아름다운 이야기가 있을 것이다. 이런 이야기를 모으면 배달민족사(倍達民族史)가 되고 국사(國史)의 부족한 면을 채우는 이면사(裏面史)가 되어 나라 역사를 풍성하게 할 것이다.

## 4. 후곡 김한필 자손록

 * 족보 하면 딱딱하고 어렵다고들 하는데 옛날이야기처럼 재미있게 읽히는 집안 이야기를 만들려고 시도했다. 후곡 증손자 42명까지 기록한다.

<u>후곡공(김한필) 아들(1) 딸들(2): 낙(洛 : 물 이름 락, 서울 락)자 항렬</u>

아들 **낙리**(洛鯉 순조 32년 1832. 07.02.~고종 광무 6년 1902.10.14. 수 71세)를 두었는데 아들은 7남 3녀, 10남매를 두었다. (위 족보 87쪽, 후곡 한필 장자 낙리洛鯉 참조)

후곡 **맏딸 부안김씨**(扶安金氏, 순조 壬午 1822.5.12~고종 乙卯 1879.11.5.향년 58세)는 월곡 창원 정설상(丁說相;순조 己丑 1829.2.21.~丁酉 1897.4.19. 향년 69세)에게 시집갔다. 정설상의 자는 국경(國卿), 호는 제암(梯庵)으로 사마시에 합격하여 의금부도사가 되었다. 창원정씨(昌原丁氏)는 도시조(都始祖) 당(唐) 대양군(大陽君) 정덕성(丁德盛; 800~892)이 신라 문성왕(文聖王) 15년 853년 전라남도 압해도(押海島)에 와 뿌리를 내려 우리나라 정씨(丁氏)가 시작된 뒤, 압해를 중심으로 영광·나주·의성·창원 등으로 분파된 성씨이다. 신라 군장(軍將) 정필진(丁必珍)이 의창군(義昌君; 의창은 昌原의 古號)에 봉(封)해져서 시조가 되었다고 한다. 중시조 및 1세조는 전북 장수군 산서면 월곡(月谷;사계리·하월리) 입향조 고려 상호군(上護軍) 정연방(丁衍邦)이다. 정연방은 고려 문하시중 이능간의 사위다. 정연방이 장인(丈人) 고려 문하시중 영천부원군(寧川府院君) 이능간(李凌幹; ? ~1357)이 벼슬을 그만 두고 고향 거령현(居寧縣, 전북 임실군 지사면 영천리가 소재지였던 현)으로 내려올 때 함께 내려와 이능간의 월곡 농장을 유산으로 받아 정착했다고 한다. 창원정씨(昌原丁氏) 중시조 정연방이 월곡에 정착한 것은 지금(2021년)부터 670여 년이 된다. 정연방 자손으로 특출한 인물 유헌(遊軒) 정황(丁熿 ; 1512~1560)은 명종 때 절의를 지켜 을사사화로 13년 동안 곤양(사천)과 거제도에 유배되어 배소에서 순절했다. 사후 예조판서 증직과 충간공(忠簡公) 시호를 받고, 도덕 문장 충효 절의로써 유림의 추앙을 받아 영천서원(川書院)에 배향된 인물이다. 유헌 정황은 후곡 김한필의 맏딸 부군 정설상의 선조이다.

후곡 **둘째 딸 부안김씨**(扶安金氏, 1827년 丁亥~1881년 辛巳 2월 25일 卒, 향년 55세)는 화순 사는 청년 송제(松齊)제주양상봉(梁相鳳, 순조 辛卯 1831.1.3.~1908 戊申 8.28, 향수 78세)과 혼인했다. 양상봉이 한양 땅에 과거보러 오가는 과객으로서 당시 과객들에게 후한 대접을 하는 것으로 소문난 후곡 김한필 선생 집 사랑방에 묵으면서 정이 들어 사위가 되었다. 제주양씨 시조는 양을나(良乙那)이다. 그 자손으로 광순사(廣順使) 양탕(良宕)이 신라국에 입국하면서 양탕(梁宕)으로 성(姓)을 바꿔 개성조(改姓祖)가 되었고, 그 자손으로 신라 한림학사를 지내고 한라군(漢拏君)에 봉해진 양순(梁洵)이 제주를 본관으로 얻게 되고 중시조가 되었다고 한다. 그 후 신라 신문왕 2년(682) 양우량(梁友諒)이 남원군(南原君)에 봉해져서 양우량이 남원양씨(南原梁氏) 시조로 분관(分貫)되어 나갔다. 양순 22세손으로 화순 도곡에 종가터를 잡고 정착한 사람이 양이하(梁以河)다. 양이하 아들 학포공파 파조 학포 양팽손(學圃 梁彭孫 1488 ~ 1545)의 11대손이 양상봉이다. 양상봉은 양규영(梁奎永)의 아들로 자(字)는 명보(鳴甫) 호(號)는 송제(松齊)로 사숙(私塾)으로 후생(後生) 교육에 힘썼다고 한다. 충절을 천금보다 중하게 여겼던 후곡 집안에서는 '포은 정몽주의 학문정신을 배운다.'는 뜻으로 학포당(學圃堂)을 지어 후학을 가르쳐 호(號)가 된 학포(學圃) 양팽손의 정신과 피를 이어받은 그 자손 양상봉을 알아보고 흔쾌히 둘째 딸을 주어 사위로 맞아들여 한동네에서 살게 했던 것이다. 후곡은 친정 사창마을에 눌러앉은 둘째 딸에게 전답과 산까지 일부를 떼어 상속해 주었다. 그 범호골산은 사창 제주양씨들의 종산이 되었다. 양상봉이 사창마을 부안김씨 가문에 장가들어 사창에는 제주양씨가 처음으로 대대로 살게 되었다. 후곡 둘째 딸 부안김씨는 아들 익묵(益默), 근묵(根默), 인묵(仁默) 셋을 두었다. 그 후 이 부안김씨 외손 후예들에게서 교장, 박사와 대학교수들이 여럿 나왔다. 양회영(梁會榮,1926.12.3~ ) 계월초 교장·국민훈장 목련장, 양철승(梁哲承,1948.12.16~ ) 익산초 교장·황조근정훈장, 양환승(梁煥承,1926.10.12~2003.10.22) 전 전북대 농대학장·한국잡초학회장,양갑승(梁甲承,1951.9.12~ ) 전남대 교수, 양동욱(梁東旭,1951.1.30~2019.3.5) 의학박사·전남대 의대 교수, 양진승(梁辰承,1956.3.9~ ) 명지대공과대학장.공학박사,양동현(梁東炫)광주현대병원장,양회경(梁會梗, 1937.7.17~ ) 철도청 행정사무관, 양해승(梁海承,1962.3.2~ ) 국립공원관리공단 소장, 양래승(梁來承,1957.5.22~ ) 한국 최초칼라모니터수출개발·특허다수, 양두승(梁斗承,1960.5.20.~) 증권회사부사장·베트남코팩회사창립,양대열(梁大烈,1977.7.17~ )내과전문의·광주해피뷰병원장, 양홍렬(梁弘烈,1986.12.26.~ ) 정형외과전문의 등이 있다.

후곡은 아들 낙리에게 누대로 내려오는 효제충신(孝悌忠信)을 입신의 근본으로 삼아 가정교육을 철저하게 시켰다. 아들 낙리는 사촌 형낙린(洛麟), 아들 종술(鍾述)과 함께 산서면 입향조 담허재 김지백(金之白) 선생의문집 「담허재집」을 고종 32년 1895년 목판본으로 발간하였다.

## 후곡공(김한필) 손자(7) 손녀(3) : 술(述 지을 술)자 항렬

이 시기는 구한말과 일제침략기를 살아온 불행한 세대로 가풍을 보면 뚜렷한 관직을 누릴 시대가 아니었다.

아들 창은공 낙리(洛鯉)는 종술(鍾述), 응술(應述), 호술(灝述), 희술

(禧述), 영술(英述), 홍술(洪述), 철술(喆述) 딸 풍천 노정현(盧正鉉), 고령 신익구(申益口), 청주 한도술(韓道述) 7남 3녀 10남매를 두었다. 장남 종술은 조상의 유업을 잇기 위해 아버지와 9대조 지백의「담허재집」을 발간했고, 3남 호술은 자(字)가 경호(敬浩)로 성품이 엄격하고 기백이 호걸스러웠으며 뜻이 바르고 의로워 나라가 망하자, 자(字) 김 경호(金敬浩)의 이름으로 구한말 전라북도를 대표하는 의병장 이석용 (李錫庸, 1878~1914) 장군과 의병을 일으켜 활동하였으며 친족과 화목하였다. 넷째 희술(禧述)은 자(字)가 경선(敬善)으로 김경선(金敬善)이라는 이름으로 동학에 가담하여 그 후유증으로 일찍 별세한 것으로 전해지고 있으니 가족 분위기로 보아 민족의식이 투철한 집안이라고 할 수 있다. 의병 투쟁 당시는 구한말과 일제침략기로 역적 소리를 듣는 일이라서 쉬쉬하고 숨기다가 최근에야 하나씩 밝혀지고 있다. 하긴 갑오동학농민혁명을 1980년대까지도 동학란으로 가르쳤으니 가담자들이 그 사실을 최근까지 숨긴 것은 너무나도 당연한 일일 것이다.

창은공 낙리 장남 종술(현계댁)은 아들 형신, 형원, 형문, 형렬과 딸 안종원 황면주, 정종대, 최세석, 이준구, 윤당섭 4남 6녀를 두었다. 2남 웅술(노단댁)은 아들 형규, 형기, 병희와 딸 정운창, 서승두, 안형섭, 한도수 3남 4녀를 두었다. 3남 호술(남생댁)은 아들 형모, 형덕, 형무와 딸 양도수, 이기홍 3남 2녀를 두었다. 4남 희술(홈실댁)은 형진, 형균, 형재와 딸 홍순주를 두었다. 5남 영술(내촌댁)은 아들 형두, 형수와 딸 이만영, 이숙길, 장제익, 이수의 2남 4녀를 두었다. 6남 홍술(탑진댁)은 아들 형로, 형후, 형희와 딸 형황욱, 이남희, 김학수 3남 3녀를 두었다. 7남 철술(이동댁)은 아들 형록, 형삼과 딸 박종식 최봉구 2남 2녀를 두었다.

# 후곡공(김한필) 손자 곧 창은공(昌隱公) 김낙리(金洛鯉) 아들 7형제

1. **종술**(鍾述, 철종 8년 丁巳1857.1.23.~庚申1920.11.19.향년64세) 자 (字) 경행(敬行), 호 오헌(梧軒), 배 전주이씨(**현계댁**), 김해김씨(3남 2녀), 장흥마씨(1 남 4녀) 총 자녀 4남 6녀 형신(炯信)·형원(炯遠)· 형문(炯文)·형렬(炯烈), 죽산 안종원(安鍾遠)·장수 황면주(黃沔周)· 경주 정종대(鄭鍾大)·전주 최세석 (崔世晳)·전주 이준구(李濬求)· 남원 윤당섭(尹樘燮)

2. **응술**(應述, 철종 13년 壬戌1862.3.30.~고종 光武 5년 辛丑1901.7.10. 향년 40세) 자(字) 경천(敬天). 흥덕장씨(**노단댁**, 3남 4녀), 자녀 형 규(炯奎)·형기(炯箕)·병희(炳羲), 연일 정운창(鄭雲彰), 부여 서승 두(徐承斗)·순흥 안형섭(安亨燮)·청주 한도수(韓道洙)

3. **호술**(灝述, 고종 1년 甲子1864.12.12.~丙辰1916.1.24. 향년 53세) 자 (字) 경호(敬浩), 1907년 의병장 이석용 장군의 정미의병(丁未義兵) 에 참가, 배 한양조씨(漢陽趙氏;**남생댁**, 3남 2녀) 자녀 형모(炯模)· 형덕(炯德)·형무(炯懋), 남원 양도수(楊道洙)·전 주 이기홍(李起洪)

4. **희술**(禧述, 철종 13년 壬戌1862.3.13.~고종 光武 3년 己亥1899.8.22. 향년 38세) 자(字) 경선(敬善), 호 사창(社昌), 동학농민혁명 참가, 배 죽산박씨(**홈실댁**, 3남 1녀) 자녀 형진(炯珍)·형균 (炯均)·형재(炯 才), 남양 홍순주(洪淳柱)

5. **영술**(英述, 고종 2년 乙丑1865.5.20.~庚辰1940.6.9. 향수 76세) 자 (字) 영화(英和), 배 전주최씨(**내촌댁**, 2남 4녀) 자녀 형두(炯斗)·형

수(炯壽), 광주(廣州) 이만영(李萬榮)·광주(廣州) 이숙길(李淑吉)·구례 장제익(張濟翊)·전주 이수의(李壽儀)

6. **홍술**(洪述, 고종 7년 庚午1870.12.25.~己卯1939.9.20. 향수 70세) 자(字) 경우(景禹), 배 경주김씨(**탑진댁**, 3남 3녀) 자녀 형로(炯櫓)·형후(炯煦,따뜻할 후)·형희 (炯熙), 진주 형황욱(邢煌旭)·연안 이남희(李南熙)·경주 김학수(金學壽)

7.**철술**(喆述, 고종 12년 乙亥1875.3.16.~甲寅1914.8.16. 향년 40세) 자(字) 경칠(敬七) 배 남원윤씨(**이동댁**, 2남 2녀) 자녀 형록(炯祿)·형삼(炯三), 밀양 박종식(朴鐘植)·전주 최봉구(崔鳳九)

## 후곡공 증손자(20 명) 증손녀(22 명) : 형(炯 빛날 형)자 항렬

\* 이하 생부 구분 없이 출생순으로 기록한다.( )속은 대표적인 관직이나 사회활동

응술 1남 **형규**(炯奎, 1881.1.8.-1908.7.7. 향년28세 ; **이계댁**양천허씨)는 아들 호철(안철, 생부 형기 장남)과 딸 정성수 1남 1녀를 두었다. 묘 사창 앞산

희술 1남 **형진**(炯珍, 1887.6.20.-1963.12.18.수77세; **새터댁**전주이씨)은 아들 동철(전주 복숭아과수원 경영)과 딸 김학진 남매를 두었다.묘 북창 안산

영술1남 **형두**(炯斗,1889.5.21.-1936.5.25.향년47세; **용강댁**김해김씨)는아들 완철, 세철,원철과 딸 전승건, 임광택 3남 2녀를 두었다. 묘 북창 안산 임좌

호술1남 **형모**(炯模,1889.7.3.-1937.11.1.향년48세; **부동댁**풍산심씨)는
아들 병철, 한철, 종철과 딸 유선표, 정병순, 강신임 3남 3녀를 두었다.
제5대 산서면장을 역임했다. 묘 북창 안산 선영 부부합폄

응술 2남 **형기**(炯箕,1889.12.2.-1976.1.25.수88세; **서창댁**남양홍씨)는
아들 호철(안철, 형규로 出系), 윤철(이사관)과 딸 아기, 보순, 필녀, 계
순, 현필, 순철 2남 6녀를 두었다. 묘 사창 지름댕이 도로변 자라봉 산자
락 부부 쌍분


희술 2남 **형균**(炯均,1890.2.11.-1973.6.17.수74세; **텃골댁**남양홍씨)은
아들 환철, 권철, 은철 효철과 딸 김용진, 한상선 4남 2녀를 두었다. 사
상리 1대 구장(1935.6.~1945.6.)을 역임했다. 묘 사창 오정골 양지 부
부 쌍분임좌

호술 2남 **형덕**(炯德,1891.6.11.-1953.1.15.향년63세; **이호댁**남원양씨)
은 아들 홍철, 만철과 딸 규순, 박희종, 계숙, 경주 최서방 2남 4녀 둠.묘
강화도

종술 1남 **형신**(炯信,1892.7.28.-1940.7.29.향년49세; **장성댁**행주기씨)
은 아들 두철, 응만, 승철(형문에게 양자出系), 우철과 딸 정숙, 정순 4
남 2녀를 두었다. 묘 사창 안산 선영 부부 합폄

호술 3남 **형무**(炯懋,1893.5.6.-1967.9.9.수75세; **배몰댁**경주이씨, 인동
장씨)는 기철, 재철, 상철, 훈철과 딸 윤수 4남 1녀 둠. 묘 한우물 종산
앞산 묘좌


희술 3남 **형재**(炯才,1895.5.23.-1920.2.7.향년26세; **회봉골댁**탐진최씨)
는 아들 문철(籍名 유철)을 두었다. 묘 임실군 지사면 한우물 종산 양촌
옆산

홍술 1남 **형로**(炯櫓,1897.3.26.-1956.12.24.향년60세; **구암댁**평택임씨,

평산신씨,김해김씨)는 아들 태철, 상철, 해철과 딸 최덕호, 최영호, 임은 상 3남 3녀를 두었다. 묘 사창 안산 숭조당에 봉안

영술 2남 **형수**(炯壽,1899.3.23.-1924.8.5.향년27세; **신흥댁**광주안씨)는 아들 인철, 경철을 두었다. 묘 임실군 오수면 오암리 자래골 선영 건좌

종술 2남 **형원**(炯遠,1898.9.15.-1948.7.21.향년51세; **신평댁**전주이씨) 은 아들 연철(순창, 완주, 고창, 정읍 4개 군수 역임)을 두었다. 묘 오정 골 양지 임좌

응술 3남 **병희**(炳義,1899.9.7.-1946.10.12.향년48세; **평지댁**전주이 씨)는 아들 규철, 준철과 딸 복순 2남 1녀를 두었다. 사상리 2대 구장 (1945.6.~1946.11.) 역임. 묘 산서면 사상리 가리대 뒷산 병좌

홍술 2남 **형후**(炯煦,1900.6.22.-1961.3.22.향년62세; **나븐들댁** 장흥마 씨)는 아들 갑철, 진철, 정철과 딸 학순, 학철, 학남 3남 3녀를 둠. 묘 사 창 안산 손좌 쌍분


홍술 3남 **형희**(炯熙,1903.6.19.-1968.11.17.향년66세; **월평댁**남양홍씨, 파평윤씨)는 아들 성철, 화철, 딸 보순, 순이, 성자, 옥순 2남 4녀둠. 묘 안산 봉안당

종술 3남 **형문**(炯文,1903.12.8.-1926.3.4.향년24세; **신창댁**황주변씨)은 아들 승철(생부 형신 3남)을 두었다. 묘 사상리 돌무렁 양지 간좌

철술 1남 **형록**(炯祿,1904.5.16.-1939.3.14.향년36세; **신안댁**경주김씨) 은 아들 우성(주철)과 딸 영현 1남 1녀를 두었다. 묘 사창 안산 서당골 간좌

종술 4남 **형렬**(炯烈,1906.12.19.-1976.10.11.수 71세; **봉곡댁**창원정씨) 은 아들 희철과 딸 명순, 연순, 덕순 1남 3녀를 두었다. 묘 오수면 군평 리 선영 쌍분

철술 2남 **형삼**(炯三,1911.6.9.-1972.3.25.향년62세; **방계댁**전주최씨)은

아들 성용(복철), 수철과 딸 복순, 옥자, 정순 2남 3녀 둠. 한우물산 납
골묘 봉안

## 후곡공 현(玄)손자(42) 현손녀(39) : 철(喆 밝을 철)자 항렬

 * 고조라고는 해도, 고손이라 안하고 현손이라 함. 그런데 현조는 또
5대조를 말함(혼동하기 쉬움)

형두 1남 완철(完喆,1909.1.28.-1978.6.24.수70세 계남댁 전주최씨)은
아들 종규, 종만(사업),종환(태권도 사범) 3형제를 두었다. 묘 학선리
입암 뒷산 건좌
형균 1남 환철(煥喆,1911.4.14.-1975.1.29. 향년65세 홍곡댁 청주
한씨)은 한학을 했으며 광복 후 사상리 5대 구장(1947.9.~1951.4.),
1952.4.25. 12명을 뽑는 제1회 산서면의회 의원선거에 출마하여 당선
되었다. 산서면장선거에 입후보하기도 했다. 아들 종훈(재건국민운동
장수군촉진회장), 종의(농수산부 주사, 농협 화양창고 소장), 종익(수
협직원, 오룡주유소 사장), 종진(수협직원, 사업)과 딸 계숙, 진순 4남 2
녀를 두었다. 묘 사창 큰골 아래 선영 임좌

형신 1남 두철(斗喆,1913.4.8.-1999.12.29. 수 87세 인촌댁 울산김씨)
은 부안김씨 담허재중중 문장(門長)으로서 집안을 이끌고 집안 병철,
은철 아우들과 남원, 부안 지역 조상 시제 모시기에 정성을 다했다. 아
들 종하(오수중고, 관촌중 영어교사), 종수(무주전매소장), 종환(롯데
우유잠실지점장)과 딸 용희 3남 1녀를 두었다. 묘 사창 조상거리 선산
뒷동산 쌍분
형모 1남 병철(炳喆,1914.2.29-1984.윤10.21.수71세 매안이댁 영광유

씨, 옥천김씨, 흥덕장씨)은 조상 제사 모시기에 지성스러워 남원, 부안 등지의 시제에 자주 참례하였다. 아들 종탁(완주군청 주사), 종갑(농업, 담허재중중 총무, 회장 역임), 종헌(국민은행지점장), 종준(보안대장)과 딸 종남 4남 1녀를 두었다. 묘 사창 앞산 범호골 경좌

형균 2남 **권철**(權喆,1914.8.17.-1992.8.31.수79세 **당골댁** 전주이씨, 함양여씨,안동권씨)은 자(字)가 만기(萬基)로 전주에 거주했다. 매우 활동적이어서 일제침략기에는 돈을 벌기 위해 만주지역까지 진출하여 활동하였고, 농축산물을 장수군 산서면 지역에서 활발하게 수집하여 전주에서 팔면서도 인자하고 호쾌한 모습을 보였으며, 기억력이 비상하였다. 공은 필자의 중부(仲父)로 1980년대 초 문중 가승첩발간과 가족사 집필의 뜻을 가지고 취재하는 필자에게 집안 내력을 소상하게 구술해 주어 지금 이러한 글을 쓸 수 있게 했다. 아들 종식(법률가, 학원 강사), 딸 종순, 순이(초등교사), 순덕(전주시청 공무원, 남편 목사), 순종(초등보건교사, 수녀), 덕순(약사), 선희 1남 5녀를 두었다. 묘 사창 안산 서당골 부부 3쌍분

형신 2남 **응만**(應萬,1916.1.15.-2000.10.15.수85세 **용정골댁** 전주이씨)은 일제침략기에 전주북중(전고)을 나와 일제침략기 마지막 산서면장을 역임하여, 광복 후 1946년 1월까지 산서면장의 직위에 있어 광복후 초대면장이었다. 1954년 5월 20일(목) 실시된 제3대 국회의원선거에 장수군지역구에 무소속으로 출마하였다. 8명 출마자 중 무소속 당선자 정준모(6,622), 송영선(5.299, 자유당), 무소속 김응만(4026) 3위로 낙선했다. 4·19혁명 직후 1960년 7월 29(금) 제5대 국회의원선거 장수군지역구에 민주당공천으로 출마했으나 7명 출마자 중 당선자 무소속 송영선(宋泳璿, 6,567), 민주당 김응만(金應萬, 6,307)으로 불

과 260표 차이로 아깝게 낙선하여 한을 남겼다. 아들 종문(초등교사), 종호(건설부 국토건설청 과장:사무관), 종근(농수산부 주사, 농협중앙회 부장), 종재(농업), 종소(농어촌개발공사 사원, 월남전 참전 국가유공자, 국립묘지 임실호국원 안장)와 딸 갑숙 5남 1녀를 두었다. 묘 사창 동녘산 선영

형덕 1남 **홍철**(烘喆,1916.10.27.-2005.7.20.수90세. **수곡댁** 이천서씨, 인동장씨)은 농업에 종사하며 아들 종주(회사원), 종승(회사원), 종균(인천공항공사 부장)과 딸 기현, 남현, 승현, 승덕 3남 4녀를 두었다. 묘 강화도

형균 3남 **은철**(殷喆,1917.2.17.-1979.3.3.향년63세. **화동댁** 광산김씨)은 필자의 선고(先考)로 천성이 총명하고 배우기를 즐겼으며 호방하고 근면성실하고 검소하였다. 맨손으로 시작하여 자수성가하였다. 우애가 깊고 언행에 사려 깊은 뜻이 있어 맏형 환철이 공자 맹자와 같다는 평을 하였다. 한학에 열심이어서 논어 맹자 등을 새벽마다 강독하였다. 조상 제사에 정성을 다 하여 지내기 위해 새벽같이 일어나 엄동설한에도 앞 냇가에서 얼음을 깨고 목욕재계하였으며, 남원 부안 등지의 조상 시제에 집안 두철, 병철 형들과 자주 다녔다. 아들 종회(농협은행 3급 은행원), 종후(농업, 장진산업 대표), 종태(롯데햄 부장, 신우산업 상무이사), 종원(시인, 신화중, 경동고 교장), 종상(회사원)과 딸 계순(회사원), 현순(남편 부이사관) 5남 2녀 7남매(9남매 중 남매는 어려서 졸)를 두었다. 묘 사창 지름댕이 윗논 건너 동쪽 산 간좌 부부 쌍분

형무 1남 **기철**(畿喆,1918.10.20.-1998.6.1.수81세. **군지실댁** 해주오씨)은 진익(농업), 수익(사업), 재익(농업), 문익(회사원)과 딸 종례, 갑의, 종분 4남 3녀를 두었다. 묘 사창 안산 부부 쌍분

형규 1남 **호철**(昊喆·안철安喆,1919.7.24.-북한거주. **해남댁** 해남윤씨)
은 일제침략기에 신학문을 하고 평양에 거주했다. 아들 세창(약사), 세
중(담배인삼공사 직원)을 두었다. 해남댁 묘 사창 안산 납골당 봉안

형재 1남 **문철**(文喆,1919.11.5.-1975.5.3.향년57세. **동녘골댁** 전주이씨,
남평문씨)은 전주 전매청에 다니며 전주에서 거주했다. 아들 종완(만
화가), 딸 희숙(요식업 사장) 1남 1녀를 두었다.

형두 2남 **세철**(世喆,1919.12.27.-1984.11.11.향년66세. **오산댁** 안동권
씨)은 종엽(농협중앙회 부장), 종명(회사원)과 딸 영자, 봉자, 현숙, 남
숙 2남 4녀를 두었다. 묘 지사면 북창 안산 선영 자좌

형문 1남 **승철**(丞喆,1920.4.17.-1964.3.2.향년45세. **예동댁** 광주이씨)
은 맏형 두철과 매사냥을 하는 등 풍류를 즐기고, 마을에 라디오를 들여
오는 등 신문명을 전파하고, 마을 청년들을 모아 배구 축구 같은 운동
팀을 조직하여 산서면 마을대항 운동회에서 사상리가 우승하도록 하
는 전통을 남겼다. 임실군 지사면소재지 방계리로 이사하여 지사정미
소를 운영했으나 병으로 조졸했다. 아들 용의(전북한지 사장), 용선(학
사장교, 대우전자 담보관리실장, 요식업 대표), 용규(부동산업 대표),
용주(약사), 용국(사업)과 딸 점숙 5남 1녀를 두었다. 묘 사창 뒤 자라
봉 묘좌

형무 2남 **재철**(在喆,1920.12.25.-2010.3.18.수91세. **옥천댁** 광산김씨)
은 군산에 살면서 아들 종준, 효군과 딸 종숙, 종순, 윤옥, 영숙 2남 4녀
를 두었다. 묘 산서면 사창 안산 선영

형진 1남 **동철**(東喆,1921.10.20.-1985.4.20.수65세. **용산댁** 전주이씨)
은 전주에 살면서 아들 종규(행정사무관, 수원역전, 북문우체국장, 녹
조근정훈장 수훈), 종윤(한국통신공사 사원), 종성(금형기술자, 회사

원, 기독교회 장로)과 딸 기남, 기순, 기숙 3남 3녀를 두었다. 묘 지사면 북창 안산 선영

형로 1남 **태철**(泰喆,1922.4.22.-1979.9.25.향년58세. **사암리댁** 한양조 씨)은 장수군 산서면소재지 동화리에 살면서 경남여관을 경영했다. 기골이 장대하고 성격이 호방하여 산서시장상인연합회장으로 시장을 주도적으로 이끌었다. 아들 종진(회사원), 종호와 딸 옥례 2남 1녀를 둠. 사창 안산 숭조당 봉안

형신 4남 **우철**(宇喆,1922.9.12.-2008.10.20.수87세. **서도댁** 인동장씨)은 수의사로 임실군 오수면 소재지 오수에서 '오수가축병원'을 열고 원장으로서 오수 중심 산서 지사 덕과 삼계면 지역의 가축병 진료에 주력했다. 돈을 아끼지 않고 주사액과 소독수를 듬뿍 주입하여 가축을 진료함으로써 지역민들의 호평을 들었다. 아들 종찬(포항제철 사원), 종옥(군곡농장), 종엽(오수 길손식당 사장), 종구와 딸 명숙, 은숙 4남 2녀를 둠. 묘 오수면 군지실 봉비동 선영

형모 2남 **한철**(漢喆,1922.10.6.-1987.3.16.향년66세. **반곡댁** 금산김씨)은 전주에 살면서 아들 종인(담배인삼전매공사 사원), 종성(연예인)과 딸 종현, 숙현 2남 2녀를 두었다. 묘 북창 안산 선영

형무 3남 **상철**(祥喆,1923.6.19.-1995.9.25.수73세. **군산댁** 전주이씨)은 군산에 살면서 아들 희경, 딸 점순, 갑순, 경순 1남 3녀를 두었다. 묘 한우물 선영

형수 1남 **인철**(仁喆,1923.12.22.-1997.5.2.수75세. **오메댁** 안동권씨)은 산서면 용전마을에 살면서 아들 종렬(회사원), 종희와 딸 복남 2남 1녀를 두었다. 묘 지사면 한우물 종산 앞쪽 선영

형기 2남 **윤철**(鈗喆,1925.9.16.-2024.12.8.수100세. **홍정댁** 수원백씨)

은 서울대학교 법과대학을 졸업하고 행정부 이사관으로 승진하여 전매청 삼정국장,청주연초제조창장, 한국담배인삼공사연구원장을 역임하였다. 성품이 인자하고 온화하며 집안 우애를 중시하여 초대 담허재 서울종친회 회장을 역임하였다. 2024년 100세(1925.9.16.~2024.12.8.)로 별세하여 후곡공 자손들 철(喆)자 항렬로 최장수를 누렸다. 아들 종구(장미유치원 이사장), 창균(회사원, 조졸), 종기(회사원)와 딸 정미 3남 1녀를 두었다. 묘 사창 지름댕이 자라봉 산자락

형모 3남 **종철**(琮喆,1925.11.26.-1950.7.10.향년26세. **오룡댁** 밀양박씨)은 투철한 국가이념으로 경찰관에 투신하였으나 6·25전쟁을 만나 덕유산전투에서 적탄을 맞고 순국했다. 외아들 용덕(전매청 공무원 및 담배인삼공사 직원 정년퇴직, 전물군경유족회 전주시지회장, 재향군인회 전주시지회장 역임) 묘 사창 지름댕이 자라봉 선영 부부 쌍분 손좌.

형균 4남 **효철**(孝喆,1925.12.7.-1982.11.29.향년58세. **목들댁** 은진송씨)은 천성이 총명하고 쾌활했으며, 한학을 하여 풍부한 상식으로 마을 이장 및 총대활동을 통하여 동네 대소사에 적극 참여하고, 이웃을 배려하여 고을 사람들과 돈독한 관계를 유지하였다. 근면 성실로 농업에 종사, 자수성가하였다. 아들 셋 모두 대학교육을 시켜 자녀교육에 성공했다는 찬사를 들었다. 종보(국민은행 지점장), 종도(농협직원, BC카드 지점장), 종유(한국투자증권 지점장)와 딸 경순(남편 서울시 동대문구의원), 인순(남편 초등학교 교장) 3남 2녀를 두었다. 묘 사창 돌무렁이 양지 부부 쌍분

형원 1남 **연철**(年喆,1927.2.22.-2004.5.8.수78세. **서계댁** 인동장씨)은 순창·완주·고창·정읍 4개 군수를 역임하면서 목민관으로 명성을 얻었다. 당당한 체격에 호걸스런 풍모와 거침없는 언변으로 좌중을 주도했

으며, 두주불사의 거음(巨飮)에 호걸스런 웃음은 보는 이로 하여금 친밀감과 경외감을 느끼게 했다. 공작자이면서도 상부의 지시 명령에 옳고 그름을 따져 행하여 부하 직원들의 존경을 받았다. 정읍군수 재직 당시 김대중 야당총재가 동학농민혁명 기념식에 참석하자 상좌에 앉도록 한 것을 두고 전두환 쿠데타 신군부가 질책하자 곧 미련없이 직을 버린 것은 일문칠절의 가풍을 따른 의기(義氣)를 보인 행동일 것이다. 아들 용성(사업), 용범(사업)과 딸 용자(초등 교감), 미자, 난희, 진희 2남 4녀를 두었다. 묘 사창 오정골 양지 선영

형두 3남 **원철**(元喆,1928.4.17.-2012.12.8.수85세. **용전댁** 경주김씨)은 산서면 용전마을에 살면서 아들 종선, 종후와 딸 현남, 애자, 영남, 현순 2남 4녀를 두었다. 묘 지사면 북창(덕과면 용산리) 안산 선영

형수 2남 **경철**(庚喆,1928.11.18.-1968.10.27.향년41세. 부인 **진주 강금례**)은 경기도 성남시에 살면서 아들 종운(회사원), 딸 미자, 매자, 선희, 선숙 1남 4녀를 두었다. 묘 지사면 한우물 선영

형후 1남 **갑철**(甲喆,1930.7.3.-2009.10.8.수 80세. **진산댁** 단양우씨)은 6·25전쟁 때 청천강 이북 압록강변까지 진격하여 적을 무찔러 화랑무공훈장을 받은 참전 국가유공자로 사창에서 농업에 종사하며 아들 종백(사업), 종권(서울시 공무원)과 딸 정숙, 명숙, 연옥, 석순 2남 4녀를 두었다. 국립묘지 임실군 강진면 임실호국원 116037호에 안장되었다.

형덕 2남 **만철**(萬喆,1930.6.20-현 97세, **석곡댁** 옥천조씨)은 전주로 이사하여 살면서 아들 종석, 종국, 종성 3형제를 두었다. 석곡댁 묘 전주 효자동 공원묘지

형록 1남 **우성**(祐成,1931.4.18.-2002.5.10.수 72세. 부인 **풍천 노덕순**)은 아들 원석, 형준과 딸 현진, 정진, 지은 2남 3녀를 두었다. 묘 사창 안

산 선영

병희 1남 **규철**(圭喆,1931.3.15.-2016.4.14.수86세. **전주댁** 광산김씨)은 서울에서 미곡상을 경영하며 아들 종균(국민은행 지점장), 종우와 딸 은숙(행정 사무관) 2남 1녀를 두었다. 묘 사상리 기리대 뒷산 선영

형로 2남 **상철**(尙喆,1933.11.17.-1999.9.12.향년67세. **감수댁** 반남박씨)은 서울에 살면서 아들 종두, 형무(서양화 화백), 종엽과 딸 숙희 3남 1녀를 두었다.

형무 4남 **훈철**(訓喆:대원大源,1933.11.27.-2008.6.9.수76세. 부인 **남양 홍순자**)은 아들 효성(국민은행 지점장), 효진(전북경찰청총경, 임실경찰서장)과 딸 혜숙, 혜정 2남 2녀를 두었다.

형로 3남 **해철**(海喆,1936.5.20.-2012.10.9.수77세. 부인 **창원 정봉순**)은 종선, 종렬과 딸 정현 2남 1녀를 두었다.

형희 1남 **성철**(成喆,1936.11.20.- 현 91세. 부인 **김해 김옥순**)은 부산으로 이주하여 사업에 성공하였다. 선조들을 숭모하는 효심이 강하여, 담허재공 12대손 종원이 발의하고, 11대손 두철이 토지를 제공하여 짓기로 한, 백암공·명은공 이하 조상 시제를 모시며, 고향 떠난 자손들 여관 구실과 뿌리교육 장소를 겸할 수 있는 재실 이로재(履露齋) 건축비용을 아우 화철과 함께 쾌척하여 건립하였다. 국제로타리클럽 3660지구 초대, 2대 회장을 역임하였다. 아들 태현(고려철강 대표이사), 태환(사업)과 딸 수진, 경희, 경미, 지현 2남 4녀들 두었다.

형후 2남 **진철**(鎭喆,1936.12.5.- 현 91세. **신촌댁** 남원윤씨)은 사상리 이장과 참사로서 새마을지도자 활동으로 농업발전에 공을 세워 대한민국정부로부터 철탑산업훈장을 받았다. 사창 부안김씨 문중 두철 담허재종중 도유사로부터 도유사를 물려받아 수십 년 종중을 원만하게

잘 이끌었다. 담허재공 내외분부터 창은공 내외분까지 지내는 고향의 조상 제사에 정성을 다 하였고, 남원 부안 등지의 윗대 조상 시제에도 자주 참례하였다. 아들 종은(공군 대령 예편), 종국과 딸 경영, 경선 2 남 2녀를 두었다.

형희 2남 **화철**(和喆,1937.11.18.–2014.11.14.수78세. 부인 **강화 노숙자**)은 대전에서 유성송어장을 경영하며 아들 종원(鍾遠)과 딸 경자를 두었다.

형삼 1남 **성용**(惺容:복철福喆,1938.11.13.–2020.1.23.수83세 부인 **광주 안옥남**)은 서울에 살면서 아들 영석, 도영과 딸 영미, 현미 2남 2녀를 두었다. 묘 한우물 선영 납골묘 봉안

병희 2남 **준철**(俊喆,1939.1.19.–1983.4.8.향년45세. **완주댁** 진주강씨)은 전매청에 근무하며 아들 형륜(코인전문가)과 딸 경희, 선희, 미희, 영희, 정화 1남 5녀를 두었다. 부부가 직장 사람들과 관광버스로 경주 석굴암을 다녀오던 중 버스가 절벽 아래로 전복되는 참화를 당하여 향년 45세와 41세로 별세하였다. 맏형 규철이 어린 조카들을 서울로 이주하도록 주선하여 자녀들이 서울로 이사하였다.

형렬 1남 **희철**(禧喆,1939.4.13.– . **장안댁** 죽산박씨)은 중고등학교 행정실 직원으로 근무했으며, 전주에 거주했다. 아들 종선, 종진과 딸 은주, 소영, 소희, 은혜를 두었다.

형삼 2남 **수철**(洙喆,임오 1942.9.7.~정유 2017.10.2.수76세, 부인 **창녕조복순**)은 부천시에 거주하였는데 만년에 임실군 지사면 안하리 대정동(한우물) 양촌마을 담허재 제각과 선산 관리주택으로 이사하여 종중 일에 열심을 보였다. 아들 경남을 두었다.

형후 3남 **정철**(正喆,1946.12.15.– 현 81세. 부인 **전주 최봉례**)은 남원

시에서 남원안경점을 경영하면서 서예를 배워 대한민국 서예부문 미술대전 대상과, 통일부장관상을 수상했다. 지리산천년송보존회장을 맡고 있으며, 부채박물관을 만들어 남원시에 기증하고, 부채연구소와 전주한옥마을에 부채판매점를 운영하고 있다. 아들 종엽, 종필과 딸 은경 2남 1녀를 두었다.

형삼 3남 도철(道喆, 1954.7.29.-1978.11.20.)은 연탄가스 중독으로 모친과 함께 25세로 안타깝게 조졸했다.

## 후곡공 내손자(來孫子 : 5대손 99명) 내손녀(5대손녀 88명) : 종(鐘 쇠북 종)자 항렬

  * 쇠북 종자 정자는 분명 鐘이고, 鍾자는 술잔 종, 술병 종, 쇠북 종 약자 등으로 일컫는데, 원칙은 쇠북 종(鐘)자 정자를 써야 맞는데 모든 족보와 호적까지도 쇠북종 정자를 안 쓰고 술잔 종(鍾)을 썼는데 속자보다는 정자를 써야 맞다고 봄. 종자 항렬 이후 기록은 다음을 기약하기로 한다.

  화동 선생 고조 후곡공 자손은 위와 같이 많이 번창했다. 화동 선생의 아들뻘인 종(鍾)자 항렬 99명의 자녀에서 손자뻘 수(洙)자 항렬도 100여 명 이상으로 자손이 번성하였다.

# 제4장

## 화동 삶 연보 현대사

## ✲ 화동 2살 1918년 무오년에 있었던 일들

1월 17일 조선총독부에서 고등고시령과 보통고시령을 공포하고, 18일에는 조선어사전을 편찬했다. 3월18일에는 박치화(朴致和) 등 12명이 경남 하동에서 대한독립선언서를 발표했다. 해가 바뀌니 무오년이다.

텃골댁 내외는 무럭무럭 잘 자라는 아들 은철이 대견스러워 흐뭇한 미소를 짓는다. 음력 이월 열이레 아기 은철의 첫돌에는 미역국을 끓이고 시루떡을 하여 돌잔치도 했다. 형균의 형제자매들이 모여 아기의 무병장수와 자손 번창을 빌었다.

1918년 8월에는 여운형(呂雲亨) 장덕수(張德秀) 김구(金九) 등이 중국 상하이에서 신한청년단(新韓青年團)을 조직했다. 9월 1일에는 한용운(韓龍雲)이 불교지 유심(惟心)을 창간했다. 10월 16일에는 허영숙(許英肅)이 여성 최초로 의사시험에 합격하였다. 10월 31일에는 대구선(대구~영천) 및 경동선(慶東線,하양 ~포항) 철도가 개통되었다. 11월 5일 총독부는 토지조사사업을 완료하였다. 11월 11일 독일이 연합국에 항복함으로써 제1차세계대전이 끝났다. 11월 13일 조소앙(趙素昂) 등 39명이 만주 길림성에서 무오(戊午)독립선언서를 발표하였다.

## ✲ 화동 3살 1919년 기미년에 있었던 일들

1919년 1월 5일, 홈실댁 셋째 아들 형재(炯才,1895.5.23.~1920.2.7. 향년 26세) 아내 회봉골댁(탐진최씨耽津崔氏,1897.4.28.~1966.3.27, 수 70세)이 아들 문철(文喆,적명유철錙喆,1919.1.5.~1975.5.3. 향년 57

세)을 낳았다.

## 기미 3·1독립만세혁명

1월 21일 대한제국 초대 황제 고종황제(1852.9.8.~1919.1.21.)가 덕수궁에서 승하하였다. 국상이 난 것이다. 망한 나라지만 그래도 대한제국 백성들의 황제다. 다른 마을도 그러했겠지만 사창마을 사람들은 가무음주를 금하고 소복으로 갈아입고 덕석을 메고 뒷동산에 올라 정상에 펴 절할 자리를 만든 다음 임금이 승하하신 북쪽을 향하여 동서 두 둘로 나뉘어 국궁 4배 곡배를 하며 통곡하였다. 서러웠다. "순종황제 (1874.3.25.~1926.4.25)가 승하할 때도 며칠 동안, 북쪽에 있는 임금을 향하여 사창마을 어른들이 뒷동산 꼭대기에 덕석을 깔아놓고 통곡하고 절했으니, 고종황제 때도 그랬을 것이다."라고 생시에 순종황제 승하할 때 사창마을에서 있었던 일을 웃어른들께 들었다면서 상촌할머니는 필자에게 들려주었다. 망국의 백성들이지만 옛 임금을 추모하는 마음은 한결 같았다. 그 마음은 나라에 대한 충심(忠心)이었다. 나라가 망했는데 이제 임금까지 독살당하다니…. 그랬다. 고종황제는 일본인의 사주에 의한 독살이라는 소문이 파다하게 퍼져나갔다. 2월 1일 대한청년단은 김규식(金圭植)을 프랑스로, 여운형(呂雲亨)을 러시아로, 장덕수(張德秀)를 일본으로, 김철(金澈) 서병호(徐丙浩)를 국내로 보내 독립운동을 지휘하게 했다. 이날 일본 동경에서 김동인(金東仁) 전영택(田榮澤) 주요한(朱要翰) 등이 최초의 문예동인지 〈창조(創造)〉를 창간했다. 2월 8일 최팔용(崔八庸) 김마리아 등 600여 명이 일본 동경 조선기독교 청년회관에서 2·8독립선언서를 발표했다. 2월 16일 미국의 대한인국민회가 윌슨 미 대통령에게 한국 독립에 관한 청원서를 제출했다. 2월18일 조선체육협회가 발족했다.

2월27일 보성사(普成社)에서 독립선언서를 인쇄했다. 3월1일 민족 대표 손병희(孫秉熙) 등 33인이 태화관(泰和館)에서 독립선언서를 낭독했다. 전국각지에서 3·1독립만세혁명이 일어났다. 3월21일 러시아의 대한국민회의가 러시아령 임시정부 수립을 선언했다. 이 날 헝거리 혁명이 일어나 공산당정권이 수립되었다. 4월1일 유관순(柳寬順)이 천안 아오내(竝川) 장터에서 독립만세운동을 지휘하다 체포되었다. 4월6일 인도 간디 1차 비폭력저항운동을 시작했다.

처음 3·1운동은 지극히 평화적인 만세 시위운동으로 출발하였다. 우리 민족의 확고한 자주 독립의 의지와 일제무단 정치의 부당성을 온 민족의 결의로써 전세계에 호소하려 하였다. 3.1운동 발발소식을 들은 제2대 조선 총독 장곡천호도(長谷川好道;하세가와 요시미치)는 유고(諭告)를 발표하여 "3일에 거행될 국장을 앞두고 애도의 지정(至情) 대신에 황당무계한 유언비어로 민중을 선동하고 무엄한 일을 감행하는 무리가 있다면, 추호의 가차도 없이 엄중 처단한다."하여 기본 대책이 무력에 의한 탄압으로 대응했음을 알 수 있다. 3월3일 고종황제의 국장을 거행했다. 그러나 고종 국장일인 3일을 빼고 만세 시위가 점차 가열되자 두 번째 유고를 발표하고, 그래도 별 효과가 없자 조선 주둔군 사령관 우도궁(宇都宮)에게 발포 명령을 내렸다. 3월21일 러시아의 대한국민회의가 러시아령 임시정부 수립을 선언했다. 4월1일 유관순(柳寬順)이 천안 아오내(竝川) 장터에서 독립만세운동을 지휘하다 체포되었다.

박은식(朴殷植)의 한국독립운동지혈사(韓國獨立運動之血史)에 의하면 3월 1일부터 5월말까지 3개월간 시위 참가자 200백만, 피살자 7,509명, 부상자 15,961명, 피검자 46,948명, 교회당 47, 민가 715호가 불탔다.

한편 일제측 통계는 3월 1일부터 1년간 살해 7,645명, 부상 45,562명, 체포 49,811명, 가옥 724호, 교회당 59동, 학교건물 3동이 소각되었다고 했다. 일제의 숫자는 의식적으로 줄이려고 했다는 점을 감안할 때, 만세운동의 피해는 훨씬 크고 심각했을 것이다.

1971년 국가보훈처 독립운동사 제2권에 실린 20명 이상 사상자를 낸 곳은 다음과 같다. 3월 3일 황해 수안읍(遂安邑, 사망 9, 부상 18), 평남 중화, 상원(中和, 祥原, 부상 43), 3월 4일 평남 성천읍(成川邑, 사망 30, 부상38), 3월 5일 평남 양덕읍(陽德邑, 사망 40), 3월 7일 평북 철산읍(鐵山邑, 사망 6, 부상40), 3월 9일 평남 영원읍(寧遠邑, 사망15, 부상34), 3월 10일 평남 맹산읍(孟山邑, 사망51), 3월 19일 경북 영덕읍(盈德邑, 사망4, 부상18), 3월 20일 경남 함안 군북(咸安郡北, 사망21, 부상15), 3월 22일 경남 산청 단성(山清丹城, 사망10, 부상50), 3월 23일 경남 합천 삼가(陜川三嘉, 사망5, 부상20), 경북 안동읍(安東邑, 사망14, 부상10), 3월 31일 경기 이천 오천리(午天里, 사상24), 평북 정주읍(定州邑, 사상30), 평북 삭주읍(朔州邑, 사망7, 부상40), 4월 1일 충남 천안 병천(天安並川, 사망14, 부상 다수), 충북 음성 소이(陰城蘇伊, 사망12, 부상40), 경남 양산읍(梁山邑 사망20), 평북 벽동읍(碧潼邑, 사망11, 부상30), 평북 창성읍(昌城邑, 사망7, 부상24), 4월 2일 경남 울산 언양(蔚山彦陽, 사망3, 부상17), 경기 여주읍(驪州邑, 부상20), 5월 5일 평북 창성 학송동(鶴松洞, 사망6, 부상20), 4월 6일 평북 삭주 대관(朔州大館, 사망6, 부상8), 4월 15일 경기 수원 제암리(水原堤岩里, 사망32, 부상 약간명) 등이다.

한편 군중의 분노로 습격당한 일본 관헌측의 피해는 사망 8명, 부상 158명, 관서 습격파괴 278개소(경찰관서 87, 헌병대72, 군·면사무소 77, 우편소 15, 기타 27)이다.

일제는 체포한 만세운동 주동자들을 갖가지 고문, 즉 불에 달군 쇠꼬챙이로 온 몸을 지지거나 혹은 집게로 생손톱을 잡아 뽑거나 혹은 콧구멍으로 뜨거운 물이나 고춧가루를 부어 넣거나 혹은 바늘로 손가락 사이를 찌르거나 혹은 몽둥이로 두드려 패거나 하여서 많은 사람들이 죽거나 불구가 되었다.

3·1운동에 대한 각국의 반향은 대체로 한국민에 대해 동정적인 태도를 보였으나, 그 이상의 어떤 실질적인 성과를 거두지는 못하였다. 2대 조선총독 **하세가와 요시미치**(長谷川好道)는 육군원수로 1916년 10월 데라우치 후임으로 2대 조선총독으로 부임했다. 데라우치와 마찬가지로 헌병으로 **무단통치**를 자행하여 1919년 기미3·1독립운동을 무자비하게 탄압하고, 학살하였다. 국제적 비판이 거세지자 조선총독에서 해임되었다. 일제는 1919년 8월 3대 총독으로 **사이토 마코토**(齋藤實)를 임명하고 교활한 **문화통치**를 시작했다.

**3·1독립운동의 의의**를 들면 다음과 같다.

첫째, 3·1운동은 세계의 이목을 놀라게 하여 한국인에 대한 인식을 새롭게 하였다.

둘째, **대한민국임시정부수립**(1919.04.11.)을 보게 되었다.

셋째, 강력한 독립투쟁정신의 계속이다.

넷째, 일제로 하여금 한국에 대한 **무단정치에서 문화정치로** 바꾸게 하였다.

다섯째, 민족의식과 민족정신에 새로운 자각과 힘을 주었다.

여섯째, 민주주의 사상을 들 수 있다. 독립선언서의 내용은 서구 민주주의 사상을 그대로 반영 것이며, 3·1운동은 애국주의, 인도주의 사상에 바탕을 두었다.

**3·1운동의 경제사적 의의**는 다음과 같다.

첫째, 노동자의 파업운동을 들 수 있다.

둘째, 납세거부운동을 들 수 있다.

셋째, 물산장려운동을 들 수 있다.

넷째, 소비절약운동을 들 수 있다.

다섯째, 민족기업건설운동을 들 수 있다.


1905년 을사늑약에 비분강개한 대한제국 육군참위(參尉) 예관(睨觀) **신규식**(申奎植, 1880.01.13.~1922.09.25. 향년 43세)은 의병을 일으켜 대일항쟁을 꾀하려 했으나 비밀이 누설되어 실패하자 비분강개하여 음독순절(飮毒殉節)을 감행했으나 가족에게 발각되어 생명을 구했다. 그러나 약독으로 오른쪽 눈의 실명을 가져와 흘겨보기가 되었는데, 그의 호 예관(睨觀, 흘겨볼 예)은 여기에서 붙이게 된 것이다. 겨레가 자유를 잃고 비인간적인 고통과 학대를 당하는 이 죄악의 세상은 원래가 흘겨보기에나 알맞다는 의미도 포함되었다고 한다.

1910년 8월 29일 대한제국이 일제의 강제 한일병합조약 발효로 경술국치를 겪자, 한어학교(漢語學校)를 졸업해 중국어에 능통한 신규식은 1911년 11월에 중국으로 망명하여 동맹회(同盟會)에 가입하고 손문(孫文)의 무창기의(武昌起義)에 참가하였으며, 중국인 호한민(胡漢民)·송교인(宋敎仁)·진독수(陳獨秀) 등이 경영하는 상해(上海)의 민권보(民權報)에 보조하였다. 이후 상해에서 차츰 모여드는 망명 동지들과 함께 동제사(同濟社)를 조직하였는데, 박은식(朴殷植)·신채호(申采浩)·홍명희(洪命熹)·조소앙(趙素昻)·문일평(文一平)·박찬익(朴贊翊)·조성환(曺成煥)·김규식(金奎植)·신건식(申健植) 등이 동제사의 중견 간부로 활동하였다. 동제사는 뒷날 대한민국 임시정부가 상해에서 출범하는 바탕이 되었다고 할 수 있다. 1919년 대한민국 임시정부가 수립되자 신규식은 법무총장에 임명되고 임시의정원 부의장에 선출되었으며, 1921년에는 국무총리 겸 외무총장으로 임명되었다. 1921년 10월에 그는 임시정부 특파 대표로 광동(廣東)에 파견되어 호법정부(護法政府)의 승인을 구하는 동시에 5개항을 요청하여 최초의 외교관계를 성취하였으나 과로로 43세에 사망하였다. 1962년에 대한민국 건국훈장 대통령장이 추서되었다.

## 대한민국 임시정부 수립

3·1 운동의 결과 상하이에서 항일 독립운동가들이 모여 1919년 4월 10일 임시의정원(臨時議政院)을 창설했다. 이날 밤 10시부터 다음날 인 4월 11일 10시까지 회의를 계속하였다. 여기에서 국호와 정부 형태, 임시헌법 등을 논의하게 되었는데, 우창(于蒼) 신석우(申錫雨, 1895년 9월 2일~1953년 3월 5일)가 "대한으로 망했으니 대한으로 흥하자."라고 제안하여 국호를 대한민국(大韓民國)으로 정했다. 정부 형태는 내각제로 결정하고, 대한민국 임시헌장(헌법)을 제정했다. 정부 각료는 초대 국무총리 이승만, 내무총장 안창호(차장 신익희), 외무총장 김규식(차장 현순), 교통총장 문창범(차장 선우혁), 재무총장 최재형(차장 이춘숙), 군무총장 이동휘(차장 조성환), 법무총장 이시영(차장 남형우)로 선출하여, 1919년 4월11일 중국 상하이에서 대한민국(임시)정부 수립을 선포했다. 대한민국 임시정부는 3·1민주혁명의 최대성과이며 대한제국의 법통을 계승한 정통정부로 평가된다. 1919년 4월 11일 건국된 상하이 대한민국임시정부는 독립투쟁의 초석을 다졌을 뿐만 아니라 대한민국이라는 이름의 역사가 시작되는 초석을 놓았다. 그러나 임시정부 형태가 여러 곳에 여러 개 있어서 독립투쟁을 효과적으로 하기 위해서는 통합의 필요성이 제기되었다. 미국에서 초청된 안창호((安昌浩, 1878년 11월 9일~1938년 3월 10일)를 내무총장(행안부장관)에 임명하여 3개의 임시정부를 하나로 통합하도록 하였다. 국내의 13개 도 대표로 구성된 경성(서울)의 한성정부(이승만)를 계승한다고 표방하여, 반대하는 러시아 블라디보스토크 대한국민의회(이동휘)를 찾아가 성재(誠

齋) 이동휘(李東輝, 1873년 6월 20일~1935년 1월 31일)를 상해임시정부 국무총리로 추대한다고 설득하여 통합하기로 합의하였다. **상하이임시정부, 한성임시정부, 대한국민의회 3개 임시정부 통합이 1919년 9월 11일 상하이에 대한민국임시정부로 통합 완성되었다. 초대 대통령에 이승만, 국무총리에 이동휘, 내무총장 이동녕, 외무총장 박용만, 군무총장 노백린, 재무총장 이시영, 법무총장 신규식, 학무총장 김규식, 교통총장 문창범, 노동국총판 안창호를 추대하였다.** 1919년부터 1945년까지 27년간 중국에서 민주공화제의 독립국가를 건설하고자 하는 목적으로 주권 자치를 실현하였던 임시정부였다. 1919년 4월 11일, 중국 상하이에 수립된 이후 1945년 11월 23일 김구 주석 등 임정요인들이 환국할 때까지 민주공화제의 독립 국가를 건설하고자 하는 목적으로 주권 자치를 실현하였다. 1948년 7월 17일 제헌헌법이 공포되었다. 제헌헌법은 전문에 "우리들 대한국민은 기미삼일운동으로 대한민국을 건립하여 세계에 선포한 위대한 독립정신을 계승하여 이제 민주독립 국가를 재건함에 있어서"라고 하여 대한민국이 대한민국임시정부를 계승·재건한다는 점을 분명히 밝혔다.

## 대한민국 임시정부 27년의 역정

임시정부27년은 **상하이 시대(1919~1932년), 이동 시대(1932~1940년), 충칭 시대(1940~1945년)**로 나눌 수 있다.

## 상하이시대(1919~1932)
### 임시정부의 조직과 활동

임시정부는 출범 직후 파리강화회의에 대한 외교와 군사 활동에 집중하면서 법령과 제도를 정비하였다. 먼저 연통제를 실시하고 교통국을 설치하였다. 임시정부는 수립 초기부터 경찰 조직을 두었는데, 중앙

경찰기구로는 경무국, 지방경찰기구로 경무사, 그리고 충칭 시기에는 특수경찰기구로서 경위대를 창설했다. 이 경찰 조직의 첫 수장, 즉 초대 경무국장이 백범 김구 선생이다.

1919년 7월 국무원령 제1호로 「임시연통제」를, 8월에 제2호로 「임시지방교통사무국장정」을 제정하였다. 연통제는 내무부에서 관할하는 행정조직망으로 국내의 도는 독판(督辦), 부는 부장(府長), 군은 군감(郡監), 면은 면감(面監)을 책임자로 임명하였다. 교통부 산하에 설치한 교통국은 임시정부와 국내를 연결하는 교통·통신망이었다.

연통제와 교통국은 비밀 연락원인 특파원을 매개로 운영하였다. 연통제를 제정한 1919년 7월부터 각 도별로, 그리고 철도 연변에 특파원을 파견하였다. 특파원들은 국내 행정조직 책임자에게 임명장을 전달하고 정부의 법령과 공문을 배포하였으며 비밀결사와 연계하여 독립운동 자금을 모금하고 선전 활동 등을 펼쳤다. 이러한 활동의 성과로 1919년 말에는 서울에 총판부가 설치되고 평안도·함경도·황해도 등 북부 지역을 비롯하여 경기도와 충청도 일부 지역에 행정망이 조직되었다.

교통국은 상하이와 국내를 연결하는 교통망을 설치하였다. 교통국은 신의주 맞은편에 자리한 중국 안둥(安東)에 거점을 마련하였다. 안둥에서 아일랜드인인 조지 쇼(George Shaw)가 운영하는 무역회사인 이륭양행 2층에 안둥교통사무국을 설치하였다. 안둥교통사무국은 교통부에서 파견된 책임자가 운영하였다. 특파원들은 상하이에서 배를 타고 안둥에 도착하여 안둥교통사무국을 거쳐 압록강을 건너 국내로 들어갔다. 국내에서는 곳곳에 설치한 비밀연락소를 이용하였다.

임시정부는 1920년 3월 연통제, 교통국, 특파원을 통해 추진하던 정보활동을 보다 체계화하기 위한 정보기구 설치를 위해 국무령 제3호로 '지방선전부규정'을 제정하였다. 지방선전부는 '내외에 있는 국민에 대한 선전 사무를 강구·집행하는 비밀기관'으로, 조직은 총판, 부총판, 이사, 선전대원으로 구성되었다.

선전대원은 '조선총독부 관리 및 한인 관리의 행동', '일제의 정책', '국내 독립운동 상황', '국민의 민심 동태' 등을 조사 파악하고 이를 매주 한 번 보고해야 하였다. 그러나 임시정부의 연통제, 교통국, 특파원, 지방선전부를 통한 국내 활동은 오래가지 못하였다. 국내로 파견된 특파원과 선전대원들이 속속 체포되면서 1922년 말에 이르면 더 이상 활동할 수 없게 되었다.

임시정부는 수립 당시부터 군사 활동을 주요 목표로 정하였다. 하지만 임시정부가 상하이에 있어서 활동에 제약을 받았다. 임시정부는 1919년 말 군사 계획을 수립하였다. 군사정책의 핵심은 군대를 편성하여 독립전쟁을 전개한다는 것이었다. 1920년을 '독립전쟁 원년'으로 선포하기도 하였다. 임시정부는 만주 지역에서 활동하던 독립군과 연계하여 독립전쟁을 전개하고자 군무부를 만주 지역으로 이전하고자 하였다. 하지만 연통제와 교통국이 붕괴되면서 자금난으로 군사 계획을 실행에 옮길 수 없었다.

한편 임시정부는 만주 일대에서 활약하는 무장 독립군 부대를 산하로 통합하여 독립전쟁을 준비하였는데, 서간도의 서로군정서, 북간도의 북로군정서, 남만주의 광복군총영 등의 독립군 부대가 임시정부의 간접적인 지휘를 받았으나 그다지 성과를 내지는 못하였다. 임시정부는 만주에서 직할 군단으로 1920년에 광복군사령부를, 1924년에 육군주만참의부를 편성하였다.

임시정부의 위치가 국제도시이자 프랑스 조계인 상하이에 위치한 것에서 알 수 있듯이 임시정부는 출범 때부터 무엇보다 외교 활동을 중시하였다. 먼저 임시정부는 1919년 2월 신한청년당이 파리강화회의에 대표로 파견한 김규식을 외무총장으로 임명하는 동시에 파리 주재위원으로 임명하여 파리위원부를 설치하였다.

파리위원부는 1919년 9월 미국 필라델피아에 있는 외교통신부와 함께 구미위원부에 흡수되었다. 구미위원부는 이승만이 한성정부의 집정관 총재 자격으로 설치한 한국위원회를 개편한 것이었다. 이승만·김규식 등은 미국무부 당국자들과의 개별 접촉을 통하여 한국의 입장을 설명하고 한국에 대한 후원을 요청하는 데 힘을 기울였다.

임시정부는 1919년 9월에 외교 활동의 일환으로 국제연맹에 제출하기 위한 『한일관계사료집』을 발간하였다. 임시정부는 『한일관계사료집』 편찬을 위해 안창호를 총재로 하고 이광수를 주임으로 하는 임시사료편찬회를 구성하였다. 임시사료편찬회는 1919년 7월 초순 활동을 시작하여 8월 하순에 작업을 마무리하였다.

임시정부는 1921년 말에 열릴 예정인 워싱턴 회의와 극동인민대표회의에 한국 독립 문제를 상정하기 위한 노력을 기울였다. 먼저 임시정부는 태평양 지역의 군비 축소 문제를 다루는 워싱턴 회의에 대비한 업무를 구미위원부에 위임하였다. 또한 임시정부는 워싱턴 회의에 거는 기대를 담은 포고문 2호를 발표하였다. 상하이에서는 태평양회의외교후원회가 결성되었다. 하지만 이승만이 직접 워싱턴 회의에 참석하려던 시도는 성공하지 못하였다.

극동인민대표대회는 1922년 1월 모스크바에서 극동, 즉 동북아시아의 피압박 민족 문제를 다룰 목적으로 열렸다. 동북아시아 지역 참석자들은 한국을 비롯하여 9개국 144명이었다. 이 가운데 한국 대표가 52명으로 가장 많았다. 김규식과 여운형이 의장단에 포함되었는데 이 대회에서는 임시정부를 지지하고 이를 개량하고 촉진한다는 결의안이 채택되었다.

임시정부는 자신의 활동을 선전하기 위한 기관지인 『독립』을 창간하였다. 사장 겸 주필은 이광수가 맡았다. 1919년 10월 16일 자 제21호가

지 발행한 후 『독립신문』으로 제호가 바뀌면서 1926년까지 모두 198호가 발행되었다. 1922년 7월부터는 중국인에게 독립의 당위성을 알리기 위한 목적으로 중문판이 발행되었다. 『독립신문』은 임시정부의 기관지를 표방하였으나 편집과 운영에서는 간섭이나 통제를 받지 않았다.

## 위기의 임시정부

**1920년 12월 임시 대통령 이승만이 상하이에 도착하였다.** 대통령에 선출된 지 1년 3개월 만이었다. 그런데 이승만은 1919년 4월 11일, 상하이 임시정부의 국무총리로 선출될 때부터 그해 2월에 미국 대통령 윌슨에게 보낸 '한국의 국제연맹 위임통치청원'이 논란이 되었던 것처럼 분란의 씨앗을 안고 활동을 시작해야 하였다. 그 청원을 단재 신채호는 분노하여 이렇게 말하였다. "이승만은 이완용보다 더 큰 역적이다. 이완용은 있는 나라를 팔아먹었지만 이승만은 없는 나라를 팔아먹었다." 결국 이승만 대통령이 주재하는 국무회의가 원만히 진행되지 못하고 불신의 골이 깊어지면서, 1921년 1월 국무총리인 이동휘가 사임서를 제출하였다. 학무총장 김규식, 군무총장 노백린, 노동국총판 안창호도 연이어 사퇴하였다. 대통령이 부임한 후 혼란이 거듭되자 베이징에 있는 독립운동가들이 임시정부를 부정하기 시작하였다. 신채호·박용만·신숙 등은 1921년 4월 군사통일회의를 개최하고 임시정부와 의정원을 총체적으로 부정한다는 불신임안을 결의하였다. 이승만의 입지가 크게 약화되었고 안창호·여운형 등은 임시정부의 위기를 타개하는 방안으로 국민대표회의 개최를 주창하고 나섰다. 결국 이승만이 1921년 5월 상하이를 떠나자 대부분 각료들도 임시정부를 떠났다. 1922년 6월 임시의정원은 대통령과 국무원에 대한 불신임안을 제출하였으나 취소되었다.

1923년 1월 3일부터 5월 중순까지 상하이에서 국민대표회의가 열렸다. 이 회의에는 중국 관내는 물론 국내, 만주, 연해주, 미주 등에서 온 130여 명이 모였다. 이 회의에서는 임시정부의 법통 문제가 쟁점이었다. 임시정부를 개조할 것인가(개조파), 아니면 임시정부를 없애고 새로운 정부를 만들 것인가(창조파)를 두고 논란이 계속되었다. 임시정부에서 활동하였던 인물들은 개조파로서 임시정부 개편을 주장하였고, 창조파는 이승만 배척, 임시정부 해체, 새 정부 수립을 목표로 하였다. 두 입장이 팽팽히 맞서는 가운데 결국 아무런 결론도 내리지 못한 채 국민대표회의는 결렬되었다.

국민대표회의가 결렬된 무렵 임시정부는 유지하기조차 어려운 상황에 놓였다. 국민대표회의가 한창이던 1923년 4월 임시의정원 의원들은 시국을 수습하지 않은 이승만 대통령에 대한 탄핵안을 제출하였다. 이승만이 수습에 나서 1924년 5월 이동녕을 국무총리로 하는 내각 개편을 단행하였다. 하지만 임시의정원이 이동녕을 대통령 직무 대리로 임명하자 이승만이 반발하고 이에 이동녕 내각이 총사퇴하면서 임시정부는 다시 무정부 상태에 빠졌다.

임시의정원은 박은식을 대통령 대리 및 국무총리로 하는 내각을 출범시켰다. 박은식 내각이 출범하면서 정무를 등한시하는 이승만에 대한 탄핵이 추진되었다. 이승만이 독립자금을 독단으로 사용하고, '한국의 국제연맹 위임통치청원'을 미국 윌슨 대통령에게 보냈기 때문이다. **1925년 3월 '임시 대통령 이승만 탄핵안'**이 의정원에 제출되어 **통과**되었다. 그리고 **박은식을 임시정부 제2대 대통령으로 선출했다.**

대한민국 임시정부 **제2대 대통령 박은식**(朴殷植, 1859.9.30.~1925.11.1.)은 황해도 황주에서 태어나 유학(儒學)을 배운 후 임오군란에 시무책을 지어 고종임금에게 보냈다. 독립협회에 가입하고, 황성신문과 대한

매일신보 주필을 맡아 민족의식을 고취하는 글을 발표하여 민중계몽운동을 하였다. 서울에 서북협성학교와 오성학교가 설립되자 교장으로 취임하여 신교육과 항일 민족의식을 고취하였다. 「유교구신론(儒教求新論)」을 발표하여 유교계의 개혁을 촉구하기도 하였다. 일제가 한민족 역사서를 강압적으로 수거하여 불태우고, 1910년 8월 29일 한일병탄을 강행하자 서간도 환인현으로 망명하였다. 홍도천 윤세부의 집에서 1년간 「동명왕실기」, 「발해태조건국지」, 「명림답부전」, 「천개소문전」, 「대동고대사론」 등 민족 영걸들의 전기를 저술했다. 한민족 모두가 영걸이 되어 독립 쟁취를 바라는 뜻에서이다. 대종교(大倧教;단군교) 신자인 윤세복의 영향으로 대종교에 입교하였다. 상해에서 신규식, 신채호, 조소앙과 독립운동단체 동제사(同濟社)를 결성하여 총재를 맡았고, 박달학원(博達學院)을 설립해 민족교육을 시켰다. 상해에서 「안의사중근전(安義士重根傳)」을 집필하고, 망명 이후 꾸준히 집필하던 **「한국통사(韓國通史)」**를 완성해 1915년 중국인 출판사에서 간행했다. "혼이 보존되면 국가는 부활한다."고 역사 집필 이유를 밝힌 것이다. 한국 역사에는 한국 민족혼이 담겼다는 명쾌한 논리였다. 3편 114장으로 1864년 대원군 집정부터 경술국치 직후인 1911년까지 일제침략사에 초점을 맞추어 일제 침략의 잔학성, 간교성을 폭로하여 독립정신을 고취하였다. 1915년 북경에서 신한혁명당 결성에 참여하고, 1919년 3·1독립운동을 노령 블라디보스톡에서 맞은 그는 육순의 나이에 대한국민노인동맹단을 조직하여 65세 강우규(姜宇奎,평남 덕천 출신, 1855.7.14.~1920.11.29.) 의사를 파견하여 1919년 9월 2일 새로 부임하는 사이토 마코토 총독에게 폭탄을 던지게 하는 의거를 일으켰다. 1920년 「한국독립운동지혈사(韓國獨立運動之血史)」를 간행하였다. 임시정부 제2대 대통령으로서 국무령을 중심으로 한 내각책임제 개헌을 단행하였다. 이 개헌에 따라 1925년 8월, 만주 독립군 서로군정서

독판을 지낸 정의부의 지도자 **이상룡을 초대 국무령에 추천하고, 박은**
**식은 대통령직을 사임하였다.** 박은식은 노령의 나이에도 불구하고 임
시정부를 정상화하기 위해 노심초사하다가 인후염, 기관지염이 악화
되어 1925년 11월 1일 66세를 일기로 상해에서 서거하였다. 장례는 11
월 4일 대한민국 임시정부 국장으로 거행되어, 유해는 영국 조계 정안
사에 모셨다가 서거 68년만인 1993년 8월 신규식, 노백린, 안태국, 김
인전 선생 등과 함께 유해가 본국으로 봉환되어 국립서울현충원에 안
장되었다. 1962년 건국훈장 대통령장을 추서했다.

**초대 국무령 석주**(石洲) **이상룡**(李相龍)은 1858년 11월 24일 경상
북도 안동시 법흥동 임청각(臨淸閣)에서 아버지 추암(秋巖) 이승목(李
承穆, 1837~1873. 4. 27)과 어머니 안동권씨(1832~1902. 4. 5.) 사이에
서 3남 1녀 중 장남으로 태어났다. 1911년 김동삼, 박건과 함께 서간도
통화현으로 망명 후 초명 상희(象羲)에서 계원(啓元)으로, 이어서 상
룡(相龍)으로 개명하였다.

을미사변 다음 해인 1896년 박경종(朴慶鍾)과 함께 가야산에 군사
진지를 구축하고 의병 항전을 시도하였다. 그러나 러일전쟁에서 승리
한 일제의 근대적 군사력에 대항하는 국내에서의 의병 항쟁은 어렵다
고 판단하였다. 그래서 그 뒤 류인식, 김동삼 등과 애국 계몽 운동을 전
개, 1907년 협동학교(協東學校)를 설립하였다.

경술국치 다음 해인 1911년 1월 양기탁(梁起鐸)과 협의한 뒤 2월 서
간도에 도착하여 한만관계사를 연구, 집필하였다.

1912년 경학사(耕學社)를 발전시켜 교포들의 자치기관으로 부민단
을 조직하고 허혁에 이어 2대단장으로 추대되었다. 이들은 부민단의
기구를 정비하고 강화하기 위해 경학사를 해체하고, 소재지를 통화현
의 합니하로 옮기고 신흥강습소도 함께 이전하여 제2의 새 기지를 정

하였다.

그는 부민단 단장으로서 자치, 교육 등의 사업을 꾸준히 수행해 나갔다. 그 중에서 부서 조직에 있어서 중앙부에 서무·법무·검무(檢務)·학무·재무 등을 두었고, 단장과 각 부서 주임 관할 하에 지방·구·패로 나누어 주민을 관할하였다.

따라서 부민단은 이러한 4단계의 조직을 통하여 통화현, 임강현, 유하현, 해룡현, 몽구현 등 각 현에 있는 동포들을 결속하고 계몽했다. 특히 일본인을 귀자라 부르며 이 귀자와 연락하는 자는 엄벌에 처했고, 모든 민사 관계의 일도 이를 판결해 처리하는 등, 이주 동포들의 자치 기관의 임무를 수행했다.

1919년 3·1 운동 후 그는 부민단을 해체하고 **김동삼, 박건** 등과 함께 새로운 자치단체로 **한족회를 조직**하였다. 그러나 이 한족회는 부민단과 거의 유사하여, 부서 등에서도 중앙부서의 단장, 주임을 총장, 부장으로 명칭의 일부를 개정하는데 그쳤다. 그리고 신흥강습소를 **신흥무관학교**로 개칭해 **독립운동 간부를 양성**하였다. 신흥무관학교를 지키기 위해 아들 이준형을 고향 안동으로 보내 500년이 넘은 고성이씨(固城李氏) 99칸 종택 **임청각**(臨淸閣, 현 대한민국 보물 제182호)을 2000원에 매각해 오게 해 독립운동자금으로 썼다. 당시 양반 가옥 1채 값이 100원이었으니 거금이었다. 상하이에 대한민국 임시정부가 수립되자 대한민국 임시정부를 지지하였다.

1922년 8월 환인현에서 남만 한족 통일회를 개최해 대한통의부(大韓統義府)를 수립하고, 그 산하에 의용군을 조직하였다. 1924년 10월 정의부(正義府)가 발족되자 독판(督辦)에 선출되었다.

**1925년 9월 24일 오후 8시 상하이 삼일당에서 대한민국 임시정부 초대 국무령에 취임**하였다. 만주 지역 독립 운동가들을 국무원에 임명하였으나 상하이로 부임하지 않았다. 더구나 임시정부 내의 사상적 대립과 파쟁으로 정치적 경륜을 발휘할 수 없게 되자, 내각 구성조차 못한 이상룡은 1926년 1월 국무령을 사임하였다.

이상룡은 1932년 5월 병으로 길림성 서란(舒蘭) 소성자(小城子)에서 75세로 서거했다. 그는 아들에게 "외세 때문에 자조하지 말고 더욱 면려하여 목적을 관철하라"라는 유언을 남겼다. 독립운동을 하였던 공로를 인정받아 사후 30년 후인 1962년 대한민국 건국 훈장이 추서되었다. 광복 후 45년, 1990년 9월 13일 유해가 봉환되어 국립대전현충원에 안장되었다가 1996년 국립서울현충원 임시정부요인 묘역으로 이장하였다. 자손들도 독립운동가였으며, 외아들 이준형(李濬衡,1875년~1942년)과 손자 이병화(李炳華, 1906년~1952년) 또한 나중에 독립유공자로 서훈되었다.

이상룡이 국무령을 사임하자, 베델과 대한매일신보를 창간한 언론인이자 독립운동가 **양기탁**(梁起鐸, 1871.4.2.~1938.4.19.)이 국무령에 선출되었으나 거절하였다. 양기탁은 법무담당 국무위원을 지내다가 1933년부터 1935년까지 국무령을 재임했다.

1926년 5월 3일, 안창호가 상해로 도착하기 전에 **대한민국 임시정부는 안창호**(安昌浩1878~1938)**를 국무령으로 선출**해 놓고 있었다. 그러나 5월 16일, 상해로 돌아온 **안창호는 국무령직에 취임하지 않고 선출된 지 13일 만에 자진 사퇴하였다.** 안창호가 국무령을 사퇴한 배경에는 임시정부 내 기호파의 반발이 극심했기 때문이다. 이승만 계열과 그를 지지하던 조소앙 외의 기호 계파 인사들은 그의 국무령 취임에 극렬 반발했다. 5월, 임시의정원에서 양기탁의 후임으로 안창호를 국무령에 선임하자, 기호파의 중심인 안공근, 김규식, 김구, 김보윤(金甫潤) 등은 서북파인 안창호가 국무령이 되는 것을 반대하였다. 김규식은 기호파는 아니었으나, 기호파와 함께 연대하여 안창호의 취임을 반대했다. 결국 안창호는 국무령에 선출된 지 13일 만에 **사퇴하여 사태를 수습하였다.** 안창호는 1897년 독립협회에 가입하여 활동한 이래 1938년 서거할 때까지 독립운동 최일선에서 50년 가까이 활동하였다. 국내를 비롯해 만주와 연해주, 미주지역과 중국대륙 등 활동지역 범위도 넓었다. 국내에서 비밀결사 **신민회 결성**, 미주지역에서 **대한인국민회를 결성**하여 미국대륙 각 지역에 흩어진 한인들을 하나로 묶어 독립운동을 주도했고, 상해 대한민국 임시정부의 커다란 후원자가 되었다. **흥사단을 창립**하여 인재를 양성했다. 1919년 11월 대한민국 **임시정부 내무총장**으로 선출되어 취임하지 않은 이승만을 대신하여 **국무총리를 겸직**하면서 **상해 임시정부, 서울의 한성정부, 블라디보스톡의 대한국민회의 3개 임시정부를 통합**시키는 역할을 담당했다. 안창호는 1921년 5월 노동국총판을 사임할 때까지 2년여 동안 대한민국 임시정부에서 활동했다.

이후 임시의정원 의장이 임시로 국무령을 대리하다가 **1926년 홍진**(洪震,본명 홍면희洪冕熹, 1877~1946)이 **국무령에 취임**하였다. 홍진은 한성정부를 수립하고, 상해 임시정부 기반을 마련한 유명한 사람이다. 1930년대 전반기 북만주에서 한국독립당을 결성하고, 이청천을 사령관으로 한 한국독립군을 편성, 일본군과 치열한 무장투쟁을 전개하였던 인물이다. 그는 '대한민국'이라는 국가, '임시정부'라는 정부, 국회역할을 한 임시의정원으로 구성된 대한민국 임시정부에서 1926년 행정수반인 국무령에 선출되었고, 임시의정원에서는 세 번에 걸쳐 의장을 맡기도 한 대표적인 지도자의 한 사람이었다. 가장 큰 역할은 한성정부 수립이다. 그러나 5개월 만에 다시 홍진이 사임하면서 **김구가 국무령에 선임되었다.**

1920년대 중반 임시정부 출신 독립 운동가들이 독립운동을 효율적으로 전개하려면 정부보다는 정당 형태가 바람직하다는 인식으로 민족유일당운동을 추진하였다. 민족유일당운동은 전 민족이 대동단결하여 민족을 대표하는 유일한정당을 조직하고, 이를 중심으로 독립운동을 전개하자는 운동이었다. 이는 중국 국민당이 당을 중심으로 국가를 운영한다는 '이당치국'에 영향을 받은 것이었다.

민족유일당운동은 1926년 5월 상하이에서 조직된 독립촉성회에서 시작되었다. 안창호는 "주의 여하를 막론하고 단합된 통일전선을 결성하여 일대 혁명당을 결성할 것."을 촉구하면서 민족유일당운동을 본격화하였다. 홍진은 국무령 취임식에서 전 민족을 망라한 정당을 조직할 것임을 천명하였다. 홍진에 이어 국무령에 취임한 김구는 1927년 3월 개헌을 통해 "광복 운동자가 대단결한 당이 완성될 때에는 최고 권력은 그 당에 있는 것으로 한다."고 하여 민족유일당운동을 뒷받침하였다.

민족유일당운동은 각지에서 촉성회를 결성하는 방식으로 진행되었다. 1926년 10월 베이징촉성회를 시작으로 1927년 3월 이후 만주를 비롯하여 상하이, 광저우, 우한, 난징 등에서 촉성회가 결성되었다. 하지만 중국에서 국민당과 공산당의 국공합작이 깨지면서 민족유일당운동도 난관에 봉착하였다.

1931년 일본의 조장에 의해 한국인과 중국인의 갈등이 물리적 충돌로 이어진 만보산사건과 일본이 만주를 침략하여 점령하는 만주사변이 잇달아 일어났다. 중국인들의 반한 감정이 고조되는 가운데 수세에 몰리게 된 임시정부는 의열투쟁에 나섰다.

## 대한민국 독립은 대한민국 임시정부 김구 주석을 비롯한 전민족의 적극적인 독립투쟁과 외교의 결실

백범 김구(白凡 金九, 1876.8.29.음력7.11.~1949.6.26)는 1919년 대한민국 임시정부수립 초기 1919년 9월 경찰 조직의 첫 수장, 즉 임시정부 초대 경무국장(현 경찰청장)에 취임하였다. 그는 3·1독립운동 후 3월 29일 황해도 안악에서 출발, 평양-신의주-안동을 거쳐 상하이로 망명하여 대한민국 임시정부에 참여한 것이다. 1986년 치하포사건으로 해주감옥에서 탈옥하여 공주 마곡사에서 잠시 중노릇을 하다가 환속하여 고향에서 농사지으며 청년시절 사귀던, 스승 고능선(高能善) 손녀와 헤어지고, 친척 할머니가 소개한 친청집안 당질녀 여옥(如玉)은 사귄지 2년째 1903년 2월 열여덟에 만성감기로 죽고 말았다. 김구는 미혼처(정혼녀) 여옥의 시신을 염습하여 남산에 묻어주었다. 두 번의 소개받은 처녀들과 인연에 실패하여 낙심한 김구는 교회에 입문하여 주변의 권유로 여학생 최준례(1889.3.19.~1924.1.1.향년 35세)를 소개받아 혼인할 때 신랑 31세, 신부 18세로 나이가 13살 차이가 났다. 그런데 큰딸(성명불명), 둘째딸(화경), 셋째딸(은경) 세 어린 딸을 병마로 잃는 슬픔을 겪는다. 상해 망명 다음해 1920년 8월, 장남 인(仁,1917.11~1945)을 데리고 아내가 상해로 건너왔고, 모친 곽낙원 여사도 2년 뒤 합류하여 네 식구가 한 지붕 밑에 모여 살아 김구 일가에게 가장 행복한 시기였다. 1922년 2월 임시의정원(국회) 보궐선거에 의원으로 선출되고, 9월 차남 신(信,1922.9.22.~2016.5.19.)이 태어나고 10월 내무총장(행안부장관)에 임명되었다. 차남을 해산 후 산후조리가 부실했던 아내가 2층집 계단에서 굴러떨어져 크게 다친데다가 폐렴까지 겹쳐 약도 변변히 써보지 못한 채 1924년 정월 초하룻날 쓸쓸히 숨을 거둘 때 일제의 감시가 심해 병원에 가지도 못하고 모친이 갔다. 모친 곽낙원(1859.2.26.~1939.4.26.)은 1939년, 큰아들(김인)은 광복 5개월 전 이국 땅 중국에서 사망했다. 공적인 독립운동가로서는 대한민국 독립의 위대한 업적을 남겼지만, 개인적으로 김구의 인생 자체는 '비운의 삶' 그 자체였다.

김구는 1926년 임시정부 대표인 국무령이 되었다. 임시정부가 침체되자 한인애국단을 조직해 가입시킨 한인애국단원 이봉창, 윤봉길 의거로 침체된 임시정부를 되살렸다. 윤봉길 상해 홍구공원 의거 배후자로 일제의 60만원(현재가치 200억원) 현상금 수배자가 되자 57살의 김구는 상해 인근 가흥(嘉興)의 수륜사창(秀綸紗廠)에서 중국인 저보성(褚輔成,상해법대총장)의 도움을 받아 장진구 또는 장진이라는 중국인 가명으로, 중국 뱃사공 20살 처녀 주애보(朱愛寶)와 몸을 숨기기 위해 위장 부부생활로 선상에서, 남경으로 옮겨 고물상 행세로 일제의 위험을 피했다. 그러나 1937년 7월 중일전쟁이 발발하면서 임시정부가 급히 장사(長沙)로 옮기면서 5년간 함께 했던 주애보와 영영 헤어지고 말았다. 상해에서 아내를 잃고, 주애보까지 헤어졌으니 김구는 여복이 없는 사람이었다.

그는 1926년 임시정부 대표인 국무령, 1927년 개헌으로 집단지도체제인 국무위원회제, 개헌으로 1940년 주석이 되어 한국광복군을 창설하고, 좌우합작정부를 구성하고, 미국 OSS와의 공동작전을 추진 제주도를 거점으로 하는 국내진입을 구상하였으나 일본의 빠른 항복으로 좌절되었다.

광복군 군내진입작전이 좌절되자 국내정진대(挺進隊)를 파견하여 일본군의 무장을 해제하고, 치안을 유지하며, 건국의 기틀을 마련하고자 했다. 한국에서 7명을 선발했지만 비행기의 적재무게의 한계로, 이범석(李範奭), 장준하(張俊河), 김준엽(金俊燁), 노능서(魯能瑞)) 4명과 미국 OSS측에서 책임자 버드(Wills Bird) 대령, 한국인 미군공군장교 정운수(鄭雲樹)가 통역으로 참여하는 등 총 18명이었다. 1945년 8월 18일 여의도 비행장에 착륙했으나 일본군이 포위하고, 동경으로부터 연락받은 바 없다면서 활동을 용납하지 않았다. 버드 대령이 연합군 포로문제를 협의하기 위해 예비대표로 왔다면서 아부(阿部) 총독에게 전달해 줄 것을 요구했으나 신입장(信任狀)이 없다면서 받아들이지 않고, 안전을 보장할 수 없으니 돌아가라고 했다. 할 수 없이 국내정진대는 일본군이 가져다 준 휘발유를 채우고 착륙한 지 28시간여 만인 8월 19일 오후 4시에 여의도비행장을 이륙하여 산동반도 유현(濰縣) 비행장을 거쳐 8월 28일 서안으로 귀환하고 말았다.

중경 대한민국임시정부 당시 행정부서의 구성은 주석 김구, 부주석 김규식, 내무부장 신익희, 외무부장 조소앙, 군무부장 김원봉, 법무부장 최동오, 재무부장 조완구, 선전부장 엄항섭, 문화부장 최석순이었다.

김구는 1926년 국무령 이후 1945년 광복까지 19년 동안 실질적인 대한민국 임시정부 국가원수이며, 독립투쟁의 대표적인 상징이 되어 대한민국 임시정부를 27년 동안 끝까지 지켰다. 그러나 남북분단을 막기 위해 힘쓰다가 1949년 6월 26일, 광복된 조국에서 일본인이 아닌 한국인에 의해 더구나 현역 육군소위 안두희에게 73세를 일기로 암살당하여, 140만 조문객과 한민족 모두가 슬퍼하는 통한의 역사를 남겼다. 그 뒤 1996년 10월 23일, 백범 김구의 원수를 갚겠다고 찾아 나선 애국열사 박기서가 휘두른 정의봉에 맞아 안두희는 암살을 지시한 배후를 밝히지 않은 채 거의 천수를 다한 79세로 사망했다.

1949년 7월 5일 서울운동장에서 국민장으로 효창공원에 안장된 김구는 50년 만인 1999년 4월 12일 부인 최준례 유해와 합장식이 열려 지하에서 아내와 해후할 수 있었다. 아내는 1948년 유해가 국내로 봉환되어 정릉, 금곡을 거쳐 76년 만에 남편 곁에 묻힌 것이다.

임시정부 수뇌는 국무총리 이승만, 대통령 이승만·박은식, 개헌으로 국무령 이상룡·양기탁·안창호·홍진을 거쳐 홍진 국무령이 1926년 5개월 만에 사임하면서 1926년 김구가 국무령에 선임되었다. 이후 집단지도체제를 거쳐 개헌으로 1940년 주석이 되었지만 임시정부는 국내외

지원이 끊겨 1930년대 들어서 끼니 걱정을 할 정도로 침체되었다. 이 난관을 타개하고자 김구는 청년들을 기반으로 임시정부 산하에 한인 애국단을 조직하였다.

상해 대한민국 임시정부에 한인애국단이 창설되었다는 소식을 듣고 국내외의 뜻있는 청년들이 찾아왔다. 이봉창과 윤봉길이 그들이다. 1932년 1월 8일 한인애국단원 이봉창은 김구의 지시를 받고 일왕을 향해 폭탄을 던졌다. 4월 29일에는 역시 한인애국단원인 윤봉길이 상해 홍구공원에서 열린 천장절 및 상해사변전승기념식을 진행하는 일본군 수뇌를 향해 폭탄을 투척하였다.

윤봉길의 물통 모양 폭탄은 기미가요의 마지막 소절이 울려퍼질 무렵 정확히 단상 위로 투척되어 폭발했다. 상하이 거류민단장 가와바타 데이지, 상하이 파견군사령관 육군대장 시라카와 요시노리가 죽었다. 일본 주중공사 시게미쓰 마모루는 오른다리를 잃었고, 상하이 총영사 무라이 구라마쓰는 중상을 입었으며, 육군 제9사단장 우에다 겐키치 육군중장은 왼다리를 잃고, 해군 제3함대 사령장관 해군중장 노무라 기치사부로 제독은 우안을 잃어 애꾸눈이 되었다. 주변에서 그들을 호위하던 일본군 병사들 수십 명도 폭탄의 파편으로 인해 다치거나 목숨을 잃었다.

이때 부상을 입은 생존자 중 노무라 제독과 시게미쓰 공사는 각각 태평양 전쟁의 시작과 끝을 알리는 인물이기도 하다. 노무라 제독은 예편 후 외교관이 되었다. 미국 주재 대사로 활동하며 진주만 공습 직후 선전포고 문서인 일본 제국정부 대미통첩각서 문서를 들고 코델 헐 국무장관에게 간 사람이 이 사람이다.

의거 당시 한쪽 다리를 잃은 시게미쓰 공사는 아이오와급 전함 USS 미주리 함(BB-63)에서 가진 항복문서 조인식에 지팡이를 짚고 절뚝이며 나타나 일본의 전권대사 자격으로 문서에 사인한 그 인물이다. 특히 시게미쓰 공사가 이렇게 장애를 가진 몸으로 불편하게 움직이는 모습은 영상으로 역사에 남게 되었으며, 뉴스릴에서도 한국인 애국자 (Korean patriot)에게 부상을 당해 다리가 의족이라고 언급되었다.

이 거사에 숨은 조력자가 있으니 바로 미국인 선교사인 조지 애시모어 피치인데 자신의 자동차 요인석에 윤 의사를 태우고 직접 홍커우 공원으로 운전했다. 피치 선교사는 이후 독일인 존 라베와 함께 난징 대학살에서 중국인들을 구하기도 했다.

김구가 파견한 이봉창과 윤봉길의 거사는 임시정부를 되살렸다. 중국인들의 반한 감정을 일시에 날려 버렸고, 중국 국민당 정부가 대한민국임시정부를 의식하고, 지원하기 시작하였다. 특히 중국 국민당정부 장개석(蔣介石) 총통은 "중국군 100만 명이 하지 못한 일을 조선의 한 청년이 해냈다."며, 장렬천추(壯烈千秋; 역사상 가장 위대한 거사)라고 휘호를 써서 윤봉길 의거를 격찬하였다. 또한 세계 각국 언론이 윤봉길의 거사를 보도하여 임시정부의 존재와 활동이 세계에 널리 알려지게 되었다. 장개석을 만난 김구는 대한광복군 조직과 육성 계획을 밝히며 도와줄 것을 요청하였다. 장개석이 차후에 도와주겠다고 한 약속을 믿고, 임시정부는 장개석 국민당정부를 따라 상하이(상해)에서 충칭(중경)까지 이동한다.

1909년 10월 26일, 만주 하얼빈역에서 한국침략 원흉 초대 조선통감 이등박문(1841~1909)을 안중근 의사가 저격하여 세계 톱뉴스가 된 뒤, 1919년 3개월 동안 연인원 200만 명 이상이 궐기한 기미3·1독립만세혁명이 세계 톱뉴스가 되고, 이번 윤봉길 의사 의거까지 세계 톱뉴스가 되자 한국을 점령한 일본으로부터 벗어나기 위해 한국인들이 독립투쟁을 강력히 하고 있다는 것을 세계인들이 뚜렷이 인식하게 되었다.

1934년 임시정부는 대동사상을 연구한 **조소앙**(趙素昻,1887~1958)의 **삼균주의**(三均主義)를 대한민국임시정부건국강령으로 채택했다. 삼균이란 이 세상이 **개인·민족·국가** 간 균등뿐만 아니라 모든 사람이 개인의 능력에 따라 **정치적·경제적·교육적**으로 균등한 세상이어야 한다는 것이다. 임시정부 외교부장을 지낸 조소앙은 1950년 5월 30일, 제2대 국회의원 선거에서 전국 최고 득표율로 당선되었으나 6·25전쟁 때 강제 납북되어 북한에서 죽었다.

1940년 대한민국 임시정부 김구 주석은 이승만을 외교위원장에 임명하는 신임장을 발송하고, 미국 대통령과 국무장관에게 주미외교위원부를 설립하고 이승만을 공식 외교사절로 임명하여 전권을 위임하였다는 사실을 알렸다. 이승만은 신임장을 받자 곧바로 이를 미국 국무부에 제출하였다. 하지만 국무부는 전후 한국의 독립문제에 대한 미국의 입장이 정리되고 중국·소련·영국 등 다른 연합국의 태도가 확정될 때까지는 이승만의 신임장을 접수하지 않기로 방침을 세웠다. 이승만은 미국 언론을 통해 대한민국 독립을 호소하였다.

1940년 9월 15일에 임시정부는 한국광복군 창설을 선포하고 이틀 후인 9월 17일 한국광복군 총사령부 성립 전례식을 거행하였다. 1941년 12월에 아시아태평양전쟁이 일어나자 즉각 「대한민국임시정부 대일선전성명서」를 발표하였다. 일본에 선전 포고를 한 것이다. 임시정부의 대일 선전 포고는 임시정부가 연합국의 일원으로 참전하여 전후 처리에서 연합국의 지위를 인정받기 위한 조치였다. 1945년 2월 28일에는 독일에도 선전 포고를 하였다.

1944년 4월 현재 임시정부 구성은 주석 김구, 부주석 김규식, 외무부장 조소앙, 군무부장 김원봉, 재무부장 조완구, 내무부장 신익희, 법무부장 최동오, 선전부장 엄항섭, 문화부장 최석순 외 국무위원 이시영,

조성환, 황학수, 차리석, 조경환, 장건상, 김붕준, 성주식, 유림, 김성숙이었다.

　일본이 패망 조짐을 보이자, 1943년 미국, 영국, 중국 3개국 수뇌의 카이로 회담에서 한국문제가 의제로 올라왔다. 회담이 열리기 전 윈스턴 처칠 영국 수상은 식민지의 독립이 전후 인도 제국의 독립의식 고취에 영향을 끼칠 것을 우려해 미국 대통령 프랭클린 D. 루스벨트에게 특사를 보내어 전후 한반도를 신탁통치 구역으로 할 것을 합의하였다. 이는 미국 언론에 보도되었으며 대한민국 임시정부 김구 주석도 이 소식을 접하게 되었다. 이에 대한민국 임시정부 주석 김구는 중화민국 총통 장개석(장제스蔣介石,1887~1975)을 찾아갔다. 김구 주석을 수행한 사람은 외교부장 조소앙(趙素昻), 선전부장 김규식(金奎植), 군무부장 김원봉(金元鳳), 광복군총사령관 지청천(池靑天)이었다. 김구가 말했다.

　"카이로에 가서 루스벨트 미국 대통령과 회담하는 것으로 알고 있습니다. 총통께서 일본 패망 후 한국의 독립에 대한 확약을 받아주시면 고맙겠습니다."라고 카이로 회담에서 한국의 독립을 결의해 줄 것을 간곡하게 당부했다.
　"알겠소, 그리하겠습니다."

　장제스는 이를 굳게 약속하였다. 이후 카이로 회담에서 중국 장개석(장제스)은 미국과 영국의 반대에도 불구하고 한국의 독립을 강력히 주장했고, 결국 "적절한 시기에 한국을 독립시킨다."는 문구로 합의가 이루어졌다. 훗날 장개석은 자신의 일기에 회담결과를 다음과 같이 자세히 기록했다.
　"조선독립 문제에 대하여 나는 특별히 루스벨트의 집중적인 관심을 끄는데 힘을 쏟았다. 나는 루씨한테 조선 문제에 관한 나의 주장에 찬동하고 도와줄 것을 요구했다."

카이로회담의 결의 후, 1945년 2월 미국 루스벨트, 영국 처칠, 소련 스탈린이 참여한 얄타회담에서는 주로 패전 독일의 처리에 대해 협의를 했다. 그러나 일본 패망 후 한국을 독립시킨다는 카이로회담 결과를 묵시적으로 시인하였다.

대한민국 독립은 대한민국 임시정부 김구 주석을 비롯한 독립운동 가들과 한민족 전체의 적극적인 투쟁과 외교의 결실이다.

우리나라와 500년 가까이 외교관계를 맺었던 유구국(琉球國,오키나와)은 일본에 병합되었지만 저항하지 않아 일본이 망했어도 연합국이 일본 땅으로 두고 말았다. 유구족처럼 저항하지 않는 민족은 역사에서 사라지는 것이다.

삼일절에 태극기를 달고, 순국선열들을 기리는 것은 살아있는 국민의 도리이며, 가신 분들에 대한 최소한의 예의일 것이다.

## 이동 시기(1932~1940)
### 8년 동안의 이동

임시정부는 한인애국단의 의열 투쟁으로 세상의 주목을 받기 시작하였지만 또 다른 고난이 기다리고 있었다. 1932년 5월 일본이 윤봉길 의거의 배후 수색에 나서면서 임시정부 요인들은 급히 **상하이**(상해上海,1919,04~1932.05)를 떠나야 하였다. 임시정부 요인 대부분은 피신하였지만 **안창호** 등은 **체포**되었다. 피신한 임시정부 요인들은 함께 움직이지 못하고 자싱·항저우·난징 등으로 각자 피신하였고 **임시정부는 항저우**(항주杭州,1932.05.~1935.11.)로 **옮겨졌다.**

일단 피신하였던 조소앙·김철 등은 1932년 5월 10일 항저우에 도착하였다. 임시정부의 여당인 한국독립당도 항저우로 이전하였고 가족들도 이주하였다. 일부 국무위원과 김구는 **자싱**(가흥嘉興,1935.11.)으로 피신하였다. 그런데 일본이 경찰과 밀정을 풀어 추격하는 바람에 항저우와 자싱에서의 생활은 불안하였다.

임시정부는 중국 국민당 정부의 수도인 난징으로 이전하고자 하였다. 하지만 중국 국민당 정부는 난색을 표하며 전장을 제안하였다. **1935년 11월 임시정부는 전장**(진강鎭江1935.11.~1937.11.)**으로 이전하였으나 임시정부 요인 대부분은 난징에 거주하였다. 난징에서 김구는 장제스(장개석)와 면담을 통해 뤄양(낙양洛陽)군관학교에 한인 청년을 초급 군사 간부로 양성할 수 있는 길을 만들었다.**

**1937년 7월 중일전쟁이 일어난 후 임시정부는 다시 전장에서 창사**(장사長沙,1937.12.~1938.07.)**로 이동하였다.** 일본군이 난징으로 진격해 오므로 피난을 떠난 것이었다. 난징에서 100여 명이 목선 2척에 나누어 타고 출발하여 창사에 이른 때는 12월이었다. 창사의 생활도 오래가지 못하였다. 일본군이 난징을 점령하고 내륙으로 밀고 들어오면서 창사도 위험해졌다. 임시정부는 협의 끝에 중국 내륙의 서남쪽 난닝이나 윈난으로 가기로 결정하였다.

우선 **1938년 7월 기차로 창사를 떠나 광저우**(廣州,1938.07.~09.)로 갔다. 일단 광저우에 임시정부 청사를 두고 난닝이나 윈난으로 가는 것을 포기하는 대신 중국 국민당 정부가 있는 충칭으로의 이주를 꾀하였다. 세 달 만인 **1938년 10월 임시정부는 일본의 폭격을 피해 류저우**(유주柳州,1938.11.~1939.04.)**로 향하였다.** 류저우에서는 네 달간 머물렀다. **1939년 4월 류저우를 떠나 한 달 만에 치장**(기강綦江,1939.04.~0940.09.)**으로 향하였다.** 그리고 이듬해 **1940년 9월에 마침내 치장에서 충칭**(중경重慶,1940.09.~1945.08.)**으로 이주하였다.**

이처럼 **임시정부는 1932년 5월 상하이**(上海,1919,04~1932.05)

를 떠난 후 **항저우**(항주杭州,1932.05.~1935.11.), **자싱**(가흥嘉興,1935.11.), 강소성 **전장**(진강鎭江1935.11.~1937,11.), **창사**(장사,長沙1937.12.~1938.07.), **광저우**(광주廣州,1938.07.~09.), **류저우**(유주柳州.11.~1939.04.), 사천성 **치장**(기강綦江,1939.04.~0940.09.)을 거쳐 **1940년 9월 충칭**(중경重慶.09.~1945.08.)에 정착하기까지 **8년여에 걸친 이동 시대를 거쳤다.**

## 정당 통일 운동

이동 시대에는 정당 통일 운동이 활발히 일어났다. 이에 앞서 1930년을 전후하여 만주에서 한국독립당과 조선혁명당이 결성되었고, 상하이에서도 임시정부 인사들이 한국독립당을 창당하였으며 난징에서는 한국혁명당이 결성되었다. 한국독립당과 한국혁명당이 통합하여 새로이 신한독립당을 결성하였다. 미주 지역과 연계된 대한독립당과 의열단도 있었다.

1931년 일본이 만주를 침략하자 만주와 중국 관내의 독립운동 세력의 통일 운동이 전개되어 1932년 10월 한국대일전선통일동맹이 결성되었다. 한국대일전선통일동맹은 1934년 3월 난징에서 한국독립당·조선혁명당·신한혁명당·의열단·대한독립당 등의 대표자들을 모아 통일 방안을 논의하였다. 이때 임시정부 폐지 주장이 등장하기도 하였다. 임시정부 요인이 주축을 이루는 한국독립당은 찬반양론이 격돌하는 가운데 처음에는 통일 운동 불참을 결정하였으나 최종적으로 참여하는 것으로 입장을 선회하였다.

임시정부가 항저우에 자리하고 있던 1935년 6월 난징에서는 각 혁명 단체 대표대회를 열어 단일당 결성에 합의하였고, 7월에 한국독립당·의열단·조선혁명당·신한독립당·대한독립당 등 5개 정당과 단체가 통일을 이룬 조선민족혁명당이 결성되었다. 서기장으로는 의열단을 이끌었던 김원봉이 선임되었다.

조선민족혁명당 결성과 함께 임시정부는 무정부상태에 빠졌다. 임시정부 국무위원 7명 중 김규식·조소앙·양기탁·유동열·최동오 등 5명이 조선민족혁명당에 참가하여 국무위원직을 사퇴하였다.

임시정부의 세력 기반도 상실하였다. 여당격인 한국독립당이 당을 해체하고 조선민족혁명당 결성에 참여한 것이다. 이에 임시정부 국무위원인 송병조와 차리석, 그리고 단일당 참가에 반대한 김구 등은 1935년 10월 궐석이던 국무위원 5명을 선출하고 11월에는 한인애국단과 한국독립군 특무대 대원을 기반으로 한국국민당을 창당하였다.

그런데 조선민족혁명당에 참가하였던 세력들이 얼마 되지 않아 탈당하였다. 한국독립당의 조소앙과 신한독립당의 홍진 등은 김원봉의 의열단계가 조선민족혁명당의 실권을 장악하자 결성 두 달 만인 1935년 9월에 탈당하여 한국독립당을 재건하였다. 이청천·최동오 등도 1937년 4월 탈당하여 만주에서 이동한 세력을 중심으로 조선혁명당을 결성하였다.

중일전쟁이 발발하자 1937년 8월 난징에서는 김구의 한국국민당, 조소앙이 재건한 한국독립당, 이청천(지청천)의 조선혁명당과 미주 지역의 대한인국민회·대한인단합회·대한부인구제회·동지회·대한인애국당 등의 우파 세력이 연합하여 한국광복운동단체연합회(광복전선)를 결성하였다. 조선민족혁명당은 조선민족해방동맹, 조선혁명자연맹 등의 좌파 세력과 연합하여 1937년 12월 조선민족전선연맹을 결성하였다.

하지만 중국 국민당 정부가 독립운동 세력들의 통일을 강하게 요구하면서 1939년 8월 치장에서 한국혁명운동 통일 7단체 회의(7당 통일회의)가 개최되었다. 그러나 통일 방식의 의견 차이로 5개 정당만 남고, 김원봉의 조선민족혁명당도 탈퇴하면서 통일 운동은 다시 좌절되었다.

## 충칭 시대(1940~1945)
### 한국광복군의 창설과 건국강령 발표

충칭에 자리한 임시정부는 우선 한국광복군 창설에 주력하였다. 1940년 5월에 임시정부는 중국 국민당 정부에 「한국광복군편련계획대강」이라는 계획서를 제출하였다. 한중연합군으로 연합 작전을 펴기 위해 한국광복군을 편성하는 것을 양해하고 그에 필요한 재정 지원을 요청한다는 내용이었다.

중국 군사위원회는 광복군과 중국군은 위상이 다르다며 연합작전 제안을 문제 삼았다. 임시정부는 독자적으로 한국광복군을 창설하기로 결정하고 한국광복군창설위원회를 조직하고 창군 계획을 마련하였다. **1940년 9월 15일에 임시정부는 한국광복군 창설을 선포하고 이틀 후인 9월 17일 한국광복군 총사령부 성립 전례식을 거행하였다.**

한국광복군은 중국 군사위원회에 예속되지 않고 독자적으로 활동하려 하였으나 재정적인 문제로 인해 1941년 11월 중국 군사위원회의 '한국광복군 행동 9개 준승(규칙)'을 받아들였다. 그 결과 한국광복군은 군비·재정·훈련 등에서 중국의 지원을 받을 수 있었지만 부대의 편제와 병력의 규모, 부대의 지휘와 운영 등은 중국의 지휘를 받아, 지청천 총사령 부관으로 중국군 왕계현(王繼賢) 대령이 광복군에 파견되어 인원점검이나 동태파악, 한중 군 관련 협의를 담당하였다. 왕계현은 황포군관학교 한국어반을 나와 한국어에 능통했다. 1943년 7월 중국 군사위원회 요구로 '광복군이 1000명이 넘는다는 주장'을 점검하라는 명령을 받고 경비행기를 타고 각처 광복군을 점검했다고 한다. 1993년 11월 1일, 대만에 거주하던 왕계현은 당시 적발 내용을 그를 방문한 한국 중앙일보 정운현 기자에게 다음과 같이 증언했다.

"습진우(襲振宇) 상교(대령)와 제1지대 제2구대(區隊)가 있던 노하구(老河口)에 갔더니 당시 보고된 50명 중 5명만 남아 있었는데도 50명분의 양식과 피복을 타고 있는 것을 확인했습니다. 또 광복군 2지대가 있는 서안에 점검을 나갔을 때는 광복군 인원을 늘리기 위해 중국인 일부를 편입해 놓은 사실을 확인했습니다. 나는 당시 대원 60명을 개별 면담하여 주소, 이름, 나이 등을 묻는 방법으로 사실을 확인했는데 그 결과 11명이 중국인이었습니다."

중국의 심한 간섭에 임시의정원이 반발하여 4차례 협상으로 중국 군사위원회가 한국 담당자 주가화(朱家驊)를 통하여 '한국광복군 행동 9개 준승(규칙)'의 취소를 통보한 것은 1944년 8월이었다. 1945년 5월 1일부터 광복군은 중국군 간섭 없이 김구 주석이 완전한 통수권을 행사하게 되었고, 중국의 광복군에 대한 원조는 차관 형식으로 이루어지게 되었다.

임시정부는 1941년 11월에 조소앙의 삼균주의를 국정에 반영한 「건국강령」을 발표하고 1941년 12월에 아시아태평양전쟁이 일어나자 즉각 「대한민국임시정부 대일선전성명서」를 발표하였다. 일본에 선전 포고를 한 것이다. 임시정부의 대일 선전 포고는 임시정부가 연합국의 일원으로 참전하여 전후 처리에서 연합국의 지위를 인정받기 위한 조치였다. 1945년 2월 28일에는 독일에도 선전 포고를 하였다.

임시정부는 1944년 중국공산당 지역인 화베이 지역에서 활동하는 화북조선독립동맹과 만주의 항일 빨치산 세력과의 연대를 모색하였다. 임시정부의 요청에 따라 화북조선독립동맹은 1945년 4월에 충칭에서 열리는 해외 항일조직 대표회의에 장건상을 특사로 파견하였다. 이충모는 만주 항일 빨치산이 소련으로 넘어가 88국제여단에 소속되었다는 사실을 모른 채 김구의 신임장을 갖고 그들을 만나고자 만주로 가던 루트를 확보하던 중에 광복을 맞았다.

## 좌우합작정부 구성

충칭으로 이동한 임시정부는 당정 체제를 확립하였다. 1940년 5월 한국국민당, 재건 한국독립당, 조선혁명당의 3당이 합당하여 한국독립당을 결성하였다. 이어 9월에는 한국광복군이 창설되었고, 10월에는 국무위원제에서 **주석제로 개헌**을 단행하여 **김구가 주석으로 취임하였다.** 이로써 임시정부는 한국독립당, 임시정부, 한국광복군이라는 당·정·군의 체제를 확립하였다.

한편 김원봉을 중심으로 한 좌파 세력은 임시정부에 관여하지 않는다는 원칙을 유지하고 있었다. 그런데 중국 국민당 정부가 좌우합작을 권유하면서 한국독립운동에 대한 지원 창구를 일원화하는 정책을 채택하였다. 그러자 좌파에서 먼저 임시정부 수립을 선언하였다. 조선민족해방동맹은 1941년 12월 「옹호임시정부선언」을 발표하고 임시정부로 통일할 것을 주장하였다. 이어 아시아태평양전쟁이 발발하자 조선민족혁명당이 임시정부 참여를 결정하였다.

이 무렵 조선민족혁명당 관할 아래에서 활동하던 조선의용대원 상당수가 중국공산당 지역인 화베이 지역으로 이동하는 사건이 일어났다. 이를 계기로 김원봉이 이끄는 조선의용대 일부와 한국광복군 간의 군사적 통일이 이루어졌고 이어 정치적 통일이 추진되었다.

정치적 통일은 좌파 인사들이 임시의정원에 참여하는 형식을 띠었다. 임시의정원은 좌파 인사들을 참여시키기 위하여 의원 선거 규정을 개정하였다. 1942년 10월에 실시된 의원 선거를 통해 한국독립당 소속 의원 29명, 좌파와 무소속 의원 17명으로 좌우연합에 의한 임시의정원이 구성되었다.

임시의정원이 좌우합작의 '통일의회'가 되면서 의정원 운영이 달라졌다. 여당과 야당이 존재하는 다당제 의회가 되었다. 회의에서는 종종 양자 간에 충돌이 벌어졌다. 제34회 임시의정원 회의에서 야당들은

1941년에 임시정부 국무위원회가 발표한 「건국강령」을 수정할 것을 제안하였다. 「건국강령」이 임시의정원을 통과한 입법이 아니라 국무위원회가 선포한 행정부 강령이라는 점을 문제 삼았다. 1943년에 열린 제35회 임시의정원 회의에서는 「건국강령」 수정을 위한 위원회를 구성하여 「건국강령」을 입법화하려 하였으나 결국 불발에 그쳤다.

1944년 4월 제36회 의정원 회의가 개최될 때에는 여야가 세력 균형을 이루었다. 한국독립당 25명, 조선민족혁명당 12명, 조선민족해방동맹 3명, 무정부주의자연맹 2명, 통일동맹 1명, 무소속 7명이었다. 이 회의에서 임시정부의 마지막 헌법인 「대한민국 임시헌장」을 선포하였다. 이때 개헌은 야당 의원들이 요구한 것으로 좌우익을 망라한 독립운동 정당들이 한자리에 모여 이룬 최초의 '정치적 합의 개헌'이었다.

「대한민국 임시헌장」을 근간으로 임시정부도 좌우연합 정부로 꾸려졌다. 김구 주석은 한국독립당, 김규식 부주석은 조선민족혁명당 소속이었다. 국무위원 14명도 한국독립당 8명, 조선민족혁명당 4명, 조선민족해방동맹 1명, 조선혁명자연맹 1명 등으로 배분되었다. 이처럼 임시정부는 좌우합작정부로서 해방을 맞았다.

## 임시정부의 승인 외교

임시정부가 국제사회의 일원으로 인정받기 위해서는 세계 각국의 승인이 필요하였다. 임시정부가 승인을 요청할 우선 대상자는 임시정부가 자리한 중국이었다. 임시정부의 국제법상 승인에는 무엇보다 소재지 국가의 승인이 절대 조건이었다.

1940년에 임시정부는 장제스의 국민당 정부를 좇아 충칭에 정착하면서 본격적으로 승인 외교를 펼쳤다. 먼저 미국을 상대로 승인 외교를 펼쳤다. 1941년 2월에 김구 주석은 미국 루스벨트(F. D. Roosevelt) 대통령에게 임시정부 승인을 요청하는 공문을 발송하였다. 그해 6월에도 김구 주석과 조소앙 외교부장이 루스벨트 대통령과 헐(C. Hull) 국무장관에게 임시정부 승인을 요청하는 공문을 보내고 워싱턴에 주미외교위원부를 설치하여 대미 승인 외교를 강화하였다.

임시정부는 이승만을 위원장에 임명하는 신임장을 발송하고 미국 대통령과 국무장관에게 주미외교위원부를 설립하고 이승만을 공식 외교사절로 임명하여 전권을 위임하였다는 사실을 알렸다. 이승만은 신임장을 받자 곧바로 이를 미국 국무부에 제출하였다. 하지만 국무부는 전후 조선의 독립문제에 대한 미국의 입장이 정리되고 중국·소련·영국 등 다른 연합국의 태도가 확정될 때까지는 이승만의 신임장을 접수하지 않기로 방침을 세웠다.

중국에서는 국민당 정부가 먼저 1941년 10월에 임시정부 승인 문제를 꺼냈다. 외교부장 궈타이치가 독립운동에 대한 지원 창구를 임시정부로 일원화하겠다는 입장을 밝히는 동시에 임시정부 승인 문제를 국무회의에 제출하고 영국·미국 정부와 협상하겠다는 의사를 밝혔다. 여기에는 독립운동세력 내 좌익 진영도 임시정부에 참여해야 한다는 전제 조건이 달렸다.

임시정부는 즉각 좌우합작 방안을 마련하고 중국 정부에는 임시정부 승인을 요구하였다. 1942년 1월에는 김구가 장제스에게 "중국이 임시정부를 승인하는 것은 두 나라 간 역사적이고 도의적인 이해득실에서 중대한 의미를 갖고 있다. 그럼에도 아직 임시정부가 정식으로 승인받지 못하고 있음은 매우 유감스럽다."는 내용을 담은 외교문서를 보내 조속한 승인을 촉구하였다.

1942년 3월 1일 3·1운동 23주년 기념일을 맞아 임시정부는 충칭과 워싱턴에서 각각 임시정부 승인 촉구 집회를 열었다. 충칭에서 열린 기념대회에서는 임시정부를 승인하는 동시에 임시정부가 대일 교전국의 일원으로 참전하도록 해 줄 것을 요청하였다. 워싱턴에서 열린 대한인

자유대회에서는 주미외교위원부, 재미한족연합회, 한미협회 명의로 미국 정부에 임시정부 승인을 요청하였다.

그 무렵 쑨원의 아들이자 입법원 원장인 쑨커가 임시정부 승인을 거듭 주장하는 등 임시정부 승인 문제가 중국에서 공론화되는 가운데 국민당 정부가 연합국에 임시정부의 승인을 제안하였다. 하지만 미국 정부는 한반도의 전후 처리 방안으로 국제 공동 관리, 즉 신탁통치를 선택하면서 임시정부를 승인하지 않는다는 방침을 세웠다. 결국 외교 마찰을 우려한 국민당 정부는 임시정부 승인을 유보하였다.

제2차 세계대전이 종전을 향해 달리면서 임시정부의 승인 외교는 더욱 급박해졌다. 1944년 6월 17일 외무부장 조소앙은 미국 국무장관 헐에게 공문을 보내 다시 한 번 연합국을 이끌고 있는 미국이 빠른 시일 안에 임시정부를 승인해 줄 것을 요청하였다. 7월 3일에는 김구 주석을 비롯한 각료 전원의 이름으로 임시정부 승인을 요청하는 공문을 장제스에게 보내 제2차 세계대전에 연합국의 일원으로 참여하여 전후 처리에 있어 합법적 지위를 차지하고자 하는 임시정부의 끈질긴 외교 노력을 보여주었다. 국민당 정부는 미국과 여러 차례 교섭을 벌였으나, 임시정부를 승인하지 않겠다는 미국의 입장이 분명하므로 단독으로 승인하기는 어렵다는 답을 보내왔다.

임시정부의 승인 외교는 전후 처리에 있어 임시정부가 연합국의 일원으로서 정당한 권리를 행사하고 신탁통치가 아닌 스스로의 힘으로 독립 국가를 건설하기 위한 모색의 일환이었다. 해방 직후 임시정부는 「당면정책」을 발표하여 임시정부가 국내로 들어가 과도 정권을 수립할 때까지 정부 역할을 할 것임을 천명하였다. 하지만 미군정은 이를 거부하였고, 임시정부 지도자들은 개인 자격으로 귀국해야 하였다. 승인 문제가 헌법 체계를 갖추고 20년이 넘게 명맥을 유지하였던 임시정부의 운명을 갈랐다. 그러나 1948년 5월 10일 대한민국 초대 국회의원 선거로 구성된 대한민국 국회에서 1948년 7월 17일 제헌헌법이 공포되었다. 제헌헌법은 전문에 "우리들 대한국민은 기미삼일운동으로 대한민국을 건립하여 세계에 선포한 위대한 독립정신을 계승하여 이제 민주독립 국가를 재건함에 있어서"라고 하여 대한민국이 대한민국임시정부를 계승·재건한다는 점을 분명히 밝혔다.

　1919년 4월 15일, 이 날, 수원 **제암리**(提岩里)**학살사건**이 일어났다. 이 날, 인도에서 영국군이 반영집회 군중에게 발포하여 1600여 명의 사상자가 나왔다. 4월28일 파리강화회의, 국제연맹 규약을 완성했다. 5월4일 중국 베이징대학생 3천여 명이 산동(山東)문제에 항의하여 대대적으로 시위운동을 벌였다. 5월3일 만주 신흥학교를 신흥무관학교로 개편하였다. 7월10일 임시정부, 국내와 연락을 위한 연통제(聯通制) 실시를 공포했다. 8월1일 헝거리, 3월에 성립된 공산당정권이 붕괴되었다. 8월2일 중국, 산동반도를 열강으로부터 반환 받았다. 8월12일 제3대 **사이토**(齋藤實) **조선총독**이 부임했다. 8월21일 상하이에서 임시정부 기관지 독립신문이 창간되었다. 8월 홍범도(洪範圖) 휘하의 대한독립군이 갑산(甲山) 혜산진(惠山鎭) 등의 일본 병영을 습격했다. 8월14일 독일 국민회의, 바이마르공화국 헌법을 채택 공포했다. 9월2일 강우규(姜宇奎), 경성 남대문역에서 총독 사이토에게 폭탄을 던졌다. 9월10일 총독부가 문화정책을 공포했다. 김성수(金成洙)가 경성방직주식회사를 설립하였다. 10월27일 최초의 한국영화 '의리적구투(義理的仇鬪)가 단성사(團成社)에서 상영되었다. 10월 임시정부, 여운형을 소련에 파견하여 레닌정부에게 원조를 요청했다. 11월 9일 의왕(義王) 이강(李堈)이 상하이로 탈출했다가 11일 국내로 강제 압송되었다. 이 날 김원봉(金元鳳) 등이 만주 길림성에서 의열단(義熱團)을 조직했다. 11월 민족독립운동가 **백산 안희제**(白山 安熙濟, 1885~1943)가 **기미육**

성회를 설립하고 전진한(錢鎭漢)을 일본에, 안호상(安浩相)·이극로(李克魯)를 독일에, 신성모(申性模)를 영국에 유학 보냈다. 한족회의 군정부가 임시정부 서로군정서(西路軍政署)로 개편되었다.

12월 정의단 군정부가 임시정부 북로군정서(北路軍政署)로 개편되었다. 이 달, 이범승(李範承)이 경성도서관을 설립했다. 선우일(鮮于日) 간도 용정(龍井)에서 '간도일보(間島日報)를 창간했다. 이 달, 이병두(李丙斗)·최규봉(崔奎鳳)이 평양에 고무신공장을 설립했다.


## ✱ 화동 4살 1920년(4253) 경신년에 있었던 일들

### 회봉골 숙부 별세와 누이동생 현주 출생

1920년 경신년 2월 7일 사창공·홈실댁 셋째 아들 회봉(回峰) 형재(炯才, 1895.5.23.~1920.2.7.)가 향년 26세로 조졸(早卒)했다. 자(字) 중집(中執)이다. 지난해 아들 문철(文喆, 籍名 유철鎦喆)을 낳았다고 기뻐하더니, 어린 아들과 청상과부가 된 회봉골댁 탐진최씨, 홀어머니 홈실댁을 남겨두고 저 세상으로 떠난 것이다. 남편이 이렇게 갑자기 타계하니 24세에 청상과부(靑孀寡婦)가 된 아내 회봉골댁 탐진최씨(耽津崔氏, 정유 1897.4.28.~1966.3.27. 수 70세)는 하늘이 무너지는 것 같은 슬픔에 못 이겨 여러 번 까무러쳤다. 탐진최씨는 의관(議官) 최제태(崔濟泰)의 딸이다. 홀어머니와 청상과부가 된 회봉골댁의 통곡에 마을 사람들도 눈물을 흘렸다. 특히 맏형 형진과 둘째 형 형균의 슬픔도 컸다. 임실군 지사면 원산리 선원마을 홍순주(洪淳柱)에게 시집간 누이도 달려와 통곡하니, 마을은 울음바다가 되었다. 묘는 공의 11대조 담허재공 묘소가 있는, 전북 임실군 지사면 안하리 대정동(大井洞:한우물) 선산 유좌(酉坐)이다. 회봉공 종증손 지수가 있고, 손녀 희숙이가 산서에 산다.

1920년 경신년 음력 4월 17일, 사창마을 부안김씨 김형신(金炯信)·장성댁(행주기씨) 부부가 셋째 아들 **승철**(丞喆)을 낳았다. 승철은 화동 선생의 재종 아우이다. 승철은 숙부 신창양반 형문(炯文,1903.12.8.~1926.3.4.향년24세, 묘 사상리 돌무렁 양지 간좌)에게 양자로 가 대를 이었다.

1920년 경신년 음력 8월10일, 형균 아내 남양홍씨 텃골댁은 다섯째 아이로 둘째 딸 **현주**(賢珠, 호적명 善順, 경신 1920.08.10.~병진 1976.8.27. 향년 57세)를 낳았다. 형균이 31세, 텃골댁이 33세 때였다. 이번에도 시어머니 홈실댁이 찾아와 돌보았다. 귀여운 딸을 낳았다고 치하하였다. 화동 선생 누이동생이 태어난 것이다.


1920년 1월10일 국제연맹이 발족되었다. 1월22일 공산당 한인지부가 러시아 이르쿠츠크에서 창립되었다. 2월1일 차(車)미리사가 근화여학교(槿花女學校 현 덕성여자중고등학교)를 설립했다. 3월1일 경성 평양 선천 황주 등에서 독립만세운동이 일어났다. 3월1일 조선일보가 창간되었다. 3월 인도 간디, 영국의 탄압에 대항하여 비폭력 불복종운동을 전개했다. 4월1일 동아일보·시사신문이 창간되었다. 4월23일 터키 케말 파샤, 앙카라에 임시정부를 수립하였다. 4월25일 폴란드가 우크라이나를 침입하였다. 4월28일 영왕(英王) 이은(李垠) 일본 왕족 방자(方子)와 혼인식을 올렸다. 5월1일 허영숙, 여의사 최초로 영혜의원(英惠醫院)을 개원했다.

## 봉오동전투

1920년 6월 4일부터 7일까지 대한국민군, 여천(汝千) 홍범도(洪範圖,1868 - 1895) 장군 지휘로 만주 봉오동전투(鳳梧洞戰鬪)에서 대승을 거두었다. 일본의 조선주둔군 제19사단은 병력을 출병하여 간도 내의 독립군단 토벌에 나섰다. 1920년 6월 7일 북로 제1군사령부(간도국민대) 부장 홍범도는 군무 도독부군과 국민회 독립군을 연합하여 대한북로독립군부(독립군 연합부대)를 결성한 후, 봉오동(화룡현 봉오동은 훈춘과 연길의 중간지대에 있음) 골짜기 인근에 포위진을 짜고 제3소대 분대장 이화일을 시켜 일본군을 유인해 오도록 했다. 그러나 소나기가 내리쳤고, 일본군 부대는 선봉으로 올라가던 일본군 부대를 독립군으로 오인하여 사격을 가하면서 교전했다. 고지 꼭대기까지 올라간 홍범도 부대는 이를 내려다보면서 나머지 일본군에게 사격을 가했다.

6월 7일 오후 1시쯤, 일본군이 봉오동 상동(上洞) 남쪽 300m 지점 갈림길까지 들어오자 홍범도는 신호탄을 올렸다. 삼면 고지에 매복한 독립군이 일제히 사격을 개시하면서 시작된 봉오동 전투는 3시간 이상 지속되었다. 일본군의 사상자가 늘자 소좌 야스카와(安川二郎)가 지휘하던 월강추격대는 도주하기 시작했는데, 강상모(姜尙模)가 2중대를 이끌고 쫓아가 다시 큰 타격을 입혔다. 임시정부 군무부는 봉오동 승첩에서 일본군 157명이 전사한 반면 아군은 불과 4명만 전사했다고 발표했다. 상해 임시정부 발표에 의하면, 이 전투에서 일본군 측 피해는 전사자 157명, 중상 200명, 경상 100명이며, 독립군 측 피해는 전사자 4명, 중상 2명에 불과하였다. 이후 일본군의 대대적인 탄압을 받게 된 북로독립군부군은 청산리로 옮겨가, 김좌진의 북로군정서군과 연합하여 청산리 대첩을 전개해 나간다.

1920년 6월7일 대한독립단 총재 백삼규(白三奎)가 민주에서 일본군에게 피살당했다. 6월22일 그리스, 터키를 공격하였다. 6월25일 천도교청년회 이돈화(李敦化) 등이 월간종합지 '개벽(開闢)'을 창간하였다. 7월25일 오상순(吳相淳)·염상섭(廉想涉) 등이 순문예지 '폐허(廢墟)'를 창간하였다. 이 날 프랑스는 다마스쿠스를 점령하고 시리아를 통치하기 시작했다. 7월30일 조만식(曺晩植)·오윤선(吳胤善) 등이 평양에서 조선물산장려회 발기회를 개최했다.

## 1920년대 억압과 통제 속에 변모하고 성장하는 한국사회

기미3·1독립혁명에 대한 무자비한 탄압과 학살에 대한 국제여론이 들끓자 일제는 조선일보 동아일보 등 한국어 신문 발행 허용과 한국어 잡지 발행을 허용하는 등 기만적인 문화통치를 시작하였다. 그러나 도리어 전국적인 항일운동의 부활을 가져왔다.

1920년대는 공장이 늘어나고, 노동조직이 성장하고, 인구 성장도 빨라졌다. 양복과 구두가 유행하고, 인력거와 자동차가 대중화되었다. 20전짜리 은화가 발행되었고, 한국 최초의 소비조합이 1921년 7월 21일 조선노동공제회가 설립되면서 개설되었다. 기자단체가 창립되었다. 1921년 11월 27일 신문 잡지 기자단체 무영회가 그것이다. 라디오방송이 시작되었다. 1927년 2월 16일 경성방송국 정규방송이 시작되었다. 1929년 세계 대공황을 거친 뒤 이 땅에백화점은 1930년 10월 미스코시백화점 경성지점(현 신세계백화점), 1934년 박흥식이 종로에 화신백화점을 세웠다.

1920년대 임시정부는 혼란을 겪었다. 독립자금이 부족했던 임시정부는 1921년 레닌에게서 200만 루블의 군자금 지원을 약속받았는데, 그 중 60만 루블을 수령한 이동휘가 임시정부에 자금을 보내지 않았다.

김구는 레닌의 돈을 수령한 이동휘 일파를 추격하여 김립을 암살하고 이동휘를 비롯한 사회주의 세력을 임시정부에서 추방했다. 1926년 국무령에 취임한 홍진(洪震)이 5개월 만에 사임하자 **백범 김구가 국무령에 선임되면서 정부가 안정되었다.** 그러나 만주의 대한독립군단은 와해되어 있었다. 독립군 통수권을 서로 장악하려고 고려공산당 상하이파(이동휘)와 고려공산당 이르쿠츠크파((문창범, 여운형)가 싸우는 과정에서 1921년 6월 소련군이 개입하여 100여 명의 독립군이 사살되는 아무르강변의 스보보드니, 즉 자유시참변(헤이어사변)이 벌어졌다. 이 참변으로 수천 명의 독립군단은 와해되고 말았다. 이 참변 전에 일본 관동군은 봉오동전투와 청산리전투의 앙갚음으로 대대적인 공격, 간도참변을 일으켰다. 이를 피해 연해주로 이동 중에 흑룡강성 **미산**(밀산密山)에 집결했을 때 독립군단의 **총병력은 3500여 명**이었다. 서일과 김좌진이 이끌던 북로군정서, 지청천의 한국독립군, 홍범도의 대한독립군, 구춘선의 간도국민회, 김성배의 대한신민회, 이범윤의 의군부와 광복단, 김국초의 혈성단, 최명록의 도독부, 김소래의 야단, 이규의 대한정의군정사, 김백일의 군비단이었다. 이 12개 조직은 1920년 11월에 미산에서 **대한독립군단**이라는 군단을 형성하고, **총재는 서일, 부총재는 홍범도, 김좌진, 조성환**이 맡았다. 1개 여단과 3개 대대, 9개 중대, 27개 소대를 두었으며, 여단장은 지청천이 맡았다. 그러나 러시아에 들어간 순간, 붉은 군대에 의해 홍범도를 비롯한 대한독립군 800여 명은 붉은 군대에 편입되어 이르쿠츠크로 끌려갔다. 이 소식을 듣고 **대한독립군총사령관 서일**은 책임을 통감하고 흑룡강성 미산에서 **자결했**다. 1920년 청산리대첩으로 명성을 떨쳤던 백야(白冶) 김좌진(金佐鎭, 1889~1930), 김규식, 이범석, 김홍일 등은 자유시 참변을 계기로 이만에서 발길을 돌려 만주로 되돌아갔다. 김좌진은 불모지나 다름없는 북만주에서 도정공장을 운영하면서 한족총연합회 주석 등에 임명되는 등 만주의 독립운동 지도자로 활약했다. 1925년 신민부(초기에는 한족연합회), 1929년 한족총연합회 등을 창설하고 활동했는데 이 과정에서 공산주의자들을 배척하였다. 이에 **김좌진**이 눈에 거슬렸던 **박상실**이라는 **공산주의자**에게 길림성 해림현 산시진 도남촌(현 헤이룽장성 하이린시 산스진 다오난촌)에서 1930년 1월 24일 40살의 젊은 나이에 **암살당했다.**

이승만은 국제적 외교로써 독립을 이루고자 했다. 임시정부는 1919년 파리강화회의와 1921년 워싱턴회의에 대표를 파견하여 독립을 호소하였으나 열강의 냉담한 반응으로 전혀 성과를 거두지 못했다. 외교활동에 소득이 없자 대한민국 임시정부 주변으로 모였던 독립운동가들이 이탈하며 활기를 잃었다. 미국으로 간 **이승만은 돌아오지 않고, 독립자금을 독단적으로 사용하고, 한국의 위임통치안을 미국정부에 제출했다가 탄핵되었다.** 신채호는 "이완용은 있는 나라를 팔아먹었지만, 이승만은 없는 나라까지 팔아먹었다."고 이승만을 비난했다. 그 뒤를 박은식, 이상룡, 양기탁, 안창호, 홍진에 이어 김구가 맡았을 때는 대통령제에서 국무령제로 바뀌어 있었다. 대한민국 임시정부는 1919년 4월 11일 수립 이후 가장 힘든 시기를 겪고 있었다. 1000명에 달했던 정부 요인들은 하나둘 떠나고, 내각조차 조직할 수 없는 지경에 처했으며, 재정상태도 최악으로 치달아 끼니조차 해결할 수 없었다. 외교활동도 거의 없었고, 국내와의 연결망도 무너졌으며, 비밀 행정 조직망도 파괴된 상태였다. 1926년 임시정부 운영을 인수 받은 김구는 위기를 타개하기 위해 청년조직으로 '**대한애국단**'을 만들었다. 1932년 대한애국단원 **이봉창**의 왜왕 저격, **윤봉길**의 상해 홍구공원 의거로 세계적인 톱뉴스가 되자 대한민국임시정부를 무시하고 무관심했던 장개석 국민당정부가 깜짝 놀라 적극적으로 지원하기 시작했다. 김구의 노력으로 임시정부는 광복까지 활발하게 명맥을 유지하며 독립투쟁을 전개할 수 있었고, 일본이 망하자 연합국에 의해 남북한으로 나뉘어 독립국가로 이어졌다.

1920년대 화제의 인물은 1924년 조선일보 여기자로 채용된 최은희와 비행사 안창남, 두 여자 비행사 권기옥, 박경원이다. 최은희는 한국 최초의 방송 아나운서가 되기도 했다. 전 재산을 조선일보에 맡겨 '한국여기자상'을 제정했는데 현재 '최은희 여기자상'으로 불리고 있다. 1921년 5월 일본 최초 비행사 자격시험에 한국인 안창남이 수석을 차지해 여의도비행장까지 비행하여 화제를 모았다. 여자 비행사 최초의 자격을 딴 권기옥은 평양 숭의학교 재학 중 삼일운동에 참가했고, 1923년 임시정부 추천으로 중국 운남육군항공학교에 1기생으로 입학하여 1925년 졸업한 한국 최초 여성비행사로 중국 공군에 복무했다. 중국 육군참모학교 교편생활을 하고, 충칭 대한민국 임시정부에서 한국애국부인회를 조직하여 사교부장으로 활동했다. 또 다른 여성 비행사 박경원은 1927년 8월 7일 일본에서 비행사 면허를 획득했다. 자혜의원 간호사였던 그녀는 가마다비행학교를 다녀 1927년 3등, 1929년 2등 비행사 자격을 얻고 일본 육군 비행학교 비행기를 타고 일본에서 한국으로 비행하다가 일본 시즈오카현 다가타군 구로타케산에 부딪혀 추락사했다. 그녀 이야기는 2005년 윤종찬 감독의 영화 〈청연〉에 담겼다.

1920년 8월 27일 조선일보, 강의규 의사 사형기사를 게재하여 제1차 무기정간 당했다. 9월 12일 일본, 중국인 마적을 매수하여 훈춘성(琿春城)을 습격하게 했다. 9월 14일 의열단원 박재혁(朴載赫)이 부산경찰서에 폭탄을 터뜨려 서장을 폭사시켰다. 9월 25일 동아일보, 제사(祭祀) 문제 사설로 제1차 무기정간 당했다. 10월 2일 일본, 제2차 훈춘사건을 일으켰다.

## 청산리 대첩

1920년 10월 21일 북로군정서 김좌진(金佐鎭)·이범석(李範奭) 부대가 청산리전투(靑山里戰鬪)에서 일본군에 대승을 거두었다. 1920년 10월 김좌진(金佐鎭)·나중소(羅仲昭)·이범석(李範奭)이 지휘하는 북로군정서군(北路軍政署軍)과 홍범도(洪範圖)가 이끄는 대한독립군(大韓獨立軍) 등을 주력으로 한 독립군부대가 독립군 토벌을 위해 간도에 출병한 일본군을 청산리 일대에서 10여 회의 전투 끝에 대파한 전투이다.

국권상실을 전후해 간도와 연해주지방으로 옮겨온 의병 출신의 애국지사와 교민들은 각기 독립운동단체를 결성하고 독립군기지를 설치해 장차 독립전쟁에 대비한 독립군을 양성하고 있었다. 간도지방의 독립군부대는 1919년의 3·1운동을 계기로 더욱 활발한 활동을 벌여나갔다.

1919년 8월에 서일(徐一)·김좌진·이장녕(李章寧)·김규식(金奎植)·최해(崔海)·정훈(鄭勳)·이범석 등이 조직한 북로군정서는 북만주 일대 독립운동의 중심이었다. 북로군정서는 국경에 가까운 밀림지대인 길림성 왕청현(吉林省汪淸縣) 서대파구(西大坡溝)에 본부를 두고 있었으며, 사관연성소(士官練成所)를 설치해 독립군을 양성하였다.

1919년 8월 이후에는 의병장 출신인 홍범도가 이끄는 대한독립군 및 국민회군 등이 국경을 넘어와 일본군과 격전을 벌이고 철수하는 일이 종종 있었다. 유명한 봉오동전투(鳳梧洞戰鬪)도 독립군의 침공작전에 시달린 일본군이 그 근거지를 공격하다가 패배한 전투였다.

이처럼 활발한 독립군의 활동에 커다란 위협을 느낀 일본은 1920년 8월 간도지방의 독립군을 소탕할 '간도지방 불령선인초토계획(不逞鮮

人剿討計劃)'을 수립하고 대규모 병력을 꾸렸다. 그러나 대병력이 도강하면 국제 문제가 될 수 있기 때문에 1920년 10월 '혼춘사건(琿春事件)'을 조작했다.

일본군 제19보병사단 간부가 비밀리에 중국 마적 두목 장강호(長江好)를 만나, 장강호에게 돈과 무기를 주면서 두만강 건너편 훈춘 일본 영사관을 공격해 달라고 요청한 것이다. 그리고 이 사건을 한국인 독립군 소행으로 몰아붙였다.

일본은 이를 구실로 미리 대기시켜 놓은 대군을 간도에 즉각 투입시켰다. 조선주둔군 제19사단 9천여 명, 시베리아로 출동했던 포조군(浦潮軍) 제14사단 4천여 명, 11사단, 20사단 지원병력, 북만주 파견대와 관동군 각 1천여 명 등 모두 2만5천 명에 달하는 군단급 병력이었다. 일본군의 간도 출병에 앞서 중국군측으로부터 독립군 '토벌' 방침을 통고받은 독립군부대들은 봉천성(奉天省)의 경계지역인 화룡현(和龍縣)의 이도구(二道溝)·삼도구(三道溝) 방면으로 이동하였다.

이와 함께 북로군정서도 일단 안도현(安圖縣)으로 이동해 서로군정서와 합류한 다음 백두산 지역에 기지를 새로이 건설한다는 방침을 세우고 9월 17일부터 이동을 시작하였다. 연길현(延吉縣)을 거쳐 화룡현 서부지역으로 이동한 북로군정서부대는 10월 10일경 안도현 경계지역인 삼도구 청산리에 도착하자, 부근의 이도구로 이동해 있던 홍범도부대와 더불어 일본군의 간도 출병에 대한 대책을 협의하였다.

10월 19일의 회의에서는 일본군과 싸워야 한다는 주전론과 일본군과의 싸움을 피해야 한다는 피전론이 맞섰으나, 여러 가지 이유로 피전론이 채택되었다. 그런데 이 때 이미 일본군이 부근까지 진출해 있었기 때문에 독립군부대는 일본군을 피하기 위해 병력을 급히 후방으로 이동시켰다. 김좌진부대는 계속 일본군의 동태를 파악하면서 자제했으나, 추적을 따돌릴 수 없다고 판단해 일본군과 일전을 감행하기로 결정하였다.

10월 21일 비전투원들로 편성된 제1제대와 전투요원으로 편성된 제2제대는 각각 김좌진과 이범석의 지휘 하에 청산리 백운평(白雲坪) 바로 위쪽의 고갯마루와 계곡 양쪽에 매복, 전투준비에 돌입하였다. 청산리계곡은 동서로 약 25km에 달하는 긴 계곡으로서, 계곡의 좌우는 인마(人馬)의 통행이 곤란할 정도로 울창한 삼림지대였다.

오전 9시경 야스가와(安川)가 이끄는 추격대가 계곡의 좁은 길을 따라 이범석부대의 매복지점으로 들어서자, 매복한 독립군들은 일제사격을 가해 일거에 그들을 전멸시켰다. 뒤이어 야마타(山田)가 지휘하는 본대가 그 곳에 도착하면서, 독립군과 사이에 치열한 총격전이 벌어졌다.

그러나 일본군은 유리한 지형을 이용한 독립군의 상대가 될 수 없었다. 독립군의 정확한 조준사격에 견디지 못한 일본군은 200명이 넘는 전사자를 남긴 채 패주하였다. 김좌진은 이범석에게 명령을 내려, 패주하는 적을 추격하지 말고 부대원을 이끌고 갑산촌(甲山村)으로 철수하도록 하였다.

김좌진부대가 철수하던 시각에 그 곳에서 얼마 안 떨어진 이도구 완루구(完樓溝)에서는 홍범도부대가 일본군의 공격을 받고 있었다. 홍범도부대는 한때 남북으로 협공하는 일본군의 포위 속에 빠졌으나 안개를 이용하여 재빨리 빠져나왔다. 그리고 중앙으로 진격한 일본군의 한 부대를 공격해서 결과적으로 일본군의 다른 부대와 함께 중앙의 일본군을 협공하는 데 성공하였다.

결국, 오후 늦게부터 시작되어 다음 날 새벽까지 계속된 전투에서 일본군 한 부대 400여명이 전멸당하였다. 독립군과 일본군은 군복의 색깔이 거의 같았기 때문에 일본군이 자기 부대를 독립군으로 오인했던 것이다.

한편, 22일 새벽 갑산촌에서 합류한 김좌진부대의 제1·2지대는 그곳 주민들로부터 부근의 천수동(泉水洞)에 일본군 기병대가 머물고 있다는 정보를 입수하자, 그 곳으로 이동해 일본군 기병중대를 전멸시켰다. 이들은 독립군부대를 공격하기 위해 어랑촌(漁郎村)에 주둔하고 있던 아즈마(東正彦)부대의 일부였다.

일본군 대부대의 반격이 있으리라 생각한 김좌진은 부대원을 어랑촌 부근의 고지로 이동시켰다. 독립군의 군량미가 부족하다는 말이 전해지자 현지 한인 부녀자들이 식량을 광주리에 이고 직접 조달했다. 오전 9시부터 포위공격해오는 일본군을 막아냈다. 어랑촌 전투가 치열하게 오가는 도중 기관총을 담당했던 사수가 전사하자 북로군정서 최인걸 중대장이 직접 기관총의 총대를 잡고 외쳤다. "총구는 적의 눈이고, 총알은 조국의 선물이다." **최인걸**은 기관총과 몸을 묶고는 온몸에 난사당하여 죽기 직전까지 총을 손에서 떼지 않은 채 기관총을 쏘다가 장렬하게 전사했다. 이 때 부근에 있던 홍범도부대도 포위되어 있던 김좌진부대를 도와 일본군과의 전투에 참가하였다. 어랑촌 일대의 치열한 접전에서 독립군은 일본군의 공격을 약화시키며 커다란 승리를 거두었다.

날이 저물자 김좌진부대와 홍범도부대는 추격하는 적을 최종적으로 분쇄하고 철수하기 시작하였다. 다음 날인 23일부터 이들은 추적하는 일본군 수색대와 산발적인 접전을 벌이면서 고동하(古洞河)를 따라 상류로 이동하였다. 23일부터 24일까지 맹가골, 천보산, 만가구, 쉬구 전투에서 모두 전과를 올렸다. 독립군의 행방을 추적하던 일본군은 25일 밤 고동하계곡의 독립군 야영지를 포착하고 급습하였다.

불의의 습격을 당한 독립군은 어둠을 이용해 신속히 대피하였다가 전열을 정비, 진지를 점령한 일본군을 역습하였다. 독립군이 사방을 포위하고 사격을 가하자 공수(攻守)가 바뀐 데 당황한 일본군은 많은 사상자를 내면서 고지로 퇴각하였다. 후퇴한 일본군이 새벽에 방어태세를 갖추자 독립군은 이들을 버려둔 채 안도현 지역으로 이동하였다.

## 청산리대첩 결과

이와 같이 10월 21일부터 시작된 청산리대첩에서 독립군은 26일 새벽까지 10여 회의 전투를 벌인 끝에 **적의 연대장을 포함한 1,200여 명을 사살**하였고, 독립군측은 전사자 100여 명을 내었다.

청산리대첩은 독립군이 일본군의 간도 출병 후 그들과 대결한 전투 중 가장 큰 규모였으며, 독립군이 최대의 전과를 거둔 가장 빛나는 승리였다. 이 전투에 참가한 주력부대의 하나인 북로군정서군의 병력은 그 해에 사관연성소를 졸업한 298명을 포함해 약 **1,600명**이었고, 무기는 소총 1,300정, 권총 150정, 기관총 7문을 갖추고 있었다.

전투에 참가한 **김좌진부대** 약 **1,600명** 북로군정서 간부는 총사령관 김좌진, 참모부장 나중소, 부관 박영희(朴寧熙), 연성대장 이범석, 종군장교 이민화(李敏華)·김훈(金勳)·백종렬(白鍾烈)·한건원(韓建源), 대대장서리 제2중대장 홍충희(洪忠憙),제1중대장서리 강화린(姜華麟), 제3중대장 김찬수(金燦洙), 제4중대장 오상세(吳祥世), 대대부관 김옥현(金玉玄) 등이었다.

또 하나의 주력부대인 **홍범도부대**는 대한독립군·국민회군·의군부·한민회(韓民會)·광복단·의민단·신민단 등이 홍범도의 지휘 아래에 연합한 부대였으며, 그 병력은 약 **1,400명**이나 되었다. 청산리대첩은 김좌진과 홍범도가 이룬 성과였다.

## 간도학살사건(경신참변)

일제는 청산리 전투 패배 전인 1920년 10월 5일부터 11월 30일까지 두 달 동안 독립군의 근거지라고 여겨져 온 간도 일대의 한국인 마을을 초토화시켰다. 1만 명이 넘는 한국인이 학살당하고 2500호의 민가와 30여 개의 학교가 불에 탔다. 이를 '간도학살사건' 또는 '경신참변'이라고 부른다.

1920년 12월 18일자 상해임시정부 '독립신문'에 간도통신원 보고 내용이 실렸다. 총계는 피살자 3,469명, 피체포자 170, 강간 71명, 소각민가 3209채, 소각학교 40개 교, 소각교회 14개소, 소각곡물(석) 53,415석, 피해 마을 수 90개 마을이었다.

구체적인 지역은 훈춘현 피살 249명, 소각민가 457, 소각학교 2, 소각곡물 9,825석, 피해 마을 수 6, 왕청현 피살자 336명, 피체포자 3명, 소각민가 1,046, 소각학교 4, 소각교회 2, 소각곡물 5,070석, 피해 마을 수 8, 화룡현 피살자 613명, 부상 1, 소각민가 361, 소각학교 15, 소각교회 2, 소각곡물 8,320석, 피해마을 수 29, 연길현 피살자 1,428명, 피체포자 42, 강간 71, 소각민가 1,344, 소각학교 19, 소각교회 7, 소각곡물 30,050석, 피해 마을 수 39, 유하현 피살자 43, 피체포자 125, 소각민가·학교·교회·곡물 미상, 피해 마을 수 , 흥경현 피살자 305명, 소각민가·학교·곡물 미상, 소각교회 3, 피해마을 수 1, 관전현 피살자 495명, 소각민가 1, 소각곡물 150석, 피해 마을 수 6곳 등이다.

실제 학살당한 한국인은 이보다 훨씬 많았으리라고 쉽게 추정할 수 있다. 당시 간도에 주재하던 캐나다 장로교 선교사 마틴(馬丁)은 다음과 같이 보고하였다.

"먼동이 틀 무렵 일본군 보병이 무장하고 기독교 신자가 많은 이 마을을 포위하여, 먼저 노적가리에다 불을 질러 태웠다. 곧이어 집 안에 들어있는 사람들을 밖으로 나오게 하여, 무릇 남자는 노인과 어린애를 막론하고 그 자리에서 총살하였다. 채 숨이 끊어지지 않았으면 섶에 불을 붙여 그 몸 위로 던지니, 숨이 넘어가려는 사람이 아픔을 못 견뎌 펄펄 뛰며 비명을 질렀다. 그리하여 숨진 뒤에는 그슬려 누구의 시체인지 알아볼 수 없게 되었다. 그들은 이처럼 잔인하게 사람을 죽이면서도 사망자의 부모처자로 하여금 지켜보게 하였다. 동시에 집에 불을 질러 온 마을이 순식간에 초토화되었다.

일병들은 또 다른 마을로 가서 기독교도들을 박해하였는데, 산골짜기에서 모든 마을들이 이러한 참변을 당하였다. 일병들은 만행을 자행하고 나서 병영으로 돌아가 일본국왕 만세를 외치며 자축하였다. 그러한 참변을 당한 마을은 확실히 알고 있는 것만도 36개 마을이며, 어느 마을에서는 양민 145명이 죽었다고 한다. 중국은 국력이 미약해서 이에 대항할 힘이 없다고는 하지만, 이러한 역사상 일찍이 없었던 만행을 대부분이 기독교국으로 구성된 국제연맹에 왜 제소하지 않는가?"

1920년 10~11월에 벌어진 일본군의 간도지역 한국민족 양민학살은 일본 제국주의 야수성을 잘 증명해준 인류 역사상 유례가 드문 가장 악랄한 정규군의 만행이었다.

**10월 모택동**(毛澤東), **호남성**(湖南省)**에서 사회주의 청년단** 조직에 착수했다. 11월10일 조선교육령을 개정하여 교과서에서 한국 역사와 지리를 폐지하였다. 11월23일 월간잡지 '새동무'가 창간되었다. 12월4일 김도원(金道源)이 경성 관철동에서 독립군자금을 모금하려다가 일본경찰을 사살하고 체포되었다.

# 원촌댁 장녀 김옥남 출생

1920년 경신년 단기 4253년 음력 11월11일, 사상리 114-2번지에 사는 원촌양반 광산김씨 김제원(金濟源, 족보명 源泰) 아내 원촌댁 남평문씨(南平文氏) 문원촌(文元寸) 여사가 장녀 옥남(玉南)을 출산했다. 이 날은 양력으로 12월 20일 화요일 묘시(卯時)였다. 원촌양반은 29세, 원촌댁은 스무 살 때였다. 옥남은 성장하여 뒷날 화동 김은철 선생 아내가 된다. 시어머니 부안김씨는 손자 현식(顯植, 호적명 琪榮,무오 1918.5.15.~기해 1959.2.28.향년42세)을 낳은 지 두 해 만에 손녀를 보게 되자 해산구완의 노고도 잊고 며느리를 칭찬했다.

"애야, 참말로 고생했다. 예쁜 딸이구나. 잔나비처럼 지혜롭고 토끼처럼 부지런한 딸이 될 것이다. 정말 잘 되었다!"

시어머니는 경신년 원숭이 띠 해 묘시, 즉 토끼 시에 에 태어난 맏손녀 뜻풀이를 해 주면서 사랑스런 눈빛으로 갓 태어난 손녀를 본다. 손녀는 태어나서 할머니와 첫눈을 맞춘다. 시어머니 부안김씨는 이렇게 맏아들이 아들딸을 낳은 것이 너무나 감사해서 칠성님과 삼신할머니께 연방 절을 했다. 생각해 보면 지난 일들이 아득하게 떠오른다. 부안김씨 가문에서 아버지 김경직(金京則)과 어머니 박씨부인(朴氏夫人)의 딸로 태어나 전남 장성군 동화면 광산김씨(光山金氏) 가문에 시집가 살다가 남편이 동학농민혁명에 가담하여 일본군과 전투에서 젊은 나이로 전사하자 가산을 정리하여 어린 세 아들 제원(濟源), 제천(濟川), 봉조(鳳兆)를 데리고 친정 살붙이가 있는 전북 장수군 산서면 학선리로 갔으나 삶이 여의치 않아 다시 이곳 사상리로 온 것이다.

사상리는 친정집 성씨인 부안김씨 마을이었다. 때는 큰아들 제원이가 11살 때인 서기 1900년 봄이었다. 전답을 장만하여 사상리 114번지에 터를 잡고 살던 몇 해 만에 큰아들을 장가들였다. 그러나 기쁨도 잠깐 며느리 김해김씨(金海金氏,병신 1896.~기유 1909.5.12.향년 14세)가 시집온 지 다음해 해산을 하다가 그만 기진하여 아이도 낳지 못하고 아이와 함께 저 세상으로 가 버렸을 때 시어머니 부안김씨는 깊은 슬픔에 빠졌다. 몇 해가 지났다. 엎친 데 덮친 격으로 이번에는 막내아들 봉조가 시름시름 앓다가 그만 1915년(을묘년) 5월 3일 저 세상으로 가고 말았다. 열여덟 살, 다 자란 청년 아들을 잃고 부안김씨는 하늘이 원망스러웠지만 그래도 큰아들과 둘째 아들이 있어 기운을 차릴 수 있었다. 다행히 중매쟁이를 통해 산서 동고지 남평문씨(南平文氏) 댁의 딸과 큰아들 제원과의 혼담이 오갔다. 이름이 문원촌(文元寸)이라 불렸던 문씨 댁 처녀는 얌전하고 예절이 바르다고 소문나 있었다. 그녀는 아버지 문덕삼(文德三)과 어머니 평강채씨(平康蔡氏)의 딸이었다. 인연이 닿아 큰아들 스물여덟에 혼례를 치르니 병진년(1916년)이었다. 출산 중 과다출혈로 세상을 뜬 아내를 잃고 힘없이 지내던 맏아들 제원은 다시 문씨 댁 처녀를 아내로 맞고 살림에 재미를 붙였다. 첫부인 김해김씨와 한 마을에서 맺었다 하여 원촌댁(源村宅)이라 택호를 붙였는데 전 부인이 사별하고 후 부인이 들어와도 전 부인 택호를 따르게 되어 있는 것이 양반가문의 법도였다. 문원촌 처녀, 곧 후 부인 원촌댁은 열여덟에 시집을 오니 꽃다운 나이였다. 그러나 아홉 살 더 많은 스물일곱 살 신랑이 어렵기만 했다.

1920년 음 11월 19일 사창마을 부안김씨 문장(門長) 현계양반 김종술(金鍾述,1857.1.23.~1920.11.19.향년 64세)이 별세했다. 전북 임실군 지사면 관기리 큰까끔 뒷산 중턱 건좌(乾坐)에 장사지냈다. 현계양반은 전주이씨, 김해김씨, 장흥마씨 세 아내와 형신(炯信), 형원(炯遠), 형문(炯文), 형렬(炯烈) 4남과 딸 여섯을 두었다. 딸들은 죽산(竹山) 안종원(安鍾遠), 장수(長水) 황면주(黃沔周), 경주(慶州) 정종대(鄭鍾大), 전주(全州) 최세석(崔世晳), 전주(全州) 이준구(李濬求), 남원(南原) 윤당섭(尹樒燮)에게 시집갔다.

1920년 12월21일 **황해선**(사리원~재령) 철도가 개통되었다. 12월28일 한족회·청년단연합회·대한독립단이 임시정부직할의 광복군사령부로 통합되었다. 12월 **박은식**(朴殷植), **'한국독립운동지혈사'**를 간행했다. 윤심덕(尹心悳) 일본에서 최초로 레코드 음반을 취입했다.

## ✲ 화동 5살 1921(4254)년 신유년에 있었던 일들

1월24일 임시정부 이동휘 국무총리가 대통령 이승만과의 의견대립으로 사임했다. 1월 만주의 서로군정서·북로군정서·대한독립단이 **대한독립군단**을 조직하고 **서일**(徐一)이 총재가 되었다. 2월16일 양근환(梁槿煥), 일본 동경에서 친일파 민원식(閔元植)을 사살했다. 3월19일 여류화가 나혜석(羅惠錫), 경성에서 첫 개인전을 개최했다. 4월7일 중국 광동정부가 성립되었다. 5월1일 계명구락부, '계명(啓明)'을 창간하였다. 5월5일 변영로(卞榮魯)·노자영(盧子泳)·박종화(朴鍾和) 등, 시동인지 '장미촌(薔薇村)'을 창간했다. 이 날 중국 광동정부 비상대통령에 **손문**(孫文)이 취임했다. 6월28일 러시아 적군(赤軍)이 자유시에 집결한 대한독립군을 공격하여 다수 희생자가 발생했다. 7월1일 **중국공산당**이 상해에서 창립되었다. 7월 대한애국부인회장 김마리아가 중국 상해로 망명했다. 7월29일 독일 **히틀러** 나치스당 당수에 취임했다.

# 자유시참변

　**자유시사변**은 1921년 러시아 자유시에서 독립군 부대와 러시아 적군이 교전한 사건이다. 1921년 러시아 자유시(알렉세예프스크)에서 독립군 부대와 러시아 적군이 교전한 사건으로 흑하(黑河)사변이라고도 한다. 자유시는 러시아 제야 강(Zeya river)변에 위치한 '알렉세예프스크(Alekseyevsk)' 마을이며, 현재는 '스바보드니(Svobodny)'라는 지명으로 불린다. 러시아어로 '스바보다(Svoboda)'가 '자유'를 뜻하기 때문에 **'자유시'**라고 불렸다. 그리고 제야 강이 흘러 흑룡강(黑龍江)과 합류하는 지점에 있는 중국의 국경도시 헤이허[黑河]의 지명을 따서 **'흑하사변(黑河事變)'**이라고도 한다.

　1920년 봉오동전투·청산리전투 등에서 독립군에게 참패를 당한 일본은 5만 명의 병력을 동원하여 한국독립군 토벌작전을 대대적으로 전개하였다. 상황이 위태롭게 돌아가자 서일, 김좌진이 이끄는 북로군정서, 지청천의 대한독립단, 홍범도의 대한독립군 등 여러 조직으로 분산되어 있던 독립군은 일단 중국 독립군의 근거지였던 헤이룽장성 **밀산**(密山)에 집결했다. 이들은 독립군 10개 부대를 통합·재편성하여 1920년 12월 병력 3천5백 명의 대한독립군단(大韓獨立軍團)을 조직했는데, 3개 대대로 편성되어 사실상의 북간도 독립군 통일군단이 되었지만, 무장이 빈약했기 때문에 제3국으로부터의 군사지원이 절대적으로 필요했다. 이러한 상황에서 소련은 약소민족의 독립을 위해서는 지원을 아끼지 않는다는 입장을 분명히 하고 있어 독립군단은 연해주로 이동하기로 결정한다. 1921년 3월 부대별 이동을 시작해 국경을 넘지만 그 과정에서 많은 부대가 만주에 남고 일부가 연해주 달네레젠스크까지 이동했다. 이르쿠츠크파 고려공산당과 러시아 측은 이 상황을 조선사회 내에서 자신들의 영향력을 확대할 수 있는 기회라고 생각하고 독립군부대를 자유시까지 유인했다.

소련은 차르 정권이 몰락한 혼란을 틈타 시베리아 연해주를 점령하고 있던 일본군을 협상을 통해 철수시키려 했다. 그러자 일제는 소련 영내에 집결해 있던 독립군의 무장해제를 강력히 요구했다. 요구를 무시할 수 없었던 소련은 대한독립군을 볼셰비키로 흡수하여 일본과의 마찰을 피하고자 무장해제 명령을 내렸지만 대한독립군단 소속의 상해파 고려공산당의 세력을 약화시키려는 속셈이었다. 대한독립군단 내 비사회주의 장교들은 공산당끼리의 세력 다툼에 개입하지 않고 싶다며 무장해제를 거부하고 서일, 김좌진 등의 대한독립군단은 러시아에서 빠져나와 다시 만주로 남하했다. 다만 홍범도, 최진동, 박두희 등은 무장해제를 거부하면서도 러시아의 원조까지 받아낼 수 있다며 러시아에 남기로 하였다. 소련 측과 이르쿠츠크파 고려공산당원들은 거듭 무장해제를 요구했다. 독립군이 이에 불응하자 공격을 감행하여 사망자 272명 등 600명이 넘는 희생자를 내었다.

1921년 6월 2일 소련적군은 독립군의 무장해제를 요구하였는데, 이는 우리 독립군이 소련 공산당을 위하여 싸워달라는 요구를 거절했기 때문이다. 소련 공산당을 위해 싸우라는 요구에 독립군은 항의하였으나 그들은 이미 독립군을 2중 3중으로 포위하여 무조건 수락을 강요하고 있었다.

이 때 소련군 배후에서 고려공산당(이르쿠츠크파)이 일을 꾸미고 있었으며, 김좌진은 이 때 이미 소련공산당의 이상한 눈치를 간파하고 극비리에 부하를 거느리고 흑룡강을 건너 중국으로 돌아오고 말았다.

한편 독립군과 소련정부(당시 치타정부)간의 협상은 결렬되면서 소련군의 공격이 1921년 6월 28일에 시작되었고, 이때 독립군은 사망자 2백72명, 강을 건너 중국 땅으로 탈출하다 물에 빠져 죽은 익사자 31명. 행방불명 2백 5명, 포로 97명 도합 6백 명이 넘는 희생자를 내고 나머지 인원이 가까스로 소련을 탈출하였다. 안타깝게도 청산리에서 맹활약을 보여 주었던 정예병들 다수가 사망하였다.

홍범도, 지청천, 오하묵 등은 다행히 자유시 내전에서 벗어나 있었다. 이들은 이미 자유시 내전 이전에 자유시를 빠져나와 러시아의 다른 지역에서 군대를 따로 조직했고 러시아의 원조를 얻어내기 위해 분투했다. 자유시사변 뒤 1921년 7월 코민테른 동양비서부는 고려혁명군을 이르쿠츠크로 이동시키고, 8월말 1개 여단으로 재편하여 러시아 적군 제5군에 예속시켰다. 고려혁명군은 이르쿠츠크에서 사관을 양성할 사관학교(교장 지청천)를 개교하고 군사 훈련에 매진하였다.

일찍이 러시아를 나와 다시 간도로 향했던 비사회주의 대한독립군단 세력들은 밀산부를 지나칠 때 자유시 참변 소식을 들었다. 생사고락을 함께 한 부하들이 무의미하게 죽었다는 소식에 가장 큰 충격을 받은 사람은 서일 총재였다. 1921년 8월27일, '청산리전투의 숨은 영웅' 백포(白圃) **서일**(徐一, 1881~1921, 함북 경원 출생) 대한독립군단 총재가 '**자유시참변**'으로 독립군 병력 1천여 명을 잃자 통분을 참지 못하고 **자결**했다. 서일은 경술국치 이후 10여 년 간 만주벌판에서 무장 독립운동단체를 진두지휘했던 대표적 독립운동가다. 1911년 두만강을 건너 동만주 왕청현에 정착한 서일은 대종교에 가입하고, 대종교 신자들을 중심으로 중광단·대한정의단·대한군정부·북로군정서 등 항일무장단체에서 군사력을 키웠다. 청산리 대첩에서 대승을 거둘 수 있었던 것도 사령관 김좌진 장군을 보좌한 서일의 지략 덕분이었다.

서일은 청산리전투 후 일제의 토벌을 피해 러시아령으로 이주했다. 서일은 이곳에서 **대한독립군단의 총재**로 추대돼 러시아령 자유시(알렉세예프스크)에서 항일 투쟁을 전개했다. 하지만 1921년 6월 러시아가 2대의 장갑차와 30여문의 기관총을 앞세워 독립군을 공격해 독립군 수백 명이 사망하고 1천여 명이 포로로 잡히는 타격을 입자 자결로 생을 마감한 것이다. 김좌진은 잔여 세력을 이끌고 무사히 간도로 돌아왔다. 자유시 참변 이후 독립운동 세력은 사회주의와 민족주의 세력으로 극명하게 갈리고 김구, 김좌진 등은 사회주의 독립운동가와 연합을 꺼리게 되었다.

2921년 8월 염상섭(廉想涉) '개벽'지에 '표본실의 청개구리'를 연재하였고, 방정환(方正煥)은 천도교소년회를 창립했다. 9월12일 의열단원 김익상(金益相)이 총독부에 폭탄을 던졌다. 11월2일 경동선(慶東線,경주~울산) 철도가 개통되었다. 11월4일 일본 하라(原敬) 수상이 암살당했다. 11월7일 몽골인민혁명정부가 수립되었다.

## 홈실댁 맏며느리 아들 출산

1921년 11월 24일 수요일은 음력 시월 스무날이었다. 이날 홈실댁 죽산박씨는 아침을 먹고 부지런히 움직였다. 큰며느리 새터댁 전주이씨가 만삭이 되어 진통을 시작한 것이다. 첫딸 이남(伊南)을 낳고 11년 만에 갖는 출산이다. 나라가 망하던 해(1910년) 경술년 음 시월 스무사흗날 사시에 낳은 딸이 벌써 열한 살로 숙성하여 부엌에서 불을 땔 줄 알았으니 이래서 큰딸은 살림 밑천이라는 말이 생겼나 보다. 큰 어려움 없이 며느리 새터댁은 이 날 미시에 아들을 순산했다. 아들 이름은 동철(東喆, 호적명 承喆)이었다. 그런데 아이 아버지가 안 보였다. 시어머니 홈실댁은 화가 났다. 아래뜸에 사는 둘째 아들을 불렀다. 둘째 형균이 급히 오니 어머니가 화난 얼굴로 말한다.

"복연(福研) 아비야, 네 형수가 아들을 낳았어. 머슴에게 금줄을 꼬아 대문에 달라고 시키고 네 형 좀 찾아와!" 화난 목소리였다.

"어디 가셨을까…."

"어디는 어디야, 또 삼산리 앞 주막집 투전판에 있겠지. 벌써 이틀째 안 들어오고 있다."

"예, 다녀올게요."

둘째 아들 형균에게 역정을 내고 나서 생각하니 홈실댁 죽산박씨는 기가 막혔다. 열아홉에 나이 두 살 많은 신랑에게 시집올 때는 꿈이 컸었다. 친정 동네 남원부 수지방(水旨坊, 현 남원시 수지면) 홈실마을은 물론 고을에서도 이름난 남원부 진전방(眞田坊) 사창마을(현 전북 장수군 산서면 사상리 사창) 부안김씨 참판댁(參判宅) 가문으로 시집간다고 온 고을이 떠들썩했었다. 그랬다. 죽산박씨 홈실댁 남편 김희술(金禧述)은 조선 순조 때 문과급제 후 병조참판(兵曹參判)이 된 제곡(悌谷) 김한익(金漢益)의 하나밖에 없는 바로 밑의 동생 오위장(五衛將) 후곡(後谷) 김한필(金漢弼)의 손자였기 때문이다. 오위장은 궁궐을 지키고 경비를 책임지는 자리였으니 막중한 자리였다. 친정도 권세와 문벌에 있어 남들에게 빠지지 않았다. 사실 홈실댁 아버지 의금부도사(義禁府都事) 박제현(朴濟鉉)과 어머니 장연변씨(長淵邊氏)는 남원 고을뿐만 아니라 나라에서도 알아주는 고려말 충신 두문동 72현의 한 사람으로 정몽주 이색과 더불어 3로(三老)로 일컫는 충현공(忠顯公) 송암(松菴) 박문수(朴門壽)의 후예이니 충절과 권세 물질까지 갖춘 부자라고 소문난 집안이었다. 그래서 친정아버지는 시집가는 딸에게 몸종 한 명과 논 12마지기 땅문서를 유산으로 딸려 보냈다.

그런데 호사다마였을까. 하늘같은 남편이 스승 연재(淵齋) 송병선(宋秉璿, 1836~1905)의 외세(外勢) 배격운동에 공감하는 동학혁명(1894~1895)에 가담하였다. 외세를 몰아내기 위한 동학농민혁명전쟁에 참여했다가 돌아와서 세상을 탄식하더니 몇 년 시름시름 앓았다. 기해년(1899년) 추석절이 지나고 병세가 더욱 악화되더니 팔월 스무이튿날, 서른여덟의 젊은 나이로 세상을 떠났다. 하늘이 무너지는 것 같은 슬픔과 아픔을 홈실댁은 절실히 느껴야 했다. 부모 마음대로 안 되는 것이 자식교육인가. 불행이 겹친다더니 남편 죽고 얼마 후 나라가 망하고 연이어 독립만세운동으로 사회 분위기가 흉흉하니 거기에 편승하여 젊은 큰아들은 살림에 재미를 못 붙이고 밖으로 돌았다. 엄한 아버지가 돌아가신 뒤 이미 자유를 만끽한 올해 서른다섯인 큰아들을 쉰여덟의 어머니가 통제하기는 어려웠다. 투전판에서는 문전옥답도 거짓말처럼 남의 손으로 넘어가는 것이었다. 가세가 기울기 시작하면 걷잡을 수 없는지도 모른다.

뒷날 홈실댁의 손자 만기(萬基)는 권세와 부를 가졌던 집안이 급격히 기울어지게 된 이유를 묻는 조카 만은(晚隱)에게 이렇게 말한다.

"종원(鐘元)아, 네 증조할아버지가 서른여덟의 젊은 나이에 돌아가시자 가세가 기울었지. 더구나 맏아들인 큰할아버지가 호패 노름을 좋아하여 삼산리 주막집 같은 곳에 드나들었는데 북창 김한주(金漢珠, 금산인) 조부 김경진 등과 골패노름을 했는데 사흘 만에 논 4마지기를 날리는 등, 사정배미골 같은 논석지기가 속속 남에게 넘어갔단다."

나라가 망하고 앞날이 캄캄한 세상에서 홈실댁 큰아들 형진(炯珍)은 뜻을 같이 하는 벗들과 술을 마시며 시국을 성토하기도 하고 우국충정의 마음으로 비분강개하는 나날을 보내는 동안 자연스럽게 주막에서 투전판을 벌이는 이들에게 휩쓸려 어울리게 되었는지도 몰랐다. 그래도 워낙 탄탄한 집안이어서 홈실댁은 큰아들 몫을 놓아두고도 분가하는 둘째 형균(炯均)에게 12마지기의 논을 유산으로 물려주었고, 막내아들 형재(炯才)에게는 4마지기의 논을 주게 된다. 딸은 남양인 한학자 홍순주(洪淳柱)에게 시집보냈다.

## 사창공 김희술 자녀들

사창(社昌) 김희술(金禧述, 1862.3.13.~1899.8.22. 향년 38세)·홈실 댁 죽산박씨(竹山朴氏, 1864.7.20.~1937.8.1. 수 74세)는 3남 1녀를 두었다.

장남 **형진**(炯珍,1887.6.20.~1863.12.18. 수 77세)
    배 새터댁 전주이씨(1883.2.21.~1932.7.23. 향년 50세)
    아들 동철(東喆 籍名 承喆, 신유 1921.10.20.~을축 1985.4.20.향년 65세)과 딸 이남(伊南, 경술1910.10.23.사시~ )의 1남 1녀를 두었다.
2 남 **형균**(炯均,1890.2.11.~1963.6.17. 수 74세)
    배 텃골댁 남양홍씨(1888.1.28.~1962.12.21. 수 75세)
    텃골댁은 아들 환철, 권철, 은철, 효철과 딸 복연, 현주 4남 2녀, 6 남매를 두었다.
3 남 **형재**(炯才,1895.5.23.~1920.2.7. 향년 26세)
    배 회봉골댁 탐진최씨(耽津崔氏1897.4.28.~1966.3.27. 수 70세)
    회봉골댁은 아들 문철(文喆;적명 유철 鏐喆,기미1919.1.5.~을묘 1975.5.3.17시 향년 57세)을 두었다.
딸 **부안김씨**(1893.~ )는 남양인 홍순주(洪淳柱)에게 출가하여 3남 3녀를 두었다. 아들 홍건표(洪建杓)는 조졸했고, 홍준표(洪準杓)·홍기표 (洪機杓)는 장성하여 각각 일가를 이루었다. 사위 홍순주의 세 딸은 전주 이사현(李思顯), 부안 김수술(金壽述, 적명 형수炯壽), 양천 허양규 (許陽圭)에게 각각 시집갔다.

화동 선생 조부 사창공(희술) 자손록은 제2부에 자세히 기록하기로 한다.

## 조선총독부 및 소속 관서 관제

1910년 8월 29일, 일제는 한일병합조약을 발표했다. 다음날, 대한제국을 조선으로 되돌리고 '조선총독부'를 둔다고 발표했다. 그러나 조선총독부의 업무 준비는 완전히 갖춰지지 못했다. 이 때문에 일제는 약 1개월이 경과한 9월 30일 '조선총독부 및 소속 관서 관제'를 공포하고, 10월 1일부터 이 조약을 시행했다. 아울러 지방제도도 '조선총독부 지방관 관제'에 따라 통일했는데, 요약하면 다음과 같다.

첫째, 조선을 13도로 나눈 '도제'는 그대로 유지되나, 도의 최고위직인 '관찰사'의 칭호는 '도장관'으로 바꾸고 각 도에는 장관관방과 내무부·재무부를 둔다. 둘째, 도 이하 12부 317군 지역은 일제강점 이전의 제도를 그대로 답습한다. 셋째, 종전까지 면(面)·사(社)·방(坊)·부(部)·서(瑞) 등으로 지방에 따라 다르게 불리어 오던 것을 면(面)으로 통일하고 도장관이 임명하는 면장을 둔다.

이후 조선총독부는 토지조사사업을 진행하면서 각 지방의 지형·지세·면적 등이 명확하게 드러나고 총독정치의 기틀이 잡혀가자 경비의 절약과 시정상의 편의를 위해 1914년 3월 1일 자로 다시 지방제도를 개혁하였다. 이 개혁에 따라 종래 317군은 220개로, 4322개 면은 2512개로 통합됐다.

이 가운데 가장 눈에 띄는 것은 면제의 개정이다. 조선총독부는 1917년 토지조사사업을 거의 마무리 지으면서 면장과 면사무원에 대한 식민통치 하부조직으로서의 이용가치를 높이 평가하게 된다. 따라서 총독부는 식민정책의 말단 침투를 효율화하기 위한 수단으로 친일적 인사를 면장으로 앉히고 포괄적인 말단 보조 행정기구로 면을 변모시킨 것이다.

면제의 시행에 있어 가장 중점이 된 것은 지정면(指定面)의 신설이었다. 지정면은 도시 지역인 '부'에 버금가는 행정으로 1917년 10월 1일, 처음 실시됐다. 특히, 지정면은 전통도시 가운데 일본인이 비교적 많이 거주하는 곳으로써 보통면보다 예산 배정과 기반 시설 확충 등에서 많은 혜택을 받았다. 1917년 2512개의 면 가운데 지정면으로 지정된 면은 23개였다. 전라북도에서는 도청소재지 전주면과 익산(이리)면이 지정면으로 지정되었고 1923년 2월 15일 자로 정읍(정주)면이 추가로 지정면이 됐다. 군산은 면보다 상위 단계인 군산부(府)로 더 일찍 승격되었다.

## * 23개 지정면의 도시적 성격

- 도청소재지: 진주·청주·공주·전주·광주·해주·의주·춘천·함흥
- 군사도시: 진해·나남·회령
- 철도 연선 신흥도시: 영등포·수원·송도(개성)·대전·강경·조치원·김천·익산(이리)
- 어항 기지: 포항·통영(충무)
- 종전 개항장: 성진

한편 일제는 1919년 3·1운동 이후 험악해진 민심을 수습하고 치안을 회복해 조선인의 독립에 대한 열망을 억제시켜야 하는 큰 문제에 직면하게 되었다. 이를 위해 이른바 '문화정치'를 표방하며 조선인들을 제한적으로 지방정치에 참여시키는 것을 계획했다. 이에 따라 1920년 11월 20일, 처음으로 조선 각 12부와 24곳(황해도 겸이포 포함)의 지정면에서 선거가 실시됐다.

그러나 이 선거는 극단적인 제한 선거였다. 선거권과 피선거권을 가

진 자는 부세 5원 혹은 면부과금 5원 이상을 납부한 자로 제한됐기 때문이다. 따라서 12부·24지정면 조선인 전체 유권자는 6347명에 불과한 반면, 일본인 유권자는 7651명이었다. 참고로 선거가 치러진 1920년 당시 '임시호구조사'에 의하면 12부와 24지정면 전체 조선인 인구는 60만8736명이었고 일본인 인구는 1/3 정도에 불과한 21만 7567명이었다.

1921년 12월3일 김윤경(金允經) 장지영(張志暎) 이병기(李秉岐) 등이 조선어연구회를 창립했다. 12월6일 중국 루신(魯迅)이 아큐정전(阿Q正傳)을 발표했다. 12월28일 이승만 서재필(徐載弼)이 미국 워싱턴의 군축회의에 참석했다. 12월 홍난파(洪蘭坡), '봉선화'를 작곡했다.

## 일제에 충성하는 신민을 만들기 위한 조선교육령

일제의 교육목표는 한국인을 말 잘 듣는 하층민으로 살면서 충성스러운 일본의 신민으로 살게 하는 것이었다. 이를 위한 실천 방안으로 조선교육령을 공포했다. 조선교육령은 1911년 8월 23일의 칙령 제229호를 시작으로 1922년, 1938년, 1943년 총 네 차례 공포되었다. 강령 제2조에 있는 대로 "충량한 국민을 기르는 것." 말하자면 일본 천황에게 충성을 다하게 만드는 것이었다. 교육은 강령 제4조에 보통교육, 실업교육, 전문교육으로 나누었다.

보통교육의 학제는 보통학교와 고등보통학교로 나누고, 보통학교 입학 연령은 8세, 고등보통학교 입학 연령은 12세로 했다. 보통학교와 고등보통학교의 수업 연한은 4년씩 총 8년으로 정했다. 단, 여자고등보통학교의 수업 연한은 3년이며, 재봉 및 수예를 가르치는 기예과를 두었다. 보통학교의 교원을 양성하기 위해 관립 보통학교를 두고 수업 연한을 1년으로 했다. 관립 보통학교에 들어갈 수 있는 연령은 16세 이상으로 하고, 사범과와 교원속성과를 두었다. 사범과는 고등보통학교를 졸업한 자에게 입학자격을 주었고, 교원속성과는 고등보통학교 2학년 이상을 수료하고 16세 이상인 자에게 한하여 응시 자격을 주었다. 단, 여자는 고등보통학교 졸업자에 한해 관립 여자보통학교에 응시할 수 있었다.

농업, 상업 공업에 관한 지식과 기능을 가르치는 것을 목표로 실업학교를 두었다. 실업학교는 농업학교, 상업학교, 공업학교, 간이 실업학교가 있었으며, 수업 연한은 2~3년으로 정했다. 실업학교 역시 고등보통학교와 같이 보통학교를 졸업한 자에게 응시 기회가 주어졌다.

전문학교는 학술과 기예를 가르치는 것을 목표로 정하고, 수업 연한은 3~4년으로 했다. 전문학교는 1916년에 이르러 몇 개의 기존 보통학교와 실업학교를 승격시켜 마련됐다. 법관 양성소로 출발했던 경성전수학교가 경성법학전문학교가 되었고, 의학 강습소였던 경성의학교가 경성의학전문학교로 승격되었다. 공업 견습소가 경성공업전문학교로, 농림학교가 1918년 수원농림전문학교로 승격되었다.

이렇듯 조선교육령의 목표는 일본어를 습득시켜 적은 경비로 노동 인력을 양성하는 데 있었다. 일본인 아래에서 하급 관리나 사무원으로 지내게 할 목적이었다. 물론 일제에 충성스러운 인력이어야 했다. 당시 일본엔 도쿄대학이 1877년부터 문을 열었고, 1897년부터 교토대학, 1902년에는 와세다대학이 설립되었지만 제1차 조선교육령에는 대학이라는 학제 자체가 없었다. 말하자면 한국인이 학문을 연구하기 위해서는 반드시 일본에 유학해야만 했다.

# 대한제국은 일제침략기에 앞서 이미 신식 교육을 시작했다

서구 근대 물결이 물밀 듯 우리나라에 들어오자 근대적 신문이 발행되었다. 최초의 근대적 신문 한성순보(1883), 서재필의 독립신문(1896), 황성신문(1898), 제국신문(1898), 대한매일신보(1904), 만세보(1906) 등 많은 신문들이 발간되어 신문명과 신식교육을 강조하였다.

사람들은 서구식 신식교육이 일제강점기부터 시작된 것으로 잘못 알고 있으나 고종의 교육입국조칙(1895)으로 대한제국에서 서구식 신식교육을 처음으로 시작하였다. 서울에 한성사범학교 설립 이후 전국에 만들어지기 시작한 소학교와 중학교, 흥화학교(1898), 점진학교(1899), 보성전문학교(1905), 중동학교(1906), 숙명여학교(1906), 오산학교(1907), 대성학교(1908), 등의 애국 계몽학교들과 배재학당(1885), 이화학당(1886), 경신학교(1886), 정신학교(1887), 숭실학교(1897) 등의 개신교 계열의 학교들이 설립되었다.

우리나라 소학교제도는 대한제국 고종황제의 근대화 개혁정책에 따라 1895년 7월 19일 공포된 소학교령(칙령145호)에 따라 소학교가 설립되었다. 수업연한은 심상과 3년, 고등과 2~3년으로 만 8세에서 15세 아동을 대상으로 하였다. 1896년 서울에서 매동, 정동, 지방에서 남원, 순천, 개성 등지에 100여 곳 소학교가 설립되었다. 1905년 을사늑약 이후 통감부 강요로 1906년 학제를 고쳐서 소학교 이름을 보통학교로 바꾸고, 수업연한도 6년에서 4년으로 줄였다. 1910년 국권상실 후 1911년 제1차 조선교육령에서는 그대로 보통학교 4년, 1922년 제2차 조선교육령에서는 6년으로 수업연한을 바꾸었다. 중일전쟁이 발발한 1937년 다음해 1938년 제3차 조선교육령에서는 소학교 명칭을 심상소학교(尋常小學校)로 바꾸었다.

한국 땅에 대학은 고구려 제19대 소수림태왕 2년 372년에 국립 중앙대학인 태학(太學)을 설립했던 것이 처음이었다. 백제 대학은 오경박사관(五經博士館)이 있었다. 전라남도 영암군 군서면 동구림리 성기동에서 백제 제14대 근구수왕(서기 375~384) 때에 출생하여 백제의 대학 오경박사관에서 오경박사가 된 왕인은 제17대 아신왕(阿莘王, ?~405년 9월, 재위 392년 11월~405년 9월) 때에 일본 응신천왕의 초청을 받아 영암의 상대포에서 배를 타고 일본으로 갈 때 왕인은 논어 열권과 천자문 한권을 가지고 도공, 야공, 와공 등 많은 기술자들과 함께 도일하여 일본인들에게 글을 가르쳐 학문과 인륜의 기초를 세웠으며, 일본가요를 창시하고 기술, 공예를 전수함으로써 일본인들이 큰 자랑으로 여기는 아스카(飛鳥)문화와 나라(奈良)문화의 원조가 되어 일본 사회의 정치 경제와 문화예술을 꽃피웠다. 신라는 제31대 신문왕(神文王, ?~692, 재위681년~692 때 설립한 대학 국학(國學)이 있었다. 고려의 국립 중앙대학인 국자감과 성균관이 있었고, 조선도 국립중앙대학은 성균관이었다.

서구식 신식 대학이 처음으로 생긴 것은 국권침탈 이후 14년이 지난 1924년 서울에 일본제국의 여섯 번째 제국대학으로 경성제국대학이 설립되었다. 이는 1919년 기미년 삼일독립운동으로 한국인의 일제에 대한 적개심이 강화되자 이를 무마할 요량으로 일본과 똑 같은 학제로 변경한 **1922년 2월 공포된 제2차 조선교육령**에 따른 것이다. 하지만 민립대학의 설립은 철저히 막았고, 일제강점기 동안 민립대학은 한 곳도 설립되지 못했다. 1920년부터 이상재, 조만식, 윤치호 등이 민립대학설립운동을 전개했지만 일제의 탄압에 막혀 연희, 이화, 보성, 혜화, 숭실 등의 학교들은 그대로 2년제 전문학교로 남아야 했다. 평양에 있던 숭실대학은 원래 1905년 대한제국이 대학으로 인정하고 총독부 학무국에서 1912년 학교 인가를 한 곳이다. 그러나 1925년 총독부에 의해 전문학교로 강등되었다. 이후 숭실전문학교는 신사 참배를 하지 않기 위해 1938년 자진 폐교했다.

지금의 초등학교에 해당하는 **보통학교의 수업 연한이 6년으로 정해진 것은 1922년 2월 공포된 제2차 조선교육령**에 의해서다. 고등보통학교 수업 연한도 4년에서 5년으로, 여자고등보통학교는 3년에서 4년으로 연장되었다.

**1938년에 공포된 제3차 조선교육령**에서는 보통학교는 **심상소학교**로, 고등보통학교는 중학교, 여자고등보통학교는 고등여학교로 개칭했다. 이때부터 학교에서 한국어를 사용할 수 없게 했고, 사립 중학교 설립을 막았다.

## 일제의 한민족말살정책의 표본 한국어 말살정책과 조선어학회사건

2차 대전이 한창이던 1941년 3월 25일, 조선교육령이 개정되어 소학교를 초등학교로 호칭을 바꿨다. 엿새 뒤인 3월 31일에 초등학교규정이 공포되었는데, 가장 중요한 것은 한국어 학습을 폐지한다는 것이었다. 대한제국의 소학교가 1911년 일제의 보통학교로, 다시 초등학교로 이름이 바뀐 것이다. 이후 아이들은 학교에서 한국어를 배우거나 쓸 수 없었다. 한국어를 쓰면 심각한 징벌과 처벌이 있었다. 한국어로 발행된 〈어린이〉, 〈문장〉, 〈인문평론〉, 등 한국어 잡지와 〈조선일보〉, 〈동아일보〉가 폐간되었다.

일제의 한국어 말살 정책으로 한국 학생들은 학교 밖에서도 우리말 사용이 금지되었다. 1942년 여름에 함흥의 영생고등여학교 학생인 백영옥이 기차 안에서 우리말로 친구와 대화하다가 일본 순사에 의해 취조받는 사태가 발생했다. 취조를 하던 순사는 백영옥의 노트에서 '국어(일본어)를 사용하다가 처벌받았다.'라는 구절을 발견했다. 일본 경찰은 영생고등여학교 교원들을 대상으로 수사를 벌였고, 교원 정태진을 체포하여 연행했다.

일본 경찰은 정태진을 취조하던 중에 조선어학회에서 조선어 사전을 만들고 있다는 사실을 알아냈다. 이에 일본 경찰은 조선어학회를 독립운동 단체로 규정하고 이 단체의 회원들을 대대적으로 잡아들였다. 체포된 인물은 이윤재, 이극로, 이중화, 최현배, 김윤경, 정인승, 이희승, 장지영, 한징, 권승욱, 이석린 등 열한 명의 한글학자들이었다. 이들은 10여 년의 노력 끝에 만든 「우리말 큰사전」, 400자 원고지 3만 2000여 장과 20만 매에 달하는 어휘 카드를 모두 압수당했다.

또 일본 경찰은 이병기, 이은상, 안재홍, 이우식 등 22명을 체포하여 조사했다. 이들이 모두 상하이 임시정부와 연락하고 있으며, 강연회를 통해 민족정신을 높이고 있다고 하여 내란죄로 몰아 엄청난 고문을 가했다. 최현배 등 16명을 기소하고 나머지는 기소유예 처분하여 석방했다. 기소된 16명 중 이윤재와 한징이 옥중에서 사망했고, 장지영과 정열모는 공소 소멸로 석방되었으며, 12명은 재판에 회부되었다. 재판에 회부된 12명 중 이극로는 징역 6년, 최현배는 4년, 이희승은 2년 6개월, 정인승과 정태진은 2년, 김법린, 이중화, 김양수, 김도연, 이인은 징역 2년에 집행유예 3년, 장현식은 무죄 선고되었다. 전북 장수 출신 건재 정인승의 삶과 뜻을 기리는 '정인승기념관'이 장수군 계북면 양악길 119에 건립되어 있다.

**1943년 3월에 공포된 제4차 조선교육령**에서는 중등교육의 목표를 '황국의 도에 입각하여 국민의 연성, 즉 훈련시키는 것을 주목적으로 한다.'고 명시했다.

**1945년 5월에 공포된 전시교육령**에서는 각 학교에 학도대를 조직하고 학교를 군대화하려는 목적을 드러냈다.

# ✳ 화동 6살, 1922년 단기4255년 임술년에 일어난 일들

1월 9일 홍사용(洪思容) 이상화(李相和) 현진건(玄鎭健) 등이 문예지 '백조(白潮)를 창간했다. 1월 강증산(姜甑山) 제자 차경석(車京石), 태을교(太乙敎)를 보천교(普天敎)로 개칭했는데 신도수가 600만 명에 달한 때도 있었으나 일제의 민족종교 탄압과 내부분열로 와해되었다. 정읍에 건립된 보천교 총부 건물을 옮겨 서울 조계사 대웅전이 되었다. 2월15일 네덜란드 헤이그에 상설 국제사법재판소가 설립되었다. 2월 28일 영국, 이집트 독립을 승인하였다. 3월10일 인도 간디, 영국당국에 체포되었다. 3월27일 조선여자기독청년회YWCA가 결성되었다.

## 의열단과 김원봉

경남 밀양 출신 김원봉은 3·1운동 후 체계적이고 조직적인 의열 투쟁의 필요성을 느끼고 1919년 11월 같은 신흥무관학교 출신 13명과 중국 길림성에서 의열단을 조직했다. 그는 23세 때 신흥무관학교에서 폭탄제조에 특히 두각을 보였다고 한다. 의열단은 곧바로 베이징으로 근거지를 옮겼다. 사람들은 의열 투쟁을 정부·종교·자본 등 일체의 지배형태를 부정하는 무정부주의, 아나키즘이라고 불렀지만, 의열단원 자신들은 아나키스트나 테러라고 생각하지 않았다.

그들은 일제 타도와 주권 회복이라는 목표를 달성하기 위해 모든 수단, 특히 암살, 파괴, 폭탄공작 등 극단적인 방법으로 민중 혁명의 불을 지피는 것이었다. 의열단원으로는 단장 김원봉을 비롯해 강세우, 곽경, 권준, 김상윤, 배동선, 서상락, 신철휴, 이성우, 이종암, 한봉근, 한봉인 등이 있었다. 이들은 **10대 강령과 7가살 5파괴**를 내세워 조직과 세를 불려나갔다.

의열단 공약 10조는 ① '세계의 정의'를 맹렬히 실행하기로 함. ② 조선의 독립과 세계의 평등을 위하여 몸과 목숨을 희생하기로 함. ③ 충의의 기백과 희생의 정신이 확고해야 함. ④ 의열단의 목적을 가장 우선시하고 단원의 의로움에 급히 함. ⑤ 의백(義伯) 1인을 선출하여 단체를 대표로 함. ⑥특정한 장소, 특정한 시간에 매월 1차씩 사정을 보고함. ⑦ 특정한 장소, 특정한 시간에 매 첫모임에 반드시 응해야 함. ⑧ 의거를 행한 후 죽지 못하면 자결함. ⑨ 1이 9를 위하여 9가 1을 위하여 헌신함. ⑩ 단의에 배반한 자는 처살(處殺)함.

그리고 반드시 주살해야 하는 일곱 종류의 블랙리스트와 파괴해야 하는 기관 5곳을 선정하고 표적으로 삼았다. 7가살은 ① 조선총독 이하 고관 ② 군부 수뇌 ③ 대만 총독 ④ 매국 적(敵) ⑤ 친일파 거두 ⑥ 적의 밀정 ⑦ 반민족적 악덕 지주였다. 5파괴는 ① 조선 총독부 ② 동양척식회사 ③ 매일신보사 ④ 각 경찰서 ⑤ 기타 왜적 주요기관이었다.

1920년 3월 의열단원 **곽재기**가 만주 안동현에서 밀양 김병완에게 폭탄을 보냈으나 사전 탐지되어 폭탄 3개 압수, 18명 중 12명이 일본경찰에 붙잡혔다. 같은 해 5월 의열단원 **이성우**는 폭탄 13개, 권총 2정을 구해, 안동현 이륭양행을 통해 경남 진영의 강원석에게 보냈으나 일경에 압수되고, 윤치형 등 6명이 검거되었다. 같은 해 6월 관련자 26명 중 18명이 검거 송치되었다. 16명 중 강원석 1인만 면소, 나머지 15명 유죄판결, 주범 곽재기와 이성우는 각 8년형이 선고되었다.

1920년 9월 14일, **의열단원 박재혁이 부산경찰서를 폭파해 서장 하시모토와 경찰 2명 모두 3인을 죽이고**, 본인은 단식을 해 9일 만에 스스로 목숨을 끊었다. 같은 해 12월 27일 의열단원 **최수봉이 밀양경찰서 서장실에 폭탄 2개를 던졌다**. 1발은 불발되고, 1발은 폭발했지만 인명 피해는 없었다. 체포된 최수봉은 자결을 시도했지만 실패하고 병원 치료 후 사형이 선고되어 대구교도소에서 21세로 순국했다.

1921년 9월 12일 **의열단원 김익상이 조선총독부** 청사 2층에 **폭탄 2개를 투척**했다. 비서과로 던진 폭탄은 불발이었지만, 회계과로 던진 폭탄은 큰 폭음과 함께 폭발하여 건물 일부가 파괴되었다. 일제는 체포에 혈안이었지만 색출에 실패했다. 김익상은 서울 출신으로 9월 10일 폭탄 3개를 지니고 베이징을 떠나 서울에 도착, 12일 전기 수리공으로 변장하여 총독부 정문을 무사히 통과하여 거사하고, 일본인 목수로 변장하여 용산역에서 기차를 타고 중도에 평양에서 하차, 신의주를 거쳐 무사히 베이징으로 돌아갔다. 일제에 큰 충격을 주었다.

김원봉 부탁으로 **단재 신채호**는 의열단원들을 위해 정신적 사상을 글로 정리해 1923년 1월 「**조선혁명선언서**」 총5부를 지어주었다. 마지막 구절에 "민중은 우리 혁명의 대본영(大本營)이다. 폭력은 우리 혁명의 유일 무기이다. 우리는 민중 속에 가서 민중과 손잡고 끊임없는 폭력, 암살, 파괴, 폭동으로써 강도 일본의 통치를 타도하고, 우리 생활에 불합리한 일체 제도를 개조하여, 인류로서 인류를 압박치 못하며, 사회로서 사회를 수탈하지 못하는 이상적 조선을 건설할지니라. 1923년 1월. 의열단"

1923년 1월 12일, **의열단원 김상옥은 종로경찰서에 폭탄을 투척**하였다. 종로경찰서는 수많은 독립운동가들을 잡아가 무자비한 폭력을 일삼던 친일의 상징과 같은 기관이었다. 김상옥은 유유히 인사동 은거지로 돌아갔다. 이후 사이토 총독 암살계획을 세우고 있는데, 한인 순사 조용수의 밀고로 은거지가 발각되어 자신을 좇는 일본 순사 4백 명과 혼자서 3시간 동안 시가전을 벌이다가 실탄이 떨어지자 마지막 한 발로 자신의 머리를 쏴 자결했다.

1923년 3월, **경기도 경찰부 고등과 경부 황옥**의 협조로 김원봉이 의열단원 **김시현**을 시켜 만주에서 열차로 경성까지 폭탄과 물자를 운반했으나 내부자의 밀고로 김시현과 황옥이 검거되었다. 이 내용이 최근

영화 '밀정'으로 만들어졌다. 1923년 3월 28일 필리핀을 거처 상하이에 돌아오는 **일본 육군대장 다나카를 의열단원 오성균, 김익상, 이종암**이 기다리다가 황포탄 부두에 내리는 다나카를 오성균이 총 3발, 김익상이 2발을 쐈으나, 금발의 여인이 3발 맞고 사망하고, 다나카는 모자만 꿰뚫었다. 제3선에 있던 이종암이 폭탄을 투척했으나 미국 해병이 바다로 걷어차 바다에서 폭발했다. 그 틈을 타 다나카 육군대장은 차를 타고 도망갔다. 1923년 9월 **관동대지진으로 한국인학살** 소식이 들려오자 김원봉 밀령을 받은 **의열단원 김지섭**이 일본궁성에 **폭탄을 2번** 던졌다. 불발되었지만 일본인들에게 엄청난 충격을 주었다.

**1926년 유림계 대표 김창숙**은 김원봉에게 **나석주**를 천거했다. 김원봉과 나석주는 동양척식은행과 식산은행을 파괴하기로 했다. 12월 28일 나석주가 남대문동에 있는 식산은행에 폭탄을 투척했으나 불발했다. 그는 재빠르게 **동양척식회사**로 발길을 옮겨 안으로 들어갔다. 수위실과 토지개량부에서 사원들을 사살하고, **폭탄을 투척**했지만 불발했다. 을지로 2가 방면으로 도주했다. 도주 과정에서 경찰관 한 명을 사살하고 수십 명에게 포위되어 자신의 가슴에 총 3발을 쏴 자결을 시도했다. 병원으로 후송되어 치료 후 고문을 받다가 결국 사망했다. 나석주의 의거는 의열단 마지막 활동이었다. 일제는 이봉창 윤봉길 의거를 일으킨 임시정부 김구 주석에게 60만원, 의열단 단장 약산(若山) 김원봉(金元鳳,1898~1958)에게 100만원 현상금을 걸었는데, 1917년 현재 화폐가치로 각각 200억과 320억에 해당된다고 최태성 역사교사는 KBS방송에서 설명했다.

단재 신채호가 격려한 한민족 민중 혁명이 일어나지 않자, 준비와 교육이 미흡하다고 생각한 김원봉과 의열단 간부들은 1926년 1월, 장개석이 교장으로 있는 황포군관학교의 4학년으로 입학했다. 1926년 10월 의열단 간부들이 황포군관학교를 졸업했다. 이들은 중국에서 지내면서 좌경적 사상에 경도되었다. 1927년 국민당과 공산당 사이에 벌어진 내전의 소용돌이 속에서 공산당이 일으킨 폭동에 함께 한 의열단 간부들은 김원봉, 윤세주(尹世冑,1901~1942)만 남겨 놓고 전원 사망했다. 의열단은 이로써 역사에 마침표를 찍어야 했다. 중국 공산당과 러시아 코민테른의 지지를 받았지만 김원봉은 사회주의 정치성에 환멸을 느끼고, 한국 아나키즘의 독자노선을 고집했다. 1930년대 조선의용대를 조직하고, 조선민족혁명당을 창당했다.

김원봉은 1941년 대한민국 임시정부에 합류해 한국광복군 제1지대장 및 부사령관, 군무부장(국방부장관)을 지내고 광복으로 귀국했다. 1947년 여운형과 좌우합작운동을 하다가 여운형이 암살당하자 월북하여 북한에서 국가검열상, 내각 노동상 등을 역임하다 1958년 숙청당했다. 사학자 과거사진실위 한홍구 교수는 김원봉의 월북 이유에 대해 다음과 같이 증언했다. "쟁쟁한 독립운동가로서 조국에 귀국했지만, 미군정이 들어서고 독립운동가들을 고문했던 친일 경찰들이 다시 채용되어 활개 치는 세상이 되었다. 1947년 친일 경찰 노덕술에게 종로경찰서에 잡혀가 취조를 당하는 신세가 되었다. 노덕술은 김원봉을 무릎 꿇리고 얼굴에 침을 뱉고, 구타와 온갖 고문을 가했다. 광복된 조국에서 더구나 독립운동가로서 참을 수 없는 수모를 당한 것이다. 그 무렵 여운형 선생까지 암살당하자 신변의 위협을 느끼고 월북한 것이다."

6·25한국전쟁이 일어나자 군경이 밀양 생가에 들이닥쳐 김원봉 동생 4명을 월북자 동생이라는 이유로 연행하여 보도연맹원들과 함께 학살했다. 손문이 국민당 군인 간부를 양성하기 위해 장개석을 교장으로 임명해 세운 황포군관학교 출신이라는 이유로 중국공산당에게 외면받고, 북한에서도 숙청당한 그는 아직 대한민국으로부터도 공적을 인정받지 못하고 있다. 그는 3개국에서 모두 환영받지 못한 비운의 독립운동가였다.

1922년 3월 28일 의열단원 김익상(金益相), 중국 상해에서 일본 육군대장 다나카(田中義一) 저격에 실패했다. 4월1일, 소련 스탈린, 소비에트 공산당 서기장에 취임하였다. 5월12일 중국 장작림(張作霖) 동삼성(東三省)의 독립을 선언하였다. 5월19일 3.1독립만세혁명 만족대표 손병희(孫秉熙)가 사망했다. 5월 이광수(李光洙), 민족개조론(民族改造論)을 발표했다. 6월16일 경성-원산간 직통전화가 개통되었다. 7월 26일 일본 니가타현에서 한국인 노동자들이 학살당했다. 8월 대한통군부(大韓統軍府)가 성립되었다. 광복군사령부, 한족회, 광복군총영, 광한단 등을 통합한 것이다. 9월25일 신규식(申圭植)이 중국 상해에서 사망했다.

1922년 임술년 음력 9월 12일, 사창마을 부안김씨 김형신(金炯信)·장성댁(행주기씨)부부가 넷째아들 우철(宇喆)을 낳았다. 우철(1922.9.12.~2008.10.20.수 87세)은 수의사가 되어 오수가축병원을 경영했다. 부인 인동장씨 장필효(張弼孝,1925.9.8.~ 2025년 현재101세 생존) 여사는 2026년 현재 102세로 사창마을 부안김씨 가문에서 최장수를 누리며 오수에서 아들과 함께 거주하고 있다.

10월1일 경성시립도서관이 개관되었다. 10월5일 조철호(趙喆鎬)가 소년척후단(少年斥侯團:보이스카우트)을 창설했다. 10월31일 이탈리아 파시스트 정권 성립, 무솔리니가 수상에 올랐다. 11월1일 오스만(Osman)제국이 멸망했다. 11월6일 안창남(安昌男), 동경-오사카간 비행에 성공하고, 12월10일 여의도에서 귀국 기념 비행을 실시하여 갈채를 받았다. 11월14일 양정고등보통학교 학생들이 일본인 교사를 배척하고 동맹휴학하였다. 11월23일 이상재(李相在) 조만식(曺晩植) 등이 민립대학기성준비회를 조직했다. 11월 박승희(朴勝喜) 이서구(李瑞求) 김기진(金基鎭) 등이 일본 동경에서 토월회(土月會)를 조직하였다. 총독부, 12월18일 호적령(戶籍令)을 공포하였다. 이 날 천도교소년회, 5월 첫 일요일을 어린이날로 정했다. 12월30일 소비에트사회주의 공화국연방(USSR)이 성립하였다.

## ✱ 화동 7살 1923년 단기4256년 계해년에 일어난 일들

1월1일 남대문역을 경성역(京城驛)으로 개칭하였다. 1월11일 프랑스 독일의 루르(Ruhr)지방을 점령하였다. 1월12일 의열단원 김상옥(金相玉) 종로경찰서에 폭탄을 던지고 도피 중 1월22일 일본경찰과 총격전을 벌이다가 자결하였다. 1월 단재 신채호, '조선혁명선언서(朝鮮革命宣言書)'를 작성하였다. 2월21일 중국 손문(孫文), 대원수(大元帥)에 취임했다. 3월15일 의열단원 황옥(黃鈺) 김시헌(金時憲) 등, 중국 상해에서 폭탄을 들여오다가 발각되었다. 3월16일 방정환(方定煥) 마해송(馬海松) 등, 일본 동경에서 색동회를 조직하였다. 3월 천도교소년회, 소년잡지 '어린이'를 창간하였다. 방정환과 마해송이 주간을 맡았다. 윤백남(尹白南), 최초의 극영화 '월하의 맹세'를 상연하였다. 4월25일 임시의정원, 이승만 대통령 탄핵안을 제출하였다. 5월1일 조선노동총연맹회, 최초의 메이데이 행사를 개최하였다. 5월 김규식(金奎植) 이범석(李範奭) 등, 만주 연길현(延吉縣)에서 고려혁명군(高麗革命軍)을 조직하였다. 6월2일 김규식 지청천(池靑天) 여운형(呂運亨) 등 창조파, 임시정부에서 탈퇴하여 중국 상해에서 조선공화국 성립을 선포하였다. 6월1일 일본 해군, 중국 장사(長沙)에 상륙하여 배일운동을 탄압했다. 8월11일 독일, 배상 지불 중지를 선언했다. **9월1일 오전 11시경 관동대지진 발생**, 일본당국이 민심동요를 막기 위해 한국인들이 폭동을 일으켰다고 유언비어를 퍼뜨려 한국인 대학살을 부추겼다. **학살당한 피해자는 6661명**으로 기록되었지만 기록되지 못한 희생자들도 많을 것으로 추측되기 때문에 실제는 7천 명이 넘은 것으로 보인다. 1876년 병자수호조약(강화도조약)으로 개항한 이래 의병과 독립군부터 시작하여 이런 크고 작은 일본제국의 일제침략기 35년까지 한국인 학살이 연인원이 8백만 명에 달한다고 주장하는 학자도 있다. 9월3일 박열(朴烈), 왜왕 살해계획 혐의로 동경에서 검거되었다. 9월25일 강진구(姜振九) 나혜석(羅惠錫) 등, 고려미술회(高麗美術會)를 조직하였다.

## 암태도 소작쟁의

1923년 9월, 농민운동을 불붙인 전남 신안군 암태도(巖泰島)에서 소작쟁의가 일어났다. 농민 서태석은 대지주 문재철에게 7~8할에 이르는 소작료를 4할로 내려 줄 것을 요구했다. 수확량의 20~30퍼센트로는 생계가 꾸려지지 않았기 때문이다. 친일 지주 문재철은 암태도 수곡리 출신으로 암태도에 논밭 140정보를 소유하고 있었다. 1정보가 3000평이니 암태도에 있는 문재철의 농지는 42만 평, 즉 138만 6000제곱미터였다. 암태도 농지 대부분이 그의 소유인데, 문재철의 땅은 그밖에 전라도 일대에 755정보, 즉 226만 5000평으로 747만 4500제곱미터다. 문재철은 총독부의 비호 아래 이 엄청난 땅을 소유하면서 소작인들의 고혈을 짜내고 있었다. 1910년 한국강점 당시만 하더라도 소작인들은 반분타조제에 따라 5할을 소작료로 냈다. 1920년대 들어 총독부가 일본수출을 늘리려고 쌀값을 저가로 유지하는 정책을 써 쌀 수탈을 늘리자, 지주의 수익이 감소했다는 이유로 소작료를 8할까지 상승시켰던 것이다.

암태도 소작인회는 문재철이 자신들의 요구를 묵살하자 추수를 거부하고 소작료불납운동을 전개했다. 1924년 3월에는 면민대회를 개최하며 항의하고, 4월로 예정된 전국노동대회에 대표자를 파견하여 전국적인 관심을 유발하고자 했다. 그러나 문재철의 사주를 받은 일본 경찰들의 방해로 암태도 대표자들은 이 대회에 참석하지 못했다. 분개한 암태도 주민들은 문재철 아버지 송덕비를 무너뜨려 문씨 문중과 충돌했다.

문씨 문중은 송덕비를 무너뜨린 암태도소작인회의 대표들을 고발했고, 소작인 간부 열세 명이 목포형무소에 감금되는 사태가 발생했다. 그러자 암태도청년회장 박복영이 중심이 되어 쟁의를 주도했고, 암태도부인회도 가세하면서 암태도 전 주민이 항거하는 사태로 확대되었다. 남녀 농민 600여 명과 그들의 자녀들까지 목포경찰서와 재판소로 몰려가 아사동맹을 맺고 단식투쟁을 전개했다. 지주 문재철의 집 앞에서도 농성이 벌어졌는데, 그 농성으로 스물여섯 명의 주민이 체포되었다.

암태도 소작쟁의 소식은 순식간에 전국으로 퍼져나갔다. 전국 각지의 지식인과 변호사들이 주민들을 옹호하기 시작했고, 무료변론에 나서는 변호사도 생겨났다. 서울과 평양에서도 지원 강연회와 지원금 모금운동이 전개되었고, 목포에서는 시민대회가 열렸다.

사태가 걷잡을 수 없이 커지자, 일제 당국은 쟁의 확산을 염려하여 중재에 나섰다. 1924년 8월 30일, 목포경찰서에서 문재철과 소작인 대표 박복영 사이에 타협안이 마련되었다.

1. 지주 문재철과 소작인회 간의 소작료는 4할로 약정하고, 지주는 소작인회에 일금 2000원을 기부한다.
2. 1923년의 미납 소작료는 향후 3년간 분할 상환한다.
3. 구금 중인 쌍방의 인사에 대해서는 9월 1일 공판정에서 쌍방이 고소를 취하한다.

4. 도괴된 비석은 소작인회의 비용으로 복구한다.

타협안은 소작인회의 요구를 거의 전적으로 수용한 것이었다. 1년의 항쟁이 소작인들의 승리로 끝난 것이다. 암태도 소작쟁의가 소작인들의 승리로 끝나자, 그 여파는 전국으로 확대되었다. 소작인 착취가 심했던 서해안의 도초도, 자은도, 지도를 시발점으로 소작쟁의운동이 들불처럼 번져갔다. 1940년까지 매년 7000건 이상의 소작쟁의가 발생했는데, 이는 암태도 소작쟁의가 한국농민운동 발전에 획기적인 전환점이 되었다는 것을 의미한다.

1923년 9월, 이상화(李相和), '나의 침실로'를 발표하였다. 10월 김소월 '산유화(山有花)'를 발표하였다. 10월29일 터키, 케말 파샤 터키공화국을 수립하였다. 11월8일 독일 뢴트겐이 사망했다. 11월20일 양주동(梁柱東) 손진태(孫晋泰) 등, 문예지 '금성(金星)'을 창간하였다. 12월1일 진주선(진주~마산) 철도가 개통되었다. 이 날 색동회가 5월1일을 어린이날로 제정하였다.


## ✱ 화동 8살 1924년 단기 4257년 갑자년에 일어난 일들

1월5일 의열단원 김지섭(金祉燮), 일본 궁성 폭파를 목적으로 니주바시(二重橋)에 폭탄을 투척하여, 11월6일 무기징역을 선고받았다. 1월20일 중국, 제1차 국공합작이 성립하였다. 1월21일 소련 레닌이 사망하였다. 2월1일 염상섭(廉想涉), 문예지 '폐허이후'를 창간하였다. 이날 영국이 소련을 승인하였다. 2월7일 이탈리아, 소련을 승인하였다. 3월31일 최남선(崔南善) 신문사 '시대일보'를 창간하였다. 4월23일 이동녕(李東寧), 임시정부 국무총리에 취임하였다. 5월2일 경성제국대학 예과가 개교하였다.

## 태어난 다음해 떠나버린 텃골댁 셋째 딸 옥효(玉孝)

1924년 단기 4257년 갑자년 5월 13일 일요일, 이 날은 음력 3월 28일이다. 이 날 텃골댁은 여섯 번째 아이로 셋째 딸 옥효(玉孝)를 낳았다. 그러나 옥효는 다음해인 1925년 양력 9월28일 오전 6시 고뿔을 심하게 앓다가 폐렴으로 죽고 말았다. 어린 딸을 동녘 산에 묻고 텃골댁과 텃골양반은 여러 날 눈물을 흘렸다.

1924년 5월19일 참의부 의용군 장청헌(張昌憲) 등이 국경 시찰중인 총독 사이토(齋藤實)을 습격하였다. 5월30일 노백린(盧伯麟)이 임시정부 참모총장에 취임하였다. 5월31일 중국과 소련이 외교협정에 조인하였다. 6월16일 중국 손문(孫文), 황포군관학교를 설립하였다. 8월 김동인 주요한 김소월 김억 등이 문예지 '영대(靈臺)'를 창간하였다. 10월13일 조선일보가 최초의 신문만화 '멍텅구리'를 게재하기 시작했다. 10월31일 황해도 재령군 북류면의 동양척식주식회사 소작인들이 소작쟁의를 일으켰다. 10월 방인근(方仁根)이 문예지 '조선문단(朝鮮文壇)'을 창간하였다.10월23일 중국 풍옥상(馮玉祥)이 쿠데타를 일으키고 11월5일 청(淸) 마지막 황제 부의(溥儀)를 자금성(紫禁城)에서 추방하였다. 11월26일 몽골인민공화국이 성립하였다. 12월8일 경상남도청을 진주에서 부산으로 이전하기로 결정하였다. 12월17일 박은식(朴殷植)이 임시정부 대통령을 대리하는 국무총리에 선임되었다. 12월 최현배(崔鉉培)가 '조선민족 갱생(更生)의 도(道)'를 발표하였다. 이 달 조선일보가 부인란을 신설하고 최초의 여기자 최은희(崔恩喜) 등을 채용하였다. 이 달 윤극영(尹克榮)이 동요 '반달'을 발표하고, 김동환(金東煥)이 '국경의 밤'을, 변영로(卞榮魯)가 '조선의 마음'을, 전영택이 '생명의 봄'을 발간했다.

## ✱ 화동 9살 1925년 단기4285년 을축년에 일어난 일들

1월 대한통의부가 길림성에서 정의부(正義府)를 조직하였다. 3월10일 김혁(金赫) 김좌진(金佐鎮) 등이 만주 길림성에서 신민부(新民府)를 조직하였다. 3월12일 중국 손문(孫文)이 베이징에서 병사하였다. 대한민국 임시정부 **3월23일 임시의정원(국회) 이승만 대통령 탄핵안을 의결하고 박은식을 임시대통령으로 선출하였다.** 3월30일 임시정부 대통령중심제 헌법을 개정하여 국무령(國務領) 중심의 내각책임제를 채택하였다. 4월3일 중앙도서관이 개관되었다. 4월17일 '조선공산당'이 창립되었다. 4월18일 박헌영 등이 고려공산청년회를 조직하였다. 4월20일 조선민중운동대회 탄압에 대항하여 공산주의자들이 적기(赤旗)를 들고 종로에서 시가행진을 벌였다. 4월24일 시천교(侍天敎) 교당에서 전국형평사대회(全國衡平社大會)를 개최하였다. 5월7일 총독부가 치안유지법(治安維持法)을 공포하였다. 5월30일 영국 경찰이 상해에서 데모대에 발포하고, 6월1일 5·30사건에 항의하여 중국 상해 노동자 상인들이 항의하는 파업을 벌였다. **6월6일 총독부에서 '조선사편수회(朝鮮史編修會)'를 설립하여 고대사를 말살하고 한국민족정기를 지우는 작업을 위해 어용학자를 채용하기 시작하였다.** 6월11일 일본과 중국간에 미쓰야(三矢) 협정이 체결되어 독립군 탄압을 목적으로 민주한국인 단속을 강화하였다. 7월14일 중부지방에 을축년(乙丑年) 대홍수가 발생했다. 8월 김기진(金基鎮) 박영희(朴英熙) 등이 조선프롤레

타리아 예술가동맹(KAPF)을 결성하였다.

1925년 음 9월 16일, 사창마을 부안김씨 가문 김형기(金炯箕)·서창댁(남양홍씨) 부부가 둘째 아들 윤철(銑喆)을 낳았는데 윤철은 서울법대를 졸업하고 행정공무원이 되어 이사관까지 승진하고, 부안김씨 담허재 문중에서 100살까지 장수하는 최초의 아들이 되었다.

9월24일 임시정부, 이상룡(李相龍)을 국무령에 임명하였다. 9월20일 김준연(金俊淵) 김현철(金顯哲) 유광렬(柳光烈) 등, 조선농민사(朝鮮農民社)를 창립하였다. 11월1일 박은식이 중국 상해에서 순국하였다. 11월16일 경성~봉천( 奉天 현 심양沈陽) 간 전화가 개통되었다. 11월27일 박헌영(朴憲永) 임원근(林元根) 등 공산당 간부가 다수 검거되었다. 11월22일 중국, 봉천파 곽송령(郭松齡)이 장작림(張作霖)에 항거하였으나 12월23일 진압되었다. 11월28일 이상재(李相在) 윤치호(尹致昊) 조병옥(趙炳玉) 등, 태평양문제연구회를 조직하였다. 12월16일 이영구(李榮九)가 이완용(李完用) 암살에 실패하였다. 이 달 김소월 시집 '진달래꽃', 장도빈(張道斌)의 '조선위인전'이 발간되었다. 12월23일 페르시아 팔레비왕조가 성립되었다.


## ✽ 화동 10살 1926년 단기4259년 병인년에 일어난 일들

1월3일 전남 무안 지은면에서 쟁의중이던 1천여 명이 목포에서 경찰과 충돌하였다. 1월4일 중국 국민당 전당대회를 개최하였다. 1월6일 수양동맹회와 동우구락부가 연합하여 수양동우회(修養同友會)로 개편하였다. 이 날 조선총독부가 경복궁(景福宮) 새 청사로 이전하였다.

1926년 1월 20일 수요일, 이 날은 음력으로 1925년 을축년 12월 7일
이다. 이 날 **텃골댁은 막내아들 효철(孝喆)을 낳았다.** 자(字)를 효기(孝
基), 호는 창촌(昌村)이라고 하였다. 지난해 9월 28일 셋째 딸 옥효(玉
孝)를 저 하늘로 보내고 나서 낳은 막내아들이다. 아들 넷 딸 셋, 7남매
를 낳았지만 딸 하나를 잃고 6남매를 키우게 된다.

## 텃골댁 아들딸

화동 아버지는 우석(愚石) 김형균(金炯均) 선생이다. 텃골양반(炯均)
과 텃골댁(南陽洪氏 基東)의 4남 3녀 7남매는 다음과 같다.
맏딸 **복연**(福姸:籍名善男, 1908.10.23.~1949.9.19. 향년 42세)
장남 **환철**(煥喆:字 昌基, 1911.04.14.~1975.01.29. 향년 65세)
차남 **권철**(權喆:籍名東喆:字萬基, 1914.08.17.~1992.08.31.(壽 79세)
3 남 **은철**(殷喆:字永基, 1917.02.17.~1979.03.03. 향년 63세)
차녀 **현주**(賢珠:籍名善順, 경신 1920.08.10.~병진 1976.8.27. 향년 57세)
3 녀 **옥효**(玉孝, 1924.03.28.~1925.09.28. 향년 02세)
4 남 **효철**(孝喆:字孝基, 1925.12.07.~1982.10.14. 향년 58세)

우석공 부부는 우석공 17세, 텃골댁 열아홉 살인 1906년 임실군 운
암면 금기리 텃골마을 남양홍씨 댁 신부집 마당 초례청에서 전통혼례
를 치르고 부부의 연을 맺었다. 신부가 두 살 더 많았다. 텃골댁은 21세
인 1908년 첫딸 복연, 24세에 맏아들 환철, 27세에 둘째 아들 권철, 30
세에 셋째 아들 은철, 33세에 둘째 딸 현주, 37세에 셋째 딸 옥효(조졸
早卒함), 38세인 1925년에 넷째 아들 효철을 낳았다.

**1926년은 김은철 소년이 열 살이 되는 해이다. 아버지를 따라가 산**

서공립보통학교에 입학하였다.

　1926년 1월22일 노백린이 사망하였다. **2월11일 이완용이 죽어 성대한 장례식이 치러졌다.** 그는 자신이 관찰사로 떵떵거렸던 전라도 익산 땅, 생전에 준비한 야산에 묻혔다. 그러나 광복 후 매국노라는 주민들의 원성에 무덤이 인분 등 오물 투척으로 뒤덮이자 자손들이 무덤을 파 화장하여 없앴다. 자손들은 캐나다로 이민 간 것으로 전해진다. **2월18일 임시정부 국무령 이상룡이 사임하고 후임 양기탁(梁起鐸)도 자퇴하였다.** 2월27일 도량형법을 미터법전용으로 공포하였다. 2월 이탈리아, 파시스트(Pascist) 입법을 발표하였다. 3월20일 중국 장개석(蔣介石)이 중산함(中山艦) 함장 이지용(李之龍) 등 공산당원을 체포하였다. 4월1일 경성제국대학에 의학부 법문학부가 개설되었다. 4월5일 양기탁 등이 만주에서 고려혁명당을 조직하였다. 4월10일 토월회(土月會)가 56회 공연 후 해산하였다. 4월26일 대한제국 제2대 융희제(隆熙帝) 순종황제(純宗皇帝) 이척(李坧)이 승하하였다. 4월28일 송학선(宋學先)이 창덕궁(昌德宮) 금호문(金虎門) 앞에서 총독을 암살하려다 실패하였다. 5월3일 안창호(安昌浩)가 임시의정원에서 국무령에 선출되었으나 자퇴하였다. 5월20일 한용운(韓龍雲)이 '님의침묵'을 발간하였다. 5월 노르웨이,아문센(Amundsen)과 노빌레(Nobile)가 북극횡단비행에 성공하였다. **6월10일 순종황제 국장을 거행하였다.** 이 날 6·10만세운동이 일어났다. 고종황제 국장 때인 1919년에는 기미3.1독립만세혁명이 일어나는데, 이번에는 6·10만세운동이 일어난 것이다. 학생 600명이 만세운동을 벌였는데 그 과정에서 200명 넘게 체포되었다. 6월14일 브라질, 국제연맹 상임이사국에서 탈퇴하였다. 6월26일 여운형이 중국 광동(廣東)에서 한인혁명군을 조직하였다. **7월7일 홍진(洪震)이 임시정부 국무령에 선출되었다.** 7월9일 중국 장개석이 국민혁명군 총사령관에 취임하고 27일 북벌을 선언하였다. 8월24일 성악가 윤심덕(尹心悳)이 극작가 김우진(金祐鎭)과 현해탄(玄海灘)에 투신하여 동반자살하였다. 8월26일 나도향(羅稻香)이 사망하였다. 10월1일 나운규(羅雲奎) 감독 각본 주연의 아리랑이 단성사에서 상영되었다. 10월9일 스웨덴 구스타프(Gustav))황태자가 방한하여 경주 서봉총(瑞鳳塚) 발굴에 참가하였다. 11월4일 조선어연구회 이 날을 '가갸날'로 하였다. 11월15일 이상협(李相協)이 중외일보(中外日報)를 창간하였다. 11월26일 중국 국민당 좌파가 호북성 무한(武漢) 천도를 결의하였다. 12월25일 왜왕 히로히토(裕仁)가 즉위하고 연호를 소화(昭和)로 하였다. 12월6일 안광천(安光泉) 김준연(金俊淵) 등이 조선공산당(ML당)을 다시 조직하였다. 12월10일 유일한(柳一韓)이 유한양행(柳韓洋行)을 설립하였다. **12월14일 김구(金九)가 임시정부 국무령에 취임하였다.** 12월28일 의열단원 나석주(羅錫疇)가 식산은행과 동양척식회사에 폭탄을 던지고 자결하였다. 12월 김기진(金基鎭)이 '조선지광(朝鮮之光)'에 문예시평을 발표하여 박영희(朴英熙)와의 논쟁이 시작되었다. 12월 프랑스와 독일이 자르(Saar) 국경협정에 조인하였다.

## 1920년대를 풍미한 인물들

1920년대를 풍미한 인물들을 들면 다음과 같다. 먼저 **손병희**(孫秉熙, 1861.04.08~1922.05.19.)다. 손병희는 천도교 3대 교주이자 기미3·1독립선언 33인의 한 사람으로 충북 청주 출신이며, 본관은 밀양이다. 민족사를 정립한 독립운동의 큰 별 **박은식**(朴殷植, 1859.10.25.~1925.11.01.)은 일제강점기의 학자, 언론인, 독립운동가, 교육자, 애국계몽운동가, 정치가로 황해도 황주 출신이다. 임시정부 2대 대통령을 지냈다. 「한국통사」, 「한국독립운동지혈사」 등 많은 역사서를 남겼다. 공군 독립군단 양성을 꿈꾸었던 **노백린**(盧伯麟, 1875.01.10.~1926.양력 01.22.)은 대한제국의 군인이자 일제강점기에 임시정부의 교통총장, 군무총장, 국무총리 등을 역임한 독립운동가로 황해도 풍천 출신이다. 사회계몽운동의 주춧돌이 된 **이상재**(李商在,1850.10.26.~1927.03.29.)는 대한제국 의정부 총무국장 직책을 지낸 정치가이다. 충남 서천 출신으로 고려시대 학자 겸 정치가 이색의 후예이다. 대한제국의 정치인으로 개화파 운동가였으며, 일제강점기 조선 시대의 교육자, 청년운동가, 독립운동가이자 정치인, 언론인이다. 아호는 월남(月南), 본관은 한산이다. 민족운동의 요람 오산 학교를 설립한 남강 **이승훈**(李承薰, 1864~1930)은 평북 정주 출신으로 '먼저 인간이 되어라.', '사랑하라.', '남의 종이 되지 마라.'고 제자들에게 가르쳤다. 청산리대첩으로 항일무장투쟁의 대명사 백야 **김좌진**(金佐鎭, 1889~1930)은 충남 홍성 출신으로 본관은 안동(安東), 호는 백야(白冶)이다. 어릴 적에는 한학을 수학하고 1904년에 상경하여 1905년 육군무관학교에 입학하였다. 1907년에 졸업하고 대한제국 육군 장교에 임관되었다.


## ✱ 화동 11살 1927년 단기 4260년 정묘년에 일어난 일들

1월22일 연초전매령을 개정하여 담배의 완전전매제도를 확립하였다. 2월10일 조선어연구회가 '한글'을 창간하였다. 2월15일 좌우익 합작의 항일단체인 신간회(新幹會)가 창립되고 이상재(李商在)가 회장이 되었다. **2월16일 경성방송국**(호출부호 JODK)이 정동에서 **방송을 개시하였다.** 2월 김규식이 중국 남경에서 결성된 동방피압박민족연합회 회장에 선임되었다. 2월21일 중국 왕조명(汪兆銘)이 무한(武漢) 국민정부를 수립하였다. 3월5일 임시정부, 임시약헌(臨時約憲)을 공포하였다. 3월14일 미국 팬 아메리카 항공회사가 창립하였다. 3월15일 일본에 금융공황이 일어났다. 3월17일 천주교 평양교구가 경성교구에서 독립하였다. 3월24일 중국 국민혁명군 남경(南京)을 점령하고 영국 영사관에 침입하였다. 영국은 남경을 포격하였다. 3월29일 이상재(李商在)가 사망하여 4월7일 사회장을 거행했다. 4월1일 안창호가 만주 길림성에서 농민호조사(農民互助社)를 조직하였다. 4월12일 중국 장개석이 상해에서 쿠데타를 일으키고 공산당 배격을 선언하였다. 4월18일 장개석은 남경에 국민당정부를 수립하였다. 4월20일 장인환(張仁煥)이 미국에서 출옥하여 귀국하였다. 5월19일 송학선이 서대문감옥에서 순국하였다. 5월20일 미국 린드버그(Lindberg) 처음으로 대서양 무착륙 비행에 성공하였다. 5월27일 황신덕(黃信德) 김활란(金活蘭) 등이 근우회(槿友會)를 조직하였다. 5월28일 일본, 제1차 중국 상동(山東) 출병을 감행하였다. 6월15일 이해조(李海朝)가 사망하였다. 7월10일 대동단 단장 전협(全協)이 가출옥 중 병사하였다. 7월 조명희(趙明熙)가 '낙동강'을 발표하고, 조윤제(趙潤濟)는 '조선소설발달개관'을 펴냈다. 8월1일 경성무선국 통신을 개시하였다. 9월1일 윤극영 한정동(韓晶東) 등이 '조선동요연구회'를 창립하였다. 9월9일 중국 모택동, 정강산(井崗山)에 근거지를 구축하였다. 10월 전북 군산 이엽사(二葉社) 농장 농민들이 소작료 불납운동을 전개하였다.

## 증조부 창은공 제삿날 단자놀이로 닭울음소리를 내다

1927년 음 10월 14일은 양력 11월 8일 화요일이었다. 이날은 은철의 증조할아버지 창은공(昌隱公) 김낙리(金洛鯉,1932.7.2.~1902.10.14. 수 71세) 선생의 25주기 제삿날이었다. 자손들은 이날 첫 시간에 제사를 지내기 위해 전날인 11월 7일 월요일 오전부터 상큰집 마당에 큰 가마솥 뚜껑을 뒤집어 걸어놓고 제사상에 올릴 전을 부치느라 여러 며느리며, 아낙들이 분주하게 움직였다. 또 각자 맡아 제수를 준비하느라 부산을 떨었다. 이제 제사음식이 거의 갖추어지고 밤 자시(子時 11시~01시)가 되면 제사를 지내는 것이다. 자시가 되어 제사가 시작되었다.

이 때 은철은 11살이었다. 제사지내고 나오는 제사떡이며 전을 얻어먹기 위해 일가 소년들과 대문간에서 눈이 빠지게 기다리고 있었다. 자시가 중간쯤 지나자 드디어 제사가 시작되는지 아버지 텃골양반의 축문 읽는 소리가 낭랑하게 들려왔다.

"유 세차 정묘 시월 계사삭 십사일 병오(維 歲次 丁卯 十月 癸巳朔 十四日 丙午)

효손 형신 감소고우(孝孫炯信 敢昭告于)

현조고 창은거사부군(顯祖考昌隱居士府君)

현조비유인 전주이씨(顯祖妣孺人全州李氏)

현조비유인 김해김씨(顯祖妣孺人金海金氏)

세서천역 현조고 휘일부림 추원감시 불승영모(歲序遷易 顯祖考諱日 復臨 追遠感時 不勝永慕)

근이 청작서수 공신전헌 상(謹以 淸酌庶羞 恭伸奠獻尙)

향(饗)"

지금쯤 합문(闔門)을 했는지 조용하다. 제사 지내기 시작한지 한두 시간이 지난 것 같다. 응만, 호철, 기철, 동철, 홍철 등 모였던 소년들은 제사 단자를 먹을 생각뿐이었다. 빨리 닭울음소리를 내 제사를 끝내도록 알려야 제사음식을 먹을 수 있다고 응만이 재촉한다. 마침 닭울음소리를 가장 잘 내는 은철이 수탉이 날개로 홰를 치듯 두 손으로 옆구리를 치고 "꼬끼오~!"하고 닭울음소리를 내었다. 한 두어 번 더 하고 귀를 기울이니 제청에서 어른들의 말소리가 들려온다. "벌써 닭이 우네. 헌다를 하고, 철시복반, 사신을 합시다."하는 것을 보니 곧 제사가 끝날 듯하다.

"철상, 음복을 하세요." 하는 말과 함께 사랑 제청 문이 열린다.

제사를 마친 서창양반, 새터양반, 텃골양반… 창은공 손자들 몇이 마루로 나오자 밖에서 방안을 엿보던 아이들이 "아부지!"하면서 우루루 몰려간다.

창은공 종손 장성양반이 놀라 말한다.

"너희들이 지금까지 제사 끝나기를 기다렸단 말이냐? 조상님 받드는 것도 중요하지만 자손들도 음복을 해야지요. 얘들 먹을 것 좀 챙겨 주어라."하니 집안 며느리들이 밖에 있는 아이들을 사랑 작은 방에 들인다. 대여섯 아이들이 쪼르르 들어가자 상이 나온다. 어른들 아이들이 뒤섞여 제사를 마친 뒤 음복을 한다. 자시가 지나고 축시이니 오늘은 날짜가 바뀌어 음력 10월 14일로 은철 증조할아버지 창은공이 돌아가신 날이었다. 돌아가신 날 첫 시간인 자시에 제사를 지내기 시작하여 축시까지 이어진 것이다. 이 때 추억을 용산당숙(휘 동철東喆)은 "화동 형 장닭 닭울음소리는 어른들이 속을 정도로 잘 냈다."고 생전에 필자에게 들려주었다.

먹을 것이 귀했던 때라 타 성씨 제삿날도 기억하여 단자놀이를 했다고 한다. 단자놀이는 동네 사랑에 나와 놀던 청년들이 밤이 이슥해지고 배가 고파지면 그날 제사를 모시는 집에 빈 석작(대로 엮어 만든 상자)을 보내서 제사 음식을 얻어다 먹는 민속놀이이다. 이때 석작 속에다 한지나 동네 사랑에서 사용하던 목침인 단자를 넣어 보낸다. 단자는 사랑에 있는 사람 중 가장 나이 어린 사람을 시켜 보내며 서로 얼굴을 마주치지 않기 때문에 "단자요!" 하고 외치고 돌아온다. 단자를 받은 집에서는 행여나 정성이 부족하다고 흥이 잡힐까 봐 제사상에 올린 음식을 골고루 담아 동네 사랑방으로 보낸다. 형편이 어려운 집에는 보내지 않고 넉넉한 집만을 골라서 보내기 때문에 동네 사랑방에는 형편이 좋은 집의 제삿날을 기록하여 두었다고 한다.

11월 홍난파(洪蘭坡)가 이원수(李元壽) 작사의 '고향의 봄'을 작곡하였다. 12월1일 한강철교 복선운행을 시작하였다. **12월10일 조선총독 이마나시(山梨半造)가** 부임하였다. 12월11일 중국 공산당 광주(廣州)에서 무장 봉기하여 광저우코민(廣州Commune)을 수립하였으나 13일 궤멸되었다. 12월15일 중국, 대소련 국교단절을 통고하였다. 청, 강유위(康有爲)가 사망하였다. 12월16일 정의부 위원장 오동진(吳東振), 신의주에서 체포되었다. 12월20일 제1회 전국씨름대회를 개최하였다. 이능화(李能和)가 '조선여속고(朝鮮女俗考)'와 조선해어화사(朝鮮海語花史)'를 간행하였다. 마봉옥(馬鳳玉)이 3시간29분37초로 한국 최초의 마라톤 공인기록을 수립하였다.

## ✷ 화동 12살 1928년 단기4261년 무진년에 일어난 일들

1월4일 소련, 토지소유금지법을 발표하였다. 1월16일 소련, 스탈린이 트로츠카 일파를 국외로 추방하였다. 2월12일 김마리아 등 미주의 한국 여학생들이 독립운동 후원단체 '근화회(槿花會)'를 조직하였다. 2월21일 이탈리아가 파쇼의용단을 정규군에 편성하였다. 3월15일 일본이 공산당원을 일제히 검거하였다. 3월25일 이동녕 안창호 김구 등이 상해에서 한국독립당을 조직했다. 3월28일 총독부에서 동아일보사의 문맹퇴치운동을 금지시켰다. 3월30일 소련 정부가 중앙아시아의 농업 개발을 위하여 블라디보스토크 한인 300여 명을 이주시켰다. 4월19일 일본이 제2차 중국 산동(山東) 출병을 감행하였다. 4월26일 인도, 뭄바이(Mumbai) 노동자들이 반제총파업을 벌였다. 5월1일 중국 북벌군이 산동성 제남(濟南)을 점령하였다. 5월3일 일본군이 국민정부군과 산동성 제남에서 충돌하였다. 5월14일 조명하(趙明河)가 대만에서 일본 황족을 저격했으나 실패하였다. 5월30일 이탈리아와 터키가 불가침조약을 체결하였다. 6월4일 중국 **장작림**(張作霖)이 일본의 열차 폭발로 **사망**하였다. 6월5일 이영행(李永行) 방용배(方龍培)가 총독부 정무총감을 암살하려다 체포되었다. 6월9일 중국 북벌군, 북경에 입성하였다.

**6월30일 구월산(九月山) 단군사당(檀君祠堂)이 강제 철거되었다.** 7월2일 영국의회가 평등선거법을 의결하였다. 7월31일 경남은행과 대구은행을 통합하여 경상(慶尙)합동은행이 설립되었다. 8월10일 평양부립도서관이 개관되었다. 8월 총독부에서 한국인 성씨를 조사하였다.총 492성씨였다. 9월1일 함경선(원산~종성) 철도가 개통되었다. 10월1일 박승희(朴勝喜) 등이 토월회를 다시 조직하였다. 소련이 제1차 5개년계획을 발표하였다. 10월8일 중국 장개석이 국민정부 주석에 취임하였다. 10월16일 **박용만**(朴容萬)이 밀정으로 오인되어 중국 북경에서 의열단원에게 피살되었다. 10월 숭례문~효자동간 전차 선로가 준공되었다. 11월3일 미국 중국 국민정부를 승인하였다. 11월21일 **홍명희**(洪命熹가 조선일보에 '**임꺽정**'을 연재하기 시작했다. 박진(朴珍)이 극단 화조회(花鳥會)를 조직하였다. 12월2일 울산비행장이 개장하고 조선소방협회가 설립되었다. 12월20일 영국도 중국 국민정부를 승인하였다. 12월27일 코민테른(Comintern)에서 12월 테제로 조선공산당 승인을 취소하고 재건명령을 하달하였다. 최남선의 불함문화론(不咸文化論), 오세창의 근역서화징(槿域書畵徵)이 간행되었다. 12월말로 전국 호구조사 결과 332만8663호, 1866만7334명으로 집계되었다. 재일본 한국인수는 24만3328명으로 집계되었다. 영국 플레밍 (Fleming)이 페니실린을 발견하였다.

## ✱ 화동 13살 1929년 단기4262년 기사년에 일어난 일들

1월3일 경성 각황사(覺皇寺, 현 曹溪寺)에서 전국불교선·교양종 승려대회를 개최하였다. 1월13일 원산 부두 노동자들이 노동개선 조건을 내걸고 총파업을 벌였다. 1월16일 편강렬(片康烈)이 병보석 중 사망하였다. 2월11일 이탈리아 무솔리니와 교황청과 라테란(Lateran)조약을 체결하여 바티칸시국(Vatican市國)의 독립을 승인하였다. 3월28일 인도 시인 **타고르**(Tagore)가 동아일보에 '**한국은 아시아의 등불**'을 기고했다. 3월29일 항공우편규칙을 공포하였다. 3월 정의부 참의부 신민부가 만주 길림성에서 자치기관으로 국민부를 조직하였다. **4월1일 여의도비행장을 개장했다.** 4월16일 일본, 공산당원을 일제히 검거하였다. 6월6일 함흥고등보통학교 학생들이 조선사와 조선어 교사를 요구하며 동맹휴학하였다. 6월7일 대독일 배상에 관한 영(Young)안이 성립되어 삭감해 주었으나 7월9일 히틀러(Hitler)가 영(Young)안 반대운동을 벌였다. 6월14일 월간 '삼천리(三千里)'가 김동환(金東煥) 주간으로 창간되었다. 6월20일 민태원(閔泰瑗)이 수필 '청춘예찬(靑春禮讚)'을 발표하였다. **6월24일 야마나시 한조(山梨半造) 총독이 뇌물사건으로 구속되었다.**

1929년 8월17일 후임 총독에 사이토(齋藤實)가 재임명되었다. 7월1일 신간회가 전국대표대회를 개최하였다. 7월17일 중국과 소련이 동지(東支)철도의 회수를 둘러싸고 의견대립으로 국교를 단절하였다. 7

월 김좌진 등, 만주에서 신민부를 토대로 한족총연합회를 조직하였다. 8월 예루살렘에서 아랍인의 대규모 유태인을 습격한 통곡의 벽 사건이 일어났다. 9월7일 안익태(安益泰)가 경성공회당에서 첼로 독주회를 개최하였다. 9월23일 박재혁(朴載赫)이 옥중에서 자결하였다. **10월24일 미국, 주식시장 주가가 폭락하여 세계대공황이 시작되었다.** 10월30일 광주-나주간 통학열차에서 조선학생과 일본학생이 충돌하였다. **11월 3일 광주학생운동**이 일어나 전국으로 확대되었다. 11월4일 신간회(新幹會), 광주학생운동 진상조사 위해 김병로(金炳魯), 허헌(許憲) 등을 광주에 파견하였다. 12월12일 평양의 전 학교가 만세시위에 참가하였다. 12월13일 민중대회사건으로 신간회 근우회(槿友會) 간부 다수가 검거되었다. 12월22일 중국과 소련이 동지철도협정을 체결하였다. 신채호 '조선사연구초(朝鮮史研究草)', 양주동(梁柱東) 시집 '조선의 맥박', 게일(Gale) 역 '신구약성서'가 간행되었다. **민요 '아리랑'이 금지곡이 되었다.** 12월31일 인도, 국민회의파, 간디의 독립결의안을 채택하였다. 중국 양계초(梁啓超)가 사망하였다. 베트남 **호찌민**(胡志明), 인도차이나 공산당을 결성하여 반프랑스 독립운동을 전개하였다. 미국 헤밍웨이가 '무기여 잘 있거라'를 발표하였다.

## 17000년 전부터 벼농사를 시작한 한반도

인류 문명의 발달 과정에서 농경의 시작은 가장 중요한 전환점의 하나이다. 특히 동아시아에서 벼농사는 문명 발전의 근간이었다. 지금까지 학계에는 이 벼농사가 중국 양쯔강 유역에서 시작되어 점차 한반도와 일본으로 전파되었다고 잘못 알려지고 가르쳐왔다.

## 1998년 세계사를 다시 쓰게 한 청주 소로리 볍씨 발굴

그러나 1998년 충북 청주시 옥산면 소로리와 남촌리에서 17,000년 전에 재배된 볍씨가 발굴되었다. 이 볍씨는 서울대와 미국 지오크론연구소 및 애리조나대학에 보내져 연대 측정 결과 13000~15000년 전 것으로 확인되고, 다시 미국 케임브리지대학 세계공용측정프로그램을 통해 17,000년 것으로 수정되었다. 이런 충격적인 새로운 사실에 대한 연구논문은 2024년 7월, 국제학술지 'Plants'에 발표되어 학계에 학술적으로 공인되었다. 소로리 볍씨 학명은 **한국의고대 벼**라는 뜻의 **오리자 사티바 코리아나(Oryza sativa coreana)**이다. 청주 소로리 볍씨 발굴 및 발견은 한국이 세계 쌀의 종주국임을 증명하는 세계사적인 발견이다. 이는 지금까지 발견된 가장 오래된 볍씨로, 기존에 알려진 중국 양쯔강 유역의 벼농사보다 무려 4000~6000년이나 앞선 것이다. 중국보다 4천년에서 6천년 더 먼저 벼농사를 했다는 증거이다. 이로써 지구상 가장 먼저 한반도에서 벼농사를 했다는 것을 세계 고고학계가 인증하였다. 이는 **세계사를 다시 쓰게 만든 획기적인 사건이었다.**

## 제언(堤堰) 저수지 수리시설 활용 농업생산성 제고

이와 같이 우리나라는 수리사업의 장구한 역사를 가지고 있다. 수리사업의 연원은 벼농사와 더불어 시작되었다. 한반도의 수리사업은 늦게 잡아도 대체로 고대 삼한의 부족국가시대로까지 거슬러 올라간다. 삼한시대에 이미 쌀·조·보리·기장·콩 등의 오곡을 재배하고 있었으므로, 그때 이미 수전(水田 : 논)의 관개방법이 발달되어 있었을 것이다.

특히 하천의 흐르는 물을 막아서 논에 물을 대는 것은 우리나라의 지리적 환경에 비추어볼 때 가장 손쉬운 방법이었을 것이므로, 보와 같은 수리시설이 꽤 일찍부터 광범위하게 행해졌을 것으로 짐작된다. 더욱이 농경문화가 발전함에 따라서 수리공사도 발달하여 거대한 제지(堤池)의 축조도 이루어졌다.

김제의 벽골제(碧骨堤), 상주의 공검지(恭儉池), 의성의 대제지(大堤池), 제천의 의림지(義林池), 밀양의 수산제(守山堤)와 같은 저수지는 그 시축연대가 부족국가시대 말기 또는 삼국시대 초기로 추정되는 오래된 수원공(水源工)이다. 이들 수원공은 대부분 지(池)·보·언(堰) 등의 시설로 구성되어 있었다.

농사를 경제적 기초로 하는 삼국시대에 있어서는 권농이 치국의 근본이 되었고 제언수축을 중심으로 농업생산성을 높여갔다. 전제군주가 토지를 예속시킴과 더불어 수리시설을 소유, 관리함으로써 생산관계를 지배하고 예하 농민을 통치하는 동양적 생산양식을 특징으로 하는 고대의 역사는 한 마디로 치수와 농업의 역사였다.

《삼국사기》백제본기에 의하면, "다루왕 6년(33) 2월에 영을 내려서 나라의 남쪽 고을에 비로소 벼농사를 국가 정책적으로 짓게 하였다. 신라본기에는 "일성왕 11년(144) 봄 2월 명을 내려 농사는 정치의 근본이며 먹는 것만이 백성이 하늘로 여기는 바라면서 여러 고을에 제방을 수리하고 전야를 넓히라고 하였다. 백제 구수왕 9년(222) 봄 2월에 백성들에게 남택에 벼농사를 짓도록 명하였다.

고려 조선에서도 꾸준히 수리시설을 보완하여 벼농사를 장려하였다. 1909년 대한제국의 한 통계에 의하면, 전국에 2,780여개 소의 저수지·제언 등의 시설이 있었으며, 한말의 전국 수리관개면적은 논의 총면적의 2할 정도인 것으로 나타나 있다.

# 대한제국과 일제침략기의 수리시설

대한제국 수리사업은 1906년과 1907년 공포한 〈수리조합조례〉 및 〈국유미간지이용법〉 등을 발판으로 하여 근대적 수리사업으로 발족하게 되었다.

1910년 8월 29일, 대한제국을 병탄한 일본은 대한제국 이름을 다시 조선으로 바꾼다고 발표하고 한반도 지배를 위해 조선총독부를 설치하였다. 일제강점기의 수리사업은 대강 산미증식계획실시 이전의 시기(1908~1919)인 제1기 산미증식계획실시 이후 증미계획실시 전의 시기(1920~1939)인 제2기, 그리고 증미계획실시 이후 광복까지(1940~1945)인 제3기의 세 시기로 구분된다.

1908년부터 1919년에 이르는 제1기는 일제에 의하여 토지조사사업(1910~1918)이 수행된 기간으로서, 일제는 식량확보를 위하여 수리사업에도 적극적인 관심을 기울였다. 〈수리조합조례〉에 의하여 1908년에 설립된 옥구서부수리조합을 효시로 각지에 수리조합이 창설되었고, 제언·보 등의 수축 및 미개간지·간석지의 개발도 시작되었다.

그리하여 이 기간의 마지막 연도인 1919년까지 설치된 조합수는 15개 조합이며, 몽리(蒙利 : 저수지나 관개시설 등 수리水利의 혜택을 받는 것)면적은 4만863정보나 되어 39만9000석의 미곡을 증산했다. 특히, 이 기간은 토지개량의 시도기로서 몽리면적은 1908년을 100으로 볼 때 1919년에는 950%나 증가하였으며, 조합당 평균면적은 2,000정보 안팎으로 그 당시의 사업이 대규모였음을 알 수 있다.

1920년에서 1939년에 이르는 제2기는 1918년 일본에서의 쌀소동과 그로 인한 식량난을 해결하기 위하여 우리나라에서 제1·2차 산미증식계획을 시행한 기간이다. 일제는 1917년 〈수리조합조례〉를 개정하여 〈수리조합령〉을 제정, 반포하였는데, 그 결과 1919년에서 1920년의 1년 사이에 10개의 조합이 새로이 창설되는 등 활발한 증가추세를 보였다.

한편, 우리나라를 식량공급기지화하기 위하여 산미증식15개년계획을 수립하였는데, **제1차 산미증식계획은 1920년**부터 1925년까지로서 이 기간에 민간자본을 유치하여 42만7500정보를 수리안전답으로 바꾼다는 목표를 수립하였다.

그러나 그 성과가 제대로 나타나지 않자 1925년에는 계획을 변경하여 **제2차계획으로 1926년** 이후 14년 동안 총독부의 저리융자 및 지원을 통해 35만 정보를 개발하여 284만 석의 미곡을 증산할 계획을 세웠다. 그러나 이 또한 1930년대의 세계경제공황 및 그에 따른 쌀값의 폭락, 그리고 일본에 있는 지주들의 조선쌀유입 반대운동에 부닥쳐 1933년에는 계획을 중단하게 되었다.

산미증식계획이 중단되던 1933년 말까지의 추진실적을 보면, 조합수는 196개로 1919년의 15개에 비하여 무려 13배나 증가하였으며, 몽리면적도 22만6793정보가 수리안전답으로 바뀜으로써 1919년에 비하여 555%나 증가하였다. 1937년 이후에는 천수답 및 수리불안전답에 대한 한해 대책을 주요 내용으로 하는 200정보 이하의 소규모사업을 전개하는 한편, 수리조합설치에 주력하였다.

그 결과 1939년에는 조합수가 245개로 늘었고, 몽리면적은 23만6192정보로 1933년보다 약 9,399정보가 증가하였다. 또한, 수리사업 추진을 위한 금융지원시책을 보면 1926년 〈조선토지개량사업보조규칙〉의 제정에 따라 공사비의 15~30%를 보조하였으며, 70~85%는 농민의 기채(起債)로서 장기저리조건에 의한 연부상환을 실시하였다.

**1940년**부터 광복까지의 **제3기**는 1937년 중일전쟁과 1939년의 큰 가뭄으로 일제의 식량사정이 악화되자, 식량증산을 위하여 증미계획을 수립, 실시한 시기이다. 이 계획에 따라 토지개량 6개년계획을 세워 16만3000정보의 수리안전답을 조성할 목표를 수립하였고, 1943년에는 다시 확충계획을 수립하여 1940년부터 12년 동안에 57만7700정보를 개량하여 식량을 증산하고자 하였다.

그러나 실제로는 일제의 침략전쟁수행으로 인하여 노동력 및 기자재의 조달이 어려워 대형공사는 착수하지 못하였고, 단지 짧은 기간 내에 준공이 가능한 소규모공사를 중심으로 소류지 축조공사를 하는 데 그쳤다.

제3기의 사업실적을 보면 조합수는 1939년의 245개에서 1945년에는 598개로 2.44배가 증가하였고, 몽리면적은 같은 기간에 151%가 늘었다. 1945년 8월 15일을 기점으로 본 우리나라의 총 몽리면적은 남북한을 합하여 35만6677정보였으며, 남한만은 18만8166정보로서 전체 몽리면적의 52.3%였다. 또한, 광복 이전의 총 수원공 수는 1만3106개소에 달하였다.

## ✻ 화동 14살 1930년 단기 4263년 경오년에 일어난 일들

### 산서보통학교 제3회 졸업, 진학을 포기하고 집안일을 거들다

1930년, 열네 살이 된 소년 은철은 산서공립보통학교를 우수한 성적으로 졸업했다. 제3회 졸업생이었다. 그러나 은철 소년은 집안 살림이 기울어 중학교 진학은 꿈도 꿀 수 없었다. 몇 마지기 남은 논의 농삿일을 거들거나 이웃집 소꼴을 베어다 주는 심부름, 품삯을 받고 남의 일을 해 돈을 벌어야 했다. 당장 먹고 사는 일이 급하니 다른 것은 생각할 수조차 없었다.

1월8일 광주고등보통학교생 17명이 3차 봉기 꾀하다가 퇴학처분 당한 이후 개성 부산 신의주 평양 함흥 경성 원산 정주 등 전국에서 학생들 만세시위가 일어났다. 1월10일 부산 조선방직회사 직공들이 처우개선을 요구하며 총파업을 벌였다. 1월21일 미국 영국 일본 독일 이탈리아가 영국 런던에서 해군군축회의를 개최하였다. 1월24일 김좌진(金佐鎭), 북만주에서 공산주의자에게 암살당하여 3월25일 장례식을 거행했다. 1월에 미스코시백화점(三越百貨店) 경성지점(현 신세계백화점)이 준공되었다. 2월 26일 일본이 공산당원을 일제히 검거하였다. 2월26일 광주학생운동 주도자 황남옥(黃南玉) 등 50여 명이 광주지방법원에서 징역 4~8개월을 선고 받았다. 2월 소련이 집단농장화운동을 강화하였다. 3월1일 이동녕(李東寧) 김구(金九) 등이 중국 상해에서 한국독립당을 조직했다. 3월12일 인도 간디가 제2차 비폭력불복종운동을 전개하였다. 3월19일 국제어 에스페란토(Esperanto)연구회가 창립되었다. 3월 정지용(鄭芝溶) 박용철(朴龍喆) 김영랑(金永郞) 등이 '시문학(詩文學)'을 창간하였다. 4월 평북 용천 불이서선농장(不二西鮮農場)에서 소작쟁의가 일어나 100호가 소작권을 매도하고 만주로 이전하였다. 5월7일 변호사 이인(李仁)이 광주학생운동 변론 내용이 불온하다 하여 6개월 정직을 당하였다. 5월9일 이승훈(李昇薰)이 사망하였다. 5월19일 남아프리카연방이 백인 여성에게 보통선거권을 확대실시하였다. 5월 한용운(韓龍雲) 김법린(金法麟) 등이 항일 비밀결사 만당(卍黨)을 조직하였다. 7월26일 홍진(洪震) 지청천(池靑天) 등이 한국독립군을 조직하였다. 7월27일 중국 팽덕회(彭德懷)가 지휘하는 홍군(紅軍)이 장사(長沙)를 점령하고 '장사소비에트정부'를 수립하였다. 7월 독일 경제불황이 심각해졌다. 8월5일 중국 국민정부가 홍군으로부터 장사(長沙)를 탈환하였다. 8월2일 장지영(張志暎)이 '조선어 철자법강좌(朝鮮語綴字法講座)'를 강행했다. 9월12일 부전강(赴戰江) 수력발전소 저수지가 완공되었다. 9월14일 독일 나치당(Nazi黨)이 총선거에서 제2당이 되었다. 9월 홍해성(洪海星)이 신흥극장을 조직하였다. 10월1일 개성과 함흥이 각각 부(府)로 승격되었다. 10월22일 경성~강릉간 시험비행을 실시하였다. 10월26일 브라질 반란지도자 바르가스(Vargas)가 대통령이 되었다. 11월8일 한규설(韓圭卨)이 사망하였다. 11월12일 황해선(사리원~동해주)이 완전 개통되었다. 12월 1일 **지방제도를 개정하여 '읍·면·도제'를 공포하였다.** 12월13일 **조선어연구회에서 '한글맞춤법통일안'을 제정 결의하였다.** 12월 여수~광주간 철도가 완공되었다. 공연장 '광무대(光武臺)'가 불탔다. 가수 **이난영(李蘭影)이 '목포의 눈물'을 발표하였다.** 12월 중국 국민정부가 제1차 소비에트지구 토벌을 시작하였다.

## ✱ 화동 15살, 1931년 단기4264년 신미년에 일어난 일들

1월3일 대구 약령시(藥令市)가 개설되었다. 1월10일 조선어연구회가 '조선어학회'로 개칭하였다. 1월12일 인도, 대규모 대영국 투쟁을 전개하였다. 2월19일 **손정도**(孫貞道 1881년 7월 26일-1931년 2월 19일)가 사망하였다. 그는 독립운동가, 감리교 목사이다. 임시정부 임시의정원 의장과 교통부 총장으로 활동하였다. 그의 아들은 훗날 대한민국 해군의 아버지로 초대 해군참모총장 및 국방부 장관을 역임한 손원일 제독이다. 윤치호 일가와는 사돈으로, 윤치호의 이복 동생 윤치창이 그의 맏사위였다. 호는 해석(海石), 문세(文世)로 평안남도 출신이다. 3월1일 안창호(安昌浩) 조소앙(趙素昂) 등이 중국 상해에서 조선혁명당을 창립하였다. 3월4일 인도 총독, 간디와 델리협정에 조인하였다. 미국, 후버(Hoover) 대통령이 취임하였다. 5월16일 중국 장개석(蔣介石), 제2차 공산군 토벌전을 개시하였다. 3월29일 안창호 등이 중국 상해 홍사단 내에 공평사(公平社)를 조직하였다. 4월14일 신간회(新幹會) 경성지회 해체를 결의하고, 5월15일 전국대회에서 해체를 결의하였다. 4월18일 임시정부 건국원칙으로 '정치·경제·교육의 균등과 독립·자주·균치(均治)를 동시에 실시할 것'을 뜻하는 **삼균주의(三均主義)**를 천명하였다. 5월5일 조만식(曺晚植) 윤치호(尹致昊) 안재홍(安在鴻) 등이 유적보존회를 설립하였다. 5월28일 중국 왕조명(汪兆銘) 이종인(李宗仁) 등이 장개석에 대항하여 광동(廣東)에 국민정부를 수립하였다. 6월5일 독일 배상금 지불이 어려움을 성명하자 6월20일 후버 대통령이 배상 및 채무 지불의 1년 유예를 제안하였다.

**1931년** 6월17일 조선총독에 우가키(宇垣一成)가 **부임하였다.** 6월 동아일보사가 브나로드(Vnarod, 민중 속으로) 운동을 시작하였다. 제1차 카프(K멜)사건이 발생하여 박영희(朴英熙) 김기진(金基鎭) 임화(林和) 등 70여 명이 검거되었다. 7월2일 만주 길림성 만보산에서 한·중 농민이 충돌하는 만보산사건(萬寶山事件)이 발생하였다. 7월3일 만보산사건 영향으로 경성과 인천 등지에서 중국인 습격사건이 발생하였다. 7월7일 각 사회단체에서 중국인에 대한 박해는 조선민족의 의사가 아님을 발표하였다. 7월8일 서항석(徐恒錫) 김진섭(金晋燮)등이 극예술연구회를 조직하였다. 7월15일 동아일보 김이삼(金利三) 기자가 만보산사건을 보도하여 만주 길림성에서 피살되었다. 7월23일 방정환(方定煥)이 사망하였다. **7월26일 동아일보사가 이충무공유적보존운동을 시작하였다.** 7월28일 중국 국민당, 만보산사건은 일본의 사주에 의한 것임을 발표하였다. 8월 이상(李箱)이 조선일보에 '오감도(烏瞰圖)'를 발표하였다. 9월12일 영국과 인도가 제2회 원탁회의를 개최하였다. 9월18일 일본 관동군, 유조구(柳條溝류타오거우) 만철(滿鐵) 선로를 폭파하여 만주사변이 일어났다. 9월26일 중국, 상해에서 항일 대집회를 개최하였다. 10월13일 국제연맹, 일본에 기한부 철병을 권고하였다. 11월1일 동아일보사가 '신동아(新東亞)'를 창간하였다. 개성박물관을 개관하였다. 11월7일 중국 모택동(毛澤東)이 중화소비에트 임시 중앙정부를 수립하였다. 11월 경성제국대학생들이 반제동맹사건(反帝同盟事件)으로 다수 검거되었다. 대한민국 임시정부 국무령 김구(金九)가 일본 요인을 암살할 목적으로 **한인애국단(韓人愛國團)**을 조직하였다. 12월10일 국제연맹이 만주사변과 관련하여 만주에 조사단 파견을 결정하였다. 12월15일 중국, 장개석이 하야하였다. 미국 에디슨(Edison)이 사망하였다.

## ✼ 화동 16살, 1932년 단기4265년 임신년에 일어난 일들

1월1일 중국 장개석이 왕조명(汪兆銘)과 함께 신국민정부를 수립하였다. 1월3일 일본 관동군, 중국 금주(錦州진저우)를 점령하였다. 1월8일 한인애국단원 **이봉창(李奉昌)**, 동경에서 왜왕 히로히토(裕仁) 암살에 실패하였다. 1월9일 독일, 배상금 지불 불능을 선언하였다. 1월28일 일본, 상해를 점령하였다.(상해사변) 1월 김동인(金東仁), '동광(東光)'에 '발가락이 닮았다'를 발표하였다. 2월23일 평북 용천(龍川)소작조합이 강제해산 당했다. 2월 조선혁명군, 중국혁명군과 합작하여 한·중연합군을 조직하였다. 2월16일 국제연맹, 일본에게 상해에서 전투행위 중지를 요구하였다. **3월1일 일본, 만주국(滿洲國)을 세우고, 9일 청나라 마지막 황제였던 애신각라 부의(愛新覺羅 溥儀)가 만주국 집정(執政)**에 취임하였다. 3월11일 조선혁명군 총사령 양세봉(梁世奉), 중국 의용군과 함께 일본군을 대파하였다. 3월 **김성수(金性洙), 보성전문학교**를 인수하였다. 4월12일 **이광수(李光洙)**가 동아일보에 장편 **'흙'**

을 연재하기 시작하였다. 4월21일 국제연맹이 만주사변에 대해 조사를 실시하였다. 4월29일 **윤봉길**(尹奉吉)이 중국 상해 홍구(紅口)공원에서 상해사변 축하식장에 폭탄을 던져 주중 일본군사령관 시라카와(白川義則) 등을 죽이거나 다치게 하였다. 4월30일 안창호(安昌浩), 윤봉길 의거와 관련된 혐의로 상해에서 검거되었다. 임영신(任永信), 중앙보육학교를 인수하였다. 5월15일 일본 이누카이(犬養毅) 수상이 육·해군 장교들에게 암살당하는 5·15사건이 일어났다. 5월 **임시정부 중국 상해에서 항저우**(杭州)로 **이전하였다.** 이상룡(李相龍)이 사망하였다. 6월5일 **현충사**(顯忠祠) **낙성식과 이충무공**(李忠武公) **영정 봉안식**이 거행되었다. 6월15일 조만식(曺晩植)이 조선일보 사장에 취임하였다. 6월24일 태국, 군사쿠데타가 발생하여 입헌군주국이 성립되었다. 7월8일 로잔((Lousanne)회의, 독일의 배상금을 인하하였다. 7월10일 방응모(方應謨)가 조선일보를 인수하였다. 7월31일 독일 나치당, 선거에서 제1당이 되었다. 9월19일 한·중연합군, 쌍성보(雙城堡)를 일시 점령하였다. 9월22일 헤자즈(Hejaz)와 네즈드(Nejd)의 왕국이 사우디아라비아(SaudiArbia)로 개칭하였다. 9월30일 **충남도청이 공주에서 대전으로 이전**하였다. 10월10일 이봉창 의사가 일본 형무소에서 순국하였다. 10월 한국독립당 신한독립당 조선혁명당 의열단 등이 중국 남경(南京)에서 대일전선통일동맹을 결성하였다. 11월7일 한·중연합군, 제2차 쌍성보전투(雙城堡戰鬪)에서 승리하였다. 11월8일 미국 **루즈벨트**(Roosevelt) 대통령에 당선되었다. 11월17일 독립운동가 **이회영**(李會榮), 일제의 고문으로 **순국**하였다. 11월29일 프랑스와 소련이 불가침조약에 조인하였다. 12월12일 중국 국민정부 소련과 국교를 회복하였다. 12월19일 **윤봉길**, 일본형무소에서 순국하였다. 12월20일 총독부가 산미증식계획 중지를 발표하였다. 12월25일 한·중연합군, 일본·만주연합부대를 경박호(鏡泊湖) 부근에서 격파하였다. 이라크가 영국으로

부터 독립하였다.

## ✻ 화동 17살, 1933년 단기4266년 계유년에 일어난 일들

1월 동아일보가 여성지 '신가정'을 창간하였다. 민속학회가 '조선민속'을 송석하(宋錫夏) 발행인 명의로 창간하였다. 1월15일 미국, 만주국 불승인을 열국에 통고하였다. 1월30일 독일 **히틀러**(Hitler)가 **수상**에 **취임**하였다. 2월17일 이승만(李承晩)이 스위스 제네바에서 열린 국제연합회의에 한국 대표로 참석하였다. 중앙일보가 '조선중앙일보로' 이름을 바꾸었다. 2월24일 국제연맹, 일본군의 만주 철퇴안을 결의하였다. 3월1일 남자현(南慈賢) 이규동(李奎東)이 일본장교 살해 목적으로 만주정부 건국 기념식에 폭탄을 지니고 잠입하다가 검거되어 8월 22일 병보석 중 순국하였다. 3월4일 미국 루즈벨트 대통령, 뉴딜(New Deal)정책 실시를 발표하였다. 3월7일 낙동강교를 준공하였다. 3월17일 백정기(白貞基) 이강훈(李康勳) 이원훈(李元勳)이 중국 상해 홍구공원에서 일본공사 아리요시(有吉明)를 암살하려다 체포되었다. 3월 23일 독일, 바이마르(Weimar) 헌법을 폐기하였다. 3월27일 일본, 국제연맹에서 탈퇴하였다. 4월1일 **동아 중앙 조선 3개 신문사가 '한글맞춤법통일안'에 의한 철자법으로 발행하기 시작하였다.** 4월15일 한·중 연합군 사도하자(四道河子) 전투에서 일·만연합군 1개 사단을 격퇴하고, 7월3일 대전자령(大田子嶺)에서 일본군을 섬멸하였다. 4월26일 김동인이 조선일보에 '운현궁의 봄'을 연재하기 시작하였다. 5월19일 중국과 미국이 극동평회회복을 위한 공동성명을 발표하였다. 5월 임시정부 국무령 김구가 중국 장개석과 **낙양**(洛陽뤄양)**군관학교에 한인훈련반을 설치할 것에 합의**하고, 11월15일 설치하였다. 6월2일 **동아일보사,**

한산도에서 이충무공 영정 봉안식과 제승당(制勝堂) 중건 낙성식을 주관하였다. 6월7일 한·중연합군, 일·만연합군을 격퇴하고 동경성(東京城)을 점령하였다. 6월18일 총독부가 압록강 두만강 연안에 독립군출입 감시를 목적으로 국경감시단을 설치하였다.

1933년 7월 25일, **텃골댁 맏며느리 홍곡댁** 청주한씨(한임순韓任順)가 **맏아들 종훈(鍾塤)을 낳았다.** 우석공 장손이 탄생한 것이다. 우석공(휘 炳均)은 장손의 탄생을 기꺼워하며 맏며느리 해산을 치하하였다.

8월2일 이탈리아와 소련이 불가침조약을 조인하였다. 8월27일 평양부립박물관이 준공되었다. 9월27일 이광수가 동아일보에 장편 '유정(有情)'을 연재하기 시작하였다. 10월5일 장개석이 공산당 소탕전을 시작하였다. 10월14일 독일, 제네바 군축회의와 국제연맹에서 탈퇴하였다. 11월4일 조선어학회가 '한글맞춤법통일안'을 발표하였다. 남궁억(南宮檍)이 십자당사건(十字黨事件)으로 검거되었다. 김재철(金在喆)의 '조선연국사', 김소운(金素雲) 편 '조선구전민요집'이 간행되었다. 11월17일 미국, 소련 연방을 승인하였다. 독일 이인슈타인, 토마스만, 츠바이크 등이 미국으로 망명하였다.

## ✱ 화동 18살, 1934년 단기4267년 갑술년에 일어난 일들

1월1일 박영준(朴榮濬)의 단편 '모범 경작생'(조선일보), 최인준(崔仁俊)의 '황소'(동아일보)가 신춘문예에 당선되었다. 1월26일 독일과 폴란드가 불가침조약을 체결하였다. 1월 중국 복건(福建푸젠)인민정부가 국민당 공격으로 궤멸되었다. 2월6일 프랑스 극우단체의 소요가 발생하였다. 2월 한국독립당과 한국혁명당이 신한독립당(新韓獨立黨)으로 통합을 결의하였다. 3월1일 **만주국 부의(溥儀), 황제에 즉위하고 강덕(康德)으로 개원**하였다. 3월24일 미국이 필리핀 자치를 인정하고, 5월29일 쿠바독립을 승인하였다. 4월5일 한글학자 **최현배(崔鉉培)**가 **'중등조선어말본'**을 간행하였다. 4월11일 농지령(農地令)을 공포하였다. 4월 영왕(英王) 이은(李垠)이 일본에서 귀국하였다. 5월7일 이병도(李丙燾) 김윤경(金允經) 이병기(李秉岐) 등, 진단학회(震檀學會)를 창립하였다. 5월 제2차 카프사건으로 이기영(李箕永) 백철(白鐵) 박영희(朴英熙) 등 60여 명 검거되었다. 65월 인도 네루(Nehru)가 국민회의파 사회당을 건설하였다. 7월25일 오스트리아 빈(Wien)에서 나치 반란이 일어났다. 6월22일 총독부가 상속령(相續令)을 공포하였다. 7월2일 신의주 비행장이 완공되었다. 8월2일 독일 힌덴부르크 대통령이 사망하였다. 8월18일 독일 히틀러가 국민투표에서 총통에 선출되었다. 9월12일 리투아니아, 라트비아, 에스토니아 3국이 발트(Balt)조약을 체결하였다. 9월14일 나병요양소(癩病療養所) 관제가 공포되어 10월1일 소록도갱생원(小鹿島更生園)을 설치하였다. 9월17일 한국독립당, 중추원(中樞院) 참의에 임명된 최린(崔麟)에 대한 성토문을 배포하였다. 9월18일 조선혁명군 총사령 **양세봉(梁世奉)**이 일본군의 습격을 받고 **전사**하였다. 9월18일 소련이 국제연맹에 가입하였다. 9월 조풍연(趙豊衍) '삼사문학(三四文學)'을 창간하였다. 채만식(蔡萬植)이 '신동아'에 '레이디메이드 인생'을 발표하고, 박태원(朴泰遠)이 조선일보에 단편 '소설가 구보씨의 하루'를 발표하였다. 10월1일 흥남제련소 직공들이 처우개선 부당해고 등의 문제로 총파업을 벌였다. 10월5일 스페인에서 반파쇼(反fascio) 봉기가 일어났다. 10월10일 중국 홍군(紅軍) 대장정(大長征)을 시작하였다. 1월1일 **부산-만주 신경(新京) 간 직통열차 운행**이 개시되었다.

11월6일 박화성(朴花城)이 조선일보에 단편 '신혼여행'을 연재하였다. 11월28일 진단학회가 '진단확보(震檀學報)'를 창간하였다. 11월 천도교 교령 최린(崔麟), 친일단체 시중회(時中會)를 조직하고 기관지 '시중(時中)'을 발행하였다. 11월20일 일본 육군 청년장교의 쿠데타 계획이 적발되었다. 12월 김구(金九)가 한국특무독립군을 조직하였다. 김태준(金台俊) 편 '조선가요집성', 이은상(李殷相)이 '노산시조집(鷺山時調集)'을 간행하였다. 김기림(金起林)이 평론 '시의 회화성'을 발표하였다. 재일본 한국인이 53만7576명으로 집계되었다. 12월1일 소련 숙청이 시작되어서 키로프(Kirov) 등이 암살당하였다. 12월29일 일본이 워싱턴 해군군축조약 파기를 선언하였다. 영국 **토인비** '역사의 연구'를 펴냈다. 프랑스 퀴리(Curie) 부인이 사망하였다.

## ✱ 화동 19살, 1935년 단기4268년 을해년에 있었던 일들

1월2일 이희승(李熙昇) 이윤재(李允宰) 등이 '조선어표준어사정위원회'를 개최하였다. 1월13일 독일, 자르(Saar)지방을 다시 회복하였다. 1월15일 일본, 런던 군축회의 탈퇴를 선언하였다. 1월31일 **이동휘**(李東輝)가 블라디보스토크에서 **순국**하였다. 2월1일 지석영(池錫永)이 사망하였다. 3월16일 독일, 베르사이유 군비제한조약을 폐기하고 재무장을 선언하였다. 3월21일 페르시아(Persia)가 국명을 **이란**(Iran)으로 개칭하였다. **3월25일 '고종실록'과 '순종실록'을 완성**하였다. 4월1일 초등학교 과정 **'간이학교(簡易學校)'**를 설치하였다. 중국 장개석이 국민경제 건설운동을 제창하였다. 4월6일 총독부에서 **한국 농민 50만 명을 만주로 이주시키기로 하였다.** 4월11일 영국 프랑스 이탈리아가 스트레지(Stresa)회의를 개최하고 독일의 재군비선언을 비난하였다. 5월21일 독일이 징발령(徵發令)을 공포하였다. 5월28일 카프(KAPF)가 해체되었다. 5월31일 조선혁명군 사령관 **김광옥**(金光玉)이 만주 집안현(集安縣)에서 **전사**하였다. 6월18일 영국과 독일이 해군협정을 체결하였다. 6월 계용묵(桂鎔默)이 조선문단에 '백치(白痴) 아다다'를 발표하였다. 7월14일 프랑스에서 인민전선이 결성되었다. 8월1일 중국 공산당이 항일구국통일전선을 제창하였다. 8월3일 일본이 국체명징(國體明徵 천황중심의 국가체제를 밝힘)을 발표하였다. 8월13일 **심훈**(沈熏)의 '**상록수**(常綠樹)'가 동아일보 창간기념 소설 현상공모에 당선되었다. 8월29일 평북 용천의 불이서선농장(不二西鮮農場) 소작인들이 소작권 승인 문제로 소작쟁의를 벌였다. 9월15일 독일, **반유대인 뉘른베르크법**(Nurnberg法)을 공포하였다. 9월21일 부산방송국이 개국하였다. 9월25일 조소앙(趙素昻) 박창세(朴昌世) 등이 한국독립당 재건을 발표하였다. 9월 총독부에서 **각급학교에 신사참배**(神社參拜)를 **강요**하였다. 10월1일 대전 전주 광주가 읍에서 부(府)로 승격하였다. 10월3일 이탈리아가 에티오피아를 침공하였다. 10월4일 **단성사**(團成社)에서 **최초의 발성영화 '춘향전**(春香傳)'을 **상영**하였다. 10월17일 조선일보사가 '조광(朝光)'을 창간하였다. 11월1일 중국 왕조명(汪兆銘왕자오밍)이 항일파의 신문기자에게 저격당하였다. 11월4일 필리핀연방공화국이 성립되었다. 11월10일 중국 상해 한인 인성학교(仁成學校)에 일본영사관이 일본교육을 명령하자 교장 선우혁(鮮于爀)이 이를 거부하고 무기 휴교를 선언하였다. 11월15일 평남 기독교계 학교 교장단이 도내 중학교장회의에서 **신사참배 거부**를 결의하였다. 11월25일 장진강(長津江) **수력발전소 공사**가 완공되었다. 11월26일 길선주(吉善宙)가 사망하였다. 11월 **임시정부를 가흥**(嘉興자싱)**으로** 옮겼다. 이동녕(李東寧) 이시영(李始榮) 김구 등이 **한국국민당**을 조직하였다. 12월3일 청진비행장이 개장되었다. 12월9일 중국, 반제국주의 데모가 일어났다. 12월13일 김소월(金素月)이 사망하였다.


## ✱ 화동공 20살, 1936년 단기4269년 병자년에 있었던 일들

1월25일 총독부가 학무국(學務局) 안에 학생운동탄압 목적으로 사상계(思想係)를 설치하였다. 2월14일 경성부(京城府)의 구역을 확장하여 고양 시흥 김포 일부를 편입시켰다. 2월26일 일본 황도파(皇道波) 청년장교들이 쿠데타를 일으켰다. 2월 김은호(金殷鎬) 허백련(許百錬)이 조선미술원을 설립하였다. 민족혁명당이 김창환(金昌煥) 등의 우파와 김원봉(金元鳳) 등의 좌파로 분열되었다. 3월7일 독일이 로카르노(Locarno)조약 폐기를 선언하고 라인란트(Rheinland) 비무장지대를 침입하였다. 3월12일 강경애(姜敬愛)가 조선일보에 단편 '지하촌'을 연재하였다. 3월14일 신채호(申采浩)가 중국 여순(旅順뤼순) 감옥에서 순국하였다. 3월22일 최성모(崔聖模)가 만주에서 순국하였다. 4월 장덕조(張德祚)가 삼천리에 '자장가'를 발표하였다. 5월5일 재만한인조국광복회가 조직되었다. 5월9일 이탈리아가 에티오피아를 합병하였다. 5월22일 백정기(白貞基)가 일본 형무소에서 순국하였다. 5월 김동리(金東里) '중앙'에 '무녀도(巫女圖)'를 발표하고, 김유정(金裕貞)은 '조광'에 '동백꽃'을 발표하였다. 6월3일 **총독부** 발행 '조선민력(朝鮮民曆)'에 **음력**이 **폐지**되었다. 6월5일 프랑스 인민전선 내각이 조직되었다. 6월 **안익태(安益泰)**가 **'애국가'**를 **작곡**하였다. 신동아가 폐간당했다. 장항(長項)제련소가 완공되었다. 7월4일 국제연맹이 이탈리아 제재 정지를 결정하였다. 7월17일 스페인 프랑코(Franco)가 파시스트 반란을 일으켰다. 7월 청춘좌(青春座)가 '사랑에 속고 돈에

울고'를 공연하였다. **8월5일 총독 미나미**(南太郞)가 **취임**하였다. 8월9일 **손기정**(孫基楨)이 독일 **베를린 올림픽 마라톤**대회에서 세계신기록으로 우승하였다. 8월15일 영국과 프랑스가 스페인 내란 불간섭을 선언하였다. 8월27일 동아일보가 일장기(日章旗) 말소사건으로 무기정간당하였다. 정인섭(鄭寅燮)이 덴마크 코펜하겐에서 개최된 세계언어학회에 참가하였다. 9월 이상(李箱)이 조광에 '날개'를 발표하였다. 9월23일 소련이 스페인 원조를 선언하였다. 10월12일 프랑스가 프랑화(Franc貨)의 평가절하를 결정하였다.

　**1936년 10월23일 한강인도교가 개통되었다.** 10월25일 이탈리아 외상 치아노(Ciano)가 독일을 방문하여 로마-베를린 추축(樞軸)을 결성하였다. 10월29일 이라크 바크르 시드키(Bakr Sidqi)가 군사쿠데타를 일으켰다. 10월 **이효석**(李孝石)**이 조광에 '메밀꽃 필 무렵'을 발표하였다. 평남 강서고분**(江西古墳)**에서 사신도 인물도 등의 벽화가 발견되었다.** 나진(羅津)이 부로 승격되었다. 11월3일 중앙선 철도공사를 시작하였다. 미국 루즈벨트 대통령이 재선되었다. 11월15일 평양방송국이 개국하였다. 11월18일 독일과 이탈리아가 스페인 프랑코 정권을 승인하였다. 11월 서정주(徐廷柱) 김동리(金東里) 등이 시동인지 '시인부락(詩人部落)'을 창간하였다. 11월25일 독일과 일본이 방공협정(防共協定)에 조인하였다. 12월5일 소련이 스탈린(Stalin) 신헌법을 채택하였다. 12월12일 총독부 조선사상범보호관찰령을 공포하였다. 중국 장학량(張學良장쉐량)이 **장개석**(蔣介石장제스)**을 감금하는 서안사건**(西安事件)**이** 일어나 **국공합작이** 이루어졌다. 조윤제(趙潤濟)의 '조선시가사강(朝鮮詩歌史綱)', 김영랑(金永郞)의 '영랑시집'이 간행되었다. 12월 중국 노신(魯迅루신)이 사망하였다. 미국 미첼(Mitchell)이 '바람과 함께 사라지다'를 발표하였다.

화동 선생 존영(1970.12.20.)   화동댁 존영(1981. 음 1.1.)

화동 선생 7남매와 며느리들
(뒷줄 왼쪽부터 둘째 종후, 첫째 종회, 넷째 종원, 셋째 종태, 앞줄 오른쪽부터 차
녀 계순, 막내딸 현순, 넷째 며느리 정혜경, 둘째 며느리 김소남, 맏며느리 허순욱)

# 제5장

## 혼인과 화동댁 집안 형성

# 혼인은 세상의 시작

단기 4269년, 서기 1936년은 병자년으로 은철 총각 20세, 옥남 처녀 17세가 되는 해이다. 우여곡절이 있었지만 두 선남선녀는 병자년 음 11월 12일 혼례를 치르고 부부가 되었다. 혼인과 그 과정을 알아보자.

우리 민족의 전통혼례는 남자가 장인 댁에 들어가는 장가가는 것[남귀여가혼,서옥제壻屋制], 곧 고조선 부여 고구려 때부터 전해져 내려온 데릴사위제[서옥제壻屋制]였지만 근세조선이 건국되면서 조선왕조는 유교를 숭상하여 중국의 유교식으로 바꾸고자 했다. 남자가 장가가는 대신 여자가 시집가는 것이 '친영례'인데 수천 년 내려온 전통이 하루아침에 바뀌지 않았다. 조선 후기에 들어서 겨우 바뀌었어도 '반친영례' 형식이 된 것이다. 곧 신랑이 신부집에 '장가가서' 혼례를 치르고, 지내다가 신부를 시댁으로 데려오는 '시집가는 것'으로 바뀐 것이다. 유교식 혼례는 공동의 이익을 중시하던 공동체사회에서 개별 가문과 문중의 이익을 중시하는 사회로 바뀌어 지금까지 지연, 혈연, 학연으로 남아있다.

유교사회에서는 남녀 모두 혼인한 뒤라야 온전한 인격체로 인정받았다. 혼인하지 못한 사람은 늙어 죽어서도 상여를 탈 수 없었고, 묘지도 조성되지 않았으며, 부모에게 불효라 하여 제사대상에서조차 제외되었다. 또한 족보에 이름을 올리지 못했으니 양자를 들여 가계를 이을 수도 없었다. 혼인하지 못하고 죽으면 존재 자체가 부정되었다.

물론 인격체로서의 처음 인정은 혼례 전에 남자는 16세 전후의 관례(冠禮)를 치러 의관을 갖추고, 술 마시는 법을 배우고, 이름을 대신하여 자(字)라는 별명을 가지게 되었다. 여자는 혼인 전에 계례(笄禮)라 하여 머리를 틀어 올리고, 비녀를 꽂는 것이다. 비록 관례와 계례를 치렀다고 하더라도 혼인을 해야만 온전한 인격체로 인정받았다. 혼인은 온

전한 인간이 되기 위한 필수불가결한 과정이었다. 그렇게 혼인을 중요시했기에 혼례 때 신랑은 벼슬아치가 입는 사모관대(紗帽冠帶)에 관복을 입었고, 신부는 1품 대부인(大夫人)의 차림인 족두리에 원삼이나 활옷을 입었다.

혼인의 원래 한자는 '婚姻(혼인)'이 아니라 '昏姻(혼인)'이었다. '昏(혼)'이란 저물녘을 의미한다. 부인을 맞기에는 저물녘이 적절한 때라고 생각한 데서 온 유래라고 한다. 사위를 '혼(昏)', 신부를 '인(姻)'이라고 했다. 그래서 혼례를 치르는 시각은 해질 무렵인 신시(申時,오후 3~5시)였다. 오늘날에도 혼인예식은 남녀의 결합을 사회적으로 공인해 주고, 공인받는 의식이고 절차인 제도이다. 이런 남녀의 만남은 인류의 근본이고, 만세의 시작이다. 그래서 만남에는 예를 갖추어야 했다. 남녀가 예로써 사귀지 않는다면 그것은 음란한 짓거리가 되고, 혼례를 치르지 않고 관계한다면 그것은 불륜일 따름이었다.

전통사회에서 혼인은 두 집안이나 가문을 연결하는 연결고리가 되었고, 자손을 낳아 대를 잇고, 집안의 화목과 흥망성쇠를 좌우하는 문제로 여겼다. 그래서 같은 신분끼리 혼인하는 신분내혼(身分內婚)이었다.

현대사회를 이끌고 있는 미국조차도 결혼의 개념을 '자유연애로부터 시작하여 한 남성과 한 여성의 이성간의 결합'에서 최근 미국 연방대법원은 결혼의 개념을 '사랑과 신의, 헌신, 희생, 그리고 가족이라는 최고의 이상을 구현하는 결합'으로 정의하였다.

## 누구와 혼인하는가

조선시대 혼인 풍속은 신분이 같으면서 동성동본이 아닌 남녀가 혼인했다. 신라와 고려시대에는 권력과 부를 독점하기 위해 삼촌, 사촌간의 혼인 등 근친혼이 장려되었지만, 조선왕조는 유교식 혼인을 장려하면서 동성동본의 혼인은 불허했다. 2005년 민법개정 전까지 이 제도는 유지되었다. 각 가문의 벼슬이나 학문, 충절(忠節)이 뛰어난 현조(顯祖)·명조(名祖)·입향조(入鄕祖)는 가묘(家廟)에 불천위(不遷位)로 받들어졌으며, 출신지나 연고가 있는 지역의 서원에 배향되었다. 혼인한 신랑·신부는 집안 어른의 안내로 가묘의 선조를 찾아뵙는 예를 갖추었다. 필자도 반친영례 후 아버지를 따라 내외가 부안김씨 담허재(휘 지백之白) 자손 사창마을 상큰집에 설치된 가묘(家廟)에 참배하며 조상님께 고하였다. 양반사회의 위선사업(爲先事業)은 현조·명조 만들기 사업이라고 할 수 있다.

각 성씨 문중은 현조 명조를 가진 집안과 혼인하려고 했다. 곧 현조·명조를 가진 집안끼리 혼인을 주고받았다. 이렇게 혼인을 주고받는 관계를 혼반(婚班)이라고 했다. 영호남 지방에는 30여 개에서 50여 개 문중이 최정점의 혼반관계를 형성하고 있었다. 명문 양반가에서는 자신들과 맞는 혼반을 찾아 먼 거리를 마다하지 않고 혼인했다. 그래서 흔히 "상민의 인연은 가까운데 있고 양반의 인연은 먼데 있다."고 하였다.

좋은 혼처가 있다면 100리 안에서 구하려 했다. 백 리를 벗어나면 풍습이 같지 않고, 1000리를 벗어나면 습속이 같지 않기 때문이라고 했다. 특히 양반가 종부는 조상의 제사를 모시고[봉제사奉祭祀], 찾아드는 손님을 접대하는 것[접빈객接賓客]이 가장 중요한 일과에 속했다.

## 언제 혼인하는가

고대 주례(周禮)에는 남자는 30세에 장가들고, 여자는 20세에 시집간다고 하였다. 주자가례에서는 남자는 16세부터 30세까지, 여자는 14세부터 20세까지를 혼인 연령으로 생각했다. 경국대전에서는 남자는

15세, 여자는 14세로 정했다. 예외적으로 부모의 나이가 50세 이상인 경우, 12세 이상이면 관청에 고하고 혼인을 할 수 있었다. 상중(喪中)에는 남자도 3년 안에는 재혼을 금지했다. 18세기 조선 여성의 평균적인 초혼 연령은 18세 전후였다. 몽골 영향하의 고려시대 공녀, 임진왜란, 병자호란의 외침, 일제침략기의 정신대 일본군 위안부 강제징집 등으로 불안한 상황에서는 조혼이 더욱 성행했다. 그러나 지금은 만혼(晚婚)을 넘어 '결혼할 의사가 없음'이 늘어나고 있어 저출산 해소가 국가적인 과제가 되었다.

## 조선식 반친영례(半親迎禮)

중국 유교식 친영례(親迎禮)는 신랑이 신부집에 가서 전안례를 신부 부모에게 올리고, 신부를 데려와 신랑집에서 혼례(교배례,합근례)를 치르고, 신부가 시부모를 뵙고(현고구례), 시댁에서 신방을 차리고 사는 것이다.

그러나 우리 민족은 고조선, 부여와 고구려·백제·신라 삼국시대와 고려시대에 고구려 서옥제 전통에 따라 신랑이 장가(丈家,장인집)를 갔다는 말처럼 신부집에서 혼례식을 치르고 신부집에서 살았다. 수천 년 내려온 풍속이 하루아침에 바뀌지 않으니 세종은 세종 17년 파원군(坡原君) 윤평(尹泙)이 숙신옹주(淑愼翁主)를 친히 맞아 데려가도록 하는 친영의 모범을 왕실에서 처음 보였다.

그래도 중국과 조선의 풍속이 달라 유교식 친영례가 이루어지지 않아 절충안으로 우리 전통혼례처럼 신랑이 장가가서 신부집에서 혼례를 치르고 지내다가 신랑은 본가로 돌아왔다. 신랑이 1년에 3번 정도 처가와 친가를 오갈 때, 신부는 몇 년 친정에 머물면서 아들딸을 낳고 키우다가 아이와 함께 시댁으로 와서(시집와서) 시부모를 뵙고 집안사당(가묘)에 알현하였다. 신부가 시댁에 들어가는 것을 우귀(于歸)라고 했다. 이렇게 중국식 유교 친영례는 우리 민족 조선식 반친영례(半親迎禮) 풍속으로 바뀌어 정착했다.

근래에는 처가에서 3일 정도 지내다가 아내와 함께 본가로 돌아오는 형식이 되었다. 어린 딸을 신랑과 친할 기회도 없이, 마음의 준비도 없이 생면부지의 시댁으로 보낼 수 없는 우리 민족의 정서가 반영된 결과였다. 또 노비, 의복, 그릇과 가재도구를 신부측에서 장만해야 하는 경제적인 어려움 때문에 중국식 친영례가 우리 풍속에 맞지 않아 행해지지 못하고 우리 민족의 정서에 맞게 변형된 형태의 반친영례로 연착륙한 것이다. 심지어 중국에서도 지역마다 혼례 풍속이 달라 친영례가 주자가례대로 행해진 것도 아니었다.

## 재취 삼취 칠거지악 소박 상속 제사 장가가기

조선시대 혼인과 가정사 문제를 다시 생각해 본다. 좋지 않은 악습은 시대에 맞지 않아 소멸되었다.

재취(再娶)와 삼취(三娶) : 첫부인이 사별하면 재취, 재취가 사별하면 삼취를 얻었다. 재취, 삼취는 대체로 첫부인에 비해 격이 떨어졌다. 이들은 전처 소생을 친자식보다 더 잘 키워야 했고, 택호(宅號)도 전처의 것을 사용하며, 자식들 또한 전처의 친가를 외가로 부르는 등 후취(後娶)로서 서러움을 겪어야 했다. 재취 삼취는 몰락양반의 딸이 10여 살 이상 나이가 많은 남자에게 가는 경우가 많았다.

시집살이는 고초 당초보다도 맵다고 했다. 그래서 '귀머거리 3년, 벙어리 3년, 봉사 3년 9년을 보내야 온전히 시집 귀신이 된다.'고 했다. 여성의 복종을 삼종지도(三從之道)라는 이름으로 권장했다. 즉 여자는 어려서는 아버지를, 혼인해서는 남편을, 늙어서는 아들을 따라야 한다는 것이다. 삼종지도는 여성의 인권을 침해한다는 문제에 직면하여 호주제가 폐지되고, 호적 등초본은 가족관계증명서로 대체되었다.

**칠거지악**(七去之惡)이란 아내를 쫓아낼 수 있는 일곱 가지 악행으로 질투하는 것, 부모에게 불손한 것, 아들을 낳지 못한 것, 음란한 행위를 하는 것, 나쁜 질병이 있는 것, 남을 험담하여 구설수에 오르는 것, 도둑질을 한 것이다. 칠거지악도 지금은 합의이혼이나 이혼소송에 의한 재판 결과에 따르는 법률로 규정하고 있다.

**소박** : 조선 양반사회는 첩을 마음대로 두는 풍속 때문에 본처를 내쫓지 않았지만 온 가족이 '집단 따돌림'으로 이혼 이상으로 고통을 주는 한 가지 방법으로 '소박'이 있었다. '때리는 시어미보다 말리는 시누이가 더 밉다.'는 말처럼 첩을 데려와 아내를 소외시킬 때 온 가족이 아들 편을 들어 본처를 '따돌림'시키는 경우가 허다했다. 지금은 1부 1처제를 법으로 엄격하게 규정하여 첩을 두지 못하도록 하고 있다.

**재산상속과 제사** : 1989년 개정된 가족법에서 재산상속은 자녀간의 균등을, 제사상속은 자녀의 선택 사항이 되었다. 지금부터 3백 년 전에는 천여 년 동안 자녀에 대한 재산상속도 균등상속을 했고, 부모 제사도 아들딸이 돌아가면서 지냈기 때문에 이 제도로 돌아가는 것이 형제자매간 갈등을 줄이는 해결책이 될 수 있다는 학자들도 있다.

**남자가 장가가는 세상으로 돌아가야** 오늘날 심화되고 있는 혈연, 지연, 학연 문제와 제사 문제가 해결된다고 주장하는 학자들도 있다. 장가가기는 수천 년 지속된 우리 고유의 전통혼인 풍속이었다.

## 조선식 친영례의 절차와 과정

「소학」에서는 육례를 치른 사람을 아내[妻]라 하고, 그렇지 못한 사람을 첩(妾)이라고 했다. 고대 주나라의 혼인 절차 육례란 납채(納采),

문명(問名), 납길(納吉), 납징(納徵), 청기(請期), 친영(親迎)을 말한다.

납채(納采)는 첫 번째 절차로서, 신부측에서 중매인을 통한 신랑측의 혼인의사를 받아들임으로써 이루어진다. 납채의 '채(采)'는 채택의 뜻이므로 '납채'란 채택함을 받아들인다는 뜻이다. 그러나 이 납채의 채택은 다만 혼인을 논의할 만한 상대의 채택에 그치고 실질적인 혼인의 절차는 납채 이후에 진행된다.

문명(問名)은 두 번째 절차로, 신랑측에서 신부 어머니의 성명을 묻는 절차이다. 이는 신부 외가 쪽의 가계나 전통을 알기 위함이다.

납길(納吉)은 세 번째 절차로, 혼인의 길흉을 점쳐서 길함을 얻으면 그 결과를 신부측에 알리는 것이다.

납징(納徵)은 네 번째 절차로, 혼인이 이루어짐을 표시하는 절차이다. 납징의 징(徵)은 이루어짐(成)을 뜻한다. 납길을 통하여 실질적인 혼인이 이루어졌기 때문에 폐물(幣物)을 주게 된다. 징은 표시의 뜻이 있으며, 따라서 납징은 혼인이 이루어진 표시로서 폐물을 주는 절차이다.

청기(請期)는 다섯 번째 절차로, 신랑측에서 신부측에 혼인 날짜를 정해 줄 것을 요구하는 것을 말한다.

친영(親迎)은 신랑이 직접 신부집에 가서 신부를 맞이하는 의식으로 오늘날 결혼예식에 해당된다.

육례의 의식은 중국 주(周)나라의 주공(周公)이 지은 것으로 알려진 『의례(儀禮)』사혼례(士昏禮)에서 비롯되어 주대 이후 행해지던 것이었으나 송대에 이르러서는 그대로 지켜지지 않았다. 그것은 주자(朱子)가 지은 『가례』에서 이 여섯 가지가 의혼(議昏)·납채·납폐(納弊)·친영의 네 가지 절차로 축약되어 있는 데서 짐작된다. 그러나 이 두 가지를 비교해 보면 큰 줄거리에서는 변동이 없다.

『의례』의 납채와 문명은 『가례』의 의혼과정에 해당되고,『의례』의 납길·청기는『가례』의 납채에 해당되며,『의례』의 납징은『가례』의 납폐에 해당되고, 친영은 일치된다. 이러한 점에서『가례』의 네 가지 절차가 육례와 똑같지는 않지만, 육례의 절차는 대체로 계승되었다고 할 수 있다. 그리하여 후대에 이르러서도 혼인절차를 말할 때는 그 본래의 뜻을 살려 육례라는 표현을 쓰게 되었다.

남송의 주자는 주나라 주공이 지은 육례가 너무 복잡하고 번거롭다고 간소화하여 의혼(議婚), 납채(納采), 납폐(納幣), 친영(親迎)의 4례(四禮)로 줄였다. 현대에는 이것을 다시 우리 현실에 맞게 고쳐 실행하고 있다. 즉 **혼담**(의혼, 혼인 의사 교환하기), **납채**(사주 보내기), **연길**(涓吉:택일), **납폐**(함 보내기), **대례**(초례, 혼례식), **우귀**(于歸 시집 나들기)가 바로 그것이다. 현재 실시되는 전통혼례 방식은 대개 다음과 같다.


(1) 혼담(婚談) - 의혼(議婚)

양가의 사정을 잘 아는 중매인(仲媒人)을 통해서 대례(혼례식)를 거행할 때까지 모든 절차를 서로 협의 소통하고 진행했다.

(2) 사주(四柱) 보내기 - 납채(納采)

혼약이 이루어지면 연길(결혼식 일자)을 청하기 위해 신랑될 사람의 사주단자(신랑 이름과 생년, 생월, 생일, 생시의 간지 여덟 자를 적은 종이)를 신부 댁에 보낸다.

(3) 택일(擇日) - 연길(涓吉)

납채(納采)를 하였으므로 정혼(定婚)이 되었다. 여자 측에서 신부될 사람의 사정(달거리 등)을 참작하여 전안(奠雁)날을 잡아 납기서와 함께 신랑 측에 보낸다.

(4) 함 보내기 - 납폐(納幣)

신랑 집에서 신부집에 혼인을 허락한 데 대한 감사의 예물로 채단이라 하여 청색 비단과 홍색 비단을 보낸다. 이 비단은 신부의 치마와 저고릿감이 된다. 패물과 물목기를 함께 보내기도 한다. 함은 함진아비나 어미를 통해 혼인 당일 또는 수일 전에 보냈다. 함속에는 다섯 색깔의 주머니에 내용물을 홀수로 넣었는데, 붉은색 주머니는 잡귀를 쫓는 붉은 팥을, 노란 주머니는 귀한 신분을 상징하는 노란 콩을, 파랑색 주머니는 인내하며 살라는 뜻으로 찹쌀을, 분홍색 주머니는 자손 번성을 의미하는 목화씨를, 연두색 주머니는 절개와 순결을 상징하는 향나무 깎은 것을 넣었다. 지금은 신랑 친구 몇 명이 함진아비를 뽑아 함을 지고, 혼례 전날쯤 신부집 대문 앞에 와서 "함 사세요!"하고 함을 사라고 외치면서 왁자지껄 흥을 돋우면서 전달하기도 한다.

(5) 혼례식(婚禮式)

우리나라의 전통혼례는 신랑될 사람이 신부될 사람 집에 가서 혼례를 치르니 장가(丈家 : 장인의 집)드는 것이고, 신부는 시집을 가는 것이다.

(6) 우귀(于歸)

신행(新行)이라고도 하며 혼인 후 신부가 처음으로 시댁에 들어가는 의식이다. 옛날에는 석 달, 여섯 달, 일 년, 또는 몇 년을 친정에서 살다가 아들딸을 낳은 후 신행하는 경우가 허다했다. 대신에 신랑이 친가와 처가를 오가는 형편이었다. 그러나 지금은 전통혼례를 신부집에서 치르더라도 보통 3일 신행이다. 신행에서는 시부모에게 절을 올리는 현구고례(見舅姑禮)를 행하는데 이를 '폐백(幣帛)을 드린다.'고 했다. 지금은 예식장 폐백실에서 시댁 식구들과 친척들에게 절을 올리는 행사를 일컫는 말이 되었다. 신행 후 첫 친정 나들이를 근친(覲親), 다시 시집으로 들어가는 것을 근귀(覲歸)라고 했다.

아무튼 혼인은 남녀 모두 새로운 세상을 여는 관문이었다. 나라를 일본에 빼앗긴 지 26년이 지난 암울한 시대인 1936년 음력 11월 12일, 어떻게 청년 김은철과 처녀 김옥남이 부부의 연을 맺는 인륜의 대사(大事)라는 혼례식를 치러 화동가를 이루게 되었는지 살펴보자.

## 1. 어렵게 성사된 혼인과 혼례식

텃골댁 셋째 아들 은철은 어려서부터 부지런하고 성실하였다. 자연스럽게 동네 사람들 입에 그런 말이 오르내렸다. 호평이 잇따르고 마침 은철이 스무 살 청년으로 장가갈 나이가 되었으나 오랜 우환으로 가세가 기울어 먼저 그 집안과 혼담을 넣는 사람은 없었다.

그 때 그러한 집안 사정을 잘 아는 부안김씨 문장(門長) 장성양반 경은(耕隱) 김형신(金炯信,1892.7.28.~1940.7.29.향년 49세)은 광산김씨 원촌댁 가문에 혼기가 찬 조신하고 예쁜 규수가 있다는 것을 알고 두 사람을 짝지어 주기로 했다. 어느 날 처녀의 아버지 원촌양반 오재(梧齋) 김제원(金濟源, 譜名 源泰,1890.3.14.~1976.3.25. 향수 87세)을 심부름하는 아이를 시켜서 동녘 주막으로 불러내었다.

"장성양반, 나 불렀는가?"하고 원촌양반이 주막집 방안에 들어서면서 장성양반을 발견하고 인사한다. 사대부 집안에서는 이름 대신 원촌양반이니 장성양반이니 하는 택호(宅號)나 오재(김제원)니 경은(김형신)이니 하는 호(號)로써 상대방을 지칭하기가 예사였다.

"오재, 오랜만이네. 막걸리 한 잔 하고 싶어서 오시라고 했어. 주모, 술상 봐 오게!"한다.

"예, 들어갑니다."하는 대답과 함께 미리 준비해 두었는지 주모 완생이네가 술상을 바로 들여온다. 술상이 나오자 술상을 가운데 두고 두 선비가 마주 앉았다. 서로 막걸리를 따라 권하면서 한 잔씩을 들이킨다. 춘분이 지났지만 아직 날씨는 쌀쌀했다. 날씨 이야기며, 농사지을 이야기를 하다가 경은(耕隱;김형신의 호)이 오재(梧齋;김제원의 호)에게 넌지시 이야기한다.

"귀댁 맏따님이 조신하고 아름답다는 이야기가 들리기에 중매 한번 하고 싶어서 이렇게 보자고 했네. 우리 부김 집안에 금년에 스무 살이 되는 부지런하고 성실한 청년이 있네. 남 주기 아까운 인재이지."하였지만 처녀 아버지가 별 반응을 보이지 않자 장성양반이 다시 입을 뗀다.

"내 터놓고 이야기하겠네. 홈실작은집 텃골 형님 댁 셋째 아들 은철이라고 내 당질 알 거야. 오재도 보고 들어서 잘 알겠지만 그 집 아들 중에서 제일 부지런하고 성실하다고 할 수 있지. 오재 맏딸하고 세 살 차이니 잘 어울리는 한 쌍이 될 거야."

"내 딸이 열일곱 살이지만 아직 철도 없고, 시집보낼 준비도 안 되었네."

"누가 지금 당장 정하라고 했나. 잘 생각해 보아. 내 생각에는 금년 농사짓고 늦가을이나 초겨울에 혼례를 치르면 좋겠네."

이렇게 운을 뗀 혼사 이야기는 여름과 가을을 지나면서 적극적인 장성양반과 뜨뜻미지근한 처녀 아버지 원촌양반 사이에 심심하면 막걸리 잔을 놓고 줄다리기를 여러 번 하였다. 추석 명절이 되자 또다시 경은은 오재를 주막으로 불러내었다. 술잔을 비우며 경은이 먼저 말을 꺼낸다.

"금년은 농사도 잘 되었으니, 추수 끝내고 해 넘기기 전에 혼례를 치르도록 하세."

"아직 마음의 준비가 안 되었네."

"오재, 뭘 망설이나. 우리 집안을 믿게. 두 사람은 아주 잘 살게 될 거야."

"추석 명절 쇠고 신랑 사성(四星)을 텃골 형님 댁에서 보낼 테니 혼인 날짜를 잡아 알려주게."하고 거의 우겨다짐으로 약속을 받아낸다. 사실 오재(원촌양반)는 경은(장성양반) 부안김씨 집안의 마름(사음舍 音, 지주로부터 소작지의 관리를 위임받은 관리인)을 맡고 있어 경은 의 강력한 요청을 뿌리칠 수 없었다. 처녀 아버지와 헤어진 장성양반은 그길로 넷째 작은아버지(홈실댁)의 둘째 아들인 4촌 형 텃골양반 집으 로 향한다.

"우석(愚石;김형균 호) 형님 계세요?"

"어서 들어와."

"형님, 지난 봄에 꺼냈던 은철이 혼사 이야기, 오늘 큰애기 아버지로 부터 승낙을 받았으니 날을 잡아 형님이 사성을 써서 그 집에 보내시지 요."

"아무런 준비도 없이 이렇게 서둘러도 되는지 모르겠네."

"옛 사람은 아무것도 없어도 천지신명께 정안수 한 그릇 놓고 둘이 예를 갖추고, 맹세하고 살아도 잘 살았다는 이야기가 얼마나 많습니 까? 쇠도 달아올랐을 때 담금질을 하라고 했습니다."

"알았네."

이리하며 며칠 뒤 텃골댁에서는 사람을 시켜 셋째 아들 은철의 사성 (四星;신랑의 성명과 신랑의 생년, 생월, 생일, 생시의 간지 8자를 적은 종이)을 원촌댁으로 보냈다. 사성을 보낸 지 한 달이 다 되어도 혼인 날 짜를 알려오지 않자 장성양반이 다시 나섰다. 다시 주막집이다.

"오재, 왜 혼인 날짜를 통보해 주지 않는가?"

"좋은 날짜를 고르고 있었네."

"내가 두 사람 사주를 맞추어 보니 혼사는 병자년(단기 4269년, 서기 1936년) 동짓달 열이틀 신시(申時)에 치르는 것이 좋겠어."

"나도 그렇게 보고 있네. 다만 그날 신랑과 상객님들이 오시에 당도 하여, 오찬을 함께 하면서 여유롭게 환담을 나누다가 신시에 혼례식을

243

치르도록 하는 것이 좋겠네."

"아, 좋은 구상이네. 그렇게 진행하세. 그러면 여유롭게 사돈끼리 이야기도 나누고, 따뜻한 시간에 점심 먹으면서 동네잔치도 되겠구먼. 그러면 바로 이 날짜로 신랑집에 연길송서장(涓吉送書狀 ; 혼인 날짜 통지서)을 보내."

"알았네."하여 일은 착착 진행되었다.

정한 날짜는 바로 돌아온다더니 혼례식 날짜가 이레 앞으로 다가왔다. 가난한 텃골댁으로 시집보내기 싫은 처녀의 할머니(부안김씨)와 처녀(옥남)는 눈물을 짓더니 혼인반대 단식투쟁을 하기로 한다.

## 안터댁 뒷간채 불구경과 일주일 단식도 허사

옥남 할머니(부안김씨)는 가난한 텃골댁에 시집보낼 수 없다고 주장하였고, 옥남은 시집가지 않겠다는 행동의 표시로 할머니와 손녀가 단식에 들어갔다. 단식 이틀째 한밤중 옆집 안터댁 뒷간채에서 불이 났다. 시뻘건 불길이 치솟았다. 불난 것을 구경하면 혼사가 깨진다는 속설을 알고 있는 옥남 할머니 부안김씨는 손녀 옥남을 데리고 뒤란으로 가서 옆집 뒷간채가 다 타도록 실컷 불구경을 했다.

"증조할머니와 큰고모가 안터댁 뒷간채 불난 구경을 실컷 했는데도 혼사가 깨지지 않았다네. 또 증조할머니(부안김씨)와 큰고모(옥남)의 단식에도 할아버지가 꿈쩍도 않고 혼사를 진행하여 혼례일이 닥쳐 혼례식을 치르게 되었다네."하고 외종형 희동은 생시에 고종사촌 동생인 필자에게 당시 상황을 조모(남평문씨)님께 들었다며 들려주었다.

"혼사가 정해지고 시집갈 날짜가 한 이레밖에 안 남게 되자 어미가 텃골댁으로 시집가기 싫어 할머니(네 외증조할머니 부안김씨)랑 껴안고 실컷 울었지. 그리고 함께 한 이레 굶었더니 삼 벗기고 난 무저릅대처럼 빼빼 말랐지만 죽어지지도 않더라."하고 어머니도 생시에 당시 상황을 넷째 아들인 필자에게 이야기하였다.

## 원촌댁 큰딸 혼례식 잔치

받아놓은 날짜 닥치듯 한다더니 드디어 병자년(단기 4269년, 서기 1936년) 동짓달 열이틀 신시(申時)가 다가오고 있었다. 사창마을 원촌댁 마당에는 혼례식 준비로 분주하였다. 잔칫날이 되자 차일이 쳐지고, 마당 가운데 초례상(교배상:대례상)을 놓아 초례청을 마련하였다.

대문에서부터 배석 앞에까지 행보석(行步席)을 펴놓은 전안청(奠雁廳)과 안대청 중앙 뜰방 아래 마당에 모란병(牡丹屛)을 치고 앞에 초례상(醮禮床)을 놓는다. 초례상은 대례상(大禮床), 동뢰상(同牢床), 독좌상(獨坐床), 교배상(交拜床)이라고도 한다. 병풍 놓은 쪽에서 남향하여 동서로 놓았다. 상보를 덮은 독좌상에는 음양의 화합을 상징하는 촛대 한 쌍이 불을 밝히고, 화병에 꽂은 소나무와 대나무 가지에 청홍실을 걸쳐놓은 것은 굳은 절개로 부부가 한 몸이 되어 평생토록 행복하게 잘 살라는 뜻이다. 대추·밤·쌀·달떡, 명태 등을 진설하는데 대추와 밤은 일찍부터 스스로 삼가고 몸가짐을 바로 하면서 장수와 다남(多男)을 상징하므로 반드시 놓는다. 명태는 사악한 기운을 물리치는 수호물로 남성을 상징하기도 한다. 예서에서는 서직(黍稷)을 쓴다고 하였으나, 우리 실정에 맞게 떡과 국수로 바꾸어 올렸다. 살아있는 장닭을 대례상다리 아래 동쪽에, 암탉을 대례상다리 아래 서쪽에 다리를 묶어서 나눠 놓는다. 우리 민족에게 닭은 첫새벽을 알리는 상서롭고 길하며 부지런함의 상징이니 부부가 금실 좋게 근면 성실히 잘 살라는 의미이다. 특히 수탉의 울음소리는 밝고 신선하여 초례날 악귀를 쫓고, 날카로운 부리와 발톱으로 처자식을 보호한다는 의미가 있으며, 암탉은 다산을 의미하기도 한다. 중국에서는 중국어 계(鷄)의 음이 지(ji)로 길(吉)의 지(ji)와 같기 때문에 대례상에 길하라고 닭을 놓는다고 한다. 독좌상 앞에는 소반에 청홍실을 맨 잔과 주전자와 숟가락을 놓았다. 이와 같이 초례상에는 장수, 건강, 다산, 부부 금슬 등을 상징하는 음식과 물품을 올린다. 그 앞에는 화문석(花紋席)을 펴고 동서로 수방석(繡方席)을 각각 하나씩 놓아 초례청(醮禮廳)을 만들었다.

혼례식 집례(執禮)는 경은(耕隱;김형신의 호)이 하기로 신부 아버지와 만났을 때 정하였다. 동짓달 열이틀 오후 신시가 가까워지자 미리 사랑방에 상객으로 와 혼주와 오찬을 벌이던 경은이 혼례식 홀기를 적은 종이를 들고 마당으로 나와 초례상의 부족한 부문을 지적하고 집례로서 지휘를 시작한다.

장가가는 날, 신랑 은철이 아침 식사를 마치자 아버지 우석공이 사랑으로 부른다.

"영기(永基)야, 앉거라. 너 오늘 너 장가가는 날이구나."하고 아들 은철의 자(字)를 부른다. 아버지는 은철과 영기 두 이름을 수시로 번갈아 부르곤 했다.

"초례청에서 대례식을 할 때 차분하고 듬직한 모습을 모여야 하느니라. 너는 동네사람들이 근면 성실한 사람이라고 일컫고 있으니 그런 너의 모습을 보여야 할 것이야. 첫날밤, 너무 서두르지 마라. 네 안과 합환주 한 잔씩을 마시고, 신부 예복을 벗도록 도와주고, 이러저러한 말을 하면 좋을 것이다."

"알겠습니다. 아버지!" 신랑이 대답하자 아버지는 흐뭇한 표정을 짓는다.

한낮이 되어 청년들이 신랑을 위하여 모여들었다. 신랑은 벗들과 회관으로 향한다. 신부집에서 가져온 점심을 먹고 마을 청년들과 회관에서 쉬고 있던 신랑은 때 맞춰 말을 타는 대신 동네 청년들에 의해 성장

(盛裝)에 사모관대(紗帽冠帶) 관복(官服) 묵화(墨靴)를 착용하고 작은 사다리를 타고 대문 앞에 당도한다. 어린아이들 십여 명이 히죽히죽 웃으면서 신랑의 행차를 신기한 표정으로 졸졸 따라간다.

집례를 맡은 경은(耕隱)은 혼례식홀기(婚禮式笏記,식순)를 큰소리로 읽으며 먼저 전안례를 진행시킨다. 한자로 적힌 홀기(식순)를 읽고, 바로 그 뜻을 우리말로 풀어 말한다.

## ⊙ 행 전안례(行奠雁禮)

* 壻至婦家(서지부가)요. 신랑이 신부집에 당도했습니다.
* 主人迎婿于門外(주인영서우문외) 주인이 나가 신랑을 맞이하십시오. 하자 신부 어머니가 대문 밖으로 나와 신랑을 맞이한다.
* 婿揖讓以入(서읍양이입) 신랑은 주인께 읍(揖, 양손을 마주잡고 허리를 굽혔다 펴는 반례)을 하고 집안으로 따라 들어가시오. 신부 어머니는 전안청으로 올라가 동쪽에서 서쪽을 향하여 서시오. 신랑은 행보석行步席을 따라 전안청으로 향합니다.
* 侍者執雁以從(시자집안이종) 시자는 나무로 만든 기러기[목안(木雁)]를 가지고 신랑을 자리로 안내하시오.
* 婿就席(서취석) 신랑은 시자를 따라 전안청 예석(禮席)에 들어서시오.
* 抱雁于左其手(포안우좌기수) 시자는 나무기러기를 신랑에게 넘겨주고, 신랑은 나무기러기[목안(木雁)]의 머리가 좌측에 가도록 품에 안으시오.
* 北向跪(북향궤) 신랑은 북쪽(정침正寢쪽)을 향하여 꿇어앉으시오.
* 置雁于地(치안우지) 신랑은 나무기러기[목안(木雁)] 머리가 서쪽으로 향하도록 소반 위에 올려놓으시오.
* 俛伏興(면복흥) 신랑은 머리 숙여 엎드렸다가 똑바로 일어나시오.

247

\* 小退再拜(소퇴재배) 신랑은 약간 뒤로 물러서서 큰절을 두 번[2拜]
하시오. 신부 어머님, 아버님은 답례하지 않습니다.[主人不答拜(주인
부답배)]

"여기까지가 전안례입니다. 신부 어머니는 목기러기를 받아 치마폭
에 감싼 채 안방으로 가 아랫목에 시루로 덮어두십시오. 치마폭에 감싸
는 것은 기러기가 알을 잘 낳으라는 뜻이며, 시루로 덮는다는 것은 숨
쉬기 좋게 한다는 뜻입니다."

전안례를 마치자 혼례식 도집례(都執禮)를 맡은 경은이 참석한 동네
사람들에게 전안례에 대하여 설명한다.

"전안(奠雁)이란 '기러기를 드린다.'는 뜻으로 신랑이 신부에게 드린
다는 뜻인데 기러기 한 쌍처럼 신랑이 신부와 변치 않고 사랑하며 살겠
다는 뜻으로 신부 부모님께 전안례를 행했습니다. 기럭아범에게 전달
받은 나무기러기[목안(木雁)]를 상 위에 놓고 신부 부모님께 두 번 절
하는 것은 댁의 귀한 따님을 데려가 변치 않게 사랑하며 해로하겠다는
다짐입니다. 기러기를 쓰는 이유는 기러기가 이취화기(以就和氣)하기
때문에, 즉 기러기는 믿음[信], 화합(和合), 양기(陽氣)를 따라 움직이
기 때문입니다. 기러기는 두 번 짝 짓지 않는 정절(貞節)을 지킵니다.
지보신(知保身)이라고 하여 더울 때나 추울 때나 날아가도 물러날 줄
을 알아 자기 몸을 보전할 줄 압니다. 또 부실기서(不失其序)라는 말처
럼 날아갈 때에는 한 떼가 열을 지어 차례를 잃지 않습니다. 이와 같이
기러기는 절개, 믿음, 질서, 의리의 덕(德)을 구비했기에 혼례식 처음에
신부 부모님께 '전안례(奠雁禮)'를 행하는 것입니다.

다음은 교배례(交拜禮)와 합근례(合卺禮:근배례卺拜禮)를 행하겠습
니다. 교배례와 합근례 즉, 신랑 신부가 처음 만나 절하는 **교배례**, 서로
합환주를 마시는 **합근례**, 두 가지 혼례의식입니다. 그냥 초례(醮禮) 또

는 혼례(婚禮)라고도 합니다. 합근례(合巹禮)의 근은 술잔 근(巹)자입니다. 표주박을 잘라 합환주의 술잔으로 사용하지요."하고 설명을 마치자 바로 교배례와 합근례를 진행한다.

## ⊙ 행 교배례(行交拜禮)

* **婿**至席末(서지석말) 시자는 신랑을 인도하여 초례청 동편 자리에 들어서도록 하시오.
* 姆導婦出(모도부출)이요. 신부의 시자(한님)는 신부를 부축하여 깔아 놓은 백포(白布)를 밟으며 초례청으로 나오시오. (양 볼에 연지를 찍고, 이마에 곤지를 찍은 신부가 두 시자(한님)의 부축을 받으며 초례청으로 내려와 초례상 서쪽에 선다.)
* 婿東婦西(서동부서)요. 신랑은 동편에 신부는 서편에서 초례상을 중앙에 두고 마주 서시오.
* 進盥進帨婿盥于南婦盥于北(진관진세서관우남부관우북)하시오. 신랑은 남쪽에 있는 대야에, 신부는 북쪽에 있는 대야에 손을 씻고 수건으로 닦으시오. 신랑 신부가 손을 씻는 의식을 간단히 관세우(盥帨于)라고 말하기도 합니다.
* 부선재배(婦先再拜) 신부가 먼저 신랑에게 두 번 절하시오. 신랑은 꿇어앉아 목례로 답례를 하시오. (신부가 한님의 부축을 받으며 큰절을 두 번 한다.)
* 婿答一拜(서답일배) 신랑은 신부에게 답례로 큰 절을 한 번 하시오. 신부는 앉기가 번거로우니 선 채 목례로 답하시오.
* 婦又再拜(부우재배) 신부 또 두 번 큰절을 하시오. 신랑은 꿇어앉아 목례로 답례를 하시오.
* 婿又答一拜(서우답일배) 신랑은 또 답례의 큰 절을 한 번 하시오. 신부는 선 채 목례로 받아들이시오.

"여기까지가 교배례입니다. 신부가 두 번 절할 때 신랑은 한 번만 절을 하는 것은 신부는 음(陰)을 뜻하니 음은 짝수이므로 2번 절하는 것이고, 신랑은 양(陽)을 뜻하니 양은 홀수를 나타내므로 한 번 절하는[1拜] 것입니다. 신부를 무시해서 큰절 두 번을 시키고, 신랑을 높이고자 큰절을 한 번만 시키는 것이 아니라 천지자연 음양의 이치에 따라 행하는 의식입니다."라는 설명이 있자 사람들은 고개를 끄덕거렸다. 그리고 바로 합근례(合쫄禮)를 진행한다.

### ⊙ 행 합근례(行合쫄禮)

* 婿揖婦各跪坐(서읍부각궤좌) 신랑이 신부에게 읍(揖;반례半禮)한 후 꿇어앉고 신부도 꿇어앉으시오.
* 侍者進盞(시자진잔) 시자는 술잔(酒杯)을 신랑에게 주시오.
* 侍者各斟酒(시자각침주) 시자는 술을 잔에 따라 주세요.
* 婿揖婦祭酒擧肴(서읍부제주거효) 신랑, 신부는 읍(揖;반례)하고 술을 땅에 조금 붓고, 잔을 입에 대었다가 놓고, 젓가락으로 안주(肴)를 집어 먹는 시늉만 하고 상위에 놓으시오.
* 又斟酒(우침주) 시자가 신부 술잔에 다시 술을 따르시오.
* 婿揖婦擧飮不祭無肴(서읍부거음부제무효) 신랑은 읍(揖)하고 신부가 술을 마시되 안주를 들지 않습니다. 마시는 시늉만 하시오.
* 又取쫄婿婦之前(우취근서부지전) 시자들은 표주박(瓢子)을 신랑 신부에게 주시오.
* 侍者各斟酒(시자각침주) 시자는 표주박(瓢子)에 술을 따라 주시오.
* 擧拜相互婿上婦下(거배상호서상부하) 시자들은 신랑과 신부가 술이 든 표주박(瓢子)를 서로 바꾸도록 해 주시오.
* 各擧飮(각거음) 신랑, 신부는 서로 바꾼 표주박의 술을 마시세요. (신랑이 표주박을 다 기울이자 박수가 터진다.) 신부는 못 마시면 입에

대었다가 놓으면 됩니다.

* 禮畢徹床(예필철상) 이상으로 예를 끝내니 상을 치우시오.
* 各從其所(각종기소) 신랑 신부는 각각 자기 처소로 돌아가시오.

"지금까지 이 초례상을 앞에 두고 신랑과 신부는 합근례(合卺禮)를 올렸습니다. 신랑과 신부는 초례상 앞에 놓은 소반 앞에 각각 앉았지요. 신부의 도우미인 대반(對盤)이 따라 준 첫 잔을 안주와 같이 소반 위에 놓으니, 이는 백년가약(百年佳約)을 조상과 천지신명께 고한다는 의미입니다. 두 번째 잔은 각자 마시지요. 세 번째 잔(표주박)은 신랑이 청실을 감아서 신부에게, 신부는 홍실을 감아서 신랑에게 건네어 각각 마셨습니다. 이 합근으로써 백년부부의 맹세가 이루어진 것입니다. 차려진 음식과 첫 술잔으로 먼저 신(조상신)께 제사 드리고, 이후 신이 내려 주신 음식을 음복(飮福)하는 절차를 통하여 아내와 남편이 되는, 새로운 인간으로서 재생하는 의미를 담고 있습니다. 술잔을 나눈다는 것은 부부가 한 몸처럼 몸을 합친다는 의미이고, 음식을 함께 하는 공뢰(共牢)는 존귀함과 비천함[尊卑]을 같게 한다는 뜻입니다. 대례상에 오르는 음식은 지방마다 조금씩 다르기도 합니다.

**참, 신랑 아버님인 텃골 형님이 신랑 신부는 한 마을(고을)이 화합하여 한 가정을 이루었으니 화할 화(和)자 고을 동(洞)자를 써 화동댁(和洞宅)이라 택호(宅號)를 지으셨습니다. 신랑의 호(號)는 당연히 화동(和洞)입니다.** 신랑, 신부의 앞날을 박수로 축하해 주십시오. 추운 날씨에도 두 사람의 혼례식을 빛내기 위해 참석해 자리를 지켜주신 모든 분들께 깊은 감사를 드립니다."하고 혼례식 도집례 장성양반이 마지막 발언을 하자 초례청 마당에 모인 모든 사람들은 "축하합니다!"라는 함성을 지르면서 축하의 박수를 힘차게 쳤다.

이어서 혼주를 대표하여 신부 오빠 김현식(金顯植)이 마무리 인사를 한다.

"참석해 주신 여러분 정말 감사합니다. 장소가 협소하지만 혼례식에 오신 모든 분들께서는 소찬과 박주(薄酒)일지라도 차린 음식을 맛있게 드시며, 즐거운 시간이 되셨으면 합니다. 감사합니다."

신랑 김은철, 신부 김옥남의 역사적인 혼례식은 이렇게 신부집인 원촌댁 마당에서 장성양반의 집례로 아름답게 마무리되었다.

신랑은 신랑측에서 온 상객들이 들어간 사랑으로, 신부는 안채 작은 방으로 들어갔다.

동네 사람들은 멍석이 깔린 마당에서 교배상(대례상)을 치우고 술상을 받자 술과 술안주, 잔치국수가 연이어 나왔다. 벌써 날이 저물고 청사초롱 램프불은 처마 끝에서 잔치마당을 은은하게 비추고 있었다. 본격적인 동네잔치가 벌어졌다. 마당 멍석에 둘러앉은 동네 사람들은 술잔이 몇 순배 돌아가자 흥겨운 노랫소리가 절로 나와 합창으로 이어지고, 흥에 겨운 어떤 사람은 일어나 덩실덩실 춤까지 추었다. 해는 벌써 지고 저녁까지 잔치가 이어졌다.

## ○ 초야(初夜)

저녁이 되어 안채 윗방에 신방이 차려졌다. 신부 집에서 새로 만든 도포와 두루마기로 갈아입은 신랑이 시자의 안내를 받고 먼저 신방에 들어와 신부를 기다렸다. 신부는 혼례복을 입은 채로 신방에 든다. 신랑과 신부는 서로 어색하고 쑥스러운지 말없이 앉아만 있다. 이 때 '신방 지키기', '신방 엿보기'하는 중년의 죽동댁과 창평댁, 동네 새댁들이 뒤란을 돌아 신방 동쪽 문창호지를 뚫어 엿보고 있었다. 답답함을 참지 못하고 신부 숙모(처숙모) 죽동댁이 문밖에서 한마디 한다.

"아이고, 김 서방 뭐하고 있는가? 얼른 신부 족두리와 원삼 저고리를 벗겨 주어야지. 그렇게 숙맥(菽麥)처럼 멀뚱멀뚱 앉아 밤을 새울 텐가?"

하자 신랑이 용기를 내어 주안상의 술을 나눈 다음 신랑은 신부의 족두리와 예복을 벗긴다. 신랑 은철은 아버지(우석 김형균)가 일러준 대로 자못 엄숙하게 한마디 한다.

"이성지합(二姓之合)이면 만복의 근원이라고 했소. 우리가 부부의 연을 맺는 것은 서로 믿고 사랑하며, 집안을 일으켜 행복한 삶을 살기 위함이니, 우리 함께 힘을 합쳐 잘 살아봅시다."

"……."

신부는 첫날밤이라 부끄러운지 대답 대신 고개만 끄덕거릴 뿐이다. 신랑이 촛불을 끄자, 이 때 '신방 지키기', '신방 엿보기'하는 중년의 죽동댁과 창평댁, 동네 새댁들이 문창호지를 뚫어 엿보다가 물러난다. 두 사람의 설레는 마음과 함께 운우지정(雲雨之情)의 밤은 점점 깊어만 갔다. 열이틀 달과 밤하늘의 반짝이는 별들이 첫날밤을 지켜주는 고요하고 거룩한 겨울밤이었다. 화동댁 가문을 만드는 신랑 신부의 거룩한 초야의 합방으로 원촌댁 큰딸 혼례식은 더욱 아름다운 꽃을 피우며 끝나가고 있었다.

사흘간의 잔치 끝에 원촌댁 맏딸은 시집가는 날을 기다리고 있었다.

## ○ 우귀(于歸)

그 다음은 우귀(于歸)와 현구례(見舅禮) 의식이 기다리고 있었다. 우귀(于歸)는 신행(新行)이라고도 하여 신부가 정식으로 신랑집에 입주하는 의식이다.

화동공 은철 스무 살, 화동댁 옥남 열일곱 살, 꽃다운 나이였다. 신부 아버지 오재 김제원(譜名 源泰)은 준비한 가마에 신부(맏딸)를 태웠다. 신랑이 가마 앞서 걸었다. 가마 뒤를 신부 아버지가 상객으로 뒤따랐다. 우뜸인 신부집에서 아래뜸 중에서도 앞뜸 사돈댁으로 향했다. 상정막거리에서 우뜸과 아래뜸의 경계에서 화계뜸 골목을 한번 바라보더니 가마는 앞뜸과 뒤뜸을 가르는 길로 곧장 내려간다. 마을 끝까지 가더니 조상거리를 돌아 앞뜸쪽으로 들어선다. 오후 3시 신시가 되자 시아버지 우석 김형균 텃골양반은 액땜으로 사립문 밖 길 양편에 붉은 팥죽을 뿌렸다. 닭을 잡아 피를 뿌리는 것을 대신한다고 했다. 이윽고 신행 행렬이 당도하였다. 앞뜸 시댁 텃골댁 앞마당에 이르러서야 가마꾼들은 가마를 내려놓는다. 신랑 아버지 텃골양반은 사돈 원촌양반을 안내하여 사랑방으로 들어가고, 신부는 윗방 신혼방으로 안내되었다.

사랑방 상객상에는 신부 아버지 원촌양반, 신랑 아버지 텃골양반, 부안김씨 집안 문장 장성양반, 신랑 큰아버지 새텃골양반이 술잔을 권하며 덕담을 하는지 껄껄 웃는 소리가 방밖에까지 나오고 있었다.

안방에는 동네 아낙들이 모여 폐백(弊帛) 상자를 구경하며 하하 호호 웃음소리가 요란했다.

이윽고 사랑에서 상객상이 나가고, 시아버지 안내를 받아 신부 아버지가 신부가 지낼 신혼방으로 들어가자 다시 상객상이 신혼방으로 들어간다. 텃골양반이 입을 뗀다.

"너희 내외가 한잔 올려드려라."

하자 신혼부부가 무릎을 꿇고 앉아 친정아버지께 약주를 따라 올린다. 이번에는 신랑, 신부가 시아버지께 약주를 따라 올린다.

"자, 사돈 마십시다." 텃골양반이 잔을 들자

"나는 우석만 믿습니다." 하고 원촌양반이 답하며 같이 술잔을 든다.

사람 사는 것이 별것 있겠는가? 부지런하고, 정직하며, 성실하면 어느 시대 어느 사회건 어찌 살 길이 열리지 않겠는가? 하는 이야기를 두 사돈은 아들과 며느리가 들으라고 주고받았다. 일제침략기로 세상이 어지러워 그렇게 말했을 것이다.

"이제, 가야겠소, 사돈!" 하고 원촌양반이 일어섰다. 신랑, 신부는 친정아버지를 대문 밖까지 배웅한다. 텃골댁 사람들도 함께 배웅한다.

"아버지…." 딸이 말끝을 잇지 못하고 눈물짓는다.

"어라, 들어가거라. 한 동네 사는데…, 오고 싶으면 종종 오너라."

친정아버지는 한마디 하고서 바람처럼 발길을 재촉한다.

## ○ 현구례(見舅禮)

현구례(見舅禮)는 신부가 신랑의 부모와 그의 친척에게 첫인사를 하는 의식으로 우귀(于歸)하는 날에 하는 것이다. 이때 신랑의 직계존속에는 4배(四拜=네번 절하고) 그 외에게는 한 번씩 절한다. 재래식(在來式)으로는 대청에 자리를 만들고 병풍을 치고 시아버지는 서편에 시어머니는 동편에 앉은 후 폐백상을 차리고 절하는데 시조부모가 계셔도 시부모부터 먼저 뵙고 다음에 시조부모를 뵙게 되어 있으며, 그 촌수와 항렬에 따라 차례로 인사를 드린다.

신부 집에서 온 상객들이 떠나자 집례 장성양반의 사회로(집례의 좌가 서, 우가 동이다) 텃골댁에서는 **현고구례**(見姑舅禮)가 진행된다. 먼저 시부모님(텃골댁 내외분)께 새 며느리가 큰 절을 올렸다. 다음으로 한 집에 사는 시숙, 올케, 시동생들과 첫인사를 한다. 그 다음에 집안 어른들이 인사를 받는다. 친족이 많아 한참을 절해야 했다.

현대는 혼례식을 흔히 결혼식이라고 일컬으며, 당일에 예식장의 폐백실에서 신부가 처음으로 시부모를 뵈올 때에 올리는 대추나 건치(乾雉:말린 꿩고기)를 이용하여 폐백(幣帛)을 올림으로 대행하는 것이 보통으로 되어 있다.(건치대신 닭을 대용한다)

## ○ 가묘 참배(家廟 參拜)

이튿날 화동댁 내외는 시아버지 텃골양반 안내로 상큰집으로 갔다. 사랑채에 있는 부안김씨(扶安金氏) 가묘(家廟)에 참배(參拜)하기 위해서다. 마침 기다리던 부안김씨 종손이자 문장인 장성양반이 가묘로 안내하여 담허재공, 명은공, 성경재공 등 역대 조상 내외분들 신주를 열고 후예 형균 셋째 아들 은철이 광산김씨 가문으로 장가가 취처했음을 고한 뒤, 은철 내외에게 절을 시킨다.

조상님들에 대한 가묘 참배가 끝나고 집으로 돌아온 은철은 그날 아버지 가르침에 따라 두루마기를 입은 정장으로 동네 집집마다 다니면서 어른들께 혼례를 치러 어른이 되었음을 고하는 인사를 다녔다. 어떤 어른은 사랑방에서 내복차림으로 누워 있다가 헐레벌떡 일어나 급히 의관을 갖추고 맞절을 하고, 어떤 어른은 그냥 멋쩍은 듯 인사를 받기도 했다.

가묘참배와 동네 어른들 인사가 끝나자 이제 본격적인 시집살이가 시작되었다.


## 2. 빈손으로 시작한 신접살이

이듬해 봄, 화동댁 내외는 사상리 123번지 초가집 윗방으로 제금을 났다. 신접살림이라고 해야 구식 장롱 하나, 밥솥과 수저 젓가락, 밥그릇, 국그릇 몇 개, 부엌 칼, 반짇고리, 옷 한두 벌, 이불, 쌀과 보리 몇 말이 전부이니 빈손으로 시작한 신접살림이었다. 화동댁 내외는 잠이 안왔다. 앞으로 무엇을 해야 굶지 않고 이 난관을 극복할 것인가. 우선 가장이 된 은철이 품삯을 받을 수 있는 일터를 알아보기로 했다. 돈이 될수 있는 일은 닥치는 대로 하기로 했다.

당너머 영천마을 앞들 논 두 마지기를 소작으로 얻었다. 두 마지기(400평)의 논농사 400평 논에 풍년이 들면 벼로 19가마, 쌀로는 7~8가마가 생산된다고 한다. 절반 이상은 소작료로 바쳐야 하니 한 사람 식량밖에 안 되는 농사였다. 올해는 비가 많이 오고 벼가 많이 쓰러졌으나 다행히 큰 피해는 없다고 한다.

돌이켜보면 평생 고생은 말도 못하고 먹고 사는 것이 제일 큰 문제였었다. 일제 때는 식량을 강제공출 당하느라 말 그대로 초근목피의 고통을 겪어야 했다. 식량 대신으로 삼았던 쑥은 뿌리마저 남아나지 않았다. 쌀 한 줌을 넣은 쑥죽을 끓여 먹었다. 소나무 껍질을 벗기고 하얀 속을 잘라내 물에 불려 먹기도 하였다. 아직도 말치재엔 일제시대에 나무 껍질을 벗겼던 소나무가 그대로 있다고 한다. 봄에는 보리 나기까지 초근목피로 버텼고 밥 한 끼 옳게 먹지 못하는 사람이 많았다. 아버지는 생전에 일제 때 어려웠던 일들을 이야기하셨다. 1939년 기묘년(己卯年)에는 극심한 가뭄으로 물이 부족하여 큰 흉년이 들었다. 초근목피로 연명하며 보리이삭을 훑어 먹었고, 물이 부족하여 물을 대지 못하는 논에는 벼 대신 메밀을 갈기도 했다. 기묘년 흉년으로 굶어죽는 사람들이 많았다고 한다. 외할아버지가 쌀 등 곡물수출 무역업을 했는데 군산항에 다녀오다가 어느 지방 주막을 지나치는데 모자가 굶어죽어 있더란다. 가족들이 굶어죽지나 않나 해서 급히 귀가했다고 친정집에서 이야기했다는 말도 어머니는 생시에 아들에게 들려주었다.

## 일본제국의 쌀 수탈

전라북도 임실군의 서북쪽에 위치했던 운암면은 1928년 운암댐(운암저수지)과 1965년 섬진강댐이 준공되면서 대부분 수몰됐다. 임실에 사는 주민들은 지명을 따서 운암강이라고 불렀다. 섬진강 하류 지역 사람들은 모래가 많이 쌓이기 때문에 '다사강(多沙江)'이라고도 불렀다. 섬진강 구간에 따라 여러 지역에서 '두치강(豆治江)', '순자강(鶉子江)', '적성강' 등 다양한 이름으로 불러왔다.

일제는 19세기 말부터 식량부족으로 우리나라에서 쌀을 수입했다. 1905년 을사늑약을 강제로 체결한 이후 실질적으로 대한제국을 식민 지배한 일제는 쌀 수탈을 위해 친일파들을 앞세운다. 일제는 대한제국을 압박해 1906년 '수리조합 조례', 1907년 '국유미간지이용법' 등을 제정한다. 1909년 옥구서부수리조합을 시작으로 패망할 때까지 약 600개의 크고 작은 수리조합이 설립됐는데 대부분 전라도에 집중됐고 황해도 재령·연백평야 등 곡창지대를 중심으로 설립됐다.

1908년 우리나라 최초의 옥구 서부수리조합이 설립되고, 1909년 후지이 간타로가 임익수리조합을 설립한다. 후지이 간타로는 1911년 압록강구에서 간척 수리사업을 시작하고 불이서선농장을 설립한다. 또한 1914년 최대 규모의 수리개간업체인 불이흥업주식회사를 세우고 1920년부터 3년 동안 옥구반도 북쪽과 남쪽을 연결한 약 14km의 방조제를 축조하고 대규모 간척사업을 시작한다.

수리사업이란 농작물이 잘 자라도록 땅의 수분을 조절하기 위해서 물을 대는 관개, 물이 나가는 배수 시설을 정비하는 것을 말한다. 식민지 시기 일본은 식량의 확보를 위해서 산미증식계획을 추진하였다. 생산량을 늘리려면 수리시설을 정비해야하므로 일본은 1917년 조선수리조합령을 발표해 조합의 창설과 수리시설 개량을 추진했다.

여기서 조합이란 2인 이상이 공동의 목표를 위해 함께 자금을 내고 사업을 경영하는 단체이다. 일본은 대지주를 중심으로 중·소작농을 묶어 조합을 설치하였는데, 문제는 수리시설의 비용을 모두 중·소작농이 부담하는 것이었다. 이러다보니 조합설치 반대운동도 있었다. 조선수리조합령의 목적은 관개배수 및 수해방지를 위해 조합을 설치하는 것이었다.

# 안하 및 원당 저수지 제방 설치공사 흙 등짐 노역 삯꾼 생활

　1920년대 산미증식계획으로 토지개량사업이 실시되면서 식민지 농촌 곳곳에서 많은 수리조합이 설립되었다. 일제와 대지주들은 수확량 증가를 담보하며 사업 추진을 강행하였고, 지역의 영세한 농민들은 불필요한 사업이라며 대립하였다. 설립 과정에서부터 사회적 갈등을 야기했던 수리조합 사업은 설립 이후에도 사회적 문제로 대두되었다. 면밀한 사업 타당성 검토의 부재, 그에 따른 추가 공사 시행으로 사업비는 증가하였다. 수리조합 설립으로 예상했던 수익이 나오지 않으면서 조합채를 상환할 능력이 없는 '불량 수리조합(不良 水利組合)'이 생겨났다. 결국 산미증식계획의 중단과 함께 수리조합 사업도 중단되었다. 불량 수리조합의 정리는 일제가 농업 증산을 위해서는 반드시 해결하기 위한 과제였다. 수리조합 정리 정책은 일제의 농촌진흥운동의 추진과 함께 이루어졌다. 1932년부터 시작된 농촌진흥운동은 1935년을 기점으로 '생산보국(生業報國)' 슬로건 아래 농업 증산을 목표로 하여 전시체제를 대비하였다. 그리고 그 시기에 맞춰 수리조합 정리 정책도 실시하였다. 수리조합 정리 정책은 수리조합의 '갱생'을 도모하여 농촌경제를 안정화시키고, 그를 기반으로 전쟁미 증산체제를 구축하기 위한 목적이었다. 정리대상 수리조합을 통제할 수 있는 단체로서 갱생수리조합연합회를 조직하여 철저한 관리감독을 통해 농업 생산력 증대를 꾀했다. 수리조합의 역할은 전시체제로 전환되면서 더욱 강조되었다. 중일전쟁을 도발하고 전시체제로 전환한 일제는 전쟁미의 확보가 시급해졌다. 갱생수리조합연합회를 통해 수리조합에 대한 통제를 강화함으로써 그 기반을 마련하였다. 뿐만 아니라 일제 말기로 접어들면서 농촌 중견인물과 협조하여 농민들의 사상을 통제하는 역할도 하였다.

산미증식계획(쌀 증산계획)에 따라 조선총독부는 1932년부터 대대적으로 저수지를 설치하기 시작하였다. 저수지 건설은 1930년대 후반까지 진행되었는데 이때 사발골 저수지 설치를 위한 장수군 산서면 사계리 사발골의 사계제(社桂堤), 임실군 지사면 안하리 안하 저수지 설치를 위한 안하제(雁下堤)는 1938년에 완성되었고, 산서면 봉서리 원당 저수지 설치를 위한 원당제(元堂堤) 같은 제방(堤防)을 쌓는 공사는 중단되었다가 광복 후 1959년 완공되었다. 전국에서 시작된 저수지 설치공사는 해당 저수지 주변 거주민들을 동원하여 부근 산을 헐어 나온 흙이나 돌을 바지게에 져 나르는 원시적인 공법으로 진행되었다. 한 바지게를 져 나를 때마다 체크하는 감독자를 두어 흙짐 져 나르는 횟수를 기록하게 하였다. 그날 흙짐 횟수에 따라 노임이 결정되었다. 노임은 형편없는 저임금이었지만 식민지 통치하에서 그나마 돈벌이를 할 수 있는 기회였다. 화동 선생은 일제 때인 1938년 안하 저수지 제방 쌓는 안하제 공사와 광복 후 1959년 완공된 원당 저수지 쌓는 원당제 공사에 일일 노동자로 다녀 일당을 벌었다. 원당제 공사 다닐 때는 소를 방아들 제방에 매어놓고 일이 끝나면 소를 데려오고 하셨다는 이야기를 아버지께 들었다면서 둘째 형(종후)이 이야기해 주었다.

## 3. 큰아들 종회 출생

화동공이 제금 나서 살게 된 집은 전북 장수군 산서면 사상리 123번지의 우뜸 집이었다. 1937년 단기 4270년 정축년이 되었다. 병자년 1936년 음 11월 12일 혼례를 치른 뒤 벌써 해가 바뀐 것이다. 시집가기 싫어 1주일을 단식했던 지난날은 어디로 가고, 신부 옥남은 바쁜 신혼의 시집살이를 보냈다. 신랑 은철의 부지런하고, 성실한 생활태도와 아내에 때한 따뜻한 사랑이 모든 것을 잊게 했다.

"양식이 부족하여 김치죽을 먹는 생활일지라도 밥맛이 꿀맛이더구나. 몇 달 이렇게 먹었더니 아랫볼이 털렁하니 살이 쪘단다."하고 생시에 어머니는 살짝 부끄러운 미소 띤 얼굴로 필자에게 그 당시 시집살이를 이야기하셨다.

화동댁은 만삭으로 진통이 시작되었다. 지난 봄 사창마을 우뜸에 방하나를 얻어 신접살림을 난지 몇 달 만에 출산을 앞둔 것이다. 정축년(丁丑年) 1937년 9월 스무 아흐렛날부터 시작된 진통은 9월 그믐날 인시(寅時,03~05시) 첫아들 출산으로 고통은 기쁨으로 바뀌었다. 기다리던 아들을 낳은 것이다. 은철과 화동댁은 기뻤다. 친정어머니 원촌댁이 와서 탯줄을 자르고 미역국을 끓이는 등 해산구완을 주관하였다.

"김서방, 금줄을 만들어 사립문에 달게. 아들이니 새끼를 왼쪽으로꼬아, 붉은 고추 너댓개와 잔솔가지 너댓 개를 섞어 듬성듬성 끼워 만들면 되네."

"예, 장모님!"하여 새신랑 화동양반이 금줄을 사립문 위에 높이 달았다. 사창마을에 화동댁 큰아들 탄생을 알렸다. 가을걷이가 한창이던 때였다. 며칠 지나 은철은 아버지께 맏아들 이름을 지어 주십사고 간청하였더니 벌써 지어놓았다고 하였다.

"아범아, 종회(鍾會)라고 지었다. 항렬 자 쇠북 종(鐘)자에 모일 회(會)자다. 지혜와 재물, 명예가 모이는 이름이다."라고 이름 뜻풀이를해 주었다.

"좋은 이름이네요." 은철과 화동댁은 아기 이름이 마음에 들어 흐뭇할 뿐이었다.

부안김씨 63(35)세 종회(鍾會, 정축 1937.9.30.인시생~ ) 자(字)는 경인(鏡仁), 호(號)는 만효(晩孝)이다. 사상리123번지에서 화동

공의 장남으로 태어나 산서초('50.3.),전주동중('53.3),전주농림고등
학교(全州農林高等學校;1956.3)를 졸업했다. 고교 졸업 이듬해 21세
인 1957년 3월 11일 진시에 전북 일실군 삼계면 덕계리 모갈마을 신
부집 마당에서 양천인(陽川人) 공암촌주(孔巖村主) 허선(許宣) 후예
허철수(許鐵壽 일명 淳萬,1907.9.12.~1969.8.2.)·전주최씨 최계남(全
州崔氏 崔季男,1905.9.24.~1967.8.5.인시)의 1남 4녀 중 둘째 딸 덕계
(德溪) 허순욱(許順旭,1936.2.24.유시~ ) 처녀와 혼인식을 올리고 부
부의 연을 맺었다. 모갈 양천허씨 댁과 중매를 서서 인연을 맺게 해
준 사람은 모갈마을로 시집가 살던 종회 큰어머니 홍곡댁 여동생이었
다. 육군 의무병으로 3년 만기 병장으로 전역하고, 농협 개척원 시험
에 합격하여 농협은행원의 길에 들어섰다. 장수농협 개척원 및 장수
농협 3급 직원(1962.2.23~1974.2.5)으로 산서지소, 장수지소, 번암지
소, 장계지소 등을 거쳐 서울 농협중앙회 축산물공판장 사무국 직원
(1974.2.6~1977.8)으로 전보 발령 받아 근무하고, 농협서울시지회 천
호동지점('77.8~'79.4),농협중앙회공제부('79.4.~'82.8.),농협서울시지
회가락지점('77.8.~'79.4.), 농협 천호동지점('86.10.~'92.4.), 농협2급
을류직 승진시험 합격으로 농협 가락시장지점 근무('92.4.~'94.5) 후
퇴직하니, 농협 창설 이후 32년을 봉직하였다. 만효는 3남 2녀를 두었
다. 업무성실로 농협서울시지회장상(1983.8.15.), 농협 발전 유공으로
농업협동조합중앙회장상(1987.8.15.), 농협 발전 유공으로 농업협동조
합중앙회장 공로패(1992.8.15.)를 받았다. 운동을 좋아하고 성품이 온
화하고 점잖아서 모친이 늘 군자라고 칭찬했다. 서울 강동구 풍납동 단
독주택, 성내동 시영아파트 99동, 송파구 가락동 현대아파트 92동 505
호, 송파구 송파동 양지아파트 등에 살다가 만년에 용산구 삼각지 부근
실버타운 하이원빌리지에 입주하여 생활하고 있다.

만아들 종회가 태어난 1937년 정축년 국내외에서 일어난 주요 역사적인 일과 사건은 다음과 같다.

1937년 정비석(鄭飛石)이 조선일보 신춘문예에 단편 '성황당(城隍堂)'으로 당선하였다. 2월26일 신도 300여 명을 살해한 유인호(柳寅浩) 유대열(柳大烈) 등의 백백교(白白敎) 주동자들이 검거되었다. 2월 민족혁명당이 김원봉(金元鳳)을 제적하고 한국민족혁명당이라 개칭하였다. 김원봉 일파는 조선혁명당을 조직하였다. **3월1일 한글학자 최현배가 '우리말본'을 간행했다.** 3월10일 제1차 간도이민단 11,928명이 출발하였다. 3월16일 이탈리아 무솔리니 리비아를 방문하여 이슬람교도 보호를 선언하였다. 3월18일 총독부에서 집무 중 일본어 사용을 지시하였다. 3월31일 김말봉(金末峰)이 조선일보에 '찔레꽃'을 연재하기 시작하였다. 봄에 **임시정부 본부를 진강(鎭江전장)으로** 옮겼다. 4월1일 미얀마가 영국의 직할 식민지가 되었다. 4월13일 독립운동가 **김동삼(金東三)**이 경성감옥에서 **순국**하였다. 4월17일 이상(李箱)이 일본 동경에서 사망하였다. 4월 조선물산장려회가 강제 해체되었다. 6월4일 동북 항일연합군, 혜산진(惠山鎭)의 보천(普天)주재소를 습격하는 '보천보사건'을 일으켰다. 6월6일 치안유지법 위반 혐의로 수양동우회 회원 150여 명이 투옥되었다.

**1937년 7월7일 중국 일본군, 노구교(蘆構橋루거우차오)에서 충돌하여 중·일전쟁이 일어났다.** 7월17일 중국 장개석이 주은래(朱恩來저우언라이)와 회담하고 대일항전을 발표하였다. 8월1일 임시정부가 한국광복진선(韓國光復陣線)을 결성하였고, 좌익진영이 조선민족전선을 결성하였다. 8월13일 중국과 일본 양국 군대가 상해에서 충돌하여 제2차 상해사변이 일어났다. 8월15일 중국 대일항전 총동원령을 내렸다. 8월21일 중국·소련 남경(南京)에서 불가침조약에 조인하였다. 9월14

일 총독부에서 군수공업동원법 실시를 결정하였다. 9월20일 압록강 수력발전주식회사가 설립되었다. 9월22일 중국 국민당, **제2차 국·공합작**을 발표하였다. 10월1일 총독부에서 '**황국신민서사(皇國臣民誓詞)**'를 제정하여 전국에 강제 시행하였다. 10월 한국국민당, 남경(南京난징) 방송국 통해 항일반만(抗日反滿) 방송을 개시하였다. 11월5일 조선중앙일보가 폐간당하였다. 11월6일 독일 이탈리아 일본, 방공(防共)협정에 조인하였다. 11월19일 이탈리아가 만주국을 승인하였다. 11월20일 중국 국민정부가 중경(重慶충칭)을 임시 수도로 정했다. 11월23일 **임시정부가 장사**(長沙창사)로 이전하였다. 11월 조선민족전선이 결성되었다. 혜산선 철도가 개통되었다. **소련이 극동 시베리아 거주 한인 17만 명을 우즈베키스탄과 카자흐스탄 등지로 강제 이주시켰다.** 신석초(申石艸) 김광균(金光均) 이육사(李陸史) 등이 시동인지 '자오선(子午線)'을 창간하였다. 장만영(張萬榮) 시집 '양(羊)', 김광섭(金光燮) 시집 '동경(憧憬)'을 발행하였다. 김유정(金裕貞)이 사망하였다.

1937년 음 11월 1일, 양 1937년 12월 3일(금), 부동양반 **김형모**(金炯模,1889.7.3.~1937.11.1.향년48세) 별세. 배 풍산심씨 부동댁과 병철, 한철, 종철과 딸 유선표, 정병순, 강신임 3남 3녀를 두었다. 공은 은철의 당숙으로 5대 산서면장을 역임했다. 사창마을 부안김씨 집안에서 예법대로 정중하게 장례를 치렀다.

12월11일 이탈리아가 국제연맹을 탈퇴하였다. 12월14일 중국이 북경(北京베이징)에 중화민국 임시정부를 수립하였다. 12월 아일랜드가 에이레(Eire) 공화국으로 개칭하였다.

## 안하제 축조공사 제방 쌓기 등짐 삯꾼이 되다

　1936년 11월 12일 혼례를 치렀을 때, 화동댁 부부는 은철 스무 살, 옥남 열일곱 살 꽃다운 나이였다. 장가들어 제금을 나 청년 가장이 된 은철은 생계를 위하여 돈을 벌어야 했다. 임실군 지사면 안하리에 농업용수를 저장할 저수지를 만드는 안하제 축조공사를 한다는 소문이 돌았다. 인부들은 안하제 옆 산에서 바지게에 흙이나 돌을 져 나르는 힘든 중노동이었지만 돈을 벌 수 있는 기회였기에 마침 잘 되었다고 생각하여 안하 저수지를 만드는 안하제 축조공사에 지원하였다.

　안하제(雁下堤)는 전북 임실군 지사면 안하리(雁下里) 912-30에 있다. 덕재산(483m) 상봉을 서쪽으로 하고 북쪽으로는 12연주(十二蓮珠) 마지막 봉우리가 멈추어, 그 사이에 지사천의 수원인 한골이 있어 차고 맑은 물이 마을 가운데를 흐르고 있다. 마치 방안에 들어 있는 마을 같아 안에 있는 마을이라는 뜻으로 마을 이름을 처음에는 '안에'라 했다고 한다. 양지뜸, 음지뜸, 골뜸 사이에는 앞뫼뚱이라는 작은 산이 있으며, 마을 뒤와 앞에는 채전이 있어 삼을 재배하고 있다. 마을 앞에는 정자들이 있고 연계골, 마른몰골 등 골짜기도 사양토질이라 논농사를 짓기에 알맞아 일찍이 살기 좋은 마을이라 하여 안화(安和)로 불렀다. 1938년에 안하제를 축조해 12개의 봉우리가 이어진 12연주에서 안하제까지의 모습이 기러기가 안하제 저수지에 내려앉은 것과 같다하여 안하(雁下)라 부르기 시작해 지금의 마을이름이 되었다.

　새신랑 청년 은철은 한 푼이라도 더 벌 욕심에 몸이 부서지도록 부지런히 등짐을 져 날랐다. 안하 저수지 설치 공사에 다니던 1938년 늦봄 어느 날이었다. 일이 끝나고 집에 돌아와 우물가에서 등목을 한다. 지난해 낳은 큰아들 종회가 돌도 아직 지나지 않아 아기를 등에 업고 포대기로 싸 맨 채 등목을 시키던 아내 화동댁이 보니 남편의 양 어깨 지게 진 고랑을 따라 살갗이 퉁퉁 부풀어 올라 있었다. 깜짝 놀란 화동댁이 소리친다.

"아이고! 대주(大主) 양반, 누구한테 이렇게 맞았소?"

"맞다니? 하루 종일 등짐을 져 나르니 몸이 못 견뎌서 등짝이 부풀어 오른 것이제."

"살살 하쇼, 사람 잡것소."

"살살허면 되간디, 산에서 흙을 바작(바지게)에 하나 가득 펴 올려져 나르는 등짐 횟수로 품삯을 정허는 디, 한 푼이라도 더 벌려면 어찌 살살허것는가?"

부풀어 오른 등짝을 보며 새댁 화동댁은 안쓰럽고 짠하여 말을 잊고 등짝에 물만 끼얹을 뿐이었다. 날마다 등짐만 지고 가다가 엎어지기라도 하면 그 자리가 무덤이 될 수도 있는 힘든 삶인데 그래도 돈을 벌어 잘 살겠다는 성공을 꿈꾸며 은철은 웃음을 잃지 않았다.


1918년 일본에서 쌀 파동이 나면서 쌀 생산을 높이는 이른바 '산미증식계획'을 추진한다. 일제의 '산미증식계획'은 일본 본토의 쌀 파동 문제도 있었지만, 전쟁 수행에 필요한 식량을 조달하기 위해 조선을 식량 공급기지로 만드는 정책을 추진한 것이다. 대일항쟁기 일제는 '산미증식계획'으로 쌀 수탈과 전쟁 식량기지를 만들기 위해 계화도 방조제와 간척사업을 추진했고, 광복 후 한국은 보릿고개 해소를 위해 추진했다.

1940년 '남선수력회사'와 '조선농지개발영단'이 전쟁에 필요한 '산미증식계획'과 군수물자 생산을 위해 필요한 전력을 조달하기 위해 기존 운암댐(운암저수지)보다 규모가 더 큰 섬진강댐과 칠보발전소 건설 및 계화도와 육지를 연결하는 방조제를 축조하고 간척사업을 시작했지만, 1945년 패망하면서 공사가 중단된다.

해방 후 칠보발전소는 그나마 발전기 1대가 가동되어 운용되지만, 일제가 추진하다 중단된 섬진강댐 건설과 계화도 간척사업은 20년 동안 멈추게 된다. 1965년에 섬진강댐이 완공된 후 약 2,800명의 수몰민 이주와 정착을 위한 후보지로 계화도 간척지가 선정되고 간척사업에 들어간다. 1966년 계화도 1호 방조제 완공과 1968년 계화도 2호 방조제가 완공되면서 계화도는 육지가 된다.

계화도는 변산반도에서 약 4km가량 떨어져 있던 섬으로, 계화도 방조제와 간척사업을 추진하던 1960년대는 한국전쟁 이후 '보릿고개'를 겪던 경제적으로 가장 암울했던 시기였다. 일제가 쌀 수탈과 전쟁 식량 기지 구축을 위한 '미증식계획'의 계화도 방조제와 간척사업은 중단됐지만, 한국 정부가 완성하면서 보릿고개를 해소하는 데 일조하게 되었다.

## 유명 인사들의 잇따른 변절과 친일

1930년대 중반에 접어들면서 사회 계몽운동을 주도하던 지식인 계층 인사들이 변절하여 친일 분자로 전향하는 일이 속출했다. 1920년대 친일 행각을 보이기 시작한 최남선을 필두로 학자와 작가, 화가, 음악가, 언론인, 종교인, 경제인, 교육자를 망라한 지식인 집단의 변절이 본격화되었다. 일제는 이들을 때론 협박하고, 때론 회유해 민족말살정책과 전쟁 동원의 정당성을 역설하도록 만들었다.

최남선은 3·1독립선언문을 작성했던 인물로 한때 일제에 의해 2년 8개월간 옥살이를 했던 선각자였다. 출옥 후에도 시대일보을 창간하고, 민족운동에 심혈을 기울였다. 그러나 1928년 총독부의 조선사편수회 위원으로 활동하면서부터 친일 성향을 드러내다가 1933년부터 총독부의 정책을 옹호하고 중추원 찬의로 활동하기도 했다.

문단 변절자는 이광수, 김동인, 주요한, 김동환, 모윤숙, 박영희 등이 있다.

**이광수**(李光洙, 1892.3.4.~1950.10.25.)는 일제강점기, 대한민국의 언론인, 문학가, 시인, 평론가, 번역가이다. 애국계몽운동가로서의 공로가 있으나, 최남선 등과 함께 변절한 친일파로 평가된다. 본관은 전주이며, 조선 목조의 차남 안원대군의 후예로 호는 춘원(春園), 평북 정주 출신이다. 최남선, 홍명희와 함께 조선의 3대 천재라는 명성을 얻었다. 오산학교에서 교편을 잡다 망명, 1919년 도쿄 조선인 유학생의 2·8 독립 선언을 주도했으며, 2·8 독립 선언서를 기초한 후 3·1 운동 전후 상하이로 건너가 상하이 임시정부에 참가하고 그 후 독립운동지 신한청년 등에서 주필을 역임하였다. 임시정부의 일원으로서 대한의 독립의 정당성을 세계에 홍보하려 노력하였으며, 임시정부에서 발간하는 기관지 '독립신문사' 사장을 맡아 활동했다. 그러나 허영숙이 상하이로 찾아와 귀국을 종용하자 상하이에서의 독립운동을 접고 1921년 3월 귀국하여 허영숙과 결혼하였다. 1937년 수양동우회 사건으로 반년 간 투옥된 이후 친일(대일협력) 성향으로 기울어 친일어용단체 조선문인협회 회장이 되어 전선병사 위문대·위문문 보내기를 주도하였다. 1940년 2월 15일자《매일신보》에 〈국민문학의 의의〉를 게재하고 황민화운동을 지지하였으며, 2월 20일자《매일신보》의 〈창씨와 나〉에서는 창씨개명 정책에 대한 지지 의사를 밝힘과 함께 자신의 이름을 가야마 미쓰로(香山光郎)으로 바꾼 이유를 밝혔다. 1941년 9월《매일신보》에 〈반도민중의 애국운동〉을 게재해 일본의 대동아공영권을 지지하였고, 일본제국의 징병제를 선전하고 긍정하는 내용의 글을 집필하고 연설을 한 것이 눈에 띄며, 최남선 등과 함께 일본 주재 한국인 유학생에게 입대를 권유하는 '선배 격려대'에 참여하였다.

**김동인**(金東仁, 1900.10.2.~1951.1.5.)은 대한민국의 소설가, 문학평

론가, 시인, 언론인이다. 본관은 전주(全州), 호는 금동(琴童), 평남 평양 출신이다. 1938년부터 친일 행위를 시작했다. 그는 문학과 언론에 투신하며 지냈는데, 이때부터 내선일체와 황민화를 찬양하는 글들을 쓰기 시작했다. 또 훗날엔 태평양전쟁을 지지하는 글을 쓰기도 했다. 이후 친일 소설과 친일 산문들을 써내곤 했다. 연극계 대표 변절자 유치진(柳致眞, 1905.12.15.~1974.2.10.)은 대한민국의 연극인, 극작가, 소설가이다. 본관은 진주(晉州)이고 아호는 동랑(東朗)으로 경남 통영 출신이다. 미나미 총독의 민족말살정책이 극에 달한 1941년부터, 총독부 지시에 따라 어용 희곡들을 썼고, 어용 연극을 만들기도 했다.

여성계의 **김활란**과 박인덕은 친일 단체에 가담하여 활동했다. 음악가 중 **홍난파**는 '지나사변과 음악', '희망의 아침', **현제명**은 '일본 육군' 등 일본 군대를 찬양하는 노래를 만들고, 징병제 축하 연주를 하기도 했다. 미술계 **김은호**와 **김기창**도 친일 군국주의를 찬양하는 작품을 그렸다.

종교계의 **최린**, 이희광, 권상로, 박희도, 김길창 등도 대표적인 변절자이다. 최린은 천도교 교령으로 삼일운동 33인 중 한 사람이었으나 1930년대에 친일 활동을 시작했다. 징병제 요망운동 발기인으로 참여하고, 천도교의 전쟁협력을 주장하고 중일전쟁의 정당성을 역설했다. 불교계의 대표 **이희광**은 조선 불교를 일본 불교에 편입시켜야 한다고 주장하고, 한일병합 후 일본 조동종과 조선 불교의 연합조약을 몰래 체결하기도 했다. 기독교계 변절 친일 인사는 **박희도**와 **김길창**이 대표적이다. 박희도는 삼일운동 33인의 한 사람으로 2년간 옥고를 치르고, '신생활'을 창간하여 독립계몽운동을 하다 다시 감옥에 갇히기도 했다. 중일전쟁 후 일제의 회유에 넘어가 총독부 내선일체 정책 선전지 '동양지광'을 발행하고, 조선임전보국단의 일원으로 활동했다. 김길창은 목사로 1933년 조선기독교연합회장을 하면서부터 친일 행각을 드러냈다.

신사참배, 황민화운동 등에 주도적으로 협조하고, 일본기독교 조선교단 경남교구장을 맡기도 했다. 경제계의 **현준호**와 **김연수**, 언론계의 **장덕수**, 진학문이 변절의 대표자라 할 수 있다.

## 대공황과 전쟁으로 신음하는 민중

1930년대에 접어들면서 세계 대공황과 일본의 전선 확대 영향으로 엄청난 불경기가 닥쳤다. 1930년대 조선총독은 제6대 **우가키** 가즈시게(우원일성宇垣一成)와 제7대 조선총독 **미나미** 지로(남차랑南次郞)가 부임하여 지배하고 있었다. 1931년 9월 집계에 따르면 각급학교 중퇴자만 8만 4천여 명에 이를 정도였다. 설상가상으로 혹서와 혹한 같은 자연 재해와 전염병마저 기승을 부렸다. 1931년 폭우로 경상도를 제외한 전국에서 500여 명의 사상자가 발생하고 1만 1500여 호의 가옥이 피해를 입었으며, 유실된 선박이 542척이었다. 5년 뒤 1936년 8월에는 엄청난 수해가 닥쳐 인명 피해만 5618명이 되고 가옥 피해도 12만 8280호나 되었다. 엄청난 더위 피해는 1932년 7월 섭씨 42도의 혹서가 닥쳐 경북 등지에서 일사병으로 죽은 사람들이 속출했고, 이듬해 1월에는 혹한이 닥쳐 평북 중강진이 영하 44도까지 내려가기도 했다. 1932년에는 전염병 천연두가 창궐하여 276명이 죽는 사태가 벌어졌다.

1935년 1월부터 6월까지 반년 동안 일어난 소작쟁의 건수만 무려 6836건에 달했고, 노동쟁의도 보고된 것만 90건이 넘었다. 이듬해인 1936년 7월 일본 나고야에서 교포 노동자 3천여 명이 총파업을 일으켜 임금 인상과 처우개선을 부르짖기도 했다.

# 일장기 말소 사건과 동아일보 정간, 조선중앙일보 폐간

1936년 8월 9일 새벽, 히틀러가 집권하고 있던 독일 **제11회 베를린 올림픽**에 일본 대표로 출전한 손기정 선수가 마라톤에서 우승하였다. 8월 13일 3대 언론인 동아일보, 조선중앙일보, 조선일보 중 **동아일보와 조선중앙일보가 월계관을 쓴 손기정 선수의 사진에서 일장기를 시커먼 먹칠을 하여 지워 보도했다.** 처음에는 조악한 인쇄 탓으로 보고 문제 삼지 않았는데, 12일이 지난 8월 25일 동아일보는 다시 손기정 선수 사진을 실었는데, 일본 관리가 일장기 위에 먹칠한 사진을 발견하고, 송진우 사장, 김준연 주필, 설의식 편집국장이 쫓겨나고, 사회부장 현진건, 사회부 기자 이길용과 장용서, 조사부 이상범 화백, 사진부 신낙균, 백운서, 서영호, '신동아' 잡지부장 최승만 등이 구속되었다. 동아일보는 무기 정간되었다.

조선중앙일보는 무기 정간 당하고, 사장 여운형이 쫓겨났으며 여러 기자들이 고초를 겪었다. 재정적인 어려움을 겪고 있던 조선중앙일보는 1937년 11월 5일 발행 허가 효력 상실로 폐간되고 말았다. 이 신문의 뿌리는 1924년 3월 최남선이 창간한 시대일보였다. 안재홍, 염상섭이 함께 경영했다. 그 뒤 경영난으로 폐간되었다가 1926년 11월 이상협이 인수하여 중외일보로 제호를 바꾸었고, 백산상회 안희제가 출자하여 사장을 맡았지만 경영난으로 1931년 9월 다시 폐간되었다. 김찬성, 노정일, 최선익 등이 중앙일보로 제호를 바꾸고 발행했지만 1933년 3월 6일 폐간되었다. 폐간 당시 사장은 여운형이었는데, 최선익과 증자를 단행하여 폐간 다음날인 3월 7일 조선중앙일보로 제호를 바꾸고 새 출발했지만 1937년 폐간된 것이다. 이상협은 관동대지진 한인 학살을 현지 취재해 보도했고, 여운형은 민족 반역자들의 반역 행각을 폭로하고, '조선민란사화' 같은 민중사를 집중 조명하여 보도하기도 했다.

## 1930년대 젊은 천재들의 사망

1920년대 나도향의 죽음을 안타깝게 여겼던 한국 문단은 1930년대에 이르러서는 **김소월**, 김유정, 이상이 죽었다. 시 '진달래꽃', '엄마야 누나야', '산유화', '초혼', '금잔디' 등 주옥같은 시를 쓴 시인 김소월이 1934년 서른셋의 젊은 나이로 죽었다. 1937년에는 김유정과 이상이라는 걸출한 천재를 잃었다. **김유정**은 '봄봄', '동백꽃' 등 단편소설을 썼는데 3월 29일 서른 살 나이에 죽었다. '날개', '오감도'를 쓴 **이상**은 도쿄에서 사상불온 혐의로 일본 경찰에 붙잡혀 감옥에 갇혔다가 지병인 폐병이 악화되어 병보석으로 풀려났으나 그해 4월 스물여덟 살의 나이로 생을 마감했다. 1937년 8월에는 영화계의 선구자 춘사 **나운규**가 죽었다. '아리랑', '벙어리 삼룡이'를 감독하고 배우로 출연하여 한국 영화계의 새 장을 열었으나 폐결핵을 이기지 못하고 36세의 젊은 나이로 생을 마감했다.

## 희대의 살인사건으로 기록된 백백교 사건

1937년 6월 8일, 경기도 양평군 일대에서 무려 380여 구의 암매장된 시체가 발굴되었다. 신흥종교인 백백교(白白敎) 교주 전용해와 그 측근들에 의해 살해된 시신들이었다. 이 사건으로 백백교 간부들이 대거 검거되어 간부 열두 명은 사형에 처해지고 나머지 간부들도 무기징역 또는 실형을 선고받았다.

백백교의 전신은 동학에서 파생된 백도교(白道敎)였다. 이 종교의 교주는 전정예였는데, 그는 60여 명의 여인들을 거느리고 교인들의 재산을 빼앗고, 부녀자 정조유린 등 방탕하고 간악한 생활을 했다. 1919년 그가 사망하자, 백도교 간부 우광현이 전정예의 아들 전용해와 함께 전정예를 암매장했다. 이후 백도교는 우광현에 의해 운영되었는데, 1920년 평남 강서군 정성희라는 사람이 자신의 아버지 정근일이 백도교에 빠져 재산을 탕진하고 있다며 경찰에 고발하는 사건이 벌어졌다. 그래서 경찰이 수사에 착수했고, 그 과정에서 전정예가 죽었다는 사실이 밝혀지자, 많은 교인들이 이탈하여 백도교의 교세는 급격히 줄었다.

그 뒤 우광현은 교명을 백백교로 바꾸고 자신이 교주가 되었다. 이후 우광현이 교주를 그만두자 다른 간부였던 차병간이 교주가 되었다. 하지만 실질적으로 백백교를 운영하던 인물은 전정예의 둘째 아들 전용해였다. 전용해와 교단 간부들은 세상 물정 모르는 농민들을 끌어들여 다음과 같은 말들로 돈을 내게 했다. "이제 곧 심판의 날이 온다. 너희가 전국 53곳의 피난처에 가 있으면 난 금강산에 은거한다. 천부님이 내려오셔서 난 임금이 되고 너희는 헌금을 바치는 순서대로 벼슬을 받아 날 모시게 된다." 이런 허무맹랑한 말들로 신자들의 돈을 받아 챙긴 교단의 간부들은 자신들을 의심하거나 비판하는 사람이 있으면 가차 없이 죽여 암매장했다.

당시 동아일보는 1940년 3월 20일자 기사에서 이 사건을 이렇게 표현했다. "세계 역사상 가장 무서운 범죄라는 기록으로, 다른 자랑할 것이 없는 우리는 후세에 가서도 이 부끄러움을 무엇으로도 씻을 수 없게 되었다." 경찰은 이 사건을 조사하면서 무려 3만 장이 넘는 조서를 작성했다고 한다. 각 읍면에서는 시체 처리 비용을 감당하지 못해 조선총독부에 자금 지원을 요청할 정도였다. 이 사건의 피해자들을 조사해보니 하나같이 일자무식이었다고 하는데, 그나마 학력이 높은 사람이 소학교 졸업 정도였다고 한다.

## 만주사변과 중일전쟁

　만주사변은 9·18사변이라고도 부르는데, 1931년 9월 18일에 촉발된 사건 때문에 일어난 사태이기 때문이다. 이날 봉천(선양)의 유성구(류타오후)에서 일본군들이 지키고 있던 만주철도 노선이 폭파된다. 만주철도를 폭파한 사람은 관동군 장교 이타가키 세이시로와 이사와라 간지였다. 자작극을 벌인 뒤, 중국군이 만주철도를 폭파했다고 중국군에게 혐의를 뒤집어씌워 하루 만에 관동군은 만주를 점령하였다. 만주를 장악한 일본은 이듬해인 1932년 1월 상하이를 공격했다. 두 달 뒤인 3월엔 청나라 마지막 황제 푸이를 앞세워 친일 괴뢰국 만주국을 세웠다.

## ✱ 화동공 김은철 21살 1937년 일어난 일

### 중일전쟁, 일본의 대륙장악 야욕

　1937년 7월 7일, 일본은 노구교(盧溝橋,루거우차오)사건으로 중일전쟁을 일으켜 대륙 장악에 대한 야욕을 노골화했다. 이날 야간 전투 훈련 중인 일본군의 머리 위로 10여 발의 총알이 날아갔다. 일본군 사병 하나가 행방불명되었다는 소문이 돌았다. 그 사병은 용변을 보고 있는 중이었고, 20분 뒤에 대오에 합류했다. 일본군 위로 날아간 총알도 자작극이었다. 일본군은 자신들 머리 위로 날아간 총탄은 중국군이 쏜 것이며 사라진 병사는 중국군에 의해 납치되었다고 주장했다. 부대를 이끌고 있던 일본군 지휘관 무타구치 렌야는 다음날 아침에 보병 연대를 출동시켜 노구교를 점령해 버렸다. 국지전으로 전면전으로 확대되진 않아서 7월 11일 협정을 맺고 싸움을 중단했다.

그러나 일본 내각을 이끌던 고노에 후미마로는 이를 빌미로 일본 본
토와 만주, 조선에서 총 6개 사단을 모아 7월 28일 중국 대륙을 공격했
다. 중일전쟁이 벌어진 것이다. 일본군은 이틀 만에 베이징과 텐진을
점령했고, 이후 화베이평야로 남하했다. 15일 뒤인 8월 13일엔 함대를
동원하여 상하이 상륙작전을 감행하고, 3개월 안에 중국대륙을 장악한
다고 믿었다. 그러나 중국군의 저항이 심해 상하이를 점령하는데 3개
월을 소비했고, 산시 지역에서는 1개 여단이 중국군에게 섬멸되는 상
황도 발생했다. 12월에는 중화민국 수도 난징을 공격하여 **민간인들 30
만 명을 대거 학살하는 난징대학살**을 자행했다.

전쟁은 점점 교착상태로 빠져들고 있었다. 중국군은 장기전을 꾀했
고, 일본군은 중국군의 전략에 말려들었다. 3년이 지나 1940년이 되었
을 때, 중국 대륙은 해안을 중심으로 한 일본군 점령지구, 충칭을 거점
으로 한 중화민국 직할지구, 옌안을 중심으로 한 공산당 점령지구로 삼
분되어 있었다. 일본은 독일, 이탈리아와 삼국동맹을 맺고 미국의 하와
이 진주만을 습격하여 몰락을 재촉하게 된다. 중일전쟁은 태평양전쟁
과 맞물린 채 1945년 일본의 항복 선언이 나올 때까지 지속된다.

## 스탈린, 고려인 17만 2천 명 연해주에서 중앙아시아로 강제이주

1937년 소련 중앙 당국의 결정에 따라 먼저 국경 지대에 거주하던
고려인들이 강제이주 열차에 올랐다. 이어서 당국은 9월 28일자 '고려
인들을 극동주에서 이주시키는 결정'(소련 인민위원회 결정 No. 1647-
377cc)을 하달함으로써 극동주의 나머지 지역에 거주하던 모든 고려
인들을 중앙아시아 지역으로 완벽하게 강제이주시키게 되었다.

나라를 잃은 독립운동가들은 만주와 연해주로 피신하면서 이곳은
고구려와 발해 땅이니 선조들의 고토(故土), 곧 고향으로 여겼다. 그래

서 스스로 고향 땅을 찾은 **고려인**이라 일컬었다. 고구려는 장수왕 때부터 고려로 일컬었기 때문이다. 고려인은 고구려 사람이라는 뜻이다. 영어로 코리안이다. 나라이름에서 麗는 '고울 려'자가 아니라 '나라이름 리'자이니, **고구리(高句麗), 고리(高麗)**로 읽어야 한다고 역사학자 서길수는 강조한다. 그래서 **고리+아**, 곧 '**고리아(코리아)**'라는 것이다. 끝의 -아는 인디아, 알바니아, 캄보디아와 같이 나라를 뜻하는 말로 뒤에 붙이는 것이다.

　**강제이주의 원인**은 ① 극동 지역에서 있을 지도 모르는 일본 첩자의 활동을 미연에 방지하는데 있었다. 외모에서 고려인과 일본인이 서로 유사하기 때문에 일본 첩자를 가려내기가 어렵다는 이유로 극동주의 전 고려인들을 강제로 이주시켰다는 논리이다. ② 두 번째는 극동주에 거주하고 있던 고려인들의 규모가 생각보다 컸고 특히 한반도와 경계를 이루었던 포시에트 군의 경우는 고려인들이 절대 다수를 형성하고 있었다. 이전에 고려인들의 자치구 요구가 비등하였고 향후에도 영토적 자치요구가 있을 것으로 본 중앙 당국에서는 미래에 있을지 모르는 이러한 가능성을 사전에 차단시키기 위해서다. ③ 집단농장, 전쟁 등으로 인구가 급감하게 된 카자흐 공화국 등 중앙아시아 지역에 인구를 공급하고 아울러 농업생산력 증대를 위한 노동수요가 있었고 이를 충족하기 위해서였다.

　**강제이주의 행로**는 시베리아 횡단철도가 이용되었고 **블라디보스톡**을 비롯한 해당 지역의 역을 출발하여 **노보시비리스크**까지 갔고, 거기에서 남하하여 중앙아시아 방면으로 지속적으로 진행하여 6500km를 열차로 이동하였다. 소요 기간은 대략 30~40일 소요되었다. 열차 환경은 매우 열악한 것으로 알려졌다. 한 편의 열차는 객차 50량, 위생객차

1량, 식당차 1량 등으로 구성되었고 대체적으로 화물 열차가 이용되었다. 객차는 이층칸으로 되어 있었고 1개의 난로가 있었는데 하나의 객차에 5~6가구(30명 정도)가 배치되었다. 열차 이동 중 노약자의 사망도 나타났고, 그 인원은 554명에 이르렀는데 중간 정차역이 나오면 사망자를 내려놓아 매장토록 했다. 강제이주 과정의 실상에 관해서는 원로 고려인들의 회상을 통하여 많이 알려졌다. 한마디로 부실한 식사와 불결한 위생상태, 식수 부족, 의료 지원의 부족 등 한 달여의 강제 이동 여정은 고통의 시간이었다.

**새로운 이주지**는 카자흐공화국의 우쉬토베는 강제이주된 고려인들의 첫 이주정착지로 선택된 도시였다. 1928년에 신생 공업도시로 설립된 우쉬토베에는 많은 노동력이 필요하였고 이곳으로 철도가 지나가고 있었다. 현재 우쉬토베의 바쉬토베 지역에는 고려인들이 토굴을 이용한 움막을 짓고 생활했던 흔적이 있다. 강제이주의 행렬은 카자흐공화국과 우즈베크공화국의 여러 도시와 지방으로 연속해서 이어졌고 고려인들의 새로운 정착지가 만들어지기 시작하였다.

소련 내무인민부 의장인 예조프의 1937년 10월 25일자 보고서에 의하면 극동주의 고려인 총 36,442가구 171,781명이 이주를 마쳤다고 하면서, 이주 고려인들은 카자흐공화국으로 20,170가구 95,256명, 우즈베크공화국으로 16,272가구 76,525명이 총 124편의 열차를 타고 배치되었다. 그리고 극동주의 캄차카 및 오호츠크 지역에 잔존하고 있던 700명의 특별이주 고려인들이 11월 1일부터 열차로 이주될 것이라고 하였다. 11월에는 이주 및 이주민 배치의 상황이 거의 완료되는데, 1937년 12월 5일 문서자료에 의하면, 카자흐공화국에 20,141가구 95,427명, 우즈베크공화국에 16,079가구 73,990명, 타지크공화국에 13가구 89명, 키르기즈공화국에 215가구 421명 등 총 36,448가구 169,927명의 고려인들이 배치되었다. 카자흐공화국에 배치된 고려인들 중 500여 가구는 이듬해 초에 러시아 공화국의 아스트라한 지역으로 재이주되었다.

**의의와 평가** 1937년의 고려인 강제이주 조치는 소련에서 흔히 있던 민족재배치 정책의 일환으로서 그 중심에는 스탈린이 있었다. 고려인의 입장에서 보면 자신들의 의지와 관계없이 강제로 이주됨으로써 물적, 정신적 피해를 많이 당했던 것은 사실이다. 강력한 중앙집권력의 스탈린식 사회주의 국가에서나 가능했던 강제이주 정책은 고려인들의 생활기반이던 극동 지역의 토대를 공동체적 관점에서 볼 때 완전히 붕괴시켰다. 극동 지역에 다시 고려인들이 이주하기 시작한 것은 1937년 이후 20년이나 지나서 가능했지만 거주 인구수를 볼 때 이전과 같은 중심적 역할을 하지 못 하였다. 대신 17만여 명에 이르는 고려인이 카자흐 및 우즈베크 공화국을 비롯한 중앙아시아 지역에 집중적으로 이주하게 됨으로써 유라시아 중심부 지역이 한민족의 활동무대로 되었고, 고려인들의 뛰어난 역량으로 인하여 소련 사회에서 인정받는 민족이 되기에 이르렀다. 그리고 1937년의 대규모 고려인 강제이주는 민족적 차원의 비극적 성격에도 불구하고 한국의 유라시아 정책과 관련되어 강력한 네트워크 구축의 중심 역할을 할 수 있는 인적 기반을 마련하였다고 평가된다.

## ✷ 화동공 22살, 1938년 단기4271년 무인년에 일어난 일들

1월4일 **채만식**(蔡萬植)이 조선일보에 장편 '**탁류**(濁流)'를 연재하기 시작하였다. 1월31일 스페인 프랑코가 국민정부를 조직하였다. 2월7일 중국·소련이 군사항공협정에 조인하였다. 2월9일 평북노회(平北老會)가 장로교 최초로 신사참배(神社參拜)를 국가의식으로 인정하였다. 2월26일 총독부가 조선육군특별지원병령을 공포하였다. **3월10일 안창호(安昌鎬)가 병보석 중 순국**하였다. 3월11일 독일군이 오스트리아에 진입하고 17일 합병을 선언하였다. 3월18일 멕시코가 석유 국유화를 선언하였다. 3월29일 중국 장개석이 국민당총재에 취임하고 비상대권을 부여 받았다. 3월31일 평양 숭의학교(崇義學校) 숭실학교(崇實學校)가 신사참배를 거부하고 폐교당하였다. **4월1일 일본이 국가총동원법을 공포하였다.** 4월16일 영국이 이탈리아의 에티오피아 식민지를 승인하였다. **4월19일 총독부가 중등학교에서 조선어교육을 폐지시켰다.** 4월25일 영국이 아일란드 독립을 승인하였다. 4월30일 양기탁(梁起鐸)이 사망하였다. 5월22일 안재홍(安在鴻) 등 흥업구락부(興業俱樂部) 간부에 대한 총검거가 시작되었다. 6월13일 총독부가 학교근로보국대 구성을 지시하고 6월26일 조직하도록 지시하였다. 6월17일 항일단체인 수양동우회 갈홍기(葛弘基) 등 16명이 친일단체인 대동민우회(大同民友會)에 가입했다고 성명을 발표하였다. 7월1일 국민정신총동원령 조선연맹이 창립되었다. 7월11일 소련과 일본이 만주 장고봉(張鼓峰)에서 충돌하였다가 8월10일 정전협정을 체결하였다. 7월19일 문세영(文世榮)이 조선어사전을 발간했다.

## 일제의 한국사 왜곡 말살

일제는 박은식의 「한국통사」등 한국인의 민족주의사관에 의한 역사의식의 자주독립정신을 뿌리 뽑기 위해 조선총독부에 한국역사를 왜곡하고 말살하기 위해 조선사편찬 작업을 지시했다. 역사학자이며 대한민국임시정부 제2대 대통령 박은식은 만주(말갈·여진)족 역사까지 우리 역사에 포함시키는 역사관을 보여주었다. 그는 '신라-발해'만을 남북국시대로 분류하지 않고, '고려-금'과 '조선-청(후금)'도 남북국시대로 포괄하여 우리 역사로 기술했다. 만주족은 고구려 후예이면서 특히 금과 후금(청)은 신라 경순대왕 마의태자 자손 후예들이 건국한 나라이기 때문이었다.

조선총독부는 1925년 조선사편수회관제를 공포하여 새로운 독립관청인 조선사편수회를 설치했다. 회장은 정무총감이 겸임했으며, 고문에 **이완용**·박영효·권중현·쿠로이타 가쓰미[黑板勝美]·나이토[內藤虎次郎],위원에 **이마니시 류**[今西龍]·정만조·이능화·어윤적·오다[小田省吾] 등, 간사에 이나바 등 3명, 수사관에 이나바·홍희(洪熹)·후지타[藤田亮策] 등 3명이 임명되었다. 이후 **이병도**(李丙燾)·신석호(申奭鎬) 등이 수사관으로 참여했으며, 최남선(崔南善)도 1928년 12월 촉탁위원으로 참여했다.

조선사편수회에서의 〈**조선사**〉 **편찬작업**은 한국역사를 왜곡하고, 일본보다 장구한 고대사를 말살하여 한국인이 일본제국에 충성을 다하도록 한국민족정신을 뿌리 뽑는데 맞추어 **조선사 37권**을 완성했다. 이것이 지금까지 대한민국에서 가르치고 있는 한국사이다.

첫째, 조선의 역사가 일본보다 길고 오래되어서는 안 된다. 일본이 조작하여 만든 일본 최초 국가 서기전 660년 진무천황(神武天皇)이 야마토 국(大和国)을 세웠다는 기록보다 조선의 역사가 짧아야 한다. 따라서 고조선과 단군의 역사를 부정하고 제외하였다. 3국 이전의 역사는 신화나 전설로 만든다. 한국인 위원이 강력히 주장한 건국전설(단군·기자 신화)을 편년적으로 본문에 넣는 것에는 반대했으나 제4편 고려 공민왕 24년 폐왕 원년조에 단군기사를 역사가 아닌 신화형식으로 넣도록 했다. 그러나 단군조선의 역사적 사실은 그 뒤 고구려 고분벽화

속에 곰(웅족)과 호랑이(호족) 단군 이야기가 그려져 삼국 이전부터 우리 민족이 단군역사를 알고 있었다는 것이 증명되었다. 단군조선이 성립될 때 웅족(곰) 연합체와 호족(호랑이) 연합체가 결합하여 국가를 건설했기 때문이다.

둘째, 일본보다 더 오래된 사서류, 한국 민족정신을 고양시키는 역사서는 수거하여 폐기하고, 조선 역사는 만주, 연해주, 중국대륙이 아닌 한반도에 국한하도록 한다. 조선민족은 3국 시대에 겨우 나라가 있었다고, 9200여 년 곧 1만 년 홍산문화(요하문명) 배달민족의 환국, 배달국, 고조선, 북부여 등 3국 이전 역사를 기록한 책 수십 만 권을 수거하여 불태우고, 신화인 양 조작하여 한민족의 역사를 1/5로 줄여 2000여 년 역사로 만드는 작업을 시작했다. 일본제국의 한반도 식민지 통치기구 조선총독부 조선사편수회 고문, 매국노 이완용의 감시를 받은 친일사학자 이병도를 중심으로 작업을 시작하여 일본에 유리하도록 조작한 조선사 37권은 이렇게 만들어졌다. 각종 중국 사료에 한사군 낙랑군은 요서지방에 있는 것으로 나와 있는데, 배달민족이 한반도 안에서만 고착되어 살았다고 주장하기 위하여 일본인 사학자 이마니시 류(今西龍,1875~1932)는 중국 골동품상에서 낙랑 유물을 몰래 구입하여, 몰래 평양 주변에 묻고 몇 년 뒤 발굴한 양 사진까지 찍는 조작극를 벌였다는 것은 널리 알려진 이야기다. 일본인 금서룡(이마니시 류)의 역사조작 발표가 빌미가 되어 중국은 만리장성 동쪽 끝을 원래 산해관(山海關)에서 압록강 하구나 한반도 평양까지라고 주장하기 시작했다. 한사군 논쟁은 요서지방으로 명확히 밝혀졌지만, 이병도 제자들인 강단 사학자들은 지금도 조선총독부 발행 조선사를 따르고 있어 역사광복군을 자처하는 재야사학자들과 국민들의 비난을 받고 있다. 일제가 주장한 평양 낙랑군은 한(漢)제국 한무제가 설치한 낙랑군이 아니라 '낙랑공주와 고구려 호동왕자'로 유명한 평양의 최씨 낙랑국으로 고조선

멸망 후 고조선 후예들이 만든 별개의 나라였다. 고조선 후예들인 그들은 나중에 서라벌(경주)로 이동하여 서라벌(경주)을 낙랑군으로 일컫는다.

셋째, 시대구분에 있어서 앞서의 제1·2·3편을 제1편 신라통일 이전, 제2편 신라통일 이후라고 정정하여 모두 6편으로 했다.

넷째, 편수의 범위와 관련하여 시대구분의 시작을 신라통일 이전, 마지막을 갑오개혁으로 하는 것과 발해사를 전면적으로 받아들이지 않는 것에 대한 반대의견이 나왔으나 결국 수렴되지 않았다.

다섯째, 한민족은 민족사의 기원이 주변 국가의 식민지로 시작되었다고 날조했다. 한반도 북쪽은 한나라 한사군 지배, 남쪽은 일본의 식민지 임나일본부가 지배했었다고 없는 역사를 조작하여 기록했다. 일본의 신공황후(新功皇后)가 신라를 정복하여 항복받았다고 역사를 날조하였다.

여섯째, 한국역사의 특징은 타율성으로 '사대성'을 강조했다. 강대국에 복종하고 그에 의존해서 국가와 생명을 연명해온 역사라고 날조하고 왜곡하여 강조하였다.

여섯째, 한국문화는 독창성이 없고 종주국 모방성과 정체성이라고 강조했다. 심지어 한글까지도 몽골문자를 모방한 것이라고 억지를 부렸다.

일곱째, 한민족은 셋만 모이면 분열하는 민족이다. 사대성과 사색당파, 친원파, 친명파, 친청파, 친일파, 친러파, 친미파 등 끊임없이 힘 있는 쪽에 붙으려고 당쟁을 지어 분열하고 자해하여 제대로 단결해 보지 못한 역사였다고 강조했다.

여덟째, 한민족을 아예 일본민족으로 동화시키기 위해 창씨개명과 신사참배, 한국어 한글과 역사말살 정책을 시행하면서 '내선일체', '일선동조론'을 주장하였다.

아홉째, 한민족은 사대성, 당파성, 모방성 등 열악한 민족성을 가지고 있다고 날조하고 왜곡하여 스스로 열등감을 가지게 하여 일본을 부러워하고, 일본의 황국신민(皇國臣民)이 되어 사는 것이 가장 가치 있는 삶이라고 강조하였다.

열째, 역사 편찬 주안점은 한국인의 독립자존의 투쟁 정신을 빼앗고, 분열과 열등감을 조장하는 방향으로 서술한다.

열한째, 최남선이 지적한 〈삼국유사〉의 석유환국(昔有桓國;옛날에 환국이 있었다.)을 석유환인(昔有桓因;옛날에 환인이 있었다.)이라 개찬한 사실에 대하여 아무런 답변도 없었다. 이와 같이 조선사편찬작업에 참여한 일부 한국인 학자들은 일제가 〈조선사〉를 편찬하는 명분 쌓기 들러리거나 시키는 내용을 받아 적는 필경사일 뿐, 자기 의견을 거의 반영하지 못했다.

일제는 조선총독부를 통해 1938년까지 〈조선사37권〉·〈조선사료총간朝鮮史料叢刊〉·〈조선사료집진朝鮮史料集眞〉 등을 간행했다.

결국 조선사 편찬사업은 한국인들로부터 자기 역사연구의 자유와 권리를 빼앗은 것으로서, 서술의 중심은 한국민족의 주체적 역사발전을 서술하기보다는 한국이 중국의 속국이며 사대주의로 일관했다거나 중국과 일본보다 역사와 문화가 뒤떨어져 있다는 데 두어졌다. 즉 일본의 한국 침략과 강점의 합법성을 입증하기 위한 사료의 취사선택·왜곡을 자행했으며, '황국신민화'(皇國臣民化)의 목적에 이용하려 한 것이다.

일제가 한국사를 이와 같이 왜곡 말살 날조한 것은 한국인으로 하여금 민족의식을 버리고, 일제의 식민지정책에 감사하면서 일제 침략전쟁에 나서서 일본 제국주의와 일본 천황을 위하여 목숨을 바쳐 희생하도록 독려하기 위한 것이었다. 일제의 「초등국사」 6학년 교재는 다음과 같이 결론을 맺고 있다.

"조선의 정치는 역대 총독이 오로지 일시동인(一視同仁)의 성지(聖旨)를 넓히는 일에 힘썼기 때문에 불과 30년 사이에 크게 발전했습니다. 그리하여 세상은 평온해지고 산업은 개발되었으며, 그 가운데서도 농업과 광업이 뚜렷하게 발전되었고, 근년에 이르러 공업의 발전도 눈부신 바가 있으며, 육해의 교통기관도 정비되고, 상업도 왕성하여 무역은 해마다 발전했습니다. 특히 육군에서는 육군 지원병제도를 실시하게 되니 조선인들도 국방을 담당하게 되고, 이미 전쟁에 나가 용감하게 전사하여 야스쿠니신사에 봉안되어 호국의 신이 되기도 하고, 일본식 성씨를 칭할 수 있게 허락되어 내지와 동일한 가문의 성씨를 붙일 수 있게 되었습니다. 오늘날 조선 지방 2,300만의 주민은 국민총력연맹을 조직하여 일제히 '황국신민 서사'를 제창하며 인애협력하고 내선일체의 진심을 나타내어 충군애국의 지기에 불타 모두가 오로지 황국의 목표에 매진하고 있습니다."

조선총독부 조선사편수회가 '조선사(朝鮮史)'를 간행하며 신시배달국, 단군조선을 신화로 조작하고 우리 민족이 분열을 일삼는다고 기술하여 유구한 배달민족정기를 훼손하였다. 한민족 역사 말살과 왜곡 조선사편찬에 일제의 편을 들어 앞장 선 조선사편수회 고문은 매국노 이완용이었고, 그 중심 인물 이병도는 이완용과 우봉이씨 종친이었다.

1938년 현진건(玄鎭健)이 동아일보에 '무영탑(無影塔)'을 연재하기 시작하였다. 7월23일 총독부가 교원과 공무원에게 제복을 착용하게 지시하였다. 7월 **임시정부 본부를 광동**(廣東광둥)으로 이전했다가 10월 26일 다시 유주(柳州류저우)로 이전하였다. 9월 신상우(申尙雨) 등 흥업구락부 구속자 54명이 총독부에 협조한다는 사상전향서를 제출하였다. 9월10일 **조선장로교 총회에서 신사참배를 결의하였다.** 9월29일 영국 프랑스 독일 이탈리아가 뮌헨(Munchen)회의를 개최하고 슈체

친(Szczecin) 지방을 독일에 할양하기로 하였다. 10월1일 해주(海州)가 부로 승격되었다. 10월27일 일본군이 무한삼진(武漢三鎭)을 함락시켰다. 10월31일 중국 장개석이 전국 민중에게 고하는 글을 발표하였다. 11월14일 프랑스 인민전선이 붕괴되었다. 11월 이광수(李光秀) 등 28명이 사상전향서를 제출하였다. 11월26일 소련과 폴란드가 불가침조약을 갱신하였다. 12월15일 등화관제규칙을 공포하였다. 11월 터키 케말 파샤가 사망했다. 12월 노천명이 '산호집', 김동명(金東鳴)이 '파초(芭蕉)' 간행하였다. 김동인(金東仁)이 '삼천리'에 '춘원연구(春園研究)'를 연재하기 시작하였다. 12월20일 중국 왕조명(汪兆銘)이 중경(충칭)에서 탈출하여 21일 베트남 하노이에 도착하였다.

## ✱ 화동공 23살, 1939년 단기4272년 기묘년에 일어난 일들

1월14일 조선징발령 세칙을 공포하였다. 1월20일 국제연맹이 중국 장개석을 지원하기로 결의하였다. 1월 송만갑(宋萬甲)이 사망하였다. 2월27일 영국과 프랑스가 스페인 프랑코정권을 승인하였다. 2월 중국 유주(柳州)에서 한국광복진선(韓國光復陣線) 청년공작대가 조직되었다. 이태준(李泰俊)이 문예지 '문장(文章)'을 창간하였다. 3월10일 **임시정부가 기강(綦江치장)으로 이전하였다.** 3월28일 스페인 프랑코군(Franco軍)이 수도 마드리드를 함락하여 스페인 내전이 끝났다. 4월3일 문일평(文一平)이 사망하였다. 4월5일 남궁억(南宮檍)이 사망하였다. 4월7일 이탈리아가 알바니아를 병합하였다. 4월10일 못 철사 철판 등의 배급통제를 실시하였다. 4월28일 독일이 폴란드와의 불가침조약 및 영국과의 해군협정을 폐기하였다. 5월12일 일본군이 외몽골 국경 노몬한(Nomonhan)에서 소련군·외몽골군대와 충돌하는 노몬한사건이 발생했다. 5월21일 부·읍·면 의원 선거를 실시하였다. 5월22일 독일과 이탈리아가 군사동맹을 체결하였다. 5월 시암(Siam)이 국호를 타이(Thai)로 바꾸었다. 6월14일 경성의 6대 신문사가 영국 배격 국민대회를 개최하였다. 7월3일 방호단(防護團) 소방조(消防組) 수방단(水防團)을 통합하여 경방단(警防團)이 결성되었다. 7월8일 일본이 전시를 대비하여 국민징용령을 공포하였다. 7월17일 김구(金九)계의 한국광복운동단체연합회와 김원봉(金元鳳)계의 조선민족전선연맹을 통합하여 전국연합진선협회(全國聯合陣線協會)가 결성되었다. 7월22일 경춘선(京春線) 철도가 개통되었다. 7월28일 총독부가 중등학교에 해군교련 실시를 결정하였다. 8월11일 총독부가 매월1일을 애국일(愛國日)로 정했다. 8월16일 방공법(防空法)에 따른 훈련을 실시하였다. 8월23일 독일과 소련이 불가침조약에 조인하였다. 9월1일 독일이 폴란드를 침공하기 시작하였다. **9월3일 영국과 프랑스가 독일에 선전포고를 함으로써 제2차 세계대전이 발발하였다.** 9월5일 미국은 유럽전쟁에 중립을 선언하였다. 9월21일 박영효(朴泳孝)가 사망하였다. 9월27일 독일이 폴란드 수도 바르샤바(Warszawa)를 점령하였다. 9월28일 만포선(滿浦線) 철도가 개통되었다. 독일과 소련이 우호조약을 체결하고 폴란드 분할점령을 결정하였다. 10월1일 국민징용령을 실시하였다. 경성 중앙전신국을 개국하였다. 10월9일 백미취체규칙(白米取締規則)을 공포하여 7분미를 먹도록 하였다. 10월16일 총독부의 사주로 조선유림대회를 개최하여 조선유도연합(朝鮮儒道聯合)을 결성하고 국민정신총동원운동에 협력하기로 하였다. 10월29일 박영희(朴英熙) 유진오(俞鎭午) 최재서(崔載瑞) 이광수(李光洙) 등이 친일문학단체인 '조선문인협회'를 결성하였다. 11월1일 외국인의 입국체재 및 퇴거령을 공포하였다. 11월11일 총독부에서 조선일보와 동아일보의 자진폐간을 요구하였다. 11월30일 소련이 핀란드와 전쟁을 시작하였다. 12월14일 국제연맹이 소련 제명을 결의하였다. 12월18일 소작료 통제령 시행규칙을 공포하였다. 12월 조지훈(趙芝薫)이 시 '승무(僧舞)'를 발표하였다. 라디오 보급대수가 16만7049대로 집계되었다.

## 일제의 한민족 말살정책

하나의 민족을 말살하려면 그 민족의 역사와 언어, 종교를 말살하면 된다. 먼저 일제는 **한국역사를 축소 왜곡 조작하는 조선사 37권 편찬 작업**을 시작하였다. 또 1923년 관동대지진 한국인 7천명 학살, 1926년 순종황제 승하로 일어난 6·10만세운동, 1929년 광주학생독립운동 등을 사실대로 보도하지 못하도록 민족지 동아일보, 조선일보 등 **언론기관들을 탄압**하더니 1940년 8월10일 조선일보와 동아일보를 강제 폐간시켰다.

**일제는 1938년 국가총동원령을 선포**하고, 생산된 쌀은 공출로 빼앗고, 만주벌판에서 생산된 기름을 짜고 남은 콩깨묵 등 잡곡을 식량으로 대신 배급하는 배급제를 1940년부터 시작했다. 전쟁이 계속되면서 탄약이 부족해지자 금속공출을 시작했다. 숟가락, 밥그릇, 제사 그릇은 물론 교회나 절 또는 학교의 종까지 강제로 빼앗은 뒤 이를 녹여 총알 등의 무기로 만들었다.

가축공출도 극심했다. 1940년대 농촌에는 음메 소리와 꿀꿀 소리가 들리지 않았다. 광복을 맞이할 때까지 최소 100만 마리 이상의 한국 토종 소가 도살당했다. 우리나라 천연기념물 삽살개는 털을 방한복의 재료로 사용하기 위해 과하게 도살된 나머지 멸종직전까지 갔다.

**한국말 한글 말살정책과 국어(일본어) 상용을 강제**하더니, 일제는 **창씨개명(創氏改名) 정책을 발표**하고, 1940년부터 한국인의 성(姓)과 이름을 일본인식으로 바꾸도록 강요했다. 1939년 11월 10일, '조선민사령(朝鮮民事令)'이 개정됐다. 조선총독부 제7대 총독 **미나미 지로**가 추진한 황민화 정책으로 개정된 법규의 주요 내용은 **창씨개명과 서양자 제도의 신설**이었다.

창씨개명은 일제가 '내선일체'를 내세우며 강제로 한국인의 성명제(姓名制)를 폐지하고 일본식으로 고치게 한 것이고 서양자제도는 사위를 삼을 목적으로 양자를 입양하되 양자는 양가의 씨를 따르는 제도다.

개정 법규가 시행된 1940년 2월11일부터 접수를 시작한 창씨개명 신청은 이틀 만에 87건이 제출됐다. 그중에는 소설가 이광수, 변호사 이승우, 종로경방단장 조병상, 공주 갑부 김갑순 등이 포함돼 있었다. 앞서 이광수는 창씨개명이 본격적으로 실시되기도 전부터 총독부 기관지 '경성일보'에 창씨개명을 적극 권고하는 칼럼을 기고하고 '매일신보'에도 '성씨고심담', '창씨와 나' 등 창씨개명을 홍보하는 글을 기고했다.

조선총독부는 그해 8월10일까지 창씨를 완료하도록 하고 이를 거부하는 자는 **불령선인**(不逞鮮人)으로 간주해 감시하게 했다. 불령선인으로 지목되면 자식의 학교 입학과 진학이 거부됐고 공사 기관에 채용되지 않았으며 현직자도 해고 조치를 당했다.

이뿐만 아니라 민원사무 취급 금지, 사찰 미행, 노무 징용 대상자 우선 지명 등 각종 차별이나 불이익이 가해졌다. 일제의 창씨개명정책에 다양한 방법으로 저항했다. 안동 예안 출신인 이현구는 창씨개명을 거부하며 36일간의 단식으로 자결해 창씨거부 운동을 일으켰다. 전남 곡성군 오곡면 사는 유건영(柳健永)은 '창씨개명'에 반대하는 엄중한 항의서를 일제총독과 중추원에 보낸 뒤 다음과 같은 유서를 남기고 자결하여 일제를 규탄하였다.

"슬프다. 유건영은 천년의 고족(古族)이다. 일찍 나라가 망할 때 죽지 못하고 30년간 치욕을 당할 때 저들의 패륜과 난륜은 귀로써 듣지 못하고 눈으로써 보지 못하겠더니, 이제 혈족의 성(姓)마저 빼앗으려

한다. (……) 이것은 금수(禽獸)의 도를 5천년 문화민족에게 강요하는 것이니, 나 건영은 짐승이 되어 살기보다는 차라리 깨끗한 죽음을 택하노라."

또한 전북 고창군 고창읍 설진영(薛鎭永)은 '창씨'하지 않으면 자녀를 학교에서 퇴학시키겠다는 협박을 받아 결국 '창씨'를 해서 아이를 학교에 보낸 다음, 돌을 안고 우물에 뛰어들어 자결해서 조상에 사죄하고 일제에 항의하였다.

문창수(文昌洙)는 '창씨개명'에 공개적으로 반대하다가 체포되자 법정투쟁 끝에 실형을 언도받고 투옥되었지만 끝까지 항거하였다. 충북 충주군 김한규는 창씨개명 정책을 공개 바판하면서 저항하여 1년 징역형을 받았고, 충남 대덕군의 이기용은 8개월 실형을 언도받고 복역하였다. 이밖에도 창씨개명의 부당함을 비방하다가 전국에서 많은 사람들이 구속되었다.

이렇게 강압적인 조치를 바탕으로 예정된 8월10일까지 제출된 창씨는 약 322만호로 당시 전체 가구수의 무려 80%에 달했다. 관청의 일본식 복성창씨 강요가 심하여 전북 장수군 산서면 사창 부안김씨(扶安金氏) 가문은 성(姓) 김(金)을 김포(金浦)로 하고 이름은 바꾸지 않았다. 김은철(金殷喆)을 김포은철(金浦殷喆)로 눈가림하는 식이다. 월곡 창원정씨(昌原丁氏) 가문은 성(姓) 정(丁)을 대도(大島)로 하고 이름은 바꾸지 않았다. 당나라에서 한반도 목포 앞바다 압해도(押海島)로 처음 온 도시조 대양군(大陽君) 정덕성(丁德盛)을 기려 압해도를 큰섬[大島]이라고 눈가림한 창씨였다. 정철수(丁哲洙)를 대도철수(大島哲洙)로 하는 식이다. 총독부 명령에 강요당하는 면사무소 호적계 직원과 가문간의 처절한 협상 결과일 것이다. 미군정 시절(1945~1948) '조선인성명복구령'에 의해 다시 원상태로 호적의 성명(姓名)이 정정되었다.

1940년대 한반도 인구 2500만 명 중 **450만 명**이 **징병, 징용, 정신대로** 강제 동원되어 전쟁터로, 탄광으로, 군수공장으로, 위안부로 끌려갔다. 조선총독부총동원연맹 수는 4,579,152명으로 추산되었다.

1938년 지원병제를 실시하고, 1939년 **강제징용**이 시작되어 1945년까지 강제징용으로 끌려간 조선인은 **103만 2,684명**이었다. 탄광, 비행장 건설 등 국가차원의 징용뿐만 아니라 미쓰비시 등 민간 기업에서도 조선총독부의 지원을 받아 면장과 서기관, 경찰 등의 공권력을 등에 업고 강제로 징용했다. 이를 거부하거나 저항한 조선인에게는 폭행과 더불어 식량배급 제외라는 가중처벌이 행해졌다.

1943년 **학도지원병제**가 실시되어 10대 학생들의 지원서 쓰기를 강요하고, 쓰지 않으면 새벽까지 풀어주지 않았다.(4,385명, 일본 육군 조선 지원병 통계)

1944년 전쟁 막바지에 조선인들은 **강제징병**으로 전쟁터에 끌려갔다. 일본 육군과 해군 측 기록에 따르면 **군인 20만 명, 잡일 등 군속 20만 명 도합 40만 명**이었다.

일제총독부는 노예적인 '황국신민'의식 주입을 위해 1937년 10월 **'황국신민(皇國臣民)의 서사(誓詞)'**라는 서약 구호를 만들어 강제로 암송하고, 행사 때마다 복창하도록 했다. 아동용과 중학생 이상 일반용 두 가지였다. **아동용**은 "① 나는 대일본제국 신민입니다. ② 나는 마음을 합해 천황폐하께 충의를 다하겠습니다. ③ 나는 인고단련하여 훌륭하고 강한 국민이 되겠습니다."였다. **일반용**은 "① 우리는 황국신민이다. 충성으로써 군국(君國)에 보답하자. ②우리 황국신민은 인고단련의 힘을 길러 황도(皇道)를 선양하자."였다. 이것을 모든 학교, 단체, 직장, 모임의 집회 행사에 반드시 암송하고 복창하게 하였다.

일제는 한국 민족의식을 소멸시키고, 일본천황에 대한 충성심을 조장하기 위해 일왕이 있는 쪽을 향해 허리를 90도로 꺾어 큰절을 하는

"**궁성요배**(宮城遙拜)'라는 것을 공식생활에서 거의 매일 강제하였다. 일제는 '**신사참배**'는 물론이요, 모든 의식과 학교 조회 등에서 '궁성요배'를 반드시 식순에 넣도록 강제하였다.

일제는 한국 민족의식 말살과 신민(臣民)의식 주입을 위해 '**신사참배**(神社參拜)'를 강제하였다. 신사참배는 일본민족은 시조신 '**천조대신**(天照大神; 아마테라스 오미가미)의 자손이며, 지금 일본 **명치천황**(明治天皇)은 그 **신손**(神孫)으로서 살아있는 **현인신**(現人神)이라고 하는 일본천황 숭배종교였다. 이 종교를 한민족 모두에게 믿도록 강제한 것이다. 신사(神社)가 아니면서 '천조대신(아마테라스 오미가미), 명치천황(메이지천황)', 즉 시조신과 현재 천황을 제사(祭祀)와 참배할 수 있는 '**조선신궁**(朝鮮神宮)'을 1925년 서울 남산에 건축하고, 학생, 일반, 관공서 공무원, 각 사찰, 교회, 성당의 신자들이 집단으로 참배하도록 강제하였다. 그리하여 신궁(神宮)-신사(神社)-신사(神祠)의 위계조직으로, 1936년 8월 부임한 미나미 지로 총독은 전국 2,346개 모든 읍면에 '1읍면(邑面) 1신사(神社)주의'를 채택한다고 선언하고, 설치를 강행하고 '신사참배'를 강제했다. 1938년에는 내선일체(內鮮一體)를 현창한 고대 천황이라 하여 '응신(應神), 제명(齊明), 천지(天智)' 천황들과 '신공황후'의 신령을 제사한다는 '부여신궁(扶餘神宮)'을 만들었다.

신사참배에 불응하는 **학교와 종교단체**를 '치안유지법' 위반으로 폐교조치하고 **탄압**하였다. 1945년에는 성결교회, 안식교회, 침례교회를 해산시켰고, 기독교 각파 교회들을 모두 통합하여 '일본기독교 조선교단'으로 개편하였다. 신사참배에 반대하던 신정현교회 주기철(朱基徹) 목사는 1940년 8월 투옥되어 1944년 4월 옥사하였다.

한국인의 민족종교 **대종교**(大倧敎)와 **천도교**(天道敎)에 대한 탄압은 민족종교 말살정책처럼 더욱 가혹했다. 대종교는 1909년 1월 15일 교주 **나철**(羅喆,1863~1916)에 의해 '단군교'로 창립되어, 일제의 탄압을 피하고자 1910년 7월 30일 **'대종교'**로 이름을 바꾸었다. 일제 탄압으로 붕괴 위험에 처하자 1914년 5월 13일 **총본사를 만주의 북간도 청파호로 옮기고,** 서울에는 남도 본사를 두었다. 그러나 일제는 1915년 10월 1일 조선총독부령 제85호로 대종교를 불법화하여 해체명령을 내렸다. 제1세 교주 **나철**은 급거 귀국하여 일제의 명령을 철회시키려고 노력했지만 효과가 없자 항의하여 구월산 삼성사에서 1916년 8월 15일(음력) '순명3조'를 남기고 **자결**하였다. 제2세 교주로는 나철의 유언에 따라 **김교헌**(金敎獻,1868~1923)이 취임하였다. 김교헌은 문과 급제자로 대한제국 성균관 대사성 가선대부 벼슬까지 지낸 사람이다

**나철 대종교**는 3·1만세운동을 만주에서 주도하고, 1911년 3월 길림성에서 **서일**(徐一,1881~1921) 중심의 대종교 신자들로 독립무장운동단체 중광단(重光團)을 조직하게 했다. 중광단은 1919년 4월, 대한정의단(大韓正義團)으로 확대 개편되어 독립군 병사와 결사대를 모집했다. 그해 8월 **김좌진**(金佐鎭,1889~1930)을 초빙하여 군사지휘권을 맡기고, 10월 대한군정부(大韓軍政府)로 개편하고, 상해 임시정부에 그 산하 독립군 군사기관으로 공인을 신청했다. 대한민국 임시정부는 1919년 12월 국무원 제205호로서 명칭을 **'대한군정서(大韓軍政署)'**로 변경할 것을 조건으로 승낙하였다. 대한군정서는 별칭으로 **'북로군정서(北路軍政署)'**라고 불렸으며 이 명칭이 더 널리 알려지게 되었다. **대종교의 독립군 부대 '북로군정서'**는 전투 병력만 약 1,100명으로 당시 만주와 러시아에 편성되었던 30여 개 독립군 단체 중에서 가장 규모가 컸으며, 대종교의 재정지원으로 소총뿐만 아니라 기관총과 박격포까지 갖춘 가장 잘 훈련된 최정예 최강의 독립군이었다.

일본군이 1920년 10월 5개 사단에서 차출한 약 2만 5천 명 병력으로 독립군 토벌을 위해 간도 침입 작전을 벌였을 때, 북로군정서 독립군은

일본군 동(東)지대 약 5천 명을 삼도구 청산리에서 대파하였다. **북로군 정서 김좌진 독립군이 청산리전투에서 승전**할 수 있었던 배경에는 이와 같은 **대종교의 강력한 지원활동**이 있었다.

일제는 독립운동을 근본적으로 탄압하기 위해 1925년 6월 만주 군벌과 삼시(三矢)협정을 체결했다. 만주 군벌은 1926년 12월 '대종교포교금지령'을 발표하였다. 그러자 박찬익(朴贊翊)이 중국중앙정부와 교섭하여 1929년 마침내 해금령을 얻어냈다. 그러나 1931년 9월 18일 만주사변으로 일제가 만주를 점령했으므로 해금령은 효과를 보지 못했다.

대종교 제3세 교주 **윤세복**(尹世復,1881~1960)은 합법적 포교를 위해 만주국과 교섭한 결과 1934년 3월 타협이 성립되어 만주에서 합법적 포교를 재개하였다. 대종교 서적 7종 1만 4500부를 간행하고,「교보(敎報)」 발간을 재개했고, 발해 수도 동경성(東京城)에 단군전(檀君殿) 건립계획 추진과 토지를 잃고 만주로 유랑해 오는 한국인 농민들에게 경작지를 확보해 자작농을 창설하는 사업을 시작했다.

그러나 대종교의 독립운동을 간파한 일제는 탄압을 시작하였다. 단군전 건축 모금운동 글귀를 "독립을 위하여 봉기하라"는 뜻이라고 구실을 붙였다. 대종교가 조선어학회의 불령선인과 연락해 가면서 독립운동을 기도한다고 하면서 단군전 모금운동 단군사상 "널리 펴는 말" 문건을 증거자료로 삼아서, 1942년 11월 만주와 국내에서 대종교 교주 윤세복 등 간부 25명을 검거 구속하였다. 일제는 25명 중 교주 윤세복에게는 무기징역, 김영숙(金永淑)에게는 15년 형, 윤정현(尹珽鉉)·이용태(李容兌)·최관(崔冠)에게는 8년 형, 이현익(李顯翼)에게는 7년 형, 이재유(李在囿)에게는 5년 형을 언도하였다. 윤세복, 김영숙, 윤정현, 이용태, 최관, 이현익 등은 1945년 8·15광복으로 출옥하였다.

한편, **오근태**(吳根泰)·**안희제**(安熙濟)·**강철구**(姜銕求)·**김서종**(金書鍾)·**이창언**(李昌彦)·**이재유**(李在囿)·**나정련**(羅正鍊)·**나정문**(羅正紋)·

이정(李楨)·권상익(權相益) 등 10명은 일제의 가혹한 고문에 못 이겨 검거된 다음해인 1943년 5월부터 1944년 1월 사이에 옥중에서 사망했거나 고문으로 병원에서 사망하였다. 이들이 **대종교**에서 '**순교십현(殉教十賢)**'이라고 부르는 **순교자**들이다. 일제는 신사참배로 일본민족 시조신 '천조대신(天照大神)'과 현인신 '명치천황(明治天皇)'을 안 믿고, 한민족 시조신 '환인(桓仁)·환웅(桓雄)·단군(檀君)'을 믿는 대종교는 한민족 민족정신을 기르는 종교이면서 가장 악랄한 독립운동단체로 보았다. 그래서 일제는 더욱 보복적으로 대종교 말살정책을 편 것이다. 서울상동교회 독실한 기독교 신자였던, '훈민정음'을 '한글'이라고 이름 붙인 한글학자 주시경은 민족 대단결을 위해서는 종교도 바꾸겠다면서 기독교에서 대종교로 개종했다. 당시 민족 선각자들의 민족정신 지키기가 얼마나 절박했는가를 엿볼 수 있다. 일제가 신사참배를 강제할수록 대종교를 믿는 독립운동가들이 더욱 늘어났다.

## ✽ 화동공 24살, 1940년 단기4273년 경진년에 일어난 일들

1월4일 조선영화령을 공포하여 영화의 제작 배급 상영 등을 통제하기 시작했다. 1월 신석정(辛夕汀)이 시 '촛불'을 발표하였다. 2월11일 총독부에서 창씨개명(創氏改名)을 실시하였다. 독일이 소련과 통상협정을 체결하였다. 2월24일 **백용성(白龍城)**이 사망하였다. 백용성은 전북 장수군 번암면 죽림리 출신으로 3·1기미독립혁명 33인의 한 사람이다. 3월13일 석탄 등 18개 품목을 수출통제품으로 발표하였다. 3월13일 **이동녕(李東寧)**이 중국에서 **순국**하였다. 3월12일 소련과 핀란드가 강화조약을 체결하였다. 3월 박헌영(朴憲永) 김삼룡(金三龍) 등이 경성콩그룹(경성커뮤니스트클럽 京城Comunist Club)을 결성하였다. 중국 왕조명(汪兆銘왕자오밍)이 남경(南京난징)정부를 세웠다. 4월9일 독일이 노르웨이 덴마크를 침공하고, 5월10일 네덜란드 벨기에 룩셈부르크를 침공하였다. 5월9일 김구의 한국국민당, 지청천(池靑天)의 조선혁명당, 조소앙(趙素昻)의 한국독립당, 하와이의 애국단 등이 통합하여 한국독립당이 창립되고, 김구(金九)가 위원장이 되었다. 5월10일 조선출판협회가 조직되었다. 5월11일 영국, 처칠(Churchill) 연합내각이 성립되었다. 6월10일 이탈리아가 영국과 프랑스에 선전포고를 하였다. **6월14일 독일이 프랑스 파리를 함락하였다.** 6월17일 프랑스가 독일에 항복하였다. 페탱(Petain)이 비시(Vichy)에서 괴뢰정부를 수립하였다. 6월18일 프랑스 드골(de Gaulle), 런던에서 대독일 항전을 호소하였다. 6월22일 프랑스, 독일과 휴전협정에 조인하였다. 24일 이탈리아와도 조인하였다. 7월1일 총독부에서 학생의 중국·만주여행을 금지하였다. 7월5일 프랑스 비시(Vichy)정부, 영국과 국교를 단절하였다. 7월21일 소련이 발트 3국을 병합하였다. 8월2일 중국 팔로군(八路軍)이 유격전을 시작하였다. 8월10일 조선일보와 동아일보가 강제 폐간당하였다. 8월17일 국민정신총동원 조선연맹이 전시생활체제를 강요하였다. 9월9일 학생제복을 국방색으로 통일하였다. 9월13일 이탈리아가 이집트를 침공하였다. **9월17일 임시정부가 중국 중경(重慶충칭)에 한국광복군 총사령부를 설치하고 국군창설을 선포하였다.** 총사령관에 지청천(池靑天), 참모장에 이범석(李範奭)을 임명하였다. 9월25일 독일 이탈리아 일본이 군사동맹을 체결하였다. 10월3일 독일이 루마니아를 침공하였다. 10월9일 임시정부가 주석(主席)을 중심으로 하는 지도체제로 전환하고 **김구(金九)를 주석**으로 선출하였다.

임시정부가 8년 동안 피난살이로 옮겨 다니던 그 기간에 독립운동 1세대 거목들이 차례로 숨졌다. **이회영, 이동휘, 신채호, 김동삼, 안창호,**

**양기탁, 이동녕** 등이 일제의 탄압과 총칼에 육신을 내주고 차가운 이역이나 감옥에서 생을 마감해야 했다.

1940년 10월16일 황국신민화운동을 강제로 시행하기 위하여 국민정신총동원연맹을 개편하여 국민총력연맹을 조직하였다. 10월25일 중국정부에서 광복군(光復軍)의 중국전선 참전을 승인하였다. 11월5일 미국 **루즈벨트**가 대통령에 3선 당선되었다. 11월11일 박종화(朴鍾和)가 매일신보에 '다정불심(多情佛心)'을 발표하였다. 11월29일 한국광복군 총사령부가 중경(重慶충칭)에서 서안(西安시안)으로 이전하였다. 11월 임옥인(林玉仁)이 '문장'에 '후처기(後妻記)'를 발표하였다. 12월22일 임시정부가 독립운동의 방침에 관한 선언문을 발표하였다. 12월25일 친일단체 '황도협회(皇道協會)'가 결성되었다. 오지영(吳知泳)이 '동학사(東學史)'를, 정노식(鄭魯湜)이 '조선창극사(朝鮮唱劇史)'를, 윤석중(尹石重)이 시집 '어깨동무'를 간행하였다. 12월29일 미국이 민주주의 국가의 병기창이 되겠다는 담화를 발표하였다.

## ✻ 화동공 25살, 1941년 단기4274년 신사년에 일어난 일들

1월 조선어학회가 '외래어표기법통일안'을 발표하였다. 1월 베트남 독립투쟁 민주전선(越盟월맹)을 결성하였다. 2월12일 조선사상범예방구금령을 공포하였다.

### 소학교를 국민학교로 개칭

1941년 3월25일 조선교육령을 개정하여 소학교를 국민학교로 개칭하였다. 엿새 뒤 3월 31일 초등학교규정이 공포되었는데 가장 중요한 내용은 **한국어의 학습을 폐지**한다는 것이었다. 원래 대한제국에서 소학교로 불리던 것을 일제강점기인 1911년 보통학교로 이름을 바꾸더니, 1938년 심상소학교로 통합하더니, 이를 다시 국민학교로 명칭을 바꾼 것이다. 이후 학생들은 학교에서 한국어를 쓰면 징벌과 체벌을 받았다. 잡지 〈어린이〉, 〈문장〉, 〈인문평론〉 등이 폐간되고 조선일보 동아일보도 폐간되었다. **총독부 기관지 매일신보**만 살아남았다.

4월 1일 평원선(平元線, 평양~원산) 철도가 개통되었다. 4월 6일 독일이 그리스와 유고를 침입하였다. 4월 13일 소련과 일본이 불가침조약에 조인하였다. 4월 17일 유고슬라비아가 독일에 항복하였다. 4월 20일 미주 각 단체 대표가 하와이 호놀루루(Honolulu)에서 한족연합위원회를 조직하였다. 4월 23일 태고사(太古寺, 현 曹溪寺)를 조선불교 총본산으로 결정하였다. 5월 6일 소련 스탈린(Stalin)이 수상에 취임하여 정권을 장악하였다.


## 4. 둘째 아들 종후 출생

화동댁에 둘째 아들 종후(鍾厚, 신사 1941.4.21.유시~경인 2010.1.31. 수 70세)가 태어났다. 화동공 25세, 화동댁 22세 때였다. 어릴 때부터 몸이 약했으나 그래도 잘 자라주었다. 종후의 자(字) 경봉(鏡峰), 호는 만정(晚貞)이다. 산서국교 졸, 오수중학을 다녔다. 이사문(李思文) 선생에게서 한문 수학. 농업에 종사하던 스물네 살에 중매가 들어와 화동 선생 내외가 직접 예비 사돈댁을 방문하여 처녀 선을 본 뒤 양가 혼인이 결정되었다. 그리하여 1964년 12월 11일 오시에 전북 임실군 삼계면 어은리(사월리) 신부집에서 경주김씨 일숙(一淑) 김소남(金小南, 임오 1942.1.1.~ ) 처녀와 혼인, 2남 2녀를 두었다. 경주김씨 부인은 김진구(金辰九,1908.7.17.~1974.8.13.)·전주유씨 유아근(柳兒根;1909.8.29.~1967.11.24)의 4남매(2남2녀) 중 셋째, 둘째딸로 태어났다. 조부는 김재시(金在時), 조모는 한성녀(韓姓女), 외조는 류상규(柳庠珪), 외조모는 오동영(吳東泳)이다. 만정은 서울로 이사하여 번창상회(식품점),고무바킹제조업 장진산업(長珍産業) 대표, 피혁사업, 방화회관 등을 경영했다. 사업 성패를 떠나 늘 태평스러웠고, 술을 좋아하여 취하면 '사람은 진실하고 사람답게 살아야 한다.'고 늘 주변 사람들을 깨우쳤다. 고향을 떠나 서울로 이사할 때 종영, 인철, 종재 등 이웃들이 동구밖까지 배웅하고 눈물을 흘리며 이별을 슬퍼했다 하니, 내외가 이웃을 진심으로 대하면서 대접하기를 즐겨하여 정을 쌓았기 때문일 것이다. 아버지를 닮아 목소리가 청아하여 민요를 구성지게 잘 불렀다. 아들 창수(昌洙, 대학 졸업 후 조졸), 광수(아시아나항공 직원), 딸 영미(남편 우리부동산 대표), 정현(어린이집 교사, 김포시청 기간제 공무원, 남편 김포시청 공무원)을 두었다.

6월1일 허천강(虛川江) 수력발전소가 송전을 개시하였다. 6월2일 일본의 농촌을 지원할 목적으로 조선농업보국청년대가 결성되었다. 6월15일 조선연극인총력연맹이 결성되었다. 6월22일 독일이 소련에 선전포고를 하고, 이어 이탈리아와 루마니아도 소련에 선전포고를 하였다. 7월1일 독일과 이탈리아가 중국 왕조명(汪兆銘) 정부를 승인하였다. 7월28일 일본이 프랑스령 인도차이나를 점령하였다. 8월5일 수풍(水豊)발전소에서 만주에 송전을 시작하고, 9월1일에는 군내에 송전을 개시하였다. 8월12일 미국 루즈벨트 대통령, 영국 처칠 수상과 회담하고 '대서양헌장(大西洋憲章)'을 발표하였다. 8월30일 홍난파(洪蘭坡)가 사망하였다. 9월16일 총독부가 중등학교 이상에 학교총력대(學校

總力隊) 결성을 지시하였다. 10월1일 미국 영국 소련 모스크바에서 협정서에 조인하였다. 10월2일 독일 소련 모스크바(Moskva) 공격을 개시하였다. 10월3일 임시정부가 중국 외교총장과 정부승인 문제에 관해 회담하였다. 10월10일 정덕수(張德秀) 등이 일본 오사카에서 조선청년독립당을 조직하여 활동하다가 체포되었다. 10월18일 일본, 도조(東條英機) 내각이 성립되었다. 11월19일 임시정부가 중국 원조 받는 대신 작전지휘권은 중국군에 위임하기로 하는 '한국광복군행동준승(韓國光復軍行動準繩) 9개항'을 승인하였다. 11월28일 임시정부가 대한민국건국강령을 발표하였다. 11월 임시정부가 미국 워싱턴에 구미외교위원회를 설치하고 위원장에 이승만(李承晩)을 임명하였다. 12월8일 일본이 미국 하와이 진주만(眞珠灣)을 공격하여 태평양전쟁을 일으키자 미국과 영국이 일본에 선전포고하였다. **12월9일 대한민국 임시정부, 일본에 선전포고를 하였다.** 중국 국민정부, 독일 일본 이탈리아에 선전포고를 하였다. 12월20일 한국독립당은 '태평양전쟁에 임하여 동지 동포에게 고하는 격문'을 발표하였다. 12월27일 총독부, 농업생산통제령을 공포하였다. 최현배가 '한글갈'을, 김억(金億)이 '안서시초(岸曙詩抄)'를, 서정주(徐廷柱)가 시집 '화사집(花蛇集)'을 간행하였다. 한성준(韓成俊)이 한인 최초로 총독부 예술부문 무용상을 수상했으나 이 해에 사망하였다. 이중섭(李仲燮)이 신미술가협회를 조직하였다. 12월28일 미국 루즈벨트 대통령, 영국 처칠 수상과 워싱턴에서 회담을 개최하였다.


## ✽ 화동공 26살, 1942년 단기4275년 임오년에 일어난 일들

1월1일 연합국, 미국 워싱턴에서 대서양헌장 실현을 위한 공동선언에 조인하였다. 1월2일 일본이 필리핀 마닐라를 점령하였다. 1월14일 조선군사령을 공포하였다. 1월18일 독일 이탈리아 일본이 군사협정에 조인하였다. 2월15일 일본군, 싱가포르와 말레이시아를 점령하고 2월14일 총독부가 조선체육진흥회를 설립하였다. 2월20일 식량관리법을 공포하였다. 2월 **총독부에서 음력설(舊正)을 폐지하였다.** 3월1일 총독부가 가정의 금속류를 강제로 회수하였다. 임시정부, 중국 미국 영국 소련에 임시정부 승인을 요구하였다. 3월1일 자바(Java)에 상륙하였다. 3월17일 명륜전문학교(明倫專門學校, 현 성균관대학교) 설립을 인가하였다. 3월 '성서조선(聖書朝鮮) 사건'으로 김교신(金教臣) 등 기독교도가 검거되었다. 광복군 지대장 나월환(羅月煥)이 중국 서안(西安)에서 부하에게 암살당하였다. 4월20일 임시정부, 정부 내에 외교연구위원회 설치를 결의하였다. 4월 중국 국민정부에서 대한민국임시정부 승인을 의결하였다. 5월1일 조선어학회 기관지 '한글'이 강제 폐간당했다. 전시대비 체력단련 목적으로 총독부에서 전국적인 '건민운동(健民運動)'을 전개하였다. 5월15일 김원봉(金元鳳)의 조선의용대가 임시정부 광복군에 편입되었다. 5월25일 이효석(李孝石)이 사망하였다. 5월26일 영국과 소련이 런던에서 동맹조약을 체결하였다. 5월29일 **조선 총독에 고이소(小磯國昭)**가 임명되었다. 6월5일 미국이 미드웨이(Midway) 해전에서 일본군을 격파하였다. 6월15일 쿠바 아바나(Havana)에서 개최된 전승연합대회에서 대한민국임시정부를 승인하였다.

## 종회는 둠벙에 빠졌어

임오년(1942년) 여름날
화동댁은 이웃 안터댁, 냉기댁 들이랑 사창마을 앞 냇가 빨래터에 빨래를 하러 갔다. 올해 여섯 살 먹은 첫아들 종회가 따라와 한 살 아래인 친정집 조카 희철과 동무가 되어 함께 친정집 찬시암배미 논 남녘에 있는 찬시암거리[冷泉]로 물장난을 하러 갔다. 빨래터에서 100여 미터쯤 거리일까. 그 작은 연못은 샘 바닥에서 찬 샘물이 사철 뽀골뽀골 물방울을 만들면서 솟아나 찬시암(찬샘)이라 하고 그곳을 찬시암거리라고 했다. 몹시 무더운 여름날 찬 샘물에 멱 감으면 시원하여 하동들이 자주 찾는 둠벙(작은 연못)이었다. 한창 빨래를 하고 있는데 친정조카 다섯 살짜리 희철이가 숨이 턱에 닿을 정도로 달려와 헐떡이며 말한다.

"고모, 종회는 빠졌어!"

"뭐?"

"종회는 둠벙에 빠졌어."

듣는 순간 위급상황을 알아차렸다. 기겁을 한 어머니가 빨래 방망이를 내던지고 달려갔다. 빨래하는 동안 희철이와 찬샘 둠벙(연못)에 멱 감으러 간 아들이 잘못된 모양이었다. 달려가 보니 어린 아들은 멱을 감다가 발을 헛디뎌 깊은 곳으로 빠져 허우적거리고 있었다. 그야말로 사경을 헤매고 있었다. 한달음에 달려가 허우적거리는 어린 아들을 꺼냈을 때는 물을 얼마나 먹었던지 배가 빵빵하게 불룩했다.

마침 부근에 있던 아들의 큰아버지 홍곡양반이 달려와 종회를 엎드리게 하고 배를 눌러 물을 토하게 하니 얼굴에 핏기가 돌아왔다. 사창 마을 사람들이 천만다행이라고 하였다.

어릴 때 너무 놀란 추억을 여든 셋이 된 아들은 기해년(2019년) 음 2월 6일 여든 둘로 세상을 떠난 외종 동생(희철) 문상을 와서 만상제 완중이에게 어릴 적 추억을 들려주어 화동댁 역사의 한 단면이 기록되었다.

1942년 7월6일 이승만(李承晚)이 '미국의 소리'를 통해 동양과 남미의 동포를 격려하는 방송을 하였다. 7월17일 독일, 소련의 스탈린그라드(현, 볼고드라드Volgoglad) 공격을 개시하였다. 8월12일 미국 영국 소련 모스크바에서 3국회담을 개최하였다. 9월 광복군 사령부가 서안에서 다시 중경으로 이전하였다. 9월27일 소련, 프랑스 드골정권을 승인하고, 미국도 10월2일 승인하였다.

## 조선어학회사건

**하나의 민족을 말살하려면 그 민족의 역사와 언어를 말살하면 된다.** 일제는 한민족을 말살하기 위해 조선어학회사건을 일으켰다. 1942년 10월1일 독립운동 혐의로 조선어학회 회원에 대한 대검거를 시작하는 '조선어학회사건'이 일어났다. 한국어를 연구하는 학자들을 없애려 한 것이다.

1942년 5월, 함경남도 홍원읍 한 일본인 형사가 불손한 태도를 보이는 백(白)모 청년 가택수색을 하다가 청년의 조카 영생여중생 백영옥(白永玉)의 일기장을 발견하고 조선인 형사 야스다(安田正黙)에게 조사하게 하였다. 그 일기장 2년 전 일기에 "국어(일본어)를 상용하는 학생을 처벌했다."는 문구가 있었는데 이것이 문제가 되었다. 실제로 처벌한 교사는 없었고, 학생이 반일감정으로 일기를 쓴 것인데, 일제 형사들은 민족감정을 불어넣은 교사로 연희전문을 졸업하고, 미국 컬럼비아대학에서 교육학을 전공하고 영생여중에서 조선어와 영어를 가르쳤던 정태진(丁泰鎭)을 주목하였다. 그는 조선어 과목이 폐지되자 수학 및 수신을 담당하였다가 2년 전 서울 조선어학회에서 「조선말큰사전」 편찬사업을 하고 있었다. 1942년 9월 5일 정태진을 체포하여 잔혹한 고문 끝에 조선어학회가 '민족주의자 집단'임에 동의하는 정태진의 '자백'을 받아냈다고 발표하였다.

일제는 작전을 시작하여 1942년 10월 1일 홍원경찰서 형사대를 시켜 「조선말큰사전」 편찬사업을 하고 있던 이극로(李克魯), 정인승(鄭寅承), 이윤재(李允宰), 최현배(崔鉉培), 이희승(李熙昇), 장지영(張志暎), 김윤경(金允經), 권승욱(權承昱), 한징(韓澄), 이중화(李重華), 이석린(李錫麟) 등 11명을 체포하였다. 이어서 일제는 1942년 10월 21일 다시 이만규(李萬珪), 이강래(李康來), 김선기(金善琪), 이병기(李秉岐), 정열모(鄭烈模), 김법린(金法麟), 이우식(李祐植) 등 7명을 체포하였다. 일제는 이어서 제3차로 12월 23일 윤병호(尹炳浩), 서승효(徐承孝), 김양수(金良洙), 장현식(張鉉植), 이인(李仁), 이은상(李殷相), 정인섭(鄭寅燮), 안재홍(安在鴻) 등 8명을 체포하였다. 일제는 다시 1943년 3월 5일, 6일에는 김도연(金度演), 서민호(徐珉豪) 등 2명을 체포했으며, 3월 31일과 4월 1일에는 신윤국(申允局)과 김종철(金鍾哲) 2명을 체포하였다. 권덕규(權悳奎)와 안호상(安浩相)은 체포자 명단에 들어있었으나 병으로 불구속 심문하도록 했다.

일제는 학자들을 목총으로 구타하고, 두 팔을 등 뒤로 묶어서 천장에 매달고 돌리는 '비행기고문'을 가하기도 했으며, 불에 달군 쇠꼬챙이와 끓는 물로 고문을 가하기도 하였다. 일제는 이윤재 등이 임시정부 요원 김두봉(金枓奉)을 만나 자금을 제공했다는 둥, 김두봉을 통하여 사전 편찬작업을 위장하고 조선독립을 추진했으며, 이극로를 대통령, 정인승을 내무장관으로 한 국내 임시정부를 수립하려 했다는 둥을 자백하라고 강요하였다.

일제는 조선어학회를 불온단체로 불법화하고, 또한 10년간의 각고 끝에 만든 「조선말큰사전」의 원고 3만2천여 장(400자 원고지)과 20만 장에 달하는 어휘카드를 모두 압수하여 한국어사전 편찬을 원천적으로 불가능하게 봉쇄 탄압하였다.

체포한 조선어학회 회원 중 이극로, 이윤재, 최현배, 이희승, 정인승,

정태진, 김양수, 김도연, 이우식, 이중화, 김법린, 이인, 한징, 정열모, 장지영, 장현식 등 16명을 기소하였다. 기소 후에도 재판도 하지 않고 극악한 감방 여건 속에 투옥하여 고문과 심문을 거듭하던 중 고문휴유증으로 이윤재(1943.12.), 한징(1944.2.)이 옥사하였다.

일제는 1945년 1월 16일 함흥지방법원에서 다음과 같이 판결을 언도하였다. 이극로 징역 6년, 최현배 징역 4년, 이희승 징역 3년 6개월, 정인승 징역 2년, 정태진 징역 2년, 김양수 징역 2년 집행유예 4년, 김도연 징역 2년 집행유예 4년, 이중화 징역 2년 집행유예 4년, 김법린 징역 2년 집행유예 4년, 이인 징역 2년 집행유예 4년, 이우식 징역 2년 집행유예 4년, 장현식 무죄를 언도했다. 체형을 언도받은 5명 중 정태진을 제외한 이극로, 최현배, 이희승, 정인승 4인은 판결에 불복해 항소를 제기했으나 일제는 1945년 8월 13일 이를 기각하였다. 이틀 뒤 일본 패망으로 이들은 약 3년의 옥고를 치르고 자유의 몸이 되었다.


1942년 10월 20일 최호진(崔虎鎭)이 '근대조선경제사'를 간행했다. 10월 임시정부, 의정원 의원 선거를 실시하여 의장에 홍진(洪震), 부의장에 최동오(崔東旿)가 선출되었다. 10월28일 미국 영국 소련 중국 중경(重慶)에서 동아작전회의를 개최하였다. 11월4일 친일 문인들이 대동아문학자대회(大東亞文學者大會)를 개최하였다. 11월8일 미·영 연합군사령관 아이젠하워(Eisenhower), 북아프리카 상륙을 개시하였다. 11월19일 소련, 스탈린그라드에서 독일군에 대해 반격을 개시했다. 12월 이탈리아 페르미(Fermi), 우라늄 핵분열에 성공하였다. 12월20일 노기남(盧基南)이 한국인 최초로 천주교 주교(主敎)에 임명되었다. 한국어를 가르치고 사용하는 것이 금지되었다. 김약연(金躍淵)이 간도에서 순국하였다. 중국 진독수(陳獨秀천두슈)가 사망하였다. 프랑스 카뮈(Camus), '이방인(異邦人)'을 발표하였다.

## 징병제와 학도병 지원제

일제는 1931년 만주사변 이후 전쟁광이 되어 중국대륙 침략에 열을 올려 1937년 중일전쟁, 1941년 태평양전쟁을 일으켜 군사 인력이 부족해지자, 한국인들을 강제로 징집하기 시작하였다. 1943년 3월 징병제 실시 법령을 공포하더니 8월 1일, 일제는 전격적으로 징병제를 실시했다. 강제 입대한 한국인 청년은 20만 명이 넘었으며, 전쟁에서 전사한 청년도 2만 2000명이 넘었다. 또 1943년 10월 20일 '조선인학도 육군특별지원병제도'를 공포하여 학도병 지원제를 실시하였다. 경찰과 총독부의 압박과 회유에 의해 4385명의 학생들이 전장의 총알받이로 떠나야 했다. 이광수, 최남선 같은 명망가를 동원하여 학도병 지원의 당위성을 역설하게 했다. 학도병 중 일부는 탈출하여 충칭의 대한민국 임시정부가 양성하고 있던 광복군에 들어가기도 했다.

## ✲ 화동공 27살, 1943년 단기4276년 계미년에 일어난 일들

1월6일 한인국방경위대, 미국 샌프란시스코 지대(支隊)를 결성하였다. 1월7일 보국정신대(報國挺身隊)가 결성되었다. 1월9일 중국 왕조명(汪兆銘) 정부, 미국과 영국에 선전포고하였다. 1월14일 미국 루즈벨트 대통령과 영국 처칠 수상이 모로코 카사블랑카에서 전쟁지휘회의를 개최하였다. 1월21일 중등학교령을 개정 공포하고, 대학 예과의 수업연한을 2년으로 단축하였다. 2월1일 임시정부 외교부장 조소앙(趙素昻), 한국에 대한 신탁통치 주장을 비판하는 성명서를 발표하였다. 2월2일 소련, 스탈린그라드에서 독일군을 격파하였다. 3월1일 징병제(徵兵制)를 공포하였다. 4월12일 이능화(李能和)가 사망하였다. 4

월17일 친일단체 조선문인보국회가 결성되었다. 4월19일 폴란드 바르샤바에서 유대인의 반파쇼 무장봉기가 일어났다. 4월25일 현진건(玄鎭健) 이상화(李相和)가 사망하였다. 4월 미국 로스앤젤레스에서 '북미시보(北美時報)'를 발간하였다. 5월12일 독일군 북아프리카 전선에서 항복하였다. 6월4일 프랑스, 국민저항회의를 설립하였다. 6월10일 경성부에서 구제(區制)를 실시하였다. 6월 광복군 총사령 지청천(池靑天), 인도 주둔 영국군과 군사상호협정을 체결하였다. 7월10일 연합군 총사령관 아이젠하워, 시칠리아(Sicilia) 섬에 상륙하였다. 7월25일 이탈리아 무솔리니(Mussolini)가 실각하고, 28일 파시스트당(Fascist黨)이 해체되었고, 9월8일 연합군에게 항복하였다. 7월28일 해군특별지원병령을 공포하였다. 이광수(李光秀)가 매일신보에 '징병제의 감격과 용의'를 발표하였다. 7월 **윤동주**(尹東柱), 일본 교토에서 사상범으로 체포되었다. 8월3일 안희제(安熙濟), 만주에서 순국하였다. **8월13일 광복군, 연합군 요청으로 미얀마 전선에 군대를 파견하였다.** 8월23일 영국과 미국군이 독일 베를린(Berlin)을 폭격하였다. 9월9일 이란이 독일에 선전포고하였다. 9월13일 중국 장개석이 국부주석(國府主席)에 취임하였다. 9월 진단학회가 강제 해산당하였다. 10월2일 토요일 반휴무제를 폐지하였다. 10월5일 부관연락선(釜關連絡船)이 미국 잠수함에게 격침되어 **544명이 사망**하였다. 10월19일 미국 영국 소련이 모스크바 외상회의를 개최하였다. 10월20일 학병제(學兵制)를 실시하였다. 11월8일 학도병에 지원하지 않는 학생에게 징용영장을 발부하였다. 11월14일 중추원(中樞院), 학도병에 지원하지 않는 학생은 강제 휴학시켜 징집하기로 결정하였다. **11월22일 미국 영국 중국, 카이로(Cairo)회담을 개최하고 전후 한국을 독립시키기로 결정하였다.** 11월 임시의정원, 미국 영국 중국 원수에게 카이로 선언에 대한 감사 메시지를 전달하였다. 목포방송국이 개국하였다. 11월29일 유고슬라비아 티토(Tito), 혁명정부를 수립하였다. 12월7일 재미한족위원회, 카이로 선언에 대한 대책을 협의하고 미국 영국 중국 원수에게 감사의 전문을 보냈다. 12월8일 한글학자 **이윤재**(李允宰)가 함흥 감옥에서 순국하였다. 강경애(姜敬愛)가 사망하였다. 홍범도(洪範圖)가 중앙아시아에서 순국하였다. 미국 왁스만(Waksman), 스트렙토마이신을 발명하였다.

## 성노예 생활을 강요당한 여인들

일제가 위안부라는 성 노예 여성들을 헌병들을 동원하여 끌고 간 것은 1931년 만주사변 때부터였다. 처음에는 일본인 민간인을 시켜 15~20세의 가난한 처녀들을 공장이나 식당에 취업시켜주겠다고 속여 인신매매 형태로 데려가더니, 나중에는 헌병을 풀어 강제로 붙잡아 가기도 했다. 한반도 곳곳에서는 딸을 빼앗기지 않으려고 조혼(早婚)시키는 풍조마저 일었다. 이들은 만주는 물론이고, 중국 본토와 타이완, 미얀마, 말레이시아, 남태평양 섬 등 일본군이 움직이는 곳마다 끌려가야 했다. 일제는 전쟁 상황이 궁지에 몰리자 1944년 8월 23일 '여자정신대근로령'을 공포하여 12세 이상 40세 이하의 여성들을 강제 동원하기 시작했다. 청년 남성들은 강제 징집하여 전쟁터로 보내고, 장년들은 탄광이나 오지로 징용을 보내는 것도 모자라 학도병을 모집하더니 여성들까지 전쟁 인력으로 사용했다. 일제는 언제라도 필요한 인력이 있으면 영장을 교부하여 정신대에 편입시키고 1년간 의무적으로 복무해야 한다고 규정했다.

정신대에 편입된 여성들은 주로 군수공장으로 끌려가 감당하기 힘든 노역에 시달려야 했고, 일부는 전쟁터 군대 위안소로 끌려가 성 노예 생활을 강요당했다. 정신대와 위안부가 역할이 각각 달랐다. 정신대로 끌려간 사람들도 성 노예 생활을 해야 했던 사람들이 있었기에 위안부와 정신대를 동일시하는 경향이 생겼다.

위안소에 끌려간 여인들은 하루에 최소 열 명의 군인들을 상대해야 했고, 심지어는 60명을 상대할 때도 있었다고 증언했다. 여인들은 빨래나 청소, 풀베기, 음식 나르기, 등의 잡일까지 감당해야 했다. 성병이나 풍토병, 부인병, 우울증, 신경통, 두통 등에 시달리는 이가 부지기수였고, 아무리 아파도 경미한 치료만 받고 다시 위안소에 투입되었다. 탈출을 시도하다가 총살당하는 일도 자주 있었다.

이 지옥 같은 생활은 일본의 항복으로도 끝나지 않았다. 히로히토 왜왕의 무조건항복 선언으로 종전이 되자, 일본군은 성범죄 흔적을 지우기 위해 여인들을 참호나 동굴에 모아놓고 집단 학살하고 묻어버렸다. 또 그들을 배에 실어 배를 기뢰에 부딪치게 하는 방식으로 수장하기도 했다. 그나마 운이 좋았다는 사람들은 현지에 그냥 버려지거나 미군에게 인계되었다. 그러나 살아남았다고 해서 제대로 살 수 있었던 것이 아니다. 정상적인 결혼 생활을 하지 못하거나 독신으로 살아야 했고, 정신적, 육체적 병마를 안고 살았다. 고국에 돌아오지 못하고 우리말을 잊어버리고 아시아 각 타국에서 살아가는 사람들도 있었다. 일본군 위안부로 성노예생활을 강요당한 소녀들은 20만 명에 달한 것으로 파악되고 있다.

역사의 암흑 속으로 저 멀리 말살될 뻔했던, 일본이 저지른 반세기 전의 범죄가 만천하에 폭로되었다. 1991년 여름, '일본군 전용의 성노예'(종군위안부라 불리고 있는) 출신의 **김학순**(金學順, 1924.10.20.-1997.12.16.) 할머니가 한국에서 이름을 밝히며 나선 것이다. 일본의 패전 이후 일본군 위안부의 존재는 주지된 사실이었으나 피해 여성 스스로가 자신의 피해 사실을 말하고 나서는 경우는 김 할머니가 처음이었다. 김학순 할머니가 폭로한 8월 14일을 기려 **'일본군 위안부 피해자 기림의 날'**로 **2018년 대한민국 국가 기념일**로 지정되었다. 이 일이 있은 후 한국과 북한, 대만, 중국, 필리핀, 인도네시아, 말레이시아 등지에서 종군위안부 출신의 여성들이 속속 이름을 밝히며 나섰다. 일본군에게 받은 수치스러운 피해를 감춰 온 침묵이 깨진 것이었다. 그 결과 일본 국가가 매춘을 관리한 사실과, 천황의 군대가 아시아의 여성들을 성노예로 전락시켰던 실태가 피해자들의 용기 있는 고발에 의하여 명백하게 드러났다. 평화의 소녀상은 위안부 문제해결을 위해 지난 2011년 12월 14일 서울 일본대사관 앞에 처음으로 세워진 것을 계기로 이후 군산시를 비롯한 전국에 세워졌다. 미국 독일 등 해외에도 세워져 과거 일본제국의 전쟁범죄를 고발하고 있다.

역사를 잊은 민족은 미래가 없다. 한민족이라면 꼭 기억해야 할 치욕의 역사다. 나라를 빼앗겨 연약한 한국인 20만 명의 소녀들이 정신대라는 미명 아래 일본제국에 끌려가 군수공장에서 노역에 혹사당하거나, 일본군위안부로 성 노예 생활을 강요당한 뒤 목숨을 빼앗긴 전쟁범죄는 결코 잊어서는 안 될 것이다. 또 그 범죄가 묻혀서도 안 될 것이다.

## 1940년대를 풍미한 인물

1940년대를 풍미한 인물로는 전방위적 항일 투사 만해 **한용운**(1879.8.29.~1944.6.29.)과 나라 잃은 청년의 고뇌를 노래한 시인 **윤동주**(尹東柱, 1917.12.30.~1945.2.16.)가 있다.

## ✲ 화동공 28살, 1944년 단기4277년 갑신년에 일어난 일들

1월1일 레바논이 시리아로부터 분리되었다. 1월9일 소련군이 레닌그라드(현, 상트페테르부르크) 전선에서 공격을 개시하여 20일 독일로부터 탈환에 성공하였다. 1월20일 한국의 학병들이 입영하기 시작하였다. 1월 **이육사**(李陸史)가 중국 북경 형무소에서 **순국**하였다. 2월8일 총동원령에 의해 전면 징용을 실시하였다. 2월 관청의 일요일 휴무제를 폐지하였다. 한글학자 **한징**(韓澄), 함흥감옥에서 **순국**하였다. 2월16일 아르헨티나 페론(Peron)이 쿠데타를 일으켜 집권하였다. 3월3일 금융기관의 일요 휴무제를 폐지하였다. 3월13일 **김마리아가 사망**하였다. 3월18일 학도 군사교육 강화 요강과 학도 동원 비상조치 요강을 발표하였다. 3월19일 독일군이 헝가리에 진주하였다. 3월 임시정부, 국내공작특파위원회 및 군사외교단을 설치하였다. 전국 신문의 석간을 폐간하였다. 4월1일 군수 광공업 업체에 대한 생산책임제를 실시하였다.

## 5. 셋째 아들 종삼 출생과 죽음

화동가문 셋째 아들 **종삼**(鍾三, 갑신 1944.3.19.~무자 1948.3.15. 향년 5세)이 태어났다. 그러나 5세에 열병으로 조졸(早卒)했다. "종후가 초상당한 집 출상에 가서 떡을 얻어와 죽은 애랑 나눠 먹더니, 대번에 종삼이가 열이 나고 며칠 앓았다. 손도 못 쓰고 열병을 앓다가 어린 것이 그만 죽고 말았다." 부부는 눈물을 흘리면서 동녘 산에 고이 묻어 주었다. 어머니는 조졸한 셋째 아들에 대해 묻는 아들 종원에게 이렇게 말하며 눈물을 흘리셨다.

### 맏아들 종회 산서공립보통학교 입학

1944년 4월 1일 맏아들 종회가 아버지 화동공 손에 이끌려 산서공립보통학교에 입학했다. 일제 때에 보통학교는 3학기제로 1학기는 4~8

월, 2학기는 9~12월, 3학기는 이듬해 1~3월이었다. 이수과목은 수신 (修身), 국어(國語:일본어), 산수(算數), 체조(體操), 음악(音樂), 도화 (圖畫), 공작(工作) 등이다. 이듬해 1945년 조국 광복이 되어 이름도 바 뀌었고 과목도 국어는 일본어가 아니라 한국어로 바뀌었다. 이름도 일 본식 이름 김포종회(金浦鍾會)에서 김종회(金鍾會)로 바뀌었다. 일제 의 창씨개명 강요에 부안김씨 집안에서 성씨 김(金)에 한 글자 개(물 가) 포(浦)자를 눈속임으로 덧붙여 김포(金浦)를 성으로 했던 것이다. 종회는 1950년 5월5일 산서초등학교 6년을 졸업했다. 6·25한국전쟁 전이었다.

1944년 4월20일 임시정부, 임시약헌(臨時約憲)을 대한민국임시헌 장으로 개정하여 공포하였다. 4월22일 주기철(朱基澈) 목사가 순교하 였다. 4월28일 학도동원규정을 공포하여 국민학교 4학년 이상 학생의 강제 동원체제를 확립하였다. 4월 임시정부 기관지 '독립신문'을 속간 하였다. 5월4일 총독부에서 휴일에도 학교수업을 실시할 것을 지시하 였다. 5월 광복군, 주중국 미공군사령관 웨드마이어(Wedemeyer) 장 군의 원조를 받아 제2·3지대에 낙하산부대를 창설하고 훈련을 실시 하였다. 5월15일 독일 아이히만(Eichmann), 헝가리 유대인을 아우슈 비츠(Auschwitz) 강제수용소로 이송하기 시작하였다. 6월4일 미국· 영국 연합군 이탈리아 로마에 입성하였다. 6월6일 연합군, 노르망디 (Normandie) 상륙작전에 성공하였다. 6월26일 고유섭(高裕燮)이 사 망하였다. 6월29일 한용운(韓龍雲)이 사망하였다. 6월 임시정부, 연합 국에게 정부 승인을 요구하였다. 7월3일 김구(金九), 중국 장개석에게 임시정부 승인을 요구하였다. 7월7일 일본군이 사이판(Saipan) 섬에 서 전멸하였다. 7월18일 일본 도조((東條英機) 내각이 총사퇴하고, 22 일 고이소(小磯國昭) 내각이 성립하였다. 7월20일 독일 육군, 히틀러

(Hitler) 암살에 실패하였다. 8월23일 여자정신근로령(女子挺身勤勞令)을 공포하였다. 8월24일 임시정부, '한국광복군행동준승' 9개항 취소를 공포하였다. 8월 평양 대전 등지의 성당을 군사용으로 강제 접수하였다. 8월25일 연합군, 프랑스 파리에 입성하여 드골이 개선하였다. 9월2일 핀란드, 독일과 단교를 발표하였다. 9월5일 소련, 불가리아에 선전포고를 하였다. 9월9일 프랑스, 드골을 수반으로 하는 임시정부를 수립하였다. 9월 여운형(呂運亨), 건국동맹(建國同盟)을 조직하였다. 10월13일 전시비상조치방책을 발표하였다. 10월20일 유고슬라비아, 베오그라드(Beograd)를 독일로부터 탈환하였다. 11월7일 루즈벨트 대통령 4선에 당선되었다. 11월20일 미국, B-29기로 일본 동경을 공습하였다. 12월3일 그리스, 국민해방전선이 봉기하였다. 12월8일 종교보국회(宗敎保國會)가 결성되었다. 홍이섭(洪以燮)이 '조선과학사'를 간행하였다.

## ✷ 화동공 29살, 1945년 단기4278년 을유년에 일어난 일들

1월28일 조선어학회사건 판결공판이 열려 2~6년 실형이 선고되었다. 1월 여학생을 군수공장에 동원하였다. 2월4일 **미국 영국 소련이 얄타(Yalta)회담을 개최하였다. 소련의 대일 참전을 밀약**하였다. 2월9일 **임시정부, 독일에 선전포고하였다.** 2월16일 윤동주가 사망하였다. 3월1일 부산~신의주간 복선철도가 준공되었다. 3월18일 총독부가 결전교육조치요강(決戰敎育措置要綱)을 발표하여 국민학교 이외의 모든 학교 수업을 정지하고 모든 학생을 강제노동 또는 징용이나 군대에 동원하였다. 4월1일 미국군, 일본군을 전멸시키고 오키나와(沖繩충승)에 상륙하였다. 4월4일 주요 도시에 소개령(疏開令)을 발표하였다. 임시정부가 중국과 군사협정을 다시 체결하고 광복군의 지휘권을 돌려받았다. 4월12일 미국 루즈벨트(Roosevelt) 대통령이 사망하고 트루먼(Truman) 부통령이 승계하였다. 4월29일 부관연락선(釜關連絡船)에 일반승객 승선을 금지시켰다. 4월 재미한족위원회가 미국 샌프란시스코에서 열린 세계안전보장대회에 대표를 파견하였다. 자동차 대수가 7326대로 집계되었다. 김교신(金教臣)이 사망하였다. 4월28일 이탈리아 무솔리니(Mussolini)가 밀라노(Milano)에서 파르티잔(partisan, 비정규군 요원)에게 체포되어 처형당했다. 4월30일 독일 히틀러(Hitler)가 베를린에서 자살하였다. **5월2일 연합군이 독일 베를린을 함락하고, 7일 독일이 연합군에게 항복하였다.** 5월22일 전시교육령을 공포하여 모든 학교에 학도대(學徒隊)를 조직하였다. 6월5일 미국 영국 프랑스 소련이 4개국 협정에 조인하고 독일을 동·서로 분할하였다. 6월8일 최린(崔麟) 등이 조선언론보국회를 결성하였다. 6월23일 박춘금(朴春琴)이 친일단체 대의당(大義黨)을 창립하였다. 6월 청주방송국이 개국하였다. 6월25일 미국 샌프란시스코 회의에서 유엔 헌장이 조인되었다.

7월5일 영국 노동당, 총선거에서 승리하였다. 7월16일 미국 원자폭탄 실험에 성공하였다. 7월17일 미국 영국 소련 포츠담(Potsdam)회담에서 일본의 무조건 항복을 촉구하였다. 7월24일 대한애국청년단원 조문기(趙文紀) 유만수(柳萬秀) 강윤국(康潤國) 등이 대의당 주최 아시아민족분격대회 장소인 부민관(府民館)에 폭탄을 장치하여 폭파하는 사건을 일으켰다. **7월 광복군이 이범석(李範奭)을 총지휘자로 국내탈환작전을 수립하였다.** 7월27일 영국, 애틀리(Attlee) 노동당 내각이 발족하였다. **8월6일 미국이 일본 히로시마(廣島광도)에 원자폭탄을 투하하고, 9일 나가사키(長崎장기)에도 투하하였다.** 8월8일 소련이 **일본에 선전포고하고** 소련군이 북한으로 진군을 개시하여 12일 청진(淸津)에 상륙하였다. 8월10일 송진우(宋鎭寓)가 총독부의 정권인수 교섭에 불응하였다. 8월11일 임시정부 김구(金九) 주석이 중국 서안(西安)에서 미국 작전부장 도노반(Donovan) 장군과 한미군사협정을 체결하였다. 8월14일 여운형(呂運亨)이 조선총독 아베(阿部信行)의 정권 이양교섭에 동의하였다. 8월14일 중국과 소련이 우호동맹조약을 체결하였다.

　　**8월15일 일본의 무조건 항복으로 일제(日帝)의 강점으로부터 해방되었다.** 여운형(呂運亨)이 조선건국준비위원회를 결성하였다. 일본이 연합국에 무조건 항복함으로써 제2차세계대전이 종료되었다. 8월16일 건국치안대가 발족하고, 건국부녀동맹이 조직되었다. 8월17일 북한 평양에서 평안남도 건국준비위원회를 결성하였다. 인도네시아가 네덜란드로부터 독립하였다. 8월22일 소련군이 평양에 입성하였다. 8월24일 일본 해군 수송선 우키시마호(浮島號) 폭발사건이 일어났다. 8월25일 소련이 평양에 사령부를 설치하였다. 8월 전국에 145개의 인민위원회가 설치되었다. 8월28일 베트남(Vietnam)민주공화국이 성립되었다. 8월30일 미국 맥아더 사령관이 일본에 입국하였다. **9월2일 일본, 미국 전함 미조리호(Missouri號) 함상에서 항복문서에 조인하였다. 미국 맥아더(MacArthur) 사령관이 북위 38도선을 경계로 하는 미·소 양국의 한반도 분할점령책을 발표하였다.** 9월6일 여운형이 조선인민공화국 수립을 선언하였다. 9월7일 미국 극동사령부가 남한에 군정을 선포하였다. 9월10일 영국 런던에서 5대국 외상회의가 개최되었다. 9월11일 미국 하지(Hodge) 중장이 군정계획을 발표하였다. 박헌영(朴憲永)이 조선공산당 재건을 발표하였다. 9월12일 미국 아놀드(Arnold) 소장이 군정장관에 취임하였다. 9월14일 조선인민공화국이 이승만(李承晚)을 주석에 추대하였다. 이승만은 11월7일 취임을 거부하였다. 9월16일 한국민주당(韓國民主黨)이 결성되었다. 9월25일 프랑스 파리에서 세계

노동연맹 결성대회가 개최되었다. 9월28일 북한에서 국내파 공산주의자 현준혁(玄俊爀)이 암살당하였다. 10월10일 아놀드 군정장관이 '미군정이 38도선 이남에서 유일한 정부'라고 선언하였다. 중국 장개석과 모택동이 중경(충칭)에서 회동하여 정치협상회담 소집에 합의하였다. 일본이 정치범 등 2천여 명을 석방하였다. 10월12일 북한, 조선공산당 북조선 분국을 설치하고 김일성(金日成)을 책임자로 선출했다. 10월14일 북한, 평양에서 김일성 환영 군중대회를 개최하였다. 10월20일 미국 국무성에서 한국에 대한 신탁통치(信託統治) 의사를 표명하였다. 10월21일 프랑스가 헌법 제정을 위한 의회선거를 실시하였다. **10월24일 국제연합(UN)이 발족**하였다. 10월25일 이승만 중심의 독립촉성중앙협의회가 결성되었다. 11월1일 중국 국민정부가 타이완(臺灣) 접수를 개시하였다. 11월12일 여운형(呂運亨)이 조선인민당을 결성하였다. 11월20일 독일, 뉘른베르크(Nurnberg)에서 국제군사재판이 시작되었다.

## 대한민국임시정부 귀국

일본의 항복으로 중국 중경에 있던 대한민국임시정부는 환국하여 과도정부를 구성하여 과도정부에 임정을 인계한다고 결정하였다. 교통편은 중경에서 상해까지는 중국측이, 상해에서 국내까지는 미국측이 부담하는 것으로 결정되었다. 임시정부 요인 29명은 중국 국민당정부가 준비한 비행기 두 대에 나누어 타고 1945년 11월 5일 다섯 시간만에 상해에 도착하였다. 그러나 국내로 환국하는 길은 쉽게 열리지 않았다. 미군정이 대한민국임시정부가 아니라 개인자격으로 입국을 강요하며 서약서를 쓰라고 했기 때문이다. 격론 끝에 미군정의 요구대로 11월 19일 중국전구 미군사령관 웨드마이어에게 '개인자격의 귀국'이

라는 서약서를 제출하였다. 11월 20일 미군정이 보내온 비행기는 15인
승 1대였다.

　임정 요인들은 할 수 없이 1진과 2진으로 나누어 귀국하기로 했다.
11월 23일, 1진 15명은 주석 김구(金九), 부주석 김규식(金奎植), 이시
영, 김상덕, 엄항섭, 유동열, 안미생, 김진동, 이영길, 백정갑, 장준하, 윤
경빈, 민영완, 선우진으로 편성하여 입국하였다. 2진은 국무위원(조성
환, 황학수, 장건상, 김붕준, 성주식, 유림, 김성숙, 조경한)과 각부 부장
(조소앙, 조완구, 최동오, 김원봉, 신익희), 임시의정원 의장 홍진, 그리
고 수행원(노능서, 서상렬, 이계현, 윤재현, 안우생)과 중국인 무전기사
3명 등 모두 22명으로 편성되었다. 2진은 12월 1일 상해를 출발했으나
김포비행장에 폭설이 내려 착륙 못하고 군산 옥구비행장에 내렸다. 자
동차로 이동하다가 논산에서 하룻밤을 지냈다. 그리고 다음날 대전 유
성으로 와서 다시 비행기를 타고 김포공항에 내렸다. 임정 요인들 숙소
인 충무로 2가 한미호텔로 갔다. 서울 도착 다음날인 12월 3일 김구의
숙소인 죽첨장에 모두 모였다. 당시 신문들은 "환국 후 최초의 국무회
의"라는 제목으로 보도하였다.

## 임시정부 내무부정치공작대 조직

　내무부장 신익희는 정치공작대를 조직해야 한다고 주장하여 임정결
의로 정치공작대를 조직하기 시작했다. 서울 종로 6가 낙산장(駱山莊)
에 '대한민국임시정부내무부정치공작대판사처'라는 현판으로 중앙본
부를 설치하고 전국 지방조직을 갖추는 일은 중앙본부원을 파견하는
방법으로 이루어졌다. 중앙본부원은 신익희 인장이 찍힌 비밀신분증
을 소지하고 각 지방에 파견되었고, 모든 조직은 하향식 점조직 형태였
다. 1945년 12월 6일부터 함경도, 평안도를 비롯하여 경상도, 전라도,
충청도 등 각지에 중앙본부원을 파견하기 시작했다. 1946년 2월까지

전국 도·군·면 단위까지 대체적인 조직이 완료되었다. 1945년 12월 27일 미국 영국 소련 외상들이 모스크바 삼상회의를 개최하고, 한반도에 2년간 신탁통치를 결정하자 임시정부는 반대운동을 결의한 뒤 신익희는 12월 29일 서울시내 9개 경찰서장을 낙산장 정치공작대 중앙본부로 불러 반탁운동에 호응할 것을 명령하였다. 그리고 정치공작대 행정연구위원회로 하여금 국자(國字) 포고를 작성토록 하여 내무부장 신익희 명의로 발표되었다.

국자 제1호
1. 현재 전국 행정청 소속의 경찰기구 및 한인직원 전부 본임시정부 지휘하에 예속케 함.
2. 탁치반대의 시위운동은 계통적 질서적으로 행할 것.
3. 폭력행위와 파괴행위는 절대 금함.
4. 국민의 최저생활에 필요한 식량·연료·수도·전기·교통·금융·의료기관 등의 확보 운영에 대한 방해를 금지함.

국자 제2호
1. 이 운동은 반드시 우리의 최후 승리를 취득하기까지 계속함을 요하며 일반 국민은 금후 우리 정부 지도하에 제반 사업을 부흥하기를 요망한다.

국자포고의 핵심은 전국의 행정과 경찰기구를 임시정부가 접수한다는 것이었다. 이는 모스크바3상회의 신탁통치 결의를 반대하고, 미군정에 정면으로 대항한 것이었으며, 임시정부의 자주독립과 주권행사를 선언한 것이었다.

당장 임시정부와 미군정 사이에 갈등과 대립이 일어났다. 미군정은 임시정부가 미군정을 탈취하려는 '임정의 쿠데타'로 받아들였고, 임정

요인들을 중국으로 추방할 계획을 세우기도 하였다. 1946년 1월 1일 김구와 미군정 사령관 하지가 만나면서 가까스로 수습되었지만, 이를 계기로 미군정은 임시정부에 대한 견제와 감시를 강화하게 되었다. 미군정은 '임시정부 내무부장 신익희는 갱스터'라며 신익희를 구금하여 CIC본부로 연행 문초하고, 정치공작대 본부인 낙산장을 수색하여 관련 서류를 모두 압수하여 정치공작대 실체가 드러났다. 미군정은 정치공작대를 해체하라는 압력을 넣었다. 신창현에 의하면 "미군정의 압력에 못 견딘 임시정부와 임시의정원은 임정의 손발과도 같은 정치공작대 해체를 결의하기에 이르렀다."고 '해공신익희' 전기 244쪽에 기록하고 있다. 1946년 4월 28일과 29일 김구와 이승만이 만나 정치공작대 임시 대표회의를 소집하고, 정치공작대를 독립촉성국민회의에 합류하도록 했다.

정치공작대 해체결의에 분노한 신익희는 상심과 울분으로 보내다가 임시정부와 결별하고 1946년 6월, 정치공작대를 이승만이 주도하고 있던 대한독립촉성국민회의에 합류시키기로 결정하고, 그 부위원장이 되어 이승만과 손을 잡았다. 일제침략기에 독립운동도 했는데 해방된 조국에서 어렵게 조직한 정치공작대를 해체하라는 미군정 요구에 굴복한 임시정부 결정에 신익희는 참을 수가 없었던 것이다. 임시정부 27년 동안 이론적 실무자 두 사람을 꼽으라면 메이지대를 졸업한 조소앙과 와세다대를 졸업한 신익희를 들 수 있다. 이들은 이론적 기반과 실무를 담당하면서 임시정부라는 조직이 유지 운영되는데 적지 않은 공헌을 했다.

1945년 11월 23일, 조선일보가 복간되고, 매일신문이 제호를 바꾸어 서울신문으로 속간되었다. 신의주 반공학생의거가 일어났다. 11월27일 미국, 중국의 내전을 종식시키기 위해 마셜(Marshall) 전 육군참모총장을 특사로 파견하기로 결정하였다. 12월7일 동아일보가 복간되었다. 12월9일 아놀드 군정장관이 해임되었다. 12월17일, 조선공산당 북조선 분국이 김일성을 당책임 비서로 선출하였다. 12월27일 미국 영국 소련 외상들이 소련 모스크바 삼상회의를 개최하고 한국에 대한 2년간의 신탁통치(信託統治)를 결정하였다. 12월30일 송진우(宋鎭禹)가 피살되었다. 12월31일 전국에서 신탁통치(信託統治) 반대시위가 일어났다. 12월 중국 중경(重慶)에서 국·공 정전에 관한 정식회담을 재개하였다.

## ✽ 화동공 30살, 1946년 단기4279년 병술년에 일어난 일들

1월 1일 미군정에 의해 일본 국왕이 신격화를 부정하는 조서를 발표했다. 1월2일 조선공산당이 신탁통치(信託統治) 지지를 선언하였다. 1월8일 서울시민들이 쌀값 폭등에 항의하여 시위를 벌였다. 1월 10일 영국 런던에서 제1차 유엔총회가 개최되었다. 1월 15일 한국 육군의 모체인 남조선국방경비대가 창설되었다.

## 6. 넷째 아들 종태 출생

화동가문에 넷째 아들 종태(鍾泰, 병술 1946.1.19.사시~ )가 태어났다. 자는경백(鏡白),호는만경(晚景)이다.만경은 산서국교(1959.2.)·오수중(1962.2.)·전주공업고등학교 토목과를 졸업했다.(1965.2.), 육군 헌병으로 수도경비사령부에서 군복무(1967.10.~1970.9.), 국가5급을류 공무원임용고시 합격(1970.9.), 법무부 소속 공무원으로 근무

(1970.10.~1976.9.), 경남기업사 부사장(1976.10.~1980.5.), (주) 롯데축산 입사·특판과 호텔개척 담당·실수요처 담당·외식사업부 담당·백화점 및 체인본부 담당(1980.8.~1885.4.), (주) 롯데축산 육사업부 서부지점 소장(1986.10.), 육사업부 남부지점소장(1986.10.), 육사업부 동부지점소장(1988.3.), 육사업부광주(광주)지점장(1989.2.과장승진), 육사업부 전주지점장(1991.6.),본사 영업관리실 전보 발령(1993.2.).

(주)미원농장 부장으로 입사(1993.4.), 호남지사장(1993.4.), 캐주얼 이랜드 전주점경영, (주)미원농장퇴사(1995.2.), ㈜대우자동차전주정비센터전무취임(1995.12.1.), 1970.12.20. 1시 서울에서 창원황씨(昌原黃氏) 황영이(黃英伊, 기축 1949.4.16.~ )와 혼인 아들 수환(秀桓)을 두었다. 황씨부인은 경남 통영시 항남동282번지에서 초등학교 교장을 지낸 황재택(黃載宅,1914.5.8.~1963.2.5.)·달성서씨 서흥수(徐興洙,1916.1.3.~1983.8.16.)의 딸로 태어났다. 만경은 황씨부인과의 성격 차이로 1986년 7월 29일 합의 이혼하고, 1986년 9월 24일, 서울에서 김해김씨(金海金氏) 김혜정(金惠汀, 1953.11.5.~ )과 재혼하여 아들 윤호(允浩)를 두었다. 김해김씨부인은 경남 통영시 문화동 26번지에서 김영국(金英國, 1929.4.10.~ )·경주김씨 김봉이(金鳳伊, 1927.8.13.~ )의 2남 2녀 중 맏딸로 태어났다.

수상(受賞)은 (주) 롯데축산 전국 최우수 영업사원 표창(1984.4.), 롯데그룹 대상(영업) 수상(1990.5.), 롯데그룹 영업대상 수상(1992.5.)이 있다.

1946년 2월 8일 대한독립촉성국민회의가 결성되었다. 의장 이승만(李承晩), 부의장 김구(金九), 김규식(金奎植). 평양에 북조선임시인민위원회가 발족되었다. 위원장 김일성(金日成), 부위원장 김두봉(金科奉). 스페인 유엔 가입이 거부되었다. 2월 20일 소련이 사할린과 알류

산에 대한 영유권을 선언하였다. 2월 24일 조선문화단체총연맹이 결성되었다. 3월 5일 북조선임시인민위원회, 토지개혁법을 발표함. 무상 몰수 및 무상 분배 원칙. 3월 5일 영국 처칠 미국에서 '철의 장막' 연설함. 3월 20일 제1차 미소공동위원회가 덕수궁에서 개최됨. 3월 23일 북조선임시인민위원회, 20개 정강을 발표(북한 헌법의 기초). 4월 19일 국제연맹이 해산됨. 5월 3일 일본 도쿄에서 극동국제군사재판 시작됨. 5월 4일 중국 토지개혁에 대한 지침을 내렸다. 5월 15일 정판사(精版社) 위조지폐사건이 발각되었다. 5월 22일 일본 요시다 내각 성립, 소련군 만주에서 철수함.

**6월 3일 이승만, 정읍에서 남한 단독정부 수립을 주장하였다.** 이탈리아, 인민투표에서 왕제를 폐지함. 6월 19일 미군정에서 국립종합대학안을 발표하였다. 6월 26일 43년래 폭우로 큰 수해발생. 6월 30일 중국 국공 정전회담 결렬. 7월 4일 필리핀, 미국으로부터 독립했다. 7월 17일 이북으로의 통행을 금했다. 7월 31일 전국학생총연맹 결성, 위원장 이철승(李哲承). 8월 16일 인도 네루 인도독립 임시정부 수립을 발표. 9월 7일 공산당 간부 박헌영(朴憲永) 체포령 내림. 9월 17일 수도경찰청 발족, 청장 장택상(張澤相). 9월 20일 미군정에서 행정권 이양을 발표함. 9월 24일 9월 총파업 일어남. 9월 27일 제1회 국제통화기금 총회가 개막됨. 10월 1일 대구폭동사건이 일어남. 독일, 뉘른베르크 국제재판에서 자국 전범자들을 판결함. 10월 13일 이범석(李範奭), 조선민족청년당을 결성, 프랑스 제4공화국 수립. 10월 19일 경향신문 창간 11월 3일 일본, 신헌법 공포. 11월 19일 제1회 유네스코총회 개막. 11월 23일 남조선노동당 결성. 위원장 허헌(許憲). **12월 2일 이승만 미국을 방문하여 남한 단독정부 수립을 주장.** 12월 9일 국립서울대학교안에 반대하여 동맹휴학함. 12월 12일 남조선 과도입법의원 개원. 의장 김규식(金奎植), 박목월(朴木月), 박두진(朴斗鎭), 조지훈(趙芝薰) 3인 시집 「청록집(靑鹿集)」을 간행함. 12월 19일 프랑스, 베트남군에 대한 공격을 개시함, 독일 하우프트만 사망.

## ✱ 화동공 31살, 1947(4280) 정해년에 일어난 일들

1947년 1월 1일 자유중국, 새 헌법을 제정하여 공포함. 1월 22일 지방 관리의 보통선거제를 실시함. 1월 28일 영국, 미얀마 독립을 승인함. 2월 5일 안재홍(安在鴻) 민정장관에 임명됨. 2월 11일 공민증(公民證) 제도를 실시함. 2월 10일 연합국, 이탈리아, 루마니아, 핀란드, 불가리아, 헝가리, 등 5개국과 파리평화조약에 조인함. 3월 1일 좌·우익 진영이 3·1절 행사를 남산과 서울운동장에서 각기 개최함. 좌·우익 충돌로 경찰이 발포하여 수습함. 2월 20일 영국, 인도에 정권을 이양한다고 발표함. 3월 12일 미국, 트루먼 독트린을 발표함, 터키와 그리스에 대한 원조 선언. 3월 17일 영국, 프랑스, 네덜란드, 벨기에, 룩셈부르크, 서유럽연합동맹을 결성. 3월 22일 남한 전역에서 24시간 총파업이 일어남, 2076명 검거. 4월 19일 서윤복(徐潤福), 보스턴 마라톤대회에서 세계 신기록으로 우승함. 5월 21일 제2차 미소공동위원회가 개최됨. 7월 10일 소련대표의 우익단체 제외 주장으로 사실상 결렬됨. 5월 24일 여운형(呂運亨), 근로인민당을 결성함. 6월 3일 미군정이 한국인 기구를 남조선과도정부로 개칭함. 6월 5일 미국 마셜 국무장관, 유럽부흥계획 마셜플랜을 발표함. 6월 20일 미국에 체류중인 서재필(徐載弼)을 특별의정관으로 초빙함. 6월 27일 입법의원, 보통선거법을 의결함, 미국 자유중국에 무기원조를 결정함. 7월 2일 소련 마셜플랜 참가를 거절함.

1947년 7월 19일 **여운형**(呂運亨) **피살**. 7월 20일 네덜란드, 인도네시아와 전쟁을 개시함, 8월 4일 정전. 7월 21일 미소공동위원회 소련대표가 반탁진영을 제외할 것을 제의함, 8월 7일 미국대표가 이를 거부함. 8월 6일 입법의원, 조선임시정부 약헌(約憲)을 의결함. 8월 15일 인도와 파키스탄이 분리독립을 선언함. 9월 2일 미주공동방위조약이 조인됨. 9월 17일 유엔총회에 한국문제가 정식 상정됨. 9월 21일 대동청년당이 결성됨. 단장 지청천(池靑天). 10월 2일 한국 국제무선부호 HL 사용을 개시함. 서울중앙방송국 HLKA, 군정장관에 딘 소장이 임명됨. 10월 5일 소련 및 동구 코민포름(공산당정보국)을 결성함. 10월 30일 스위스 제네바에서 관세·무역협정(GATT)이 23개국이 참가한 가운데 조인됨. 11월 9일 서정주(徐廷珠), 경향신문에 시 '국화 옆에서'를 발표함. 11월 14일 유엔총회에서 한국총선거안을 가결함. 한국 임시위원단이 설치됨. 11월 29일 유엔총회, 팔레스타인 분리안을 채택함. 12월 1일 북한, 화폐개혁을 단행함. **12월 22일 김구**(金九), **남한 단독정부 수립 반대 성명을 발표함**, 유치환(柳致環) 시집 「생명의 서」, 유치진(柳致眞) 희곡집 「소」, 양주동(梁柱東) 저 「여요전주(麗謠箋注)」가 간행됨.

## ✻ 화동공 32살, 1948(4281) 무자년에 일어난 일들

1월 7일 의무교육제도를 실시함. 1월 23일 소련이 유엔한국위원단 입북을 거부함. **1월 27일 김구**(金九), **남북 주둔군 철수 후 자유선거를 주장함**. 2월 25일 체코슬로바키아, 공산정부를 수립함. 스리랑카, 영국자치령으로 독립함. 2월 26일 유엔소총회에서 가능한 지역에서의 총선거안이 가결됨. **3월 8일 김구**(金九), **남북협상을 제의함**, 3월 25일 북한이 수락함. 3월 15일 유럽부흥회의, 서독일 정부수립 방침을 결정함. 3

월 16일 북한, 중공과 비밀 군사협정을 체결함. 3월 17일 영국, 프랑스, 벨기에, 네덜란드, 룩셈부르크, 브뤼셀 동맹조약에 조인함. 3월 24일 국제무역헌장(아바나헌장)이 조인됨. 4월 1일 소련, 베를린을 봉쇄함. 4월 3일 제주도 4·3사건이 일어남. 4월 6일 소련, 핀란드 동맹조약에 조인함. 4월 16일 서구 16개국 유럽경제협력기구에 조인함. 4월 19일 김구(金九), 김규식(金奎植) 남북협상 위해 입북함, 5월 5일 성과 없이 귀경.

1948년 5월 5일 화동공은 맏형(김환철)으로부터 자신의 논을 사 가라는 권유를 받고, 논 902평에 대한 매매계약서를 체결한다. 그 매매계약서, 곧 매도증서가 남아있다.

**賣渡證書(매도증서)**

본인(本人) 소유(所有)에 관(關)한 좌기(左記) 부동산(不動産)을 대금(代金) 일만구천원(壹萬九千圓)야(也)에 귀하(貴下)에게 매도(賣渡)하고 대금수령(代金受領)과 함께 해(該) 부동산(不動産)은 인도(引渡)할 사(事) 확실(確實)함.
단기(檀紀) 사이팔일(四貳八壹,1948)년(年) 오월(五月) 오일(五日)

장수군(長水郡) 산서면(山西面) 사상리(社上里) 구칠(九七) 번지(番地)
매도인(賣渡人) 김환철(金煥喆) 인(印 )

장수군(長水郡) 산서면(山西面) 사상리(社上里) 123(壹貳參) 번지(番地)
매수인(買受人) 김은철(金殷喆) 귀하(貴下)

위 부동산(不動産)의 표시(表示)

장수군(長水郡) 산서면(山西面) 사상리(社上里) 579(五七九) 번지(番地) 답(畓) 구백이평(九百貳坪)

1948년 4월 18일 이탈리아 총선거를 실시함, 기독교민주당 승리. 4월 30일 미주 21개국 보고타헌장에 조인함. 미주기구 OAS 결성.

## 1948년 5월 10일 유엔 감시하에 남한 국회의원 선거 실시

1948년 유엔 감시하에 초대 국회의원 선거가 실시되었다. 초대와 2대 국회의원 임기는 2년제이었고, 3대부터 4년제로 바뀐다. 산서국민학교에 투표소가 마련되어 사창 사람들은 돌깨뭉뎅이를 지나 신덕리를 거쳐 산서초등학교 투표소에 가서 투표를 했다. **장수군 국회의원은 무소속 김봉두가 14850표를 얻어 당선되었다.** 차점자는 독립촉성회 유순형으로 7488표였다. **초대 대통령은 국회의원들이 선출하는 간선제였다. 독립촉성회 이승만이 180표로 13표를 얻은 한독당의 김구를 누르고 당선되었다.** 김구는 남북 분단을 고착화시키는 남한 단독정부 구성을 위한 5·10선거를 처음부터 반대하고, 남북한 동시선거를 해야 한다고 주장하고 있던 상태였다. 5·10총선거 이후, **5월 14일 북한은 대남 전기송출을 중단했다.**

## 헌법제정 및 대한민국 정부 수립

이스라엘, 정부를 수립함, 아랍연맹 이스라엘에 선전포고함, 제1차 중동전쟁. 5월 31일 제헌국회가 개원함. 6월 28일 코민포름 유고 공산당을 제명함. 7월 1일 국회, 국호를 대한민국 임시정부를 이어받아 대한민국(大韓民國)으로 결정함. 7월 12일 국회 **대한민국헌법**을 의결함. **7월 17일 헌법을 공포함**, 정부조직법을 공포함. 7월 20일 국회, **초대 대통령에 이승만**(李承晩), **부통령에 이시영**(李始榮)을 선출함. 8월 4일 **국회, 의장에 신익희**(申翼熙), 부의장에 김약수(金若水)를 선출함. 8월 5일 국회, **김병로**(金炳魯) **대법원장을 인준함. 8월 15일 대한민국정부 수립**을 선포함. 8월 19일 중국, 화북민주연합정부를 수립함. 9월 1일 북한, 총선거를 실시함. 2일 최고인민회의 개최. 9월 5일 정부, 남조선국방경비대를 육군으로, 해안경비대를 해군으로 개편함. 9월 7일 국회, 반민족행위자처벌법(반민법)을 의결함. **9월 9일 북한, 조선민주주의인민공화국 수립, 수상 김일성**(金日成). 9월 13일 미군정 행정권이 대한민국 정부에 완전 이양됨. 10월 19일 **여수·순천10·19사건** 발생, 27일 진압. 11월 2일 미국 트루먼 대통령 재선에 성공함. 11월 20일 국회, 국가보안법을 의결함. 12월 10일 유엔총회, 세계인권선언을 채택함. 12월 12일 유엔총회에서 대한민국정부를 한반도에서의 유일한 합법정부로 승인함. 12월 27일 북한, 소련군이 완전히 철수했다고 발표함.

## ✱ 화동공 33살, 1949(4282) 기축년에 일어난 일들

1월 1일 미국이 한국을 승인함, 초대 대사 무초(Mucho) 임명. 1월 4일 일본 도쿄에 주일대표부를 설치함. 1월 8일 반민족행위특별조사위원회 발족. 1월 25일 소련, 동구 6개국과 경제 상호원조회의(코메콘) 창설함. 1월 26일 일본, 호류사[法隆寺] 금당벽화가 소실됨. 1월 31일 중국, 중공군이 베이징[北京]에 입성함. 2월 10일 한국민주당, 민주국민당으로 개칭함. 2월 14일 이집트·이스라엘 휴전협정에 조인함. 3월 8일 학도호국단(學徒護國團)이 결성됨.

# 7. 다섯째 아들 종원 탄생

화동가문 다섯째 아들 종원(鍾元)이 기축 1949년 2월 11일(양력 3월 10일) 오시에 태어났다. 그날 오전 만삭이었는데도 어머니 화동댁은 이웃 안터댁에 삼품앗이를 갔다. 점심때가 되어 급히 집으로 돌아와 남편 점심을 차려주고 산기가 있어 낮 오시(午時)에 다섯째 아들을 출산한 것이다. 아들 종원의 자(字)는 경문(鏡文), 호는 만은(晚隱)이다. 계월초(1956.4.~1962.2.), 오수중(1962.3.~1965.2.), 오수고(1965.3.~1968.2.), 서경대 국어국문학과를 졸업(1969.3.~1976.2)하며 문학사 학위를 받고, 연세대교육대학원 국어교육학과를 졸업(1983.8.22~1986.2.24)하며, 국어교육학석사 학위를 취득했다.

해병대 입대, 청룡부대원으로 월남전 참전, 해병 병장으로 3년 만기 전역, 5급을류 국가공무원시험 합격(1973.08.10.), 일반직공무원 서기보 재직 중 중등교사채용고시 합격으로 중등교사로 전직, 서울특별시교육청 중등교사채용순위고시 국어과합격(1976.01.13), 서울특별시 화곡중·고등학교, 서운중학교, 이수중학교 중등 국어·한문교사·학급담임교사·부장교사를 역임했다. 서울특별교육청교육전문직(장학사, 교육연구사)공개채용시험 국어과수석합격(1995.11.16), 서울특별시교육청장학사, 서울특별시학생교육원 지도실장(교육연구사), 서울특별시서부교육청 중등교육주무장학사(장학계장), 1999년 서울지역 중등교감자격연수생 358명 중 연수성적 수석(부상 금강산연수, 상금 30만원), 중등국어과 1,2급정교사, 사서교사, 중등교감, 중등교장 자격증 취득, 서울 영등포구 신길동 대영고(大永高) 교감(校監), 양천구 신월동 신화중(新禾中) 교장(校長), 성북구 삼선동 경동고(京東高) 교장(校長) 역임 후 국가교육공무원직 40년 정년퇴임. 교육부장관상, 서울특별시교육감상, 서울특별시장상, 한국교총회장상, 유공교육자 표창 다수, 대한민국 홍조근정훈장 수훈, 국가유공자 증서 수훈, 시·시조·수필 등단, 저서 「김구시문연구(金坵詩文硏究)」, 시집 「당신을 알고부터」 등 7권, 마의태자유적지비(麻衣太子遺蹟址碑) 등 비문 8편 찬, 담허재집 (澹虛齋集), 명은집(明隱集) 영인 발간, 「扶安金氏서울花樹會誌(편저, 1985.4.30. 부안김씨서울화수회 간)」, 「扶安扶寧金氏 뿌리를 찾아서(3 인 편저, 2019.12.5.)」, 「뿌리 찾아 삼만리(2024.02.17.명성서림)」 발간, 부안·부령김씨서울경기종친회 고문, 회장 역임, 숭조(崇祖) 애족(愛族) 효사상(孝思想)이 깊었고, 시대정신과 역사의식이 깊은 시를 주로 썼다는 비평가들의 평을 들었다. 한국문인협회이사장상, 국제펜클럽한국본부이사장상, 한국참여문학상,세계시가야금관왕관상,좋은문학문학상(문학평론부문), 부안김씨서울종친회장상 수상.

배(配) 창원정씨(昌原丁氏) 정혜경(丁惠京) 호 월송(月松), 충간공 (忠簡公) 유헌(遊軒) 정황(丁熿) 후예 철수(哲洙)의 딸, 조 계당(溪堂) 숙현(叔鉉), 증조 호은(湖隱) 협규(夾圭), 외조(外祖) 장수(長水) 황석현(黃錫顯). 임진 1952년 1월 3일생. 맏딸 지나(智娜), 아들 은택(㴇澤) 남매를 두었다.


1949년 3월 10일 국회, 지방자치법을 의결함. 3월 17일 북한, 소련과 경제 및 문화적 협조에 관한 협정에 조인함. 4월 1일 중국, 국·공평화 회담을 시작함, 21일 결렬. 4월 4일 북대서양조약에 12개국이 조인함. 나토 성립. 4월 10일 유엔에서 한국의 유엔 가입을 부결시킴. **4월 15일 해병대가 창설됨. 5월 1일 제1회 전국 인구조사를 실시함, 남한 인구 2016만 6758명.** 5월 4일 남로당 국회프락치사건이 적발됨. 김약수(金若水), 이문원(李文源), 노일환(盧鎰煥) 의원 등 체포됨. 육군 300여 명 38선 넘어 월북함. 5월 12일 소련, 베를린 봉쇄를 해제함. 5월 20일 미국 국무부에서 미군 철수 계획을 발표함, 6월 29일 철수 완료. 6월 6일 경찰, 반민족행위특별조사위원회 조사위원들을 불법 연행함. 6월 15일 프랑스, 베트남국을 수립함, 바오 다이 옹립. 6월 21일 정부, 농지개혁법을 공포함.

## 백범 김구 암살

6월 26일, 대한민국 임시정부 주석 김구(金九), 경교장(京橋莊)에서 육군 소위 안두희(安斗熙)에게 피살됨. 7월 5일 국민장 거행 효창공원 안장. 6월 30일 북한, 조선노동당을 설립함. 위원장 김일성(金日成), 부위원장 박헌영(朴憲永). 7월 7일 반민특위 조사위원들이 이승만 정권과 경찰의 탄압에 반발하여 총사퇴함. 7월 19일 프랑스와 라오스, 독립협정에 조인함. 8월 1일 문예월간지 「문예(文藝)」가 창간됨. 8월 5일 미국, 중국백서를 발표함. 8월 7일 자유중국 장제스[蔣介石] 총통이 내한함. 진해에서 이승만 대통령과 회담. 8월 15일 인도네시아연방공화국이 수립됨. 9월 7일 독일연방공화국(서독)이 수립됨. 수도 본(Bonn). 9월 23일 소련 원자폭탄 보유를 공포함. 9월 26일 정부, 법원조직법을 공포함. 9월 남로당 빨치산투쟁 시작, 11월 군경이 섬멸함. 10월 1일 중화인민공화국(중공)이 수립됨. 주석 마오쩌둥[毛澤東], 수도 베이징 [北京]. 10월 2일 소련, 중공을 승인함. 이어 동유럽 여러 국가도 승인함. 10월 7일 독일인민공화국(동독)이 수립됨, 수도 베를린(Berlin). 10월 12일 공군이 창설됨. 12월 6일 첫 징병검사를 실시함. 12월 7일 중국 장제스[蔣介石] 타이완[臺灣]으로 완전히 이동함. 12월 16일 중공 마오쩌둥[毛澤東] 소련을 방문함. 스탈린과 회담함. 12월 17일 한·일 통상협정이 비준됨. 12월 19일 박두진(朴斗鎭) 시집 「해」, 조윤제(趙潤濟) 저 「국문학사(國文學史)」가 발간됨.

# ✻ 화동공 34살, 1950(4283)년 경인년에 일어난 일들

## 토지개혁

　제2대 국회의원 선거가 1950년 5월 30일 실시되었다. **장수군선거구**에서는 13명의 후보가 나섰는데 **무소속 김우성**이 4985표로, 차점자 장병준의 2739표를 누르고 당선되었다.

　광복 직후 우리나라 국민소득은 60~70달러에 불과했다. 일제강점기에 만들어놓았던 한국 경제구조는 그들의 전쟁만을 위한 것이었기에 패망하자마자 무너질 수밖에 없었다. 한국에서 생활했던 산업시설 94%를 차지했던 일본인 70만 명이 도망치듯 빠져나가자 대부분의 공장이 멈췄고, 1948년 5월 10일 국회위원선거 이후 5월 14일, 북한에서 전기 공급마저 중단하여 밤이 되면 남한 전체는 암흑천지가 되었다. 패전위기에서 일본이 화폐를 마구 찍어내 인플레이션으로 물가는 30배 이상 올랐다. 1946년 세금으로 걷은 돈은 국가예산의 5~6%밖에 되지 않았고, 미군정 3년간의 무상원조는 무려 5억 2천만 달러에 이른다. 일제강점기 경제정책은 주로 남한은 농업 위주로, 북한은 공업 위주로 진행되었다. 특히 자하자원이 많은 북한에 발전소나 비료공장 등 산업시설이 주로 세워졌다. **1946년 북한**은 소련군 주도로 **토지개혁과 산업시설을 국유화해 나갔다. '무상몰수 무상분배' 개념으로 토지개혁을 실시했다.** 지주계급의 반발을 불러왔지만 소작농에서 해방된 농민들에게는 감격 그 자체였다. 1947년에는 화폐개혁까지 단행하여 2공화국시기까지는 남한보다도 훨씬 앞선 경제력을 북한이 가지게 되었다.

　광복 당시 한국 전체 농민 중 84%가 소작농에 농토의 64%가 소작지로 농민들 대부분이 지주의 농사를 대신 짓고 있었다. 이런 상황에서 소작농 문제를 그대로 방치해두면 토지개혁으로 소작농을 없앤 북한

공산체제를 농민들은 환영할 것이 자명했다. 거기다가 일본인 소유 농지의 귀속농지 처리문제, 해외동포 귀환으로 소작권, 소작료 등을 둘러싸고 많은 분쟁이 일어나고 있었다. 소작농이 소유권을 가져 자작농이 되면 생산력이 높아질 것이고 부족한 식량문제 해결에도 도움이 될 것이었다. 농가소득이 확대되면 소비가 촉진되어 공업생산 발전이 이루어질 것이었다. 이런 다양한 이유로 이승만 정권은 좌익 활동가였지만 **농지개혁의 적임자로 보고 조봉암을 농림부장관으로 기용하여 토지개혁을 실시하게 된다.**

많은 논란과 오랜 기간의 조정 끝에 **3정보**(9천평, 1마지기 200평, 45마지기) **이상의 농지에 대해 정부가 지주로부터 땅을 사들여 소작농에게 파는 형식의 농지개혁이 시작된다.** 정부가 자금이 없었기 때문에 현금 아닌 지가증권으로 땅값을 받았고, 땅을 산 소작농은 땅값(수확량의 1.5배)을 5년에 나눠 현물로 상환해야 했다. 농지개혁은 시작된 후 얼마 안 되어 한국전쟁이 발발했기 때문에 1957년에야 마무리가 되었고, 그 추진이 공정하게 집행되지 못한 면도 있었다.

농지개혁으로 분배된 면적이 58만 4,638정보인데 이는 1945년 소작지 144만 7천 정보의 40.4%에 불과했다. 소작지 가운데 약 86만 정보가 누락된 것은 농지개혁 이전에 이미 농지가 매각되었음을 보여준다. 농지개혁 실시가 지연되는 동안 이를 꺼렸던 지주들이 사전에 토지를 처분했기 때문일 것이다. 거기에 한국전쟁 중 지주들의 피해 또한 극심했고 전쟁 인플레이션 탓에 지가증권은 휴지조각이 되어 버린다. 그렇기 때문에 농지개혁을 통해 산업자본을 흡수하고자 했던 정부의 의도는 사실 성공했다고 할 수 없다. 또한 소작농이 땅값을 치러야 했던 한계도 있다. 그럼에도 한국전쟁 전에 농지개혁을 실시하지 않았다면 토지의 무상분배를 선전하는 북한 점령군에 대해 남한의 농민들은 적극적인 지지를 보냈을 것이다. 그러면 전쟁은 북한 승리로 조기에 끝났을 지도 모른다. 게다가 농지개혁을 통해 왕조시대의 지주제도가 해체되고 소작제를 없앤 역사적 의의는 매우 크다고 할 수 있다. 브라질 대통령 룰라는 재임시절 "브라질 경제의 근본 문제는 한국이 1950년에 했던 농지개혁을 아직도 못하고 있기 때문"이라고 말했다고 한다. 이는 한국의 농지개혁을 외부에서 보는 객관적인 평가일 것이다.

## 한국전쟁

1950년 6월 25일 새벽, 조선인민군은 선전포고 없이 38선을 넘어 남침했다. 1953년 7월 27일까지 3년간에 걸친 전쟁은 한반도 한민족에게 가장 아픈 상처를 남겼다. 침략 당일 12시 포천을, 다음날 의정부를, 불과 3일 만인 28일에는 서울을 점령한다. 북한군 진군을 막는다는 명목으로 28일 새벽 2시 30분 한강 인도교를 폭파시키면서 다수의 사상자를 발생시키고 서울 시민들의 피란과 국군의 철수도 막았다. 도강파와 잔류파가 나왔으며, 우익인사들이 체포되거나 인민재판을 받아 희생되거나 북한으로 끌려갔고, 수복되면서 잔류파를 부역자로 몰면서 국민보도연맹원들이 처형되는 일들이 벌어지기도 했다.

## 국민보도연맹원 학살사건

6·25한국전쟁에서 가장 먼저 일어난 민간인 학살은 '국민보도연맹국원' 학살이었다. 국민보도연맹은 여수·순천10·19사건 뒤에 반공검사들이 주도하여 "좌익 인사들을 전향·교화시켜 선량한 대한민국 국민으로 포섭한다."는 뜻으로, 행동강령 "대한민국 절대지지, 북한정권 절대반대, 공산주의 타도분쇄"처럼 전향한 사람들로 조직된 반공단체다. 강제 가입 원칙이었고, 지방에서는 할당된 인원수를 맞추려고 좌익 전

력자, 부역자 말고도 '쌀 준다.' '비료 준다.'라는 사탕발림으로 일반사람들도 가입시켰다. 국민보도연맹은 창설 1주년 만에 연맹원 수가 30만 명을 넘었다. 그런데 6·25전쟁이 발발하자 이들은 위험인물로 분류돼, 요시찰인들을 모두 검거하고 형무소 경비를 강화하라는 치안국장 명의의 명령서가 각 경찰서에 내려지면서 보도연맹원들의 학살이 시작되었다. 학살은 헌병·경찰·방첩대가 주도했다. 전쟁직후부터 서울·경기·강원북부를 뺀 남한 곳곳에서 1950년 9월 중순께까지 2개월간 학살당한 보도연맹원 수는 10만~15만 명에 이르렀다.

군인들이 저지른 민간인 학살도 많았다. 전쟁 직후에 대전·대구·부산 등 전국 형무소에 갇혀 있던 기결수와 미결수를 포함한 2만 명 남짓한 수용자들을 학살했다. 또 중부지방에서 전쟁 교착상태에 빠져 있던 1951년 2월 8일에서 11일 사이에 지리산 자락에 있는 경상남도 산청·함양·거창지역의 촌락 주민 1,424명이 빨치산과 빨치산 내통자를 색출하여 처형한다는 구실로 학살되었다.

충북 영동군 황간읍 노근리 사건은 전쟁 가운데 미국이 저지른 대표적인 민간인 학살이었다. 1950년 7월 26일 국군과 미군의 '소개명령'에 따라 이동하던 500명 남짓한 피난민이 미군 전투기 폭격과 미군 총격에 사살되었다. 미군에게 내려진 명령은 '어떤 피난민도 작전지역을 통과시키지 말라.', '그들을 적으로 간주하라.'였다. 여자, 어린아이, 노인 등 노약자를 포함한 피난민을 모두 적으로 여긴 학살이었다.

반대로 인민군의 우익 인사들에 대한 학살은 그들이 말하는 악덕 지주, 경찰, 공무원 또는 전향하여 좌익 색출에 앞장섰던 사람들에 대한 '반동분자' 색출을 구실로 삼거나, 보도연맹원과 좌익 학살에 대한 보복 형태로 이루어졌다. 전북 옥구 지역의 1,202명과 경기 고양군 금정굴의 태극동지회원 38명 학살은 보복학살의 대표적인 보기이다.

진실화해위는 2006년 10월 보도연맹사건의 전모를 밝히고자 직권

조사를 시작했다. 진실·화해를위한과거사정리위원회(이하진실화해위) 집단희생조사국 한성훈 팀장이 2009년 11월 26일 오전 서울 충무로 진실화해위 회의실에서 열린 기자회견에서 6·25 전쟁기간 정부 주도로 국민보도연맹원 4천934명이 희생된 사실을 확인했다고 발표하며 발굴 증거자료를 공개하였다.

진실화해위는 확인된 희생자 수만 4천934명으로 거의 정확하게 희생자 수가 밝혀진 울산·청도·김해 지역은 보도연맹원 가운데 30~70%가 학살됐고 각 군 단위에서 적게는 100여명, 많게는 1천여 명이 살해된 것으로 추정된다고 밝혔다.

진실화해위의 '지역별 추정희생자수 분포'에 따르면 전쟁 발발 3일 만에 점령된 서울에서는 보도연맹원의 희생이 없었으며 학살은 안양과 과천에서부터 시작돼 남쪽으로 내려가면서 이뤄졌다. 진실화해위 관계자는 "인민군에 점령되지 않은 경남과 경북 일부 지역의 희생자가 가장 많았으며 국군이 후퇴하는 길목이었던 충청도 청원지방에서도 많은 희생자가 나온 것으로 밝혀졌다"고 말했다.

경찰이 창고 등에 구금된 보도연맹원을 외딴곳으로 끌고 가 구덩이를 파게 한 뒤 일렬횡대로 세우고 총살한 사례가 많았으며, 군산 등지에서는 전황이 급박해 창고에 갇혀 있는 사람들에게 기관총을 발사한 예도 있었다고 진실화해위는 밝혔다.

1950년 7월 보도연맹원으로 체포돼 충북 청원의 한 창고에 갇혀 있다 탈출한 김모(87)씨는 이날 기자회견장에 나와 "동네 사람들 다 모이라고 해서 갔더니 보도연맹만 남고 가라고 했다. 6일 동안 창고에 갇혀 있었는데 경찰이 탈출하면 모두 죽이겠다고 위협했다"고 증언했다.

진실화해위는 진실규명과정에서 일부 의로운 경찰관이 무고한 사람들을 풀어준 일도 있었으며 사적으로 경찰에 돈을 주고 구금장소에서 빠져나온 경우도 있는 것으로 밝혀졌다고 전했다.

진실화해위에 따르면 보도연맹 조직을 주도한 기관은 검찰이었으며 이들을 사살한 주체는 경찰 사찰계와 육군본부 정보국 방첩대였다.

그러나 보도연맹원의 체포와 사살명령을 내린 주체에 대해서는 오랜 시간이 지나 확인할 수 없었다고 진실화해위는 밝혔다.

진실화해위 김동춘 상임위원은 "당시 경찰 사찰계나 육군 방첩대는 가장 정치적인 기관이었던 점을 고려할 때 정부의 최고위층 어떤 단위에서 보도연맹원의 체포와 사살을 명령한 것으로 추정된다."고 밝혔다.

김 상임위원은 "인천 등 일부 지역에서 보도연맹원들이 시청을 점령했는데 이런 사례가 당시 이승만 정부로 하여금 이들을 처리하지 않으면 안 되겠다는 결정을 내리게 한 것으로 보인다."고 덧붙였다.

진실화해위는 이날 3년여의 조사결과를 발표하고 국가에 대해 공식 사과와 재발방지를 위한 법·제도적 조치 마련, 피해보상을 위한 배·보상법 제정, 화해와 국민통합을 위한 조치를 강구할 것을 권고했다.

김동춘 상임위원은 "진실화해위 차원의 조사는 마무리됐으나 추가적인 진실규명을 요구하는 유가족이 매우 많은 것이 현실이다. 앞으로 정부 차원에서 더 체계적이고 폭넓은 조사가 이뤄지기를 기대한다."고 덧붙였다.


부산으로 피란한 **한국정부는 1950년 7월 14일, 미군으로부터 지휘권을 인수받은 1년여 만에 미 극동군사령관이자 유엔군사령관인 맥아더에게 한국 작전권을 양도한다.** 유엔군 사령관이 단일지휘하에 한국 지원을 위한 공동노력을 기울이고 있는 점을 고려한 것이라고 한다. 이때부터 전쟁은 북한군 대 유엔군의 전쟁으로 확대되었다. 미국은 이미 6월 25일 군대 투입을 결정, 26일 유엔 안전보장이사회에서 북의 행위를 침략으로 규정한 뒤, 27일부터 한강 북쪽을 폭격하기 시작해 7월초와 중순경 제공권과 제해권을 장악했다. 7월 4일 한국군과 미군이 최초로 연합전선을 형성한 이후, 한강 방어선에서부터 8월 낙동강 방어선으로 물러나기까지 '시간을 벌기 위한 공간을 양보'하는 지연전을 수행하는 동안 유엔군은 증원되었다.

9월 15일, 맥아더 사령관이 인천상륙작전에 성공하면서 전세는 역전된다. 9월 28일 서울을 수복한 유엔군과 한국군이 38선에 도착하자 이승만 대통령은 북진명령을 하달하며 통일을 이루어야 한다고 주장, 유엔군도 이에 동조했다. 한국군과 유엔군은 10월 1일 38선을 통과하여, 그날을 국군의 날로 기념하게 된다. 10월 20일 평양을 장악하고, 청천강을 넘어 압록강을 눈앞에 두었고, 동부전선에서도 청진까지 진출했다.

결국 중국군이 11월 전면적인 개입에 나서자 이제 전쟁은 자본주의 진영과 사회주의 진영이 맞붙은 세계 최초의 전쟁이 되었다. 중공군에게 패배하면서 11월 30일을 기해 철수가 시작되면서 서부전선의 미8군은 평양에서 38선 부근까지 철수했고, 동부전선의 미10군단과 한국군 1군단은 중공군에게 퇴로가 차단되어 흥남부두에서 부산으로 해상 철수를 해야 했다. 이 과정에서 맥아더는 원자폭탄의 사용을 포함한 화학무기 사용을 강력히 주장했다. 하지만 3차 세계대전으로의 확산을 우려한 영국 등 여러 나라의 반대와 압력으로 그 계획은 실행되지 못했고, 트루먼은 확전론자인 맥아더를 해임시키고 리지웨이로 대신했다. 유엔군은 1951년 1월 4일 다시 수도 서울을 적군에게 내주고 한강 이남으로 후퇴한다.

# ✱ 화동 35살, 1951년 신묘년에 일어난 일들

## 대주양반 1·4후퇴래요, 얼른 피란가요

 1951년 1월 4일 후퇴명령은 전국에 내려진 모양이었다. 사창마을도 젊은 남자들은 피란을 가도록 면에서 통보가 왔다. "대주양반, 둔터 오빠도 벌써 옷가지와 이불을 지고 피란을 떠났어요. 얼른 떠나시오."하고 애가 탄 화동댁이 재촉하여 화동양반도 주섬주섬 옷가지와 이불을 싸 지게에 지고 집을 나섰다. 동녘 산서면소재지로 가는 길로 접어들어서서 돌깨뭉뎅이 정상에 올라서 보니 산서에서 비행기재까지 신작로에 피란행렬로 도로가 한복 입은 사람물결로 하얗게 수놓은 것처럼 일렁이고 있었다. 순간 화동공은 가슴이 덜컥 내려앉았다. 이 엄동설한에 저 많은 사람들이 어디로 간다는 말인가? 가다가 얼어 죽지나 않을까? 먹을 것은? 굶어죽지나 않을까? 이런 생각이 꼬리를 물자 죽어도 고향집에서 죽자는 생각이 들었다. 그래서 피란을 포기하고 되돌아서 집으로 돌아왔다.

 "대주(大主)양반 동네 젊은 남자들은 다 피란 떠났는데, 남았다가 지난번처럼 인민군이 쳐들어오면 어쩌려고 그러요?"

 애가 탄 화동댁이 다급하게 물었지만 서른네 살 젊은 화동양반은 태연히 말했다.


 "지난 번 인민군 세상 석 달 동안에도 별일 없이 지나가지 않았소? 죄 없는 사람들을 설마 죽이기야 하겠소?"하는 것이었다. 다행히 이번에는 인민군이 전라도지방을 다시 점령하지는 못했다.

 필자의 외숙(外叔)이 되시는 둔터양반(김현식)은 경남 진주까지 걸어서 갔다가 동상에 걸리고, 추운 창고에서 단체로 3개월간 주먹

밥을 얻어먹으면서 지내다가 냉병이 들어 3개월 후 귀향해서도 수년 간 골병이 들어 골골하면서 지냈다. 결국 외숙은 1·4후퇴 피란 중 얻은 병으로 1959년 2월 28일, 42세에 별세하고 말았다. 많은 사람들이 열악한 피란생활의 후유증으로 외숙처럼 병으로 일찍 타계했을 것이다. 둔터 외숙의 보명(譜名)은 현식(顯植), 적명(籍名)은 기영(琪榮, 1918.5.15.~1959.2.28.8시 향년 42세)이다. 전북 임실군 오수면 둔기리 둔터마을 사는 전주인(全州人) 이기홍(李起洪)·정씨(鄭氏)의 딸 둔터댁 배(配) 이강순(李康順, 1913.4.6.~1964.10.02.오전 3시, 향년 52세)과 혼인하여 아들 희옥(熙玉)·희동(熙東)·희철(熙喆)·희문(熙文)·희정(熙正) 다섯을 두었다. 나의 외숙모 둔터댁은 후덕하고, 어른과 어린이들을 차별하지 않고, 인정이 많기로 소문났다. 초중학교 어린 아이들이 세배를 가더라도 꼭 상을 차려 내오는 집은 둔터댁뿐이었다.

중공군 남진은 리지웨이 장군이 이끈 반격으로 평택-제천 선에서 저지되었으며 이후 유엔군은 반격을 거듭해 **1951년 3월 15일 서울을 재탈환**했다. 문산 임진강 선까지 진출한 후 2년여 동안 현재의 휴전선 근처에서 전선은 교착되어 일진일퇴하는 소모전이 전개되었다. 치열한 고지전의 전투는 피의 능선, 단장의 능선, 백마고지, 저격능선, 금성전투 등을 벌였다. 4개월에 걸친 휴전협정 끝에 휴전선의 위치가 결정되자 이번에는 포로송환 문제로 18개월간 설전을 벌였다. 중공군과 북한은 제네바 협정에 따라 자동송환을 주장했지만 미군측은 인도주의를 내세워 자유의사에 따라 처리하자고 했기 때문이다. 그러다 1953년 1월 미국 아이젠하워 신임 대통령이 휴전하도록 압박했고, 3월 휴전을 반대하던 스탈린이 사망하자 회담은 급반전된다. 그동안 휴전을 반대해 온 이승만 대통령은 1953년 6월 17일 반공포로 2만 명을 석방시켜 휴전회담을 저지하고자 했다. 그래서 미국과 심각한 정치적 대립을 겪었고, 이승만 제거 계획이라는 위기를 겪기도 했지만, 결국 1953년 7월 27일 휴정협정은 체결되었다. 휴전협정에 한국 대표는 빠지고 미군, 중국군, 북한 대표가 서명을 했다. 한국정부는 휴전을 인정할 수 없다고 해 대표를 참석시키지 않았기 때문이다. 한국전쟁으로 인한 인적 물적 피해는 엄청난 것이었다. 유엔군을 포함한 한국군 119만 명이 전사, 전상 또는 실종되었고, 북측에서는 중공군을 포함한 북한군 204만 명의 손실을 입었다. 1952년 3월 15일까지 발생된 전재민의 수가 천만 명을 넘어섰다고 하니 휴전 때까지 이 숫자는 훨씬 늘어났을 것이다. 남한의 공업시설은 42%가 파괴되었고, 북한은 60% 이상 파괴되었다. 전쟁 중 발생한 부역자 문제, 이산가족 문제, 보도연맹원 대학살, 국민방위군 사건 등이 씻지 못할 상처로 남았다.

한국전쟁 중 사창마을에서는 용덕 아버지 김종철 경찰관이 덕유산 전투에서 전사했고, 둔터댁 맏아들 군산사범학교 재학생 김희옥 학도의용군이 장사상륙작전에서 행방불명되었다. 나중에 그는 전쟁포로로 붙잡혀 북한 아오지탄광에서 광부로 혹사당하면서 혼인하여 자녀를 두었다고 전해졌다. 또 나분들댁 맏아들 김갑철 병사는 청천강을 건너 압록강변까지 진격했으나 중공군 개입으로 후퇴하였지만 전공을 세워 화랑무공훈장을 받았다. 전라도 지역이 인민군에게 점령된 3개월 동안 산서면 인민위원장을 지낸 외손 안방순은 수복 후 붙잡혀 처형되었다.

## 국군포로 수기

### 통한과 눈물의 포로생활 2년 7개월
**현재복**(玄載福, 서울고 5회 졸업, 육군 일등중사 6.25참전)

1950년 9월 28일 서울 수복! 악몽 같은 북한공산군 점령하의 피난생활을 마치고, 나라의 소중함과 그 수호 의지를 다지며 서울 옛집으로 돌아왔다. (당시 나는 중고 6학년제 통합학제인 서울중학교 4학년(지금 고1학년)으로 열일곱 살, 1934년생이었다. 서울이 수복되어 학교가 다시 개학하여 수업을 받고 있었다.) 10월 20일에는 포병사령부에서 학교로 모병관을 보내 포병에는 수학의 기초를 갖춘 학생이 절실히 필요하다며 학생들의 (전쟁 전투) 참여를 호소했다. 이때 나를 포함한 11명이 지원했다.

용산중학교에 집결한 학도지원병들은 군용트럭에 분승하여 북으로, 북으로 이동했다. 평양을 거쳐 청천강 인근에 포진한 포병부대는 지원사격 임무를 시작했다. 11월 25일 밤에는 중공군의 대공세를 맞아 밤새도록 사격하여 포탄이 바닥났는데도 중공군은 계속 밀려왔다. 끔찍한 인해전술의 실상이었다. 우리 포병부대는 (청천강변에서부터) 포위망을 뚫고 후퇴를 거듭하여 서울까지 밀려왔다.

며칠간의 부대 재편성을 마치고 다시 중부전선으로 출동하여 임무를 수행하다가 다음해 2월 11일 밤 또다시 중공군의 대공세에 대항하여 맞서 싸웠다. 그러나 중과부적의 전세로 후진하던 중 협곡지점에서 기습을 받아 포대는 분산되고, 끝내 포위망을 뚫고 탈출하지 못한 나는 중공군에게 포로로 붙잡혔다.

통한의 억류생활이 시작되었다. 다음날부터 추위와 굶주림의 행군이 시작되었다. 밤에는 행군하고 낮에는 빈 집에서 쉬었다. 식량으로 강냉이 한 줌씩을 주어 손으로 받아 먹었다. 강원도 김화에서 (북한) 인민군에게 인계되어 머무르는 동안, 집의 헛간에 쌓인 투표함을 보았는데 흑색과 백색이었다. 소위 북한식 공개투표의 실물 증거를 본 것이다. 그러고도 민주선거라고 떠벌이는 그들이 가소롭게 느껴졌다.

1951년 3월 하순 경 평양 동쪽 강동군 소재의 수용소에 도착했다. 땅굴이었다. 침구로 가마니 한 장씩을 지급했고 출입문을 닫아 어둠속에서 지내야 했다. 시간이 얼마나 흘렀을까? 잠이 깬 지 얼마 안 되어 천장이 약 1m 가량 열리더니  줄이 달린 가마니 한 장이 내려왔다. 잡곡주먹밥이 들어 있었다. 그야말로 천장에서 밥이 내려온 것이다.

(땅굴 수용소는 환경이 매우 열악했다. 특히 위생과 방한이 엉망이었다.) 매일 이 굴 저 굴에서 한두 명씩 죽어나갔고, 시체는 (포로들을 시켜) 가마니에 넣어 근처 구덩이에 적당히 묻었다. 며칠 후 심사가 있었고 나는 노역 작업반으로 배정되었다. 급식은 수수잡곡밥에 소금국뿐이었다. 그저 밤에 잠 좀 제대로 자고 밥이나 실컷 먹다 죽었으면 한이 없겠다 싶었다. 처음 노역은 평양 근교의 비행장 근처에서 골재를 채취했다. 채취 작업이 완성될 무렵 미군기 폭격으로 산산조각이 났다. 다음 황주로 이동하여 비행장 활주로 개설작업이 계속되었다. 이곳도 완성될 무렵  역시 폭격으로 초토화되었다. 다시 안주로 이동하여 폐기된 비행장을 복구하는 작업을 했다. 작업장으로 가는 도중에 보니 한 농가의 출입문에 붉은 바탕에 검은 글씨로 '두문별'이라는 팻말이 붙어 있었다. 그 집에 출입하고 접촉하는 것을 금지한다는 뜻이었다. UN군 북진시에 협력한 죄과라고 했다. 현대판 '주홍글씨'를 연상케 하여 섬뜩했다.

어느덧 해가 바뀌고 휴전회담이 성사되었는지 나는 평양시내의 학교에 수용되었다. 그 지붕에 '포로'와 'POW'라 씌여졌다. 어느 날 누군가가 작업장 근처에서 삐라를 한 장 주워서 몰래 돌려가며 보았더니 UN공군의 폭격 예고였다. "8월말에 대공습 예정이니 노인과 부녀자들은 피신하라."는 내용이었다. '아니, 이런 전쟁 방식도 있나?' 고소를 금치 못했다. 그러나 얼마 뒤 폭격은 예고대로 정확히 실시되었다. 요즘 좌파에 물들어 날뛰는 젊은이들에게 꼭 들려주고 싶은 이야기이다.

그 후 가을 평양에서 좀 멀리 떨어진 산골짜기에 땅굴로 축조된 야전병원의 주방잡부로 배치되었다. 물을 긷고 가마솥에 불을 때는 일을 했다. 그러던 어느 날 저녁 식사 후 땅거미가 질 무렵 간호원 하나가 불쑥 나타났다. 밥깡지(누룽지)를 얻으러 온 것이다. 어색한 인사를 나누다가 피차 깜짝 놀랐다. 완벽한 서울 말씨에 나보다 한 살 위였다.

6·25전쟁 발발시 학교에 갔다가 끌려온 이화여고 학생이었다. 짧은 침묵 후 소리없이 눈물을 흘리던 그녀가 속삭였다. "학생은 언젠가는 남쪽으로 돌아가겠지만 나는……." 기묘한 만남에 난감하기만 했다. 얼른 일어나서 누룽지를 꺼내 와서 건네주었다. 그녀는 스커트 안에 감추며 눈인사를 남기고 재빨리 사라졌다. 지금도 그녀의 모습이 눈에 선하다.

그해 말 평북 산간 오지에 있는 낡은 학교로 수용되었다가 다음해 봄에 만포선 철도가의 소읍으로 이동했다. 비교적 말쑥한 학교 건물이었다. 그리고 7월 하순 경 국제적십자사 대표 방문단이 왔고 선물로 위문대도 받았다. 8월 초순에는 열차 편으로 개성에 왔는데, 급조된 수용소에서 처음으로 현미밥에 감자국을 먹고 나니 꿈만 같았다. 그리고 드디어 8월 하순에 판문점을 통과했다. 포로 교환시 그들이 지급한 중국식 인민복과 신발은 휴전선을 넘으면서 몽땅 벗어 던졌다. 문산의 환영대회에서 팬티차림으로 애국가와 만세삼창을 외치던 그 감격을 무슨 말로 다 표현하리요!

한 가지만 덧붙이고 싶다. 다름 아닌 그들의 국경일이다. 식순 처음에 스탈린 찬가를 부르고 말미에 김일성 찬양 노래로 마감했다. 애국가가 분명히 있었는데 간 곳 없고, 언필칭 민주공화국이라고 외치면서 우상화 놀음을 하는 웃지 못할 실상이었다.

귀환 후 복귀하여 무사히 복무를 마쳤고, 학업을 계속하고자 학교에 갔다. 학업을 중단한지 3년 반이 지났고 20대의 성년이 되었다. 학교측은 자동복교는 안 되고 보결생 선발고사에 응시해야 된다고 했다. 결국

학교측 방침대로 시험을 보고 합격했다. 김원규 교장 선생님은 파안대소하며 입학허가서에 등록금 등을 일체 면제하라고 기재한 후 왕도장을 찍으셨다.

서울고 2학년에 복귀했다. 재생과 새출발의 꿈을 안고 학교에 등교하니 나와 동학년 유급생 몇 명을 만났다. 눈물나게 반가웠다. 전쟁으로 접었던 3년 반의 몫까지 합하여 학업에 매진했다. 그리하여 (서울고등학교를 졸업하고 내가 원하던 대학에 진학하여) 학위도 획득했고 내가 원했던 교직에 종사하여 정년을 마쳤다.

아아! 나의 조국 대한민국! 인격이 존중되고 소질과 능력을 발휘하여 인생의 보람을 이룰 수 있는 자유민주주의 대한민국이여 영원하라! 끝으로 덕천전투에서 산화한 학우영령들의 명복을 충심으로 빈다. (2010.9.30.발행, 서울고등학교 학도병 6·25전쟁 참전60주년 기념문집 **'경희궁의 영웅들'**에서 발췌함)

(**현재복**, 1934년 서울 출생, 서울고 졸, 1960년 서울대 사범대 교육학과 졸, 1976년 고려대교육대학원(교육학 석사), 1991년 중앙대 대학원 교육학 박사, 1961년 공보부문화재관리국 근무)


## 8. 장녀 효순 출생

1951년 신묘년 구월 스무날에 화동가문 장녀 효순(孝順, 1951.9.20.~1959.6.6. 향년 8세)이 태어났다. 어려서 총명하고 예뻐 부모 사랑을 많이 받았다. 정신 연령이 숙성하여 자기보다 나이가 많은 집안 동네 언니들과 어울려 헝겊에 수를 놓기도 하고, 나물 캐러 들로 나가기도 했다. 계월국민학교 1학년 때 급성 열병으로 향년 8세에 조졸(早卒)했다. 모친은 아들만 내리 다섯을 낳다가 여섯째로 딸을 낳아 너무 좋아 뛸 듯이 기뻐하셨다. 눈에 넣어도 아프지 않을 만큼 귀여워서 애지중지 키우던 딸을 갑자기 잃고 10여 년간 남몰래 눈물지으셨다. 바로 위 오빠 종원이 효순을 추억하며 2003년 9월 22일 글을 지었다.

**효순이 사진을 보며** / 만은 김종원(晩隱 金鐘元)

**화동댁 장녀 효순이가 남긴 단 한 장의 사진**
앞줄 왼쪽부터 재남,**효순**,점남,정순,정애,덕순,분남,효청
뒷줄 우측부터 길순,화자,성순,?,옥희,연남,영옥
(1958년 설날, 옆집 냉기댁 마당에서)

나는 지금 내 동생 효순이 사진을 보고 있다. 45년 전 설빔으로 단발머리에 노랑저고리와 남색치마를 입고 흰 버선과 옥색고무신을 신고

마을 동무 계집아이들과 앙증스러울 만큼 깜찍하게 서 있는 흑백 사진 속 일곱 살 난 소녀의 모습.

세월이 흘러 거의 잊고 지내던 수십 년 전에 죽은 효순이를 최근에 다시 떠올린 것은 미군 장갑차에 깔려 죽은 두 여중생 이름이 효순이와 미선이였기 때문이다. 그러고 보니 이들을 추모하는 촛불집회가 3백회를 맞이했다고 한다.

주한 미군사령관이 가지고 있는 국군에 대한 군작전지휘권의 반환과 주한 미군범죄에 대한 국내법에 따른 국내법원에서의 재판권 행사를 위한 소파(SOFA) 개정 추진 등 진정한 주권회복을 위한 촛불시위에 참가한 시민들이 연인원 5백만 명 이상이라고 한다. 잘못된 점은 빨리 시정되어야 할 텐데…….

작년 그 사건이 난 뒤 신문과 방송에서 자주 보도될 때 나는 죽은 내 동생 효순(孝順)이가 먼저 생각났다. 효순이를 생각할 때마다 나는 애틋한 그리움에 젖는다. 불과 계월국민학교 1학년 여덟 살의 어린 나이로 총총히 세상을 떠났기 때문이다. 헤아려 보니 그녀가 이승을 버린 지도 어느덧 44년이나 흘렀다.

외갓집에서 우리 집에 시집오시어 9남매를 낳으신 나의 어머니는 아들만 내리 다섯을 낳다가 여섯 번째로 딸인 효순이를 낳으셔서 뛸 듯이 기뻐하셨다고 한다. 아들 욕심이 많으신 아버지는 못마땅하게 여겼지만 어머니는 눈에 넣어도 아프지 않을 정도로 그 딸이 귀여웠다고 한다. 때는 단기 4284년 서기 1951년 신묘년(辛卯年) 음 9월 스무날이었다.

신기하게도 어머니 4동서는 1951년 신묘년(辛卯年) 한 해에 모두 출산을 했다. 큰동서 홍곡댁 청주 한임순(韓壬順) 님은 딸 진순(眞順; 1951.8.25.~ )을 낳았고, 둘째 동서 당골댁 안동 권칠효(權七孝) 님은 아들 종식(鍾湜; 1951.8.27.~ )을, 셋째 동서인 선비(先妣) 화동댁 광산

김옥남(金玉南) 님은 딸 효순(孝順; 1951.9.20.~1959.6.6)을, 넷째 동서 목들댁 은진 송양기(宋良基) 님은 딸 경순(敬順; 1951.4.14.~ )을 낳았다.

효순이는 자라면서 영리하고 귀여운 재롱을 곧잘 보여 귀여움을 독차지하였다. 말도 다른 아이들보다도 빨리 배우더니 자라면서 제 나이보다도 꼭 두세 살은 더 먹은 계집아이들을 동무로 삼아 사귀는 것이었다. 같은 나이는 수준이 낮아서 흥미가 없었나 보다.

눈치도 빨라서 새로운 소식이나 벗들과의 갈등 같은 것을 어머니에게 넌지시 곧잘 이야기해 주던 효순이는 다섯 살이 되자 벌써 동네 언니쯤 되는 처녀애들을 따라 다니며 온갖 아름다운 헝겊에 수를 배워 놓기 시작하였다.

그 해 양력 시월 자식들 산서국민학교 가을 운동회에 갔었던 어머니는 운동회가 막 끝나던 혼잡한 틈에 그만 효순이를 잃어버리고 밤이 되도록 못 찾아 온 집안이 난리가 났다. 면 지서에도 신고하고 이웃 동네에도 찾으러 다니고……. 며칠 지나서야 이웃 마을 고산골(봉서리)에서 찾아왔던 효순이.

"하동댁! 어서와요."하고 택호(宅號)를 부르며 아들딸 가을 운동회를 마치고 총총히 귀가를 서두르는 어떤 아주머니들의 소리를 따라 다섯 살 난 효순이는 부랴부랴 뛰어갔는데, 그들은 우리 어머니와 택호 발음이 같은 이웃 마을 어떤 아주머니를 부르고 있었던 것이다. 우리 어머니는 화동댁, 고산골(봉서리) 경주김씨 집안 어떤 아주머니는 하동댁.

날이 이미 어두워졌으므로 그녀는 효순이를 데리고 자신의 집에 가서 다음 날부터 집 잃은 소녀에게 부모를 찾아주기로 했다고 한다.

"애, 너 어디 사냐?"

"아래뜸 그리고 앞뜸이요."

"네 어머이는?"

"하동떡이요."

이렇게 또랑또랑하게 대답했다는 효순이.

그 뒤 며칠만에 찾아오긴 하였다. 매우 똑똑하고 총명했지만 아직 다섯 살밖에 안 된 그녀는 정식 마을 전체 명칭은 아직 듣지 못하고 아래뜸과 앞뜸만 외우고 있었던 것이다. 우리 마을에 우뜸 아래뜸 뒤뜸 앞뜸 이런 지명이 세세히 있는 줄을 사뭇 떨어진 이웃 마을에서는 속속들이 몰랐던 것이다.

국민학교 들어갈 무렵에는 수놓는 실력이 제법 늘어서 어머니도 놀랄 정도로 하는 짓이 숙성하게 되었다. 십여 년 전 고향 옛집을 방문하여 안방 선반위 상자 속을 열어보던 나는 깜짝 놀랐다. 상자에서 나온 옛 책 속에는 효순이가 수놓을 때 쓰던 색실과 바늘이 책갈피 갈피에 끼워 있었기 때문이다.

그녀가 죽었을 때 그녀가 수놓은 것이라든지 유품을 무덤이 있는 동녘 산쪽을 향하여 태웠었는데 책 속에 있었던 것은 몇십 년 동안 이렇게 남아 있었던 것이다. 이를 본 나는 그녀에 대한 그리움으로 한 나절을 그냥 멍하니 그 방에 있었다.

국민학교에 들어가자마자 일찍 한글을 깨우치고 율동도 잘하던 그녀는 토요일이나 일요일엔 동네 친구들을 따라 밑의 동생 끝순(계순)이를 데리고 들로 나가 나물을 캐어 나르기 시작하였다.

어떤 날은 나랑 같이 들로 나가기도 했다. 꽃다지, 구슬쟁이, 싸랑구리(씀바귀), 냉이, 쑥…….  고향 들판엔 봄나물이 지천으로 났다.

돌아올 때는 가득 채운 나물바구니를 중보거리 냇가 빨래터에 놓고, 시내 양 쪽 언덕에서 삘기를 뽑아 먹기도 하고, 네 잎 시계풀(클로버)을 찾아다니기도 하고, 동네 아이들과 어울려 동구 밖 조상거리에 있는 느티나무 팽나무를 기둥 삼아 술래잡기 숨바꼭질을 하기도 하였다.

그런데 비가 자주 내리던 초여름 어느 날 끝순이를 데리고 들로 나갔던 효순이는 다리를 절면서 들어왔다. 그리고 자리에 누워 열이 펄펄 나도록 한 이레 앓던 효순이……

애가 탄 어머니는 무당을 데려와 굿도 하고 신령님께 빌기도 하였다. 요즈음 같으면 큰 도시 종합병원에 입원하여 살릴 수 있었을 테지만 가난으로 점철된 1950년대 당시의 두메산골에서 병원 입원이야 상상이나 할 수 있었겠는가.

그 무렵 학교 갔다 오기가 무섭게 뒷동산으로 다니며 각종 꽃나무를 캐어, 집 화단에 심는 재미로 나날을 보내던 철없던 소년인 나는 효순이가 죽던 날에도 뒷동산에서 어린 복숭아나무를 캐 들고 막 집에 들어서려는데 시집온 지 얼마 안 된 큰형수 씨가 사립문 밖에 나와 울고 있었다.

"왜 울어 형수 씨!"

"효순이 아가씨가 못 살려나 봐, 어제부터 헛소리를 하더니 아침때는 '애들아 껌 봐라! 껌!' 하고 껌 먹는 시늉을 하기에 작은형더러 껌 한 통을 사오라고 하여 하나를 입에 넣어 주었더니 맛있게 씹었었는데....."

말끝을 흐리며 흐느끼는 모습이 심상치가 않다. 날은 이미 어둑어둑해지고 있었다.

마당에 들어서자 안방에서 어머니의 서럽게 우는 소리가 들렸다. 어머니는 우시면서 죽은 효순이에게 그녀가 그렇게도 좋아하던 색동저고리와 남색치마를 입히고 버선을 깨끗이 신겼다.

우리들은 보지 못하게 하였지만 아아! 마지막 가는 그녀의 모습은 더욱 예뻤다고 한다. 컴컴한 밤, 큰항아리에 담겨진 그녀는 머슴 태산이의 지게에 지워 동녘 산으로 향했다.

그녀와 같이 국민학교에 다니던 나는 그녀를 떠나보내고 한 동안 풀이 죽어지냈다. 어느 날인가 하고 길에 그녀 무덤이 보고 싶어 동무들과 동녘 산에 올랐다. 자그마한 봉분이 쓸쓸히 있고 옆에는 어머니라도 놓았을 성싶은 아직 치우지 않은 사잣밥인지 삭망(朔望) 삼아 주는 밥인지 밥과 반찬 몇 가지까지 덩그렇게 놓여 있었다. 그리고 그 후 몇 번 더 그녀 무덤을 찾았던 것으로 기억한다.

아까운 딸을 잃고 십여 년이나, 가끔 혼자서 단 한 장 남긴 효순이 사진을 보고 또 보며 눈물짓던 어머니도 세상을 버린 지 22년이 흘렀다. 어머니가 간직하며 가끔 들여다보던 효순이 사진은 내가 물려받아 내 가족 앨범 속에서 어린 소녀의 모습 그대로 있다. 나는 가끔 인터넷에서 보는 '소녀의기도'라는 네티즌의 애칭에서 그 옛날의 여동생을 떠올리는 지도 모른다.

그녀가 이승에 와서 머물다 간 날들은 얼마나 되는가? '이 오라비가 기록해 놓지 않으면 누가 너를 기억이나 하겠니.' 이런 생각이 든다. 방송에서 여중생 효순이 이름이 불려질 때마나 나는 조급증이 났다.

여름 휴가를 이용하여 오랜만에 고향 장수 산서면사무소엘 들렀다. 제적등본을 뗴었다.

아!

아버지가 면직원에게 제 날짜를 잘 신고하여 기록된 것으로 보이는 호적의 제적등본에는 효순이가 언제 죽었는지 잘 기록이 되어 있었다. 어머니가 딸을 잃고 슬피 울던 날은 단기 4292년 서기 1959년 기해년(己亥年) 양력 6월 6일 오후 8시경이었다. 그러니까 효순이는 만 7년 6개월 16일간 이승에 머물다 저 세상으로 간 것이다.

나는 다시금 효순이 사진을 들여다본다. 저승에서 쓸쓸히 지낼 효순이에게 오랜만에 이 오빠의 마음을 전하기 위하여.

효순아!

그 동안 저승에서 얼마나 쓸쓸하고 무서웠느냐? 아버지 어머니는 만나 뵈었느냐? 사람은 누구나 이 세상에 와서는 저 세상으로 간단다. 태어난 순서는 있지만 가는 데는 순서가 없단다. 이것은 하늘이 정해 놓은 약속이란다.

이 오빠도 언젠가는 저 세상으로 가서 너를 만나게 될 것이다. 나는 너를 알아볼 텐데 나이든 나를 네가 알아볼 수나 있을런지…….

짧은 생애지만 귀여운 언행으로 어버이와 오빠들의 사랑을 독차지 한 너이니 좋은 곳에 가 있겠지.

기독교에서 말하는 천국에 못 갔다면 불교에서 말하는 극락왕생을 할 수 있도록 기원하마. 너도 이 오빠가 좋은 일 많이 하고 너를 만날 수 있도록 기도해 주렴. 아 참, 너와 이름이 같은 최근에 미군 장갑차에 깔려 죽은 여중생 효순이도 한 번 찾아보아라. 찾거들랑 이 오빠 이야기하고 사이좋게 지내렴.

다시 한 번 불러보고 싶구나.

"사랑하는 나의 동생 효순아!"

(2003. 09. 22)

## ✲ 화동공 36살, 1952(4285)년 임진년에 일어난 일들

1월 18일 국회, 대통령 직선제 및 양원제 개헌안을 반대 143표, 찬성 19표로 부결시킴. 이승만 대통령, 평화선을 선포함. 해안 60마일까지 주권선언.

1952년 임진년 음 1월 3일(양 1.29.화) **정혜경**(丁惠京) 출생, 그녀는 장수군 산서면 월곡 창원정씨 후헌(后軒) 정철수(丁哲洙)의 6녀로 뒷날 화동공 넷째 며느리가 됨.

1952년 1월 30일 전국 피란민수가 7백만 명에 이름. 2월 6일, 영국 조지 6세 사망, 엘리자베스 2세 즉위. 2월 15일 제1차 한일회담을 개최함. 2월 29일 한중 항공협정을 체결함. 2월 26일 영국, 원자폭탄 보유사실을 공포함. 3월 6일 인도 제1회 총선거 실시, 회의파 압승. 3월 30일 자유중국 친선사절단이 내한함. 4월 20일 장면 국무총리 사임함. 5월 6일 후임에 장택상 임명. 4월 25일 지방의회의원선거 실시. 4월 28일 미·일안전보장조약이 발효됨. 5월 27일 거제도 포로수용소에서 좌익계가 폭동을 일으켜 돗드(Dodd)준장을 납치함. 6월 10일 진압함. 5월 26일 미국 영국 프랑스, 서독과 본협정에 조인하여 점령을 종료함. **5월 14일 정부, 대통령 직선제 및 양원제 개헌안을 다시 제출함. 5월 25일 경남 전남에 비상계엄령을 선포함.** 5월 26일, 국회의원 47명이 타고 있던 국회 통근버스가 경남도청 정문에 들어섰다. 그때 갑자기 헌병이 버스를 저지하고 검문을 요구했으나 의원들이 거부했다. 1시간 가량 실랑이가 계속되는 가운데 군용 크레인이 나타나 버스를 통째로 헌병대로 끌고 갔다. 그리고 국회의원 5명을 구속시키고, 다시 6명을 더 구속시켰다. 국제공산당의 비밀 정치 공작에 연루되었다는 것이 혐의 내용이었다. 5월 26일의 이 사건을 **부산정치파동**이라 한다. 대통령직선제 강행을 위해 야당의원을 강제 연행한 사건이다. 한국의 정국 상황에 미국이 당황하고 있을 때 국무총리 장택상이 **발췌개헌안**을 들고 나왔다. 그 내용은 국회의 양원제, 대통령·부통령의 직접선거, 국무위원에 대한 국회의 신임투표제, 국무위원에 대한 국회의 개별적 불신임제, 국무총리에 의한 국무위원 제청권 등으로 직선제와 의원 내각제를 결합해 놓은 것처럼 보이지만 이승만이 요구한 사항이 그대로 관철된 안이었다. 5월 27일 서유럽 6개국, 유럽방위공동체 조약을 체결함. 5월 29일 김성수 부통령, 국회에 사표를 제출함. 5월 31일 동독, 동·서 베를린 경계선을 봉쇄함. 6월 2일 유엔 한국위원회에서 계엄령 해제와 국회의원 석방을 권고해 옴. 6월 20일 국제구락부사건 발생, 야당 인사들이 반독재·호헌 구국선언 하려던 국제구락부를 관변 단체 백골단, 땃벌떼, 민중자

결단 등 괴한들이 '국회를 해산하라!'고 주장하며 습격함. 7월 23일 이집트 나기브, 쿠데타로 집권함. 6월 22일 미군기가 북한 수풍발전소를 폭격함. 6월 25일 한국전쟁 2주년 기념식에서 유시태(柳時泰)의 이승만 암살미수사건이 발생해 범인 유시태가 체포됨. 이를 이용해 국무총리 장택상(1893~1969)이 주도한 발췌개헌안 관제시위대가 6월 30일 국회를 완전히 포위하였다. 경찰은 등원을 거부하는 의원들을 강제로 연행하여 의사당(당시 피란 임시수도 부산에 있던 의사당)에 감금시키며 정족수가 찰 때까지 기다렸다. 국제공산당 관련 혐의로 체포되었던 의원 10명까지도 석방하여 등원시켰다. 7월 4일, 185명 중 166명이 출석하여 정족수를 넘어섰다. 사복군경 요원들과 무장 기동 경찰 2개 중대가 의사당 주변을 에워쌌다. 야간에 기립으로 표결하여 찬성 163표, 반대 0표, 기권 3표로 국회는 발췌개한안을 의결했다. 대통령직선제가 가결된 것이다. 8월 5일 제2대 정·부통령 직선제 선거를 실시함. 대통령 이승만, 부통령 함태영(咸台永) 당선. 8월 10일 프랑스 서독 등 6개국 유럽 석탄·철강공동체를 구성함. 8월 13일 국회, 근로기준법을 의결함. 9월 14일 유엔군이 평양을 폭격함. 10월 3일 영국, 첫 원자폭탄 실험에 성공함. 10월 5일 소련, 공산당대회를 개최함. 10월 29일 국회, 정부 불신임안을 발의함. 11월 1일 미국, 첫 수소폭탄 실험에 성공함. 11월 7일 미국 아이젠하워 대통령 선거에서 승리함. 미국 헤밍웨이 '노인과 바다'를 발표함. 12월 2일 미국 대통령 당선자 아이젠하워가 내한함.

## 발췌개헌과 사사오입개헌

영구집권을 위한 첫걸음(1953년 7월~1954년 11월)의 법을 무시한 권력 쟁탈전이었다. 이승만은 1952년 2대 대선에서 당선될 수 있는 가능성이 극히 낮았다. 대통령은 국회의원 간접선거로 선출되어야 하는데 1950년 5월 30일 국회의원선거에서 당선된 국회의원들 중 이승만을 지지하는 의원들이 적었던 것이다. 한국전 발발 직후 피난 문제, 1951년 1·4후퇴문제 과정에서 발생한 국민방위군사건 때문에 반이승만 움직임이 확대되었다.

## 국민방위군사건 - 9만 명 동사 및 아사, 20만 명 동상으로 폐인

1951년 1·4후퇴 당시 이승만 정부는 장정들이 점령된 지역에서 다시 인민군에 끌려가거나 자원하는 것을 방지하고 빨치산에 가담하는 것을 막기 위해 만 17~40세의 남성들을 소집하고, 국민방위군으로 편성해 정부의 관리하에 수도권에서 대구부산지역으로 후퇴시켰다. 정규군이 아니었기에 혼선을 줄이고자 주도로가 아닌 산길로 행군했다.

김수환 추기경에 이어 두 번째로 추기경이 된 정진석은 서울공대 화공과 재학 중 국민방위군에 징집된다. 피난 과정을 직접 경험한 그는 목격한 참상에 충격 받아 재학 중이던 서울대를 자퇴하고 신학대에 입학한다. 정진석은 훗날 중앙일보 기자와 인터뷰에서 국민방위군사건에 대해 이렇게 말했다.

"부대가 얼어붙은 남한강을 건널 때, 발밑의 얼음이 깨졌습니다. 줄지어 강을 건너던 행렬이 중간에 끊어졌습니다. 제 바로 뒤에서 따라오던 부대원들이 물에 빠졌습니다. 겨울 강, 얼음물에 빠져 아우성치며 죽어가던 모습을 하나도 빠짐없이 목격했습니다. 바로 코앞에서 그걸 봤어요. 그게 저일 수도 있었습니다. 그뿐만 아닙니다. 산을 넘어 행군하다가 전우가 지뢰를 밟았습니다. 지뢰는 터지고 전우는 목숨을 잃었습니다. 그것도 저일 수 있었습니다. 살아가는 하루하루가 저에게는 마지막 날이었습니다. 그때 절감했습니다. 내 생명이 나의 것이 아니구나."

국민방위군 68만 350명이 출발했는데 최종 목적지인 교육대에 도착한 인원은 29만 8124명뿐이었다고 발표했다. 수도권에서 경상도까지 행군하는 중도에 30만 명의 인원 손실이 발생한 것이다. 간부들이 부식비와 의복비를 횡령한 최악의 군납비리사건으로 국민방위군 장병들 중 9만 명 이상이 겨울에 동사 및 아사하고, 동상 등으로 폐인이 된 사람이 20만 명에 이르는 참혹한 사건인 일명 '국민방위군사건'이 일어났다. 50만 명을 모집하여 1인당 하루 4홉(하루 5홉 5작을 지급받은 전쟁포로만도 못함), 최저연료비 40원, 잡비 10원을 책정하여 3개월분 예산 209억 830만원을 국회에 요청했다.

그러나 실제로는 68만여 명이 모집되었기에 턱없이 부족했다. 더구나 부대를 관리할 장교, 하사관 봉급은 책정하지 않아서 예산착복을 하라고 방조한 측면도 있었다. 국회조사 부정액만 72억 8164만원이었다. 이 때 횡령한 금액 중 상당액이 당시 국회에서 여당 노릇을 하던 신정동지회에 유입되었다고 한다. 당시 헌병사령부에선 부정액 계산방식이 틀려 현금 24억 2111만 원에 군량미 1887가마를 횡령했다고 했는데(2차 수사기인 6월 11일 발표) 헌병사령관 최경록 준장의 증언은 다음과 같다.

"이렇게 많은 돈이 어떻게 유용되었는지를 조사했더니, 횡령액 중 1/3은 국회의 신정동지회에 정치자금으로, 1/3은 관계 요로에 무마비 조로, 1/3은 국민방위군 간부들의 유흥비로 소비 되었다. 특히 이 사건은 신성모 국방부 장관이 국회 내에 자기를 지지하는 정치세력을 만들려고 70명의 신정동지회에 정치자금을 지원한 데서 일어난 사건이다."

국민방위군 재정을 실질적으로 총괄한 부사령관 육군대령 윤익헌은 돈을 산더미처럼 쌓아 놓고 기생들에게 돈을 뿌리고 다녔다고 한다. 윤익헌(尹益憲) 대령이 100여 일 동안 기밀비 명목으로 쓴 돈은 무려 3억 원이었다. 게다가 1951년 2월 거창군 신원면에서 빨치산 토벌작전을 벌이던 군인들이 주민 719명을 집단 학살한 '거창 민간인 학살'까지 일어난다. 이렇게 전쟁 중 인권을 유린한 정부에 대한 국민들의 원성이 거세지고 국회도 이승만 정부를 견제하자, 서둘러 7월 19일, 공개 고등군 사재판에서 5명에게 사형이 선고되었다. 이어서 국민방위군 횡령착복 주범 5명을 1951년 8월 13일 대구 근교 야산에서 공개처형했다. 총살형을 받은 5명은 국민방위군 사령관 육군준장 김윤근, 부사령관 육군대령 윤익헌, 재무실장 육군중령 강석한, 조달과장 박창환, 보급과장 박기환이었다. 총살형을 신속히 진행하는 바람에 이 돈이 얼마나 누구에게, 어떤 용도로 흘러들어갔는지는 추적할 수가 없다. 바지사장들만 죽였다는 말도 무성했다.

국민방위군사건으로 정일권 육군참모총장은 이종찬으로 교체되고, 이 사건을 본 이시영 부통령은 이승만정부에 회의를 느끼고 사표를 냈고, 신성모 국방장관도 문책되어 물러나고 이기붕이 국방장관이 되었다. 이승만은 자신의 책임을 왜곡하기 바빠, "국민방위군사건을 비난하는 자들은 모두 빨갱이다."라고 하면서 5명을 총살하였지만 신성모만큼은 보호하고자 그를 주일 대사로 보냈다. 최근 윤석열이 '채상병사건'을 덮기 위해 국방장관 이종섭을 호주대사로 보낸 것과 똑같은 사례다.

재선 당선이 불확실해지자 이승만은 자신의 정치적 기반이 될 '자유당'을 만든 뒤 정부통령 직선제를 골자로 한 개헌안을 제출한다. 한국전쟁과 경찰 규모 확대로 이승만정부의 대민 통제능력이 크게 향상되었기에 직선제가 대통령 당선에 훨씬 유리하다고 본 것이다. 그러나 이 개헌안은 1952년 1월 18일 국회에서 가 19표, 부 143표라는 엄청난 표차로 부결되었다. 그러자 이승만 대통령은 땃벌떼, 백골단, 민중자결단 등 정치깡패들을 동원해 부산 거리마다 벽보를 붙이고 시위를 벌이며 국회를 협박했고, 1952년 4월과 5월 지방자치제 선거를 실시해 승리하면서 자신을 지지하는 민의를 만들었다.

그 후 관변단체와 지방의원들을 통해 국회의원 소환운동을 벌이며 국회를 압박했던 이승만 정권은 **1952년 5월 25일 계엄령을 선포**하면서 이른바 '**부산정치파동**'이 시작된다. 견인차를 동원해 출근하는 국회의원 통근용 버스를 헌병대 본부로 강제로 끌고 가면서 버스를 상하좌우로 흔들어서 타고 있던 국회의원들이 이리저리 차 안에서 굴렀다. 생명의 위협을 느낀 공포감이 극에 달했다. 곧 내각책임제 개헌안을 추진하던 의원 10여 명을 국제공산당과 공모했다는 혐의로 체포한 것이다(국제공산당사건). 김성수가 항의하며 부통령에서 사임한 뒤 6월 내내 의원들은 도피했고, 이승만을 지지하는 민의대는 국회를 포위했다. 이러한 정치파동에 대해 미국정부는 한국 정치권의 타협을 압박하기도 했다.

6월 21일 개헌안이 제출되었고 경찰들은 은신 중인 의원들을 찾아 국회로 등원시켰다. 헌법에 명시된 30일간의 공고기간이 만료되기도 전인 1952년 7월 4일, 경찰과 군이 국회를 포위한 위압적인 분위기에서 개헌안이 기립표결 끝에 통과되었다. 이것이 바로 발췌개헌으로 정부 측의 1차에 한해 중임하는 대통령 직선제 개헌안과 야당 의원들이 제출한 내각책임제 개헌안을 일부 발췌 절충한 것이다. 대한민국 헌정사상 첫 번째 개헌은 이처럼 의회 민주주의를 유린하는 큰 오점을 남기며 이루어졌고, 이승만은 발췌개헌된 헌법을 통해 총투표수의 74%인 520만여 표를 얻어 2대 대통령에 당선되었다.

1953년, 이승만 대통령은 휴전에 반대하면서 대대적인 군중동원을 통해 북진통일운동을 벌인다. 6월 18일 **반공포로 27,000명을** 일방적으로 **석방해 휴전협정 체결을 한 달가량 지연시켜서, 한미상호방위조약을 체결하고, 미국으로부터 군사적·경제적 지원을 얻어내는 외교적 수**

단으로 **활용했다.** 이로써 이승만은 발췌개헌으로 실추된 정치적 위상과 이미지에서 강대국의 압력에도 굴하지 않고 통일을 추구하는 민족주의적 지도자로 이미지를 구축할 수 있었다. **1953년 10월 1일, 휴전 반대를 통한 한미상호방위조약 체결**은 우리나라 독립 역사상 가장 귀중한 전진이라는 칭송을 받았다.

이를 바탕으로 **이승만과 자유당**은 **1954년 영구집권**을 향한 발걸음을 내딛는다. 5월 20일 하원격인 3대 민의원선거는 '경찰선거', '곤봉선거'라고 불릴 정도로 폭력이 난무했다. 무소속도 끌어들여 압승을 한 자유당은 영구집권을 꾀하여 초대 대통령에 한해 중임 제한을 없애고 국무총리제와 국무원 연대 책임제를 폐지해 대통령 중심제를 강화했다.

1954년 11월 27일 개헌안 가결에는 136표가 필요했지만 135표로 부결된다. 하지만 자유당 간부회의는 국회의원 정족수 203명의 3분의 2를 계산하면 135.33이니 **사사오입**하면 135명이라면서 가결된 것이라고 주장했다. 이에 반발한 야당 의원들이 모두 퇴장하고, 자유당 의원들만 남은 자리에서 자유당 의원 125명 중 123명이 찬성하여, 개헌안을 통과된 것으로 결정하고 이를 정부로 이송하여 결국 **사사오입개헌안**을 공표·발효하였다. 이는 '헌법 개정의 의결은 재적 의원 3분의 2 이상의 찬성으로 한다.'는 법 조항을 어긴, 수학이 정치에 이용된 지극히 드문 사례였다.


## ✸ 화동공 37살, 1953(4286)년 계사년에 일어난 일들

### 6·25한국전쟁 휴전협정과 한국전 통계

1950년 6월 25일 새벽 4시, 38선 전역으로 소련과 중공의 지원을 받은 김일성은 작전명 폭풍224로 북한 공산군 불법 기습 남침 명령을 내렸다. 대한민국은 낙동강전선(대구 부산 지역)만 빼고 강원, 서울, 경기, 충청, 전라도까지 남한 대부분을 3개월간 순식간에 점령당했다. **미군사령관 워커장군의 낙동강전선 사수 의지로 미군과 국군이 버티고 있을 때,** 9월 15일 유엔군총사령관 맥아더장군의 전광석화 같은 **인천상륙작전 성공**으로 9월 28일 서울을 수복했다. 10월 1일 삼팔선을 넘어 북진을 계속하여 10월 10일 원산, 10월 17일 함흥, 10월 19일 평양, 11월 26일 청진을 탈환했다. 진격 군인들이 10월 26일 초산과 11월 23일 함경남도 혜산지역 압록강에 다다라 수통에 물을 담는 감격적인 사진이 보도를 통해 알려졌을 때, 조국통일 기념우표까지 발행하며 한민족 모두 통일이 다 된 줄 알고 기뻐했다.

그러나 예상치 못한 중공군이 대규모로 참전하여 국군과 유엔군 포위 섬멸전을 폈다. 이 작전에 속수무책인 아군은 후퇴를 거듭해야 했다. 중공군을 격퇴하기 위해 만주에 핵 공격을 하자는 맥아더에 트루먼이 공감했다. 놀란 영국 수상 애틀리가 방미하여 제3차 세계대전을 걱정하는 간청으로 그 계획을 멈춘 미 대통령 트루먼이 맥아더와 갈등관계가 된다. 국군과 유엔군은 1951년 1월 4일에는 다시 서울을 버리고 1·4후퇴를 하여 평택 오산-제천-삼척선에서 저지했다.

2월 10일 인천과 김포를 탈환하였고, 2월 13일~16일까지 중공군 5만 명을, **프랑스 대대 랄프 몽클라르** 장군과 미군 2사단 23연대 연합작전은 연합군 4천5백 명이 막아낸 기적 같은 경기 양평 **지평리 전투 승리였다. 이 승리로** 재차 반격할 수 있는 발판을 마련하여 **3월 14일 서울을 재탈환**했다. 3월 24일에는 38선을 다시 돌파하였다. 프랑스가 대대급 파병을 하자 1,2차 세계대전의 영웅 3성 장군 몽클라르는 전쟁을 종식시키려는 마음으로 스스로 중령으로 강등하여 참전, 58세로 프랑스 부대를 이끌고 한국전쟁에 참전하여 미군과 함께 지평리 전투를 승리로 이끌었다. **미 23연대장 폴 프리먼**은 중상을 입고도 후송을 마다하고 병사들 곁에 머물러 싸움을 독려했다. 미제1기병사단에서 나온 크롬베즈(Crombez) 특공대는 지평리로 들어가는 주보급로를 다시 열고 저녁 무렵엔 23연대의 원진으로 들어가 포위망을 풀었다.

맥아더와 한국전쟁 수행 문제로 갈등을 빚던 트루먼은 1951년 4월 11일, 심야 기자회견으로 맥아더 해임을 기습 발표하고, 릿지웨이(Ridgway, M. B.) 제8군사령관을 후임으로 임명하였다. 1951년 6월 23일, 형세가 불리한 것을 느낀 소련 유엔대표 말리크(Malik, J.)가 총회연설에서 휴전회담을 제기하였다. 1주일 후에 릿지웨이 유엔군사령관은 북한의 김일성과 중공군사령관 펑더화이(彭德懷펑덕회)에게 휴전회담을 제안하고 이를 공산측이 수락함으로써 7월 10일부터 개성에서 휴전회담이 열렸다. 현 휴전선 부근에서 피아간 대규모 인명 피해가 발생하는 고지 탈환 공방전을 지속하는 가운데, 1953년 3월 5일 소련 스탈린 사망과 포로교환 협상 진전으로, 6월 18일 새벽 이승만의 반공포로 27,000명 기습 석방으로 긴장되기도 했다. 이 때 이승만 대통령은 중국군 철수, 북한의 무장 해제, 유엔 감시하의 남북한 총선거 등을 내세우며 휴전반대운동을 벌이고 있었다.

휴전선을 경계로 3년간 지속된 국제전쟁 한국전쟁은 당사자 한국이 북진통일을 주장하며 휴전협상에서 빠진 가운데, **1953년 7월 27일 판문점에서 휴전협정문이 서명되었다.** 유엔군총사령관 마크 클라크 대장과 조선인민군 최고사령관 원수 김일성, 중국인민지원군 사령원 펑덕회 3인이 서명하고, 그 아래에 참석자로 조선인민군 및 중국인민지원군 대표단 수석대표 조선인민군 대장 남일, 국제연합군 수석대표 해리슨 미국 육군 중장이 2인이 서명하였다. 총 36쪽 분량의 휴전협정문(한국전 군사정전에 관한 협정) 영어 원문 사본을 우리 정부가 1953년 8월 31일 미국대사관으로부터 접수하여, 국가기록원에 보관되어 있다.

전투 병력을 보낸 6·25한국전쟁 유엔 참전 16개국 참전 연인원은 2,278,905명, 전사 56,442명, 부상 104,076명, 실종 4,111명, 포로 5,800명으로 인명 피해 총합계는 170,429명이었다. 국가별 참전자수와 전사, 부상, 실종 포로 수는 다음과 같다.

① **미국** (187만 9천 명, 전사 36,940명, 부상 92,134명, 실종 3,737명, 포로 4,439명)

② **영국** (5만6천 명, 전사 1,078, 부상 2,674, 실종 179, 포로 997)

③ **프랑스** (5,322명, 전사 269, 부상 1,008)

④ **네덜란드** (5,322명, 전사 120, 부상 645, 포로 3)

⑤ **캐나다** (25,687명, 전사 262, 부상 1,008, 실종 7, 포로 12)

⑥ **오스트레일리아** (17,164명, 전사 339, 부상 1,216, 실종 3, 포로 26)

⑦ **뉴질랜드** (3,794명, 전사 23, 부상 79, 실종 1)

⑧ **필리핀** (7,420명, 전사 112, 부상 229, 실종 16, 포로 41)

⑨ **튀르키예** (14,936명, 전사 724, 부상 2,068, 실종 163, 포로 244)

⑩ **태국** (6,326명, 전사 129, 부상 1,139, 실종 5)

⑪ **남아프리카공화국** (826명, 전사 35, 포로 9)

⑫ **그리스** (4,992명, 전사 188, 부상 543)

⑬ **벨기에** (3,498명, 전사 106, 부상 336, 포로 1)

⑭ **룩셈부르크** (83명, 전사 2, 부상 13)

⑮ **에티오피아** (3,518명, 전사 122, 부상 536)

⑯ **콜롬비아** (5,100명, 전사 163, 부상 448, 포로 28)

　　한편 한국군 전사 14만 7천여 명, 부상 70만 9천여 명, 실종 13만 1천여 명, 전체 98만 7천여 명이었다. 민간 피해는 피학살자 12만 8,936명, 사망 24만 4,663명, 부상 22만 9,625명, 피랍 8만 4,532명, 행방불명 33

만 312명, 북한 의용군 강제징집 40만여 명, 경찰관 손실 16,816명 등 140여 만 명이다. 이와 같이 대한민국 인적 손실은 230여 만 명이다.

가족 피해는 전쟁미망인 30만 명, 전쟁고아 10만 명, 이산가족 1000만 명 등 당시 남한 인구 3천만 명 중 총 1800만 명이 피해를 입었다.

북한군 전사 61만 1,206명, 부상 40만 6천여 명, 민간 손실 268만여 명 등 북한 인적 손실은 총 329만여 명이다.

**6·25한국전쟁은 대한민국 인적 손실 230만여 명, 북한 인적 손실 369만여 명으로 한민족 전체 인적 손실은 559만여 명으로 600만 명에 달하는 엄청난 동족상잔의 참극이었다.**

1953년 1월 5일 이승만 대통령 일본을 방문함. 요시다 수상과 회담함. 1월 9일 부산 다대포(多大浦)에서 여수-부산간 정기 여객선 침몰 사고 발생 229명 사망. 1월 14일 유고 티토(Tito) 국민회의에서 초대 대통령에 선출됨. 1월 30일 부산 국제시장에 대화재 발생. 2월 2일 미국 아이젠하워 대통령, 얄타(Yalta)회담 비밀조항 폐기와 타이완 중립화 해제를 공포함. 2월 15일 제1차 화폐개혁을 시행함. 원(圓)을 환(圜)으로 변경하여 100대 1로 평가절하. 2월 16일 인도 네루 수상, 제3지역 결속을 제창함. 2월 23일 휴전회담 재개됨. 2월 27일 정부, 독도 영유권을 성명함. 3월 5일 소련, 스탈린(Stalin)수상 사망, 6일 말렌코프가 수상에 오름. 4월 10일 유엔 사무총장에 스웨덴의 함마르셸드가 취임. **4월 12일 이승만 대통령, 휴전 반대와 단독 북진을 주장함. 6월 3일, 휴전협정 전에 한미상호방위조약을 체결할 것을 주장함.** 4월 16일 오세창(吳世昌) 사망. 4월 19일 최덕신 소장, 휴전회담 대표에 임명됨. 장준하(張俊河) 사상계(思想界)를 창간함. 5월 29일 영국 등반대, 처음으로 에베레스트 등정에 성공함. 6월 8일 포로교환협정이 조인됨. 6월 16일 동독 노동자 폭동 일어남. 반소 폭동화. **6월 18일 이승만 대통령, 반**

공포로 27,000명을 석방함. 6월 18일 이집트, 공화국을 선포함. 대통령 겸 수상 나기브 취임. 7월 10일 소련 공산당, 베리아 부수상을 제명함. **7월 27일 한국전쟁 휴전협정.** 8월 8일 소련, 수소폭탄 보유사실을 공표함. **8월 8일 서울에서 한미상호방위조약이 가조인됨. 10월 1일 워싱턴에서 정식 조인.** 8월 15일 정부가 서울로 환도함. 8월 19일 이란 국왕파, 모사덱 정부를 전복시킴. 8월 31일 연합신문·동양통신 편집국장 정국은(鄭國殷) 정부전복 혐의로 체포됨. 12월 6일 사형언도. 9월 1일 북한 김일성, 소련을 방문함. 9월 12일 소련 흐루시초프 공산당 제1서기에 선임됨. 9월 16일 국회가 서울로 복귀. 9월 21일 북한 공군대위 노금석(盧今錫)이 미그기 몰고 귀순함. 10월 6일 한일회담 개최. 일제의 식민통치가 한국에 유리했다는 구보타 망언으로 결렬. 10월 10일 중공 저우언라이(周恩來) 판문점에서 정치회담을 하자고 제안함. 10월 22일 프랑스·라오스 우호연합협정에 조인함. 라오스의 실질적 독립. 미국 트루먼 사망. 11월 27일 이승만 대통령, 자유중국을 방문함. 장개석(蔣介石) 총통과 반공통일전선 결성에 합의. 12월 1일 삼남지방에 비상계엄령을 선포. 공비토벌작전 이유. 12월 30일 인도군이 반공포로 심사에 착수함.


## ✷ 화동공 38살, 1954(4287)년 갑오년에 일어난 일들

1월 4일 필리핀에 공사관이 설치됨. 1월 7일 미국 아이젠하워 대통령, 오키나와의 무기한 보유 의지를 표명함. 1월 9일 국방대학이 창설됨. 1월 21일 반공포로 인수를 완료함. 28일 친공포로 인도를 완료함. 1월 21일 미국 원자력 잠수함 노틸러스호를 진수함. 1월 30일 유네스코 한국위원회가 발족됨. 2월 23일 판문점 휴전회담 종결을 선언함. 3

월 1일 미국, 비키니섬에서 수소폭탄 실험에 성공함. 3월 21일 표준시를 변경함. 동경 127도 30분 기준. 3월 27일 독도에 무단 침입한 일본인 어부에게 체형을 가함. 5월 1일 독도에 민간 수비대를 파견함. 5월 7일 월맹군, 디엔비엔푸를 점령함. 5월 8일 이승만 대통령, 대처승은 절에서 물러나라는 담화문을 발표함. 5월 20일 국회의원(민의원)선거를 실시함. 부정선거로 자유당이 승리함. 5월 22일 변영태 외무장관 제네바 정치회담에서 14개 항의 통일방안을 제안함. 6월 9일 제3대 국회 개원, 의장 이기붕, 부의장 최순주, 곽상훈 선출. 6월 15일 아시아민족대회가 진해에서 개최됨. 6월 28일 변영태 국무총리에 임명됨. 인도·중공 델리에서 평화5원칙을 발표함. 7월 1일 일본, 치안 유지를 위한 자위대가 발족됨. 7월 17일 학술원, 예술원이 개원함. 7월 21일 제네바 협정이 조인됨. 인도차이나 휴전협정 성립. 캄보디아 및 라오스 독립 확정. 7월 24일 영호남지방에 폭우 피해 발생함. 7월 25일 이승만 대통령 미국방문, 27일 워싱턴에서 한미정상회담. 8월 9일 그리스·튀르키예·유고, 발칸 군사동맹에 조인함. 9월 8일 동남아시아 반공방위 목적 조약기구 창설됨(SEATO). 9월 14일 미국, 제7함대에 자유중국군 지원을 명령함. 10월 23일 프랑스, 파리협정이 조인됨. 서독의 주권 회복 및 나토 가입을 승인함. 10월 24일 국제펜클럽한국본부가 발족됨. 11월 14일 수복지구의 행정권을 인수함.

**11월 29일 국회, 초대 대통령 중임 제한을 폐지하는 사사오입(四捨五入) 개헌안을 의결함.** 11월 30일 호헌동지회가 결성됨. 11월 이집트 나세르, 나기브 초대 대통령을 추방하고 집권함. 12월 2일 미국·자유중국 안보조약에 조인함. 12월 15일 최초의 민간방송 기독교방송이 개국함. 12월 20일 정부 기구를 12부 1실 1원으로 결정함. 전북 남원에서 양덕수가 1601년에 펴낸 거문고 악보 양금신보(梁琴新譜)가 발견됨.

# 대한민국 자동차의 역사

이 땅의 자동차 역사는 1903년 대한제국 고종황제가 미국에서 포드 자동차를 사들이면서 시작되었다. 이어 국권을 강탈한 총독 데라우치가 1911년 가솔린 자동차를 2대 들여와 그 중 한 대를 고종에게 선물했고, 1913년 순종황제를 위해 캐딜락 리무진을 왕실에서 수입했다. 이 시기에 발 빠르게 시대를 앞서간 경성 낙산 부자 이봉래는 일본인 청년 곤도와 장사꾼 오라이와 합자해 20만원으로 첫 자동차회사를 세우고, 포드 T형 승용차 2대를 도입해 서울에서 시간제로 임대 영업을 시작했다. 이것이 우리나라 택시의 시초이자 운송사업의 출발점이다.

그 후 1918년 한국 내 자동차는 212대에 불과했지만 1931년에는 4,331대, 1932년 4,800대, 그리고 1935~1940년 사이에는 8천~1만대까지 증가한다. 이는 1920년대 초반 포드와 제네럴모터스가 일본에 조립공장을 세우면서 한국도 그 영향권 안에 들었기 때문이다. 광복 후엔 대한자동차공업회가 발족되고, 1950년부터 13개 자동차부품을 국산장려품으로 지정해 군납하는 자동차공업 육성시책도 펼쳐졌다. 1950년 전후로 재생자동차산업이 번창하여 그 과정에서 1952년 기아산업(기아자동차)이 설립되었다.

한국의 첫 국산 차는 1955년 서울에서 정비업을 하던 최무성, 최혜성, 최순성 3형제가 엔진 전문가 김영삼과 함께 만든 차였다. 미군으로부터 불하받은 지프의 엔진과 변속기, 차축 등을 이용하여 드럼통을 펴서 만든 첫 지프형 승용차였다. 최초의 출발이라는 뜻으로 시발(始發)'이라는 이름을 붙였다. 시발 자동차는 국산화율이 50%나 되어 긍지가 대단했지만, 한 대를 만드는데 4개월이나 걸렸고 값은 8만 환으로 수요자가 별로 없다는 문제가 있었다. 1957년 광복 12주년 기념 산업박람회에 이 자동차가 출품되어 최우수 상품으로 선정, 대통령상을 수

상하면서 신문에 크게 보도되면서 주문이 밀려들어 양산체제로 돌입하게 되었다. '시발택시'라고 인기가 높아 이 차를 사려고 상류층 부녀자들이 '시발계'까지 성행했다.

5·16군사정변으로 정부 보조금이 끝나고 산뜻한 '새나라' 자동차가 나온 뒤 총 3천여 대의 판매를 끝으로 사라지게 된다. 재일교포 박노정이 닛산과 기술제휴로 설립한 새나라 자동차는 한국 자동차공업의 현대화 기수 역할을 담당했다. 1962년 8월 부평(현 한국지엠 공장)에서 준공식을 가지고 '블루버드'를 들여와서 조립해, 외환사정의 악화로 도입이 금지되는 1963년 5월 문을 닫을 때까지 총 2,722대를 판매했다. 1962년은 하동환 자동차공업(현 쌍용자동차)이 설립된 해이기도 하다.

1967년 12월 설립된 현대자동차는 이탈리아의 유명한 차체 디자이너가 제시한 4도어 모델에 미츠비시의 4기통 1,238cc 새턴 엔진과 4단 수동변속기를 탑재한 첫 독자 모델을 세상에 선보이게 된다(1975). 이 차가 바로 1985년까지 명성을 떨쳤던 '포니'다. 이전에 국내 시장에 있었던 '블루버드', '코로나', '크라운', '코티나' 등의 자동차들은 외국 모델을 국내에서 조립한 제품이었지만 포니는 우리나라 국산 고유 모델이었다. 포니 생산으로 우리나라는 세계에서 열여섯 번째, 아시아에서는 일본에 이어 두 번째로 고유 모델을 생산하는 나라가 되었다. 등록문화재 제553호인 포니는 국산 1호 수출 차이기도 하다. 판매 첫해에 1만 726대가 팔려나갔고, 최초로 수출된 나라는 에콰도르였다. 오늘날 한국이 세계 자동차 생산대국에 오르는 원동력이 된 자동차라고 할 수 있다.

1970년 7월 7일, 경부고속도로 개통은 한국 자동차문화시대 진입을 알리는 신호탄이 되었다.

## 9. 둘째 딸 계순까지 우뜸 집에서 낳고

갑오년 시월 그믐날 화동가문 둘째 딸 **계순**(季順, 갑오 1954.10.30.~
)이 태어났다. 끝 계(季)자이니 끝순이라는 뜻으로 아버지가 이름
을 지었다. "네 아버지는 아들만 좋아하셔서 에미가 아들을 내리 다
섯(종회, 종후, 종삼, 종태, 종원)을 낳고, 애타게 기다리던 딸 효순
을 낳고 그렇게 기뻐했는데 아버지는 몹시 싫어하고 섭섭해 하셨다."
며, 겨우 딸 둘을 얻게 되자 이제 '딸은 그만 낳으라, 딸은 네가 끝이
다.'라고, '끝 계(季)자'를 써서 둘째 딸을 '끝순'이를 뜻하는 계순(季
順)이라고 이름을 지으셨단다. 아버지의 반응에도 어머니는 바라
던 딸을 낳아 정말 너무 기뻤다고 생전 어머니는 필자에게 이야기하
였다. 계순까지는 우뜸 집에서 낳고, 그 밑은 아래뜸 중 앞뜸 집으로
1955년 이사하여 낳았다. 계순 두 살 때 이사했으니 아기를 안고 이
사한 것이다. 계순의 호는 지원(芝園)이다. 계월국교,오수중,서울 덕
화여자상업고등학교(현 해성여자상업고등학교)를 졸업하고 세기상
사 사원, 야쿠르트 사원 등을 역임했다. 1977년 12월 4일 을지예식
장에서 이의선(李義善,1915.11.25.~1971.2.1.)·덕수이씨 이종순(李
種順,1913.2.16.~1988.7.26.)의 아들 양성인(陽城人) 이좌범(李佐
範;1943.10.11~2024.1.20. 수 82세, 묘소 세종특별자치시 전의면 유천
리 산61-1)과 혼인하여 아들 이경석(李庚碩),딸 이경진(李庚珍) 남매
를 두었다. 아들 이경석(李庚碩, 1978.9.8.~ )은 서울연신초, 연천중, 대
성고,고려대 식품경제학과 졸, ㈜오리온제과 과장, 차장이다. 양천허씨
허지영(1976.7.13.~)과 혼인하여 아들 이규석(2014.양7.30.~)을 두었
다. 딸 이경진(李庚珍,1980.8.13~)은 서울연신초, 연천중, 동명여고, 한
양대 미디어공학과 졸, LG전자에 입사하여 남편 김해인 김중섭(1975.
양9.1.~)과 사내 혼인하여 남편과 LG전자 호주지사에 파견되어 딸 김

규연(2010. 양7.23.~ )을 두었다. 부부 모두 외국인회사로 전직하여 호주에서 거주하고 있다.

## ✱ 화동공 39살, 1955(4288)년 을미년에 일어난 일들

우뜸에 살다가 1955년 어느 날 아래뜸 중 앞뜸으로 이사하였다. 새로 이사한 집은 앞뜸 한가운데 있는 집인데 공동우물 바로 뒷집이었다. 이 집에는 부안김씨 외손 후예 제주양씨 기계댁으로, 양환승 전북농대 교수 부모가 살던 집이었다. 그 집이 맏아들 따라 전주로 이사 간 것이다. 이사한 집은 동산도 없고 마당도 비좁아 답답한 느낌이 들었지만 변방에서 도시로 온 듯 가족들은 좋아했다. 화동공은 사창마을 아래뜸 중 앞뜸으로 이사한 뒤 어느 날 살아있는 가족들 출생연도를 메모하여 남겼다. 1955년 늦가을쯤 기록한 것으로 보인다.

**가족 출생 년도**
호주(戶主) 정사생(丁巳生, 1917년)
가모(家母) 경신생(庚申生, 1920년)
장자(長子) 정축(丁丑, 1937년)
차자(次子) 신사(辛巳, 1941년)
삼남(三男) 병술(丙戌, 1946년)
사남(四男) 기축(己丑, 1949년)
장녀(長女) 신묘(辛卯, 1951년)
차녀(次女) 갑오(甲午, 1954년)

화동 김은철 선생은 어릴 때 죽은 셋째 아들은 제외했다. 이 원칙에 따라 후예록에서는 6남 3녀 9남매 중 5세 이하에 요절한 셋째 종삼을 제외한 8남매와 그 자손만 기록한다.

**1955년 1월 7일, 중·고등학교의 분리를 결정함.** 1월 20일 울릉도에 150.9cm의 폭설이 내림. 2월 7일 마산발전소 기공식을 거행함. 소련 말렌코프 수상 사임, 후임 불가닌 취임. 노동당이 결성되고 대표 전진한(錢鎭漢). 2월 18일 김성수(金性洙) 전 부통령 사망, 24일 국민장 거행. 3월 1일 영국 수소폭탄제조 선언, 프랑스도 제조 선언. 3월 2일 부산역 객차화재사고 90명 사상, 국회부의장 조경규 의원 선출. 4월 7일 영국 처칠 수상 사임, 후임 이든(Eden) 취임. 4월 18일 이승만 대통령, 애국가 작곡가 안익태(安益泰)에게 문화훈장 수여함. 인도네시아 반둥에서 아시아·아프리카회의가 개최되어 평화 10원칙 발표. 독일 아인슈타인(Einstein) 미국에서 사망. 5월 14일 소련 및 동유럽 바르샤바 조약기구를 조직함. 5월 25일 북한, 일본 도쿄에서 재일조선인총연맹(조총련)을 결성함. 5월 31일 한미잉여농산물협정에 조인함. 박인수(朴仁秀) 70여 여인과의 간음죄로 검거됨(박인수사건), 7월 22일 법원, 정조는 스스로 지켜야 한다고 판시하며 무죄를 선고함. 6월 2일 유고, 수도 베오그라드에서 소련과 정상회담, 공동선언 발표. 7월 5일 일제침략기 징용자 조병기가 광복 사실을 모르고 남태평양에서 숨어 살다가 원주민에게 생포되어 14년 만에 귀국함. 7월 15일 오스트리아, 중립국으로 독립함. 8월 1일 미국과 중공이 제네바회담에서 처음으로 대사급회담을 개최함. **8월 8일 증권시장이 개장됨.** 8월 16일 의왕(義王) 이강(李堈)이 사망함. 8월 8일 인도, 식민지 해방 데모대가 고아(Goa) 시내를 행진함. 9월 14일 대구매일신문 필화사건 일어남, 사설에서 관제데모에 학생동원하는 것을 비판하자 자유당 소속 청년들이 신문사를 습격함. **9월 18일 민주당(民主黨)이 창당됨,** 대표최고위원

신익희(申翼熙). 9월 13일 서독, 소련과 수교함. 9월 19일 이승만 대통령, 한글간소화안 문제는 민의대로 하라고 지시함. 아르헨티나 페론(Peron) 대통령, 폭동 일어나 사임함. 10월 1일 광복10주년 기념 산업박람회 개최. 10월 22일 충주비료공장을 기공함. 11월 2일 사정위원회(司正委員會)가 발족됨, 위원장 조용순(趙容淳). 11월 22일 중동조약기구(METO)가 결성됨. 12월 15일 북한 박헌영(朴憲永), 사형판결 받음. 12월 28일 북한 김일성, 주체사상을 처음으로 제기함.

## 지도자의 덕목

노자(老子, 기원전 571-기원전 471) – 8덕(물처럼 사는 인생)
① 낮은 곳으로 흐르는 "**겸손**", ② 막히면 돌아가는 "**지혜**", ③ 구정물까지 받아주는 "**포용력**", ④ 어떤 그릇에도 담기는 "**융통성·유연성**", ⑤ 바위도 뚫는 "**인내와 끈기**", ⑥ 장엄한 폭포처럼 투신하는 "**용기**", ⑦ 유유히 흘러 바다를 이루는 "**대의(大義)·정도(正道)**", ⑧ 만물을 살리는 "**생명력**." 이처럼 물은 다투지 않고 (不爭), 자연과 조화를 이루어 본질을 유지하며 액체·고체·기체로 변화한다. '최고의 선은 물과 같다.(上善若水)'

손자(孫子, 기원전 545-기원전 470) – 5덕 : 지용신엄인(智勇信嚴仁)
① 智(**지**) 승산 없는 싸움은 하지 않는다. ② 勇(**용**) 용기 결단성. 승산 없을 때 과감히 물러나는 것이 용기. ③ 信(**신**) 약속을 지켜 구성원들에게 믿음을 주는 것. ④ 嚴(**엄**) 엄한 태도를 지키며 신상필벌로 질서를 잡는다. ⑤ 仁(**인**) 상대방의 처지를 이해하고 역지사지로 배려한다.

고향 사창마을 전경(전북 장수군 산서면 사상리 사창마을)

왼쪽 끝 뒷동산 산자락 조상거리에 화동 선생 조모 사창공 배 죽산박씨 산소가 있다.

화동 선생 할머니 사창공(휘 희술) 배 홈실댁 죽산박씨 산소와 묘표 뒷면
자손 명단 (아들 형진·형균·형재 3명, 손자 동철·환철·권철·은철·효철·문철 6명,
증손자 17명 명단이 보인다.)

# 제6장

## 아래뜸 이사와 불어나는 가족들

# ✱ 화동공 40살, 1956(4289)년 병신년에 일어난 일들

1956년 1월 1일 수단, 영국의 지배에서 벗어나 독립함. 1월 16일 영암선(영주-철암) 철도가 개통됨. 1월 30일 육군 특무대장 김창룡(金昌龍) 소장이 피살됨. 2월 27일 저격범 허태영(許泰榮) 대령, 11월 22일 강문봉(姜文奉) 중장을 추가 구속함. 2월 14일 소련공산당대회에서 평화공존을 채택하며, 흐루시초프가 스탈린을 비판함. 2월 1일 소파상(小波賞) 제정. **2월 27일 경제부흥5개년계획을 수립함. 3월 3일 증권거래소가 발족됨.** 3월 6일 이승만 대통령 불출마 의사 표명에 반대하는 데모 일어남. 3월 7일 경주박물관 금관이 도난당함. 3월 20일 튀니지, 프랑스로부터 독립함. 4월 28일 프랑스군, 월남에서 완전히 철수함. 5월 2일 민주당 한강 백사장에서 신익희 대통령 후보 정견발표, 사상 최대 30~40만 명 인원 운집. 5월 5일 민주당 대통령 후보 신익희 호남 유세차 호남선 열차로 가던 중 뇌일혈로 사망, 23일 국민장 거행. **5월 12일 첫 텔레비전방송국(HLKI)이 개국해, 6월 16일 방영시작.** 5월 15일 제3대 정·부통령선거 실시, 대통령에 자유당 이승만, 부통령에 민주당 장면(張勉) 당선. 6월 6일 국회 개원, 의장 이기붕(李起鵬), 부의장 조경규(趙瓊奎)·황성수(黃聖秀) 선출. 7월 19일 미국, 이집트의 아스완댐 건설자금 원조계획 철회, 7월 26일 이집트 나세르 대통령 수에즈운하 국유화를 선언함. 7월 27일 야당의원들이 지방의회의원선거를 앞두고 당국의 탄압에 항거하여 의사당 앞에서 시위 벌임. 8월 1일 북한 초등 의무교육제를 실시함. 8월 13일 제2대 지방의회의원 선거를 실시함. 8월 16일 영국 런던에서 수에즈문제 국제회의가 개최됨.

## 장면 부통령 권총 피습사건

1956년 9월 28일 민주당은 명동 시공관에서 전당대회를 개최하여 대표최고위원으로 조병옥(趙炳玉)을 선출했다. 장면(張勉,1899~1966) **부통령**이 민주당 전당대회에서 연설을 마치고 제1 출입문 열고 복도를 나가려는 순간 **김상붕**(金相鵬,28세)에게 **권총 피습**당해 오른쪽 손바닥을 관통했다. 10월 1일 배후 조종자 민주당 성동지구당 간부 **최훈**(崔勳) 구속. 최훈 배후는 성동경찰서 전직 사찰주임 **이덕신**, 이덕신 배후는 치안국장 **김종원**(金宗元 1922.07.08.~1964.01.30), 김종원 배후는 1960년 4·19 이후 밝혀진 자유당의 서울시장 및 국회의원을 지낸 **임흥순**, 임흥순 배후는 석 달 전 선거에서 장면에게 패배하여 부통령에서 낙선한 **이기붕**이었다. 결국 이기붕이 장면을 죽이라고 지시한 것이다. 이로 미루어 보면 백범 김구 암살은 이승만의 지시였다고 할 수 있다. **이때 받은 장면의 암살에 대한 공포증은 1961년 5·16쿠데타가 일어나자 내각책임제의 실질적인 국가원수였던 그가 반란 군인들의 진압을 지휘하지 않고, 수녀원에 꽁꽁 숨어버려 5·16군사정변을 성공으로 만들게 한 원인이 되었다.**

1956년 10월 19일 일본·소련 국교회복 공동선언에 조인함. 10월 23일 헝가리 수도 부다페스트에서 대규모 반소련·반정부 시위 일어남. 10월 29일 이스라엘군 이집트에 침입함. 10월 30일 영국·프랑스군 수에즈운하에 침입해, 12월 12일 철수. 11월 1일 소련군, 헝가리 사태에 개입함. 11월 6일 국제시계밀수사건 적발됨, 관련자인 국회부의장과 외무위원장이 사표 제출함. 미국 아이젠하워 대통령 재선성공, 이스라엘·이집트, 정전을 수락함. 11월 23일 신의주 반공학생의거 기념식을 거행함. 이날을 '학생의 날'로 정함.

12월 5일 국회, 국제시계밀수사건으로 사퇴한 황성수(黃聖秀) 부의장 후임에 이재학(李在鶴) 자유당 의원을 선출함. 12월 18일 일본, 유엔에 가입함.

## ✲ 화동공 41살, 1957(4290)년 정유년에 일어난 일들

### 1. 맏아들 종회 장가보내다

부안김씨 63(35)세 화동 선생 맏아들 종회(鍾會, 정축 1937.9.30.인시~ ) 자(字)는 경인(鏡仁), 호(號)는 만효(晩孝)이다. 사상리 123번지에서 화동공의 장남으로 태어나 산서초('50.4.),전주동중('53.3),전주농림고등학교(全州農林高等學校 ;1956.3)를 졸업했다. 고교 졸업 다음해 21세인 1957년 3월 11일 진시에 전북 일실군 삼계면 덕계리 모갈마을 신부집 마당에서 양천인(陽川人) 공암촌주(孔巖村主) 허선(許宣) 후예 허철수(許鐵壽 일명 淳萬,1907,9.12.~1969.8.2.)·전주최씨 최계남(全州崔氏 崔季男,1905.9.24.~1967.8.5.인시)의 1남 4녀 중 둘째 딸 덕계(德溪) 허순욱(許順旭,1936.2.24.유시~ ) 처녀와 혼인식을 올리고 부부의 연을 맺었다. 신행을 올 때는 운송업을 하는 신부 오빠가 버스를 대절하여, 삼계면 모갈마을을 출발하여 지사면 영천 앞 냇물을 건너 지름댕이 고개를 넘어서 사창마을로 들어왔다. 버스가 들어오는 것은 사창마을 처음인지 온 동네 사람들이 미리 나가 길을 넓히는 등 법석을 떤 끝에 버스가 마을로 들어왔다. 버스 뒤로 동네 아이들이 새까맣게 따라갔다. 새댁 얼굴이 달덩이처럼 생겼다고 사람들이 칭찬하였다. 돼지도 잡고 마을 잔치를 열었다. 잔치상을 받은 청년들의 노랫소리에 마을이 떠들썩하였다.

## 2. 한 해에 얻게 된 막내아들 종상과 맏손자 성수

아래뜸으로 이사한 2년 뒤 맏아들을 장가보낸 정유년 그해 섣달
이 되었다. 화동 선생 아내가 막내아들 **종상**(鍾上, 丁酉 1957.12.11.
사시巳時~庚子 2020. 음 11.12. 양 12.26. 04 : 41, 향년 64세)을 낳았
고, 종상 낳은 열하루 뒤 큰며느리가 첫 아들 성수를 낳았다. 고부간
에 한 집에서 아들을 낳은 것이다. 종상은 일명 종점(鍾玷), 자 경서
(鏡瑞), 호 만성(晩盛)이다. 계월국교 졸, 산서중학을 다녔다. 종상은
1984년 12월 16일 오후 1시 30분에 서울 잠실 미주예식장에서 해풍김
씨 김홍숙(海豊金氏 金弘淑,1961.2.10.~ )과 혼인 남매를 두었다. 김홍
숙은 김연채(金然彩; 1913.1.7.~1983.10.28.)·성주배씨 배종순(裵鍾
順;1923.11.28.~ )의 1남 4녀 중 넷째 딸로 경북 김천시 미곡동(옛 배
곡동) 607번지에서 태어났다. 만성과 김홍숙은 아들 한결, 딸 한나를
두었다. 국어교사인 형 만은(晩隱)에게 아들딸 이름을 한글로 지어 달
라고 요청하여 지은 한글이름이다. 종상은 중형(仲兄)이 사장으로 있
던 장진산업(長珍産業)에서 고무 기술을 익혀 융진산업 과장을 역임
하고, 이어서 롯데삼강, 현해건설 사원을 역임했다. 만성은 2020(경자)
년 8월말 폐암 3기 진단을 받고 척추까지 전이된 암과 투병 중 2020년
경자년(庚子年) 음 11.12. 양 12. 26. 04시 41분 별세하니, 향년 64세였
다. 순천향대학 부천병원 장례식장 빈소에 때 아닌 전세계적인 감염병
코로나19 사태로 문상객 발걸음이 조심스러웠다. 12월 28일 발인하여
인천가족공원 인천승화원 화장장에서 화장하여 경기도 양주시 장흥면
율곡로 169. 신라천년고찰 청련사(靑蓮寺) 극락원 추모관에 유골을 안
치했다. 2021년 2월 12일(음 1.1. 설날) 청련사에서 49재를 지냈다. 발
인 날과 49재에 부인 해풍김씨(김홍숙)와 아들딸과 사위, 처형, 둘째형
수(경주김씨 김소남), 셋째 형 종태, 넷째 형 종원 부부가 끝까지 동행

했다.

여섯째 아들 종상이가 태어난 11일 뒤인 섣달 스무 이튿날 맏손자 성수(成洙, 정유 1957.12.22.~ )가 아래뜸 집 윗방에서 태어났다. 열하루 차이로 아내와 며느리가 아들과 손자를 낳은 것이다. 동네 사람들은 자손 복이 터졌다고 했다. 경사였다.

## 3. 모녀의 엘리지

시어머니 화동댁과 며느리 모갈댁이 같은 달에 아들을 낳고 보니 해산구완과 아기들 기저귀 빠는 일이 제일 힘든 일이었다. 딸 사정이 안쓰러웠던 우뜸에 살던 화동댁 친정어머니 원촌댁이 내려와 해산구완도 하고, 딸과 함께 외손자, 외증손자의 고무다라이 한가득 담긴 똥기저귀를 얼음이 꽁꽁 언 앞 냇가로 가서 얼음을 깨고 빨았다. 그런데 큰일은 갓난아기인 아들과 손자가 하루에 내놓은 기저귀 양이 이만저만이 아니었다. 금방 커다란 고무광주리 가득가득 쌓였다. 요즘처럼 일회용 종이 기저귀를 사용하거나 1회용 기저귀를 사용하는 시대가 아니었다. 아들을 출산한 시어머니는 자신의 몸조리를 생각할 틈도 없이 며느리 해산구완도 맡아야 했다. 딸 사정이 안쓰러운 한동네 사는 화동 선생 장모 원촌댁(남평문씨)이 노구를 이끌고 내려와 딸 해산구완을 하더니 아예 눌러앉아 외손부 해산구완까지 도와야 했다. 그해 겨울은 유난히 추웠다. 영하 20도를 오르내리는 추위에 앞 시내 시냇물은 꽁꽁 얼었다. 돌로 얼음을 깨고 똥기저귀를 빨아야 했다. 고무장갑이 있는 시대도 아니었다. 막 얼음 깬 시냇물에 맨손을 담그면 살을 날카로운 칼로 베인 듯 얼얼하게 시리고 아파왔다. 매서운 북풍한설은 사정없이 몰아쳤다. 노구의 어머니 원촌댁과 막 시어머니가 된 딸 화동댁, 두 모녀는 차가운 칼바람에 그냥 눈물이 흘러내렸다. 두 모녀는 서로 마주보며 눈물을 글썽이고 손을 호호 불면서 그 많은 기저귀를 빨아야 했다.

어머니가 안타까운 딸이 한마디 한다.

"어머니, 저한테 맡기고 그만 들어가세요. 손발 다 얼겠어요."

"아니다. 김실아, 아직 방에서 쉬며 해산구완 받아야 할 때인데 이렇게 찬바람 쐬고 찬물에 손을 담가서 탈이라도 나면 어쩐다냐?"

모녀의 엘리지인 양, 섣달 북풍은 활시위 떠난 화살처럼 날카로운 소리를 냈다.

"바람은 몹시 사납게 불지, 고무장갑도 없던 시절이라 손이 깨질 듯 시렸단다. 시린 손이 빨갛게 얼 정도로 힘겹게 모녀가 똥기저귀를 빨았단다. 언 손을 호호 불며 모녀가 눈물을 글썽이기도 했단다." 어머니는 힘들 때 딸 사정에 그 힘든 똥기저귀 빨래를 싫은 내색 없이 도와 주셨던 친정어머니를 떠올리며 그 시절을 묻는 넷째 아들 종원에게 그렇게 들려주었다.

그런데 다음해에 신랑이 군대에 입대하는 바람에 화동댁 며느리 모갈댁은 쓸쓸함을 느끼며 자식을 키워야 했다. 성수의 자는 수연(秀淵), 호는 화포(和浦)이다. 계월초, 오수중, 조선대부속공업전문대 전자공학과 졸, 광주대학교 금융학과 졸. 광주은행 지점장, 한국광통신 감사실장을 역임했다. 제주시 화북일동 1585번지에서 출생한, 이용기(李龍基1933.2.20.~)·김해김씨(金貞淑;1937,8,28.~)의 딸 전주이씨 이영희(李榮姬;1961.12.8.유시~)와 1983년 10월 9일 오후 2시 서울 뉴코아예식장에서 혼인하여 1남 2녀를 두었다.

1957년 1월 5일 미국 아이젠하워 대통령 신중동교서(아이젠하워 독트린) 발표. 1월 9일 영국 이든 수상 사임, 후임 맥밀런(Macmillan)이 취임함. 1월 13일 유도회(儒道會) 내분 일어남. 1월 15일 지청천(池青天) 사망. 1월 18일 중공·소련 공동선언 발표, 사회주의국가 단결 강조. 1월 28일 저작권법이 공포됨. 2월 19일 소설가 김내성(金來成) 사망. 2월 25일 일본, 이시바시 수상 사임, 기시(岸信介) 내각 성립. 3월 6일 가나(Ghana) 공화국 독립. 3월 25일 유럽경제공동체(EEC) 성립. 필리핀 막사이사이 대통령 비행기 사고로 사망. 4월 3일 동아시아친선예술 사절단 해외 공연차 출국. 4월 7일 한국편집인협회 발족. 4월 22일 미군 헌병대가 파주군 한 마을을 수색하고 물품을 강탈하여 물의를 일으킴. 4월 24일 한국과 영국 양측 공사를 대사로 승격시키는데 합의함. 5월 5일 어린이헌장을 선포함, 제1회 소파상 시상식 개최. 5월 18일 백선엽(白善燁) 대장, 육군참모총장에 임명됨. 5월 15일 영국, 크리스마스 섬에서 첫 수소폭탄 실험에 성공함. 5월 25일 야당 주최 장충단 시국강연회 방해사건 발생, 12월 5일 주범 유지광(柳志光) 체포. 7월 1일 유엔군사령부가 일본에서 한국으로 이전함. 7월 3일 소련 말렌코프, 공산당 중앙위원회에서 추방당함. 7월 7일 북한, 월맹(越盟) 호찌민(胡志明)이 방북함. 7월 19일 미국, 공대공(空對空) 미사일 실험에 성공함. 8월 4일 전국적인 호우로 수재가 발생함. 8월 20일 해일로 전라선 철도가 불통됨. 8월 21일 이승만(李承晚) 대통령, 국군감축을 제안하는 미국측에 새 군사장비를 요구함. 8월 22일 간첩 김정제(金正濟)를 검거함. 주한 영국군 철수함. 8월 26일 소련, 대륙간 탄도유도탄 완성함. 9월 15일 인천 자유공원에 맥아더 장군 동상 건립. 9월 18일 월남 고 딘 디엠(Ngo Dinh Diem) 대통령이 방한함. 9월 26일 문경시멘트공장 완공. **10월 4일 소련, 인공위성 스푸트니크(Sputnik) 1호 발사에 성공함. 10월 9일 우리말 큰사전 6권이 완간됨.** 10월 10일 최남선(崔南善) 사망. 10월 15일 유고, 동독을 승인함, 19일 서독, 이에 항의하여 유고와 단교함. 11월 11일 한국·필리핀 양측 공사를 대사 승격으로 합의함. 11월 12일 농림부, 비료자급증산5개년계획을 수립함. 11월 22일 소련, 모스크바에 사회주의 12개국이 회담하고 공동선언 발표. **12월 5일 국회, 동성동본혼인금지법을 의결함.** 12월 16일 김병로(金炳魯) 대법원장이 퇴임함. 12월 26일 전아시아·아프리카국민회의가 개최됨. 12월 31일 일본과 억류선원을 상호 석방함.

## ✱ 화동공 42살, 1958(4291)년 무술년에 일어난 일들

## 4. 큰아들 군대에 가다

큰아들은 전주농립고등학교를 졸업한 다음해에 아버지 뜻에 따라 1957년 3월 11일, 임실군 삼계면 덕계리 모갈마을 양천허씨 집안에 장가들더니 그해 12월 22일 아들 성수를 두었다. 첫손자를 얻었을 때 화동공은 마흔한 살, 화동댁은 서른여덟 살이었다. 화동공은 며느리를 빨리 두어 길쌈을 시켜 의식주를 자급자족할 요량이었으나 아내와 며느리가 동시에 출산을 하여 그 계획은 물거품이 되고 말았다. 맏아들 종회는 첫아들을 가진 기쁨도 잠시 갑자기 다음해인 1958년 육군에 입대하게 되었다. 병과 의무병이 되어 마산 육군군의학교에 입교하여 의무병이 수행할 의료행위 교육을 받았다.

그해 여름 할아버지가 된 화동공은 아기 성수를 안고, "네 아비 어디 갔느냐?"하고 묻고는 "저기 마산에 있지?"라고 남쪽을 가리키며 자답하며 물으면 아기가 "응 응~"하고 알아듣는 체 옹알이를 하였다. 며느리는 아기 모습을 보며 미소를 짓곤 하였다.

1월 1일 국회, 참의원·민의원 선거법을 의결함. 1월 11일 전국언론인 대회를 개최하여 선거법 중 언론제한조항 삭제를 요구함. 1월 13일 조봉암(曹奉岩) 등, 국가보안법 위반 혐으로 체포됨(진보당사건). 1월 20일 일본·인도네시아 평화조약 및 배상협정에 조인함. 1월 31일 미국, 인공위성 익스플로러(Explorer) 1호 발사에 성공함. 2월 1일 통일아랍공화국이 성립됨, 이집트·시리아 합방. 2월 3일 경인선 통근열차 탈선 전복사고 발생. 2월 8일, 미국, 일본 주둔 지상군 철수를 완료함. 2월 14일 이라크·요르단 아랍연방을 수립함. 2월 16일 KNA여객기납북사건 발생, 3월 6일 탑승자 34명 중 26명 귀환. 2월 25일 진보당 등록 취소당함. 3월 1일 한국·일본 양측 공사를 대사로 승격 합의. 3월 2일 영국 탐험대 남극대륙 횡단에 성공. 3월 3일 북한 김두봉(金枓奉)을 숙청함. 천리마운동(千里馬運動)을 시작함. 3월 27일 소련 흐루시초프, 수상에 취임함. 3월 31일 소련, 핵실험 정지 선언함. 4월 15일 제1회 아프리카 제국회의가 개최됨. 4월 25일 튀르키예 멘데레스(Menderes) 수상이 방한함. 5월 2일 제4대 국회의원 선거를 실시함. 5월 5일 중공, 수정주의와의 투쟁을 선언함. 5월 30일 이창훈(李昌薰) 선수, 도쿄아시아경기대회 마라톤에서 우승함. 6월 1일 프랑스, 드골(De Gaulle) 내각 성립. 6월 20일 조용순(趙容淳) 대법원장 취임. 7월 11일 산업은행 부정대출사건 폭로됨. 7월 14일 이라크, 군부쿠데타 발생, 공화국 선언. 7월 15일 미군 레바논에 상륙. 7월 17일 영국, 요르단에 파병함. 7월 21일 부산 태극도(太極道) 교도들의 난동사건 일어남. 7월 31일 소련 흐루시초프 수상, 중공을 방문하여 마오쩌둥(毛澤東) 주석과 정상회담. 8월 8일 함석헌(咸錫憲), 필화사건과 관련되어 국가보안법위반 혐의로 체포됨. 유엔, 아랍 10개국의 미국·영국 철퇴 결의안을 의결함. 8월 11일 철도노조, 교통부장관 상대로 노동쟁의 벌임. 8월 24일 중공, 금문도(진먼섬金門島) 포격. 8월 29일 중공, 인민공사를 설립함. 8월 31일 뇌

염발생, 환자 3200여 명, 사망 635명. 9월 16일 유엔 총회, 중공의 유엔 가입안을 상정함. 9월 19일 알제리 임시정부 성립. 10월 5일 프랑스, 제5공화국 성립. 10월 25일 법원, 조봉암에게 사형을 언도함. 10월 26일 북한, 중공군이 철수를 완료함. **11월 5일 이승만 대통령, 월남을 방문함.** 11월 10일 정부, 오키나와에 쌀 3만5천석을 수출하기로 결정함. 11월 12일 기니(Guinea) 공화국이 독립함. 11월 20일 농업협동조합중앙회가 발족됨.11월 21일 북한 김일성, 중공 및 월맹을 방문함, 26일 중공 마오쩌둥(毛澤東)과 회담. 11월 28일 국립의료원(메디칼센터)이 설립됨. 12월 2일 프랑스 드골, 대통령선거에서 승리함. 12월 19일 국회 법사위원회, 야당 의원들 불참 속에 국가보안법 개정안을 의결, 야당 농성 벌임. 12월 23일 국가보안법 개정 반대 국민대회가 열림. 12월 24일 국회, 여당의원만으로 국가보안법 및 지방자치법 개정안을 의결함. 12월 27일 박태선(朴泰善) 장로, 사기·위증·상해죄로 구속됨.

## ✸ 화동공 43살, 1959(4292)년 기해년에 일어난 일들

### 화동공 셋째아들 종태, 오수중학교 입학

  셋째 아들 종태가 3월말 산서초등학교를 졸업하고, 4월에 오수중학교에 입학하였다. 셋째 아들은 철봉 등 기계체조를 잘하고 운동신경이 발달하여 날렵하고, 싸움도 잘하였으므로 또래들이 두려워하였다.

  1월 1일 쿠바 카스트로, 바티스타 정권을 타도하고 공산주의혁명에 성공하여 2월 12일 수상에 취임. 1월 2일 소련 우주 로켓 발사 성공. 1월 10일 충북선(조치원−봉양) 철도가 개통됨. 1월 14일 북한, 노농적위대를 창설함. 1월 27일 북한의 프라우다(Pravda) 기자 이동준(李東俊)이 월남함. 국가보안법 개정 반대 데모가 전국적으로 확산됨. 2월 4일 경향신문 여적(餘滴) 필화사건 일어나 4월 30일 폐간처분됨. 2월 6일 북한 김일성, 소련을 방문하여 흐루시초프와 회담. 2월 13일 일본이 재일동포 북송을 결정함. 2월 19일 영국·그리스·튀르키예, 키프로스 독립협정에 조인함. 2월 23일 송요찬(宋堯讚) 중장, 육군참모총장에 임명됨. 2월 27일 유진오(兪鎭午) 등을 국제적십자사에 파견하여 재일동포 북송 중지를 요청함. 3월 5일 미국, 튀르키예·인도·파키스탄과 상호방위조약에 조인함. 3월 24일 이라크, 중동조약기구에서 탈퇴함. 4월 11일 한국유네스코회관을 기공함. 4월 27일 중공 류사오치(劉少奇), 국가주석에 선출됨. 5월 5일 정구영(鄭求瑛) 변협회장, 군정법령 적용은 위헌이라는 내용의 담화문을 발표함. 5월 11일 미국·영국·프랑스·소련, 제네바에서 독일 문제에 관한 외상회담을 개최함. 티베트 달라이라마(Dalai La), 인도로 망명하여 중국·인도간 분쟁 야기. 6월 1일 서울에서 제5차 아시아민족반공대회를 개최함. 6월 3일 싱가포르, 영연방내에서의 독립을 선언함. 6월 4일 추풍령터널이 개통됨. 6월 15일 정부, 대일교역 중단을 발표함. **7월 31일 조봉암에 대한 사형이 집행됨.** 진단학회(震檀學會) 한국사(韓國史)를 발간함. 8월 1일 장택상(張澤相)·조재천(曹在千) 등, 치안국의 조봉암 사형집행 보도관제를 비난함. 8월 10일 우장춘(禹長春) 사망. 8월 13일 북한, 일본과 재일동포 귀국협정에 조인함. 중동조약기구를 개편, 중앙조약기구(CENTO)가 발족됨. 9월 12일 소련, 우주 로켓 제2호 발사, 14일 달 표면에 도착. 9월 14일 진주의 영남예술제를 개천예술제(開天藝術祭)로 개칭함. **9월 17일 태풍 사라호 영·호남지방 수해당함.** 9월 18일 소련 후르시초프 수상, 유엔총회 연설에서 전면군축을 제안함, 25일 미국 아이젠하워 대통령과 회담. 10월 4일 소련, 우주 스테이션 루니크(Lunik) 3호 발사. 10월 8일 영국 보수당, 총선거에서 승리함. 10월 26일 전국노동조합협의회 결성, 중앙위 의장 김말룡(金末龍). 11월 6일 능곡~의정부간 철도를 기공함. 11월 16일 대구 국제백화점에 화재 발생. 11월 20일 유엔 총회, 완전 군축 82개국 결의안을 의결함. 12월 1일 미국 워싱턴에서 21개국 참여 남극조약 체결. 12월 14일 재일동포 북송 제1진 975명이 일본 니가타 항을 출발하여 북한 청진항에 도착함. 12월 15일 정부, 일본이 재일동포 북송을 중지할 때까지 거족적 항쟁 전개한다고 선언함. 12월 21일 경기도 양주에 정약용(丁若鏞) 묘비 세움. 주한 미국대사 매카나기가 부임함. 12월 23일 공안당국, 1년간 체포된 간첩이 85명에 이른다고 발표함.12월 24일 국회, 경재개발2개년계획을 의결함.

## ✻ 화동공 44살, 1960(4293)년 경자년에 일어난 일들

1월 19일 미국·일본 신안보조약에 조인함. 1월 26일 서울역 구내 집단압사사건 발생, 31명 사망. 2월 13일 프랑스 사하라에서 원자폭탄 실험에 성공함. 2월 15일 조병옥(趙炳玉) 민주당 대통령 후보, 미국에서 사망, 25일 국민장 거행. 3월 2일 부산 국제고무신공장에 화재 발생함. **3월 15일 제4대 정·부통령선거** 실시, 온갖 부정선거로 대통령 이승만, 부통령 이기붕 당선. 마산에서 부정선거 규탄 데모 일어남. 선거무효 선언함. 4월 11일 눈에 최루탄 박힌 김주열(金朱烈)의 시체 인양으로 마산시위가 격화됨. 4월 18일 고려대학교 학생들이 대규모 시위 벌임, 정치 깡패 습격으로 40여 명이 부상당함. 4월 19일 4·19혁명 일어남, 경찰 발포로 다수의 사상자 발생. 4월 21일 국무위원, 일괄 사표 제출함. 4월 23일 장면 부통령이 사임함. 4월 25일 서울시내 대학 교수단 이승만 대통령 하야를 요구하며 시위를 벌임. 4월 26일 이승만 대통령

하야함.

# 4·19혁명

## 3·15부정선거

　대통령 선거에서 승리를 장담할 수 없게 되자 이승만 정권은 12년간 계속된 장기집권을 연장하려고 미리 선거 조작을 획책하였다. 야당의 대통령 후보인 조병옥이 신병 치료차 미국으로 떠나자 선거일을 2개월이나 앞당겼고, 조병옥 후보가 미국에서 갑자기 사망하자 이승만의 4선 당선이 확실하게 되었다.

　그러자 자유당은 이기붕을 부통령에 당선시켜 당시 86세 고령이던 이승만 대통령이 사망하면 이기붕을 부통령에 당선시켜 권력을 물려받을 수 있도록 공무원을 총동원하는 부정선거를 기획했다. 선거운동망을 조직하고 선거에 경찰조직을 활용하는 등 온갖 부정한 방법을 동원하였다.

① 4할(40%) 사전투표 및 투표함 바꿔치기
② 유권자 명부 조작 및 대리투표
③ 득표수 조작 및 3인조, 5인조 공개투표
④ 야당 참관인 축출
⑤ 자유당 완장부대와 깡패를 동원하여 유권자 위협

　지역에 따라 투표함에 투표지를 넣기 전 감시원이 투표지를 보여 달라고 하여, 대통령에 이승만 부통령에 이기붕을 안 찍은 투표지는 회수하고, 다시 새 투표지를 배부하여 찍도록 강요하기도 했다. 개표 과정에서 이기붕 부통령 후보의 표가 100% 가까이 나오자 내무부장관이 득표수를 줄여서 발표하는 일까지 벌어졌다. 부정선거 결과, 대통령 이승만 963만표(85%), 부통령 이기붕 833만표(73%)로 당선되었다고 발표되었다.

## 마산 3·15의거(1차 시위)

이승만 자유당 정권이 장기집권하려고 획책한 3·15부정선거로 수많은 국민들이 격노하였다. 마산시민과 학생들은 3월 15일 오후 부정선거를 폭로하고 선거무효를 외치며 평화적인 시위를 벌였다. 이를 강제 해산시키려고 경찰이 시민을 향해 발포했고 사망 7명(김삼웅, 김용실, 김영준, 김영호, 김효덕, 오성원, 전의규), 중상 1명(강융기, 병원에서 4월 10일 사망), 실종 1명(김주열)의 희생자가 나왔다. 또 250여 명이 부상당하거나 구속되는 등 경찰의 무자비한 진압이 계속됐다.

## 마산 4·11의거(2차 시위)

당시 이승만 정권은 공산당이 마산 시위를 사주했다고 억지를 부렸다. 그러다 시위 중 행방불명된 16세 김주열의 시신이 왼쪽 눈에 최루탄이 박힌 처참한 모습으로 4월 11일 마산 앞바다에 떠오르자 격분한 시민들은 경찰의 만행과 부정선거를 규탄하며 2차 시위를 벌였다. 그 와중에 경찰이 쏜 총탄에 1명(김영길)이 사망하고 수십여 명이 부상을 입자 시위는 더욱 대규모로 확대되었다. 이러한 마산시민과 학생들의 정의로운 투쟁은 전국으로 확산돼 4·19혁명으로 이어졌고, 4월 26일 이승만 독재정권을 무너뜨렸다. 이 과정에서 마산에서는 2명(김종술, 김평도)이 더 희생되었다. 3·15의거는 대한민국 최초의 유혈 민주화운동이었다.

## 4·18고대의거 및 피습

1960년 4월 18일 3000여 명의 고려대학교 학생들은 "기성세대는 반성하라" "마산 사건의 책임자를 즉각 처단하라"는 선언문을 낭독한 후 '민주역적 몰아내자' '자유·정의·진리 드높이자'라고 쓴 현수막을 들고 국회 앞까지 진출하여 평화적인 연좌시위를 하였다. 시위 중 연행되었던 학생들이 풀려나자 학교로 돌아가는 대열에 수많은 시민과 중·고교생이 뒤따랐다. 그러나 학교로 돌아가던 학생들을 노리고 정치깡패 '반공청년단'이 흉기를 휘두르며 습격했고 200여 명의 학생들이 부상당하는 피습사건이 발생했다. 학생피습 사실이 다음날 신문에 보도되자 분노한 시민과 중·고·대학생들이 거리로 뛰쳐나왔고 전국에서 대규모 시위가 이어지며 4·19혁명이 시작되었다

## 4·19혁명(피의 화요일)

마침내 4월 19일, 수많은 대학생, 중·고등학생, 시민들이 "부정선거 다시 하라! 독재정권 물러가라!"고 외치며 광화문, 종로 등 서울 시내 곳곳을 누볐다. 시위대는 10만 명을 넘어섰고, 대통령 관저인 경무대로 향했다. 대규모 시위대가 경무대 앞에 이르자 경찰이 집단 발포하기 시작하여 21명의 희생자와 172명의 부상자가 속출했다. 이승만 정부의 강경 대응에도 시위가 인천, 수원, 부산, 광주 등 전국으로 걷잡을 수 없이 커지자 이승만 정권은 전국에 비상계엄령을 선포하였다. 이날 전국적으로 시위대와 경찰 등 115명이 사망하고 727명의 부상자가 발생하였다. 유혈사고 책임을 지고 국무위원과 부통령이 사표를 냈고, 이기붕 부통령 당선자는 사퇴를 고려하겠다고 발표하였다. 그러나 이승만 대통령은 자유당 총재직만 사퇴하겠다며 권력을 유지하려고 하였다.

## 4·25교수단 시위

이승만 정권의 미온적인 태도에 국민들은 다시 분노하였다. 전국 27개 대학 교수단 258명은 종로에서 시위를 벌이며 국회의사당 앞에서 시국선언문을 채택하였다. "학생 시위는 정의감과 민족정기의 발로이며, 대통령, 국회의원, 대법관 등이 책임을 지고 물러나라"고 요구하였다. 교수단 시위에 힘을 얻은 시민과 학생들의 시위는 밤새 계속되었으나 경찰과 계엄군은 시위대를 저지하지 않았다. **교수단 시위는 잠시 소강상태에 빠졌던 4·19혁명에 결정적이고도 새로운 전환점이 되었다.**

## 4·26이승만 대통령 하야(승리의 화요일)

시위대는 4월 25일부터 이승만 정권의 퇴진과 대통령 하야를 강력하게 요구했고, 탑골공원에 있는 이승만 동상을 끌어내렸다. 계엄사령관 송요찬 장군은 학생들의 요구가 정당하다고 인정하고, 계엄군이 시위대를 향해 발포하는 것을 금지하도록 지시하였다. 국회는 '대통령의 즉각 하야, 정·부통령 재선거, 내각 책임제 개헌' 등을 결의했다. 미국 대사와 일부 각료가 거듭 하야를 설득하자 마침내 이승만 대통령은 26일 "국민이 원한다면 물러나겠다."는 하야 성명을 발표하였다. 이로써 부정선거와 장기집권을 꾀한 자유당 정권은 무너졌고, 자유·민주·정의를 외치며 불의에 항거한 '피의 화요일'의 숭고한 희생은 '승리의 화요일'로 승화돼 대한민국 민주주의의 위대한 출발을 역사에 고하였다.

## 장기독재자와 부정선거 주역의 최후

1960년 4월 28일 아침 5시 40분, 경무대 제36호 관사에서 영구집권을 꿈꾸던 부정선거 주역 이기붕·박마리아 부부, 장남 이강석 소위, 차남 이강욱까지 4명의 이기붕 일가족이 동반 자살했다. 이후 이승만은 경무대를 나와 한 달 간 이화장에서 지내다가 5월 29일 오전 8시 50분,

부인 프란체스카만 동반한 채 CAT 전세기편으로 비밀리에 김포공항을 떠나 하와이로 망명길에 올랐다. 출발 직전 김포공항에는 허정 과도정부 수반, 이수영 외무차관이 전송 나왔을 뿐 아무도 없었다.

8월 24일에는, 1956년 서울 남산에 건립 당시 세계 최대 25미터 높이의 이승만 동상도 분노한 시민들이 무너뜨리고 말았다. 해마다 3월 26일, 이승만 생일 무렵에 전국 학생들이 대통령 탄신 몇 주년 축하 글짓기와 편지쓰기를 했던 우상화 작업, 여론의 완강한 반대로 무산된 서울시를 우남시로 바꾸려던 신격화는 역사 속에 묻혔다. 북한의 김일성이나 남한의 이승만이나 왜 그리 자신의 신격화에 매달렸는지 씁쓸하기만 하다.

이승만(李承晩,1875.03.26.~1965.07.19)은 자신이 과거 오랫동안 활동한 하와이에서 옛 동지들도 만나고 좀 쉬다가 귀국할 예정이었으나 당시 대통령 권한대행이었던 허정은 재입국을 불허했고, 그 이후 박정희 정권에서도 귀국을 계속 거절당했다. 결국 1964년 6월 말 갑작스런 급성 위장 출혈로 쓰러진 후 1965년 7월 19일 0시 35분 하와이 마우날라니 양로병원에서 향수 91세를 일기로 삶을 마쳤다. 동작동 국립서울현충원에 묻히도록 허락했지만 그날 대통령 박정희는 장례식에 찾아가지 않았다. 욕심이 크면 죄를 낳고 죄는 사망을 낳는다는 말을 사람들이 곱씹기만 한다면 누구나 역사의 심판에서 살 길을 찾을 수 있을 것이다.

1960년 5월 1일 소련, 자국 영공에 침범한 이국 정찰기 U-2기를 격추시킴. 5월 3일 유럽자유무역연합(EFTA)이 발족함. 5월 27일 튀르키예, 육군 쿠데타 발생. 6월 14일 프랑스 드골 대통령, 알제리에 정전회담을 제안함. 6월 17일 곽상훈(郭尙勳) 국회의장, 새 헌법에 따라 대통령권한대행에 취임함. 6월 19일 미국 아이젠하워 대통령이 방한함. 6

월 20일 캄보디아 시아누크, 국가 원수에 취임함. 6월 30일 벨기에령 콩고(Congo)가 독립함. 7월 6일 콩고, 군사쿠데타가 발생함. 7월 14일 유엔, 콩고에 유엔군 파견을 결의함. 7월 19일 일본, 이케다(池田勇人) 내각이 성립됨. 7월 29일 제5대 국회의원(민의원·참의원)선거 실시. 8월 7일 쿠바 카스트로 대통령, 쿠바 내 미국 자산 물수를 선언함. 8월 8일 국회 개원. 참의원 의장 백락준(白樂濬), 민의원 의장 곽상훈(郭尙勳). 8월 12일 윤보선(尹潽善), 제4대 대통령에 당선됨. 8월 14일 북한 김일성, 남북연방제를 제의함. 8월 23일 장면(張勉) 내각이 성립됨. 9월 10일 라오스 내전이 일어남. 9월 26일 국제개발협회(IDA)가 발족됨. 10월 11일 발포명령사건 등에 대한 재판처리 결과에 격분, 4·19부상학생들이 민의원 의사당 단상을 점거함. 10월 12일 민의원, 민주반역자 처리법안을 의결함. 10월 18일 민주당 구파, 신민당(新民黨)을 창당함, 대표 김도연(金度演). 11월 8일 미국 케네디(Kennedy), 대통령 선거에서 승리함. 12월 6일 소련, 모스크바에서 81개국 공산당선언을 발표함. 12월 10일 박태선(朴泰善) 장로교도 1천여 명이 기사에 불만을 품고 동아일보를 습격함. 12월 12일 서울시의원 및 도의원 선거를 실시함. 12월 20일 월남민족해방전선(베트콩Vietcong)이 결성됨. 프랑스 카뮈(Camus) 사망. 12월 29일 서울시장 및 도지사 선거를 실시함. 12월 30일 경무대(景武臺)를 청와대(靑瓦臺)로 개칭함.


## ✿ 화동공 45살, 1961(4294)년 신축년에 일어난 일들

## 5. 막내딸 현순과 맏손녀 미수 출생

화동공 마흔다섯, 화동댁 마흔 둘, 신축년 음 3월 8일에 막내딸 현순(賢順, 신축 1961.3.8.~ )이 태어났다. 호는 예원(藝園)이다. 현순은 서울화곡초등학교, 화곡여자중학교, 혜화여자고등학교를 졸업하고, 1982년 5월 11일, 서울 양평동 백조예식장에서 모귀성(牟貴盛,1926.5.21.~1967.5.8)·음성박씨(朴敬愛,1929.11.7.~)의 아들 함평인(咸平人) 모해원(牟海源;1950.5.30.~2002.01.11. 향년 53세)과 혼인하여 아들을 두었다. 아들 모진호(牟鎭虎, 임술 1982.12.5.~ )는 서울홍연초등학교, 명지중학교, 명지고등학교 졸, 전남도립대학교를 졸업했다.

첫남편 사별(死別) 8년 후, 2010년 8월 21일 김해인(金海人) 삼현파 김종오(金宗午, 1935.11.12~2023.11.24. 수89세 )·여흥민씨 민희례(閔喜禮, 1936.11.28~ )의 아들 김대군(金大群:1959.09.26~ )과 혼인하여 남매를 두었다. 김대군은 전라북도 군산시 대야면 지경리 734번지가 고향으로, 옥구중, 남성고, 고려대를 졸업하고 공무원 시험에 합격하여 국정원 부이사관으로 정년퇴임하였다. 아들 김자명(金慈明, 갑술 1994.01.24.~ )은 동아방송대학교를 졸업했고, 고려대학교를 졸업한 딸 김자비(金慈妃, 정묘 1987.08.16.~ )를 더 두니, 현순은 자녀가 2남 1녀이다.

그해 시월 스무날에는 맏손녀 미수를 맏며느리가 출산하였다. 동네 사람들이 시어머니와 며느리가 같은 해에 아들과 손자, 막내딸과 맏손녀를 출산한 일은 드문 경사라고 하였다. 하지만 시어머니 화동댁은 두 번이나 며느리와 함께 출산한 것을 기뻐하지 않았다고 하였다. 키우기에 힘들었기 때문인 듯하다. 마흔 둘에 막내딸을 낳았으니 요즘 세상으로 치면 늦게 낳은 것도 아니다.

맏손녀 미수(美洙, 신축 1961.10.20.~ )의 호는 연정(蓮亭), 전북

장수군 산서면 계월초등학교, 서울 영파여중, 진선여고 졸업. 1985
년 11월 3일, 전주 행복예식장에서 진주인(晉州人) 강택주(姜澤柱,
1959.3.2.~)와 혼인 아들 강용수(姜鏞洙, 1986.10.15.~), 강준영(姜俊
瀛, 1990.3.21.~)을 두었다. 강택주는 전북 완주군 구의면 덕천리 641
번지에서 강준호(姜俊鎬;1930.12.26~1965.9.25.)·전주이씨 이순애(李
順愛;1939.6.8~)사이에 출생했다.

1961년 가을에 진안세무서 직원들이 수득세 독촉차 방문하여서는
밀주단속을 겸하며, 약술 담근 것은 사실대로 미리 말하면 적발하지 않
겠다고 하였다. 그래서 사실은 약술을 담갔다고 하였더니 돌변하여 밀
주라고 적발하고 약주 담근 항아리를 압수하여 공매처분하고 밀주 벌
금을 내라고 통보하였다. 너무 화나고 분하여 남원세무서에 근무하는
사종 아우 김예철에게 쓴 편지가 화동공 별세 후 발견되었다. 편지는
다음과 같다.

### 사종(四從) 예철(禮喆) 군(君) 받아보게[奉見]

흐르는 물 같은 세월[流水歲月]은 어찌 그리도 신속(迅速)하여서 어
언간(於焉間)에 신축(辛丑) 1년(一年)도 다 가고 임인년(壬寅年,1962)
신춘(新春)을 맞게 된 이때에 귀체(貴體) 균안(均安)하오며 가내제절
(家內諸節)이 두루 태평(泰平)들 한가?
이곳 형은 무고(無故)하오니 안심(安心)하시게. 그런데 군(君)에게
고백할 일[告白之事]은 내가 금년(今年) 초가을에 몸이 아파서 약재료
(藥材料) 아홉 가지[九介分]를 구하여 약주(藥酒) 몇 되 담근 것이 있
었는데 그 즉시 진안세무서(鎭安稅務署) 직원(職員)이 수득세(收得
稅) 독촉차(督促次) 와서 약주(藥酒) 담근 것을 발견(發見)한 결과(結

果)는 술은 공매 처분(處分)하고, 별과금(罰科金)이라 하여 4,740원(四阡七百四十円)인가를 내라는 통지서(通知書)를 받고 그 즉시 진안세무서장(鎭安稅務署長)께 못 낸다는 답장을 하였었네.

그 이유(理由)는 1. 사람의 약(藥)하려고 한 약주(藥酒)이기 때문에, 2. 저그(세무서 직원)가 솔직(率直)히 술한 것을 했다고 가르쳐 주면 용서(容恕)하겠다고 단언하고서 적발한 것, 3. 저그 세무서에서도 수득세(收得稅) 조정시(調定時)에 전식(前式)으로 사바통으로 하겠다고 하여 부락(部落) 돈 약 기만원(幾萬円)을 먹고, 그 후 수득세할(收得稅割)은 여전(如前)히 나왔으니, 그 금액을 환송(還送)키 전에는 벌금(罰金)을 못 낸다고 편지(片紙)를 하였었는데 그 후 세무서가 남원으로 합쳐졌다고 답(答)이 왔으니, 대체 남원세무서(南原稅務署)로 그 서류(書類)가 (넘어) 갔는가 좀 보아주시게.

사상리(社上里) 74번지(七四番地) 김옥남(金玉南)이 앞에, 혹시나 만약 없으면 다행(多幸)이지만 있다고 하면은 자네가 곧바로 세무과장에게 말을 잘하여 빼 주시면 감사(感謝)하겠네. 약(藥)해 먹으려 한 것이기 때문이네. 그러면 구구한 말 더 부탁(付託)할 것 없이 이만 끝이겠네. 김옥남(金玉南)은 본인(本人)의 처(妻)이네.


단기 4295년(四二九五年) 이월(二月) 3일(三日)
장수군 산서면 사상리 74번지(長水郡山西面社上里七四番地)
김은철(金殷喆) 부(付)


* 4종 예철 군 : 당시 남원세무서에 근무하고 있던 4종 아우 예철 씨에게 보내는 민원 편지로 부치지 못하고 유품으로 남겨졌다. 5대조가 같은 가장 먼 아우가 4종제(四從弟)이다.

1961년 1월 3일 미국, 쿠바와 단교함. 1월 7일 아프리카 정상회담 개막. 1월 8일 혁신당(革新黨) 결성, 대표위원 장건상(張建相). 1월 21일 통일사회당 결성, 대표 이동화(李東華). 1월 26일 충주비료공장이 준공됨. 1월 28일 문화방송(MBC) 개국, 첫 상업방송. 1월 31일 미국, 침팬지 태운 로켓을 발사함. 2월 12일 콩고, 루뭄바 수상이 피살됨. 소련, 궤도상의 인공위성에서 금성 로켓을 발사함. 3월 9일 미국, 개를 태운 우주선 발사 후 회수에 성공함. 4월 11일 이스라엘, 예루살렘에서 나치 전범 아이히만(Eichmann)이 재판 받음. 4월 12일 소련, 우주선 보스토크(Vostok) 1호 발사에 성공함, 우주인 가가린이 생환함. 4월 28일 인구조사 발표, 총인구 2439만 4117명. 5월 1일 쿠바, 사회주의공화국을 선포함. 5월 5일 미국, 유인 우주 로켓 리버티(Liberty) 7호 발사에 성공, 우주인 세파드가 생환함. 5월 16일 군사정변이 일어남. 쿠데타군 군사혁명위원회를 설치함. 의장 장도영(張都暎) 중장, 부의장 박정희(朴正熙) 소장. 국회와 지방의회를 해산하고 전국에 비상계엄령을 선포함. 5월 18일 장면 내각 총사퇴함. 혁명위원회, 국가재건최고회의로 개편함. 5월 20일 최고회의, 혁명내각 수반에 장도영 의장을 임명함. 6월 3일 미국 케네디 대통령, 스위스 빈에서 소련 흐루시초프 수상과 회담함. 6월 10일 국가재건최고회의법·중앙정보부법·농어촌고리채정리법이 공포됨. 6월 17일 서독, 첫 원자력발전소 운전을 개시함. 6월 21일 혁명재판소·혁명검찰부 조직법을 공포함. 6월 29일 북한 김일성, 소련을 방문하여 상호방위조약 체결. 6월 30일 조진만(趙鎭滿) 대법원장에 취임함. 7월 1일 서울국제방송국(HLCA) 개국.

7월 3일 최고회의 의장에 박정희, 내각수반에 송요찬 취임함. 7월 9일 장도영 중장 등 44명, 반혁명 음모 혐의로 체포됨. 7월 10일 북한 김일성, 중공을 방문함. 7월 15일 경제재건촉진회가 창립됨, 8월 16일 한

국제제인협회로 개칭. 7월 22일 경제기획원을 신설함. 8월 12일 박정희 최고회의 의장, 1963년 5월 민정 복귀한다고 선언함. 동독 베를린 장벽을 구축함. 9월 1일 유고슬라비아 배오그라드에서 비동맹 26개국 수뇌회담이 개최됨. 9월 7일 유진오 재건국민운동본부장 사임, 후임에 유달영(柳達永) 취임. 9월 18일 유엔 함마르셸드 사무총장 비행기 사고로 사망. **9월 29일 경제협력개발기구(OECD)가 발족됨.** 9월 30일 혁명재판소, 3·15부정선거 관련자에게 사형 등 실형을 선고함. 10월 20일 제6차 한일회담을 개최함. 10월 31일 혁명재판소, 반국가·반혁명 혐의로 조용수(趙鏞壽) 민족일보 사장에게 사형을 선고함. 11월 3일 유엔, 사무총장에 미얀마의 우 탄드(U Thant)를 선출함. 11월 5일 미국, 침팬지 태운 위성을 발사함. 11월 11일 박정희 최고회의 의장, 미국 방문차 출국함. 도쿄에서 이케다 수상과 회담. 13일 워싱턴에서 케네디 대통령과 회담. 12월 10일 알바니아, 소련과 단교함. 12월 12일 첫 학사 자격국가고시를 실시함. 12월 18일 인도, 군대가 고아(Goa) 시가지를 접수함.

## ✴ 화동공 46살, 1962(4295)년 임인년에 일어난 일들

화동공 셋째아들 종태, 전주공업고등학교 토목과 입학, 넷째아들 종원, 오수중학교 입학. 종원은 교복과 모자, 모두 형 종태로부터 물려받음.

## 6. 맏아들 종회 농협직원 채용시험 합격

맏아들 종회가 농협에서 시행한 농협개척원시험에 응시하여 합격하

였다. 집안에서는 경사났다고 환호하였다. 목들 아우가 화동공을 찾아
와 "형님, 축하드립니다. 이제 생수구멍이 뚫렸으니 잘 되었네요."하였
다. 가용돈이 늘 부족한 농촌살림살이에 아들이 취직하여 월급 타게 된
것을 마른 가뭄에 생수 구멍이 뚫렸다고 표현한 것이다. 농협 채용시험
에 합격한 맏아들 종회는 1962년 2월 23일 장수농협 산서지소에 발령
받아 근무를 시작하였다. 화동공이 아들의 합격을 응원한 조 상무에게
보낸 편지가 남아있다.

## 조 상무님 순철 씨 전

시절을 생각하니 [時惟] 꽃이 활짝 피는 계절[花長之節]입니다. 귀
체후일향만강(貴體候一向萬康)하시오며 댁내(宅內) 제절(諸節)이 균
안(均安)하시고, 원로(遠路)에 이사나 잘 하셨는지요? 이곳[此地]에
있는 아우[弟]는 혼권(渾眷:渾家,한 집안의 온 전체)이 무고(無故)하
오며, 가족이 희망하였던 *종회(鍾會) 고시합격(考試合格)은 다행히도
조 상무님[曹常務任] 덕택으로 된 줄 압니다.

좀 거리가 웬만하면 상무님을 찾아뵈옵고 감사(感謝) 인사를 표(表)
하고 싶으나 그러지도 못하고 편지[書字]로 알리오니[通知] 미안(未
安)한 말씀을 다 사릴 수가 없습니다. 그리고 상무님의 함씨(咸氏;영질,
남의 조카) 종회(鍾會)하고 같이 고시(考試) 치렀던 분은 어떻게 되었
습니까? 자식(子息) 종회(鍾會) 더러 그분 수험번호(受驗番號)를 물은
즉 잘 모른다고 하니 좀 꼭 합격이 되어야 할 텐데 알고 싶습니다.

그리고 현재 산서(농협산서지소)에 오신 홍 상무님을 친절히 잘 아
신다면 어느 편(便)을 취해서든지 제 자식(子息)을 조 상무님처럼 지
극히 동정해 주시라고 한 말씀 부탁하여 주시면 더욱 감사하겠습니다.
그리고 혹시나 장수나 어느 기회에 이곳을 지나시게 되면 한번 제 집을

들러주셨으면 싶습니다.

　끝으로 상무님 건강(健康)을 빌고, 댁(宅)의 영원(永遠)한 행운(幸運)이 깃들기를 주야(晝夜)로 축원(祝願)하며 불비상서(不備上書)하나이다.


　　　　단기(檀紀) 4295년(四二九五年,1962년) 3월(三月) 3일(三日)
　　　장수군 산서면 사상리 김은철 배상(長水郡山西面社上里 金殷喆 拜上)

* 종회 고시합격 : 화동 김은철 선생 맏아들 종회의 농협개척원 채용시
　험 합격(지금 농협은행원 입사 시험) 합격을 말함


　새로운 정부는 농업협동조합법을 만들어, 각 지역 금융조합 형태의 농업은행을 농협중앙회 산하로 편입하여 전국 각 농협(은행) 지점(지소)을 개설하고, 농자금 대부로 특용작물 생산 장려정책을 병행하는 등 농촌 개발 정책을 강력하게 추진했다. **농업협동조합의 노래** 가사는 **이은상**이 **작사**하고, **작곡**은 **김성태**였다. (힘차게)


|　　　　　(1절)　　　　　 |　　　　　(2절) |
| --- | --- |
| 강산도 아름답다 기름진 터전 | 대대로 누-려 갈 생활의 터전 |
| 여기서 나고 자란 정든 내 고-장 | 불리자 우리 살림 우리 손으-로 |
| 이 땅은 피땀 고인 농민의 나-라 | 웃음과 희망 속에 커가는 마-을 |
| 우-리는 주인이다 힘차게 살자 | 이루고야 말-리라 문화의 낙원 |
| 협동의 깃발 아래 한데 뭉치-자 | 협동의 깃발 아래 한데 뭉치-자 |
| 농촌이 살아야만 나라가 산다 | 농촌이 살아야만 나라가 산다 |


　얼마 안 가서 농협 임직원을 양성하는 농협대학을 설립하고, 농협을

홍보하고 품종개량과 우수 농작법 등 새 농촌 우수사례를 게재하는 농협 홍보 월간지 「새농민」을 발간했다. 「새농민」 지는 농민들의 인기를 받았다.

 1962년 1월 1일 공용 연호를 단기(檀紀)에서 서기(西紀)로 변경함. 1월 13일 제1차 경제개발5개년계획을 발표함. 나이를 만(滿)으로 쓰도록 함. 1월 31일 미주기구 외무장관회의, 쿠바 추방 결의안을 채택. 2월 2일 울산공업센터를 기공함. 2월 3일 미국 케네디 대통령, 2월 7일자로 대쿠바 금수조치를 발표함. 2월 8일 미국, 주월남군사령부 설치를 발표함. 2월 20일 영국, 극동통합사령부 설치를 발표함. 3월 16일 정치활동정화법을 공포함. 3월 18일 프랑스·알제리 정전협정에 조인함. 3월 19일 원자력연구소, 원자로에 첫 점화. 3월 23일 윤보선(尹潽善) 대통령 사임. 3월 24일 박정희 최고회의 의장, 대통령권한대행에 취임함. 3월 25일 노기남(盧基南)·서정길(徐正吉) 대주교가 됨. 4월 2일 농촌진흥청 발족. 4월 8일 알제리 독립. 4월 14일 프랑스, 퐁피두 내각이 성립됨. 5월 12일 서울에서 아시아영화제를 개최함. 5월 22일 정부, 요르단과 대사급 외교관계 수립에 합의함. 5월 31일 증권파동 일어남. 6월 1일 중앙정보부, 이주당사건(二主黨事件) 내용을 발표, 구 민주당 계열 인사들이 군사정부 전복 기도 발표. 1962년 6월 1일 당시의 중앙정보부장 김종필(金鍾泌)은 김상돈(金相敦)·조중서(曺仲瑞)·이성렬(李聖烈)·김인칙(金仁則) 등이 1962년 6월 13일을 기하여 무력쿠데타를 일으켜 구민주당계열 인사를 중심으로 집단지도체제의 과도정부를 수립한 뒤 8월 15일 민정이양을 하려 하였다고 발표하였다. 이 사건과 관련되어 구속된 사람은 정치인·예비역군인·독립운동가 등 41명이었으며, 그 뒤 송치과정에서 장면(張勉) 전총리가 관련되었다고 하여 장면은 불구속 송치되었다. 9월에 열린 군사재판에서 사건관련자들은 사형에서 2년에 이르기까지 선고되었으나, 일부를 제외하고는 **거의가 무죄로 석방되었다.** 6월 6일 고대생 미국대사관 앞에서 한미행정협정 체결을 촉구하는 데모를 벌임.

　**6월 10일 제2차 화폐개혁 시행, 환(還)을 원으로 변경, 10대 1로 평가절하.** 6월 23일 라오스, 푸마(Phouma) 통일연합정부 발족, 24일 전쟁 종료. 6월 27일 중공, 진먼섬(金門島)·마쭈섬(馬祖島) 포격을 개시함. 7월 6일 미국, 네바다에서 첫 수소폭탄형 핵실험을 실시함. 7월 10일 김현철(金顯哲) 내각수반 취임. 7월 21일 라오스 국제회의, 라오스 중립선언 및 부속의정서를 채택함. **8월 2일 동아일보 필화사건 일어남, 사설 '국민투표는 만능이 아니다.'로 고재욱(高在旭) 주필, 황산덕(黃山德) 논설위원 검거됨.** 9월 1일 이란, 서북부에 대지진 발생, 2만여 명 사망. 9월 2일 소련 대쿠바 무기원조를 발표함. 9월 15일 반공자유센터 기공. 10월 22일 미국, 대쿠바 해상봉쇄를 선언함, 11월 20일 해제. 10월 28일 소련, 쿠바에서 미사일을 철거한다고 발표. **11월 12일 김종필(金鍾泌)·오히라(大平正芳) 비밀회담에서 대일청구권문제에 합의함.** 11월 19일 중공·인도 국경분쟁이 격화됨, 22일 전쟁 종료. 11월 29일 한국일보 필화사건 일어남, '가칭 사회노동당 준비설' 기사로 장기영(張基榮) 사장 등 구속됨. 11월 30일 교통부, KNA 면허를 취소함, 대한항공공사(KAL)에 국내선 취항을 허가함. 12월 10일 북한, 노동당 중앙위원회에서 4대군사노선을 채택함. 12월 15일 **영친왕(英親王) 이은(李垠), 대한민국 국적을 회복함.** 12월 17일 헌법개정안 국민투표를 실시함, 대통령중심제 채택, 26일 공포. 12월 18일 미국·영국, 바하마에서 수뇌회담 개최. 중국, 후스(胡適) 사망. 12월 23일 북한 함정이 연평도 부근에 침입함. **12월 27일 박정희 최고회의 의장, 대통령 출마의사 표명.**

# ✱ 화동공 47살, 1963(4296)년 계묘년에 일어난 일들

    1월 1일 민간인의 정치활동 금지 조치를 해제함. 부산이 직할시(直轄市)로 승격됨. 1월 14일 프랑스 드골 대통령, 영국의 EEC 가입 반대 의사 표명, 21일 서독 아네나워 수상과 협력조약 체결. 2월 18일 박정희 최고회의 의장, 민정 불참을 선언함(2·18성명), 정국수습 9개 방안 제시. **2월 26일 민주공화당 창당**, 총재 정구영(鄭求瑛) 2월 27일 정치 지도자 및 각군 책임자, 2·18성명을 지지하고 정국수습공동성명을 발표함. 3월 2일 중공·파키스탄, 국경조약에 조인함. 3월 6일 중앙정보부, 증권파동·워커힐사건·새나라자동차사건·파친코사건 등 4대의혹사건 수사 경위를 발표함. 3월 16일 박정희 최고회의 의장, 민정 불참 선언을 번복함. 4월 25일 동아방송 개국. **5월 14일 민정당(民政黨) 창당**, 대표 김병로(金炳魯), **대통령 후보 윤보선** 지명. 5월 15일 동경올림픽 남북단일팀 협상이 홍콩에서 시작됨. 6월 3일 교황 요한 23세 사망, 29일 바오로 2세 취임. 6월 21일 프랑스, 대서양함대의 나토 철수를 통고함.

    7월 9일 말레이시아, 보르네오섬을 병합하여 말레이시아 연방을 결성함. 7월 18일 민주당 창당, 총재 박순천(朴順天). 8월 1일 미국·영국·소련, 모스크바에서 핵실험금지 협정에 조인함. 국민의 당 창당, 대표위원, 김병로(金炳魯)·허정(許政)·이범석(李範奭). 8월 11일 전 내각 수반 송요찬(宋堯讚), 살인혐의로 구속됨. 8월 28일 미국, 워싱턴의 10여만 흑인들이 인종 차별을 반대하는 대규모 시위 벌임. 8월 31일 공화당, 총재 겸 대통령 후보에 박정희 의장을 지명함. 이화여대 명예총장 김활란(金活蘭) 막사이사이상을 수상함. 9월 1일 노동청 및 철도청 발족. 9월 3일 자민당(自民黨) 창당, 위원장 김준연(金俊淵) 대통령 후보 송요찬 지명. 9월 20일 미국 케네디 대통령, 유엔총회에서 미·소 공동

달 탐험을 제의함. 10월 14일 알제리·모로코, 국경분쟁으로 교전함, 30일 휴전협정에 조인함. 10월 15일 제5대 대통령 선거 실시, 공화당 박정희 후보 당선. 10월 17일 서독 아데나워 수상이 사임함, 후임에 에르하르트 선출. 11월 1일 월남 고 딘 디엠 대통령, 쿠데타로 실각함. 11월 22일 **영친왕 이은(李垠), 일본에서 영구 귀국함. 미국 케네디 대통령, 달라스시에서 피격 사망함,** 존슨 부통령이 승계. 11월 24일 박정희 최고회의 의장, 케네디 대통령 장례 참석차 미국 방문, 24일 존슨 대통령과 회담. 11월 26일 제6대 국회의원선거 실시, 처음으로 지역구와 전국구 병행. 12월 6일 프랑스, 중공에 통상문호를 개방함. 12월 17일 박정희정부 성립, 최두선(崔斗善) 내각 조직. 제6대 국회 개원, 의장 이효상(李孝祥) 의원, 부의장 장경순(張坰淳)·나용균(羅容均) 의원 선출.

## ✱ 화동공 48살, 1964(4297)년 갑진년에 일어난 일들

### 간장 담그다가 손목을 다친 화동댁

　봄 간장 담기 좋은 날을 받아 장을 담그기 위해 큰 장독에 메주를 넣고 물과 소금을 붓는 작업 후 장독 뚜껑을 들다가 아차 뚜껑이 미끄러져 깨지면서 깨진 투껑 날카로운 면이 화동댁 김옥남 여사 오른쪽 손목을 스쳐 순식간에 힘줄이 끊어졌다. 화동댁 45세 때였다. 오수병원에 가서 치료했지만 손을 쓸 수가 없어서, 갑진년(1964년) 9월 21일 전주 예수병원에 손을 고치러 화동 김은철 선생 부부가 전주에 갔다. 수술을 하고 치료를 했지만 이후 오른쪽 손에 신경이 돌아오지 않아 힘을 쓸 수가 없다. 반찬거리를 만들거나 밥을 짓거나 손을 써야 하는데 손목장애로 일을 못하는 곤란한 형편이 되셨으니 매우 안타깝고 딱한 일이었다. 한 손으로 겨우 어떻게 움직여 보아도 불편하기 짝이 없는 일상이었다.

## 7. 둘째 아들 종후 장가보내다

둘째 아들 종후를 장가보냈다. 둘째 아들 종후는 1964년 12월 11일 오시에 전북 임실군 삼계면 어은리(사월리) 신부집에서 경주김씨 일숙 (一淑) 김소남(金小南, 임오 1942.1.1.~ ) 처녀와 혼인, 2남 2녀를 두었 다. 경주김씨부인은 김진구(金辰九, 1908.7.17.~1974.8.13.)·전주유씨 유아근(柳兒根;1909.8.29.~1967.11.24)의 4남매(2남2녀) 중 셋째, 둘 째딸로 태어났다. 아내 경주김씨의 조부는 김재시(金在時), 조모는 한 성녀(韓姓女), 외조는 류상규(柳庠珪), 외조모는 오동영(吳東泳)이다. 둘째 아들을 따로 마련한 집에 신접살이를 하도록 하여 다음해에 제금 을 내었다. 제금낸다는 말은 분가시킨다는 뜻이다.

만정은 서울로 이사하여 번창상회(식품점),고무바킹제조업 장진산 업(長珍産業) 대표, 피혁사업, 방화회관 등을 경영했다. 사업 성패를 떠 나 늘 태평스러웠고, 술을 좋아하여 취하면 '사람은 진실하고 사람답게 살아야 한다.'고 늘 주변 사람들을 깨우쳤다.

1964년 1월 1일 미터법을 실시함. 1월 10일 미국·파나마, 국교를 단 절함, 4월 3일 재개. 1월 13일 조진만(趙鎭滿), 대법원장에 선출됨. 1월 15일 민주당, 3분(粉, 설탕, 밀가루, 시멘트) 폭리사건을 폭로함. 1월 18 일 제주도 일원의 야간통행금지를 해제함. 1월 27일 프랑스, 중공을 승 인함, 2월 10일 자유중국, 프랑스와 단교. 1월 30일 월남 구엔 칸 장군, 군사쿠데타로 집권함. 3월 4일 유엔군, 키프로스 파병을 결정함. 3월 9 일 야당 주도로 대일굴욕외교 반대 범국민투쟁위원회를 결성함. 3월

24일 서울의 대학생들이 한일회담 반대 시위 벌임. 4월 19일 라오스, 쿠데타 발생함, 5월 2일 푸마 수상이 우파와 중립파군의 통합을 발표함. 4월 26일 김준연(金俊淵), 대일청구권 사전 수수 발설로 구속됨. 5월 1일 체코, 수도 프라하에서 메이데이 행사 중 반공데모 일어남. 5월 7일 울산정유공장 준공. 5월 9일 최두선 내각이 총 사퇴함, 후임 총리에 정일권(丁一權) 임명. 동양방송 개국. 5월 13일 통일아랍공화국, 아스완댐 제1기 공사 완료함. 5월 20일 서울시내 대학생들이 민족적민주주의 장례식 및 성토대회를 개최함. 5월 21일 무장군인 13명이 법원에 난입함, 구속 학생 영장 발부 기각에 반발. 5월 27일 인도 네루 수상 사망.

6월 3일 대학생 중심 대일 굴욕외교 반대시위 벌임, **6·3사태**. 서울 일원에 비상계엄령을 선포함, 7월 28일 해제. 6월 5일 김종필(金鍾泌) 공화당 의장이 사퇴함, 후임에 윤치영(尹致暎) 선출. 6월 8일 공수단 장교 8명이 동아일보사에 난입함, 신문 내용에 반발. 6월 12일 소련·동독, 우호상호원조조약에 조인함. 6월 16일 북한, 평양에서 아시아경제토론회를 개최함. 6월 25일 철도청수뢰사건발생, 청장 이하 13명 구속. 8월 2일 국회, 언론윤리위원회법안을 의결함, 9월 9일 언론계의 반발로 시행 보류. 8월 4일 미국, 자국 구축함이 월맹 어뢰정의 공격받았다고 발표함, **통킹만(Tonkin灣)사건. 8월 13일 중부지방에 폭우 내림, 133명 사망.** 8월 17일 한국기자협회가 발족됨. 8월 24일 민정당 당무위원회, 유진산(柳珍山) 의원을 제명함, 대여 선명성 논쟁 야기. 9월 신동아(新東亞) 복간됨. **10월 9일 북한 여자 육상선수 신금단(辛今丹) 부녀가 일본 도쿄에서 극적 상봉함. 10월 10일 일본, 도쿄올림픽대회 개막.** 10월 15일 소련, 흐루시초프 수상 실각, 후임에 브레즈네프 서기장 취임. 영국 노동당, 총선거에서 승리함, 윌슨 내각 성립. 10월 16일 중공, 첫 원자폭탄 실험에 성공. 10월 24일 함태영(咸台永) 전 부총리 사망, 30일 국민장 거행. 10월 31일 월남과 국군 파월을 위한 협정을 체결함. 한국, 공병대 비둘기부대 파병. 11월 3일 미국 존슨 대통령, 대통령 연임에 성공함. 11월 9일 일본, 사토(佐藤榮作) 내각이 발족함. 11월 14일 미국·서독, 방위협정을 체결함. 11월 27일 자유중국과 우호조약을 체결함. 12월 7일 박정희 대통령, 서독을 방문함.

## ✱ 화동공 49살, 1965(4298)년 을사년에 일어난 일들

셋째 아들 종태 전주공고 졸업, 넷째 아들 종원 오수고등학교 입학. 1965년 6월 5일, 큰며느리가 둘째딸 미현(美賢)을 낳았다. 그해 11월 1일에는 둘째 며느리가 아들 창수(昌洙)를 낳았다. 이날 앞집 선원이댁 며느리도(큰아들 인철 아내) 딸 순화를 낳았다. 동네 사람들은 경사라고 했다.

### 성산 절에서 공부하는 셋째 아들

올해 을사년(1965) 2월 전주공고를 졸업하고 대학입시에 실패한 셋째 아들 종태가 이른 봄부터 성산 영월암 절에서 대학입시 재수(再修) 공부를 하기로 했다. 마침 아들과 동갑인 상큰집 종환이도 전주고를 졸업하고 대입시에 실패하여 둘이 의기가 투합되어 함께 성산 절에서 공부하기로 했다. 주식(쌀)과 부식(반찬거리)은 가끔 사창마을 고향 집에 내려와 가져가기로 했다.

1965년 5월 15일, 빈 쌀자루와 빈 양념그릇을 들고 종태가 성산에서 내려왔다. 이튿날은 5월 16일로 일요일이다. 오전 아우 종원과 꼴을 한 망 베어다 놓고 점심을 먹고 떠난다는 것이다. 쌀 3말은 종원이가 지게에 져서 성산까지 가져다주기로 하고, 김치며 야채며 반찬거리는 올망 졸망 작은 단지에 담아 큰 보자기에 싸서 종태가 들기로 했다.

"아버지·어머니, 저 가겠습니다. "

"또 언제 오냐?" 어머니가 묻자, "쌀과 반찬 떨어지면 와야지요." 웃으면서 떠난다. 그런데 한 달도 안 되어 머슴 살았던 태산이가 와서 서울 회사에 취직할 사람을 찾는다면서 종태를 서울로 데려가면 좋겠다고 한다. 취직하면 돈 벌면서 공부도 할 수 있다는 것이다. 솔깃한 제안에 둘째 아들을 시켜 성산 절에 연락하여 본인 뜻을 들어보고 서울에 가겠다면 벌여놓은 책이며 취사도구 등을 모두 싸 가지고 오라고 하였다.

## 서울로 취직하러 떠나는 셋째 아들

"망아지는 제주도로 보내고, 사람 새끼는 서울로 보내야 앞날이 있다고 하지 않습니까?"라는 태산이 말이 그럴 듯했는지 셋째 아들은 성산에서 내려온 날부터 서울행 짐을 싸서 다음날인 1965년 6월 4일 단옷날 오후 5시 오수역 출발 서울행 기차로 상경하기로 했다.

떠나는 날 둘째 형 종후가 쌀 서 말을 어깨에 메고, 어머니와 아우 종원이가 함께 오수역까지 배웅하기로 했다. 오수역에 도착하자 어머니 화동댁은 허리춤 쌈지에 꼬깃꼬깃 넣어둔 지폐를 꺼내 아들 손에 쥐어준다. "서울 가면 돈도 없고, 배고플 텐데 뭐라도 사 먹어라." 곧 기차가 오고 어머니와 둘째 형과 아우는 손을 흔들고 떠나는 사람은 쌀자루와 가방을 들고 기차에 오른다. 일단 면목동 홈실 이모댁이 행선지이다. 가서 태산이와 연락하여 만나기로 하였다.

넷째 아들 종원은 그날 일기에 "종태 형은 그 구박 속에서 오늘 서울로 떠났다. 서운함이 깃들어 몸이 자지러질 것 같다. 어찌나 서운한지…"라고 썼다. 셋째가 농삿일에 적극적이지 않아서 벌어진 부자의 갈

등을 구박이라고 표현한 것이다.

## 6월 13일, 방아들 첫모내기

날이 몹시 가물었지만 방아들 논은 천황봉 쪽 큰 산으로부터 흘러내려오는 시냇물이 있어 보를 막고 방아들 논에 물을 대어 봄부터 못자리를 하였다. 마침내 6월 13일 물을 댈 수 있는 방아들 5마지기 논에 첫모내기를 했다. 이날은 음력 5월 14일로 마침 일요일이라 큰아들, 둘째아들, 넷째 아들, 다섯째 아들까지 모두 동원되었다. 서울 간 셋째만 제외되었다. 큰아들 종회는 농협장계지소에 있었는데 마침 작년 9월 16일자로 다시 농협산서지소로 발령받았다. 부친과 온 가족이 기뻐하였다. 화동양반은 온 가족과 머슴과 일꾼들이 동원된 첫모내기가 뿌듯하여 농요가락을 읊으며 흥을 돋우었다.

유월이 되면
귓가에 맴도는 아버지의 농요 가락

아버지는 소리꾼
청아한 목소리 유월 하늘을 날아
농요(農謠) 가락 한 소절에 들판이 춤추면
오형제와 머슴은 방아들 논 다섯 마지기를
이양기보다 빨리 메웠다.

신이 난 명창은
진도 아리랑은 어떻고
밀양 아리랑은 이렇게 빠르고

정선 이리랑은 저렇게 서러운 가락으로 부른다며
시범을 보여 선창하면
유월 들판은 생기 절로 펄펄 나 들뜨고
진초록으로 물들지.

지금도
모내기철이 될 때마다
귓가에 맴도는 아버지의 민요 가락

– 넷째 아들 종원의 시 사부곡 중 '아버지의 노랫소리' 전문

농촌은 바야흐로 농번기에 접어들었다. 넷째 아들이 다니는 오수고
등학교는 내일 전교생이 주민들 보리베기 봉사활동을 나간다고 하고,
6월 15일과 16일은 학생들 가사조력을 위해 농번기 휴가를 실시한다
고 한다.

그러나 올해 1965년 을사년은 1905년의 을사늑약처럼 지독한 해인
지 가뭄이 심하여 농민들은 하늘만 쳐다보았다. 여기저기서 기우제를
지내기도 하지만 그래도 비는 오지 않는다.

## 청천벽력 같은 슬픈 비보

1965년 6월 20일은 음 5월 21일이다. 이날 청천벽력 같은 슬픈 소식
이 날아들었다. 현계(지사면 계산리)로 시집간 생질녀(甥姪女) 은자가
목을 매어 세상을 버렸다는 비보였다. 은자는 화동 김은철 선생 바로
아래 누이동생 김현주의 맏딸이다. 대성리로 시집갔다가 다시 친정동
네 사창으로 이사와 살고 있다. 화동댁 자식들은 그녀를 대성리 고모라
고 부른다. 시집간 지 몇 달 되지도 않았는데 이 무슨 날벼락이란 말인

가. 온 식구가 놀라고 슬퍼했다. 집안 어른들은 "원, 고런 고얀 일이 다 있어…."하고 모두들 넋두리만 늘어놓았고, 특히 망자의 친정집 식구들은 넋이 나가 망연자실이었다. 소문이 삽시간에 퍼져 온 동네가 웅성웅성. 고교 1학년인 넷째 아들은 일기에 "호밀을 베면서도 '참 그 상냥한 은자 누님이 가셨구나.'하고 생각하니 인생은 허무한 것"이라고 일기에 썼다.

## 소서 물에 모 심어도 먹는다

가뭄이 지속되니 농촌은 난리이다. 1965년 7월 1일 한해대책으로 오수고등학교는 전교생이 삽을 들고 오수 상신촌 개울 바닥을 파러 나섰다. 개울을 치는 학생들이 장해서 상신촌마을에서 학생 1인당 10원어치씩 빵을 새참으로 사 주어 학생들이 맛있게 먹고, 일을 끝내고 즐겁게 귀가하였다. 이 학교는 가사조력을 위해 서둘러 7월 2일부터 여름방학에 들어갔다.

이날까지 화동댁 논 30마지가 중 방아들 논 단 5마지기만 모내기를 끝냈을 뿐 나머지는 먼지가 펄펄 나는 백답이었다. 화동양반은 속이 바작바작 타들어갔다. 닷새 남은 소서(小暑)까지 비가 내리지 않으면 금년 농사는 망치게 될 것이었다.

7월 4일 깊은 밤부터 심술궂은 하느님이 참았던 소변을 갈기듯 소나기가 세차게 내렸다. 화동양반과 아들들, 머슴까지 모두 이 들판 저 들판으로 달려가 마른 논에 물을 가득가득 담았다. 특히 늘 하늘만 쳐다보는 골짜기 봉천지기 논도 물을 그득히 담았다. 이튿날 7월 5일, 방아들 모판에서 모를 쪄서 골짝 논 말갓지기(300평 정도)쯤 되는 곳에 모내기를 하였다. 가리대 논 13마지기가 물이 덜 들고 나머지는 텃논 외는 모두 물이 들었다.

7월 6일 지름당 논 5마지기 모내기를 시작했으나 노동력이 부족해서 내일까지 하기로 했다. 온 가족이 모두 동원되어 눈코 뜰 사이 없이 바쁜 하루하루다. 아낙들은 새참과 점심 짓기로 혼이 빠질 지경이고, 남정네들은 모짐 지고 나르기와 모내기로 허리가 끊어질 지경이었다.

7월 7일은 음력 6월 9일이다. 이날은 24절기 중 열한 번째 절기인 소서(小暑)이다. 옛날부터 소서까지 비가 내려 모를 심으면 벼농사를 지을 수 있다고 하였다. 마침 혹심한 을사년 가뭄이지만 소서 전에 비가 내려 천만 다행이었다. 소서가 가까워지는 데도 비가 내리지 않자 소서 지나면 모를 심어도 못 먹는다고 야단들이었다. 이날은 서당논에서 모를 쪄서 가리대 논 5마지기를 집에서 2마지기, 편동댁에서 먹은 고지 3마지기를 한꺼번에 심기로 하였다. 사흘째 쉼 없이 모내기 중노동을 하니 모두 죽을 지경이다. 젊은이들도 새참시간엔 단 몇 분이라도 논두렁에 벌렁 누워 허리를 편다.

7월 8일에도 가리대 다른 곳 두 마지기 모내기를 한다. 장마가 졌는지 연일 비가 내린다. 오늘은 상촌댁 3명과 죽산댁과 아들 태승 모자, 합 5명을 놉으로 사서 모내기를 하였다. 모내기 도중 소나기가 억세게 내려도 아랑곳없이 모내기를 하였다. 그렇게 기다려도 내리지 않던 비가 하늘에 구멍 뚫린 듯 매일 내린다.

7월 9일 연이어 흐리고 비가 내린다. 오늘은 작골 논 서 마지기를 심기로 하였다. 비를 맞아가면서 들판에서 점심을 먹었다. 머슴을 시켜 바지개에 담아 지게에 지고 온 밥과 반찬이었다. 오늘로써 온 식구가 벌써 닷새째 아침 일찍부터 쉬지 않고 눈코 뜰 새 없이 모내기에 매달린 것이니 일을 마치고 저녁밥을 먹으면 세상모르고 곯아떨어진다.

7월 10일 오늘도 비가 내려 부들부들 떨면서 텃논과 양쪽 모내기를 하였다. 오늘로써 화동댁 모내기는 전부 끝이 나는 것이다. 6일째 모내기를 하니 온 가족이 모두 지쳐서 말이 아니다.

7월 11일 오늘도 여전히 비가 내리지만 너무 피로가 겹쳤다. 상황을 파악한 화동양반이 결단을 내렸다. 뜬 모를 꽂아야 하지만 그러기도 싫어 하루 종일 쉬기로 했다. 누워 하루 종일 자는 것이 쉬는 것이다. 밤이 되니 비가 폭포수처럼 쏟아진다.

7월 12일 엊저녁에 올해 들어 가장 큰비가 내렸다. 개울물이 강물처럼 범람하여 흘렀다. 큰물이 나니 결국 우뜸에서 내려온 흙탕물에 텃논의 둑이 터져 버렸다. 많은 모래가 텃논을 휩쓸었다. 남정네들은 하루 종일 방천을 하느라고 비 오듯 땀을 흘렸다. 모두에게 피로가 몰려들었다.

7월 13일 오늘은 가리대 논과 작골 논의 뜬 모를 꽂는 날이다. 모내기 끝낸 논에는 모를 빨리 심기 때문인지 논바닥 진흙이 너무 묽어져서 그런지 심어 놓은 모가 여러 군데 둥둥 떠다니기 일쑤였다. 그래서 모내가 마친 논은 하루 이틀 사이에 찾아가 뜬 모를 제자리에 다시 심는 것을 뜬 모 꽂는다고 한다. 이것도 여간 번거롭지가 않았다. 내일이 아버지 텃골양반 3년상 탈상이기에 화동양반은 얼른 뜬 모 꽂기를 마쳐야 했다.

7월 14일은 음 6월 16일이다. 오늘밤 아버지 텃골양반 탈상제가 있어 손님들이 오기 시작한다. 삼계면 어은리 사월마을 사는 사돈을 비롯하여 많은 손님들이 찾아왔다. 전주 사는 둘째 형수 당골댁은 아들 종식이를 데리고 왔다. 텃골댁의 아들 며느리가 다 모인 것이다. 어제로써 사창마을 온 동리 모내기가 끝났다. 지금까지 을사년(1965년) 모내기철 이야기를 구체적으로 하였다. 비가 제 때에 잘 내려도 모내기는 가장 정성들여야 하는 힘든 연례행사다. 화동 김은철 선생은 20대 초반부터 60대 초반까지 40년 동안 이런 극한적인 벼농사를 40년 동안 해마다 반복하며 지었다.

1965년 1월 7일 인도네시아, 유엔 탈퇴를 발표함. 1월 8일 국무회의,

비전투병력 2천명의 월남 파명을 의결함. **1월 15일 제2한강교가 개통됨.** 1월 24일 영국, 처칠 전 수상 사망. 2월 7일 베트콩, 미군기지를 기습 공격함. 2월 10일 춘천댐 수력발전소가 준공됨. 2월 20일 한·일기본조약에 가조인함. **2월 25일 무즙파동 일어남,** 서울시 전기중학 무즙 문제로 낙방학생들이 소송을 제기함. 3월 1일 충청북도의 야간통행금지를 해제함. 3월 9일 이탈리아와 문화협정을 체결함. 3월 15일 미국, 처음으로 북위 19도선을 넘어 월맹 군사기지를 폭격함. 3월 19일 소련, 보스호드 2호 우주인이 처음으로 우주 유영(遊泳)에 성공함. 3월 22일 단일변동 환율제를 실시함. 3월 23일 미국, 2인승 우주선 제미니 3호를 발사함. 3월 30일 베트콩, 사이공 주재 미국대사관을 폭파함. 4월 3일 일본 도쿄에서 한·일문제 3대현안에 가조인함, 어업·청구권·재일동포지위. 4월 17일 한일협정 반대 시민궐기대회를 개최함. 4월 28일 말레이시아 라만 수상이 방한함. 5월 3일 민중당 창당, 대표 박순천(朴順天) 의원 선출. 5월 6일 신아일보 창간됨. 5월 10일 육군 일부 장교의 반정부쿠데타 음모가 적발됨, 원충연(元忠淵) 대령 등 구속. 5월 13일 서독, 이스라엘과 수교함, 아랍 10개국, 이에 대응하여 서독과 단교함. 5월 16일 박정희 대통령, 미국을 방문함. 6월 22일 한일협정에 조인함. 7월 2일 국무회의, 1개 전투사단 월남파병을 의결함. 7월 8일 북한, 한국군 월남 파병에 상응하는 무기와 장비를 베트남민족해방전선에 제공할 것이라고 발표함. 7월14일 미국, 우주선 마리너 4호가 최초로 화성 근접 촬영에 성공함. **7월 19일 이승만(1875.3.26.~1965.7.19. 수 91세) 전 대통령, 하와이에서 사망함, 23일 유해 환국 동작동 국립서울현충원 안장.** 7월 22일 영국, 흄 보수당 당수 사임, 후임에 히스 취임. 8월 12일 민중당 의원 61명이 한일협정에 반대하여 의원직 사퇴서를 제출함. 8월 13일 국회, 한·일협정비준안을 의결함. 8월 26일 서울에 위수령(衛戍令)을 발동함, 대학생들의 한일회담 반대시위 저지 목적. 8월

30일 인도·파키스탄, 카슈미르 휴전선 전역에서 교전함, 9월 22일 정전에 합의. 9월 5일 독일, 슈바이처 사망. 9월 17일 안익태(安益泰), 스페인에서 사망함. 9월 22일 중앙일보가 창간됨. 9월 30일 금리현실화를 시행함. 10월 1일 합동통신, 국내 최초로 해외송신을 개시함.

## 한국군 월남전 파병

대한민국은 자유월남(남베트남)을 공산월맹(북베트남)으로부터 지키기 위해 한국군을 해외 월남(남베트남)에 파병했다. 주월 한국군은 **1964년 9월 13일 이동 외과병원과 공병대 비둘기부대 파병**을 시작으로, **1965년 10월 3일**에는 **최초의 전투부대 해병대 청룡부대**가 부산항을 출항하여 10월 9일 베트남 중부 캄란만에 상륙했다. 청룡부대는 이후 북상하여 다낭 인근 호이안에 주둔했다.

해병대에 이어서 **육군 맹호부대**(1개사단) 선발부대 1개 연대가 1965년 10월 16일 부산항을 출항하여 10월 22일 베트남 중부 항구도시 퀴논(Qui nhon)에 상륙했다. 후속부대는 1966년 4월 6일 부산항을 출항하여 4월 16일 퀴논에 상륙하여 맹호 1개 사단을 완성했다.

미국의 추가파병 요청으로 육군 9사단을 **백마부대**로 명명하여 1966년 10월 6일 베트남 닌호아에 상륙했다. 이로써 **주월한국군은 5만 명** 수준으로 유지되고 초대 사령관에 채명신 장군, 2대 사령관에 이세호 장군이 취임했다.

주월 한국군은 귀신 잡는 해병 청룡부대와 호랑이부대라는 맹호부대, 무적의 백마부대라는 명성을 들으면서 공산군을 무찔렀다. 미국이 제공한 전투수당을 대한민국 박정희정부가 가져다가 경부고속도로 건설과 포항제철 건설 등 경제개발사업에 활용하여 대한민국이 근대 산업국가가 될 수 있었다. 동남아시아의 공산주의 도미노현상을 막기 위해 파병된 파월 참전용사들은 정의와 자유를 지키기 위한 평화의 십자군이었다. 그들은 목숨값 전투수당을 조국 대한민국에 바쳐 조국 근대화를 이룩한 국가유공자들이다. 그리고 6.25참전 용사들은 대한민국을 공산화로부터 지킨 국가유공자들이다. 지구촌 선진국이 된 대한민국에서 그들이 존경과 존중의 예우를 받아야 하는 것은 너무나도 당연하다고 해야 할 것이다.

파월 한국군은 1964년 파병, 1973년 철수까지 8년 8개월간 월남(베트남)전쟁에 참여했다. **총 참전 연인원은 325,517명, 전사 5,099명, 부상 11,232명이었다. 고엽제 피해자는 159,132명이었다.** 월남전은 베트콩을 99% 완전 섬멸하여 평정된 뒤 한국군과 미군이 철수했으나 자유월남 정부가 부패하고, 월남 지식인과 종교인들이 공산 간첩들 말에 속아 대규모 데모를 2년간 지속하더니 1975년 4월 30일 공산월맹(북베트남)에게 점령되어 망하고 말았다. 하여 지금의 공산국 베트남으로 통일되고 말았다. 자유를 찾아 떠돌던 보트피플 수만 명이 남지나해에서 수장되어 죽었고, 자유 월남정부 공무원, 교사, 군인, 경찰가족 등 백여 만 명이 학살되었다. 대한민국도 부패한 이승만 독재정부를 4.19혁명으로 몰아내고 산업화와 민주화를 이룩했기에 지구촌 10대 경제대국으로 우뚝 선 나라가 되었다. 국민들이 국가를 지키려는 의지가 없으면 그 나라는 망한다는 교훈을 자유 월남 패망사는 보여주고 있다.

1965년 10월 17일 미국, 월맹 하노이 북방 공업지대를 폭격함. 11월 8일 월남 구엔 카오 키 수상이 방한했다. 11월 16일 소련, 자동 우주 스테이션 금성 3호를 발사함. 11월 26일 프랑스, 처음으로 인공위성 발사에 성공함. 12월 15일 미국, 우주선 제미니 7호가 랑데부에 성공함. **12월 18일 한일협정비준서를 교환함, 한일국교정상화**

# 음 시월 묘사(墓祀)

해마다 음력 3월과 10월에는 묘사를 지낸다. 묘사는 시제(時祭)라고 일컫기도 한다. 3월에 지내는 묘사는 춘향제(春享祭), 10월에 지내는 시제는 추향제(秋享祭)라 하는데 크게 지낼 때는 춘향대제, 추향대제라는 말을 쓰기도 하지만 흔히 봄 묘사 가을 묘사라고 불렀다. 4대봉사라고 부모, 조부모, 증조부모, 고조부모까지는 방안제사로 지낸다. 조상님 영혼의 영향력이 4대 고조까지 120년 정도는 자손에게서 멀리 떠나지 않고 살던 곳 주변에 있기에 방안 제사를 드린다고 한다. 그러나 5대조(현조)부터는 무덤에서 제사를 봄이나 가을 중 자손들이 정하여 묘제(시제)를 지냈다.

자손들은 각 대(代) 조상님이 영원히 안식할 집[유택幽宅;무덤]을 조성할 선산을 마련하고, 조상 내외분마다 제사지낼 비용 충당의 위토답(位土畓)을 장만해야 했다. 자손들이 굶더라도 선산(先山;선영先塋)과 위토답 장만이 먼저였으니, 천 년 이상 전통으로 내려온 미풍양속으로 여겼다. 또 조상이 사후 안식할 영원한 집인 유택(幽宅; 무덤)을 양지바른 선산에 모시고, 위토답을 장만하여, 주객(산직이)에게 맡겨 제수를 준비하도록 하는 것은 사후 효도로서 자손이라면 당연히 지켜야 할 도리였다. 정해진 묘사일에 되면 주객을 맡은 이는 장을 보아 제수를 마련하고, 그날 묘사에 참여하는 자손들 수효를 헤아려 묘사 후 음복으로 먹을 점심을 준비했다. 예전에는 직접 묘 앞 상석에 제물을 진설하여 묘제를 지냈다. 그래서 무덤이 수십 곳이면 2~3일 동안 직접 무덤을 찾아다니면서 나누어 지내기도 하였다. 이 때 묘사에 참여하기 위해 먼 곳에서 온 자손들은 제각(祭閣) 방에서 여러 날 기거하기도 하였다. 그러나 최근에는 제각의 대청에 넓은 제청(祭廳)을 마련하고, 제상을 여러 개 이어 긴 제상으로 만들어, 제수를 진설하여 수십 명 되는 그

지역 모든 조상들을 한꺼번에 모아 시제를 지내는 것으로 변모되고 있다. 대상이 30대(代)까지 내외분 65명(제2, 제3부인이 있은 경우)이라면 65명 지방을 붙여 놓고, 한 번에 밥 65그릇과 65명의 수저 젓가락을 놓고, 축을 차례대로 읽으며 지내는 식이다. 하여간 1965년은 아직 묘사를 지내는 때였다.

1965년 11월 2일 화요일은 음 10월 10일로 한우물[大井洞] 묘사가 있는 날이다. 먹을 것이 부족했던 시절 묘사철 10월이 돌아오면 사람들은 '먹자 시월'이라고 일컬으면서 제사 음식 먹을 생각에 부풀었다. 한우물 선산에서는 종항(鍾行;종자 항렬) 12대조 담허재공(澹虛齋公 휘 之白)과 배 12대조모 창원정씨(昌原丁氏)를 비롯하여 총 12위 묘사를 지냈다. 그 순서는 아래와 같다.

① 담허재공 내외분(휘 지백之白, 배 창원정씨)
② 담허재 아들 장사랑공 내외분(휘 석晳, 배 삭녕최씨·남양홍씨)
③ 담허재 증손 군곡공 배위 능성구씨(최근에는 봉비동 군곡공 휘 잠箴, 초배 풍천노씨 豊川盧氏 묘를 이곳으로 이장하여 3분 합장묘를 조성하여 제각에서 시제로 지냄)
④ 담허재 현손 증 첨정공 내외분(첨정공 휘 연장鍊章, 배 진주소씨-월곡 열녀문)
⑤ 명은공 초배 전주이씨(복규復圭의 딸. 최근 북창 안산 명은공 묘소로 이장)
⑥ 담허재 5대(내손) 종손 휘 수억(壽億 ; 계형啓亨 장자) 배 전주이씨
⑦ 담허재 7대손(곤손) 창은공(휘 낙리) 배 김해김씨

위 순서대로 각 묘소를 찾아다니면서 묘사를 지내고, 음복 겸 점심을 먹었다. 남은 제사 음식은 지푸라기를 엮어 음식을 담을 그릇을 만

들었는데 이것을 '꺼렝이'라고 했다. 참가 인원수 꺼렝이마다 공평하게 나누어 주면, 각자 꺼렝이를 싸매 들고 자기집으로 돌아갔다. 화동 선생도 이와 같이 들고 올 때면 아들딸들은 눈이 빠지도록 기다리고 있다가 꺼렝이를 반겼다. 사과 배 떡 전 등 제사음식 중 대합이 제일 인기가 있었다. 조개를 까먹고 남은 조개껍데기 꼭지를 돌에 갈아 구멍을 뚫어 불면 훌륭한 악기, 피리가 되었기 때문이다. 향긋한 향을 한 달간 풍기는 유자가 그 다음으로 인기가 있었다. 아버지 따라 묘사에 참석한 아이들은 묘사가 끝나기를 기다렸다가 음복 순서가 되면 제상에 얼른 손을 뻗어 대합이나 유자를 챙기고 싶어 했다. 야속하게도 상촌대부가 대합을 집어 두루마기 주머니에 넣기라도 하면 소년은 속이 상하기도 했다. 소년들은 축문 끝의 말을 인용하여 "덤치기 상향!"하며 먼저 집어가는 사람이 임자라며 익살을 떨기도 했다.

11월 4일은 **음 10월 12일로 봉비동(변비동) 묘사**다. 사창마을 등 각처 자손들이 아침 일찍부터 길을 나선다. 화동 선생도 아침 식사 후 일가 여러 어른들과 함께 곧 길을 나섰다. 이곳은 임실군 오수면 군평리(윗군지실) 봉비동 선영에 모셔진 담허재 증손 군곡공(휘 잠箴)과 배 풍천노씨 등 4위의 묘사를 지냈다. 그 순서는 다음과 같다.

① 담허재 증손 군곡공(휘 잠箴)

② 담허재 증손 군곡공(휘 잠箴) 배 풍천노씨(豐川盧氏)

③ 담허재 증손 군곡공(휘 잠箴) 3남 휘 계추(啓樞)공, 배 청주한씨

이곳은 풍광이 좋고 담허재 자손 종산 중 가장 면적이 넓어 산 전체 면적이 24정보 1묘이다. 원행하여 묘사를 지낸 아버지가 께렝이를 들고 초저녁에 집어 들어오면 자녀들은 "와! 벰비동 묘사 꺼렝이다."하고 소리치며 반겼다.

11월 5일은 **음 10월 13일, 북창 묘사**다. 이곳은 담허재 5대손(내손)

**명은공**(휘 **수민壽民**) 한 분 묘사를 지냈다. 명은공은 조선 영조 정조 때의 명현(名賢)으로 문집 22권 22책「명은집(明隱集)」을 남겼다. 북창 마을 사람이 주객을 맡아 제수를 마련하였다. 명은공은 종항(鍾行) 7대 조이다. 화동 선생 넷째 아들은 학교를 쉬고 이날 묘사에 참여했다. 최근 산서면 건지리 참밭 건지산 명은공 계배 전주이씨(復輝의 딸, 후예들은 모두 이 분 소생) 묘와 한우물 종산에 있던 초배 전주이씨(復圭의 딸, 소생이 없음) 두 부인 묘를 파묘하여 이곳 북창 안산 명은공 묘소에 이장하여 합장해 지금은 사창마을 이로재(履露齋)에서 명은공 내외 세 분 시제를 지낸다.

11월 7일 일요일은 **음 10월 15일로 건지리 묘사**다. 참밭마을에서 준비하기에 흔히 참밭 묘사라고도 일컬었다. 건지산 중턱에 계신 명은공 (휘 **수민壽民**) 배 전주이씨(復輝의 딸) 묘제를 지내는 것이다. 참밭마을 모씨들이 주객을 맡았다. 화동공은 건지리 묘사를 지내기 위해 상촌 아재, 인촌, 매안이 형들, 목들 아우들과 집을 나섰다. 둘째 아들 종후는 담허재 이하 모든 묘사에 늘 동행했다. 넷째 아들 종원도 일요일이라 명철, 훈철 두 아재와 동무하며 건지리 묘사에 따라갔다. 최근 건지산 명은공 배 전주이씨 묘를 북창 안산 명은공 묘소로 이장하여 합장하였다. 지금은 사창마을 이로재에서 시제로 지낸다.

이런 식으로 음 10월 내내 다음은 **쑥고개 묘사**. 쑥고개는 **전북 임실군 삼계면 봉현리 숙호(宿虎)**를 발음 나는 대로 쑥고개라 한 것이다. 숙호는 잠자는 범이라는 뜻으로 그렇기에 잠자는 범 머리에 상석을 놓아두면 자손에게 해가 된다는 속설에 따라 상석을 묘역 끝에 설치해 두었다. 쑥고개 묘소는 담허재 5대손(내손) 증 호조참판공 성경재(誠敬齋, 휘 복현復鉉)의 무덤으로 종항(鍾行) 6대조 묘사이다.

다음은 **진안 좌산 묘사**다. 전북 진안군 성수면 좌산리 종산 백미산에 계신 종항 6대조 증 호조참판 성경재(휘 복현復鉉) 배 정부인 남원양씨(南原梁氏)와 그 아들 내외 오위장 후곡공(後谷公, 휘 漢弼)과 배 문화유씨(文化柳氏) 3위 묘사다.

다음은 남원 이백면 강기리 **안터 참판공 묘사**다. 안터 종산에는 ①철종 때 병조참판공(휘 漢益)과 배 남양홍씨, 남원양씨(南原楊氏) 묘사, ② 병조참판공 아들 검서공(휘 낙룡洛龍)과 배 순창조씨 묘사를 차례로 지낸다.

다음은 전북 장수군 산서면 **사계리 상서 시제**다. ① 담허재 현손(4대손) 사계공(휘 啓亨) 배 홍덕장씨, ② 하월리 산 명은공 큰아들 휘 명현(命鉉)공과 배 봉산이씨(鳳山李氏) 묘사다.

이에 앞서 음 10월 중정일(中丁日)에 남원 산동면 목동리 **풍곡 충경공 묘사**가 있다. 조선 선조 때 최초로 의병을 모집한 의병장 겸 영광군수로 증 이조판서 시호 충경공(忠景公) 금릉(金陵) 휘 익복(益福)은 화동 김은철 선생의 13대조다. 만행산(천황산) 풍곡 선영에서 지낸다.

① 증 이조판서 충경공(忠景公) 금릉(金陵) 휘 익복(益福), 배 정부인 순흥안씨

② 충경공 큰아들 교관공 휘 류(瀏), 배 영인 김해김씨

③ 충경공 차자 재간당공(在澗堂公) 휘 화(澕), 배 숙인 전의이씨

④ 충경공 3남 도촌공(陶村公) 휘 연(沇), 배 영인 여산송씨

이렇게 8위의 **남원 나무골[木洞] 만행산 풍곡 묘사**를 지냈다.


또 관향 부안 석동산 **명승재 사직공 묘사**가 음 10월 3일이다. 사직공(司直公, 휘 後孫)은 부안김씨 9대파의 파조이시다. 모두 20위 산소마다 찾아다니다가 사직공을 모시는 명승재(明承齋) 재실 제청(祭廳)에서 3번에 걸쳐 시제를 지내기로 하였다.

제1제(第一祭): 직계 6위(六位)

① 종항 17대조 사직공(司直公) 휘 후손(後孫) 배 숙인 고부이씨(古

阜李氏)
② 종항 16대조 옹촌공(甕村公) 휘 석량(錫良) 의인 죽산안씨(竹山安氏)
③ 종항 15대조 찰방공(察訪公) 휘 광(光) 숙인 광주이씨(廣州李氏)

제2제(第二祭) : 방조부모 7위(七位)
① 충경공 맏형 좌랑공(佐郞公) 휘 진복(震福), 배 숙인 전주최씨
② 좌랑공 종손 진사공 휘 정로(廷老), 배 유인 김제조씨(金堤趙氏)
③ 좌랑공 증손 옹은공(甕隱公) 휘 상고(尙古), 유인 전주이씨, 탐진 최씨

제3제(第三祭) : 방조부모 7위(七位)
① 좌랑공 장자 일사공(逸士公) 휘 인길(仁吉), 배 유인 여산송씨, 고 부이씨
② 좌랑공 증손 휘재공(輝齋公) 휘 호고(好古), 배 유인 남원양씨(南原梁氏)
③ 좌랑공 증손 유암공(裕岩公) 휘 진고(振古), 배 유인 경주김씨
최근에는 사직공 명승재 시제일을 음 10월 첫째 토요일로 정해서 실시하고 있다.

그밖에 봄 시제는 음 3월 1일, 부안 변산면 운산리 중시조 문정공(文貞公) 휘 구(坵) 시제, 그리고 음 3월 3일에 지군사공(知郡事公) 휘 광서(光敍) 시제가 있어 봄, 가을로 화동 김은철 선생은 수십 년 바쁘게 조상 시제에 참례(參禮)해야 했다.

## ✱ 화동공 50살, 1966(4299)년 병오년에 일어난 일들

## 8. 둘째 아들 분가와 큰아들 분가

맏아들이 산서농협에서 장수농협으로 전보(轉補)되었다. 하숙을 한다고 하였다. 하숙을 할 바에는 그 돈으로 따로 살림을 나가 사는 편이 낫다고들 하였다. 그런데 큰아들을 제금내면 둘째 아들이 함께 살아야 하는데 참 난처했다. 큰아들 내외는 둘째 동서에게 3년만 나가 살면 들어오겠다고 부모님을 부탁한다고 하였다. 둘째 아들은 이미 제금을 내놓은 처지였다. 말이 분가이지 손을 다쳐 부엌일이 힘든 시어머니를 위하여 둘째 며느리가 와서 밥을 지어 함께 식사하는 형편이었다. 마지못해 둘째 며느리가 승낙하자 큰아들 내외는 부임지에 방을 얻어 분가를 하였다. 이후 큰아들은 전출지 따라 장수로, 번암으로, 장계로 수년 동안 이사를 하였다. 농사에 좀 더 부지런해야 한다는 아버지의 충고가 늘 둘째 아들에게는 듣기 싫은 잔소리였다. 이래저래 스트레스가 쌓인 둘째 아들은 술이 취하면 "장가들어 분가까지 한 아들을 이래라, 저래라 한다."며 투덜거렸다. 그래도 엽렵(獵獵)한 둘째 며느리가 양쪽 비위를 잘 맞추어 평화가 유지되었다. 특히 둘째 며느리 음식솜씨는 남달라서 머슴이나 일꾼들은 반찬 맛이 좋다고 호평이었다. 그래서 화동댁에 품앗이로 와 일하기를 원했다. 눈코 뜰 사이 없이 바쁜 농사철이 그럭저럭 해마다 이어지고 있었다. 이 무렵 화동공은 고달픈 삶을 맏아들에게 토로하는 편지를 썼다.

### 종회 바로 보거라 [鍾會 卽見]

그간 무사(其間 無事)하냐? 이곳 부친(父親)도 별고(別故) 없다마는

419

우리집 사정(事情)을 잠깐 전한다.

겨우 근근이 비전박토 근 사십 마지기[四十斗只] 사서 많은 농비(農費)를 쓰고 먹고 보면 별 수지(收支)도 닿지를 안한데다가 네 아우들이 모두 마음을 등한히 먹고 또 낱낱이 배우겠다고 일은 잘 않고 하니 실로 걱정이다.

그런데 요새 종후(鍾厚)가 장에를 갔다가 밤에 올 때에 늦게 온다고 나무랐더니 작은며느리, 작은아들을 데리고 살면서 자유(自由)가 없게 한다고 동리(洞里) 사람들 들으라고 밤중에 큰 우세를 하였는데, 대체 종후(鍾厚) 그 놈도 일만 되고 자유(自由)도 없고 하니 그렇다고 보지만 너도 집에를 한 달에 두세 차례 다녀가도 될 텐데 기회(機會)가 그리 없어야. 아무리 바쁘더라도 알아서 모든 네 아우들도 지도하고 또 일을 바르게 하려면 어떻게 하라고도 하여라.

계순이나(소학교 졸업하면 상급학교 보내지 않고 집안일을 하게 하든지), 그렇지 않으면 식모라도 하나 구하고, 종후(鍾厚) 내외(內外)는 저그대로 살게 하여야겠다.

식구(食口)가 많으나 적으나 일심(一心)으로 단결(團結)을 하여야 할 것인데 서로 각심(各心)으로 자유(自由)를 가지려 하니 우리집 살림살이가 큰 걱정이다. 네가 산서(山西)에 못 오게 생겼으면 네 안과 자식(子息)들을 데려올 것인가, 그렇지 않으면 식모를 구할 것인가를 너 그 내외(內外) 잘 상의(相議)하여서 속(束)히 회답(回答)을 하여라.

그리고 너그 식량(食糧)은 1개월(一個月)에 5말씩[五斗式] 갖다 줄지언정 매월(每月) 돈[錢] 1만원(一萬円)씩이 없어서는 살림살이가 헤쳐 나갈 수 없다. 그리 알고, 곧 13일에는 종태(鍾泰)가 군인간대도 4천원(四千円)은 있어야 한다고 하니 그리 편리(便利)를 좀 보아 주어라. 이만 그친다.

1967년(一九六七年) 10월(十月) 육일(六日)  아비 씀[父書]

\* 편지글의 (  ) 속 내용은 문맥의 이해를 돕기 위해 엮은이가 덧붙인 것임

1966년 1월 1일 일본과 양국간 대사 임명에 합의함, 주일대사 김동조(金東祚). 계간 「창작과 비평」이 창간됨. 1월 3일 아시아·아프리카·중남미, 인민연대회의를 개최함, 아바나(Havana)선언 채택. **2월 3일 마지막 황후 순정효황후(純貞孝皇后, 윤비尹妃) 사망.** 소련, 루나 9호가 달 연착에 성공함. 2월 4일 한국과학기술연구소(KIST) 발족. 2월 7일 박정희 대통령, 말레이시아·태국·자유중국 방문차 출국함. 3월 1일 국세청 및 수산청 발족. 소련, 금성 3호가 처음으로 금성 표면에 도달함. 3월 20일 국회, 전투부대 월남파병 증원안을 의결함. 3월 30일 신민당 창당, 대표 윤보선. 프랑스, 나토에서 탈퇴함. 미국의 추가파병 요청으로 육군 **9사단을 백마부대로 명명하여 1966년 10월 6일 베트남 닌호아에 상륙했다. 이로써 주월한국군은 5만 명 수준으로 유지되고 초대 사령관에 채명신 장군, 2대 사령관에 이세호 장군이 취임했다.**

5월 9일 중공, 핵실험에 성공함. 5월 15일 월남, 반정부군 항전으로 내전상태가 됨. 5월 26일 주한 터키군의 철수를 발표함. 6월 3일 중국 린뱌오(임표林彪) 국방부장, 문화정풍운동을 주도함. 미국, 인간우주선 제미니 9호 발사, 무인표적 위성과 랑데부 및 우주유영에 성공. 6월 4일 장면 전 국무총리 사망, 12일 국민장 거행. 6월 9일 민중당 박한상(朴漢相) 의원, 괴한에게 테러당함. 6월 14일 아시아·태평양지역 각료회의가 개막됨. 6월 20일 프랑스 드골 대통령, 소련을 방문함. 6월 25일 김기수(金基洙) 선수, 복싱 세계주니어미들급 챔피언에 오름. 6월 29일 미국, 월맹의 하노이 및 하이퐁의 석유시설을 폭격함.

**7월 9일 한미행정협정에 조인함.** 7월 19일 미국, 인간우주선 제미니

10호가 이중랑데부에 성공함. **7월 29일 제2차 경제개발5개년계획을 발표함.** 8월 3일 **산림청을 신설함.** 8월 13일 김용기(金容基) 가나안농군학교 교장, 막사이사이상을 수상함. 8월 19일 튀르키예, 동부에 대지진 발생, 3천여 명 사망. 8월 21일 중국, 문화대혁명 일어남, 홍위대(紅衛隊) 선풍이 전국으로 확대. 9월 7일 불국사 석가탑이 도굴범에 의해 손상됨. 9월 8일 도덕재무장(MRA) 아시아대회가 개막됨. 9월 12일 미국, 2인승 우주선

제미나 11호가 아제나 위성과 도킹에 성공함. 9월 15일 삼성그룹 계열사 한국비료의 사카린 밀수 사실이 보도됨. 북한, 노동신문을 통해 중국 문화혁명을 좌파 기회주의라고 비난함. 9월 22일 삼성 이병철 회장, 한국비료의 국가 헌납의사를 표명함. **10월 1일 전국인구조사 실시, 총인구 2919만 4379명. 10월 14일 불국사 석가탑 사리함에서 목판 인쇄된 무구정광대다라니경**(無垢淨光大陀羅尼經)**을 발견함.** 10월 15일 효봉(曉峰) 조계종 종정 사망. 10월 21일 박정희 대통령, 월남참전7개국정상회담 참석차 필리핀을 방문함. **10월 31일 미국 존슨 대통령이 방한함.** 11월 3일 아시아민족반공연맹 제12차 총회가 개최됨. 11월 6일 서울시, 시내 35개 주요도로 명칭을 제정함. 11월 11일 미국, 제미니 12호가 개기일식 촬영 및 우주유영에 성공함. 12월 16일 유엔, 로디지아(Rhodesia) 제재를 결의함.


## ✳ 화동공 51살, 1967(4300)년 정미년에 일어난 일들

1967년 10월 20일, 큰며느리가 이번에는 둘째 아들 승수(承洙)를 낳았다. 집에서는 유수라고 불렀고 호적에 승수라고 올렸다. 승수는 잘 자라 큰아들이 서울로 이사한 뒤 화동공 별세 후 잠실고등학교를 졸업

하고 경희대 한의대를 졸업하고 한의사가 되어 같은 여한의사 오기남과 혼인하고, 반포에 송암한의원 원장으로 환자들을 진료하고 있다.


## 9. 태어나는 손자 손녀들

아래뜸 중 앞뜸으로 이사와 여섯째 아들과 맏손자, 셋째 딸과 맏손녀를 둔 화동공과 화동댁은 이후 다섯 아들들에게서 손자 손녀를, 두 딸들에게서 외손 여럿을 보았다.


1965년 6월 5일, 큰며느리가 둘째딸 미현(美賢)을 낳았다. 그해 11월 1일에는 둘째 며느리가 아들 창수(昌洙)를 낳았다. 이날 앞집 선원이댁 인철 아내 며느리도 딸 순화를 낳았다. 동네에서는 경사라고 했다.

1967년 10월 20일, 큰며느리가 이번에는 아들 승수(承洙)를 낳았다.

1968년 3월 23일, 둘째 며느리가 딸 영미(英美)를 낳았다.

1970년 3월 13일, 큰며느리가 아들 지수(志洙)를 낳았다. 1970년 9월 2일, 둘째 며느리가 딸 정현(貞賢)을 낳았다.

1973년 6월 10일, 둘째 며느리가 아들 광수(光洙)를 낳았다.

1975년 7월 17일, 혼인한지 5년 만에 종태 아들 수환(秀桓)이 태어났다. 1975년 12월 25일 넷째 아들 종원 맏딸 지나(智娜)가 태어났다.

1977년 10월 5일 넷째 종원 아들 은택(濦澤)이 태어났다.

1977년 12월 4일에 혼인식을 올렸던 딸 계순이 아들 이경석(李庚碩, 1978.9.8.~)을 낳았다. 1980년에는 계순이 딸 이경진(李庚珍,1980.8.13~)을 낳았다.

1982년 5월 11일 혼인식을 올렸던 3녀 현순이 아들 모진호(牟鎭虎, 임
　　술 1982.12.5.~ )를 낳았다.
1984년 12월 16일 혼인식을 올린 막내아들 종상이 딸 한나(병인
　　1986.2.6.~ )가 태어났다.
셋째 종태가 1986년 재혼하더니 아들 윤호(允浩, 1987.11.24.~ )가 태
　　어났다.
1991년 종상 아들 한결(신미 1991.4.27.~ )이 태어났다.


　1월 14일 여수~부산간 정기여객선 한일호가 해군 구축함 충남호와
충돌하여 침몰함. 1월 19일 해군 경비정 56함이 동해 휴전선 근해에서
북한군 포화로 침몰됨. 1월 27일 미국·소련 등, 우주 평화이용조약에
조인함. 미국, 아폴로 우주선에 화재가 발생, 비행사 3명이 희생됨. 1월
30일 북한, 이라크와 대사급 외교관계를 맺음. **2월 7일 신민당 창당, 대
표 유진오**(兪鎭午), **대통령 후보 윤보선**(尹潽善). **3월 2일 서독 뤼프케
대통령이 방한함.** 3월 12일 인도네시아 수하르토 육군장관, 수카르노
대통령 축출하고 정권을 장악함. 3월 20일 미국 존슨 대통령, 월남 키
수상과 괌에서 회담. 3월 22일 북한 중앙통신 부사장 **이수근**(李穗根)
판문점을 통해 **귀순함.** 3월 24일 경인고속도로 기공. 3월 30일 **과학기
술처를 신설함. 4월 1일 서울구로공단을 준공함.** 4월 22일 국가대표 여
자 농구팀이 체코에서 개최된 세계 여자 농구대회에 은메달을 획득함.
박신자(朴信子) 선수, 최우수선수에 선정됨. **5월 3일 제6대 대통령선거
에서 공화당 박정희 후보가 당선됨, 7월 1일 취임식 거행.** 5월 15일 동
해 대왕암에서 문무대왕릉(文武大王陵)을 발견함. 6월 5일 제3차 중동
전쟁 발발. 6월 6일 아랍연합, 수에즈운하를 봉쇄함. 6월 8일 제7대 국
회의원선거 실시, 공화당 130석을 얻어 개헌선을 확보함. **6월 15일 부
정선거규탄관련 전국 28개 대학, 57개 고등학교에 휴교령 내림.** 6월 23

일 경기도청을 서울에서 **수원으로 이전함**. 미국 존슨 대통령, 방미중인 소련 코시긴 수상과 글라스보로에서 회담. 6월 25일 삼남지방, 70년래 극심한 가뭄으로 피해가 커짐. **7월 1일 유럽공동체(EC) 결성**. 7월 3일 서울시내 고등학교에 무기 휴교령을 내림. 7월 4일 대학이 조기 여름방학에 들어감. 7월 8일 중앙정보부, 동베를린 거점 대남공작단사건을 발표함, 윤이상(尹伊桑) 교수·학생 등 315명 관련. 7월 23일 미국, 디트로이트에서 흑인폭동 일어남, 비상사태 선포. 8월 8일 태국, 방콕에서 동남아 각료회의 개최됨, **동남아국가연합(ASEAN) 설립에 합의**. 8월 9일 일본 도쿄에서 제1차 한·일각료회담을 개최. 8월 11일 북한, 월맹과 무상 군사원조 및 경제원조 협정에 조인함. 9월 6일 청양 구봉광산 광부 양창선(楊昌善), 15일 8시간 35분 만에 갱 속에서 구출됨. 9월 18일 미국 맥나마라 국방장관, 탄도탄 방위조직망 건설 착수를 발표함. 10월 여성동아가 창간됨. 10월 18일 소련, 금성 4호가 금성 연착에 성공함. 12월 3일 유엔 우 탄트 사무총장, 키프로스·그리스·튀르키예에 분쟁조정안 전달함, 그리스·튀르키예 수락. 12월 20일 문교부, 한자 관용약자 250자를 공고함. 12월 21일 박정희 대통령, 오스트레일리아 홀트 수상 장례식 참석차 출국함. 12월 29일 지리산 국립공원이 지정됨.

## ✱ 화동공 52살, 1968(4301)년 무신년에 일어난 일들

1968년 3월 23일, 둘째 며느리가 딸 영미(英美)를 낳았다. 아들 창수 다음에 예쁜 딸을 낳은 것이다.

대학입시가 한창이던 1월 21일 김신조 무장공비 31명이 침투하여 소란스러웠다. 화동공 아들은 대학입시에 실패하고 무작정 상경하여 홈실 이모댁으로 가서 고학으로 학업을 닦기로 했다. 1968년 10월 14일 문교부, 대학입학예비고사 계획을 발표하고, 예비고사 합격자만 대학에 진학할 수 있다고 발표했다. 아들 종원 제1회 대학입학예비고사 합격. 합격자는 전국 4년제 대학정원 3만 명의 120%인 36000명.

1월 1일 국보 난중일기 도난당함. 9일 범인 잡고 환수.

## 1·21사태 김신조 무장공비 31명 남파와 북파공작 미실시 실미도 사건

1968년 1월 21일 북한 무장공비 31명 청와대를 습격, 대통령 박정희를 암살할 목적으로 서울에 침입해 옴.

이유 : ① 1961년 5·16군사정변을 남로당 출신 박정희가 주도한 것을 알고 북한 김일성은 처음에는 반겼다고 한다. 그런데 박정희는 여수 순천 육군 14연대 반란사건에 연루되어 남로당 군사총책으로 구속되었다. 육군항공사관학교 교장 김정렬이 박원석 대위와 박정희 소령 구출을 간청하자 채병덕 총참모장(합참의장)이 수사관 김창룡을 불러 상의하자 김창룡이 군대내 남로당조직을 자백하면 참작된다고 대답했다. 그 말을 듣고 김정렬이 박정희를 설득하니 박정희가 군대내 남로당원 300명을 폭로했다. 숙군(肅軍)작업에 협조한 점이 참작되어, 1심에서 사형 대신 무기징역으로, 2심에서 10년형으로 감형되었다. 곧 총참모장 채병덕 지시로 백선엽, 김창룡, 김안일 3인의 박정희 보증서 제출로 형집행정지로 석방되어 강제 예편되었다. 이후 박정희는 이용문 정보국장 밑에서 문관으로 취직해 있었다. 6·25전쟁이 일어나 장교가 모자라자 소령으로 현역 복귀했다. 북한은 박정희 친형 박상희(朴相熙, 1905. 9.10.~1946.10.6, 1946년 10월 1일 대구폭동 때 경찰에 사살됨,

김종필 장인)와 함께 남로당원으로 대구폭동을 주도하고, 월북하여 외무성 부상을 지낸, 박상희 친구 황태성(黃太成,1906~1963)을 8월 30일 밀사(간첩)로 남파하여, 남북통일 협상을 위해 최고회의 의장 박정희와 접촉을 시도했다. 친형 박상희가 대구폭동에서 경찰에게 사살당하자 박정희는 황태성 보증으로 남로당에 가입할 정도로 황태성을 따랐다고 한다.

황태성은 박상희를 김종필 장모가 된 조귀분(趙貴粉, 1908.12.16.-1993.11.14, 박영옥 어머니)처녀와 중매하여 짝을 지어줄 정도로 가까운 친구였다. 1961년은 쿠데타 직후로 사상적으로 미국이 의심하고 있던 시기였고, 더구나 야당 정적 윤보선도 박정희를 사상적으로 의심하여 공격하던 시기라 이런 인연 때문에 더욱 황태성을 만나지 않았다. 도리어 중앙정보부장 김종필을 시켜 간첩신고 절차에 따라 12월 20일 황태성을 체포하여 군사재판으로 사형선고 후 총살형을 집행했다. 이에 김일성은 앙심을 품고 박정희 암살단을 내려 보냈을 것이다.

② **박정희의 대통령 5대(1963), 6대(1967) 취임, ③ 한·일수교, 베트남 파병**으로 한국은 일본으로부터 청구권 자금과 베트남 파병 연인원 32만 명의 전투수당 등으로 50억 달러 외화를 벌어들였다. 이 자금으로 경제개발이 추진되어 지금까지 북한보다 뒤떨어졌던 남한 경제가 북한을 앞지를 것으로 예상되었다. 경쟁의식으로 김일성이 초조하던 차에 월맹(북베트남) 호치민이 SOS를 치자 훈련시킨 124암살 특수부대를 급파하여 대통령 박정희를 암살하여 남한을 흔들어놓겠다는 취지로 31명을 급파시켰다.

**침투경로** : ① 1월 17일 휴전선 돌파, 18일 임진강 돌파, 19일 파주 삼봉산에서 나무꾼 4형제 만남(4형제가 공비들을 안심시킨 뒤 귀가하여 가족들이 경찰에 간첩신고), 포위망 돌파, 서울 근방 도착, 낮에 무덤 파고 은신했다가 밤에 20km로 빠르게 이동, 1월 21일 서울 잠입, 세

검동 자하문 초소에서 신고를 받고 출동한 최규식 종로경찰서장이 124 부대에게 신분을 밝힐 것을 요구하였으나 무장공비들이 총격을 가해 순직하게 됨. 1813번 버스가 오자 군부대가 출동한 것으로 오인하고, 버스에 기관총을 난사하고 산으로 도주, 31명 중 1명(박재경) 도주, 1명(김신조) 생포, 29명은 사살되었다. (② 구체적 통과 경로 : 북한 124 부대 : 고랑포 – 임진강 건넘–파평산–비학산–삼봉산–노고산–팔일봉–앵두봉–남노고산–비봉–세검정 창의문–청와대 침투).흔히 생포한 '김신조1·21무장공비사태'라고 일컫는다.

**아군 피해** : 소탕작전으로 16개 부대 1만 9186명 투입, 탄환 24만 발 소비. 국군 25명 사망, 52명 부상, 민간인 7명 사망.

**결과 : 1968년 반공태세가 엄청 강화됨. 김신조 생존**으로 북한에 대한 정보수집 분석능력이 향상되었다. ① 군복무기간 6개월 연장, ② 유격훈련 시작, ③ 향토예비군 창설(1968.4.1.), ④ 고등학생 및 대학생 교련(군사훈련)수업 시작, ⑤ 주민등록증 처음 만들어짐, ⑥ 보복작전 : 김일성 암살을 위한 북파 684공작부대를 비밀히 창설했으나 보복작전 미실시로 실미도 사건(1971) 빌미가 되었다.

1968년 1월 23일 미국 정보함 푸에블로호가 원산 앞바다에서 북한에 피랍됨. 1월 24일 미국, 핵항공모함 엔터프라이즈호가 원산만으로 이동함. 1월 30일 베트콩·월맹군, 월남에서 구정대공세 벌임. **2월 1일 경부고속도로 기공.** 2월 7일 경전선(진주–순천) 개통. 2월 20일 재일동포 김희로(본명 권희로)사건 발생 , 모욕 주는 일본인 2명을 사살함. 3월 28일 한국경제인연합회, 전국경제인연합회(전경련)로 개칭. 3월 30일 미국 존슨 대통령, 베트남 북폭 중지와 평화협상 제의, 차기 대통령 불출마 선언. **4월 1일 향토예비군(鄕土豫備軍) 창설. 4월 4일 미국, 흑인 지도자 킹 목사 피살.** 4월 17일 북한, 일본 내 조선대학이 정식 인가

받음. 4월 18일 박정희 대통령, 미국 존슨 대통령과 호놀룰루에서 정상회담. 5월 1일 관세 무역에 관한 일반협정(GATT), 케네디 라운드(관세 일반 인하) 1년 조기 실시에 합의함. 5월 10일 미국·월맹, 파리에서 평화회의를 시작함. 5월 18일 에티오피아 셀라시에 대통령이 방한함. 5월 25일 공화당 김용태 의원 등, 김종필 전 당의장을 박정희 대통령 후계자로 옹립하려다 제명당함, 국민복지회사건. 5월 30일 프랑스 드골 대통령, 총선거 실시 발표. 6월 6일, 미국, 로버트 케네디 후보가 피살됨. 7월 1일 유엔 총회, 핵확산금지조약(NPT)을 채택함. 7월 10일 프랑스, 퐁피두 내각이 총사직함, 후임에 뮈르빌 재무장관. **7월 15일 문교부, 중학교 입시제도 폐지를 발표함, 추첨제 채택.** 7월 16일 국제기능올림픽에서 종합 3위를 차지함. 8월 12일 알바니아, 바르샤바조약기구에서 탈퇴함. 8월 21일 체코슬로바키아, 민주화를 선언함. 소련군, 체코슬로바키아에 침공. 8월 24일 중앙정보부, 통일혁명당지하간첩단사건 발표. 9월 9일 제1회 무역박람회가 개막됨. 9월 15일 박정희 대통령, 오스트레일리아 및 뉴질랜드 방문차 출국. 9월 19일 고등학생 일부에 군사훈련을 실시함. **10월 7일 1970년부터 공문서 한글전용방침 정함.** 10월 12일 북한, 멕시코올림픽대회 불참한다고 발표, 멕시코올림픽 개막.

1968년 10월 15일 미국, 파나마와 단교함. 10월 31일 미국, 베트남 북폭 전면 중지 및 파리평화회의에 베트콩 참가 동의를 선언함. **11월 2일 울진·삼척에 무장공비 100여 명이 출현함.** 11월 5일 미국 닉슨, 대통령선거에서 승리함. **12월 5일 국민교육헌장을 선포함. 12월 17일 국무회의, 가정의례준칙을 의결함. 12월 21일 경인고속도로 준공.** 12월 23일 북한, 미국 푸에블로호 승무원을 송환함. 12월 28일 이스라엘, 베이루트 공항을 기습 폭격함. 12월 31일 경주·계룡산·한려해상(閑麗海上) 국립공원이 각각 지정됨.

# ✻ 화동공 53살, 1969(4302)년 기유년에 일어난 일들

## 문교부 대학입학예비고사 실시

1960년대 말까지 대학입시는 기본적으로 대학별 시험을 근간으로 시행되었다. 그런데, 정원 외 초과모집이나 부정입학 등 대학의 입시 관리에 문제가 많아서 개선이 필요하다는 주장이 강하게 제기되었다. 정부는 국가가 주도하는 시험을 도입하여 대학 입학 자격자를 직접 선발하여 대학의 입시 부정을 막고 대학 입학생의 학력을 높이고자 했다. 대학입학예비고사 전에도 대학입학시험의 국가 관리로는 1954년 대학입학연합고사와 1962년과 1963년에 국가고사제가 잠시 실시되기도 하였다. 그러나 당시에는 매우 불안정했다. 대학입학예비고사는 상대적으로 안정적으로 치러진 최초의 국가 자격고사라고 할 수 있다.

1968년 10월 14일 문교부가 대학입학예비고사 계획을 발표했다. 이는 ① 대학입학 적격자 선발로 대학교육의 질적 향상 도모, ② 산업수요에 부합하는 인력 양성, ③ 대학 간 질적 격차 완화, ④ 고등학교 교육의 정상화 촉진 등을 목적으로 시행되었다. 기본적으로 고등학교 교육과정과 동일한 과목을 수험 과목으로 하여 고등학교 교육의 정상화에 기여하고자 하였다. 정원 3만 명인 전국 4년제 대학과 교육대학에 입학하고자 하는 학생들은 예비고사에 합격해야만 본고사를 치를 수 있게 했다. 전문대학은 제외했다. 화동 김은철 선생 넷째 아들 종원은 지난 2월말 고등학교를 졸업한 재수생 상태였다. 보도를 보고 긴장하여 그 시험을 준비해야 한다는 마음을 가지게 된다. 1969년 12월19일(목) 대학입학 예비고사(大學入學 豫備考査, Preliminary College Entrance Examination)가 처음 실시되었다. 화동 선생 넷째 아들 종원은 지원서를 작성하여 오수에 있는 출신고에 우편으로 보내 학교장 직인을 받아

완결하여 접수시켰다. 서울 제1지구 제4고사장인 경신고에서 시험을 치렀다. 1969년 1월 1일 합격자를 혜화동 네거리 벽에 붙여놓았다. '가 7382 김종원', 이런 합격자 명단은 본인은 물론 수도경비사령부 헌병으로 군복무하고 있던 종원의 형 종태도 궁금하여 외출하여 확인하고 형제가 만나 기쁨을 나누었다. 1969년 1월 17일 서울의 여러 신문에는 전국 고등학교 예비고사 지원자 수와 합격자 수, 합격률을 자세히 도표로 보도했다. 문교부는 4년제 대학 입학정원 3만 명의 120%에 해당하는 3만 6천여 명을 합격시켰다. 경쟁이 치열하여, 전국 고등학교 중 단 1명도 합격자를 내지 못한 고등학교가 서울의 10여 개교 포함 141개교나 되었다.

화동 김은철 선생 넷째 아들 종원은 이 시험 합격으로 전국에서 단 하나뿐인 주경야독할 수 있는 서경대(국제대) 국어국문학과에 입학하여 교직과정 이수와 문학사 학위를 취득하고 졸업하여 중등 국어교사 자격을 취득했다. 회사원과 공무원 생활을 하며 고학으로 학비를 벌기 위해서는 주경야독할 수 있는 야간대학에 희망학과가 있다는 것은 여간 고마운 일이 아니었다. 이어서 연세대교육대학원 국어교육학과 졸업으로 국어교육학 석사 학위(논문 金圻詩文研究)를 취득했다. 공개경쟁 채용시험에 계속 합격하여, 교사, 장학사, 교육연구사, 교감, 교장까지 40년 국가교육공무원 생활에 들어서는 문턱을 넘은 것이다.

당시 대학입학예비고사 합격자만 지원 지격을 준 교육대학 포함 4년제 대학 입학정원은 3만 명이었고, 대학교육 목표는 "민족 지도자를 양성한다."는 거창한 것이었다. 당시 5천~1만 명이 거주하는 시골 면단위에는 대학에 진학하는 학생이 한두 명밖에 없던 시절이었다. 대학입학예비고사 합격자들은 서울의 인기대학에 많이 지원했다. 이 현상으로 지방대학과 중소도시 교육대학까지 정원 미달 사태로 3차 모집까지 이어졌다. 깜짝 놀란 문교부는 다음 입학년도인 제2차 예비고사부터 합격자를 대학 정원의 150%(1970~1971), 180%(1972~1973), 1974년부터 200%로 늘리게 된다. 1979학년도부터는 전문대학 입학생 선발 과정에도 대학입학예비고사를 치르도록 했다.

대학입학예비고사는 대학교육과 고등학교 교육의 정상화를 도모하기 위하여 1969학년도부터 1981학년도 입시까지 실시해 온 대학입학을 위한 대한민국의 예비시험 제도이다. 국가 주관 대학입학자격시험으로, 대학별 본고사(수학·국어 등 교과와 실기 시험) 응시 자격을 부여하는 역할을 했다. 시험 목적은 대학 교육의 질적 향상, 고등학교 교육의 정상화, 대학 간 평준화와 입시 부정 방지에 있었다.

출제 방식은 고등학교 교과목 사지선다형 필기고사와 체육과의 체력검사로 구성, 340점 만점이었다. 대학입학 예비고사의 목적은 대학교육과 고등학교 교육의 정상화이며 대학생의 양적 팽창에 따르는 질적 저하를 방지, 교육의 질적 수준을 향상, 사학(私學)의 정원 외 학생모집의 억제 등을 시행하여 정상적 운영을 기하도록 하고, 대학간의 질적 격차를 해소시켜 대학의 평준화를 기하기 위한 것이었다.

**대학입학예비고사**의 시행 결과, 예비고사는 **대학입학시험의 응시 자격 여부를 판정**하는 것이었으나, 1974학년도부터는 예비고사 성적이 대학 본고사 성적과 함께 대학입학시험 성적에 반영되었다. 1981학년도 입시부터는 대학 본고사가 폐지되면서 예비고사 성적은 고교 내신 성적과 함께 대학입학시험성적에 반영되었다.

1982학년도 입시부터는 대학입학예비고사라는 명칭이 **학력고사**로 바뀌어 1993학년도까지 시행되었으며, 1994학년도부터 학력고사는 **대학수학능력시험**으로 전환되고 일부 대학에서 본고사가 부활되었다.

제도적 의의는 국가 관리 입시로 대학별고사의 부정과 정원 외 초과 모집 문제를 해결하고, 대학 입시의 공정성과 투명성을 높였다. 또, 평준화 기여로 대학 간 입시 격차를 줄이고, 고등학교 교육의 정상화에 기여한 제도로 평가받았다.

## 전기대학과 후기대학

당시 입시는 전기대학과 후기대학으로 나뉘어 있었고, 전기대학의 입시가 모두 마무리 된 뒤 후기대학의 입시가 시작되는 구조였다. 그리고 오늘날처럼 여러 대학에 지원하는 것이 아니라, 전기대학 중 하나의 대학에 지원을 했다. 이에 전기대학에서 불합격했다면 후기대학에 진학하거나 다음 해를 기약해야 했다. 1973학년도 입시까지는 응시 자격만을 갖춘 예비고사를 통과한 자만이 대학별 입학시험(본고사)을 치를 수 있었다.

1970년대 입시에서 **전기대학**은 서울대, 연세대, 고려대, 서강대, 중앙대, 이화여대, 경희대, 건국대, 부산대, 경북대, 전남대, 충남대, 경상대, 전북대, 한국항공대, 숙명여대, 세종대, 성신여대, 서경대(국제대), 인하대, 조선대, 부산수산대, 성심여대, 청주대, 마산대, 효성여대를 비롯하여 50여 개의 대학들이 있었고, **후기대학**은 성균관대, 한양대, 한국외국어대, 서울시립대(서울산업대), 동아대, 영남대, 동국대, 계명대, 홍익대, 단국대, 숭실대(숭전대, 한남대), 국민대, 아주공과대(아주대), 광운공과대(광운대) 등 41개 대학들이 있었다.

1976.1.31 동아일보 기사에서는 당시 재수생의 실태를 보도하는 기사를 냈다.

"우선 재수생의 형태를 크게 두 가지로 구분할 수 있다. 첫째는 꼭 일류대학에 들어가야겠다는 학생들이고, 둘째는 아무 대학이든 들어가고 봐야겠다는 학생들이다. 후자의 유형 속에는 예비고사에조차 불합격되고 취직도 안 돼 오갈 데가 없는 학생들이 많이 끼여 있다. 일류대학을 목표로 재수하는 학생들은 대개의 경우 학구의욕이 왕성하고 생활도 성실한 편이다. 이들 가운데는 입학시험에서 1,2점 차이로 억울하게 떨어졌거나 충분한 실력이 있으면서도 시험 운이 나빠서 실패한 학생이 많다. 서울의 J학원이 작년에 조사한 바에 의하면 조사대상 3백 명 중 51%가 전기대에 낙방한 뒤 후기대엔 아예 응시조차 않았고, 10%는 후기대학에 합격했는데도 등록을 포기하고 재수하는 것으로 나타났다. 이러한 현상은 바로 이 사회에 팽배해 있는 일류의식의 지배를 받고 있기 때문이다."

1969년 1월 13일 서독 특별사절단 내한, 동베를린 거점 대남공작단 사건 등 현안 협의. 1월 14일 이탈리아, 중공을 승인함. 1월 18일 일본, 경찰이 분규중인 동경대 구내에 진입함. **1월 20일 문교부, 한글전용을 반대한 충남대 유정기(柳正基) 교수를 파면함. 7월 3일 파면 취소 판결.** 1월 28일 서울·경기지역에 25.6cm의 폭설 내림. 1월 30일 이희승(李 熙昇) 등 140명, 한글전용 반대 성명을 발표함. 2월 15일 한국도로공사 및 지하수개발공사 발족. 3월 1일 국토통일원을 신설함. 대한항공, 민영화됨. 3월 8일 이스라엘·아랍공화국, 시나이반도에서 공중전을 벌임. 3월 10일 변영태(卞榮泰) 전 국무총리 사망. 3월 18일 제3사관학교 개교. **3월 28일 김수환(金壽煥) 대주교, 한국인으로는 처음 추기경에 서임됨.** 4월 8일 국회, 권오병(權五柄) 문교부장관 해임건의안을 의결함, 공화당항명파동, 공화당, 양순직(楊淳稙) 의원 등 5명을 제명함. 4월 14일 중공, 마오쩌둥(毛澤東) 후계자에 린뱌오(林彪) 국방부장을 당 규약으로 규정함. 4월 15일 북한군, 동해상에서 미국 정찰기를 격추함, 승무원 43명 사망. **4월 28일 이순신 장군을 기리는 아산 현충사(顯忠祠) 중건공사를 완성함.** 프랑스, 드골 대통령이 국민투표에서 패배하여 사임함, 6월 15일 대통령선거에서 퐁피두 당선. 5월 5일 이란과 우호조약을 체결함. 5월 10일 법원 남파간첩 이수근(李穗根)에 사형 선고함. 5월 14일 중앙정부부, 김규남(金圭南) 의원 간첩사건을 발표함.

5월 27일 문교부, 외래어한글표기원칙을 발표함. 5월 27일 월남 티우 대통령이 방한함. 5월 30일 서독, 동독 수교국과 단교한다는 할슈타인 원칙을 폐지함. 6월 8일 미국 닉슨 대통령, 월남 티우 대통령과 미드웨이 섬에서 회담. 6월 11일 영국 탐험대, 북극 도보 횡단에 성공함. 6월 19일 3선개헌 반대 학생시위가 시작됨. 7월 20일 미국, 아폴로 11호 우주비행사 암스트롱 등 3명이 인류 최초로 달에 도착함. 7월 25일 박정희 대통령, 3선개헌 표결로 자신에 대한 신임 묻겠다고 담화 발표. 8월 8일 북한, 무용가 최승희(崔承喜) 사망. 8월 20일 박정희 대통령, 미국 방문차 출국함. 9월 3일 월맹(越盟) 호찌민(胡志明) 사망. **9월 14일 국회, 공화당과 정우회 소속 의원만으로 3선개헌안을 제3별관에서 변칙 통과시킴.** 10월 7일 남강 대목적댐을 완공함. 10월 17일 3선개헌안이 국민투표에서 통과됨. 10월 20일 서독, 브란트 총리가 집권함. 11월 17일 미국·소련, 핀란드 헬싱키에서 전략무기제한협상(SALT)을 개최함. 11월 20일 신민당, 3선개헌안 통과에 항의하여 국회출석 거부 및 원내 활동 중단을 선언함. 11월 21일 미국 닉슨 대통령, 일본 사토 총리와 회담, 1972년 오키나와 반환에 합의함. 12월 11일 대한항공 여객기가 강릉에서 서울로 운항 중 강제 납북됨. 12월 21일 동·서독, 1970년 1월부터 외교관계 수립에 합의함. **12월 27일 제3한강교가 개통됨.**

## ✳ 화동공 54살, 1970(4303)년 경술년에 일어난 일들

### 넷째 아들 월남전 청룡부대 파병

대학 국어국문학과 1학년을 마치고, 군복무를 위해 해병대에 입대했던 넷째 아들 종원이 연말에 주월 청룡부대원으로 월남전에 파병되었다. 월남 정글전투교육을 포항 해병1사단 월남교육대에서 한 달간 받았다. 군부대로부터 아들의 해외 파병통지를 받은 화동공 내외분이 출국 하루 전 포항 해병 제1사단 면회소에 면회를 왔다. 전쟁터에 죽으러 가는 것으로 알고 부친은 처연히 아들을 바라보며 말한다.

"아들이 다섯이라고 해도 큰아와 넷째 너에게 기대가 컸는데, 네가 월남 전쟁터를 가야…"라며 말을 잇지 못하자 모친은 흐느끼며 말한다.

"종원아, 안 가면 안 되겠냐?"

아들은 부모님을 안심시키려는 듯 담담히 말한다.

"나라의 명령인데 어떻게 안 가요. 아버지, 어머니, 저 안 죽고 살아 돌아올 테니, 걱정 마세요. 포항에서 경주가 가까우니 경주 구경이나 하고 가세요."하고 월남교육대 수료로 미리 지급하는 국내 졸병 월급 600원 12개월치 7,200원 중 5,000원을 아버지께 드린다.

"뭘 이것을 내게 주냐?"

"저는 군대에서 돈 쓸 일이 없어요. 여관비와 교통비에 보태 쓰세요." 한다.

"아무리 월남에서 군 생활이 편하더라도 1년으로 마치고 돌아오너라."

"어미 속 타게 하지 말고 1년만 있다가 속히 와라, 응?" 아버지에 이어 어머니가 또 강조한다.


다음날 포항역에는 월남 전쟁터로 떠나는 장병들을 환송하는 포항시 환송식이 열렸다. 파월 장병들은 포항여고생들의 합창, 청룡부대 군가 '청룡은 간다' 노랫소리를 들으며 부산행 열차에 올랐다.

**청룡은 간다** (1절)
삼천만의 자랑인 대한 해병대

얼룩무늬 번쩍이며 정글을 간다
월남의 하늘 아래 메아리치는
귀신 잡던 그 기백 총칼에 담고
붉은 무리 무찔러 자유 지키려
삼군에 앞장서서 청룡은 간다

**청룡은 간다** (2절)
삼천만의 자랑인 대한 해병대
얼룩무늬 번개 되어 원수를 친다
자유 월남 짓밟는 붉은 무리들
청룡이 가는 곳에 어찌 맞서랴
온 세계의 곳곳에 평화 심고자
조국의 명예 걸고 청룡은 간다

　월남 청룡부대를 향해 떠나는 교대 장병 450여 명 대표가 해병 제1
사단장에게 출국신고를 마치자 열차는 포항역에서 부산을 향하여 서
서히 미끄러진다. 가족들이 손을 흔든다. 아들이 자세히 보니 승강장
건너편에 늘어선 가족들 인파 속에 어머니 아버지가 손을 흔든다. 경주
구경을 마치고 돌아온 두 분은 떠나는 아들을 마지막 보기 위해 아침
일찍 포항역에 나온 것이다. 아들은 열린 승하차문으로 고개를 내밀고
소리치며 손을 흔든다. 어머니가 먼저 아들을 알아보고 손을 흔들고,
아버지도 손을 흔든다. 타국 전선으로 떠나는 마지막 작별이다. 앞날을
알 수 없으니 더욱 애틋할 수밖에 없다. 열차가 달리니 가족들의 모습
은 서서히 사라진다.
　부산역에 도착, 부산항 제3부두로 이동하여 미군 군함에 승선한다.
청룡, 맹호, 백마부대 합동 환송식에 도열할 차출 병사 500여 명만 제3

부두 광장에 남았다. 환송식이 거행된다. 출국 신고할 최고 계급 장병이 참석한 사열관에게 해외 전투 출병 신고를 한다. 그리고 청룡, 맹호, 백마부대 군가가 군악대 연주로 힘차게 울려 퍼진다. 행사 장병들 주위에는 떠나는 아들들을 환송하는 부모형제 친지들이 모여 군가를 따라 부른다. "이기고 돌아오라!"를 외치며 환송할 때, 승선한 장병들은 갑판으로 새까맣게 올라가 아래를 보며 손을 흔든다. 마지막이 될지도 모르는 부산항 제3부두 출병식이다. 가족들과 눈물의 환송식이 거행된다. 피켓을 전후 45도로 흔들며 울부짖는 아낙네, 정신없이 부두 난간으로 내닫는 할머니, 이를 저지하느라고 진땀 빼는 헌병…. 귀여운 자식이, 동생이, 남편이 1년씩이나 그것도 생사를 예측할 수 없는 월남 전선으로 떠나는 데에 있어서랴.

육군(맹호,백마,비둘기부대)과 해병대(청룡부대) 수시 교대 장병 3000여 명을 태우고 부산 제3부두를 떠난 미군 군함은 1주일의 항해 끝에 먼저 월남(남베트남) 다낭항에 정박하여 청룡부대 교대장병들을 하선시키고, 청룡부대원으로 1년간 월남 전투 후 귀국하는 장병들을 태우고 육군 부대가 있는 남쪽 항구로 떠날 채비를 하는 것이었다.

1970년 1월 1일 남산제1호터널이 개통됨. 1월 3일 이스라엘 특공대, 아랍 공군기지를 급습함. 1월 7일 정부, 한자 1200자 제한 사용 시책을 마련함. 1월 14일 서독 브란트 총리, 동독 슈토프 총리에게 수뇌회담을 제의함. 2월 3일 미국·영국·소련·일본, 핵금지조약에 조인함. 2월 5일 서독·폴란드, 전후 최초로 정치회담을 개최함. 2월 10일 **김활란** 전 이화여대 총장 사망. 2월 12일 이스라엘, 카이로를 무차별 공격함. 2월 14일 북한, 납치한 승객 일부를 판문점을 통해 송환함. 2월 18일, 미국 닉슨 대통령, 아시아 국가에 대한 군사적 개입 및 간섭 자제를 선언함, 닉슨독트린. 3월 15일 일본, 오사카(大阪) 만국박람회가 개막됨. 3월 17

일 정인숙(鄭仁淑) 여인이 한강에서 피살됨. 3월 19일 동·서독정상회담을 개최함. 3월 23일 한글학자 최현배(崔鉉培) 사망. 캄보디아, 시아누크, 소련 방문 중 쿠데타로 실각, 5월 5일 베이징에서 캄보디아왕국 연립정부 수립 발표. 3월 24일 설악산·속리산·한라산 국립공원이 각각 지정됨. 3월 31일 일본 적군파(赤軍派)가 요도호 여객기를 납치하여 김포공항에 불시착함, 4월 3일 승객 102명 석방하고 평양행. 4월 8일 서울 와우시민아파트 붕괴사고 발생으로 33명 사망하자 불도저 시장이라 불리던 김현옥 서울 시장이 사퇴했다.

## 새마을운동

박정희 대통령은 덴마크에 유학해 농촌개발을 연구한 새마을운동 창안자 류태영(柳泰永, 1936.5.14~ )으로부터 '농촌개발'을 건의 받았다. 대통령 박정희는 이를 받아들여 1970년 4월 22일, '새마을운동'을 제창하고, '근면, 자조, 협동'을 새마을 3대 정신으로 범국민적 의식개혁운동을 전개했다. 박정희 정부의 관제 농민운동이었지만 조국근대화정신을 실현하는 것이었다.

농촌 '새마을 가꾸기 운동'으로 전국 3만 3267개 리와 동에 시멘트 335포대씩을 균일하게 무상으로 지원하며 마을마다 원하는 사업을 하게 했다. 이에 자체 노력과 자금을 투입해 마을의 숙원사업을 해낸 경우에만 시멘트 500포대와 철근 1톤씩을 이후에 더 무상 공급하여 자발적 협동노력을 장려했다. 이 같은 정부 주도의 후원과 노력으로 농촌 모습은 많이 변화하였다. 농촌 마을과 초등학교 운동장 마이크에서는 아침마다 다음과 같은 박정희 작사 작곡의 '새마을 노래'가 울려 퍼졌다.

"새벽종이 울렸네. 새아침이 밝았네./너도 나도 일어나 새마을을 가

꾸세./살기 좋은 내 마을 우리 힘으로 만드세.// 초가집도 없애고 마을 길도 넓히고/ 푸른 동산 만들어 알뜰살뜰 다듬세./살기 좋은 내 마을 우리 힘으로 만드세. //서로서로 도와서 땀 흘려서 일하고/ 소득증대 힘써서 부자마을 만드세./살기 좋은 내 마을 우리 힘으로 만드세.// 우리 모두 굳세게 싸우면서 일하고/ 일하면서 싸워서 새 조국을 만드세./ 살기 좋은 내 마을 우리 힘으로 만드세."

일제침략기에 대구사범학교를 나와 문경에서 초등학교 교편을 잡았던 박정희는 풍금을 치며 음악수업을 진행하던 교사시절의 실력을 발휘하여 새마을 노래 가사를 직접 짓고 작곡까지 하였다. 1968년 1월 21일 북한이 김신조 등 31명의 무장공비를 청와대까지 침투시켜 자신을 암살하려 했기에 향토예비군을 만든 그는 젊은 국민들 대부분인 300만 향토예비군을 떠올리고 '싸우면서 일하고 일하면서 싸워서'라는 가사를 지었을 것이다.

정부가 보조한 시멘트와 철근에 농민들의 노동력이 더해지면서 마을 길 넓히기, 작은 하천 가꾸기, 지붕 개량, 공동 우물 만들기 사업이 추진되었고, 초가지붕이 페인트로 예쁘게 단장한 슬레이트 지붕으로 바뀌거나 전기, 전화와 텔레비전이 농가에 들어오는 등 소비수준도 높아졌다. 그러나 여기서 더 이상 진전되지 못했다. 새마을운동 추진 관료들은 소득 부진 원인을 농민의 게으름 때문이라고 생각했으나 그들은 새벽부터 하루 종일 논밭에서 일하면서 보릿고개를 넘기고 자식들을 교육시켜야 했기 때문에 게으를 수가 없었다. 저곡가정책으로 나아지지 않는 농촌 낙후의 책임을 농민스스로에게 전가시켜 의식개혁운동을 정당화하고자 했다. 도시로 확대한 공장새마을운동도 근로자의 협조주의를 강조하여 '에너지 절감, 물자 절약, 원가 절감, 생산성 향상'을 표어로 삼았다. 저임금에 시달린 현장에서는 '전태일 분신' 같은 극단적 노동운동이 시작되었다.

새마을운동은 1969년 3선개헌, 1971년 대통령선거와 비상사태 선포, 1972년 친위쿠데타로 유신체제의 종신독재정권이 되면서 운동의 성격이 변질된다. '잘살기 운동'에서 '정신 운동'으로 바뀌어 학교와 직장, 군대 내무반까지 유신체제를 지지하는 운동으로 변질되어 순수성이 훼손되었다. 더구나 후임 전두환 정부에서 동생 전경환에게 이를 맡기면서 부정부패가 만연하여 기능적으로나 도덕적으로 그 가치를 잃었다.

그러나 새마을운동은 박정희정부의 조국근대화 정신의 소산인 것만은 분명하다. 이것은 1970년대 한국의 놀라운 경제발전을 뒷받침해준 정신적인 힘이었다. 지금도 세계적으로 동남아시아와 아프리카 등 빈곤 지역에서 이 운동을 본받아 지역 개발운동이 이루어지고 있다. 새마을운동이 한국의 잘살기 문화 문명운동으로 학문적, 철학적으로 더 진화 발전시켜야 할 까닭이다.

4월 24일 중공, 무인 인공위성을 발사함. 5월 1일 영친왕 이은(李垠) 사망. 5월 12일 이스라엘, 레바논 침공. 5월 18일 이홍직(李弘稙) 전 고려대 교수 사망. 6월 2일 김지하(金芝河) 오적(五賊) 필화사건 발생, 사상계 대표 부완혁(夫玩爀) 등이 구속됨. 6월 12일 금산(錦山), 인공통신지구국 개국. 6월 29일 서울에서 세계작가대회가 개막됨. **7월 1일 전국 우편번호제를 실시함. 7월 2일 전북 익산 왕궁지에서 백제 무왕(武王)의 왕궁지가 발견됨.**

## 경부고속도로와 포항제철 건설

대통령 박정희가 5·16군사정변으로 정권을 잡고 야심차게 추진한

두 가지 사업이 있다. 경부고속도로와 포항제철 건설이다. 경부고속도로는 현대건설 회장 정주영, 포항제철은 박태준을 사장으로 임명, 신뢰하며 건설을 맡겼다. 그들과 함께 현장을 점검하면서 건설을 밀어붙였다. 1970년 7월 7일, 공사비 429억 원, 건설 연인원 892만 8천 명, 165만 대 장비, 77명의 인명 희생에, 미국이 제공한 월남 참전용사 전투수당 일부까지 보태 총력을 기울인 경부고속도로가 개통되었다. 또 일본 청구권 자금에 월남전 참전용사 전투수당까지 보태어 총력을 기울인 포항제철이 1970년 4월 착공되어 1973년 7월 감격적인 준공을 보았다. 이로써 1차 산업 농업국가인 대한민국은 2차 산업 국가인 산업화의 길로 들어섰다. 산업화의 쌀이라는 철과 물류의 빠른 이동을 가능하게 한 고속도로 건설은 대한민국을 현대 산업국가로 만들었다. 2차 세계대전 이후 대한민국 현대사는 박정희의 산업화, 김대중·김영삼의 민주화 완성으로 다른 나라 사람들이 부러워하는 대상이 되었다. 2차 세계대전 이후에 출발하여 두 가지를 동시에 이룬 국가는 2025년 현재 대한민국이 유일하다. 이들을 선장으로 내세워 목적지에 도달하도록 풍랑을 이기고 인내하며, 힘껏 노를 저었던 전체 국민들이 승리의 기쁨을 만끽하는 것은 당연하다. 더구나 백범 김구가 주장했던 문화강국의 꿈을 대통령 김대중이 정보통신(IT)강국과 함께 추진하여 대한민국 한류문화가 지구촌을 휩쓸고 있으니 대한민국 국민들은 주권자로서 나라의 주인이라는 자부심을 가지게 되었다.

1970년 8월 12일 서독·소련, 무력불행사 조약에 조인함. **8월 15일 박정희 대통령, 북한이 무력 적화야욕 포기하면 남북의 장벽제거 용의 있다고 언명함**, 8·15선언. 8월 22일 **병무청**을 신설함. 8월 27일 **관세청**을 신설함. 8월 계간 '문학과 지성'이 창간됨. 9월 25일 요르단, PLO와 휴전 합의안에 조인함. 9월 28일 통일아랍, 나세르 대통령 사망. 10월 1

일 사다트 부통령이 권한대행. 9월 29일 신민당 김대중(金大中), 대통령 후보에 지명됨. 문화공부보, 사상계 등록을 취소함. 10월 8일 소련 솔제니친(Solzhenisyn) 노벨문학상 수상자로 결정됨. 10월 10일 서울에서 세계불교지도자대회가 개최됨. 피지(Fiji), 영국으로부터 독립함, 13일 유엔에 가입. 10월 13일 캐나다, 중공을 승인함. 10월 14일 충남 아산 모산역 부근 이내 건널목에서 경서중 수학여행 버스와 열차가 충돌함, 사망 46명, 중상 30명. 11월 9일 프랑스, 드골 전 대통령 사망. 11월 13일 서울 평화시장 근로자 전태일(全泰壹)이 분신 자살함, 1970년대 노동운동의 자극제가 됨. 12월 15일 거제~제주간 여객선 남영호가 화물 초과 적재로 침몰함, 326명 익사. 12월 23일 정부종합서울청사를 준공함. 12월 30일 호남고속도로(대전~전주)가 개통됨. 12월 31일 넷째아들 종원 월남 청룡부대 파병됨.


## ✱ 화동공 55살, 1971(4304)년 신해년에 일어난 일들

### 영호남 지역감정 발생과 유신독재 종말

박정희 대통령의 정치적 은사(恩師)인 이효상(李孝祥, 1906.1.14~1989.6.18)은 국회의원에 당선되어 7년 6월간 국회의장을 지냈다. 역대 최장수 국회의장이다. 1969년 박정희의 3선을 위한 개헌을 국회의사당 제3별관에서 변칙 통과시켜 큰 반발을 샀다. 그것도 모자라 1971년에 치러진 대통령 선거에서는 현역 국회의장 신분으로 경상도에 가 그 유명한 '신라 1000년 만에 나타난 박정희 후보를 뽑아 경상도 정권을 지키자'라는 유세를 한다. 그는 1971년 대통령 선거 대구시 지원유세에서, "우리 경상도(박정희)정권을 전라도 사람(김대중)에게 넘겨줘서야 되겠습니까?"라는 유세를 하여, 전라도와 김대중에 대한 인신공격성 발언으로 지역감정을 자극했다. 이 언론 보도로 양쪽 지역감정이 크게 자극되어 전라도와 경상도 간 지역감정의 시초가 되었다. 이 발언으로 경북 대구지역은 박정희지지 몰표로 똘똘 뭉치는 효과를 발휘했다.

3선 개헌을 날치기로 통과시킨 박정희는 신민당의 김대중과 대선을 치러야 했다. 박정희정부의 약점을 찾아 콕콕 찌르듯 공격하고, 국민들이 원하는 정책을 찾아 폭죽 쏘아 터뜨리듯 하는 시원한 대중 연설, 잘생겼다고 소문난 신민당 대통령 후보 김대중의 연설을 들으려고 장충단공원 유세에 100만 명이 넘는 인파가 몰릴 정도로 날이 갈수록 인기는 하늘을 찔렀다. 더구나 김영삼이 지원유세를 했던 부산과 경남은 야당 우세지역이었다. 그러자 박정희는 김대중의 천재적인 선거참모였던 엄창록을 협박으로 매수하였는데, 이를 영화 '킹메이커'에서 제대로 보여 주었다. 박정희 캠프는 엄창록의 조언대로 부산과 경상도 전봇대마다 선거벽보를 붙였다.

"호남인이여 단결하라. 신민당 김대중"

이를 본 경상도 사람들은 화를 내며 말했다.

"우리가 남이가"

박정희의 당선을 위해 지역감정을 이용하고, 대선에서 지역감정이 이용된 것도 1971년 이때가 최초이다. 이런 천인공노할 민족분열이 50년 넘게 지속되어 국회의원 선거에서 인물보다 정당 색깔이 위력을 발휘하고 있다. 남북 분열도 통탄할 일인데 동서 분열까지 만들어 서러운 민족이라고 울분을 터뜨리는 사람들도 있다.

지역감정 일으키기, 공개 투표 의심을 받는 70만 대군의 국군 부재자 투표, 고향 떠난 몇 백만 명의 부재자 부정 대리투표 의심 등 부정선거를 했다는 야당의 뒷말이 무성한 가운데 개표 결과 박정희는 높은 투표율을 보인 경상북도에서 압도적인 지지를 받았다. 박정희는 6,342,828 표를 획득하여 5,395,900표를 획득한 김대중 후보를 946,928표 차이로 누르고 힘겹게 당선되었다. 사람들은 지금도 박정희가 1971년 선거에 서 부정선거로 당선된 것으로 의심하고 있다.

다시 선거를 치른다면 아무리 부정선거를 획책하더라도 당선되기는 어렵겠다는 분위기가 조성되었다. 이후 박정희정부는 울산,구미공단 조성, 고속도로 건설, 지방도로 정비와 포장 등 의도적인 영호남 지역 개발 차별, 중앙정부 장차관, 고위공무원, 군 장성 등 인재등용에 영호 남인 차별승진 정책으로 "호남 푸대접"이라는 말이 생기면서 지역감정 은 날카롭게 고착되고 말았다. 인구수가 많은 큰 동네와 인구수가 적은 작은 동네 간에 지역감정 싸움을 붙여 쉽게 정권과 국회의원 자리를 차 지하고, 유지시키는 망국적인 정상배들이 들끓는 세상이 수십 년 간 지 속되었다.

김대중이 1971년 대통령선거 유세에서 "이번에 정권을 바꾸지 못하 면 박정희 정권은 대통령 직접선거 없는 총통제를 실시할 것."이라고 예언한 대로 박정희는 다음해인 1972년 10월 17일 친위쿠데타(시월유 신)를 일으켜 탱크를 앞세운 무장군인을 보내 국회를 점령하고, 국회 를 해산시켰다. 그리고 국민투표로 헌법을 바꿔, 대통령 직선제를 통일 주체국민회의 대의원 2500명이 장충체육관에서 6년 임기 대통령을 뽑 는 간선제로 바꾸는 유신헌법을 만들어 영구 집권하는 유신독재체제 를 만들고 말았다. 제3공화국 체제에서 제4공화국 체제로 만든 것이다. 그 결과 혼자 출마하여 99.9% 가까이 통일주체국민회의 대의원들 간 접선거로 거듭 당선되던 종신형 대통령이 되었다. 1971년 선거에서 겨 우 이겨 취임한 지 불과 1년 6개월 만에 통대 선출로 다시 대통령 취임 식이 1972년 12월 27일에 있었다. 이번에 실시한 장충체육관 대선투표 에서는 출석 통일주체국민회의 대의원 2,359명 중 무효표가 단 2표만

나왔고, 1978년 통대대선투표에서는 단지 무효표 1명만 나와 99.9%가 찬성표가 되었다. 김일성의 99.9% 찬성과 같은 경이적인 선거결과에 북한을 마냥 비난만 할 수 없는 상황이 되었다.

1979년 8월 9일, YH무역 여공들이 회사폐업조치에 항의하여 신민당 사점거농성사건이 일어나자 경찰이 이를 강제 진압하는 과정에서 한 여공이 투신자살하고, 야당의원들까지 경찰에 구타당했다. 화가 난 신민당 총재 김영삼이 해외언론 뉴욕타임스에 박정희 유신독재를 비난하여 보도되자, 박정희는 김영삼 국회의원을 제명시켰다. 이에 분노해 일어난 부산 마산 시민들의 부마항쟁의 진압을 놓고 경호실장 차지철, 중앙정보부장 김재규와 대통령 박정희 셋이 갈등을 빚다가 심복 김재규의 총탄에 1979년 10월 26일 박정희가 피살당하여 박정희 유신독재는 무너지고 말았다. 1961년 5월 16일 쿠데타로 정권을 잡았으니 18년 5개월 10일간의 장기집권이었다.

1971년 1월 26일 북한, 일본과 재일동포 북송 재개에 합의함. 1월 28일 김일엽(金一葉) 스님 사망. 1월 31일 월남, 라오스 침공 개시함. 2월 4일 중동 산유국, 원유가를 일방적으로 인상함. 2월 6일 미국과 주한미군 감축과 국군현대화에 합의함. **2월 9일 제3차 경제개발5개년계획을 발표함.** 2월 24일 알제리, 사하라 사막의 석유·천연가스 국유화 발표. 3월 12일 한국군이 서부전선 미제2사단지역 20km를 접수함, 전 휴전선 지역 전담. 3월 26일 동파키스탄, 방글라데시(Bangladesh)공화국 수립을 선언함. 3월 27일 미 제7사단이 철수함, 첫 주한민군 철수. **4월 10일 미국 탁구팀, 중공 방문하여 시합 가짐, 핑퐁 외교. 4월 14일 미국 닉슨 대통령, 대중공 관계 개선을 발표함. 4월 27일 박정희 대통령, 제7대 대통령선거에서 신민당 김대중 후보를 90여만 표차로 이기고 당선됨, 7**

월 1일 취임. 5월 6일 유진산(柳珍山) 신민당 당수, 지역구 출마를 포기하고 전국구 1번으로 등록함, 10일 당수직 사퇴. 5월 25일 제8대 국회의원선거 실시. 5월 27일 서울대 문리대·상대·사범대에 휴교령 내림, 6월 24일 해제. 6월 3일 김종필 전 공화당 의장, 국무총리에 취임함. 6월 5일 중공, 핵추진잠수함 준공. 6월 10일 미국 닉슨 대통령, 대중공 금수해제를 발표함. 6월 30일 소련, 소유즈 3호 우주인 3명이 귀환 중 사망함. **7월 8일 충남 공주에서 백제 무령왕릉(武寧王陵) 발굴함.** 7월 26일 제8대 국회 개원, 의장 백두진(白斗鎭). 미국, 달 위성 아폴로 15호를 발사함. 8월 9일 인도·소련 평화우호협력조약에 조인함. **8월 10일 광주(廣州) 대단지사건 일어남, 철거민 이주 집단에서 분양가 인하 등 요구하며 시위를 벌임.** 8월 12일 대한적십자사, 북한측에 남북이산가족찾기회담 개최를 제의함. 14일 북측이 응낙해 옴. 8월 23일 인천 실미도(實尾島) 북파공작 특수대원 24명이 노량진까지 진출하며 난동을 벌임. 9월 2일 이집트·시리아·리비아, 아랍공화국연방을 결성함. **9월 20일 남북적십자사, 판문점에서 남북이산가족찾기 첫 예비회담을 개최함.** 10월 2일 국회, 오치성(吳致成) 내무부장관 해임안을 의결함, 공화당항명파동. 10월 5일 수도경비사령부 장병 30여 명이 고려대학교에 난입하여 교련 반대 농성학생들을 불법 연행함. 10월 6일 남북적십자사, 제3차 예비회담을 개최함. 본회담의 서울·평양 교대 개최에 합의. 10월 15일 서울에 위수령(衛戌令)을 발동함.

**1971년 10월 25일** 중공, 유엔에 가입함, 자유중국, 유엔에서 **탈퇴함**. 11월 14일 미국, 마리너 9호가 화성궤도 진입에 성공함. 11월 15일 청담(靑潭) 스님 사망. 11월 17일 내장산(內藏山) 국립공원이 지정됨. 11월 27일 방글라데시, 인도와 전면전쟁을 선언함. **12월 6일 박정희 대통령, 국가비상사태를 선언함.** 인도 방글라데시 승인. 12월 9일 파월 국군 첫 철수부대가 부산항에 개선함. 12월 10일 해방 후 첫 민방공훈련을 실시함. 12월 17일 동·서독, 베를린 협정에 조인함, 동·서베를린 왕래 규정. 12월 21일 유엔, 사무총장에 발트하임 오스트리아 대사를 선임함. 12월 25일 서울 대연각(大然閣)호텔 화재사건 발생, 167명 사망. 12월 27일 국회, 야당 반대 속에 국가보위법을 변칙 통과시킴, 대통령에 비상대권 부여.

## ✴ 화동공 56살, 1972(4305)년 임자년에 일어난 일들

1월 6일 미국·일본, 오키나와 반환을 위한 공동성명을 발표함, 5월 15일 정식 반환. 1월 20일 동국정운(東國正韻) 원본 6권이 발견됨. 1월 22일 영국·아일랜드·덴마크·노르웨이, 유럽공동체(EC) 가맹조약에 조인함. **2월 21일 미국 닉슨 대통령, 중공을 방문함. 2월 22일 동독, 서베를린 시민의 부활절·성탄절 동독 방문을 허가함.** 4월 15일 북한, 김일성 탄생 60주년 기념행사를 실시함, 민족 대명절로 함. 4월 16일 미국, 4년만에 월맹의 하노이와 하이퐁을 폭격함. 4월 19일 대한항공 여객기가 처음으로 태평양 횡단 취항함. **5월 2일 이후락(李厚洛) 중앙정보부장, 평양을 방문함.** 5월 11일 이범석(李範奭) 전 국무총리 사망. 5월 20일 미국 닉슨 대통령, 소련을 방문함. 26일 전략무기제한협정에 조인. **5월 29일 프랑스 파리에서 직지심경(直指心經)이 발견됨. 세계에서 가장 오래된 금속활자 인쇄본.** 5월 스리랑카공화국 성립, 신헌법 제정하고 국호(실론) 변경. 6월 3일 미국·영국·프랑스·소련, 베를린협정에 조인함. 6월 21일 주한 태국군 철수 환송식을 거행함.

**할아버지와 손자들**

(화동 선생과 두 손자-앉은 성수와 서 있는 승수, 1972년 여름)

화동 선생 넷째 아들 종원이 월남전에 참전하고 돌아오면서 카메라를 사 가지고 왔다. 사창마을 아래뜸 고향집에서 아버지와 조카들 사진을 남겼다.

1972년 7월 3일 인도·파키스탄, 평화협정에 조인함. **7월 4일 7·4남북공동성명 발표, 평화통일원칙 7개항.** 7월 7일 일본, 다나카(田中角榮) 내각이 발족함. 7월 27일 중공, 린뱌오(林彪) 국방부장 실각을 보도함. **8월 3일 박정희 대통령, 경제 안정과 성장에 관한 긴급명령을 발**

**표함**, 모든 기업의 사채를 동결함. **8월 16일 문교부, 중·고등학교 교육용 기초한자 1800자를 발표함.** 8월 28일 독일, 뮌헨올림픽 개막. 8월 30일 남북적십자사 첫 본회담을 평양에서 개최함, 9월 18일 2차 본회담을 서울에서 개최함. 9월 5일 아랍 게릴라 검은 9월단, 뮌헨올림픽에서 이스라엘 선수 11명을 살해함. 9월 29일 중공, 일본 및 서독(10월 10일)과 수교함. 10월 12일 남북조절위원회 공동위원장 제1차 회담을 판문점에서 개최, 11월 2일 제2차 회담을 평양에서 개최. 10월 13일 가야산(伽倻山) 국립공원이 지정됨.

## 10월 유신과 유신체제

1971년 12월 6일, 박정희 대통령은 느닷없이 '국가비상사태'를 선언하고, 12월 21일 '국가보위에 관한 특별조치법(약칭 국보위법)'을 국회에 제출하여 공화당은 12월 27일 새벽 백두진 사회로 날치기 통과시켰다. 주요 내용은 다음과 같다.

(1) 대통령은 국가비상사태를 선포할 수 있다. (2) 경제 규제를 명령하고 국가 동원령을 선포한다. (3) 옥외 광고나 시위를 규제한다. (4) 언론·출판에 대한 특별 조치를 취한다. (5) 특정한 근로자의 단체행동권을 제한한다. (6) 군사상 목적을 위해 세출예산을 조정할 수 있다.

이 선언 후 5개월이 지난 1972년 5월 초순, 중앙정보부 궁정동 안가에서 공작팀이 유신체제를 작업을 진행시킨다. 입법·사법·행정 3권을 박정희 1인에게 집중시키는 초안을 마련하고, 발표 시기, 발표 방법 등 유신체제 마스터플랜을 준비했다. 이 작업에는 김정렴 비서실장, 이후락 정보부장, 청와대에서 홍성철·유혁인·김성진 비서관, 행정부 신직수 법무부장관, 헌법학자 한태연·갈봉근 등이 참여했다. 작업 결과가 박정희에게 보고되자 신직수, 김치열, 김기춘 검사 등 10여 명을 시켜 재차 밀실에서 6개월 동안 손질하고, 치밀하게 준비하여, 탱크를 동원하여 국회를 점령하고, 1972년 10월 17일, 박정희 친위쿠데타인 '10월 유신'으로 발표되었다. 국회를 해산하고, 정당과 정치활동을 금했다. 11월 21일 개헌을 위한 국민투표를 실시하여 유신헌법을 확정했다. 그동안 악역을 맡아온 이후락을 경질하고, 신직수를 중앙정보부장에 임명한다. 신직수 중앙정부부장 재임 기간(1973년 12월~1976년 3월)에 벌어진 대표적인 사법공작이 바로 '민청학련'과 '제2차 인혁당사건'이다.

박정희는 대통령을 뽑는 권한을 국민에게서 빼앗아 자신의 수족들 모임인 통일주체국민회의에 주었다. 또 긴급조치권과 국회해산권, 국회의원 1/3과 법관을 임명하는 권한을 가져갔다. 게다가 한 선거구에서 국회의원 둘을 뽑게끔 선거제도를 바꾸었다. 야당 당선자가 아무리 많아도 1/3을 넘지 못하게 하기 위해서였다. 대통령이 임명하는 국회의원은 유정회(유신정우회) 국회의원이라 불렀다. 중앙정보부와 국군보안사령부 등 권력기관이 실질적으로 박정희 유신체제를 뒷받침했지만 형식적으로는 통일주체국민회의와 유신정우회가 주요 구실을 맡았다. 유정회는 대통령이 국회를 장악하기 위한 전위부대로 거수기 구실을 했다. 유신체제에서 야당은 영원히 정권을 잡을 수 없는 불임정당이 되었다.

이렇게 되어 박정희는 더 이상 대통령이 아니었다. 5·16이 대통령 권력을 탈취하기 위한 쿠데타였다면, 10월 유신은 대통령 자리를 박차고 짐(朕)의 자리, 곧 절대왕정 황제와 같은 자리에 오르는 친위쿠데타였다. 그는 이제 황제처럼 영구집권으로 평생 절대권력을 누리는 권좌에 올랐다. 긴급조치 1호부터 9호까지 발표되면서 무서운 정치체제 속에 이제 사람들은 숨죽여야 했다.

10월 유신 전에도 김성곤 등 '공화당 4인방'은 박정희에게 항명했다가 쫓겨났다. 여당 내에서조차 감히 박정희 명령에 토를 다는 것조차 용납되지 않았다.

대학생들의 유신반대 시위는 철퇴를 맞았고, 유신반대 모의를 했다가는 수업 받다가도 쥐도 새도 모르게 끌려와 구치소에 갇혔다가 사라졌다. 군대에 입대했다는 소문이었다. 대학생을 가장한 중앙정보부 요원들이 대학 학과마다 한두 명씩 들어있다는 소문이었다. 장발에 통기타 치던 가수들은 머리를 깎아야 했다. 가수들의 인기곡이 정권에 거슬린다는 이름 아래 금지곡이 되기 일쑤였다. 김추자의 '거짓말이야'는 박정희 거짓말을 놀리는 것 같아서, 송창식의 '왜 불러'는 장발 단속하는 경찰에 반말한다고, 이금희의 '키다리 미스터 김'은 키가 작은 박정희가 기분 나쁠까 봐, 양희은의 '아침 이슬'은 가사 중 '붉은 태양'이 김일성을 상징한다고, 배호의 '0시의 이별'은 밤 12시에 이별하면 통행금지 위반이어서, 한 대수의 '물 좀 주소'는 물고문을 연상시킨다고 등 억지스런 트집을 잡아 많은 히트곡들이 금지곡이 되었다. 장발과 미니스커트 단속으로 청년들은 긴장해야 했다. 정치인들의 시련은 더 혹독한 것이었다. 드디어 세계사적인 큰 사건 '김대중 납치사건'이 터진다. 지구촌 톱뉴스가 된 이 사건은 김대중을 세계적인 인물로 만들어 나중에 김대중이 노벨평화상을 받게 되는 계기가 된다.

**박정희 대통령, 10월 17일 친위쿠데타 특별선언을 발표함**(10월유신 十月維新), **국회해산**(국회에 탱크를 앞세운 군인 진입), **전국에 비상계엄령 선포, 대학 휴교령, 언론사전검열제 실시 등. 치밀하고 비밀스런 준비 끝에 워낙 전광석화처럼 단행되어서 야당 국회의원이나 학생들, 재야 시민단체들도 저항 못함.**

10월 24일 남북적십자사 제3차 본회담을 평양에서 개최함. 11월 7일 미국 닉슨 대통령, 재선에 성공함. 11월 11일 대남·대북 비방방송을 중지함. **11월 21일 개헌 위한 국민투표를 실시함, 유신헌법 확정.** 11월

22일 남북적십자사 제4차 본회담을 서울에서 개최함. 11월 30일 남북 조절위원회 공동위원장 제3차 회담을 서울에서 개최함. 12월 2일 서울 시민회관에 화재발생. 12월 15일 통일주체국민회의 대의원 선거를 실시함. 12월 21일 동·서독, 관계정상화기본조약에 조인함. 12월 22일 통일주체국민회의, 제9대 대통령에 박정희 단일 후보를 선출함. 12월 25일 북한, 새 헌법을 공포함, 주석제(主席制) 신설. 12월 27일 박정희 대통령 취임, 유신헌법(維新憲法)을 공포함.

## ✽ 화동공 57살, 1973(4306)년 계축년에 일어난 일들

1973년 4월 26일, 관광버스를 대절하여 사창 사람들이 휴전선 부근 자유의다리와 문산 임진각을 구경하였다. 임진각 앞에서 찍은 사진 한 장이 전한다. 어르신들이 대부분 바지저고리 한복차림으로 농촌에 사는 수수한 사람들이라는 인상을 준다.

참가자는 사진 왼쪽부터 덕산양반(김석곤), 대성리양반(한상선), 동창양반(장이석), 수곡양반(김홍철), 매안이양반(김병철), 모자 쓴 **화동양반(김은철)**, 계촌양반(양회연), 선원이양반(김형수;譜名壽述), 선원이댁, 관평양반(김종열), 관평댁(김종열 부인)의 얼굴이보인다.양복 차림은 양회연, 김석곤, 김종열 3인이다.

## 민둥산에 옷을 입히는 산림녹화

한반도 국토는 제2차 세계대전과 6·25한국전쟁을 거치면서 산림이 크게 훼손되어 민둥산이 되었다. 더구나 취사와 난방을 산에서 땔나무를 베어 해결했기에 거의 모든 산이 벌거숭이산에 되어 여름에 큰비가 오면 산사태가 나기 일쑤였다.

산사태의 심각성을 깨달은 제헌국회와 이승만정부는 1948년 식목일(4월 5일)을 제정하고, 이듬해엔 공휴일로 지정, 매년 행사를 열었다. 또 산림보호임시조치법을 제정하며 나무 심기를 강조했지만 효과는 미미했다. 그마저도 6·25전쟁으로 물거품이 됐다. 박정희정부가 들어선 후 비로소 산림녹화는 국가 시책으로 추진됐다.

땔감이 없어 나무로 불을 때던 시기에 전국을 푸르게 만들어보자며 산림녹화사업도 했다. 나무 대신 연탄 공급정책도 폈다. 지금은 도시가스로 난방과 취사가 가능하여 산림훼손이 줄었다. 산림녹화와 연계해 그린벨트 제도도 시작했다. 2025년 4월에는 포항시 영일만 사방 등 산림녹화기록물이 프랑스 파리에서 열린 제221차 유네스코 집행이사회에서 '유네스코 세계기록유산'에 등재되었다. 산림녹화기록물은 6.25전쟁 이후 황폐해진 국토를 복구하기 위해 정부와 국민이 함께 추진한 산림녹화 사업의 전 과정이 담겼다.

헐벗은 산림은 우리 삶도 피폐하게 만들었다. 비가 조금만 와도 토사가 씻겨 내려와 하천 바닥이 높아지고, 홍수가 빈발했다. 전답이 매몰되고 폐농도 속출했다. 조금만 가물면 민둥산과 계곡이 순식간에 마르면서 농사를 망쳤다. 산을 다시 푸르게 가꾸는 일은 생존이 걸린 문제였다. 황폐한 한국의 산림이 되살아날 것으로 기대를 한 이는 거의 없었다. 2차대전과 6·25전쟁을 거친 후 유엔보고서에서도 "한국의 산림은 복구될 수 없다"고 명시됐다.

"새마을운동과 치산녹화 똑같이 중요"

1973년 정부는 '치산녹화 10개년 계획'을 발표하고 공무원들을 상대로 교육을 진행했다.

1967년 농림부 산림국이 산림청으로 승격됐다. 산림녹화에 대한 구체적 계획을 선보인 것은 1973년 1월 대통령 연두기자회견에서였다. "10개년 계획을 세워 1980년대 초까지 우리나라를 완전히 푸른 강산으로 만들겠다."고 선언했다.

대국민 약속이었다. 농림부 소속 산림청을 내무부 산하 외청으로 전환했다. 중앙 공무원은 물론 지방 시장·군수들의 동참을 독려했다. 73년 3월, 김현옥 내무부 장관은 도지사·시장·군수·경찰서장 등을 불러 '치산녹화 10년 계획'(73~82년)을 주제로 교육했다. 그는 "첫째도 산, 둘째도 산! 첫째도 새마을, 둘째도 새마을! 치산녹화와 새마을운동은 똑같이 중요하니 혼연일체가 돼 추진해 달라"고 당부했다. "애국가를 부르며 산으로 가자"라는 구호가 장내에 울려 퍼졌다.

방아쇠는 당겨졌다. 매년 3월 21일부터 4월 20일까지 '국민식수기간'으로 정하고 온 국민이 팔을 걷고 나섰다. 갓난아기를 업은 아낙네들부터 군인, 어린 학생들까지 가세했다. 산림 간수(산림 단속 공무원)들은 '조랑말'을 타고 산을 순찰했다. 경찰은 각종 위반 행위를 단속했다.

초창기에는 산사태 사방사업이라 부르면서 집집마다 부역으로 한 명씩 나오게 하여 나라에서 키워 마을마다 제공한 묘목들을 산에 심으러 갔다. 주로 아카시나무·리기다소나무·사방오리나무 등을 심었다. 척박한 땅에서도 잘 자라고 토양을 비옥하게 하는, 소위 '비료목'이다. 부역 나온 사람들에게는 미국이 잉여농산물로 원조해준 밀가루를 며칠 단위로 몰아 일당삼아 주었다. 마을 이장이 부역 나온 집의 일수를 기록하였다. 오전만 나온 집, 오후만 나온 집, 하루 다 나온 집 들을 자세히 기록했다. 안 나오는 집은 밀가루 배급을 안 주었다. 해마다 3월 21일부터 한 달간 지속된 나무심기 기간이 마침 농한기였기에 농가마다 호응도가 높았다. 배급 받은 밀가루로 각 가정은 수제비나 칼국수, 빵 들을 만들어 끼니를 때웠다.

토양이 안정되고 토질 개량이 이뤄진 후에는 부가가치가 높고 기후변화에 적응할 수 있는 수종, 곧 잣나무·낙엽송·소나무·백합나무·편백·자작나무·상수리나무·황칠나무 등으로 바꿔 나갔다. 치산녹화 10년간 남한 면적의 20%에 해당하는 213만 헥타르(ha·2만1300$km^2$)에 집중적으로 나무를 심었다. 산림 황폐화의 원인 중 하나인 화전민 2만 6000여 가구를 이주시키고, 화전지 8만6000여ha도 정리했다. 비만 오면 황토를 쏟아내던 산지가 서서히 푸른 숲으로 바뀌기 시작했다.

광복 후 현재까지 심은 나무는 약 145억 그루다. 나무의 양은 ha당 165$m^3$로 50여 년 동안 30배 가까이 늘었다. 경제협력개발기구(OECD) 평균치(131$m^3$)를 상회한다. 한국의 산림녹화 프로젝트는 '기적'이라 불린다. 유엔식량농업기구(FAO)는 "한국은 제2차 세계대전 이후 개발도상국 중 산림복구에 성공한 유일한 국가"라고 적시했다. 유엔이 발표한 조림 성공 국가는 독일(서독)·영국·뉴질랜드, 그리고 한국이다. 다른 나라와 달리 한국의 산림녹화는 전 국토에서 이뤄진 대규모 프로젝트였다. 세계적인 환경운동가이자 지구정책연구소장인 레스터 브라운도 "한국의 산림녹화는 세계적인 모델이다. 박정희의 결단이 큰 역할을 했다"고 평가했다. 2025년 4월, 한국의 산림녹화 기록물(1973~2007년)은 유네스코 세계기록유산에 등재되었다.

산림녹화 영웅 8인을 기리는 국립수목원(옛 광릉숲)에는 '숲의 명예 전당' 있다. 산림녹화의 숨은 영웅 8인은 박정희 대통령, 김이만 나무 할아버지(자생식물 수집과 조림 수종 종자 품질 개선), 현신규 박사(소나무와 포플러 등 조림 수종 개발), 임종국 임업인(나무 300만 그루를 심은 조림의 대가), 민병갈 수목원장(천리포를 세계적인 수목원으로 조성), 최종현 SK그룹 회장(국내 첫 대규모 활엽수 단지 조성), 손수익 전 산림청장(치산녹화 10개년 계획 수립), 진재량 선생(전남 화순·담양 일대 무등산 자락에 667ha 규모의 숲 조성) 등이 헌정됐다.

한국의 산림녹화는 새마을 운동과 함께 온 국민이 나선 국가 프로젝트였다. 정부는 강력한 행정력을 투입했다. 전국의 공무원이 녹화 현장에 출동했다. 전국 모든 지역의 활착률(옮겨 심거나 접목한 나무가 제대로 산 비율)을 일일이 조사하는 '검목 제도'의 영향도 컸다. 각 지역의 성공률에 따라 산림공무원들의 승진 여부가 결정됐다. 공무원들은 산에 텐트를 치고 살며 죽기살기로 나무를 관리했다. 지금은 상상하기 어렵지만 100ha 이상 산불이 나면 지자체장이 해임되기도 했다.

박정희가 탄식했던 영일만 일대도 황무지에서 푸른 숲으로 바뀌었다. 암반이 뒤섞인 산에 인부들이 허리에 줄을 묶고 올라가 도랑을 파고 나무를 심었다. 철마다 거름을 주고, 가물면 물을 길어다 부었다. 서슬 퍼렇던 군사정부의 강력한 의지가 산림녹화 프로젝트를 빠른 시간 내에 성공하게 만들었다.

산림녹화 프로젝트는 산사태와 홍수, 가뭄 예방을 넘어 엄청난 경제적 가치를 창출했다. 산림의 공익가치(온실가스 흡수·저장, 경관, 휴양, 산소 생산 등 공익적 기능을 경제 가치로 환산한 것)는 1987년 18조원에서 2020년 259조원으로 껑충 뛰었다. 또 산림산업 매출액(2023년 기준)은 149조원, 산림복지(숲 체험, 산악레포츠 등) 서비스 이용인구는 1972년 1200만 명에서 2022년 2300만 명으로 증가했다. 한국은 산림 분야 국제기구인 아시아산림협력기구 설립도 주도했다.

과제도 있다. 산림을 둘러싼 경제와 환경, 공익과 사익의 갈등 해결이다. 그중 하나가 산림 내 도로(임도) 증설 논란이다. 일각에서는 임도가 산림 훼손과 산사태의 원인이라며 반대한다. 무분별한 임도 설치는 곤란하다. 하지만 임도의 긍정적 효과도 적지 않다. 나무를 심고 가꾸는 데 필수적인 기반시설이기 때문이다. 산불이 나면 진화 인력과 장비를 투입하는 통로다. 야간 산불의 경우 임도가 있는 지역과 없는 지역의 진화율이 5배가량 차이가 난다. 숲 체험, 산악레포츠, 산림 휴양·관광 등에도 임도가 이용된다. 독일·뉴질랜드 등 산림 선진국들은 임도 활용에 적극적이다. 한국은 ha당 임도 길이는 4.11m로, 독일(54m)·오스트리아(50.5m)·일본(23.5m)에 크게 못 미친다.

한국의 산은 이제 푸르렀다. 앞으로는 경영적 마인드가 중요하다. 일례로 치산녹화 시기에 심은 나무 중 자원 가치가 낮은 수종을 경제적·환경적 가치가 높은 수종으로 바꿔 나가야 한다. 임업기계화, 전문인력 양성 등 산림 인프라를 늘려가며 선진국형 산림경영에 힘쓸 때다. 국가 경제와 국민 행복이 함께하는, 이른바 모두가 숲으로 잘사는 '산림 르네상스'를 열어가는 정책이 지속되어야 한다.

## 김대중 납치사건

1971년 4월 27일의 7대 대통령선거가 부정선거라는 말이 무성한 가운데, 아무튼 박정희와 경쟁에서 선거에 아슬아슬하게 패배하고 일본과 미국을 순방하던 김대중은 1972년 10월 17일 박정희 친위쿠데타

'10월 유신'이 선포되자, 귀국을 포기하고 두 나라를 오가면서, 외신 기자회견을 열고 '유신을 철폐하고, 민주주의를 회복하라.'고 맹비난했다. 박정희는 해외에서 자신을 비난하는 김대중을 가만히 두지 않았다.

1973년 8월 8일 오후 1시가 조금 지난 즈음, 일본 도쿄 팰레스호텔에서 김대중이 통일당 당수 양일동과 만났다 헤어지고 호텔방을 막 나왔을 때였다. 갑자기 괴한 6명에게 납치되어 다른 방으로 끌려들어갔다. 그들은 마취약을 적신 수건으로 김대중의 코를 틀어막으며 목을 짓누르고 양손을 뒤로 꺾어 로프로 묶었다. '조용히 하지 많으면 죽여 버리겠다.'고 한국어로 위협했다. 그 자리에서 주일 한국대사관 김동운 1등 서기관 지문이 채취되었다. 오후 11시 호텔 22층에서 승용차로 5~6시간 이동하여 부둣가까지 가서 모터보트로 옮겨졌다. 납치한 김대중을 태우고 간 차는 요코하마 주재 총영사관 부영사 유영목의 것이었다. 오후 12시 큰 배로 옮겨진 뒤 묶은 김대중에게 돌을 달아 수장(水葬)을 준비했다. 김대중을 태운 큰 배는 대한민국 중앙정보부 공작선 용금호였다. 컴컴한 한밤중 현해탄에서 김대중은 바다에 던져지기 직전까지 내몰렸으나 미국 중앙정보부가 적극 개입하여 가까스로 목숨을 건졌다. 김대중은 생환 후 기자회견에서 "자신을 결박하여 무거운 것을 달아 컴컴한 바다에 던지려던 찰나에 갑자기 헬기가 나타나 불을 밝히며 따라와서 괴한들이 바다에 던지려던 것을 포기했다."고 당시 복면을 씌운 결박 상태였지만 그런 상황을 감지했다고 증언했다. 용금호 괴한들은 김대중을 죽이지 말고 한국으로 그냥 데려오라는 한국 중앙정보부의 변경된 지시를 받았던 것이다.

김대중은 후에, 미 CIA 서울 책임자였던 그레그에게 자신의 목숨을 빚졌다면서 고마움을 깊이 표현했다. 그레그는 김대중이 용금호에 갇혀 있을 때인 1973년 8월 10일~11일에 미국으로 보내는 전문에서 '한국 중앙정보부가 범인임을 알려주는 증거를 잡았다. 김대중은 아직 살아있는 것 같으며, 우리는 그의 생명과 석방 기회가 상실되는 것을 결코 바라지 않는다.'고 적었다. 미국 CIA는 서울과 도쿄, 그리고 용금호 사이에 오가는 통신을 감청하고 대처했다. 미국은 김대중의 죽음이 몰고 올 정국 불안을 원치 않았던 것이다.

8월 11일 오전 11시 53시간 항해하여 한국 해안에 도착했다. 이날 오후 고무보트로 상륙 후 의사 진료와 주사 2대를 맞고 승용차로 이동했다. 8월 12일 오전 8시 어떤 집에 도착하여 약 3정을 먹고 깨어 보니 이층집이었다. 8월 13일 오후 8시 서울 출발 전 범인들이 '구국 동맹 행동대원'이라고 밝히며, '해외에서 국가를 비난하는 자는 처단하겠다.'고 협박을 했다. 오후 10시 눈을 가린 채 2시간 가량 승용차로 김대중 집 근처인 동교동에 도착하여 내려줬다. 그들 지시대로 3분 후 안대를 풀고 집으로 돌아왔다. 집에 왔지만 지금부터 김대중의 긴 가택연금이 시작되었다.

김대중 납치사건은 박정희 지시로 이후락 중앙정보부가 벌인 일이었다. 해외에서 자신의 권위와 통치를 무너뜨릴 힘을 가진 사람은 김대중이었다. 7대 대통령 선거에서 그 힘을 확인한 박정희는 김대중을 도저히 용납할 수 없었다. 납치 총지휘는 정보부장 이후락, 명령 하달 체계는 정보차장보 이철희, 해외공작국장 하태준, 현장 총지휘 8국 공작단장 윤진원, 주일대사관 공사 김기완, 참사관 윤영노, 도쿄납치는 윤진원, 한춘, 김병찬(김동운), 홍성채, 유충국, 유영복(운전)이었고, 도쿄에서 오사카 이동은 윤진원(운전), 홍성채, 유영복, 유충국이었다. 오사카 안가까지는 윤진원, 홍성채, 유영복, 유충국, 박승민, 김기도, 김명기, 박성일, 김봉실, 안가에서 오사카 부두까지는 윤진원, 홍성채, 유영복, 유충국, 안용덕, 오사카 부두에 대기해서는 용금호 선원 21명, 박정원, 정운길이 맡았다. 오사카에서 부산까지는 용금호 선원 21명과 박정열, 정운길, 부산에서 서울까지는 김진수, 강제원, 윤석만, 김선배, 앰블런스 운전기사가 맡았다. 서울 안가에서 1박하고, 안가에서 자택까지는 장제원, 이휘윤, 공작단 운전사가 맡았다.

납치사건이 발생하자 미국 정부는 미 CIA 정보에 따라 한국 정부에게 김대중을 죽이지 말라고 압박하였다.

일본은 '자국 내에서 불법으로 유명 정치인을 납치하여 한국으로 데려간 것.'을 일본의 주권을 침해한 불법 침략이라면서 국교를 단절할 것처럼 강경하게 성명을 내어 한국 정부를 비난했다. 결국 한국 대통령 박정희는 국무총리 김종필을 특사로 일본에 급파하여 머리를 조아리고 '정식 사죄'하였다. 국제적인 망신을 당한, 유력 정치인 김대중 납치사건은 세계사에 기록되면서, '한국정부의 공식 사죄'로 한일 두 나라 관계가 파국으로 치닫는 것을 가까스로 막았다.

1973년 1월 5일 김종필 국무총리, 트루먼 전 대통령 장례식 참석차 미국을 방문함, 닉슨 대통령과 회담, 11일 도쿄에서 다나카 총리와 회담. 1월 15일 미국 닉슨 대통령, 월맹 공격 전면 중지를 명령함. 1월 27일 민주통일당 창당, 대표 양일동(梁一東). 2월 3일 주월 맹호부대 1진이 개선함. 2월 20일 라오스 정전협정 조인. 2월 22일 중공, 미국 워싱턴에 연락사무소를 설치함. 2월 27일 제9대 국회의원선거 실시. 3월 3일 한국방송공사(KBS)가 창립됨. 3월 10일 유신정우회(維新政友會)가 창립됨, 회장 백두진(白斗鎭). 3월 12일 제9대 국회 개원, 의장 정일권(丁一權). 3월 20일 이란, 석유산업 국유화를 선언함. 3월 21일 남북적십자 제5차 본회담을 평양에서 개최함. 3월 29일 미국, 주월 미군 철병을 완료함. 4월 10일 여자탁구팀이 유고 사라예보 세계탁구선수권대회 단체전에서 처음으로 우승함. 4월 11일 월남 티우 대통령이 방한함. 4월 28일 윤필용(尹弼鏞) 전 수도경비사령관에 유죄 판결. 4월 30일 미국 닉슨 대통령, 워터게이트 사건으로 곤경에 처함. 5월 5일 어린이대공원 개원함. 5월 7일 레바논, 팔레스타인 게릴라와 교전을 벌임. 5월 9일 남북적십자 제6차 본회담을 서울에서 개최함. 5월 16일 대한일보가 폐간됨. 6월 1일 그리스, 공화제를 선언함. 6월 10일 북한, 휴전선에서 대남 확성기 방송을 재개함. 6월 12일 남북조절위원회 제3차 회의를 서울에서 개최함. 한국은행 새 1만원권을 발행함. 6월 18일 소련 브레즈네프 서기장, 미국 방문. 6월 23일 박정희 대통령, 평화통일외교정책 7개항을 발표함. 6·23평화통일선언. 7월 3일 포항제철을 준공함. 7월 11일 남북 적십자 제7차 본회담을 평양에서 개최함. 7월 15일 경주 155호고분에서 유물 300여 점을 발굴함. 8월 8일 김대중(金大中) 전 대통령 입후보자, 일본 도쿄에서 납치됨(김대중피랍사건), 13일 자택에 귀환. 8월 23일 미국 닉슨 대통령, 국무장관에 키신저를 임명함. 8월 28일 북한, 남북대화를 중단한다고 선언함. 9월 5일 북한, 평양지하철을 개통함. 9월 10일 프랑스 퐁피두 대통령, 중공을 방문함.

## 중등교사 채용 순위고시 실시

문교부는 1970학년도부터 서울의 중학교 무시험 배정, 1974학년도부터 서울과 부산에 실시될 고교평준화 정책에 따라 1973년도부터 중등학교 교사 채용 순위고시를 실시한다고 발표했다. 입시 과열경쟁으로 성장과 발육에 지장을 초래하고 있는 청소년들을 보호하기 위해 중학교와 고등학교 입시를 점진적으로 없애고, 학생을 무시험 배정하는 평준화 정책에 따른 준비조치다. 전국의 모든 중·고등학교에 학생들을 무시험 배정, 입학시키기 위해 ① 학생의 평준화, ② 시설(건물 등)의 평준화, ③ 가르치는 교사(教師)를 평준화시키기로 했다. 이 3평준화를 정책으로 내세웠기 때문이다. 가르치는 교사의 평준화를 위해서 각 시도별로 중등 교사자격을 가진 교사 임용고시 응시자에게 과목별로 채용 순위고시를 실시하여, 당해 연도 교사임용예정 숫자만큼 성적순으로 실력 있는 교사를 뽑아 국가가 공사립 학교에 공평하게 교사를 인사 배정하기 위해서였다. 그러나 5~6년 지속되던 임용고시는 합격자들이 사립 중고등학교 배정에 불만을 품고 임용을 거부하는 사태가 지속되자 1980년도부터는 공립중등교사 임용고시와 사립중등교사 채용시험을 각각 따로 실시하는 정책으로 변모되었다. 그 뒤 사립학교는 각 학교별로 교사채용 필요인원을 자체적으로 뽑도록 허용했다.

1973년 9월 14일 국군조직법개정안에 의거 해병대사령부 해체. 라오스, 평화의정서가 조인됨, 20년 내전 종결. 9월 18일 유엔, 동·서독의 유엔 가입을 승인함. 10월 2일 서울대 문리대생들이 유신체제하에서 최초로 반독재·반민주화 시위를 전개함. 10월 6일 제4차 중동전쟁 발발, 이집트·시리아군, 이스라엘 점령지를 공격함. 10월 10일 미국 애그뉴 부통령, 부정 연루로 사임함. 12일 닉슨 대통령, 부통령에 포드를 지명함. 11월 2일 김종필 국무총리, 일본을 방문함, 다나카 총리와 회담하고 김대중납치사건 종결시킴. 11월 11일 이스라엘·이집트, 중동정전합의서에 조인함. 11월 16일 호남·남해고속도로 전 구간이 개통됨. 미국 키신저 국무장관이 방한함. 12월 12일 일본·중공, 통상협정을 체결함. **12월 24일 함석헌(咸錫憲)·장준하(張俊河)·백기완(白基玩) 등, 개헌청원 100만인 서명운동을 전개함.**

# ❋ 화동공 58살, 1974(4307)년 갑인년에 일어난 일들

원촌댁 자매(화동댁 김옥남·홈실댁 옥순) 창경궁 벚꽃구경

1974년 봄이 되었다. 서울에서 자취하며 대학에 다니는 아들이 궁금하여 시골 사는 어머니가 상경하셨다. 아들은 상경해 함께 생활하는 동생 종상이와 같이 봄나들이를 가기로 했다. 마침 면목동 사는 홈실 이모와 함께 창경궁 벚꽃놀이에 모시고 갔다. 상춘객들이 많아서 좀 복잡했지만 상쾌하고 즐거운 봄나들이였다.

1월 8일 박정희 대통령, 긴급조치 1호(개헌논의금지) 및 2호(비상군

법회의 설치)를 선포함. 14일 3호(국민생활안정)를 선포함. 1월 16일 월남·중공 파라셀군도영유권분쟁 일어남, 20일 중공군이 점령. 1월 17일 납북된 항일투사 박렬(朴烈) 사망. 1월 18일 이스라엘·이집트, 양군 격리협정에 조인함. 2월 13일 소련, 솔제니친의 시민권을 박탈하고 추방함. 2월 14일 북한, 아시아경기연맹에 가입함. **2월 22일 해군함이 통영 앞바다에서 침몰함, 159명 익사.** 2월 26일 검찰, 부정융자 받은 박영복(朴永復)을 구속함. 3월 3일 튀르키예, 여객기가 파리에서 추락함, 345명 사망. 3월 5일 영국, 윌슨 노동당 내각이 발족함. 3월 12일 소련, 화성 6호가 화성에 도달함. 3월 28일 동해고속도로·영동고속도로 기공식을 거행함. **4월 3일 박정희 대통령, 긴급조치 4호를 선포함, 민청학련(民靑學聯) 관련 활동 등 금지.** 4월 17일 주간 내외통신이 창간됨. 4월 20일 일본·중공, 민간항공협정을 체결함. 자유중국, 대일항로를 폐쇄함. 4월 25일 유진산(柳珍山) 사망. 5월 5일 서독 브란트 총리, 보좌관 스파이사건으로 사퇴함. 5월 18일 인도, 핵실험에 성공함. 5월 19일 프랑스 지스카르, 대통령 선거에서 승리함. 5월 29일 이스라엘·시리아, 골란 고원군 격리에 성공함. 6월 28일 해경 초계정이 북한 군함에 피격되어 침몰함. 7월 16일 비상보통군법회의, 윤보선(尹潽善) 전 대통령을 민청학련사건 관련 혐의로 기소함. 7월 31일 북한, 오스트레일리아와 수교에 합의함. **8월 9일 미국 닉슨 대통령, 워터게이트사건으로 사임함. 포드 부통령이 승계.** 8월 14일 그리스, 나토를 탈퇴함. **8월 15일 광복절 기념식에서 박정희 대통령 저격미수사건 발생함. 대통령 부인 육영수(陸英修) 여사 피격 사망. 범인 문세광(文世光)을 현장에서 체포함. 서울지하철(서울역~청량리역) 개통.** 8월 20일 박종규(朴鍾圭) 대통령 경호실장 사임. 후임에 차지철(車智徹) 의원. 8월 22일 신민당, 임시전당대회를 개최함, 총재에 김영삼(金泳三) 의원을 선출함. 9월 4일 미국·동독, 대사급 수교 문서에 조인함. 9월 6일 반일데모대가 일본대사관에 침입함. 9월 19일 일본 특사가 내한하여 다나카(田中角榮) 총리 친서를 박정희 대통령에게 전달함. 한일관계 악화 종결. 10월 17일 북한, 유네스코에 가입함. 10월 19일 법원, 대통령 저격범 문세광에게 사형을 선고함, 12월 20일 집행. 10월 24일 동아일보 기자들 '자유언론실천선언' 발표. 석유수출기구(OPEC), 단일유가제를 채택함. **11월 3일 서울 대왕코너 화재 발생함, 88명 사망.** 11월 13일 유엔, 남아프리카공화국 추방을 의결함. 11월 15일 휴전선 남쪽에서 북한군 땅굴을 발견함. 11월 18일 자유실천문인협회가 구성됨. **11월 22일 미국 포드 대통령이 방한함. 11월 27일 민주회복국민회의 발족, 유신헌법 대체, 민주인사 석방 등을 주장함.** 12월 8일 그리스, 왕정종식 국민투표를 실시함. 12월 9일 일본, 미키(三木武夫) 내각이 출범함. 12월 26일 동아일보 광고 해약사태 발생함. 12월 28일 파키스탄, 대지진이 발생함. 4700여 명 사망.

## 민청학련 사건

대통령 박정희의 긴급조치 4호는 민청학련 분쇄가 목적이었다. 민청학련 사건(民靑學聯事件)은 1974년 4월 대한민국에서 발생한 시국 사건을 말한다. 전국민주청년학생총연맹(이하 민청학련)의 관련자 180여 명이 "①부패 특권·족벌의 축재를 위한 경제정책 시정, 부정부패특권의 원흉 처단 ②시민 세금을 대폭 감면, 근로대중 최저 생활 보장 ③노동악법 철폐, 노동운동 자유 보장 ④구속된 모든 애국시민 즉각 석방 ⑤중앙정보부 즉각 해체 ⑥대외 의존경제 청산," 6가지를 내걸고 민중 민족 민주선언을 했다. 그러자 박정희정부는 민청학련이 불온세력의 조종을 받아 국가를 전복시키고 공산정권 수립을 추진했다는 혐의를 씌워 구속·기소한 사건이다. 민청학련과 사소한 관련이 있어도 영장 없이 체포되어 군사재판을 받아야 했다. 1024명이 이 사건 연루자로 지목받고 그중 203명이 징역을 살았다.

박정희 유신정권에서 이들은 간첩보다 더 위험한 인물이었다. 간첩 현상금이 100만 원이었던 시절, 이들에게는 200만 원(나중에는 300만 원)의 현상금이 내걸렸다. 1심에서 사형 9명, 무기가 21명, 나머지 140명에게 선고된 형량을 모두 합하면 1650년이었다. 학생운동의 행동 통일을 이루어 감히 유신에 맞서려는 반역에 대한 응징이었다. 민청학련이란 유신반대 투쟁을 효율적으로 수행하기 위한 '투쟁기구' 성격을 지닌 명칭이지, 정부전복을 수행할 만한 하부 체계나 조직 규약, 강령 등이 전혀 없던 '허구·가상 조직'이었던 것이다. 각 대학에서 제작·배포된 유인물 주체의 명칭이 제각각이었던 것도 이 때문이다.

**윤보선 전대통령, 지학순 주교, 박형규 목사, 김동길 교수, 김찬국 교수 등도 긴급조치 제4호 위반과 내란선동 혐의로 전원 유죄 판결을 받았다.** 그러나 그들의 죄목이 국민들에게 설득력을 얻기 힘들었기 때문에 10개월이 채 못 되어 전원 석방되었다.

**사형선고 : 이철, 유인태, 김병곤, 나병석, 이현배, 김영일, 김지하. 무기징역 : 황인성, 정문화, 이근성, 서중석, 안양로, 김효순, 류근일. 20년형(자격정지 15년) : 이강철 외 6명. 20년형 : 나상기 외 2명. 15년형(자격정지 15년) : 구충서 외 5명.**

**2009년 9월 재판부는 민청학련 사건에 대하여 무죄를 선고하였다.**

**인혁당 관련자 여정남 등 8명**은 1975년 4월 9일 대법원에서 상소가 기각된 지 20시간도 채 되기 전에 새벽 동이 트기도 전에 **전격적으로 사형 집행을 당했다.** 그러나 이철 등은 사형 선고를 받았지만, 형이 집행되지는 않았다.

서울의 기와집 한 채 값이 100만원이던 시절, **서울대생 이철**에 대해 중죄인이라며 흑백TV와 라디오방송 등 언론에 300만원 현상수배 뉴스가 대대적으로 보도되어 국민들을 놀라게 하였다. 사람들은 이철이 북한간첩이라고 웅성거렸다. 유신 이후 이철은 죽지 않고, 김영삼 정부에서 국회의원, 코레일 사장을 역임했다.

## 배경 및 악역 인물

1972년 10월에 있었던 **"유신 체제 발족"**과 1973년 8월 8일에 있었던 **"김대중 납치사건"**은 박정희 정부에 대한 대한민국 국민의 반발심을 환기시켜, 1973년 10월부터 시위 등을 통한 박정희정부 반대운동이 일어나기 시작했다. 박정희정부 반대운동이 한창이던 1974년 4월 초에 전국민주청년학생연맹(민청학련)을 중심으로 유신 반대투쟁이 거세지자 박정희 정권은 그 배후로 '인혁당 재건위'를 지목한다. 민청학련 사건이 발생하자, 이 사건을 수사하고 있던 중앙정보부는 1974년 4월 3일에 긴급조치 4호와 국가보안법을 위반을 이유로 240명을 체포했다. **박정희정부 영구집권을 위한 반대세력 말살책으로 북한과 연계시키는 조작수사 책임자는 중앙정보부장 신직수(申稙秀)였다.**

그는 5·16군사정변 이후인 7월 31일 국가재건최고회의 의장 법률고문에 임명되었다. 군정하에서 서울지검 검사에 임명되었으며, 헌법심의특별위원회에 참여하기도 하였다. 1963년 7월 중앙정보부 차장에 임명되었고, 같은 해 12월 6일 검찰 총장에 임명되었다.

1966년 삼성의 사카린밀수사건으로 여론의 비판을 받았다. 1971년 6월 법무부 장관에 임명되었고, 1973년 이후락 중앙정보부장이 김대중 납치사건에 연루되어 경질되자 후임으로 임명되었다.

**중앙정보부장 취임 이후 민주화운동을 진압하기 위해 정보부 제6국을 강화하고 공안사건을 조작하였다. 문인간첩단과 민청학련사건, 인혁당사건은 대표적인 사건이다.** 육영수 여사 암살사건 이후 박정희 대통령의 지시를 받아 조총련계 모국방문사업을 추진했다. **동아일보의 광**

고주들을 협박해 광고를 해약시키는 등의 언론탄압을 기획하였다. 국민들이 푼돈을 보내 동아일보 기업광고가 해약된, 광고가 없는 빈 란에 동아일보를 격려하고 응원하는 독자광고운동이 일어났다. 1976년 코리아게이트 사건이 발생하고, 중앙정보부 요원인 김상근이 미국에 망명하자 12월 4일 경질되었다. 중앙정보부장 퇴직 후 1977년부터 변호사로 활동했다.

## 인혁당재건위 사건

'인민혁명당재건위사건'이란 중앙정보부가 1974년 유신 반대 투쟁을 벌인 민청학련을 수사하면서 배후 세력으로 인혁당 재건위를 지목, 이를 북한의 지령을 받은 지하조직으로 규정해 관련자 8명을 사형에 처한 사건이다.

인혁당 재건위란 1964년 발생한 1차 인혁당 사건 연루자들이 당 재건을 기도했다며 중정이 붙인 이름이다. 1차 인혁당 사건은 64년 8월 중정이 "북괴의 지령을 받고 국가 변란을 획책한 인민혁명당 사건을 적발해 일당 57명 중 41명을 구속하고 16명을 수배 중에 있다"고 발표하면서 처음 세상에 알려졌다.

그러나 이런 엄청난 발표와는 달리 1심에서 도예종(都禮鍾)과 박현채(朴玄埰·당시 서울대 강사)에게 각각 징역 3년과 1년의 실형이 선고됐을 뿐 나머지는 모두 무죄 선고를 받고 풀려났다.

수사 과정에서 서울지검 검사 3명이 인혁당 사건 관련자들의 기소에 반발해 사표를 내기도 했다.

1차 인혁당 사건이 발생한 지 10년 만에 인혁당은 중정에 의해 민청학련의 배후로 다시 지목됐으며 중정은 1차 인혁당 사건 재판 과정에서도 실체가 입증되지 않은 인혁당이 '재건'을 기도했다고 주장했다.

1차 사건 당시 검찰총장이던 신직수(申稙秀)와 수사담당 중정 요원이던 이용택(李龍澤)은 인혁당 재건위 사건 때 각각 중앙정보부장과 수사를 지휘하는 중정 6국장으로 등장했다.

이 조작사건 조작수사로 유신체제에 저항하는 세력제거를 위해 박정희가 예리하게 벼린 칼날에 **도예종·서도원·여정남·송상진·김용원·이수병·하재완·우홍선, 8명이 단번에 목숨을 잃었다. 박정희는 이들을 본보기 삼아 처형함으로써 국민들이 반항하지 못하도록 하려는 속셈이었다.** 공판 기록에 '아니오'라는 대답이 '예'로 바뀌는 일이 허다하게 벌어졌다. 75년 4월 8일 주요 관련자에 대해 대법원에서 사형이 확정되고 18시간 만인 다음날 오전 6시 형이 집행되었다. **사법살인(司法殺人)**이었다.

사형당한 8명은 대구 경북 지역에서 꾸준히 민주화 운동을 해왔지만 전국적으로는 무명인사들이었다. 유신체제 2년째에 접어들어 격렬한 반체제 운동에 직면한 유신정권은 권력을 지속시키기 위해 희생양이 필요했고 유명 인사 대신 주목을 덜 받는 사람을 희생양으로 택했다고 인권단체와 관련 전문가들은 주장해왔다.

박정희정권은 장례식장으로 가는 이들의 영구차를 강제로 끌고 화장터로 보냈다. 사람들이 그들 주검마저 보는 것을 두려워했는데 그 이유는 이수병의 시신이 가족의 품에 돌아왔을 때 결국 밝혀졌다. 이수병의 시신은 수사받은 지 1년이 다 되었지만 그때까지 손톱과 발톱, 발뒤꿈치마저 새까맣게 변색되어 있을 정도로 고문흔적이 역력히 남아 있었다.

미국 CIA 간부가 "짜여진 각본대로 공산주의자들의 음모에 관한 한국 정부의 발표가 있을 것"이라던 이 사건은 국제법학자협회의 주목을 받았다. **국제법학자협회는 인민혁명당(약칭 인혁당) 관련자들이 사형 확정 선고를 받은 1975년 4월 8일을 '사법사상 암흑의 날'로 선포했다.**

미국에 망명한 김형욱 전 중앙정보부장도 2차 인혁당 사건이 조작되었다고 회고록에서 주장했다.

인혁당 사건은 오랫동안 금기 영역이다가 노무현정부에 들어서 국정원 자체조사로 베일이 벗겨졌다. 2005년 12월 7일 국정원진실위는 '인혁당 및 민청학련 사건 진실규명'이라는 보고서에서 "정보기관들이 서클(동아리) 수준의 모임을 북한과 연계된 혁명조직으로 확대·과장하여 국내외에서 사법살인이란 비판을 받은 최악의 공안사건으로 규정했던 것."을 인정한 것이다.

그리고 2007년 1월 23일 법원은 인혁당 재건위 사건 재심에서 관련자 8명 전원에게 무죄를 선고하고 같은 해 8월 21일, 서울지방법원은 인혁당 사건 희생자 유족들이 국가를 상대로 한 손해배상 청구 소송에서 총 637억 원을 배상하라고 판결했다.

왕조시대에는 반대파를 역적으로 몰아 죽였고, 주권재민(主權在民) 시대에는 독재자들이 나타나 반독재 투쟁에 나선 학생과 민주인사들을 빨갱이(북한공산당)로 몰아 조작하여 죽이거나 투옥시켰다.


## ✽ 화동공 59살, 1975(4308)년 을묘년에 일어난 일들

1월 14일 석가탄신일과 어린이날을 공휴일로 정함. 1월 19일 중공, 새 헌법을 공포함, 사회주의국가 규정. 2월 1일 덕유산(德裕山)·오대산(五臺山) 국립공원이 각각 지정됨. 2월 12일 유신헌법 찬반 국민투표를 실시함, 찬성 73%. 2월 22일 태국·크메르와의 국경을 폐쇄함. 3월 18일 동아일보사, 114명의 기자를 해고함, 광고 해약사태 종료. 3월 24일 주한 유엔군사령부, 비무장지대에서 북한의 제2땅굴을 발견했다고 발표. 3월 25일 사우디아라비아, 파이잘 국왕이 피살됨. 4월 5일 자유중국, 장제스(蔣介石) 총통 사망. 4월 8일 박정희 대통령, **긴급조치 7호 선포**, 고려대학교에 휴교령 내림. 4월 11일 국립민속박물관 개관, 서울대 농과대학생 김상진(金相鎭), 유신체제와 긴급조치에 항의하여 자살함. 4월 17일 크메르 공산군, 프놈펜을 점령함. 4월 18일 북한 김일성, 중국을 방문함. 4월 23일 미국 포드 대통령, 인도차이나 개입 종결을 선언함. 4월 29일 박정희 대통령, 시국에 관한 특별담화문 발표, 월남 적화 관련 북한 도발 가능성 강조. 주월 한국대사관이 철수함. **4월 30일 월남, 베트콩에 무조건 항복함, 월남전쟁 종식.** 미국, 한국 등 여러 나라가 참전하여 월맹과 베트콩을 평정하여 자유 월남정부에 물려주었으나 월남정부의 부정부패와 잦은 쿠데타로 정권이 약화되더니 결국 공산화가 되고 말았다. 5월 1일 김지하(金芝河) 옥중에서 양심선언을 발표. 5월 8일 라오스, 좌파가 실권을 장악함, 사실상 공산화됨. 5월 13일 박정희 대통령, 긴급조치 9호를 선포함, 유신헌법에 대한 비방·반대·개정주장 금지. 5월 21일 박정희 대통령, 김영삼 신민당 총재와 요담. 5월 22일 서울대 학생들, 긴급조치 9호 반대시위 벌임. 6월 3일 이스라엘군, 시나이반도에서 철수를 개시함. 6월 5일 이집트, 수에즈운하를 8년 만에 개방함. 6월 10일 재벌 2세 태광실업 대표 박동명(朴東明), 외화 도피 혐의로 구속됨. 6월 30일 국방부, 전투예비군부대를 창설함. 7월 16일 사회안전법을 제정, 시국사범의 사회복귀 봉쇄 목적. 7월 17일 미국, 아폴로 우주선이 소련 소유즈 우주선과 도킹에 성공함. 7월 29일 미주기구 특별총회, 쿠바 봉쇄를 해제함. 8월 6일 미국·일본, 워싱턴에서 정상회담, 아시아평화5원칙을 선언함. **8월 17일 장준하(張俊河) 사망, 등산 중 의문의 실족사.** 8월 25일 북한, 비동맹회의에 가입함. **9월 1일 서울 여의도에 새 국회의사당을 준공함.** 9월 4일 이스라엘·이집트, 시나이협정에 조인함. 9월 15일 조총련(朝總聯)계 재일동포 700명이 추석 성묘차 모국을 방문함. **9월 22일 민방위대 발대식을 거행함.**

10월 13일 신민당 김옥선(金玉仙) 의원, 국회 발언 문제되어 의원직을 자퇴함. 연쇄살인 범인 김대두(金大斗) 검거함. **10월 14일 영동고속도로(수원~강릉) 및 동해고속도로(강릉~동해시)가 완공됨.** 10월 16일 모로코, 사하라 평화대행진을 결의함. 11월 6일 스페인, 서부 사하라 포기를 결정함. 11월 20일 대구 서문시장 화재 발생, 1900 점포 소실. 스페인, 프랑코 총독 사망. 12월 3일 라오스, 왕정을 폐지함. 12월 21일 아랍 게릴라, 빈(Wien) 석유수출기구 회의장 습격. 12월 박정희 대통령, 전면 개각을 단행함, 국무총리에 최규하(崔圭夏) 임명.

## ✳ 화동공 60살, 1976(4309)년 병진년에 일어난 일들

### 넷째 아들 종원 대학 졸업과 서울 중등 국어교사 임용

1976년 1월 13일 넷째 아들 **김종원**, 서울특별시교육위원회 시행 중등교사채용 국어과 임용순위고시 합격. 온 가족들이 기뻐함. 2월 21일, 아들 종원이 서경대(국제대) 국어국문학과 4학년을 졸업하고 문학사 학위를 받음. 아내와 아버지 맏형이 졸업식에 참석하여 졸업을 축하해 주었다. 아들 종원, 서울시교육위원회로부터 화곡중학교(禾谷中學校)에 국어교사로 인사 배정되어 2월 25일부터 중등교사 근무를 시작하였다.

1976년 1월 8일 중공, 저우언라이(주은래周恩來) 전 수상 사망. 1월 26일 유엔, 팔레스타인 건국 승인안을 채택함. **2월 16일 통일주체국민회의, 제2기 유정회 의원을 확정함.** 2월 29일 문교부, 교수재임명제를 처음으로 실시함. 3월 1일 윤보선(尹潽善)·김대중(金大中)·함세웅(咸

473

世雄) 등, 명동성당 3·1절행사 기념미사에서 민주구국선언문을 발표함. 3월 19일 항만청을 신설함. 3월 30일 주왕산(周王山) 국립공원이 지정됨. 4월 5일 중공, 베이징 천안문 광장에서 반공산당정권 시위 벌임, 천안문사건. 영국 노동당, 당수에 캘러헌 선출. 4월 7일 중국, 덩샤오핑(鄧小平) 실각, 화궈펑(華國鋒)이 총리에 임명됨. 4월 25일 중국·인도, 대사 교환에 합의함. 4월 30일 내무부, 매월 말일을 '반상회 날'로 지정함. 5월 14일 인도·파키스탄, 외교관계 재개에 합의함. 북한, 최현(崔賢) 인민무력부장을 해임함, 후임에 오진우(吳振宇) 임명. 5월 25일 신민당, 주류·비주류 양파의 별도 전당대회에서 폭력사태 발생함. **6월 18일 경제기획원, 제4차 경제개발5개년계획을 발표함.** 6월 27일 프랑스, 에어버스기가 피람됨. 인질 260명 태우고 엔테베공항에 착륙.

7월 1일 한국수출입은행이 발족됨. 7월 4일 이스라엘 특공대, 엔테베공항 인질을 구출함. 엔테베작전. 7월 17일 캐나다, 몬트리올 올림픽대회가 개막됨. **7월 22일 미국 키신저 국무장관이 한반도 문제해결 위한 4자회담·교차승인·동시유엔가입 등을 제시함.** 7월 26일 일본, 다나카 전 총리를 구속함, 미국 록히드사에서 수뢰 혐의. 7월 28일 중공, 허베이성 당산(唐山)에서 대지진 발생, 24만 명 사망, 16만 명 부상. **8월 1일 양정모(梁正模) 선수, 몬트리올 올림픽대회 레슬링 경기에서 광복 후 처음으로 금메달을 획득함.** 8월 18일 북한군, 판문점 공동경비구역 내에서 도끼로 미군 2명을 살해함. 판문점도끼만행사건. 9월 9일 중공, 마오쩌둥(毛澤東) 전 주석 사망. 9월 15일 신민당, 주류·비주류 합동 전당대회를 개최함, 집단지도체제 채택. 9월 19일 북한, 최용건(崔庸健) 부주석 사망. 10월 2일 건설부, 경기도 반월(半月)에 새 공업도시 건설 계획을 발표함. 10월 7일 중공, 장칭(江靑)·왕홍원(王洪文)·야오원위(姚文元) 등 4인방을 체포함. 10월 11일 전남 신안(新安) 앞바다에서 중국 송·원대 유물 다량 인양함. 10월 14일 납북되었던 신진호가 귀환함. 10월 24일 미국 워싱턴포스트지가 박동선(朴東宣)의 미국 의회 의원 매수사건을 보도함, 박동선사건. 10월 27일 안동 다목적댐을 준공함. 11월 함평(咸平) 고구마사건 발생, 농협의 수매 불이행으로 손해 본 농민들이 시위 벌임. 11월 3일 미국 카터, 대통령선거에서 승리함. 11월 15일 아랍평화유지군, 레바논에 진주함. 12월 10일 판문점에서 남북적십자 실무회담 개최. 12월 24일 일본, 후쿠다(福田赳夫) 내각 발족. 12월 1976년 이해 수출 80억 달러가 달성됨.

## ✱ 화동공 61살, 1977(4310)년 정사년에 일어난 일들

### 화동 김은철 선생 회갑잔치

1977년 음 2월 17일은 화동공 환갑(還甲)으로 회갑 잔칫날이다. 객지에 살고 있는 아들딸네 가족들이 찾아오고, 전주에 사는 둘째 당골 형님 내외분도 오시고, 서울에서 용산 종제수, 조카 내외, 사창 한 마을에 사는 막내 목들 동생 내외와 조카 질녀들도 왔다.

환갑상(고배상)은 호마이카 밥상에 사과 배 감 한과 떡 등을 대충 놓아 격식에 맞지 않게 초라했지만 돼지도 한 마리 잡고, 음식은 푸짐하게 차려 알부잣집답게 화동공 환갑잔치를 풍성하게 만들었다.

"자식들 헌수(獻壽)를 받고 잔치를 해야지요."라고 말하면서 들어서는 사람이 있었다. 헌수는 환갑 등 잔치에서 술잔을 올리는 것. 생일잔치는 물론이지만 특히 환갑(還甲: 61세)·칠순(七旬: 70세)·미수(米壽: 88세)·백수(白壽: 99세) 등 특별한 장수(長壽)를 축하하는 잔치에서 더욱더 무병장수하기를 비는 뜻으로 당사자에게 술잔을 올리는 것을 말한다.

화동공 회갑잔치 사회자는 사창마을 부안김씨 문장(門長) 후곡공(휘 한필) 4대 종손 수헌(守軒) 김두철(金斗喆) 인촌양반이었다. 그는 사회를 본다.

"큰아들 종회와 큰며느리 내외가 먼저 헌수해야지."하자 화동양반 내외분이 앉아 있는 환갑상 앞에 맏아들 종회(鍾會)와 큰며느리 양천 허씨 허순욱(許順旭) 내외가 나아가 도우미가 따라 주는 헌수잔을 부모님께 올린다. 화동공은 잔을 받아 그냥 마시고 안주를 든다. 큰아들 내외는 부모님께 큰절을 올린다.

그리고 한마디 한다.

"아버지 어머니, 만수무강 하십시오."

"다음은 둘째 종후 내외가 술잔을 올린다."

둘째 아들 종후(鍾厚)와 둘째며느리 경주김씨 김소남(金小南) 내외가 헌수잔을 올리자 이번에도 화동공은 잔을 바로 마시고 안주를 든다. 둘째 아들 내외도 큰절을 올리고, '부모님 더욱 건강하시고 평안하시길 빕니다.'라고, 축하 말씀을 드린다.

"다음은 셋째 종태 내외 나와라."

셋째 아들 종태(鍾泰)와 셋째며느리 창원황씨 황영이(黃英伊) 내외가 올린 헌수잔도 화동공은 바로 마시고 안주를 든다. 셋째 아들 내외도 큰절을 올리고, '아버지, 어머니 만수무강을 기원드립니다.'라고 회갑 축하 말씀을 드린다.

"다음은 넷째 종원이 내외 차례다."

벌써 세 잔을 마셨기에 화동공은 안색이 불쾌하다. 넷째아들 종원(鍾元)과 넷째며느리 창원정씨 정혜경(丁惠京) 내외가 올린 헌수잔도 화동공은 바로 마신다. 넷째 아들 내외도 큰절을 올리고, 부모님께 회갑 축하 말씀을 드린다.

다음은 가족사진 촬영시간.

화동공 내외분, 회갑잔치 참여한 일가친척 사진, 화동공의 장성한 아들딸 7남매 사진 촬영이 이어졌다.

일가친척 회갑잔치 단체사진을 보자.

〈앉은 사람 앞줄 왼쪽부터 산서중학생 조카 종유, 막내딸 현순, 차녀 계순, 화동공과 안고 있는 손자 수환, 화동댁과 안고 있는 손녀 지나, 종제수 용산댁과 안고 있는 손녀 정현, 손녀 영미, 당골 형수, 목들 제수, 질녀 인순과 아기, 뒷줄 첫줄 왼쪽부터 아우 목들양반(효철), 당골 형님(권철), 맏아들 종회, 둘째아들 종후, 셋째아들 종태, 넷째아들 종원, 맏며느리(허순욱), 둘째며느리(김소남), 셋째며느리(황영이), 넷째며느리(정혜경), 당골형 맏딸(질녀) 종순, 조카 종진 아내 질부(신원현), 목들 아우 맏딸 질녀 경순, 뒤 셋째 줄 왼쪽부터 질녀 종순 남편 조카사위(김천두), 조카 종진, 막내아들 종상, 맏손자 성수.〉

"다음은 딸들이 올려라."

딸 계순(季順)과 현순(賢順)이 헌수잔을 올린다. 두 딸이 헌수잔을 올리고, '아빠, 엄마, 건강하게 오래오래 사셔야 해요.'라고 회갑 축하 말씀을 드린다.

"다음은 목들 아우가 올리시게."

아우 창촌(昌村) 효철(孝喆) 목들양반 내외가 헌수잔을 올린다. 큰절을 한 뒤에 "형님, 청년 같으신데 벌써 회갑입니다. 약주는 천천히 드시고, 내외분 항상 건강하시길 기원합니다."라고 아우 목들양반이 회갑 축하 덕담을 한다.

그리고 조카들, 동네사람들이 차례로 헌수잔을 올리고 축하 말씀을 주고받았다. 화동공은 너무 마셔 얼굴이 홍당무처럼 붉게 되었다. 아내 화동댁과 주변 당골 형수가 그만 마시고, 잔만 받으시라고 충고하고서야 화동공은 헌수잔 즉시 마시기를 멈춘다. 오늘 따라 화동댁 환갑잔치를 축복하듯 햇볕은 따뜻하고, 하늘은 푸르고 맑은 봄 날씨였다.

가족사진 촬영이 끝나고 서둘러 일가친척 점심 겸 잔칫상이 차려졌다. 환갑을 맞은 부모님 입맷상이 차려졌다. 부모님이 드실 상은 회갑상 뒤에 따로 차려 두었는데, 장수를 뜻하는 국수를 주된 음식으로 차렸다.

오후에는 동네사람들 초청 잔치와 계월초, 산서초 산서중, 산서면사무소, 산서지서 직원들을 초청하여 잔치를 벌였다. 산서농협직원 대접은 농협은행원인 큰아들이 맡았다. 자리가 모자라 산서중학교 선생들을 초청한 자리는 이웃 수곡댁 윗방을 빌렸다. 교사들 대접은 화곡중학교 교사인 넷째아들이 맡았다. 대접하는 아들들이 술잔을 권하면 잔은 바로 되돌아온다, 대접을 하는 아들들도 모두 잔뜩 취할 수밖에 없다.

동네 사람들은 찾아와 "화동어르신, 회갑을 축하드립니다. 내외분 만수무강하셔요."라고 인사를 한다. 마당엔 덕석(멍석)이 깔리고, 잔치상을 받은 사람들은 취기가 돌자 돌아가면서 노래를 부르고, 합창을 한다. 창을 잘하는 둘째아들 종후가 민요를 멋지게 하고 춤을 추자, 여러 사람들이 따라 춤추면서 잔치의 흥은 절정으로 치닫는다.

화동 김은철 선생 회갑연은 산서면 고을잔치가 되었다. 하룻밤을 지낸 이튿날 직장 출근이 바쁜 아들딸이 떠날 때, 화동공 내외는 택시를 불러 하나씩 태워 보낸다. 들어온 회갑잔치 축의금에서 조금씩 봉투에 담아 아들딸들에게 건네고 내외분이 대문 앞 우물가에 서서 택시를 타고 떠나는 아들딸을 배웅한다.

"아버지, 어머니 안녕히 계십시오. 저희 갑니다."

"엄마, 아빠 안녕히 계셔요. 진지 잘 잡숫고 건강하셔야 해요."

아들과 딸들은 서서 손을 흔드는 부모님을 향하여 택시 안에서 고개를 숙여 인사하며 소리를 높여 외친다. 썰물처럼 빠져나가는 아들딸 모습을 보면서 화동댁 내외는 쓸쓸히 손을 흔든다. 아들딸이 떠난 집은 텅빈 둥지다. 텅빈둥지증후군(공소증후군空巢症候群)은 화동공 부부 50대부터 시작되었다. 큰아들이 서울로 전출하자 화동공은 말없이 혼자 사랑으로 들어가 눈이 벌겋게 충혈되도록 눈물 흘리면서 맏아들이 품안에서 떠나는 것을 슬퍼했다.


1977년 1월 12일 박정희 대통령, 북한에 남북불가침협정 체결을 제의함. **2월 10일 임시행정수도 건설 구상 피력.** 2월 9일 스페인, 소련과의 수교를 결정함. 2월 15일 허백련(許白鍊) 사망. 3월 7일 아랍·아프리카 수뇌회담이 개막됨. 카이로선언에 60개국 서명. 3월 9일 미국 카터 대통령, 주한미군을 4~5년에 걸쳐 철수하겠다고 발표함. 3월 16일 치안본부, 검인정교과서 부정사건을 발표함. 3월 22일 인도, 간디 총리 사임, 데사이 내각 성립. 4월 21일 충북대학교, 청원(清原)에서 20만년 전 동물벽화를 발견함. 5월 4일 문화공보부, 일본 요미우리신문(讀賣新聞) 서울지국을 폐쇄함, 신문의 국내 배포 금지. 5월 18일 수단, 소련

군사고문단을 추방함. 6월 1일 한국은행, 새 5000원권을 발행함. 6월 3일 쿠바, 미국과 상주대표 교환에 합의했다고 발표함. 6월 19일 국내 최초의 고리 원자력 1호 발전지가 점화됨. 6월 22일 전 중앙정보부장 김형욱(金炯旭), 미국 하원에서 박동선(朴東宣)의 로비활동 등을 증언함. 6월 28일 외무부, 김형욱 사건 및 청와대 도청사건에 대해 미국에 항의각서를 전달함. 6월 30일 동남아조약기구가 23년 만에 해체됨. 7월 1일 부가가치세 및 직장인의료보험제 실시함. 북한 200해리 경제수역을 선포함. 정부, 불인정 선언. 7월 2일 헝가리·루마니아, 서구 공산주의 노선지지 선언함. 7월 22일 중공, 덩샤오핑(鄧小平)의 당 부주석 복직을 발표함.

**1977년 7월 30일 프랑스 거주 백건우(白建宇)·윤정희(尹靜姬) 부부, 북한에 피랍 중 탈출함.** 9월 7일 미국·파나마, 새 파나마 운하조약에 조인함. 9월 15일 고상돈(高相敦) 등 한국등반대, 에베레스트 정상 등정에 성공함. 10월 13일 서독, 루프트한자가 피랍됨, 18일 서독 특공대, 소말리아 모가디슈 공항에서 인질 86명 구출. 10월 18일 박정희 대통령, 통일 위한 3원칙을 제의함. 남북 불가침협정, 경계선 개방, 자유선거. 11월 1일 미국, 국제노동기구 탈퇴를 발표함. 11월 11일 이리역(裡里驛) 화약운송열차 폭발사고 발생함, 59명 사망, 1300여 명 부상, 이리시내 건물 70% 피해. 11월 18일 최덕신(崔德新) 전 외무부장관, 미국에 망명함. 11월 19일 이집트 사다트 대통령, 이스라엘을 방문함. 12월 2일 아랍 강경파 수뇌들, 반사다트 회의를 개최함. 이집트와의 외교단절 등 트리폴리 선언을 발표함. 12월 10일 북한 김일성, 동독 호네커 서기장 환영식에서 독일식통일안(2개의 국가)은 한반도에서 부적합하다고 언급함. 12월 17일 구마고속도로(대구~마산)가 개통됨. 12월 22일 수출 100억 달러를 달성함. 12월 25일 이스라엘 베긴 총리, 이집트를 방문함.

## ✱ 화동공 62살, 1978(4311)년 무오년에 일어난 일들

1월 1일 동력자원부를 신설함. 2월 3일 이집트 사다트 대통령, 미국 방문 중 카터 태통령과 중동평화문제에 관한 비밀회담을 개최함. 2월 7일 영화배우 최은희(崔銀姬)가 홍콩에서 행방불명됨. 3월 1일 서대문구치소 긴급조치 관련 수감자들이 3·1절행사 기념시위 벌임. 3월 7일 한·미 합동 팀스피리트 78작전을 개시함. 3월 11일 팔레스타인 게릴라, 이스라엘을 급습함, 14일 이스라엘군, 게릴라 기지를 보복 공격함. 3월 21일 이스라엘 베긴 총리, 워싱턴에서 카터 대통령과 중동문제를 협의함. 4월 1일 이스라엘군, 레바논 남부 점령지에서 철수함. 4월 3일 박동선(朴東宣), 미국 하원 윤리위원회 청문회에서 32명의 전·현직 의원에게 85만 달러 헌금 사실을 증언함. 4월 14일 서울 세종문화회관 개관. 4월 21일 대한한공 여객기가 소련 무르만스크 호수에 강제 착륙당함, 23일 탑승자 전원 송환. 4월 30일 정부, 12해리 영해법을 공포함. 5월 18일 제2대 통일주체국민회의 대의원선거 실시. 5월 20일 자유중국, 장징궈(張經國) 총통이 취임함, 장제스(蔣介石) 전 총통의 장남. 5월 26일 여천석유화학공단을 준공함. 6월 5일 중공, 대 베트남 원조 중단을 선언함. 6월 30일 한국정신문화연구원 개원.

**1978년 7월 6일 통일주체국민회의, 제9대 대통령에 박정희 후보를 선출함.** 7월 20일 고리원자력1호발전기를 준공함. 7월 25일 영국, 세계 최초의 시험관 아기가 탄생함. 8월 6일 교황 바오로 6세 사망, 후임에 요한 바오로 2세 선출. 8월 8일 정부, 부동산 투기 억제책을 발표함.

8월 12일 일본·중공, 평화우호조약을 체결함. 9월 2일 북한, 평양~원산간 고속도로를 개통함. 9월 3일 신현확(申鉉碻) 보사부장관, 한국 각료로는 처음으로 소련에 입국함, 세계보건기구총회 참석차. 9월 12일 북한, 중공 덩샤오핑(鄧小平) 부주석 방북. 9월 20일 아랍 급진 4개국과 팔레스타인, 캠프데이비드협정 내용을 거부함. 9월 26일 국산 유도탄 시험발사에 성공함. 10월 5일 자연보호헌장을 선포함. 10월 7일 충남 홍성에 지진이 발생함. 10월 12일 이스라엘·이집트, 평화조약협상을 시작함. 10월 20일 서산해안(瑞山海岸) 국립공원이 지정됨. 10월 27일 유엔군사령부가 북한의 제3땅굴을 발견하였다고 발표함. 11월 7일 한미연합사령부가 발족됨. 12월 7일 일본, 오히라(大平正芳) 내각이 발족함. 12월 12일 제10대 국회의원선거를 실시함. 야당(신민당)이 득표율에서 여당(공화당)을 앞지름. 12월 17일 석유수출국, 1979년부터 원유가를 14.5% 인상한다고 발표함, 제2차 석유파동. **12월 27일 박정희 9대 대통령 취임.** 화동 김은철 선생은 암 투병 중 서울 송파구 성내동 잠실시영아파트 99동 38호 큰아들 집에서 라디오로 박정희 9대 대통령 취임사를 들으면서 이렇게 말했다. "박정희가 참, 난 놈은 난 놈이다. 반대파를 꼼짝 못하게 하고 또 대통령에 취임하니…" 카랑카랑한 취임사에 감탄하여 자신과 동갑인 박정희를 이렇게 평한 것이다. 그런데 다음해 화동공 별세 후 몇 달 지나 1979년 10월 26일 박정희는 심복 중앙정보부장 김재규 권총에 총살당한다.

12월 30일 국사편찬위원회, 한국사(전 24권)를 완간함.


## 위암진단 서울강남시립병원과 원자력병원 입원

화동 김은철 선생은 화갑잔치 때까지도 매우 건강하여 쌀가마니를 들 정도였다. 그런데 너무 건강을 과신한 탓일까? 진갑이 지나자 알 수 없이 몸이 피곤하여 농사철이 돌아와도 의욕을 잃어 논밭 갈 때인데도 그냥 지냈다. 애가 탄 화동댁이 애원하듯 말했다. "대주양반, 농사철이 돌아오는데 쟁기질 안 하시오?"하자 "내 기운이 없으니 개 한 마리 먹고 해야겠구먼." 하여 개 한 마리를 몸보신으로 드신 뒤에야 기운을 차리고 쟁기질을 하고 모내기를 하여 겨우 농사를 지었다고 한다. 그런데 가을걷이 한 뒤부터 몸이 갑자기 수척하여 아침 세수하러 나가기도 불편하다는 소문이 들렸다. 아버지에 대한 소식은 서울에 있는 아들딸에게도 전해졌다. 아들이 모시러 가겠다고 전화를 했더니, 전주 당골댁 딸 혼인식을 보고 가시겠다고 하였다. 그날은 1978년 11월 11일, 전날 사창 고향집에 넷째 아들이 내려왔다는 말을 듣고 방문한 목들 숙부가 책망하듯 말한다.

"오늘 아침 아버지 거동이 불편하여 세숫대야가 사랑방에 들어갔다는 말을 들었다. 아버지가 무슨 병인지 저렇게 쇠약해져만 가는데 자식들이 많으면 무슨 소용이 있다냐?"

"아버지께서 내일 당골작은집 순희 혼례식 보고, 서울 올라가신다고 하여 그날 맞추어 모시러 왔습니다."

다음날, 집을 떠나기 전 화동 선생은 평소 연습하고 싶었던 두루마리로 된 시조창 악보를 챙겼다. "이것 가지고 가자. 서울에 가서 틈나면 연습해야겠다." 하여 시조창 악보를 가지고 갔지만 끝내 연습할 기회는 없었다. 전주 예식장을 들러 서울로 모시고 왔다. 이튿날 서울강남시립병원에서 정밀검진을 했다. 다음날 결과를 보러 오라는 의사의 이야기였다. 검진 결과는 청천벽력이었다. 위암 말기라는 것이다. 암 세포가 위벽에 전부 퍼져서 수술도 못한다는 것이었다. 쌀가마니를 번쩍 들 정도로 건장하셨던 어른이 1년여 사이에 이토록 몸이 망가질 수가 있나. 당시는 의사들이 암 진단을 가족들에게만 알리고 환자 본인에게는 알리지 않는 때였다. 암 진단을 받으면 모두 죽음을 생각하던 때였다. 가족들이 밖에서 눈물을 훔치고, 안 그런 척 아버지 앞에 가서 "의사 진단이 위가 헐은 위염이랍니다. 부드러운 진지 드셔야 한대요."하면 화동 김은철 선생은 태연히 이렇게 말하는 것이었다.

"내 병은 내가 잘 안다. 단순한 위장병이다. 소화가 잘 안 되어 몸이 약해졌지만 십전대보탕 몇 제만 지어 먹으면 나을 것이다."

서울강남시립병원에서 차도가 없다고 하니 누군가가 암은 원자력병원에 가면 낫는다고 한다. 진단을 잘못했을 수도 있을 것 같아 아버지를 모시고 가족들은 실낱같은 희망을 품고 광화문 네거리에 있는 원자력병원으로 갔다. 이곳에 입원하여 진단을 받았더니 역시 마찬가지였다. 별 차도가 없어 달포가 지난 그해 12월 맏아들 집 잠실시영아파트 99동으로 퇴원하였다.

1978년 12월 27일 장충체육관에서 제9대 박정희 대통령 취임식이 열렸다. 5개월 전 통일주최국민회의 재적 대의원 2581명 중 2578명이 참석한 가운데 2577명이 단독 출마한 박정희를 찍고 나머지 1표가 무효가 됐기 때문에 99.99% 찬성으로 당선되었다고 보도되었다. 취임식은 라디오와 흑백TV로 중계되었다. 큰아들 집 뒷방에서 박정희의 카랑카랑한 취임사를 라디오로 들으면서 일진을 맞추는 화투패를 떼던 화동 김은철 선생은 "박정희가 난놈은 난놈이다. 반대파를 꼼짝 못하게 만들고 또 대통령에 취임하니…."한다. 박정희와 자신이 정사생(丁巳生, 1917년)으로 동갑이기에 그렇게 말했을 것이다.

박 정권은 영구집권체제인 유신체제에 대한 저항을 봉쇄하고자 1974년 1월 8일부터 1975년 5월 13일까지 총 9건의 긴급조치를 발표했다. 그리고 4년 반 동안의 긴급조치 제9호 하에서 800여 명을 구속했다. 하지만 국민들의 민주화 투쟁을 봉쇄하는 데는 실패했다. 유신정권은 야권에 우호적인 동아일보 기자들을 내쫓고, 중정을 시켜 광고주를 압박하여 광고 유치를 못하게 하였다. 국민들은 동아일보에 돈을 송금하며 텅 빈 광고란에 격려 글과 개인 이름을 쓰는 개인광고로 채워 신문 발행이 중단되지 않도록 하기도 했다. 개인개헌 논의를 금지하고자 영장 없는 체포까지 예고했지만, 대학가를 중심으로 대규모 반정부 시위가 끊이지 않았다.

겉으로는 굳건해 보였지만 일반 국민들도 반 유신투쟁에 동조했다. 이 점은 1978년 통대 체육관 대선 5개월 뒤인 그해 12월 12일 제10대 국회의원 총선에서 증명됐다. 국회 의석 231석 중에서 유신정우회(유정회)가 77석, 민주공화당이 68석, 신민당이 61석, 민주통일당이 3석, 무소속이 22석을 가져간 총선이었다.

대통령이 추천한 후보들을 놓고 통대가 선출한 국회의원들은 유정회라는 교섭단체를 구성했다. 사실상 박정희가 국회의석 1/3을 임명한 77명 의원들은 유정회로 묶였던 것이다. 국회의석 과반수를 확보하는 장치로 직선제 한 선거구당 2명을 뽑도록 했다. 아무리 못해도 직선 여당 의원과 임명한 유정회 의원 77명을 합하면 과반수 의석 확보는 떼어 놓은 당상이었다. 유정회를 제외한 직선 의원들만 놓고 보면, 공화당이 68석으로 신민당보다 7석 많았다. 하지만 총투표수와 투표율에서는 신민당이 앞섰다. 그해 12월 14일 자 '경향신문' 1면 좌단은 "신민당이 공화당보다 전체 투표율 1.1%를 앞섰다"고 보도했다. 민심의 향방을 보여주는 지표였다. 다음해 3월말 화동 선생이 별세하고, 박정희도 그해 10·26사태를 맞아 세상을 떠났다.

# ✱ 화동공 63살, 1979(4312)년 기미년에 일어난 일들

## 화동 김은철 선생 별세

기미년 설날, 정월 대보름도 지난 2월 어느 날 아들들이 위암 투병하는 아버지 화동공을 뵈었더니 아버지가 자식들에게 말한다.

"우애 있게 잘 살아야 한다. 그리고 큰아야, 나 죽으면 동네잔치가 될 테니 돼지 한 마리는 잡아야 한다. 출상날 소홀함이 없도록 해야 한다."

"예, 아버지, 그렇게 하겠습니다."

자식들은 당신이 돌아가신 뒤의 일까지 별 걱정을 다 한다고 생각했지만 세월이 지나 생각해 보니 사려 깊은 말씀이었다. 별세하여 고향 사창집에 연락하여 키우던 돼지 한 마리를 잡아 문상객들과 발인날 장지까지 따라간 일가친척들과 동네사람들의 식사준비에 부족함이 없도록 했으니 말이다.

1979년 음 3월 3일 03시 50분(양력 3월 30일 금요일) 화동 김은철(和洞 金殷喆, 1917.02.17.~1979.03.03.) 선생이 서울 송파구 성내동 잠실시영아파트 99동 38호 맏아들 종회 집에서 별세했다. 향년 63세다. 아들딸들에게 연락하고, 일가친척과 고향 사창 부안김씨 문중에도 연락했다. 잠실시영아파트는 13평으로 장례를 치르기는 무척 비좁은 공간이었다. 당시만 하더라도 병원 장례식장이나 일반 장례식장이라는 것이 아직 없을 때여서 비좁은 공간에서 문상차 온 문상객들을 받아야 했다. 정신을 수습하여 연락할 곳에 전보를 치고, 시골집에 전화를 했다. 막내아들 종상이가 달려와 흐느낀다. 막내아들 종상이와 막내딸 현순이는 아직 결혼도 시키지 못한 것이니 더욱 불쌍해 보였다. 오후부터 문상객이 줄을 이었다. 친척, 친지, 직장동료…. 특히 중학교 교사인 넷째 아들은 자신이 담임을 맡은 학급의 반장, 부반장, 학습부장과 그

학생들의 세 어머니까지 함께 문상을 와 준 것이 고마워 일기에 기록으로 남겼다. 문상객들 일부는 화투놀이를 시작한다.

서울에서 화동 김은철 선생 부음(訃音)을 들은 고향 사창마을에서는 부안김씨 수헌 김두철(守軒 金斗喆) 문장(門長) 지휘 아래, 창촌 김효철(昌村 金孝喆), 신촌 김진철(新村 金鎭喆) 등 일가 어른들이 장의위원회를 꾸려 부고(訃告) 작성과 발송, 꽃상여 준비하기 등을 착착 진행시키고 있었다. 특히 고인의 바로 아래 아우 창촌 김효철과 오랫동안 종중 일을 맡고 있는 신촌 김진철이 장례절차를 주관하였다. 부고를 받고 찾아오는 문상객들 이름을 기록하기 위해 애감록(哀感錄)을 만들고, 특히 부의(賻儀)를 한 사람들은 따로 부의록(賻儀錄)을 만들어 기록했다.

문상객들은 다음날인 음 3월 4일(양 3월 31일)에 본격적으로 찾아왔다. 이날 화동공 바로 위 친형 전주 사는 당골 권철(權喆, 字 萬基, 적명 東喆)이 오전 일찍 밤차로 올라와서 문상하고 밥상을 받고 조카들을 둘러보며 한탄한다.
"초로인생이라지만 이렇게 허무할 수가⋯우리 어머니 텃골댁 아들딸 6남매가 장성하여, 유왕마지 누님, 홍곡 형, 화동 아우, 대성리 한실, 이렇게 벌써 넷이 저 세상으로 가 버렸으니⋯ 이제는 나와 너희들 목들 작은아버지밖에 안 남았구나." 당곡공은 시골로 내려가겠다고 하였다. 내려가는 편에 사창일이 궁금하여 막내아들 종상이를 사창에 보냈다.

문상객들은 음 3월 4일(양 3월 31일) 오후 5시 이후 집중적으로 몰렸는데 이 때, 문밖에서 한참을 기다렸다가 들어오는 손님들도 있었다. 문상객들은 주로 사창 고향사람들과, 맏아들 직장 농협은행 사람들과 교사인 넷째 아들 중학교 교원들이 주를 이루었다. 너무 비좁은 집안에서 겨우 빈소에 절하고, 상주와 맞절한 넷째 아들 직장 상사인 화곡중 교장, 교감과 서무과장은 식사대접 권유도 사양하고 괜찮다며 황급히 가버렸다. 나중에 들으니 광나루에 가서 매운탕에 소주를 곁들여 한 잔씩 했다고 하였다.

이날 저녁 7시쯤 맏아들 초등학교 동창 친구 변재진이 장의사여서 관을 가지고 와서 염을 하고 입관식을 했다. 아들들은 너무 허무하여 소리 내어 울었다. 장의사가 여인들과 며느리들은 못 들어오게 하였기에 방문 밖에서 발을 구르면서 통곡하였다. 내일 새벽 장의차로 시골을 향하여 가기로 했다.

음 3월 5일(양 4월 1일), 새벽 5시부터 발인제(發靷祭)를 준비하여 지내고 화동공 관을 장의차에 모시고 서울을 떠난 것은 06시 15분경이었다. 경부, 호남고속도로를 거쳐 전주시를 지났다. 오수에 도착하여 지사방면으로 접어들자 빗낱이 들기 시작한다. 임실군 지사면 소재지 방계를 지나 실곡리 북창마을을 돌아 고향 사창마을이 보이자 둘째며느리 엉골댁이 "아버님, 고향 사창에 보입니다! 흑흑~"하고 흐느끼니까 아들딸 며느리들이 모두 따라서 흐느끼며 운다.

사창 앞뜸 화동댁 앞에 장의차가 서자 동네 장정 몇 명이 장의차에서 관을 운구하여 화동 김은철 선생 고향집으로 들어갔다. 이미 만들어 놓은 마당의 꽃상여 앞에 관을 운구하여 내려놓는다. 상여(喪輿) 앞에는 이미 제상이 마련되었다. 선생의 아내 화동댁이 애통해하며 두 번 큰절을 하더니 흐느끼며 쓰러진다. 9남매를 낳아, 7남매를 장성하게 키우며 온갖 풍파를 겪으며 만 43년을 동고동락하며 살아온 부부간 정리가 얼마나 깊었을 것인가. 삶과 죽음으로 영원한 이별을 생각하는 어머니의 애통해하는 모습을 본 7남매는 모두 눈물을 훔친다. 선생의 아내 화동댁을 며느리들이 부축하여 안방으로 들어간 뒤 선생 바로 밑의 아우 창촌 김효철(昌村 金孝喆)이 술을 한 잔 올리면서 두 번 절하고 흐느껴 곡을 하며 눈물 흘린다. 이어서 수헌 김두철(守軒 金斗喆), 신촌 김진철(新村 金鎭喆) 등 일가친척과 동네사람들이 차례로 줄서서 영전에 예를 표하고, 상주들과 맞절하며 문상한다.

문상이 끝나자 노제 겸 사창마을 화동 선생 집 마당에서 발인제(發靷祭)를 지낸다. 이후 선생의 관은 꽃상여에 태워져 상여인도자 선소리꾼 진안양반의 구슬픈 선창과 상두꾼들의 후렴으로 상정막거리로 향한다. 맨 앞에 영정을 모신 장손이 앞서고 명정과 만장을 든 젊은이들이 상여 앞에 걸어간다. 앞뜸을 돌아갈 때 선생의 집안 족숙모가 되는 상촌할머니가 "아이고, 청년 같던 화동양반이 왜 이리 빨리 가신대요?"하고 흐느끼며 상여 뒤를 따라가자 상주들이 또 슬피 눈물짓는다. 상정막거리 동네 한길에는 동네사람들이 모두 나왔다. 선소리꾼이 갑자기 소리 높여 구슬프게 선창한다. "노래 잘했던 화동양반~ 인제가면 언제 오나, 원통해서 못 가겠네~"하고 풍경을 치며 선창하니 상두꾼들이 가지 않고 제자리걸음하며 "어이야 어허야~, 어이 가나 어허야~"하고 구슬프게 후렴을 합창한다. 눈치 빠른 상주 한 사람이 만 원짜리 지폐 한 장을 꺼내어 상여 지붕과 본체로 이어 맨 새끼줄에 꿴다. 이런 풍경은 장지에 도달하기까지 몇 번 듬성듬성 연출되었다.

"사창사람들 잘 있어요, 나는 가요 나는 가~"선소리꾼이 선창하면, "어허이야~ 어허이야~ 어이 가나 어허이야~"하는 상두꾼들 후렴 소리에 상여가 사창마을과 죽 늘어선 동네사람들을 향하여 틀더니 앞의 상두꾼이 허리를 굽혀 상여 앞을 약간 숙여 상여가 절하는 모습으로 마을을 향해 마지막 하직을 연출한다. 마을사람들과 망자가 하직인사를 마치자 상여는 방향을 오른쪽으로 틀어 월곡마을이 있는 동녘 우마찻길로 향한다. 갑자기 빗낱이 심해진다. 화동 김은철 선생이 영원히 떠나는 길을 하늘도 마냥 슬퍼 눈물짓는 것인가. 마지막 가는 길에 타고

가는 꽃상여는 삶의 무게만큼이나 무겁고, 그러나 눈물처럼 가볍게 떠나는 마지막 여정이다. 앞에서는 선소리꾼과 상두꾼이 휘모리장단에 맞춰 상여를 메고 노래하고, 뒤에서는 상주들과 일가친척 및 지인들이 뒤따라 걷는다. 그 길은 울음의 행렬이자 기억의 행렬이며, 공동체의 숨결이 지나가는 길이다. 그것은 상주만의 이별이 아니라, 마을 전체가 함께 떠나보내는 공동체의 의식이자 위로였다.

동녘으로 들어서 한참 가다가 월곡과 영천 가는 길이 만나는 3거리에 이르자 상여는 지름댕이고개 쪽으로 방향을 바꾼다. 지름댕이고개 너머 윗논 건너편 산이 장지인 것이다. 이 산은 선생이 생전에 몸소 마련해 둔 산이다. 화동공 자손들 종산이 될 것이었다. 고개를 넘으면서 선창자(요령잡이) 선소리꾼이 요령을 흔들면서 더욱 구슬프게 선창한다. "인제 가면 언제 오나~ 북망산천이 웬말이냐?~" 상두꾼들은 더욱 서럽게 "어허이야 어허이야, 어이 가나 어허이야~"하고 후렴구를 부른다.

지름댕이 윗논 건너편 장지에는 미리 산의 소나무 숲을 베어 무덤 만들 자리를 널찍하게 만들었다. 산소자리를 일꾼들이 관을 잘 안치할 수 있도록 직사각형 모양으로 길고 넓게 구덩이를 파놓고 기다리고 있었다. 또 인근 고을 주변에서 지인들이 찾아와 장지에서 문상하기 위해 기다리고 있었다. 마침 모내기 할 시기가 아닌 약간 쌀쌀한 초봄이어서 논들이 마른 채로 비어 있었기 때문에 상여는 그냥 논을 가로질러서 건너편 장지로 향할 수 있었다. 장지 주변에 꽃상여를 내리고 관을 운구해 상여 앞에 놓자 그 앞에 덕석을 깔아 장지로 직접 온 문상객들 맞을 준비를 갖추었다.

먼저 월곡마을 사는 후헌 정철수(后軒 丁哲洙) 선생이 영전에 예를 표하고 상주들과 맞절을 한다. 후헌은 화동 선생 넷째 아들 장인이니 딸과 사위를 사돈 장지에서 문상하며 만난 것이다. "아버지~!"하고 딸

이 인사하니 "오냐!"하고 머리를 끄덕인다. 다음에는 장수 대성리에 사는 용정골양반(金應萬)이 영전에 예를 표하고, 조카들과 악수하고, 조카며느리들 인사에 고개를 끄덕인다. 용정골양반은 장수군 국회의원에 몇 번 출마한 유명인으로 화동 선생의 재종(6촌)형이 된다. 맏아들이 대성초등학교 교사로 근무하기에 만년에 대성리 큰아들 집에서 살고 있다. 재종 아우 부음을 듣고 오수 가는 버스로 영천에서 내려 걸어왔다고 하더니, "언제 이렇게 산을 장만했대. 정말 잘했네."하며 부러운 듯 말한다. 이어서 대창이 이모, 오메 권모 등 이웃마을 어른들이 차례로 영전에 예를 표하고 문상을 한다.

문상이 끝나자 이제는 관을 옮겨 파 놓은 구덩이에 하관을 해야 한다. 긴 밧줄 세 개를 관 밑에 넣어 여섯 가닥으로 만든 다음 여섯 명이 조심스럽게 밧줄을 들고 관을 구덩이로 옮긴다. 선생의 사돈 후헌 선생이 구덩이 옆에 놓게 하더니 주머니에서 산신제 축을 꺼내 무덤 터 위쪽으로 가 약간의 제물을 가져오라더니 축문을 읊으며 산신제를 지내게 한다.

이윽고 하관을 하도록 한다. 하관이 다 되자 후헌은 몸소 구덩이로 들어가 나침반을 관 중앙에 놓고 방위를 재더니 관끈을 든 여섯 명에게 방향에 맞도록 약간씩 관을 들면서 지시대로 좌우로 움직이도록 방위를 재며 조정을 하는 것이었다. 화동 선생 묘소가 간좌(艮坐, 북동쪽)라는 것이다. 곧 묏자리가 간방(艮方, 북동쪽)을 등지고 곤방(坤方, 남서쪽)을 바라보는 방향 또는 그렇게 앉은 자리라는 것이다. 관의 방위를 맞추었으니 이제는 봉토(封土)할 차례다. 후헌 선생은 명정(銘旌)을 바르게 펴 관 위에 덮은 뒤 삽으로 흙을 조금 떠 만상제를 오라고 한다. 상복자락을 두 손으로 맞잡게 하더니 흙을 부어 주면서 관 위에 세 번 봉토하라고 시킨다. 그 다음엔 아들들이 차례로 봉토의식을 마치자 일꾼들이 사정없이 흙을 채우자 아들딸 며느리들이 모두 이승에서 사라지는 아버지를 보며 통곡한다. 이승에서 아버지가 가시는 마지막 모습을 보는 것이다.

마을 문장 어른이 상주들은 방해가 되니 가라고 한다. 봉분에 열중인 산역꾼들을 보면서 상주들은 눈물을 흘리면서 사창마을 고향집으로 돌아왔다. 아직 남아있는 사람들과 점심을 마친 뒤, 화동 선생 둘째 며느리, 넷째 며느리와 맏사위, 조카 종의(鍾義) 등 서울 일이 바쁜 사람들은 장의차 편으로 서울로 떠났다. 봉분을 마치고 온 청년들은 화동 선생 7남매가 감사하다고 거듭 말하자 봉분작업을 가장 성실하게 한 선생의 재종질 종갑(鍾甲)이 말한다. "그런 말 마세요. 우리가 화동 아저씨를 존경하여 추모하는 마음으로 했을 뿐입니다." 선생 생전의 덕(德)과 인품을 재어볼 수 있게 하는 말이다.

남아 있는 상주들은 석양에 지름댕이 아버지 산소로 갔다. 봉분이 완료된 묘소에 처음 성묘하며 성분제(成墳祭) 겸 초우(初虞)를 지냈다. 다음날은 1979년 4월 2일(음 3월 4일) 산소를 일찍 찾아 참배하고 재우(再虞)를 지낸다. 이날 사창마을 고향집으로 화동 선생과 동갑 모임 회원들인 정사계(丁巳契) 어른 두 분이 문상차 찾아와 상주들과 예를 표하더니 한탄하며 말한다. "초로인생이라지만 이렇게 서운할 수가 있나. 이제는 어디를 놀러가도 자네들 선친처럼 민요창으로 분위기를 이끌 사람이 없으니…." 하고 말을 잇지 못한다.

장례를 치른 3일째가 되니 삼우제(三虞祭)를 지내는 날이다. 삼우제를 지내고 남아 있던 4형제와 첫째, 셋째 두 며느리, 그리고 처음부터 동행했던 선생의 처제이자 상주들의 홈실 이모 김옥순(金玉順) 여사는 함께 상경하기로 했다. 홈실 이모는 형부인 선생을 평생 오빠처럼 생각했다며 혼자된 언니가 상심하고, 쓸쓸해서 어쩌면 좋겠느냐고 되뇐다. 선생의 셋째, 넷째 아들들이 서울에 정착하기 전 시골에서 상경하여 처음 머리를 두르고 찾아간 곳이 면목동 홈실 이모댁이었으니 홈실 이모는 조카들과도 각별한 관계였던 것이다. 막내아들 종상이가 시골집에 남아 어머니를 모시도록 하고, 서울 사는 일행 일곱은 오수역에서 열차를 타고 서울까지 오면서 슬픔을 잊고 우애 있게 잘 살자고 다짐하는 것이었다.

화동 김은철 선생은 나라를 빼앗긴 일제침략기에 태어나 식민지 치하에서 28년을 육체노동으로 이겨내며, 처자식을 건사하여 화동가문을 만들었다. 이어서 광복과 미군정, 대한민국정부수립, 6·25한국전쟁, 4·19민주혁명, 5·16군사정변, 10·17유신쿠데타까지 현대사의 격변기를 아무렇지도 않은 듯 태연히 근면 성실로 채운 근면 성실의 삶이었다. 그것은 가정을 지키기 위한 태산 같은 우직함이었다. 국민들 절대 다수를 차지하는 이런 삶 때문에 가문이 유지되고 국가가 유지되어 온 것이다. 평생을 일찍 자고 새벽 4시면 일어나 사서삼경 경서를 강독하고, 소죽을 끓이고, 아들딸 7남매를 일찍 깨워 근면 성실하도록 장성하게 키워 사회의 훌륭한 역군으로 만들었다. 삼강오륜과 인륜 도덕, 곧 인간의 도리에 충실하고, 호학(好學)하는 것이 선생 삶의 철학이었다. 이런 삶을 실천했기에 화동 김은철 자연인에 대한 선생 호칭을 매우 적절한 것이다. 국민은 국가의 근본이다. 화동 김은철 선생 같은 무명 인사가 말없이 국민의 밑바탕을 이루고 있는 한 대한민국은 영원할 것이다.


1979년 1월 1일 미국, 중공과 수교함, 자유중국과는 단교함. 1월 7일 베트남군, 캄보디아 프놈펜을 점령함. 폴 포트 정권 붕괴. 1월 17일 이란 팔레비 국왕, 혁명이 일어나 해외로 망명함, 파리에 망명중인 호메이니가 이슬람임시정부 수립을 발표함. 2월 17일 중공, 베트남을 침공함. 3월 1일 윤보선·김대중 등 재야인사, 국민연합을 결성함. 민주주의와 민족통일 목표. 3월 26일 이집트·이스라엘, 중동평화조약에 조인함.

3월 31일 이란회교공화국이 수립됨. 4월 3일 검찰, 신선호(申善浩) 율산그룹 대표를 구속함. 4월 7일 국제올림픽위원회, 중공 가입을 승인함. 4월 8일 단국대 학술조사단, 충주의 중원고구려비(中原高句麗碑)를 발견함. 4월 25일 북한, 평양에서 제35회 세계탁구선수권대회를 개최함. 5월 2일 발트하임 유엔사무총장이 북한을 방문함, 4일 한국 방문. 5월 4일 영국 보수당, 총선거에서 승리함, 대처 당수, 첫 여성 총리에 취임.

5월 30일 신민당 김영삼 의원, 총재에 선출됨. 온건파 이철승(李哲承) 의원에 승리. 6월 2일 교황 바오로 2세, 폴란드를 방문함. **6월 29일 미국 카터 대통령이 방한함.** 7월 16일 천주교 안동교구 농민운동 지도자 오원춘(吳元春)이 정보기관원에 납치·폭행당한 사건 발생함. 7월 17일 니카라과 소모사(Somosa) 대통령, 민족해방전선 세력에 밀려 미국에 망명함, 반세기간의 독재 종료. **8월 9일 YH무역 여공들이 생존권 보장을 요구하며 신민당사에서 농성 벌임, 11일 경찰이 강제 해산함.** 9월 8일 법원, 신민당 총재단 직무정지 가처분을 결정함. 9월 27일 서울 시경, 골동품상 살인사건 범인 박철웅(朴鐵雄) 형제를 검거함. **10월 4일 국회, 김영삼(金泳三) 의원을 제명함.** 10월 17일 소련·중공, 모스크바에서 정상회담을 개최함. **10월 18일 정부, 학생시위로 부산에 계엄령을 선포함. 10월 20일 마산과 창원에 위수령(衛戍令)이 공포됨(부마항쟁). 10월 26일 박정희(朴正熙) 대통령, 김재규(金載圭) 중앙정보부장에 의해 시해됨(10·26사태).** 11월 3일 국장으로 국립서울현충원에 안장. **10월 27일 최규하(崔圭夏) 국무총리, 대통령 권한대행에 취임함. 전국에 비상계엄령이 선포됨. 계엄사령관에 정승화(鄭昇和) 육군 참모총장.** 11월 4일 이란, 회교도와 학생들이 테헤란 주재 미국 대사관을 점령함. 대사관원 60명을 인질로 하고 전 국왕 팔레비의 인도를 요구함. 11월 19일 이스라엘, 이집트에 시나이(Sinai)반도를 반환함. 11월 26일 계엄사령부, YWCA위장결혼식사건을 발표함. 12월 6일 최규하 대통령 권한대행, 통일주체국민회의에서 제10대 대통령에 선출됨. 21일 취임. 12월 7일 긴급조치 9호를 해제함.

## 부마항쟁과 10·26사태 서울의 봄

통일주체국민회의에서 99.99%의 지지를 받고 대통령에 당선된 박정희는 1978년 12월 27일 제9대 대통령으로 다시 취임했다. 유신헌법이 존재하는 한, 그의 영구집권을 의심하는 사람은 없었다. 그러나 유신체제 2기를 맞은 그의 취임식은 초라하고 쓸쓸해 마치 몰락을 예언하는 듯했다. 그를 지지한 일본의 '친한파'만 방문했을 뿐 미국, 일본, 대만은 축하사절도 보내지 않았다.

이듬해 1979년 5월 신민당 총재선거가 있자, 가택연금 중인 김대중이 조용히 김영삼 총재 지지를 선언하였다. 이 바람에 김영삼은 당시 신민당 당수 이철승을 누르고 신민당 총재에 당선되면서 유신체제는 종말을 향해 가기 시작한다. 유신체제에 협조적인 신민당 당수 이철승을 위해 유신정부는 지금의 마포우체국 옆에 산뜻한 신민당사를 신축하도록 도와 새 당사를 준공한지 얼마 안 된 때였다. 정권의 바람과 달리 새집의 입주자는 엉뚱한 사람이었다.

김영삼은 총재에 당선되자마자 외신과 인터뷰하면서 지금 박정희정권은 반민주 독재정권이라면서 정권에 강도 높은 비판을 가하며 유신헌법 폐지를 요구하고, 통일을 위해 김일성과 만날 수도 있다고 발언한다. 이 시기에 한국을 방문한 카터 미국 대통령은 김영삼과 장시간 회담을 하면서 반(反) 유신운동에 힘을 실어주기도 했다.

그러다가 정권과 김영삼·신민당과의 극한 대립이 일어나는, 현대사 변곡점의 실마리가 되는 'YH무역 여성노동자 사건'이 일어난다. 서울 중랑구 면목동, 7호선 사가정역 근처 현 녹색병원 자리에 한때 국내 수출 15위, 대기업 소리를 들었던 가발업체 YH무역이 있었다. YH무역은 가발산업 사양화를 저임금 장시간 노동으로 버티다가 재정상태가 악화되자 대량해고를 시작했다. 노조가 반발하자 4월말 폐업공고를 냈다. 노조는 회사 정상화와 폐업하면 인수회사의 고용승계를 요구하며 회사에서 7월 30일 농성에 들어갔다. 그러나 회사는 8월 6일 일방적으로 폐업공고를 하고 아예 건물을 폐쇄해 버렸다.

갈 곳이 없어진 여공들은, 어린 여공들의 생존권투쟁에 호의적이었던 신민당 김영삼 총재를 찾아갔다. 김영삼이 마포당사를 선뜻 내주자 그들은 1979년 8월 9일 신민당사 4층 강당에서 농성을 시작하여 언론방송을 탔다. 채 이틀이 안 된 8월 11일 새벽 2시, 경찰 기동대 1000여 명이 당사로 난입해 여공들을 강제 폭력적으로 해산하는 과정에서 21살 노조집행위원 김경숙이 투신자살했다. 신민당 의원들과 당직자, 기자들까지 강제로 끌어내는 경찰의 구타에 얼굴이 뭉개지고 갈비뼈와 다리가 부러지는 중경상자가 나왔다. 심지어 김영삼 총재도 두들겨 맞았다고 했다. 김영삼과 신민당은 이에 강력 항의하고, 뉴욕타임스와 기자회견을 하여 "미국은 한국정부에 대해 민주화 조치를 취하도록 압력을 가하라."고 했다. 이때 공작정치에 이용당한 신민당 간부 3명이 김영삼의 총재 당선이 무효라며 '서울지방법원'에 '총재직무정지가처분' 신청을 냈고, 법원이 받아들여 총재직무가 정지되었다. 이어 10월 4일, 여당인 공화당은 '국가 기강을 문란케 했다.'며 야당 총재 김영삼 국회의원을 제명하여 의원 자격을 박탈했다. 의정사상 최초의 일이었다.

이에 반발한 신민당 의원들이 전원 사퇴했다. 김영삼의 제명은 김영삼 정치의 본거지 부산, 경남지역의 민심을 크게 자극해서 부마항쟁(1979년 10월 16일~20일)의 도화선이 되었다. 성난 학생과 시민들에 의해 경찰서 파출소 수십 곳이 불탔다. 1979년에 발생한 2차 오일쇼크, 부가세 도입에 따른 조세저항과 18.3%까지 치솟은 심한 물가상승, 중화학공업 가동률 저하, 부동산 투기 등으로 누적된 경제상황 악화와 경제성장 부작용으로 벼랑으로 내몰린 서민 가계 삶의 불만이 'YH무역사건에 따른 김영삼 국회의원 제명'으로 폭발한 것이다. 박정희 정권은 18일 0시에 부산에 계엄령, 20일 마산과 창원 일대에 위수령을 발령하고, 1공수여단, 3공수여단, 해병1사단 7연대 병력을 투입하여 겨우 진압했다. 그러나 진압 6일 뒤 10·26사태가 터졌다.

부마항쟁 현장을 다녀온 중앙정보부장 김재규는 근본적인 대책 강구를 건의했지만 받아들여지지 않았다. 이에 10월 26일 박정희와 그의 오른팔인 청와대 경호실장 차지철, 중앙정보부장 김재규, 대통령비서실장 김계원 등은 궁정동 안가에 모여 술을 마시면서 문제 해결에 관해 이야기를 나누었다. 김재규는 이 사태의 심각성을 이야기하며 김영삼을 원 위치시킬 것을 건의했다. 이에 차지철은 3백만 명을 학살한 것으로 알려진 캄보디아 킬링필드를 들먹이며, "신민당이건 학생들이건 탱크로 다 깔아뭉개버리겠다."하고, 온건한 김재규를 강경하게 몰아붙였다. 부마항쟁 진압에 믿었던 중앙정보부장 김재규의 미온적인 대처가 못마땅했는지 학연과 지연으로 믿고 있던 대통령마저 차지철 편을 들어 "만일 서울에서도 그런 일이 일어나면 내가 직접 발포명령을 내리겠다."고 하자 김재규는 화장실에 가는 척하며 밖으로 나와 자기 사무실에 올라가서 미리 준비한 권총을 허리춤에 숨기고 나왔다. 자기 부하를 불러 정승화 육군참모총장도 여기 와 계신다면서 "오늘밤 혁명을 할 거다. 총소리가 나면 청와대 경호실에서 온 경호원들을 해치우라."고 지시한다. 놀란 부하가 "각하도 해당됩니까?" 하자 고개를 끄덕이고 술상을 차린 방으로 들어갔다.

강경 다혈질인 차지철과 달리 충성경쟁에서 궁지에 몰린 온건 내향적인 김재규는 방에 다시 들어와 여가수의 노래가 끝나기를 기다려 잠시 앉아 있다가 갑자기 준비한 권총을 품에서 꺼내 차지철을 겨누며,

"이 버리지 같은 놈아!"하고, 차지철을 먼저 쏘았다. 박정희가 "무슨 짓들이야!"하자 김재규는 "각하, 정치를 대국적으로 하십시오!"하고 또 박정희 가슴을 쏘았다. 총소리가 들리자 떨어진 대기실에 있던 부하들은 청와대에서 온 경호원들을 쏘아 죽였다. 실탄이 떨어졌는지 권총 격발이 안 되자 방밖으로 나가 부하의 권총을 빼앗듯 바꿔 들고 들어온 김재규는 손목에 총을 맞고 화장실 기둥 뒤에 숨은 차지철을 찾아 확인 사살했다. 박정희가 가슴에 총을 맞고 피를 흘리며 쓰러지자 술좌석에 참석해 '그때 그 사람'을 부른 가수 심수봉(24)과 모델 한양대 여대생 신재순(22) 두 여인이 지혈시키며, "각하, 괜찮으십니까?"하니, "나는 괜찮아!"했다. 김재규가 다시 들어와 총을 겨누고 다가오자 두 여인이 비명을 지르고 도망치자, 김재규는 박정희 머리를 다시 쏘아 확인 사살한 것으로 알려졌다. 총성과 함께 18년간 이어진 박정희 정권의 유신체제는 막을 내렸다. 이후 남산 중앙정보부 본부로 안 가고, 육군본부로 가는 실수(?)로 그곳에서 전두환에게 체포된 김재규는 군사법정에서 '수백 만 명의 학살을 막기 위해서 야수의 심정으로 유신의 심장을 쏘았다.'고 자신의 행위가 유신독재체제를 끝내고 민주주의를 회복시키기 위한 혁명이라고 주장했다. 또 부하들은 아무 죄가 없으니 나만 처벌하고 부하들은 용서하라고 최후진술을 했으나 김재규를 비롯한 5명은 교수형, 현역군인 1명은 총살형, 2명은 징역형이 확정되었다. 5·18 광주민주화운동 항쟁으로 어수선한 1980년 5월 24일 김재규를 비롯한 10·26사태관련자들 사형이 전격적으로 집행되었다.

박정희가 죽자 대통령권한대행이 된 국무총리 최규하는 안보가 불안하다면서 비상계엄령을 발동하고, 빠른 시일 내에 헌법을 개정하여 새 정부를 구성하겠다고 발표한다. 그리고 긴급조치 9호와 야당 지도자 김대중의 가택연금을 해제한다. 계엄령 상태로 '겨울공화국'이었지만, 최규하의 발표를 듣고 국민들은 새로운 헌법으로 민주 정부를 구성할 '서울의 봄'을 맞을 기대에 부풀었다.

그러나 장기간 지속된 군사독재정권하에서 박정희 신임을 받으며 성장한 군 장교 집단은 자신들의 권력 장악을 꾀하고 있었다. 김재규를 체포한 보안사령관 전두환은 합동수사본부 책임자가 되어 실세로 부각되었다. 그는 군 병력을 불법적으로 동원해 계엄사령관인 육군참모총장 정승화를 10·26사건과 관련이 있다는 죄목으로 체포하는 하극상을 벌이고, 이를 꾸짖는 장태환 수도경비사령관 등 반대파 장성들을 제압하는 12·12쿠데타를 일으켰다. 이렇게 군부를 장악한 신군부는 상당 기간 전면에 나서지 않고 1980년 2월 29일 윤보선과 김대중 등 687명을 복권시킨다.

정말 '서울의 봄'이 되는 것 같았다. 대권을 향한 김영삼, 김대중, 김종필이 서로 경쟁하는 '3김 정치'의 막이 막 오르기 시작하였다. 또 유신치하에서 기본권조차 보장받지 못했던 노동자의 임금인상과 근로조건 개선 요구, 학생들의 학원민주화 요구, 4월의 사북사태, 전방 군부대 병역교육 거부 등 한꺼번에 민주화가 만개한 듯 분출하여 어지러웠다. 그런데 신군부의 권력 장악 소식이 알려지면서 김대중은 기자들에게 현 상태가 안개 정국이라고 심각하게 말한다.

1980년 5월 13일 학생들은 비상계엄 해제와 조속한 민주화 이행을 촉구하는 시위를 벌였고, 이는 전국으로 확대되었다. 5월 15일 서울역 광장에는 10만여 명의 시위대가 모여 격렬한 시위를 벌였지만 전국대학총학생회장단은 사태가 심상찮음을 파악하고 다음날부터 시위를 중단한다고 결의한다. 서울역 광장에 10만 명이 시위할 때, 신군부는 이미 효창운동장과 서울 근교에서 공수부대 군인을 동원해 시위 진압 훈련, "충정작전"계획을 세우고 있었다. 이를 눈치 챈 학생들이 미리 해산해 버린 것이다. 신군부 또한 서울에서의 대규모 유혈진압이 부담스러웠다. 결국 전두환 신군부는 '5·17전국비상계엄확대로 신군부 쿠데타'

를 완성시켰다. 국회해산, 김대중·김종필·문익환 등 민주화 인사들 검거, 대학캠퍼스 장악, 5·18광주학살로 달려가고 있었다. 과연 5월 18일부터 서울에서 멀리 떨어진 전남 광주에서 의도적으로 폭력진압, 유혈학살극을 벌여 저항할 수 없는 공포분위기를 조성하여 전국의 민주세력들을 제압했다. 이어 허수아비 대통령 최규하를 축출하며, 국회를 대신하는 초헌법적 입법기관 '국가보위비상대책위원회'를 만들어 '상임위원장'이라는 이름으로 전두환이 정치 전면에 등장하니 그는 '긴 전두환 쿠데타'의 완성자였다.

## 가장 긴 전두환 군사쿠데타

1979년 12월 12일, '박정희시해사건' 수사단장을 맡은 보안사령관 전두환은 군대 사조직인 하나회 장성들을 설득하여 계엄사령관 정승화(鄭昇和) 육군참모총장을 박정희 대통령시해사건 관련혐의자로 연행함으로써 박정희 이후 권력 공백상태인 한국의 권력을 장악했다. 이를 '12·12쿠데타사건'이라 한다. 이후 전두환은 보안사령관과 중앙정보부장을 겸하여 사실상 최고 권력을 틀어쥐고 정국 동향을 살폈다.

1980년 봄, 이른바 '서울의 봄'이라 일컫는 재야 정치인, 학생들, 국민들의 민주화 요구가 거세게 분출하자 전두환 신군부는 최규하 대통령에게 압력을 넣어 1980년 5월 17일 제주도까지 포함하는 전국비상계엄을 확대 선포했다. 그날 밤 대통령 출마자로 거론되는 세 사람을 제거하기 위해 계엄군을 동원하여 야당 유력 정치인 김대중을 자택에서 구속하고, 김영삼은 가택연금, 김종필은 부정축재자로 몰아 서산운정농장을 빼앗는 등 재산몰수를 단행했다.

다음날 1980년 5월 18일, 전남 광주에서 "비상계엄 해제하라!", "김대중을 석방하라!"는 등 현수막을 들고 광주지역 대학생들과 시민들이 거리로 행진하는 5·18광주민주화운동이 일어났다. 전두환 신군부는 공수부대를 보내 시위자들을 대검으로 찌르고, 군화발로 짓밟는 등 무자비하게 폭행했다. 그 모습에 분노한 광주시민들이 다음날부터 대규모 시위를 벌이자 시위자들을 더욱 잔인하게 구타했다. 그러나 날이 갈수록 시위자가 늘어나자 계엄군이 시민들에게 무차별 발포하여 시민 193명(유족들은 606명 주장)을 학살했다. 이에 분개한 시민들은 "전두환을 찢어 죽여라!"는 현수막을 들었고, 자신들의 향토예비군 무기고와 전남 나주 등 지역 향토예비군 무기고에서 총을 꺼내 무장했다. 시민 학살에 분개한 향토예비군 무기고 관리책임을 맡은 전남경찰청장이 향토예비군 무기고를 시민들에게 개방했기 때문이다.

시민들이 무장하자 계엄군은 광주시 외곽으로 물러나 시민군과 대치하고, 헬기 기총소사도 벌였다. 5월 27일 새벽, 탱크로 무장한 2만 5천 명 계엄군은 시민군이 점령하고 있던 전남도청으로 진격하여 도청을 지키고 있던 시민군을 사살하고, 생존자는 전원 연행하여 진압했다. 이어 국회를 대신하는 초헌법적 기구 국보위를 만들어 상임위원장이 된 전두환은 압력을 넣어 대통령 최규하를 1980년 8월 16일 자진 하야시켰다. 박충훈 국무총리가 대통령권한대행으로, 박정희정부 유신헌법에 따라 8월 27일 통일주체국민회의를 소집하여 대의원 투표 형식의 대통령 간접선거로 전두환 자신이 대통령 자리에 올랐다. 이것이 현대사에서 가장 길게 이어진 전두환의 군사쿠데타이다. 광주항쟁 학살 진압 후 민심이 흉흉하고 슬픔으로 분위기가 가라앉자 1981년 5월 28일, 여의도 광장에서 국풍(國風) 대잔치를 열기도 했다.

1980년 10월 27일, 국보위를 통한 7년 단임의 대통령제 5공화국 헌법이 공포되었다. 박정희 유신체제의 6년제 대통령 간선제를 전두환 체제의 7년제(유신헌법 변형) 대통령 간선제로 바꾼 것이다. 이 헌법에 의해 다음해 제5공화국이 출범했다. 전두환은 박정희 제4공화국 유신헌법에 의해 11대(1980.8.27.~1981.2.24.), 제5공화국 헌법에 의해 12대(1981.2.25.~1988.2.24) 통일주체 대의원들이 뽑은 간접선거 방식의 대통령직을 총 7년 7개월간 역임했다.

그러나 1987년 1월 14일 서울대 언어학과 3학년 박종철 고문치사사건을 처음 단순 사망으로 발표했다가, 대공경찰 2명이 고문했다고 축조조작 발표한 것으로 알려져 민주화 요구가 거세졌다. 전두환은 강경하게 4·13호헌조치를 발표한다. 이것이 오히려 민심의 반발을 가져왔다. '박종철고문치사사건은 5명 이상의 대공담당 경찰들이 전기고문, 물고문으로 사망하게 했다.'는 진상을 적은, 감옥에 있던 이부영의 편지가 전직 교도관 전병용을 가쳐 김정남에게, 김정남이 '천주교 정의구현사제단'에게 전달되었다. 5·18광주항쟁 7주기 명동성당 미사에서 김승훈 신부가 "박종철 고문치사사건은 조작 발표됐다."고 성명으로 폭로하여 6월 항쟁이 시작되었다. 더구나 6월 9일 연세대생 이한열이 최루탄에 맞아 입원 후 사망하였다. 이는 전국적인 국민들의 민주화 시위, 6·10민주항쟁으로 확산되었다. 날마다 1백만 명이 넘는 넥타이 맨 국민들이 퇴근 후 전국에서 시위에 참가하였다. 막다른 골목에 처한 전두환 5공화국 정권은 노태우를 앞세워 6·29선언으로 대통령 직선제 헌법 개정 수용, 김대중 사면복권 등을 발표하였다. 이로써 대통령 5년 단임 직선제 '6공화국헌법'으로 개정되었고, 노태우에 이어 김영삼이 대통령에 당선되었다.

1995년 김영삼 정부는 군사쿠데타 위험을 없애기 위해 그 온상이 되어 온 군대 사조직인 하나회를 없애고, 반란수괴 및 살인, 뇌물수수죄로 전두환을, 노태우는 반란모의참여와 뇌물죄로 각각 구속했다. 전두환은 1심 사형, 2심 무기징역형을, 노태우는 징역 17년을 선고받았다. 그들이 복역 중, 국제통화기금관리체제(IMF)가 되자 1997년 12월 18

일, 15대 대통령 당선자가 된 김대중이 국민통합 차원에서 두 사람의 사면을 건의하고, 대통령 김영삼이 동의하였다. 1997년 12월 22일 이들을 구속시킨 김영삼 대통령이 두 사람을 사면하여 석방되었지만 '전직 대통령 예우'가 박탈되었고, 사후 국립묘지 안장자격도 박탈되었다. 기업체로부터 강압적으로 조 단위 통치자금을 뇌물로 받은 그들은 전두환이 법원 확정 추징금 2205억 중 미납금 867억을 안 낸 채 통장에 29만 원밖에 없다며 버텼고, 노태우는 추징금 2628억 전액을 완납했다. 둘은 이미 세상을 떠났다. 5년 단임제 대통령을 뽑는 제6공화국 헌법이 13대 노태우 대통령부터 21대 이재명 대통령까지 37년째 시행되고 있어 시대에 맞지 않다며 4년 중임제 제7공화국 헌법으로, 5·18민주화운동 정신은 새 헌법전문에 포함하여 개정해야 한다는 국민 여론이 2025년 현재 일어나고 있다.

폭도와 광주사태라고 전두환 신군부가 불렀던 명칭은 국민들이 총선거에서 여소야대 국회를 만들어 국회 '5공 청문회'를 거치며 국회에 의해 '5·18민주화운동'으로, 학살된 민주화 투쟁 열사들 묘지는 '국립 5·18민주묘지'로 승격되고, 민주화운동 해당자들은 '5·18민주화운동 국가유공자'로 국가보훈부의 보훈대상자가 되었다.

1979년 12월 22일 육군보통군사재판, 10·26사태 관련자 김재규(金載圭) 등 7명에게 사형을 선고함. 12월 25일 아프가니스탄, 친소련 쿠데타가 발생함. 소련군, 아프가니스탄에 진입함. 미·소관계 악화.

# ✸ 화동댁 61살, 1980(4313)년 경신년에 일어난 일들

## 화동댁 김옥남 여사 회갑잔치

경신년이 다시 돌아왔다. 화동댁 묘진옥(妙眞玉) 광산김씨(光山金氏) 김옥남(金玉南, 1920.11.11.~ ) 여사의 환갑이 되는 경신년(庚申年)인 것이다. 음력 11월 11일 회갑잔치가 맏아들 종회 집에서 조촐하게 열렸다. 7남매 자녀들 부부와 시골에서 당골댁, 목들댁 동서들과 동녘골댁, 용산댁 종동서들이 참여했다. 아들 내외들이 만수무강을 빌고, 동서들의 덕담이 이어졌다. 작년에 화동양반이 작고해서 잔치를 가족끼리 조촐하게 벌인 것이다. 이 회갑잔치가 화동댁 김옥남 여사의 마지막 잔치가 될 줄은 몰랐다.

1980년 1월 3일 인도 국민회의파, 총선거에서 승리함. 간디 총리가 재취임함. 1월 6일 사우디아라비아, 소련의 아프가니스탄 침공에 항의하여 모스크바올림픽대회 불참을 선언함. 11일 네델란드, 14일 영국, 26일 캐나다 등이 불참 선언. 1월 19일, 곽상훈(郭尙勳) 전 국회의장이 사망했다.

1월 24일 신현확 국무총리, 북한에 총리 회담 위한 양측 실무회담을 제의함, 30일 북한 수락. 1월 26일 이집트·이스라엘, 국교를 수립함. 2월 1일 일본, 모스크바올림픽대회 불참을 선언함. 2월 5일 프랑스, 리비아와 단교함. 2월 18일 최규하(崔圭夏) 대통령, 국정자문회의를 구성함. 캐나다, 총선에서 자유당 당수 트뤼도가 승리함. 2월 20일 미국, 소련의 아프가니스탄 침공에 대응하여 모스크바올림픽대회 불참을 선언함. 2월 22일 정부, 모스크바올림픽대회 불참을 결정함. 2월 27일 한국은행, 고정환율제에서 변동환율제로 전환함. 2월 29일 정부, 윤보선·김대중 등 687명에 복권조치를 단행함. 3월 3일 캐나다, 트뤼도 내각이 발족함. 4월 1일 양일동(梁一東) 통일당 총재 사망. 4월 7일 미국, 이란과 단교를 선언함. 테헤란 주재 대사관 인질 억류 장기화에 대응. **4월 14일 전두환(全斗煥) 보안사령관, 중앙정보부장 서리를 겸임함.** 4월 17일 국제통화기금, 중공 가입을 승인함. 4월 18일 짐바브웨, 영국으로부터 독립함. 카난 바나나 대통령 취임. 4월 21일 정선 사북읍(舍北邑) 광부 700여 명, 임금 인상액과 어용노조에 대한 불만으로 시위 중 경찰과 충돌하여 유혈사태 발생함, 사북사태. 4월 25일 미국, 이란의 테헤란 주재 대사관 인질 구출작전에 실패함. 5월 4일 유고, 티토(Tito) 전 대통령 사망. 5월 10일 최규하 대통령, 중동 순방차 출국. 전국대학 총학생회장들, 비상계엄해제 요구.

5월 17일 정부, 신군부 압력으로 전국에 비상계엄을 확대하며 정치활동을 전면금지했다. 계엄사령부, 김대중·문익환(文益煥) 등을 소요조종 혐의로, 김종필·이후락(李厚洛) 등을 권력형 부정축재 혐의로 연행하여, 5월 18일 광주민주화운동이 시작되었다. 전국 대학에 휴교령 내림. 5월 20일 신현확 내각, 소요사태에 책임지고 총사퇴함. 21일 박충훈(朴忠勳) 내각 구성. 5월 24일 김재규(金載圭) 등 10·26사태에 관련자에 대한 사형을 전격 집행함. 5월 25일 최규하 대통령, 광주 현지에서 담화문을 발표함, 대화 통한 사태 해결 강조. 5월 27일 광주시내에 계엄군이 진입하여 전남도청을 지키고 있던 시민군을 사살하거나 생포하고 점령함. 5월 31일 국가보위비상대책위원회(국보위國保委)를 설치함. 의장 **최규하**(崔圭夏) 대통령, 상임위원장 **전두환**(全斗煥) 중앙정보부장. 6월 12일 일본, 오히라(大平正芳) 내각이 퇴진함. 6월 13일 유럽공동체(EC) 수뇌회담. 중동평화선언 및 아프가니스탄 특별선언을 발표함. 6월 22일 제6차 선진국 수뇌회담, 소련군의 아프가니스탄 철수안을 채택함. 6월 24일 김종필 공화당 총재, 모든 공직에서 사퇴한다고 발표함. **7월 4일 계엄사령부, 김대중(金大中)을 군법회의에 회부함, 9월 17일 사형선고.** 7월 7일 영국, 세계 최초로 국제 전송 우편제도를 실시. 7월 16일 스페인 사마란치, 제83차 모스크바 올림픽위원회(IOC 총회)에서 위원장에 당선됨.

7월 17일 일본 스즈키(鈴木善幸), 총리에 선출됨. 7월 19일 소련, 모스크바올림픽대회 개막됨, 미국 등 서방국 불참. 7월 30일 국보위, 교육정상화 및 과외금지 조치를 발표함. 7월 31일 문화공보부, 172개 정기간행물 등록을 취소함. 8월 4일 국보위, 삼청교육대의 '순화교육' 계획을 발표함. 8월 8일 김홍일(金弘壹) 전 신민당 당수 사망. **8월 13일 김영삼 신민당 총재, 모든 공직 사퇴 및 정계은퇴를 발표함. 8월 16일 최규하 대통령 하야함, 대통령 권한대행에 박충훈(朴忠勳) 총리서리.** 8월 18일 폴란드, 노조파업이 전국으로 확대됨. 사회주의체제 개혁 요구. **8월21일 전군 지휘관회의, 전두환 장군을 국가원수로 추대하기로 결의함. 8월 27일 전두환 국보위 상임위원장, 통일주체국민회의에서 제11대 대통령에 당선됨, 9월 1일 취임.** 8월 28일 계엄사령부, 휴교령을 전면 해제함.

9월 10일 시리아·리비아, 통합을 선포함. 9월 22일 이란·이라크, 전면전에 돌입함. 9월 27일 정부, 재벌기업의 계열사 정리와 비업무용 부동산 처분 촉진 조치를 발표함. 10월 10일 알제리, 북부지방에 강진 발생함, 2만여 명 사망, 25만여 명 부상. 10월 17일 문교부, 고려대학교 학생 시위로 휴교령을 발표함. 10월 19일 송요찬(宋堯讚) 전 내각수반 사망. 10월 20일 그리스, 7년 만에 나토에 복귀함. 10월 22일 제5공화국헌법이 국민투표로 확정됨. 대통령 7년 단임. 선거인단에 의한 대통령 간선제 등의 내용. 10월 27일 제5공화국헌법을 공포함. 국가보위입법회의가 발족됨. 의장 이호(李澔), 부의장 정래혁(丁來赫)·채문식(蔡汶植). 11월 1일 국무총리 산하에 사회정화위원회를 설치함. 11월 5일 미국 레이건, 대통령선거에서 승리함. 11월 8일 루마니아 차우셰스쿠(Ceausescu) 대통령, 소련군의 아프가니스탄 철수 및 폴란드에 대한 외세 개입 반대를 선언함. 11월 14일 신문협회·방송협회, 언론기관 통폐합을 결정함. 신아일보, 경향신문에 통폐합됨. 11월 18일 운허(耘虛) 스님 사망. 11월 22일 이탈리아, 남부지방에 강진 발생함. 1만여 명 사망. 12월 1일 새마을운동중앙본부가 발족됨. 12월 2일 대청(大淸) 다목적댐이 준공됨. 12월 22일 정부, 중앙정보부를 국가안전기획부(안기부 安企部)로 개편함. 12월 26일 입법회의, 언론기본법을 의결함. 31일 공포.

## ✽ 화동댁 62살, 1981(4314)년 신유년에 일어난 일들

### 화동댁 묘진옥 광산김씨 김옥남 여사 별세

1981년 11월 13일(금요일), 음력 10월 17일 을미일(乙未日) 17시 20분경 화동댁(和洞宅) 광산김씨(光山金氏) 김옥남(金玉南, 1920.11.11.~1981.10.17.) 여사가 별세하셨다. 열일곱 살에 부안김씨 텃골댁으로 시집와서 남편을 내조하고, 시부모 공경하며, 아들 종회, 종후, 종삼, 종원, 종상과 딸 효순, 계순, 현순 6남 3녀 9남매를 낳아 남매(종삼, 효순)를 어릴 때 잃고, 7남매를 장성하게 키운 화동댁이었다.

둘째아들 종후 집, 서울 영등포구 양평동 원효연립 A동 201호에서 위암 투병 중 별세했다. 임종 무렵 막내딸 현순의 병간호를 받았다. 임종 전 점심 때 딸에게 큰오빠를 오라고 전화하라고 해서, 그렇게 했더니 맏아들이 직장 농협은행에서 조퇴하고 방문하여 모친의 임종을 보았다고 한다. 서울 화곡중학교 교사인 넷째 아들은 마침 학교 수업이 다 끝났을 때 맏형으로부터 전화를 받고 바로 양평동으로 달려갔다. 방금 전에 돌아가셨다는 말을 듣고 넷째 아들 종원이 눈물을 흘리면서 어머니 손을 만져보니 아직 따뜻하지만 벌써 이 세상 어른이 아니었다.

당시에는 장례식장 제도가 없어 집에서 문상객을 맞고, 대접해야 했다. 화동 김은철 선생 장례절차와 비슷하게 진행되었다. 3일장으로 장지는 고향 사창 화동 선생 묘소, 선생 좌향 쌍분으로 결정되었다.

화동댁 바로 밑 여동생(김옥순)은 자녀들의 홈실 이모다. 아들 순기가 모시고 문상 오더니, 홈실 이모는 이후 장례기간 시종 동행하였고, 화동댁 막내여동생(김정남)은 금산골 이모라 불리는데 아들 양호랑 와서 눈물로 마지막 가는 맏언니를 하직했다. 특히 친정 둔터 올케 아들 광산김씨 친정 조카들 희동, 희철, 희문 셋이 큰고모 장의차를 고향에서 맞아 정중히 예를 표하였다.

영구차가 영천 앞으로 해서 지름댕이 논에 도착했는데 사람들이 아직 없다. 늦게 올 줄 알고 마침 가을비가 쏟아지기에 베어 놓은 볏단을 치우는 등 비설거지하러 들에 나갔던 동네사람들은 장의차가 벌써 도착했다는 말을 듣고 비를 맞으며 허겁지겁 달려왔다. "무슨 수를 대야지 일을 당할 때마다 이렇게 번잡스러워서야…."라고 누군가 투덜거리는 소리도 들렸다. 상주들은 장례를 치르고, 고향 집에 머물러 삼우제를 지내고 떠나기 전 마을에 고마움을 봉투로 표현했다.

넷째 아들 종원이 외가 광산김씨 문숙공파(文肅公派) 소파 수산공파

((首山公派, 파조 金子進) 족보를 정리하여 어머니 김옥남 여사와 외가
의 뿌리를 기렸다.

## 외조부 오재공(梧齋公) 자손록(子孫錄, 2022.07.12. 현재)

/ 기록 외손(外孫) 김종원(金鐘元)

\* 오재공(휘 족보명 원태, 호적명 제원, 택호명 원촌양반) 자손들 생
년월일 기록은 홈실 이모(휘 옥순), 금산골 이모(휘 정남), 계월(희동)
형수님, 남생(희철) 형수님, 순창(희문) 형수님으로부터 1982년, 호적
상 기록이 아닌 실제 나이와 생일을 파악하여 기록하였다. 희옥 형님
가족사항은 10여 년 전 둘째 딸 경희의 구술로 기록한 것임을 밝혀 둔
다.

　나는 누구인가? 나는 우주에서 단 하나밖에 없는 우주와도 바꿀 수
없는 귀한 존재이다. 생물학적으로 나를 직접 있게 해 주신 이는 부모,
조부모, 외조부모이다. 또 그 윗대 조상들이다. 형제자매는 이런 조상
들의 피를 함께 나눈 혈육이자 사회성을 처음으로 함께 배운 동기(同
氣)들이다. 생물학적으로 원근(遠近)을 따진다면 나, 처(남편)자식, 부
모, 형제자매, 조부모, 외조부모 이렇게 나열할 수 있을 것이다. 사회적
으로는 대한민국이라는 국가와 친구, 직장 상사와 동료, 이웃, 동포, 지
구촌 인류로 확대될 수 있을 것이다. 이 글에서는 필자에게 생명을 주
신 외조부모 쪽 혈육과 자손들을 이야기하고자 한다. 내 근본을 안다는
것은 나를 바로 세우는 의미 있는 일이며, 원근을 구별하는 일이다.

　나의 외조부는 광산김씨(光山金氏) 문숙공파(文肅公派, 파조 김주
정) 후예 오재공(梧齋公, 籍名 제원濟源, 譜名 원태源泰)이며, 외조모
는 남평문씨(南平文氏, 文元寸)이다.

광산김씨(光山金氏) 시조는 신라 45대 신무왕(神武王; 김우징金祐徵 ?~839) 셋째 왕자(王子) 김흥광(金興光)이다. 그는 통일신라 말기에 나라가 장차 어지러울 것을 알고 수도 금성(서라벌)을 떠나 무진주 서일동(전남 담양군 대전면 평장리)에 은거하였다고 한다. 손자 김길(金佶)이 고려에 귀의하여 무공을 세움으로써 개국공신이 되었는데, 이런 연유로 고려 태조 왕건이 김길의 조부 김흥광을 광산부원군(光山府院君)에 봉해 광산(光山)을 관향(貫鄕)으로 하게 되었다. (광산김씨 대종회 발표)

그런데 조선 명종 때 편찬된 야사집인 삼한습유기(三韓拾遺紀)에는 연안김씨가 백제에서 나왔으며(延安之金出百濟), 광산김씨는 고구려에서 나왔다(光州之金出高句麗)고 기록하고 있다. 고구려가 나당연합군에 망하자 고구려 마지막 28대 보장왕(고보장高寶藏) 왕자 고안승(高安勝)이 신라에 귀순하였다. 신라는 그에게 금마저(金馬渚:익산)에 보덕국(報德國)을 세우게 하고, 보덕왕(報德王) 고안승을 김안승(金安勝)으로 김씨 성을 사성(賜姓)하고, 문무왕 질녀를 비(妃)로 주어 그 자손이 신라 왕족 성씨인 김씨 성으로 살게 했다는 기록이 있다. 그렇다고 광산김씨가 고구려 왕족 성씨인지는 더욱 상고해 보아야 할 일이다.

문숙공파조 김주정(金周鼎, 고려 고종15년 무자1228.~충령왕 16년 경인1290.3.23.향년 63세)의 할아버지는 상서우복야(尙書右僕射)에 추증된 김광세(金光世)이고, 아버지는 금오위대장군(金吾衛大將軍)을 지낸 김경량(金鏡亮)이다. 김주정은 학문을 좋아하고, 성격이 침착, 관후하며 과묵하고 누구와도 함부로 사귀지 않았다. 1264년(원종 5) 5월 문과에 장원급제하여 이부시랑, 좌부승지 등을 역임했다. 1278년에 충렬왕이 원나라에 갈 때 우부승지로서 수행하였는데 점령 지역을 관할하던 다루가치[達魯花赤, 원의 행정·군사면에 있어서의 중요한 관직명] 및 왕경유수군(王京留守軍)·합포진수군(合浦鎭守軍)과 둔전군의 뒷받침에 백성들의 고통이 심한 것을 알렸다. 또 김방경(金方慶)이 무고를 입어 유배된 사실 등을 원나라에 밝힌 공으로 귀국하여 좌부승지로 임명되었다. 또한 재추회의(宰樞會議)에서 따로 서기를 두어 중요한 국사를 담당하게 하도록 건의하였다.

몽골의 요청으로 1280년(충렬왕 6) 5월, 소용대장군(昭勇大將軍) 좌우부도통(左右副都統)이 되어 김방경(金方慶)과 일본 정벌에 나서 대명포(大明浦)에 이르렀으나 태풍을 만나 병선이 전복되고, 수군들이 빠져 죽어 가는데, 김주정이 계교를 써서 살린 자가 매우 많았다. 충렬왕(忠烈王) 9년(1283년) 7월, 매사냥을 주관하는 관청 응방도감(鷹坊都監)을 설치하여 김주정(金周鼎)을 감사(監使)로, 원경(元卿)과 박의(朴義)를 부사(副使)로 임명하였다. 1284년(충렬왕 10)에는 진변만호(鎭邊萬戶)가 되어 남도의 해변을 순력하였다. 다만 1287년(충렬왕 13) 군신이 모여 연회를 할 때 무례한 행동을 보여 청주목사로 좌천되었다. 시호는 문숙(文肅)이다. 장자는 병마도원수대광도첨의우정승화평부원군(兵馬都元帥大匡都僉議右政丞化平府院君)을 지낸 충숙공(忠肅公) 김심(金深 1262-1338)이며, 차자(次子)는 감찰어사(監察御使) 수문전태학사문하시중(修文殿太學士門下侍中)을 지낸 시중공(侍中公) 김류(金流 1270~?)이다. 문숙공 묘소는 오랫동안 실전되었다가 1749년(영조 25) 후에 김천상(金天相, 1708~1792)이 개성부 동문외 중서면 연하동 덕달곡에서 찾았으나 국토 분단으로 설단(設壇)만이 이루어졌다. 김주정의 묘지명과 묘소도가 『광산김씨족보(光山金氏族譜)』[1934]에 실려 있다. 문숙공 김주정은 전라남도 장성군 동화면 동호리 420-6 박산에 위치한 숭모사(崇慕祠)에 배향되어 있으며, 매년 음력 9월 15일에 문숙공, 충숙공, 시중공 3부자 향사를 여기서 지낸다.

광산김씨는 고려시대에 평장사(정2품)를 8명이나 배출하여 관향 마을이 평장동(平章洞)이 되었다. 지금도 평장리(平章里)라 한다.

조선시대에는 유학자 최고 영예인 서원의 문묘(文廟) 배향에 김장생, 김집 부자가 나와 국반(國班) 반열에 올랐다. 정치가로서 최고 영예인 종묘(宗廟) 배향에 김집, 김만기, 김만중을 배출하여 명문가의 명성을 얻었다. 정승이 5명, 청백리가 4명, 왕비 1명(숙종 왕비 仁敬王后,김만기 딸), 대제학 8명, 문과 장원급제자 12명, 문과급제자 263명을 배출했다.

문묘 종사와 종묘 배향을 모두 이룬 조선조 인물을 국반이라 하는데 김집(광산김씨), 이언적(여주이씨), 이황(진성이씨), 이이(덕수이씨), 박세채(반남박씨), 송시열(은진송씨) 6명이다.

문숙공 6대손 수산공(首山公) 김자진(金子進)은 고려 말 병마절도사를 지냈던 백균(伯勻)의 아들로 광주사람이다. 고려 공민왕 때 금위사정(禁衛司正) 벼슬을 하고 있었는데 고려가 망해, 포은(圃隱) 정몽주(鄭夢周), 목은(牧隱) 이색(李穡), 야은(冶隱) 길재(吉再) 등과 군신지의(君臣之義)의 의리를 같이 하기로 하고 나주(현, 영암군 시종면) 우정(牛井)으로 은적 후 거주한 곳을 '내가 죽을 곳'이라는 뜻으로 종오리(終吾里)라 하였다. 또 그 마을 산을 백이·숙제(伯夷叔齊)가 채미수양(采薇首陽)했던 의미로 수양산(首陽山)이라고 일컬었다. 백이· 숙제는 은나라 고죽국 사람으로 주(周)나라 문왕이 은(상)나라를 멸망시키자 은(상)왕조에 대한 충절을 지키기 위해 수양산에 들어가 고사리를 캐어 먹으며 살다가 굶어 죽었다고 한다. 김자진도 그 수양산을 의미하는 수산(首山)을 호라 하고 고려에 대한 충절을 종신토록 지켰다.

이후 수산정(首山亭)은 1795년 중건했으나 다시 무너지자 유허지만 남기고, 후예들이 6대조인 문숙공의 사패지지(賜牌之地)인 지금의 전남 나주군 공산면 삼장부락 삼장재 앞 산하에 은거하였다.

수산 김자진은 고려 왕조의 신하임을 분명히 밝히고자 거처하던 정자 이름은 수산정(首山亭)이라 하였으며, 고려에서 조선으로 나라 이름이 바뀌었어도 자신이 가꾸는 밭을 고려밭(여전 麗田), 우물을 고려 우물(여정 麗井), 담장을 고려성(여성 麗城)이라고 하였다. 은둔하며 살고 있을 때 이성계가 우의정 등 대관직(大官職)을 세 번이나 제수했으나 불응하고 자숙하며 정충고절(精忠高節)로 평생을 마쳤던 일화는 듣는 이들의 마음과 옷깃을 여미게 한다. 그는 두문불출 하고 학문을 연마하며 끝까지 고려에 대한 충절을 지켰다. 후예들은 그 충절을 기려 자신들을 광산김씨 수산공파(首山公派)라고 자랑스럽게 이야기했다.

오재공 아버지 김경명(金京明, 譜名 상현庠鉉) 10대조 송백당(松栢堂) 김우열(金友說, 조선 선조29년 1596.3.27.~경종 2년 1662.3.2.)은 증 가선대부 병조참판이었다. 그래서 소파로는 송백당공파(松栢堂公派)라고 일컫기도 한다.

광산김씨 인구는 926,316명(2015년)으로 대한민국 본관 성씨 중 8위이다. 대한민국 김씨 인구 순위는 김해김씨, 경주김씨, 광산김씨로 3번째에 해당한다. 현대 유명 인물로는 독립운동가 김마리아, 김필순, 김염, 김덕중 교수, 대우그룹 김우중, 김수한 추기경, 김황식 국무총리, 김병조 코미디언, 김영옥, 김용건, 김영애 영화배우, 김효석 국회의원, 김태년 더불어민주당 원내대표, 김장수 국방부장관 및 국가안보실장, 김범수 아나운서, 김범수 야구선수 등이 있다. 오재공은 김효석 국회의원, 김황식 국무총리와 같은 파에 속한다.

나의 외조부 오재공과 어머니 광산김씨 분파는 문숙공파(金周鼎) 〉충숙공파(忠肅公派,金深) 〉삼사좌사공파(三司左使公派,金承嗣) 〉수산공파(首山公派,金子進) 〉참군공파(參軍公派,金夷孫) 〉사간공파(司諫公派,金崇祖) 〉송백당공파(松栢堂公派,金友說)로 대파에서 중파 소파까지 직계조상을 나열해 볼 수 있다.

광산김씨(光山金氏) 문숙공파조(文肅公派祖) 김주정(金周鼎) 후예 김경명(金京明,譜名상현庠鉉 1843~1894년)은 전라남도 장성군 동화면 사람이다. 그는 삭녕인(朔寧人) 최명우(崔明宇)의 딸 삭녕최씨(朔寧崔氏, 갑인 1854.~병술 1887.2.17. 향년 34세)와 혼인했으나 자식이 없이 아내가 조졸(早卒)하자 부안인(扶安人) 김경직(金京則)과 박씨부인(朴氏夫人)의 딸 부안김씨(扶安金氏, 1859.9.9.~1941.12.28.오후 10시, 향년 83세)와 재혼하여 제원, 제천, 봉조 아들 셋을 두었다.

그런데 1894년 동학농민혁명이 호남을 휩쓸었다. 우국(憂國) 충정(忠情)에 불탔던 우국지사(憂國之士) 김경명은 외세(外勢)를 몰아내고자 일어난 동학혁명에 가담하였다. 전주성(全州城)까지 빼앗긴 조선 조정이 동학농민혁명군을 막지 못하자 임오군란에 청나라 군대 파병을 요청하여 진압한 경험을 되살려 청나라에 군대 파병을 요청하였다. 청군이 오자, 일본이 한반도 침략의 야욕으로 조선의 요청도 없이 조선에 군대를 파병하여 청일전쟁이 벌어져 일본이 승리했다. 승리한 일본군을 몰아내기 위해 동학농민혁명군은 다시 봉기했다.

그러나 일본군의 최신 무기 앞에 칼과 죽창으로 무장한 동학농민혁명군은 낙엽처럼, 초목처럼 쓰러졌다. 김경명도 일본군의 진압으로 전사하고 말았다. 일본군은 살던 마을을 불살라 폐허를 만들었다. 청나라를 대신해 조선에 파병한 러시아와 일본이 싸운 러일전쟁까지 일어났다. 러시아의 남진에 불안을 느낀 영국 미국의 지원을 받은 일본이 승리했다. 일본은 1910년 8월 29일 대한제국(조선)을 강제로 불법적으로 병합하여 대한제국을 멸망시키고, 나라 이름을 다시 조선으로 되돌리고 한반도에 조선총독부를 두었다.

살 길이 막막하던 김경명 아내 부안김씨는 서기 1900년 살던 남편의 고향이자 시집 동네인 전라남도 장성군 동화면에서 떠나 살 길을 찾아 어린 아들 셋을 거느리고 전북 장수군 산서면 학선리에 당도했으나 마땅치 않았다. 그래서 다시 친정 동네와 같은 느낌이 드는 부안김씨 집성촌인 산서면 사상리로 이주하여 사상리 114번지에 자리를 잡아 살게 되었다. 그 때 큰아들 제원(濟源)은 11살, 둘째 아들 제천(濟川,1893.7.19.~?)은 8살, 셋째 아들 봉조(鳳兆, 1898.9.15.~1915.5.3.향년 18세)는 3살 때였다. 둘째 아들 제천은 죽동댁 평강채씨(平康蔡氏, 1901.2.5.~)와 혼인하여 딸 갑순(甲順,1919.4.21.~)과 아들 준식과 우식을 두었다.

### 김경명(보명 상현) 장자

족보명 원태(源泰), 호적명 제원(濟源,1890.3.14.~1976.3.25. 오전 9시, 향수 87세) 자(字)는 찬숙(贊淑), 호는 오재(梧齋)이니 나의 외조부이자 어머니 광산김씨 김옥남 여사 아버지시다. 19세에 같은 사창마을 사는 김해인(金海人) 삼현파 김창두(金倉斗)의 딸 김해김씨(金海金氏, 1896.~1909.05.12.향년14세)와 혼인했으나 아내가 첫 출산에 실패하여 별세하였다. 시름에 젖어 있다가 28세에 산서면 상동고지 사는 남평인(南平人) 문덕삼(文德三)과 평강채씨(平康蔡氏)의 딸 남평문씨(南平文氏) 원촌댁 문원촌(文元寸, 1899.10.14.~1964.3.3. 오전 9시, 향년 66세) 처녀와 재혼하여 2남 3녀를 두었다.

오재공은 천품이 순후(淳厚)하고 덕행(德行)을 겸비하였다. 살고 있는 사창마을과 마을 사람들을 높이 받들고 귀하게 여겨 마을 사람들의 존경을 받았다. 마을에 애경사가 있을 때는 마을 사람들의 의견에 따라 정성껏 협력하고 화합하였다. 어려움에 처한 이웃들을 보면 재물을 내어 적극 구제하였다. 또한 공은 효성이 지극하여 홀어머니(부안김씨)를 극진히 모셨고, 동기간에 우애하였으며, 조상들 묘소관리와 제사 지내기에 정성을 다하였으니 어찌 하늘이 낸 성품이 아니라고 하겠는가?

### 오재공 원태 장자

보명(譜名) 현식(顯植), 적명(籍名) 기영(琪榮, 1918.5.15.~1959.2.28

.8시 향년 42세), 전북 임실군 오수면 둔기리 둔터마을 사는 전주인(全州人) 이기홍(李起洪)·정씨(鄭氏)의 딸 둔터댁 배(配) 이강순(李康順, 1913.4.6.~1964.10.02.오전 3시, 향년 52세)과 혼인하여 아들 희옥(熙玉)·희동(熙東)·희철(熙喆)·희문(熙文)·희정(熙正) 다섯을 두었다.

## 현식 장자

**희옥**(熙玉, 1933.1.19.~2000.1.1. 향년 68세), 군산사범학교를 다녔다. 1950년 6·25한국전쟁이 일어나 공산군이 쳐들어오자 학도의용군에 자원입대하여 경북 기계 안강, 형산강, 포항전투에 참전하였다. 인천상륙작전을 교란시키기 위한 위장 상륙작전인 장사상륙작전에 참전하였다가 부상당해 오른쪽 다리 복숭아뼈가 없어진 채로 북한 인민군에게 사로잡혀 전쟁포로가 되었다. 전쟁포로 교환 때에도 북한당국이 송환해 주지 않았다. 회령탄광으로 끌려가 탄광노동자로 석탄을 캐도록 하는 노역에 동원되었다. 그 후 자강도 군수공장 노동자로 옮겨져 군수품을 만들고 있을 때 함께 일하는 중년 부인이 성실한 희옥 청년이 마음에 들어 자기 딸을 소개하여 그녀와 혼인하였다. 그녀는 함경북도 샛별군 농포리 사는 영광정씨(靈光丁氏) 정태근·이만금의 딸 정춘옥(丁春玉, 1940.3.29.~ )이었다. 정태근은 함경북도 경원군 출신 대한민국 전 국무총리 정일권 장군의 8촌으로 반동분자라고 하여 총살당했다고 한다. 희옥은 1남 3녀, 아들 상균(相均,1961.8.6.~ )과 딸 혜경(1964.6.6.~ ), 경희(1967.4.23.~ ), 영애(1970.7.23.~ )를 두었다. 희옥은 2000년 1월 1일 별세했고, 묘는 함경북도 회령시 궁심 진달래산에 있다. 아들 상균은 고등중학교를 졸업하고 탄광 노동자로 일하고 있으며, 맏딸 혜경은 혼인하여 함남 부전군에 살고 있고, 셋째 딸 영애는 함남 용강군에 살고 있다. 둘째 딸 경희가 탈북하여 아버지 고향 전북 장수군 산서면 사상리 114번지 중부(仲父, 김희동)를 찾아왔으니 감격스런 일이었다.

경희는 현재 충남 공주가 고향인 안동 김일진과 혼인하여 경기도 안산시에 산다. 맏아들이 전사한 줄로만 알고 맏아들을 못 잊어 눈물지으며 살다가 별세한 외숙모님(둔터댁 ; 전주이씨 이강순 여사)의 모습이 자꾸만 떠오른다. (위 내용은 오재공 자손들만 알기 바랍니다. 내용을 외부로 유출할 경우 북한거주 가족들 생사에 관계되는 중대한 문제가 발생하니 주의해 달라고 희옥 형님 둘째 딸 경희가 부탁하였음.)

## 현식 차자

희동(熙東, 을해乙亥1935.6.2.~갑진甲辰2024.09.24 양 10.26. 수 90세)은 전주(全州) 최규환(崔圭煥)·양성녀(梁姓女)의 딸 계월댁 최형순(崔亨順, 1936.9.3.~2022.9.13. 양 10.8. 오전 11시 별세, 향수 87세)과 혼인하여 딸 양순(良順,1961.6.20.~ ), 인옥(仁玉, 1966.12.12.~ ), 아들 대중(大中, 1969.2.15.~ ), 현중(現中, 1971.7.14.~)의 2남 2녀를 두었다.

## 현식 3자

희철(熙喆, 무인1938.2.4.~기해 2019.2.8.수 82세, 묘 사창 후록)은 한양(漢陽) 조성록(趙成彔)·이계운(李桂雲)의 딸 조완순(趙完順, 1942.2.25.~ )과 혼인하여 아들 완중(完中, 1966.1.15.~ ), 인숙(1968.3.15.~ ), 경숙(1970.9.18.~ ), 은수(1973.7.30.~ )의 1남 3녀를 두었다.

## 현식 4자

희문(熙文, 1944.8.21.~ ) 고향 사창마을에 살면서 전북 순창군 적성면 운림리 695번지 남원인(南原人) 양대욱(楊大旭)의 딸 양정숙(楊貞淑)과 혼인하여 장자 광중(光中, 1972.8.25.~ ), 차자 정중(正中; 순중, 1974.11. .~ ), 3자 영중(永中, 1977.2.11.~ ), 장녀 형진(1979.7.4.~ ) 3

남 1녀를 두었다.

## 현식 5자
희정(熙正, 1947.5.4.~1965.9.20.향년 19세) 19세의 나이로 조졸(早卒)하였다.

## 오재공 원태 차자
한영(漢濚, 1924.1.5.~1929.12.3. 06시, 향년 6세) 6세의 나이로 조졸(早卒)했다.

## 오재공 원태 장녀
김옥남(金玉南, 1920.11.11.~1981.10.17.향년 62세) 호 묘진옥(妙眞玉), 전북 장수군 산서면 사상리 114번지에서 출생, 한 동네인 장수군 산서면 사상리 사창마을 97번지 부안인(扶安人) 김형균(金洞均)·남양홍씨 홍기동(洪基東)의 셋째 아들 김은철(金殷喆, 1917.2.17.~1979.3.3.향년 63세)과 혼인하여 6남 3녀 9남매를 낳았으나 종삼과 효순 남매는 조졸(早卒)하고, 5남 2녀 7남매를 장성하게 키웠다. 묘소는 전북 장수군 산서면 사상리 사창마을 지름댕이 윗논 건너 동쪽 산 간좌, 부부 쌍분 묘비와 망주 상석이 갖추어져 있다.

## 옥남 장자
김종회(金鍾會, 1937.9.30.~ ) 공암촌주(孔岩村主) 양천인(陽川人) 허선(許宣) 후예 허철수(許鐵洙)·전주최씨부인의 딸 허순욱(許順旭,1936.2.24.~ )과 혼인 아들 성수(成洙, 1957.12.22.~ ), 승수(承洙, 1967.10.20.~ ), 지수(志洙, 1970.3.13.~2002.9.10. 향년 33세)와 딸 미수(美洙, 1961.10.20.~ ), 미현(美賢, 1965.6.25.~ ) 3남 2녀를 두었다.

## 옥남 차자

김종후(金鍾厚, 1941.4.21.~2010.양 1.31.壽 70세) 경주인(慶州人) 김진구(金辰九)·유아근(柳兒根)의 딸 김소남(金小南, 1942.1.1.~ )과 혼인 아들 창수(昌洙, 1965.11.1.~2001.12.28. 향년 37세), 광수(光洙, 1973.6.10.~ )와 딸 영미(英美, 1968.3.23.~ ), 정현(貞賢, 1970.9.2.~ )을 두었다.

## 옥남3자

김종삼(金鍾三, 1944.3.19.~1948.3.15.) 5세에 열병으로 조졸(早卒)

## 옥남4자

김종태(金鍾泰,1946.1.19.~) 창원인(昌原人) 황재택(黃載宅)·달성서씨 서흥수(徐興洙)의 딸 황영이(黃英伊,1949.12.12.~ )와 혼인 아들 수환(秀桓,1975.양7.17.~ )을 두었으나 성격차이로 합의이혼하고, 1986.9.24. 서울에서 김해인(金海人) 김영국(金英國)·경주김씨 김봉이(金鳳伊)의 딸 김혜정(金惠貞, 1953.11.5.~ )과 재혼하여 아들 윤호(允浩, 1987.11.24.~ )를 두었다.

## 옥남5자

김종원(金鍾元, 1949.2.11.~ ) 창원인(昌原人) 후헌(后軒) 정철수(丁哲洙)·황이순(黃以順)의 6녀 정혜경(丁惠京, 1952.1.3.~ )과 혼인 아들 은택(溵澤,1977.양10.5.~ )과 딸 지나(智娜, 1975.양12.25.~ )를 두었다.

## 옥남 장녀

김효순(金孝順, 1951.9.20.~1959.6.6.) 계월국민학교 1학년인 8세에 조

졸(早卒)

## 옥남 차녀
김계순(金季順, 1954.10.30.~ ) 양성인(陽城人) 이의선(李義善)·덕수
이씨 이종순(李種順)의 아들 이좌범(李佐範, 1943.10.11.~2024.1.20.
수 82세)과 혼인하여 아들 이경석(李庚碩,1978.9.8.~ )과 딸 이경진(李
庚珍,1980.8.13.~ )을 두었다.

## 옥남6자
김종상(金鍾上, 1957.12.11.~2020.11.12. 향년 64세) 해풍인(海
人) 김연채(金然彩)·성주배씨 배종순(裵鍾順)의 딸 김홍숙(金弘
淑, 1961.2.10.~ )과 혼인하여 아들 한결(1991.4.27.~ )과 딸 한나
(1986.2.6.~ )를 두었다. 한결과 한나는 한글 이름이다.

## 옥남3녀
김현순(金賢順, 1961.3.8.~ ) 함평인(咸平人) 모귀성(牟貴盛)·음성박
씨 박경애(朴敬愛)의 아들 모해원(牟海源, 1950.5.30.~2002.1.12. 향
년 53세)과 혼인 아들 모진호(牟鎭虎, 1982.12.5.~ )를 두었다. 첫남
편 사별 8년 후, 2010년 8월 21일, 김해인(金海人) 삼현파 김종오(金
宗午)·여흥민씨 민희례(閔喜禮)의 아들 국정원 부이사관 김대군(金大
群,1959.09.26~ )과 재혼하여 아들 김자명(金慈明; 1994.01.24.~ ), 딸
김자비(金慈妃; 1987.08.16.~ )남매를 더 두니 자녀가 2남 1녀이다.

## 오재공 원태 2녀
김옥순(金玉順, 무진1928.11.22.~2010.8.18. 수 83세) 전북 장수군 산

서면 사상리 114번지에서 출생, 전북 임실군 둔남면 둔기리 157번지
죽산인(竹山人)박영식(朴永植)·이고망의 아들 박환택(朴煥宅,정묘
1927.06.16.~2003.05.08.수 77세)과 혼인하였다. 원적 전북 남원시 수
지면 호곡리 264번지에서 부친 박영식이 이주하였다. 묘소는 전북 남
원시 수지면(水旨面) 초리(草里) 산 12. 죽산박씨 석치 선영이다.

### 옥순 장자

**박순기**(朴順基, 1949.02.27.~ ) 부안인(扶安人) 김동철(金東喆,籍名
承喆)·전주이씨 이윤순(李允順)의 딸 김기숙(金奇淑, 1953.01.15.~ )
과 혼인하여 아들 박종찬(朴鍾贊, 1979.04.25.~ ), 딸 박선영(朴善英,
1981.01.19.~ )을 두었다.

### 옥순 장녀

**박순덕**(朴順德, 1952.03.18.~ ) 집에서는 순자(順子)라고 불렀다. 경
기도 평택시 진위면 마산리 351번지 광산인(光山人) 문숙공파 김재현
(金在鉉, 1951.8.28.~2021.7.21.수 71세)과 혼인하여 아들 김석중(金石
中,1980.9.22.~ ), 딸 김연하(金戀夏, 1979. 양4.3.~ ) 남매를 두었다.

### 옥순 차자

**박덕기**(朴德基, 1957.10.07.~ )

### 옥순 3자

**박효기**(朴孝基, 1959.08.21.~ ) 집에서는 용기라고 불렀다. 김해인
(金海人) 김정선(金正善,1928.3.26.~)·연일정씨(延日鄭氏) 정기라
(鄭奇羅, 1936.1.20.~ )의 딸 김해김씨(金海金氏) 김은숙(金銀淑,
1959.1.22.~ )과 혼인하여 아들 박진영(朴鎭永,1986.6.1.~ ), 딸 박희진

(朴熙珍, 1990.11.13.~ ) 남매를 두었다.

## 옥순 4자

**박학기**(朴學基, 1962.07.07.~ ) 수원인(水原人) 최영숙(崔永淑, )·달성서씨 서순자(徐順子, )의 딸 수원최씨(水原崔氏) 최은순(崔銀順, 1966.3.25.~ )과 혼인하여, 딸 박지애(朴智 , 1990.양10.18~ ), 박지희(朴智熙1993.양3.24~ ) 자매를 두었다.

## 오재공 원태 3녀

**김정남**(金貞男, 신미1931.11.21.~정유 2017.7.5.수 87세) 전북 임실군 오수면 오산리 196번지 해주인(海州人) 오해룡(吳海龍,譜名大日)·김의주(金義珠)의 4남 오경기(吳京基, 경오1930.5.2.~1979.12.13. 향년 50세)와 혼인하여 아들 여덟을 낳았다. 다섯째 아들 일호가 조졸하고, 일곱을 장성하게 키웠다.

## 정남 장자

**오맹호**(吳孟鎬, 1951.11.25.~ ) 인천인(仁川人) 채한암(蔡漢岩)·이우순(李又順)의 딸 채덕임(蔡德任, 1953.3.20.~ )과 혼인하여 딸 오민혜(吳敏 , 1978.1.26.~ ), 아들 오정훈(1980.12.27.~ ), 오승훈(1982.6.25.~ )을 두었다.

## 정남 차자

**오양호**(吳良鎬, 1954.4.13.~ ) 임실군 삼계면 어은리 출신 청주한씨 한인순(1955.~ )과 혼인하였다.

정남 3자 **오한호**(吳漢鎬, 1956.6.5.~ )

정남 4자 **오인호**(吳仁鎬, 1958.9.19.~ )

정남 5자 **오일호**(吳一鎬, 1959.9.29.~1975.3.3.) 17세로 조졸(早卒)

정남 6자 **오점호**(吳点鎬, 1963.3.19.~ )

정남 7자 **오쌍호**(吳雙鎬, 1963.3.19.~ )

정남 8자 **오현호**(吳顯鎬, 1968.12.4.~ ) 집에서는 오재훈이라고 불렀다.

## 광산김씨 문숙공파 오재공 직계조상 및 비속(卑屬) 세계(世系)

시조(始祖, 1世) : 김흥광(金興光) 신라 45대 신무왕(神武王) 셋째 왕자(王子)— 2세 : 식(軾)— 3세 : 길(佶— 4세 : 준(峻) 삼중대광좌복야(三重大匡左僕射)— 5세 : 책(策) 문정공(文貞公)— 6세 : 정준(廷俊)— 7세 : 양감(良鑑) 문안공(文安公) 수태보 문하시중 감수국사— 8세 : 의원(義元) 충정공(忠貞公)— 9세 : 광중(光中) 간의대부(諫議大夫) 비서감(秘書監)— 10세 : 체(滯) 순안현령(順安縣令)— 11세 : 위(位;1世)— 12세 : 광세(光世)— 13세 : 경량(鏡亮)— 14세 : 문숙공(文肅公) 주정(周鼎)— 15세 : 충숙공(忠肅公) 심(深)— 16세 : 삼사좌사공(三司左使公) 승사(承嗣)— 17세 : 정(精)— 18세 : 종연(宗衍)— 19세 : 백균(伯勻)— 20세 : 수산공(首山公) 자진(子進)— 21세 : 참군공(參軍公) 충손(衷孫)— 22세 : 사간공(司諫公) 숭조(崇祖)— 23세 : 기(紀)— 24세 : 경우(景愚)— 25세 : 대진(大振)— 26세 : 송백당공(松栢堂公) 우열(友說)— 27세 : 여흘(汝釳)— 28세 : 하광(廈光)— 29세 : 회길(會吉)— 30세 : 천추(天秋)— 31세 : 필건(必建)— 32세 : 자보(滋寶)— 33세 : 재강(在江)— 34세 : 평혁(平赫)— 35세 : 수선(壽善)— 36세 : 상현(庠鉉:籍名 경명京明)— 37세 : **오재공(梧齋公) 원태**(源泰:譜名, 제원(濟源: 籍名)— 38세 : **현식**(顯植: 譜名, 기영琪榮: 籍名)— 39세 : **희옥**(熙玉), **희동**(熙東), **희철**(熙喆), 희문(熙文)— 40세 : **상균**

(相均), 대중(大中), 완중(完中), 광중(光中)

　1981년 1월 12일 전두환 대통령, 남북한 최고책임자 상호방문을 제의함, 19일 북한 거부. 1월 13일 박종화(朴鍾和) 사망. 1월 15일 민주정의당(민정당) 창당. 총재 전두환. 1월 17일 민주한국당(민한당) 창당. 총재 유치송(柳致松). 1월 20일 민주사회당 창당 당수 고정훈(高貞勳). 미국, 이란에 억류중인 인질사건을 해결함. 1월 23일 한국국민당(국민당) 창당, 총재 김종철(金鍾哲). 민권당 창당, 총재 김의택(金義澤). 1월 24일 정부, 비상계엄령을 전면 해제함. **1월 28일 전두환 대통령, 미국 방문차 출국함, 2월 3일 레이건 대통령과 회담. 2월 14일 북한, 프랑스 미테랑 대통령 방북.** 2월 25일 전두환 대통령, 제12대 대통령에 당선됨. 3월 13일 노동청, 노동부로 승격됨. 무임소장관을 정무장관으로 개칭함. 3월 25일 제11대 국회의원선거를 실시함. 이갑성(李甲成) 사망. **4월 11일 제11대 국회가 개원함. 의장 정래혁, 부의장 채문식·김은하(金殷夏).** 4월 20일 국정자문회의가 발족됨, 의장 최규하 전 대통령. 5월 6일 미국, 리비아 외교관에 출국을 명령함. 국제테러행위 지원 혐의. 5월 7일 평화통일정책자문회의를 설치함. 5월 10일 프랑스, 대통령에 미테랑 사회당 당수가 당선됨. 최초의 좌익정권. 5월 14일 교황 요한바오로 2세 , 피격으로 부상함. **5월 28일 여의도에서 '국풍(國風)81'이 개막됨. 6월 6일 인도, 열차 추락사고 발생함, 3천여 명 사망.** 6월 29일 중공, 공산당 주석에 후야오방((胡耀邦), 당 군사위원회 주석에 덩샤오핑(鄧小平)을 임명함. **7월 1일 대구·인천 직할시로 승격됨.** 7월 18일 폴란드, 동구권 최초로 직접·비밀 투표 실시함. 카니아 제1서기 재선. **8월 1일 해외여행 자유화조치를 발표함.** 8월 13일 미국, IBM에서 컴퓨터를 개발함. **8월 15일 정부, 광주사태와 김대중사건 관련자 등 1061명에게 특별사면·형집행정지·가석방을 시행함.** 8월 21

일 경제기획원, 제5차 경제사회발전5개년계획을 발표함. 9월 4일 부마고속도로(부산~마산)가 개통됨. **9월 30일 국제올림픽위원회(IOC) 총회에서 1988년 제24회 하계올림픽대회의 서울개최가 결정됨.** 10월 1일 동·서독 첩보원의 상호 석방·교환에 합의함. 10월 6일 이집트 사다트 대통령, 군사 열병 중 피살됨, 14일 무바라크 부통령이 대통령에 취임함. 10월 17일 대우 옥포조선소가 준공됨. 11월 13일 미국, 유인 왕복우주선 콜럼비아호를 발사함. **11월 25일 아시아올림픽평의회에서 1986년 아시아경기대회의 서울 개최가 결정됨.**

**12월 5일 북한, 리조실록 번역을 완료함.** 12월 11일 동·서독, 동베를린에서 정상회담을 개최함. 12월 13일 폴란드, 계엄령을 선포함, 자유노조 활동 금지. 12월 14일 이스라엘, 골란고원을 합병함. 12월 23일 다도해해상 국립공원이 지정됨. 12월 30일 수출 200억 달러를 달성함.

화동 선생 아들딸 7남매가 남산 팔각정 앞에서 (1977년)

인사동 거리에 나선 화동댁 아들딸과 며느리들 (2012.5.12.)

# 제7장

## 매년 매토하는 화동어른 살림살이

## 1. 맨주먹으로 시작한 신접살이

병자년 1936년은 은철 청년 20세, 옥남 처녀 17세 되는 해이다. 우여곡절이 있었지만 두 선남선녀는 병자년 음 11월 12일 혼례를 치르고 부부가 되었다.

이듬해 봄, 화동댁 내외는 사상리 123번지 초가집 윗방으로 제금을 났다. 신접살림이라고 해야 구식 장롱 하나, 밥솥과 수저 젓가락, 밥그릇, 국그릇 몇 개, 부엌 칼, 반짇고리, 옷 한두 벌, 이불, 쌀과 보리 몇 말이 전부이니 빈손으로 시작한 신접살림이었다. 화동댁 내외는 잠이 안 왔다. 앞으로 무엇을 해야 굶지 않고 이 난관을 극복할 것인가. 우선 가장이 된 은철이 품삯을 받을 수 있는 일터를 알아보기로 했다. 돈이 될 수 있는 일은 닥치는 대로 하기로 했다.

영천 논 두 마지기를 소작으로 얻었다. 두 마지기(400평)의 논농사 400평 논에 풍년이 들면 벼로 19가마, 쌀로는 7~8가마가 생산된다고 한다. 절반 이상은 소작료로 바쳐야 하니 한 사람 식량밖에 안 되는 농사였다. 올해는 비가 많이 오고 벼가 많이 쓰러졌으나 다행히 큰 피해는 없다고 한다.

돌이켜보면 평생 고생은 말도 못하고 먹고 사는 것이 제일 큰 문제였었다. 일제침략기 때는 식량을 강제공출 당하느라 말 그대로 초근목피의 고통을 겪어야 했다. 식량 대신으로 삼았던 쑥은 뿌리마저 남아나지 않았다. 쌀 한 줌을 넣은 쑥죽을 끓여 먹었다. 소나무 껍질을 벗기고 하얀 속을 잘라내 물에 불려 송피죽을 끓여 먹기도 하였다.

가을걷이할 때에 보면 곡식 낟알 떨어진 것을 논이나 밭이나 그냥 지나치지 않고 주워서 호주머니에 넣었다. 선생의 호주머니는 이런 낟알 곡식으로 항상 불룩했다.

농한기에는 일을 만들어서라도 했다. 겨울과 초봄에는 보리밭을 밟아주면 좋고, 길을 가다가 풀잎이나 휴지도 그냥 보지 않고 주워서 퇴비로 활용했다. 심지어 길가다가 고샅의 날카로운 사금파리 조각도 아이들이 맨발로 다니다가 다칠까 보아 주워서 호주머니에 보관했다가 안전한 곳에 버렸다.

## 2. 새벽 같이 개똥 소똥을 줍는 사람

청년 가장 김은철은 맨손으로 시작한 신접살이에서 살림을 일구려면 부지런히 몸을 움직이는 방법밖에 없었다. 품삯 일꾼 하루생활이 끝나면 씻고 일찍 잠자리에 들고, 새벽같이 일어나 헌 가마니 자루 하나를 들고 마을 주변을 돌아다녔다. 개똥, 소똥을 주우러 다니는 것이다. 이것을 퇴비와 섞어 논밭에 농작물 밑거름으로 활용하였다. 영천 앞들 논과 돌무렁 밭이 부지런한 농부의 밑거름으로 옥토가 되었다.

"화학비료 보다 퇴비가 땅을 기름지게 한단다. 화학비료만 쓰면 땅이 척박하게 되어 농작물이 튼실하게 자라지 못하고, 수확량도 줄어든단다."

화동 김은철은 아들들과 방아들 논에 모내기를 할 때면 자신의 영농철학을 들려주곤 하였다.

낮에는 품삯을 벌기 위해 품을 팔고, 내 일은 밤에 했다. 낮에 품을 팔고, 저녁밥을 먹고 작골 논 모내기를 시작하여 시간 가는 줄도 모르고 심다 보니 먼동이 트고 새벽닭이 울었다고 한다.

이런 초인적인 부지런함으로 맨손으로 시작하여 해마다 빚을 내어서라도 조금씩 논과 밭을 사기 시작하였다.

영천 논 두 마지기, 방아들 논 다섯 마지기, 가리대 승답 다섯 마지기, 멍에배미 네 마지기, 멍에배미 아래 네 마지기, 지름댕이 다섯 마지기, 둥그배미 여섯 마지기, 서당논 못자리 300평, 작골논 세 마지기, 모라댓논 세 마지기, 큰골 논 한 마지기를 장만했다. 밭은 돌무렁이밭 600평과 700평, 오정골 및 도독골밭 400평, 당너머밭 200평, 동녘(방고개)밭, 큰골밭, 방죽안밭 등이 있었다. 이렇게 논밭 40여 마지기를 장만하는 부농을 이루었다. 근면성실로 이룩한 인간승리였다.

## 3. 흙을 사랑한 진정한 농부

퇴비장만으로 논밭을 비옥하게 만드는데 평생을 바친 화동 김은철은 흙을 사랑한 진정한 농부였다. 청년시절부터 40마지기 대농이 된 뒤에도 퇴비장만으로 땅을 비옥하게 만드는 일에 정성을 쏟았다. 여름이면 둘째 아들과 머슴을 말치재에 보내 며칠씩 묵으면서, 큰산에서 키가 넘도록 자란 풀을 베어 소달구지에 여러 날 싣고 와 썰어 소·돼지·닭·개 등 각종 가축 분뇨와 섞어 마당 위편에 큰 두엄자리를 만들어 질 좋은 퇴비를 장만하여 다음해 농사에 대비하는 일이 연례행사가 되었다.

"화학비료인 금비보다 퇴비로 농사를 지어야 풍년이 들고, 척박한 땅도 옥토로 변한다."는 것이 그의 지론이면서 흙을 사랑한 진정한 농부의 모습이었다.

# 제8장

## 화동 김은철 선생의 수학기와 평생교육

# 1. 산서공립보통학교 졸업 및 한문수학

1924년 6월 10일 장수군 산서면 동화리 208번지에 산서공립보통학교(山西公立普通學校)가 7300평 대지 위에 건평 1050평으로 개교하였다. 개교 첫해에 텃골댁 첫째, 다음해에 둘째, 그 다음해 셋째 아들이 입학하였다. 은철 소년은 1926년 입학했으니 나이 열 살이 되어서야 아버지 텃골양반을 따라 산서공립보통학교에 입학할 수 있었다. 아버지 구장곡을 당골 가리대마을까지 다니면서 받아 겉보리를 찌어 보리죽을 끓여먹고 학교에 가면 한두 시간 끝나있기가 예사였지만 두뇌가 명석하여 반에서 1등을 하였다. 1930년 제3회 졸업하면서 우등생이었다. 그러나 가세가 기울어 중학교에 진학하지 못하고 가사조력과 품을 팔아야 끼니를 해결할 수 있었다. 어린 은철은 근면 성실을 인생지침으로 삼았다. 어느 정도 생활이 안정된 40대에야 낮에는 일을 하고, 밤에 서당에 다니면서 4서3경 구학문을 배울 수 있었다.

# 2. 사랑에서 시작한 한글강습소

스무 살에 혼인, 가정을 꾸리고 우뜸에 살 때였다. 첫째, 둘째 아들이 자라자 우뜸집 윗방에 한글 본문장(가갸거겨틀)을 써 붙여놓고 두 아들과 동네 아이들을 모아놓고 한글을 가르쳤다. 구구단도 외웠다. 조출하지만 사창마을에 열린 한글강습소였다. 윗방은 사랑방처럼 사용하는 방이었다. 강사는 김은철 선생이었다.

"사람은 사람다워야 사람이다. 사람으로서 자기 도리를 다 해야 한다. 근면 성실하야 하고, 정직해야 한다."라고 한글뿐만 아니라 알아듣기 쉬운 말씀으로 인성교육을 했다.

둘째 아들(종후)은 생전에 아버지가 우뜸에 살 때 윗방에 한글강습소를 차려 아들과 동네 아이들을 가르친 이야기를 필자에게 들려주었다.

## 3. 40살에 한문 수학한 사십문장(四十文章)

화동 김은철은 맨손으로 신접살림을 시작하여 살림을 일구기 20년 가까이 지나 어느 정도 살림 기반이 잡히자 배우고자 하는 욕구를 참을 수 없어 하루 일과를 끝내고, 지사면 원산리 선원(仙源)마을 서당 회당 홍순주(晦堂 洪淳柱) 선생을 찾아가 한문을 배우기 시작하였다. 홍 선생은 하나뿐인 고모 남편인 고숙(姑叔)이었다. 40살에 시작한 한문수학은 아래뜸으로 이사해서는 겨울방학에 사랑방에 서당을 열고 오성리 개산 안창수(介山 安彰洙), 선원마을 사문 이사현(思文 李思顯) 선생을 번갈아 초빙하였다. 당신과 자식들과 동네 사람들이 함께 공부하는 서당이었다.

유가의 경전 사서삼경을 10여 년에 걸쳐 배웠다. 날마다 일하고 밤 9시~10시 사이에 취침하여 새벽 4시에 기상하여 소죽을 끓인 뒤, 논어 맹자 등 경전(經典)을 강독하며 반복하여 4서 3경을 익혔다. 부족할 때는 새벽같이 일어나 소죽을 끓여놓고, 눈이 허벅지까지 쌓인 안산을 넘어 이사현 선생이 작골 지당댁에 개설한 서당에 다녀오기도 했다. 이런 생활은 평생 지속되었다. 새벽 사랑방에서 유학 경전을 강독하는 낭랑한 목소리가 독경소리처럼 아름답게 들렸다.

집안 제사의 축문 작성, 마을 사람들 부탁으로 손 없는 날 이사 날짜를 잡아 써 주기 등의 봉사활동을 하였다. 사람들은 화동 김은철이 40대부터 한문공부를 하였다고 하여 '**화동 40문장**(四十文章)'이라 일컬었다.

## 4. 사랑에 서당을 열다

아래뜸으로 이사해서는 겨울방학에 사랑방에 서당을 열고 오성리 개산 안창수(介山 安彰洙), 지사면 원산리 선원마을 사문 이사현(思文 李思顯) 선생을 번갈아 초빙하였다. 당신과 자식들과 동네 사람들이 함께 공부하는 서당이었다.

어느 해는 화동 자신이 서당 선생이 되어 직접 천자문, 추구나 사자소학 등을 자식들과 동네 사람들에게 가르쳤다. 교재를 직접 붓글씨로 써서 학동들에게 주어 익히게 하였다. 특히 창수, 승수 등 손자들과 미현 등 손녀들에게 추구 등 교재를 한지에 붓글씨로 써서 가르쳐 그 교재가 지금도 남아있다. 화동 김은철 선생은 서당 선생이요, 한학자의 경지에 들어선 것이다.

## 5. 평생교육으로 공자·맹자 같다는 평가를 듣다

화동 김은철의 맏형 홍곡 환철(煥喆)은 늘 아우의 성장 모습을 지켜보았다. 유학 경전을 십여 년 배워 강독하고, 그 핵심 3강 5륜을 실천하는 모습을 보면서 그 인품이 성현 공자 맹자와 같다고 여겼을 것이다. 그는 서울로 이사하여 만년에 신월동에 살면서 명절이나 생일에 자녀들이 모이면 자식들에게 본받을 인간상으로, "공자 맹자를 볼 것이 없다. 너희 화동 작은아버지가 공자, 맹자다."라고 화동 작은아버지의 근면, 성실과 인품을 본받으라고 아우를 평가하여 자주 말했다. 맏형 김환철의 아우에 대한 인품의 평가는 수십 년 관찰하고 겪은 평가로서 매우 적절한 평가일 것이다. 홍곡 김환철은 홍순주 선생에게 한문을 수학하고, 사상리 구장을 거쳐 1952년 4월 25일 실시된 제1회 전국 시읍면의회 의원 선거에 산서면의회 면의원으로 당선하여 면 의회에서 의정활동을 했다. 이어진 면장 선거에서 낙선했지만 구학문에 일가견이 있고, 붓글씨를 잘 쓴 지식인이었다.

화동 선생이 자손들에게 만들에 준 교재 천자문 책자

49(21)세 증 이조판서 충경공(휘 익복)과 정부인 순흥안씨 묘(남원 만행산 풍곡)
충경공은 화동 선생 13대조로 남원 입향조(入鄕祖)이시다.

부안김씨 51(23)세(世) 증 사헌부집의 담허재공(휘 지백) 배 숙인 창원정씨 묘
(전북 임실군 지사면 대정동: 한우물)
담허재공은 화동 선생 11대조로 장수군 산서면 입향조이시다.

# 제9장

## 자녀교육과 인생철학

화동 김은철은 우뜸에 살 때는 한글 분문장(가갸거겨틀)을 만들어 맏아들과 둘째 아들을 직접 가르쳤다. 자식들이 공부를 열심히 하여 자신보다 더 나은 미래가 되었으면 하는 바람이 있었다. 자식들을 최소한 고등학교까지는 보내겠다는 생각이었다. 아들은 대학 입학시험에 합격하면 대학교육도 시킬 생각이었다.

화동댁 내외는 종회, 종후, 종삼, 종태, 종원, 효순, 계순까지 사창마을 우뜸집에서 낳고, 아래뜸의 앞뜸집으로 이사하여 종상, 현순을 더 낳았다. 종삼, 효순은 어릴 때 죽었다. 종삼은 우뜸집에서 효순은 아래뜸집에서 조졸했다.

아래뜸으로 이사하여서는 본격적으로 자녀교육에 열성을 쏟았다. 아들들 한문교육을 위해 겨울방학이면 사랑방에 서당을 열었다. 산서면 오성리 사는 개산 안창수(介山 安彰洙) 선생, 지사면 원산리 선원마을 사문 이사현(思文 李思顯) 선생을 서당 선생으로 번갈아 초청했다. 필자가 어릴 때 보니 사랑 서당에서 이사현 선생이 학동들에게 사자소학이나 추구를 강독시키며 가르치는 것을 보았다. 이사현 선생은 이서규(李瑞圭) 아버지로 나중에 사창마을로 이사하여 일생을 마쳤다. 이사현은 화동 김은철의 고모(선원마을 홍순주 선생 부인) 맏사위이니 고종 누님 남편 곧 고종 사촌 자형(姉兄)이다. 하나뿐인 화동공 선원이 고모는 지사면 원산리 선원마을 한학자 회당(晦堂) 홍순주(洪淳柱,1897.12.26.~1971.5.4. 수 75세)에게 시집가 3남(홍건표洪建杓, 홍준표洪準杓, 홍기표洪璣杓) 3녀(전주인 이사현李思顯, 부안인 김수술金壽述 적명 형수炯壽), 양천인 허양규(許陽圭)를 두었다.

## 밥상머리교육에 들어있는 사상과 철학

화동 김은철은 자녀들과 하루 세 끼 식사하면서 하는 밥상머리교육,

명절이나 특별 음식을 만들어 놓고 가족잔치를 할 때나 분위기가 좋을 때는 훈화교육을 꾸준히 전개하였다. 주로 공자, 맹자, 석가, 예수 같은 성현들과 한국과 중국의 역사상 본받을 만한 위인들의 가르침과 조상 이야기를 예화로 교훈적인 이야기를 하였다. 자녀들에게 평생 강조한 내용은 다음과 같다.

## (1) 근면과 성실

사람을 사람답게 만드는 것은 근면과 성실이다. 근면과 성실을 생활신조로 하는 사람은 권리와 의무를 생활화한다. 자신의 권리를 남에게 침탈당하지 않으면서, 동시에 자기가 맡은 어떤 직책이든지 성실히 책임과 의무를 다해야 한다. 공부를 하든지 일을 하든지 근면하고 성실해야 성공할 수 있다. 가난을 벗어나 부자가 되는 길도 근면과 성실이요, 공부를 열심히 하여 공개경쟁 채용시험에 합격하여 관리나 회사원이 되어 높은 벼슬이나 간부직에 오르는 길도 근면과 성실이다. 어떤 단체의 임원을 맡아 봉사하여 그 단체를 빛내는 일도 근면과 성실에 있다. 근면과 성실은 화동 김은철의 일생을 꿰뚫은 인생철학이요, 신앙이었다.

## (2) 효제충신 인의예지

우리 조상들은 효제충신(孝悌忠信) 인의예지(仁義禮智)를 입신(立身)의 근본으로 삼았다. 효제충신이란 조상님께 효도하고, 동기간에 우애하며 나아가 남과 손윗사람을 공손하게 대하며, 나라와 맡은 일에 충성을 다하고, 벗과 인연이 닿은 사람들에게 믿음을 줄 수 있도록 말하고 행동으로 실천해야 한다는 말이다. 생전 효도건 사후 효도건 조상을 잘 모시면 복을 받는다. 조상에게 효도하는 사람이 잘못되었다는 고사는 들어본 일이 없다고 강조했다.

인의예지는 어짊과 옳음, 예의와 지혜 네 가지 덕목을 가리킨다. 공자는 인(仁)을 중시하고 "지혜로운 사람은 미혹되지 않고, 어진 사람은 걱정하지 않고, 용감한 사람은 두려워하지 않는다."고 하여 지·인·용(智仁勇)을 함께 거론했다. 또 인을 실현하는 방법의 하나로 극기복례(克己復禮)를 제시하여 인과 예를 중시했다. 극기복례란 나의 욕심, 충동 따위를 이성적 의지로 눌러 이겨 예의범절을 따른다는 뜻이다. 인에 의를 더하여 예·지와 함께 인의예지 4덕을 제시한 학자는 맹자이다. 유학의 경전, 사서삼경을 공부한 화동 김은철은 효제충신 인의예지를 강조한 것이다.

### (3) 예에 맞게 보고 듣고 말하고 행동하기

공자(孔子)의 논어(論語)를 통해 예에 맞게 보고, 듣고, 말하고, 행동하기 네 가지를 강조했다. 예의에 어긋나면 말하지 말고(非禮勿言), 예의에 어긋나면 움직이지(행동하지) 말라(非禮勿動)고 한 것이다. 말을 조심하고 행동을 신중히 하라는 근언신행(謹言愼行)이다. 이 말이 나온 계기가 논어 안연(顏淵)편에 실려 있다. 공자의 수제자인 안연이 仁(인)에 대해서 여쭙자 자기를 이겨내고 예로 돌아가는 것이라 말했다. 자신의 사적인 욕구를 버리고 도리에 따른 예를 실천한다는 극기복례(克己復禮)가 여기서 나왔다. 안연이 다시 구체적인 방법을 가르쳐달라고 했다.

그러자 네 가지 조심할 것이 제시되었다. "예가 아니면 보지를 말고, 예가 아니면 듣지도 말고, 예가 아니면 말하지 말고, 예가 아니면 행동하지 말라(非禮勿視 非禮勿聽 非禮勿言 非禮勿動/ 비례물시 비례물청 비례물언 비례물동)." 안연은 이 말을 명심하고 실천하겠다고 다짐했다.

북송(北宋) 중기의 유학자 정이(程頤, 1033~1107, 頤는 턱 이)는 여기에서 시청언동(視聽言動) 네 가지의 사잠(四箴)을 지었다. 보고 듣고 말하고 행동하는 네 가지는 몸의 작용에 속하는 것인데 내면의 마음을 길러서 외면을 제어할 수 있다고 했다.

## (4) 근실(勤實)과 성경(誠敬)

화동 김은철 선생은 자녀들에게 조상으로부터 물려받은 근실(勤實)과 성경(誠敬)을 강조했다.

'근실(勤實)'은 사창마을 부안김씨 종(鍾)자 항렬로 14대조 증 이조판서 충경공(忠景公)금릉(金陵)김익복(金益福,조선명종6년 1551.02.19.~선조 32년 1599.02.01. 향년 49세) 선생의 인생철학이다. 충경공 금릉 김익복 선생의 철학을 물려받은 것이다. 근실은 근면과 성실, 근면과 실질을 줄인 말이니, 화동 김은철 선생의 인생철학이 되었다.

'성경(誠敬)'은 사창마을 부안김씨 종항(鍾行) 6대조 증 호조참판 성경재(誠敬齋) 김복현(金復鉉, 영조 45년 기축己丑 1769.12.10.~헌종 6년 경자庚子 1840.8.22. 향수 72세) 선생의 인생철학을 물려받은 것이다. 김복현(金復鉉) 선생의 호(號)가 성경재(誠敬齋)이다. 정성 성(誠) 자, 공경할 경(敬) 자, 집 재, 재계할 재(齋) 자이다. 그러니까 성경재(誠敬齋)는 '무슨 일을 하든, 어떤 사람을 대하든 정성스럽고, 공경하는 마음으로 하며, 재계(부정을 타지 않도록 몸가짐을 깨끗이 함)하는 사람 또는 그런 집'이라는 뜻이다. 그 호에는 성(誠) 철학과 경(敬) 철학을 삶의 지표로 삶는다는 선생의 뜻이 들어 있다. 성경사상(誠敬思想)의 '성(誠)은 무슨 일을 하든지 정성을 다해야 하며, 경(敬)은 무슨 일을 하든지 의식이 하나로 집중되어 흐트러짐이 없는 상태가 되어야 한다는 말이다.

## (5) 먹고사는 문제부터 해결하라

"사람이 3일 굶으면 도둑질 안하는 사람이 없다."는 말이 있다. 의식족이지예절(衣食足而知禮節)이라는 말과 같다. 의식이 풍족해야 예절을 안다는 말이다. 부지런히 일해서 먹고사는 문제부터 해결해야 비로소 사람구실을 한다. 생활능력을 갖추지 않으면 어떻게 가족을 거느릴 수 있겠는가? 다음은 화동공이 땀 흘려 일하라고 강조했던 가르침이다.

"서양 사람들이 우리나라를 와 보고 한국에는 웬 동양철학자들이 그렇게 많으냐고 질문하더란다. 옷만 깨끗이 입고, 하는 일 없이 뒷짐만 찌고 온종일 하늘을 바라보며 노는 사람들이 많음을 보고 풍자해서 하는 말이란다."

빈둥거리면서 노는 사람들을 몹시 싫어하고 경멸했다. "일하기 싫은 자는 먹지도 말라."는 서양 속담도 자주 들먹였다.

학사, 석사, 박사 학위를 따도 돈을 못 벌어 처자식을 굶긴다면 아무 소용없다고 강조했다.

## (6) 남을 속여 돈을 벌지 말라

노력하지 않고 쉽게 돈을 벌려고 하지 말라. 땀 흘려 일해서 버는 돈이 진정한 가치가 있는 돈이다. 장사를 해도 정당한 이익을 남겨야지 폭리를 취한다든가, 변질된 물건을 속여서 파는 것은 죄악이다. 도박 등 사행심을 조장하는 곳에는 얼씬거리지도 말라. 화동 선생은 겨울철 아들들이 집에 안 보이면 노름하는 동네 사랑방을 찾아다니면서 화투나 마작을 수거하여 아궁이에 불태우기도 여러 번 했다. 노름꾼들은 비싼 마작을 송두리째 수거하여 사랑방 소죽 끓이는 아궁이에 넣고 불태우는 선생을 몹시 싫어했다. "땀 흘려 일하라, 노동은 신성한 것이다."라는 교훈을 남겼다.

## (7) 자식을 많이 두어라

조상의 물질적 정신적 유산을 물려받을 사람들은 후예밖에 없다. 조상을 기억해 주고, 제사를 지내는 사람도 자손밖에 없다. 자식을 많이 두어 국가와 민족 발전에 이바지해야 한다. 그러나 1970년대 이후 대한민국의 가족계획 사업 "둘이나 하나만 낳아 잘 기르자!"라는 구호 아래 화동 선생 자녀들은 출산을 적게 하는 풍조에 젖어들었다. 지금은 국가 출산율이 너무 적다고 아우성이다.

## (8) 얼음을 깨고 목욕재계한 효성, 효도는 모든 행실의 근본이다

효(孝)는 모든 행실의 근본이라고 가르쳤다. 조상님이 살아계실 때 마음을 편히 가지시도록 하면서 의식주를 신경 써 모시고, 돌아가시면 양지바른 곳에 무덤을 써 모시고, 제사를 지내야 한다. 연대가 5대 이상 오래된 조상은 시제를 모시도록 하고, 전국에 흩어져 계신 역대 조상들 묘소를 틈나면 찾아다니면서 참배하도록 한다.

화동 선생은 조상 제사가 돌아오면 추운 겨울에도 앞 냇가에 가서 얼음을 깨고 목욕재계하였다. 남원이나 부안 조상 묘소 시제에 두철, 병철 등 집안 형님들과 자주 참례하였다. 이런 조상에 대한 생전효도와 사후효도는 자식들에게 모범을 보인 가르침이었다.

## (9) 형제간에 우애하라

아우는 형을 공경하고, 형은 아우를 사랑하여 우애 있는 집안이 되어야 한다. 남과도 잘 지내야 하거늘 같은 부모에게서 나온 형제자매들이 의좋게 지내지 않는다는 것이 말이나 되는가? 배려와 존중 관심을 갖는 사랑은 **나 〈 가족 〈 형제자매 〈 일가친척 〈 이웃 〈 사회공동체〈 국가 〈 지구촌 온 인류**로 원근(遠近)을 구분하여 차차 범위를 넓혀 인류애로 승화시켜야 한다. 역지사지(易地思之)를 떠올린다면 갈등은 해결될 것이다.

## (10) 젊어서 인간다운 삶을 준비하라

젊어서 세월을 헛되이 보내지 않고, 심신을 닦는 수신(修身)과 품성·지혜·도덕을 닦는 수양(修養)을 하면, 때를 만나 반드시 쓸모 있는 사람이 된다. 학덕(學德)을 갖추어야 군자(君子)가 될 수 있다. 군자는 다른 말로 선비, 서양의 신사와 같은 뜻이다. 군자는 ① 민첩하게 일을 처리하고, 신중하게 말을 한다. ②자신감 넘치지만 함부로 다투지 않는다. ③ 태연한 태도를 취하지만 사람을 업신여기지 않는다.

한마디로 군자란 학문과 덕이 높고, 행실이 바르며, 품위를 갖춘 사람이다. 이런 사람이 되도록 평생 수신에 힘쓰고, 수양생활을 해야 한다.

## (11) 1년 계획을 세우고 실천하고 기록을 남겨라

한 해 연초에 1년 계획을 세우고, 목표를 이룩할 수 있도록 실천하고, 일기나 메모를 하여 기록으로 남겨 반성자료로 삼아라. 나라에만 실록이 있고, 집안에 아무 기록도 없다면 얼마나 허망한 일이겠느냐? 기록이 모여 집안의 가족사가 된다.

# 제10장

## 고향 사창마을과 인간관계

화동 김은철 선생의 인생관은 앞 자녀교육에 들어 있는 선생의 사상과 철학에서 이야기했다. 좀더 몇 가지를 부연하면 다음과 같다.

## 1. 부모님 봉양과 효도

화동 김은철 선생은 근면 성실한 천성을 타고났으며, 아버지 우석 김형균 선생, 어머니 남양홍씨 홍기동 여사의 가정교육을 잘 받아 조상과 부모님께 효도하고, 부모님이 돌아가시자 장례를 지극정성으로 모시고, 형제들과 함께 3년상을 굴건제복으로 정성껏 치렀다. 아버지 우석공은 오정골 뒷산 양지바른 곳에 모셨고, 어머니 남양홍씨는 돌무렁 산 양지바른 남녘 산자락에 모셨다가 우석공이 잡아놓은 명당자리라는 경남 함양 고산 연소혈로 이장했다.

그러나 화동공 별세 후 묘소 실전을 우려한 중형 당곡공이 조카 종후를 대동하고 찾아가 파묘하여 어머니 유골을 모셔와 오정골 아버지 우석공 산소로 다시 이장하여 부부 쌍분으로 모셨다.

부모님이 살아계실 때는 온화한 낯빛으로 어버이 뜻을 거스르지 않았고, 돌아가신 뒤에는 장례와 기제사에 정성을 다했다. 큰댁이 사창에 살 때는 사창 뒤뜸과 우뜸 큰댁에서, 큰댁이 서울로 이사했을 때는 큰댁 따라 서울 성동구 성수동과 양천구 신월동으로 찾아가 기제사에 참례하였다.

## 2. 형제자매들과 우애

화동 선생의 형제자매는 4남 2녀 6남매다. 7남매지만 3녀 옥효가 일찍 죽고 6남매가 자랐다.

텃골양반(炯均)과 텃골댁(南陽洪氏 基東)의 4남 3녀 7남매는 다음과 같다.

맏딸 **복연**(福妍:籍名 善男, 1908.10.23.~1949.9.19. 향년 42세)
장남 **환철**(煥喆:字 昌基, 1911.04.14.~1975.01.29. 향년 65세)
차남 **권철**(權喆:籍名東喆字萬基, 1914.08.17.~1992.08.31.(壽 79세)
3 남 **은철**(殷喆:字 永基, 1917.02.17.~1979.03.03. 향년 63세)
차녀 **현주**(賢珠:籍名善順, 경신 1920.08.10.~병진 1976.8.27. 향년 57세)
3 녀 **옥효**(玉孝, 1924.03.28.~1925.09.28. 향년 02세)
4 남 **효철**(孝喆:字 孝基, 1925.12.07.~1982.10.14. 향년 58세)

4형제 모두 약주를 좋아하셨다. 홍곡 큰형은 아들딸에게 술을 받아오라고 시켜 수시로 드셨다. 밑의 세 동생은 부모님 제사를 모시러 서울에 올라올 때는 사창과 전주에 사는 3형제가 만나 술잔을 기울이면서 기차를 탔고, 서울에서 제사를 모시고 내려갈 때에도 청주 댓병 한 병쯤 품고 내려가면서 3형제가 열차 안에서 점심시간에 약주를 드셨다고 한다.

6남매가 무던하여 어지간한 일은 화내는 법이 없었다. 큰누님 복연은 김해김씨 3현파 가문 사계리 유왕마지 김용진과, 여동생 현주는 대성리 청주한씨 한상선에게 시집갔는데, 두 딸 모두 고향 사창으로 이사하였다. 유왕마지 누님은 우뜸 앞집에 살았다. 누님 생전에는 앞뒷집이어서 의좋게 지냈는데, 그만 누님이 출산 중에 산고로 마흔 둘에 세상을 떠났다. 복연 누님은 태곤, 태순, 순곤, 기곤 4남매를 두었고, 현주 누이는 은자, 명희 남매를 두었다.

부모 생신에 모여 생신잔치를 벌이고, 자신들의 생일에 서로 초대하여 우애를 쌓았다. 둘째 형 당골양반은 전주로 이사하여 전주에서 살았다. 농축산물을 5일에 한 번씩 월곡, 고산골, 사창 등지에서 수집하여 오수에서 수화물로 전주에 부쳐 거래를 하였다. 둘째 당골 형이 사창에 내려오는 날 끼니때가 되면 아들들을 시켜 동네에 찾아다니며 모셔오게 하여 함께 식사를 하곤 하였다. 둘째 당골 형은 수집된 농축산물을 오수역 화물 발송처까지 운반하는 소달구지 운반을 아우에게 주어 용돈을 벌게 했다. 첫째 종회와 셋째 종태가 전주 유학 중 둘째 형 당골댁에서 하숙을 하도록 했다. 여름 겨울 방학 때는 시골에 내려왔기 때문에 1년 10개월 치고 쌀 5가마니를 하숙비로 한꺼번에 받았다. 한 달 하숙비가 쌀 닷 말인 셈이다. 형제가 상부상조한 것이다.

## 3. 일가친척들과 사이 좋게 지내기

고향 사창마을은 부안김씨 집성촌답게 마을 사람들이 거의 대부 대모, 아재 아짐, 조카 질부, 손자 손부들이었다. 집성촌이어서 할아버지뻘 7명, 아버지뻘 20명, 형제뻘 42명이었다. 거기에 아들 조카들도 100여 명, 손자들도 100여 명이다. 앞에 든 선생의 고조 후곡공(김한필) 자손록을 참고하기 바란다. 거기에 처가와 외가 인척 살붙이들도 있다. 하여 애경사에 격의 없이 상부상조할 수밖에 없다. 선생은 유학(儒學)에 바탕을 둔 예법대로 반복되는 애경사에 같이 슬퍼하고, 함께 기뻐하는 공동체 생활을 해 나갔다.

처가와 동서들과 관계는 아내 김옥남 여사 별세 편에 넷째 아들이 쓴 '외조부 오재공 자손록'에 기록했으니 참고하기 바란다.

# 4. 고향 사창마을

화동 선생의 고향 사창마을은 행정구역이 전북 장수군 산서면 사상리 사창마을이다. 사상리는 사창마을, 당골마을(당곡), 가리대마을(가동)의 3개 자연 마을로 형성되어 있는데 인구와 가구 수는 사창마을이 제일 크다. 그러기에 인근 고을 사람들은 산서면 사상리 하면 사창이라고 말한다.

사창마을은 삼한시대 이전부터 사람이 살았던 것으로 보인다. 마을 앞에 보이는 성산(城山)은 거령성(居寧城)이라고 하는데, 성산으로 불리다가 고려시대 이 지역이 거령현이 되었기에 성산을 거령성이라 한 것으로 보인다. 이 성은 (고)조선시대부터 있었는데 성이 오래되어 그 후 삼한 마한시대에 다시 쌓은 것으로 그 뒤 가야의 세력권이었다가 백제세력권으로, 또 통일신라 세력권으로 이어진 곳이다. 주변 신석기시대 유물과 청동기시대 토기 출토에서 그 역사를 알 수 있다.

사창에 본격적으로 마을이 형성된 것은 고려시대로 보인다. 윗마을인 월곡에 지금부터 670년 전 고려 공민왕 때 문하시중 영천부원군(寧川府院君) 이능간(李凌幹, ?~1357)이 벼슬을 마치고 장지(莊地)인 거령현(居寧縣, 임실군 지사면 영천)으로 내려올 때 사위 상호군(上護軍) 정연방(丁衍邦)이 장인을 따라 내려와 사계리 일대의 장지를 유산으로 받아 창원정씨(昌原丁氏) 중시조로 월곡에 정착한 것을 보면 고려시대에 이곳 사창에도 마을이 있었음을 알 수 있다. 마한시대부터 사창마을에 장흥마씨 한 가구가 정착하여 대대로 마씨 마을이었다가 조선시대에 마씨가 이주하고 마수갑(영철,영구,영호 부친) 1가구만 남았다고 전한다. 마을 뒤 자라봉에 마씨들 묘와 묘비가 있었다고 전한다.

조선 세종 32년 1450년 사창(社倉) 제도가 설시되자 이곳에도 사창이 설치되었다. 사창(社倉)은 각 지방 군현의 촌락에 설치된 곡물 대여기관이다. 이는 향촌 자체의 민간 구호기관이었다. 그러나 점차 고리대 기관으로 성격이 바뀌자 만원이 들끓어 20년 만인 1470년 폐지되었다. 수백 년 세월이 흘러 1867년(고종 4) 환곡을 사창제로 운영하면서 재개되기도 했다. 사창이 있던 곳이기에 사창이라 불렀다. 그러나 이 마을에 사대부들이 이주해 오면서 사창(社倉)을 사창(社昌)으로 바꿔 불렀다. 민촌 느낌을 지우려 했기 때문이다.

화동 선생 11대조 부안김씨 담허재 김지백(澹虛齋 金之白,1623~1671, 향년 49세) 선생이 17살 되던 1639년 본가(생가) 남원부 금릉(현, 남원시 금지면 택내리)에서 처가 마을인 남원부 외진전방(현, 장수군 산서면) 월곡 창원정씨(昌原丁氏) 집안에 장가들어 이주하였으니 지금부터(2025년) 386년 전이다. 담허재는 임진왜란 의병장으로 유명한 1문(一門) 3세7충절(三世七忠節)의 아버지 증 이조판서 충경공 금릉 김익복(忠景公 金陵 金益福, 1551~1599, 향년 49세) 선생의 손자요, 7충절의 한 사람이며 충절(忠節)의 실천가 도촌 김연(陶村 金沇, 1587~1651, 향년 65세) 선생의 넷째 아들이다. 또 고조 후곡공 김한필(後谷公 金漢弼, 1794~1877, 수 84세) 선생이 17세 무렵 월곡마을, 아버지 증 호조참판 성경재 김복현(誠敬齋 金復鉉, 1769~1840, 수 72세) 본가로부터 사창마을로 제금 나서 고래등 같은 기와집을 짓고 살게 된 것이 1810년 무렵이니 지금부터(2025년) 215년 전이다. 그 자손들이 번성하여 사창마을 하면 부안김씨 집성촌으로 한국인의 족보와 장수군지에 기록되었다.

그런데 같은 부안김씨 사직공파 중 소파 현감공파 자손 인철(족보명 炳仁, 형炯자 항렬), 덕철(보명 炳德), 길순 7대조 순동(順東, 1782~1830)이 1798년 무렵, 고향 경남 함양에서 사창마을로 이주하여 살았다. 그 무덤이 사창마을 후록이라 하였으니 사창 오정골 산이다. 순동 아들 한주(漢柱, 1817~1883) 역시 묘소가 사창마을 후록이다. 지금부터 230년 전이니 담허재 자손보다 먼저 현감공파 자손들이 사창마을에서 살기 시작했고, 석철 명철 집안도 후곡공 자손보다 조금 먼저 사창마을에서 살기 시작한 것이다.

또 부안김씨 시승공파 시묘내양반 김판옥(金判玉, 보명 洛西, 1907~1981, 수 75세) 가문 형제 몇 가구가 임실군 오수면 군평리에서 1920년대 사창마을로 이주하였다가 1960년대 모두 서울 등지로 다시 이주하였다. 그들 아들들은 광술, 정술, 기술, 완술, 형술 등으로 마을 사람들은 기억한다. 이농현상이 한창이던 1960년대 말 서울 북아현동으로 이주한 시묘내댁으로 머리를 두르고 상경한 사창마을 청년들이 시묘내댁에 기거하면서 병아리장사를 했다. 한 사람이 "병아리 사요!" 하면 뒤따르던 사람은 처음 장사라 쑥스러워 "오리랑!"하고 외쳤다는 유명한 일화가 남아있다. 서울로 이주한 봉골댁 형술(炯述)은 철도청 행정사무관으로 정년퇴임했다.

부안김씨 딤허재 자손들의 종산은 사창마을 앞산과 뒷동산, 종항 고조 창은공을 모신 지름댕이 자라봉 종산, 지사면 안하리 대정마을 종항 12대조 담허재 내외분을 모신 한우물 종산, 지사면 실곡리 북창 앞산 종항 7대조 명은공을 모신 종산, 오수면 군곡리 봉비동 종산, 종항 6대조 성경재를 모신 삼계면 봉현리 종산, 종항 방12대조 백암공과 종항 10대조 오촌공(鰲村公)을 모신 오수면 자래울 종산, 진안군 좌산면 원좌산마을 뒷산 6대조모 남원양씨와 그 아들내외 종항 5대조 후곡공 내외분을 모신 백미(방미)산 종산이 있다. 또 남원 이백면 안터 종항 종5대조 참판공을 모신 종산이 있다.

# 문집(文集)

**지포집**(止浦集) : 고려후기 3대 문호 중서시랑평장사 지포(止浦) 김구(金坵, 1211~1278)의 문집이다. 그는 부안김씨 중시조로 추앙받고 있다. 시 '떨어지는 배꽃[낙 이화 落梨花]'이 명시로 칭송받고 있다.

**담허재집**(澹虛齋集) : 부안김씨 담허재 자손들의 산서면(월곡, 사창) 입향조 담허재(澹虛齋) 김지백(金之白, 1623~1671)의 시문집이다. 6권 3책 목판본이다. 그는 '심통성정설(心統性情說)'로 거유(巨儒)로 추앙받았으며, 지리산 여행기 '유두류산기(遊頭流山記)'는 경남 하동군에서 국역하여 널리 소개되어 읽히고 있다. 담허재집은 정재흥(丁載興)의 발의로 증손 급(笈)과 5대손 수민(壽民)이 수집 편차하고, 8대손 낙린(洛麟)·낙리(洛鯉)와 9대손 종술(鍾述)이 1895년(고종32년) 목활자로 간행했고, 1989년 12대손 종원(鐘元)이 간행사 해제와 화보를 붙여 영인 발간하여 각 대학 도서관에 보급했다.

**명은집**(明隱集) : 부안김씨 담허재 김지백 5대손 명은(明隱) 김수민(金壽民, 1734~1811)의 문집이다. 22권 22책의 방대한 분량이다. 고조선부터 조선후기까지 역사적 인물과 사건을 읊은 385수 악부체 영사시(詠史詩) '기동악부(箕東樂府)'와 조선 단종 충신 성삼문(成三問)과 수양대군을 명나라 건문황제 충신 방효유(方孝孺)와 연왕(燕王)과 비교하며 두 나라 숙질간의 왕권 다툼에 포폄을 가한 한문소설 '내성지(奈城誌)'가 유명하다. 손자 병조참판, 김해부사 김한익(金漢益)과 외손 이치백(李致白)이 정리한 원고 명은고(明隱稿)는 한국정신문화연구원이 마이크로필름화하여 영구 보존처리했다. 내성지 내용 때문에 문집은 1986년에야 6대손 두철(斗喆), 7대손 종원(鐘元)에 의해 보경문화사에서 영인 간행되었다. 종원이 목차를 뽑아 정리하고, 간행사를 썼다. 명은집이 발간되자 명은집 연구 박사학위 논문 여러 편이 나오고, 연구자들이 대학교수가 되었다. 원본 명은고(明隱稿)는 7대 종손 종훈(鍾勳)이 소장하고 있다.

**성경재집(誠敬齋集)**: 명은 김수민 둘째 아들 증 호조참판 성경재 (誠敬齋) 김복현(金復鉉,1769~1840)의 문집이다. 성경(誠敬) 철학을 지침으로 삼아 평생을 실천했다. 선생의 가르침을 잘 받은 맏아들 제곡 김한익은 문과급제 후 김해부사와 사간원 대사간, 병조참판이 되었고, 둘째 아들 후곡 김한필은 음사로 첨지중추부사 겸 오위장이 되었다. 성경재집 원고를 혈손이 보관 중 행방이 묘연하여 발간하지 못하고 있다.


**담허재(澹虛齋)**는 부안김씨 충경공파 파조 김익복 손자 담허재 김지백(金之白,1623~1671)의 호(號)이면서 그 자손들을 모시는 재각(齋閣)으로 전북 임실군 지사면 안하리 대정(大井;한우물)마을에 있다. 한우물 시제는 해마다 음력 10월 10일 한우물 재각 담허재에서 담허재와 부인 창원정씨(昌原丁氏) 내외분과 아들 장사랑공 김석(金晳), 증손 군곡공(君谷公) 김잠(金箴), 현손 첨정공(僉正公) 연장(鍊章)과 부인 열녀 진주소씨(晉州蘇氏) 등 내외분 19위 시제를 지낸다.

**이로재(履露齋)**는 사창마을 서쪽에 있으며, 부안김씨 충경공파 파조 김익복의 손자 담허재 자손들 재각(齋閣)이다. 충경공 부자손 (父子孫), 부안김씨 3세7충절(扶安金氏三世七忠節)은 임진·정유 왜란, 이괄의 난, 병자호란에 3대에 걸쳐 의병을 일으켜 순국하는 등 충절을 지켜 조선왕조실록에도 기록되었다. 아버지 충경공 김익복, 세 아들 교관공 김류(金瀏,1568~1598), 재간당(在澗堂) 김화(金澕,1571~1645), 도촌공 김연(金沇,1587~1651), 세 손자 용암공(春巖公) 김지순(金之純,1588~1659), 백암공 김지중(金之重,1618~1672), 담허재공(澹虛齋公) 김지백(金之白,1623~1671)의 현인(賢人) 7충절을 말한다. 문과급제 후 임진·정유왜란 의병장으로 능성현령, 충청도사와 영광군수를 지낸 증 이조판서 충경공(忠景公) 금릉(金陵) 김익복(金益福,1551~1599) 손자 담허재(澹虛齋) 김지백(金之白,1623~1671)이 생가 남원 금릉에서 17세 때인 1639년 월곡 창원정씨 집안에 장가들어 월곡으로 이주하였고, 그 7대손 후곡 김한필(後谷 金漢弼,1794~1877, 수 84세)이 월곡 본가에서 사창마을에 제금 나서 아내 증 숙부인 문화유씨 창평댁(文化柳氏 昌平宅, 1795~1874, 수 80세)과 1810년대 말 저택을 짓고 살기 시작하였다. 월곡 창원정씨 집안에 시집간 후곡 맏딸이 1822년 5월 12일 사창마을 이 저택에서 탄생했다.

이로재(履露齋)는 1983년 담허재 12대손 종원(鍾元)이 발의하고, 11대손 두철(斗喆)이 대지를, 11대손 성철(成喆)·화철(和喆) 형제가 건축비용을 쾌척하여 1986년 건립했다. 1988년 무진년 춘분에 11대손 두철(斗喆)·진철(鎭喆)이 이로재건립기념비(履露齋建立記念碑)를 세웠다. 비문은 안동 권희철(權熙哲)이 지었다.

그 담허재 자손들의 선조들 중 담허재 중형(仲兄) 백암(白巖) 김지중(金之重), 담허재 손자 오촌(鰲村) 김유기(金裕基), 담허재 현손 증 호조참판 성경재(誠敬齋) 김복현(金復鉉,1769~1840), 22권 22책 명은집(明隱集)을 남긴 대문장가·대학자 담허재 5대손 명은 김수민(金壽民,1734~1811),병조참판 제곡(悌谷) 김한익(金漢益,1787~1859), 증 호조참판 성경재 김복현 둘째 아들 오위장 후곡(後谷) 김한필(金漢弼,1794~1877), 김한필 아들 창은(昌隱) 김낙리(金洛鯉,1832~1902) 등 역대 조상 내외분 23위를 해마다 음력 10월 13일 이곳 이로재에서 후예들이 시제를 지낸다.

**사동서원**(社洞書院)은 김해김씨 삼현파 선조를 모시는 곳이다. 사창마을 사상리 170번지에 있으며 비지정향토문화유산이다. 사동서원

(社洞書院)은 김해김씨가 이 마을에 1820년대 이주하여 그들 선조 위패를 봉안하기 위해 조선 현종 13년(1847) 창건하였다. 그러나 고종 5년(1868) 대원군의 전국 서원철폐령에 의해 훼철되었던 것을 1957년 복설한 것이다. 현재의 사동사 건물은 1986년 김용근이 중건하였으며, 사당 3칸. 강당 5칸, 내삼문과 외삼문이 있다. 처음에는 김해김씨 삼현파 선조 가운데, 동창(東窓) 김준손(金駿孫:1455~?), 매헌(梅軒) 김기손(金驥孫), 탁영(濯纓)김일손(金馹孫:1464~1498), 삼족당(三足堂)김대유(金大有:1479~1551),도연정(道淵亭)김치삼(金致三:1560~1626), 만회당 김정택(金挺澤:1719~?)의 위패를 봉안하였다. 복설하면서 모암(慕庵) 김극일(金克一)을 추배하고, 확실한 연대는 알 수 없지만, 점필재(佔畢齋) 김종직(金宗直:1431~1492)을 추배하고 김극일을 주벽으로 하였다.

**사상리 역대이장** :1대 구장 김형균(35.6-45.6), 2대 구장 김병희(45.6-46.11), 3대 구장 양동회(46.11-47.6), 4대 구장 양동회(47.6-47.9), 5대 구장 김환철(47.9-51.4), 6대 이장 김효길(51.6-52.12), 7대 이장 이강원(52.12-53.12), 8대 구 이장 김용진(53.12-55.12), 9대 구 이장 김용진(55.12-58.9), 10대 구 이장직무대리 김병철(58.9-59.1), 11대 이장 김병철(59.1-60.11), 12대 이장 임창석(60.12-61.8), 13대 이장 김진철(62.9-66.3), 14대 이장 김용진(66.3-68.2), 15대 임창석(68.3-70.2), 16대 이장 김진철(70.3-71.12)로 이어졌다. 1963년 3월부터 1971년 12월 31일까지 참사제도가 있었는데 사상리는 김진철, 양회문이 참사로 활동했다.

1972년 1월 1일에 사상리는 사창, 당가(당골, 가리대) 두 개의 행정마을로 분리되어각각 이장을 두게 되었다.

**사창마을 이장** : 17대 김종열(72.1-72.12), 18대 김진철(73.1-

75.12), 19대 한명희(76.1-76.12), 20대 김진철(76.12-79.12), 21대 임창석(81.1-86.1), 22대 한명희(86.2-91.12), 23대 김종갑(92.1-95.1), 24대 한명희(95.1-89.3), 25대 양만승(98.3-03.1), 26대 김종갑(03.1-05.현재)으로 이어졌다.

## 사창마을 땅이름 - 거리 골짜기 들판 논밭

• **우뜸, 화계뜸, 아래뜸, 앞뜸, 뒤뜸** : 사창마을에 있는 집들을 위치에 따라 부르는 말이다. 마을회관 앞 거리인 상정막거리에서 마을 중간을 가로질러서 동서로 난 길을 기준으로 하여 남쪽을 앞뜸, 뒤쪽을 뒤뜸이라 하는데 앞뜸과 뒤뜸을 합쳐 아래뜸이라 한다. 상정막거리 끝에서 남북으로 난 길 좌우의 집들을 화계뜸이라 한다. 아래뜸과 화계뜸을 제외한 화계뜸길 마을 동쪽 집들을 우뜸이라 하고, 특히 서원이 있는 부근은 서원뜸이라 하기도 한다.

• **상정막거리** : 사창마을 중심부 마을회관 남쪽 40여 미터쯤 동서로 난 큰 길을 상정막거리라 한다. 유래는 알 수 없으나 일설에 의하면 상여가 나갈 때 일단 쉬면서 상두꾼소리로 망자가 산 자들에게 이별을 고하는 장소이면서 상제와 조문객들이 서로 헤어지는 거리라 해서 붙여진 이름이라고 한다.

• **조상거리** : 마을 서쪽에 있는 거리로 뒤뜸이 끝나는 곳에 몇 백 년 된 팽나무와 버드나무, 참나무 등 아름드리나무들이 있어서 여름이면 시원한 그늘을 만들어 주어 노인들과 어린이들 쉼터가 되었다. 지금은 나무들이 사라져 예전 모습을 찾을 수 없다. 무더운 여름 땀 흘리며 저녁밥을 먹고 나면 "애야, 동생 조카들 데리고 어서 조상거리로 가거라."라고 재촉하는 어머니 말씀을 날마다 들을 수 있었다.

• **중보거리** : 조상거리에서 오수 가는 길로 조금 더 가면 아름드리

버드나무 군락이 있는 곳에 중보가 있었다. 그 동구 밖 중보가 있는 버드나무 거리를 중보거리라고 불렀다. 지금은 경지정리로 인해 사라졌다.

• **주막터(주막거리)** : 사창마을 동편 동녘에 가기 전 언덕 왼쪽 터를 말한다. 이곳에는 주막과 갖바치가 사는 집이 있었는데 주막은 여주인과 포수가 운영했다. 포수가 범호굴에서 사냥하다가 방아들에서 죽자 방아들에 묘를 썼다. 묘 부근 논을 포수배미라 일컬었다. 일제침략기에는 이완생이네가 주막을 운영했다.

• **부안김씨 김연장 처 진주소씨열녀문(扶安金氏金鍊章之妻晉州蘇氏烈女門)** : 전북 장수군 산서면 하월리 182번지, 옛 계월초등학교 은행나무 아래에 있다. 부안김씨 증 통훈대부 사복시첨정 김연장(金鍊章,1706~1726, 향년 21세)의 아내 숙인 진주소씨(晉州蘇氏, 1705~1742, 향년38세)를 기리는 열녀문이다. 남원부 보절면 진목리에서 시집온 그녀는 남편이 어린 딸 하나를 남기고 병으로 21세에 요절하자, 따라 죽으려 했으나 주변의 만류로 마음을 돌이켰다. 양자 수민(壽民)을 들여 대학자로 성장시켜 가문을 잇게 하고, 딸을 키워 삭녕최씨 최관에게 시집보내던 해 남편 제사를 지내기 3일 전부터 곡기를 끊은 21일 만에 자진(自盡)하여 남편 곁으로 갔다. 명은집(明隱集) 22권 22책을 남긴 대학자 양자 명은(明隱) 김수민(金壽民,1734~1811)의 청원으로 1798년 정조 임금으로부터 명정(命旌;열녀표창) 편액(扁額)을 하사받았다. 정려각 안에 8대 종손 종훈(鍾勳)이 국역한 유래비가 있다. 열녀문은 2016년 3월 14일 전북 장수군 향토문화유산-유형문화재 제9호로 지정되었다.

• **부안김씨 열녀문** : 사창마을 동녘 주막터 위쪽에 부안김씨 현감공파 열녀문이 있었다. 지금은 훼철되어 사라졌다.

• **유인창원정씨효열비(儒人昌原丁氏孝烈碑)** : 1989년에 세운 비로 김

해인 김안국(金安國)의 처 창원정씨 효열을 기린 비이다. 정씨는 정창룡(丁昌龍)의 딸로 출가하여 시부모에게 효도하고, 남편이 학업에 전념하도록 하고, 종족간에도 화목하여 칭송이 자자하였다. 남편이 병들자 열지주혈(裂指注血)했으나 끝내 세상을 떠났다. 남편을 따라 세상을 떠나려 했으나 친척들의 만류로 뜻을 돌이키고, 초상의 예를 다하였다. 그 뒤 시부모를 더욱 효로써 봉양하여 칭송이 높았다.

• **애전 양환승 선생 기념비** : 사녘골 입구에 전북대 농대학장을 지낸 사창마을 출신 잠초학회장 애전 양환승(艾田 梁煥承,1926~2003) 선생을 기리는 비이다.

• **개금밭골** : 마을 우뜸 왼쪽으로 난 당너머 고개를 오르는 길 왼쪽에 있는 골짜기이다. 개금나무가 많다 해서 붙여진 이름이다. 개금은 개암나무의 열매인 깨금의 사투리이다.

• **당너머** : 우뜸에서 지사면 영천리로 넘어가는 고개로 그 부근에 서당이 있어서 붙여진 이름이다.

• **오정골** : 마을 북서쪽에 있는 골짜기로 들과 골짜기를 함께 부르는 이름이다. 다섯 우물이 있어 붙여진 듯하다. 오정골 동북쪽 골짜기는 도둑이 숨기 좋은 것이라 하여 도둑골이라 한다.

• **뒷골** : 마을 동쪽으로 난 길에서 영천으로 넘어가는 지름당 고개를 넘기 전 도로의 오른쪽에 보이는 골짜기를 따라 펼쳐진 들이다.

• **모개나무골** : 사창마을에서 하월리 신등 가는 도로 왼쪽에 있는 골짜기이다. 예전에 큰 모과나무가 있어서 붙여진 이름이다.

• **방고개** : 상정막거리에서 하월리 신등 쪽으로 넘어가는 고개이다.

• **범호골** : 마을회관 정남쪽을 보았을 때 앞산 남동쪽 왼쪽에 있는 골짜기로 범이 나타날 만큼 숲이 우거졌던 곳이라 하여 붙여진 이름이다. 지금은 경지정리로 골짜기 일부가 논으로 바뀌어 예전만큼 골짜기가 깊지 않다. 버머굴이라 발음한다.

- **사녘골** : 조상거리에서 서쪽으로 100여 미터 떨어진 곳에 있는 골짜기이다.
- **서당골** : 마을회관 정남쪽 작골로 넘어가는 고갯길 왼쪽에 있는 골짜기와 그 부근 들을 부르는 이름이다.
- **지름댕이고개** : 마을 동쪽 길에서 지사면 영천리로 넘어가는 산 고개이다. 지금은 차가 다닐 수 있도록 포장되었다.
- **가리댓들, 가리댓보** : 사창 서쪽 가리대마을 쪽에 있어서 가리댓들이라하고, 가리댓보는 사창정 앞 냇가에 있다.
- **금논들, 금논보** : 사창정에서 가리대마을 가는 북쪽에 있는 논으로 예전에 사금을 채취했던 곳이라 하여 붙여진 이름이다.
- **돌무렁이들** : 조상거리에서 오정골 들어가는 산모퉁이까지 가는 길 좌우에 있는 들로 조상거리 앞에 동서로 난 수로 북쪽에 위치한다.
- **똘배미들, 똘배미보** : 사창 마을 앞에 넓게 펼쳐진 들로 마을 앞들이라고도 한다.
- **돼지배미** : 아랫모래대와 웃모래대를가르는 물길 남쪽 길가에 있었던 3마지기 논으로 먹을 것이 없어서 돼지 1마리와 이 논을 바꿨다는 유래에서 붙여진 이름이다.
- **모새배미** : 모래가 많아서 붙여진 논 이름이다.
- **모래댓들** : 사창정에서 기리대 가는 중간에 있는 다리 남쪽에 있는 들로 모래가 많은 논이라 해서 붙여진 이름이다.
- **방고갯들** : 마을 동쪽 동녘 오르막길 오른쪽에 있는 50여 마지기의 들이다. 방고갯보는 하월리 창촌 마을회관 앞 시내에 있는 보로 사창 동녘들까지 공급한다.
- **방아들** : 봉서리와 하월리에서 내려오는 하천이 모이는 범호골 앞에 있는 논. 방아들보는 봉서리쪽 500여 미터 위치에 있다.
- **박아배미** : 봉서리와 하월리쪽 하천 사이에 있었던 30여 마지기의

논으로 하천 사이에 위치해서 부르는 이름이다.

• **방죽안** : 마을 우뜸 왼쪽으로 난 당너머고개를 오르는 길 오른쪽에 있는 골짜기로 200여 년 전 큰 방죽이 있어서 붙여진 이름이다. 지금은 그 자리에 논이 들어서 있다.

• **사정배미** : 섬배미 남쪽에 있었던 9마지기 논으로 정사각형 모양의 논이라 해서 붙여진 이름이다.

• **살고지** : 원답 북서쪽에 있는 논으로 화살대처럼 길게 뻗어있는 모양 때문에 붙여진 이름이다.

• **서당논, 서당논보** : 모새배미 서쪽에 있었던 2마지기 논으로 서당 훈장의 보수를 해결하기 위해 마을에서 공동으로 소유해서 붙여진 이름이다.

• **둥그배미** : 서당논들에 있었던 9마지기 논으로 모양이 둥글어서 붙여진 이름이다.

• **섬배미** : 조상거리 남쪽에 있었던 6마지기 한 다랑이 논으로 논 안에 섬모양의 흙무더기가 있어서 붙여진 이름이다.

• **동장답** : 참시암들에 있었던 논으로 동장의 보수를 주기 위한 논이다. 동장은 옛날 마을 회의를 하려 할 때, 전기가 들어오지 않아 마이크시설이 없었기에 마을사람들에게 커다란 목소리로 회의 안내를 외치고 다니는 역할을 했던 사람이다.

• **숲거래, 숲거랫보** : 금논들 남서쪽과 모래댓들 서쪽에 있었던 논으로 숲이 우거진 부근에 있었던 들과 숲이 있었던 곳을 부르는 이름이다. 숲거래보는 숲거래들에 물을 대기 위해 가리대 다리 상류에 있었던 보이다.

• **원답들, 원답보** : 사동서원 서원답이 있었던 논 주위 들을 부르던 이름이다. 하월리 신등마을 월곡정에서 사상리 가는 아스팔트 도로 왼편에 있다.

- **작골양지** : 작골고개 너머 내리막길 좌우에 있는 논으로 봉서리 주민이 주로 경작하고, 사상리 사창 주민 일부가 경작하는 논이다.
- **질안배미** : 참시암들에 있었던 3마지기 논으로 사창정 다리 건너 축사 있는 언덕길 좌측에 있었다.
- **참시암, 참시암들, 참시암보** : 사창정 정남쪽 다리 건너 작골 가는 길 좌우에 있는 길로 참시암(찬샘)이 있어서 붙여진 이름이다. 참시암은 사철 내내 냉수가 흘러나오는 샘인데 경지정리 후에도 찬 샘물이 솟아오르고 있다.
- **꽃나무봇들, 꽃나무보** : 원답들 동쪽에 있었던 50여 마지기의 논으로 들 가운데에 꽃나무가 있어서 붙여진 이름이다.
- **한질밑** : 상정막거리 남쪽에 있는 논이다.
- **승답** : 가리댓들에 있었던 되 모양의 5마지기 논이다.
- **멍에배미** : 기리댓들 승답 남쪽 논 모양이 소 멍에 같아 붙여진 이름이다.

## 5. 정사계 사람들과의 우정

화동 김은철 선생은 산서면과 인근 마을에 사는 벗들과 동갑계인 정사계(丁巳契)를 조직하고 상부상조하면서 우정을 나누었다. 각종 애경사에 상부상조하며 희로애락을 함께 했다. 또 단체 여행 등 친목 활동도 이어졌다. 흥겨운 모임이 있을 때는 민요창을 불렀는데 단연 화동 선생의 민요창이 압권이었다.

정사계원으로는 산서면 신창리(新昌里) 이건우(李建雨), 이장우(李章雨), 임실군 지사면 선천리(仙川里) 이순엽(李珣燁), 김재흥(金在興), 산서면 오산리 권흥옥 등 10여 명이었다.

부안김씨 관조 금부대왕(세칭 마의태자 휘 일 鎰) 추향대제를 마치고
담허재 자손으로 윤철 내외분, 석철, 종회, 종규, 종태, 종원 7명이 참례하였다.
부안김씨서울종친회 점술 회장, 형선 사무국장 재임 시
(강원도 인제군 상남면 금부리 대왕각, 2011.10.05. 음 9월 9일)

관조 금부대왕(마의태자) 추향대제를 마치고
(오른쪽부터 석철, 종태, 수길, 윤철, 종회, 종규, 종원)
(강원도 인제군 상남면 대왕각, 2011.10.05. 음 9월 9일)

# 제2부

∴

## 추모글과 후예록

화동 선생 아들 5형제가 기축년(2009년) 설날을 맞아 덕담을 주고받고
(왼쪽부터 첫째 종회, 다섯째 종상, 셋째 종태, 둘째 종후, 넷째 종원)

기축년(2009년) 설을 쇠는 화동 선생 다섯 며느리와 두 손부
(뒷줄 우측부터 둘째 며느리 김소남, 첫째 허순욱, 넷째 정혜경, 셋째 김혜정,
앞줄 왼쪽부터 다섯째 며느리 김홍숙, 맏손부 이영희, 둘째 손부 오기남)

# 제1장

## 추모글과 추모시

# 부모님 생각

큰아들 종회(鍾會)

부모님이 세상을 뜨신 지도 어느덧 수십 년이 흘렀다. 내가 어렸을 때 아버지 어머니를 생각해 보면 워낙 천성이 부지런하고 바른 삶을 사신 어버이셨다. 또한 엄한 아버지란 생각이 항상 기억 속에 자리했다.

내가 다섯 살 때인가. 아버지께서 발을 다쳐 거동이 불편하실 때였다. 아버지께서 내 이름을 부르시더니 이렇게 말씀하는 것이었다.

"종회야, 들판에 나가 소 꼴을 베어 오너라!"하고 망태기와 낫을 주셨다.

나는 처음 겪는 일이라 당황했지만 무서운 아버지 말씀이라 망태기와 낫을 들고 들판으로 나가 거의 한나절 동안 땀을 흘리면서 논 주변 잘 자란 풀을 어느 정도 베어 망태기에 담아 메고 집에 돌아왔다. 아버지는 환한 웃음으로 기뻐하시면서

"우리 아들이 다 컸구나. 꼴도 다 베어 오고……."하신다.

수십 년이 흘렀지만 활짝 웃으면서 기뻐하시던 모습은 지금도 눈을 감으면 선하게 떠오른다.

어느 날 아버지께서는 나에게 항상 정직하게 살라시며 다음과 같은 일화를 이야기해 주셨다. 어느 해 가을 들 타작을 서창대부 수통배미 논에서 하는데 날이 저물어 어둑어둑해질 무렵 타작을 마무리하는데 벼를 담을 때 곁에서 같이 일하던 사람이 조금 챙겨 가라는 말을 하니 아버지는 단호히 거절하며 이렇게 말하셨다고 한다.

"여보시게, 그것을 가져다가 몇 끼나 살겠는가? 그렇게 주인 모르

게 이득을 취하는 것은 결코 옳은 짓이 아니네."라고 하셨단다.

그러면서 아버지는 "자신의 성실한 노력으로 부지런히 정직하게 착하게 살면 언젠가는 반드시 잘 살 때가 오고 부자가 될 기회도 온다."는 말씀을 해 주셨다. 어릴 때 들었던 말씀이지만 지금도 귀에 선하게 들리는 귀한 말씀이다.

아버지 어머니께서 한창 논밭을 사서 전답을 늘려나갈 때에는 마당 뒤주가 가득한 쌀가마니를 다 묶어내고 모자라면 양서기집에서 주로 빚을 얻고 값을 치러 논밭을 사셨다. 그런 해에는 식량이 부족하여 온 식구들이 겨우내 고구마나 무밥, 시래기죽을 먹어야 했다. 이렇게 가산을 늘려나가서서 나중에는 앞뜸 알부자 소리도 들으셨다. 당신께서는 못 배운 것이 한이 되어 자식교육에 관심을 가져 서당에 한문 독선생을 들어놓고 스스로 맹자 논어 대학까지 유교경전을 다 공부하여 나중에는 자식들과 손자들을 가르치는 유식한 한학자가 되셨다. 이런 손자들에게 추구책을 직접 써서 교재로 주어 가르치셨는데 미수 미현 승수 창수 등을 가르치셨다. 나중에 아들딸과 조카들에게 들으니 할아버지께 한문을 배워 학교 한문공부 시간에 많은 도움이 되었다고 말했다.

어느 날 밥상머리에서 말씀하셨다.
"요즘 사람들이 못 사는 사람을 보면 그럴 만한 이유가 있다. 동네에서 머슴살이하고 고지도 먹고 하여 1년 내내 뼈 빠지게 고생해서 받은 사경이나 고지로 받은 곡식을 처자식 먹여 살리고 저축하여 살림을 늘려나가는 데 써 이렇게 한 5,6년만 고생하면 힘을 잡을 것 같은데 가을일만 끝나면 밤낮으로 사랑방에 모여 화투노름을 하여 1년 내내 고생한 것을 다 날리고 또다시 고지를 먹는다든지 머슴을 사는 생활을 반복한다. 이런 주색잡기에 빠지지 않도록 주의해야 한다."고 일화를 들어 엄격하게 가르치셨다.


또 다음과 같은 부자로 잘 사는 사람 이야기를 들려주셨다.

산서면 오산리 권승근(權承根) 후배의 부친이 집안 식구들과 다짐하기를

"우리가 10년 동안만 콩나물죽을 먹으며 절약하고 아끼면 부자로 살테니 그대로 실행하자!"고 말하여 온 식구가 똘똘 뭉쳐 손님이 오나 무슨 명절날이나 약속대로 10년 가까이 콩나물죽을 먹으며 모으고 아껴 논도 사고 밭도 사 상당한 수준의 재산을 이루었다.

그러던 어느 날 아주 귀한 손님이 와서 밥을 해 밥상을 올리니까 권 생원 하는 말이 애초에 약속한 10년이 다 되지 않았는데 어떻게 된 것이냐고 정색을 하며 부인을 나무랐다고 한다. 이 일화를 여러 번 들려주시면서 식구가 단합해서 실천해야 부자가 될 수 있다고 하셨다.


그리고 "항상 담대(膽大) 심소(心小)하라."고 하셨는데 포부(꿈)는 크게 가지되 마음은 작은 일부터 실천하라는 뜻이었다.


아버지는 항상 무서웠다.

내가 예닐곱 살 되던 해 여름날이었다. 삼을 베어 삼굿을 할 때였는데, 아버지 어머니 따라 임창석 집쪽 골짝 삼밭에서 베어 놓은 삼을 추리며 삼 이삭도 줍는 일을 도와 드리고 있었다. 한창 그 일에 열중하고 있는데 아버지가 말씀하셨다.

"종회야, 목이 마르니 집에 가서 물 한 주전자만 떠 오너라."

"예!"하고 집에 온 것까지는 좋았다.

물을 주전자에 떠서 마루에 놓고 잠깐 걸터앉아 쉬는 순간 그만 잠이 들고 말았다. 얼마간을 자다가 느낌이 스산하여 눈을 뜨니 화가 나

신 아버지가 작대기를 들고 저 멀리 집으로 오는 모습이 울타리 너머로 보였다. 어이쿠, 잡히면 종아리나 엉덩이에 불이 나겠구나 싶어 걸음아 날 살려라 하고 도망치던 기억이 어제 일처럼 생생하다. 정말 지금 생각해도 식은땀이 나는 아찔한 순간이었다.

아버지 탄신 100주년인 정유년(1917년)이 되니 맏아들인 나도 어느덧 여든한 살이 되었다. 아, 여든 살……. 평소 체력이 좋고 건강하셨던 당신이셨기에 여든 살은 넘겨 사실 줄 알았다. 그런데 몹쓸 병에 걸려 부모님 두 분 모두 회갑 쇠시자마자 일찍 돌아가셨으니 생각할수록 부모님과 함께 했던 모든 일들이 그리운 추억으로 남았다. 마침 국문학을 전공한 만은(晚隱) 동생이 아버지 탄신 백주년 기념 문집을 내자고 하여 이렇게 몇 가지 떠오른 기억을 적을 수 있어 매우 의미 있는 시간이 되었다. 후예들도 집안의 일화를 읽고 교훈으로 삼았으면 하는 마음으로 두서없이 몇 가지를 적었다.

# 아버님 탄신 100주년에

세월 참 빠르지요. 벌써 이렇게 많은 세월이 흘러서 시아버님 탄생 백주년이 되었다고 하네요. 제가 스물 셋에 화동댁 둘째 며느리가 되어서 시아버님, 시어머님하고 같이 살았지요.

제가 본 아버님은 무척 성실하시고, 직심이 대단하셨지요. 밤낮으로 일하시고 일꾼이 있어도 새벽같이 일어나셔서 소죽을 끓이시고 제일 먼저 부엌에 물 한 통 떠다 놓으시고 사랑방에서 가마니도 짜시고 한문 책도 많이 읽으셨지요. 그리고 손님 대접하는 걸 좋아하셨죠. 한 번은 정월에 손님이 오셨는데 장독대에 숨겨놓은 사과와 배를 가지고 오셨는데 꽁꽁 얼어서 못 쓰게 되었어요. 그래서 술상에 사과와 배는 못 놓고 다른 걸로 대체를 했지요.

그리고 아버님은 어머님을 무척 사랑하셨지요. 그런데 어머님 마음은 자녀들이 1순위, 아버님은 2순위였어요. 겨울이 되면 풀을 쑤라고 하시고 큰방 문풍지를 발라주시는 참 자상한 분이셨지요. 큰댁에 제향 모시러 가실 때에는 추운 날씨에도 냇가에 가셔서 목욕재계하시고 가셨지요. 지금 와서 생각하면 고생 많이 하셨지요.

그런데 우리가 서울로 오기로 결정을 했는데 아버님께서 위암 판정을 받으셨죠. 우리가 서울로 온 것이 항상 죄송했습니다. 몇 달 후 서울로 오시면서 우리가 키우던 개를 칠구를 해 가지고 우리집으로 오셨어요. 정성껏 데워 드렸는데도 병은 차도가 없고 더 쇠약해지셨지요. 다 드시고 갑자기 큰댁으로 가시겠다고 하셨어요. 가신지 며칠 만인 음력 3월 3일, 예순 세 살에 돌아가셨어요. 그 때는 뭐가 뭔지 모르겠고 그저 슬프기만 했지요. 이제 시골 어머님은 어떡하시나…. 아버님만 의지하면서 살아오신 시골 어머님이 걱정되었어요.

시어머님은 깔끔하시고 입맛도 까다로우신 분이신데 시골에 뭐가 있나요? 채소 반찬, 누룽지, 숭늉을 좋아하시고, 팥죽 찰밥을 좋아하셨지요. 어머님께서 하시는 말씀이 잘 먹기는 한다만 양념을 아껴 먹으라고 당부하셨으니 예나 지금이나 제가 손이 컸나 봐요.

이렇게 십년 가까이 정이 들었는데 아버님 가시고 이듬해 어머님도 위암 판정을 받으셨으니…. 이제 겨우 환갑이신데 수술했지만 일 년쯤 버티시다가 양평동 원효연립에서 예순 두 살로 세상을 떠나셨지요. 그때는 너무 슬퍼서 아무 생각도 할 수 없었지요. 지금 와서 생각하니 두 분께선 정말 훌륭하신 분들이라고 말하고 싶습니다.


둘째 며느리 **김소남** 올림

# 아버지(화동공) 탄신 100주년을 맞이하며

내 나이 70에 어릴 적 뵈었던 부모님을 회상
해본다. 아버지께선 우리나라에서 둘째가라면
서운할 정도의 근면, 성실함이 몸에 배신 분이
셨다.

삼남 종태

큰할아버지가 재산을 다 탕진하여 아버지 형
제가 너무 힘든 생활을 하셨던 것으로 안다. 당
시 우리 집안은 현조부·고조부시절 권세가로서
유산을 많이 물려받았으나, 그 당시 일제 치하에 한반도 식민지화가 진
행되면서 지주들의 땅을 착취하기 위해 한반도에 노름(화투)을 보급시
켰는데 이에 비극을 만난 것이다. 이웃 재종들은 상급학교 진학하여 대
학교며 유학이며 가는데 아버지 사촌과 형제들은 신학문을 접할 기회
가 없었다. 아버지 형제분들은 집안에서도 으뜸가는 머리를 가지셨고
총명하셨는데 가정형편상 상급학교 진학을 못하셨다.

당시 아버지께서 1917년생이시니 일제 강점기 시절에 보통학교를
다니셨는데 졸업 때까지 1,2등을 한 번도 놓치지 않았다고 들었고 지금
의 나의 모교이기도한 산서초등학교에 가서 나는 호기심에 직접 아버
지 학적부까지 열람하여 확인한 적이 있다. 아버지께서는 농촌에서 땅
한 평도 없이 남의 행랑채에서 신혼생활을 시작하셨고 그것을 극복하
기 위해 밤낮없이 일을 하시어 한 해도 거르지 않고 논과 밭을 몇 마지
기씩 사들이셨다고 한다. 그 땅들로 농사를 지어 빚을 갚아나가며 어느
덧 40마지기가 넘는 자산가 소리를 듣게 되셨다.

아버지는 오로지 다수확하기 위한 공부에 여념이 없으셨는데 당시
아버지는 박정희 대통령과 동갑이셨는데 박 대통령에게 농정에 관한

의견을 여러 차례 서신왕래한 것으로 기억한다. 길에 방치된 짐승들의 배설물도 모조리 수거해 퇴비로 활용하셨던 모습은 아직도 나의 뇌리에 인상 깊게 남아 있다. 그렇게 고된 날을 보내면서 우리 7남매를 모두 도회지 학교에 입학시키셨다.

당신께서도 40세가 넘어 야간에 훈장님들을 찾아가 주경야독하시어 결국 명심보감, 사자소학, 대학, 중용, 논어, 맹자까지 섭렵하셨다. 새벽에 글 읽으시는 소리가 너무도 청아하여 동네 사람들의 칭송이 자자하셨던 그 학구열은 당신께서 늘 품고 있던 열정을 대변한 것이 아닐까 생각된다.

그 후 후학들을 위해 우리 집 사랑채에 서당을 유치해 당시 훈장 이사현 선생을 모시어 서당을 열어 한학을 공부하게 하여 진학 못한 청소년들의 인성교육에도 일조하셨다.

아버지께서는 집안 종중 일에도 남다른 열성으로 타지 남원 목동, 함양, 부안, 전주 등지에서 우리 마을에 찾아오신 집안 종친들을 우리집 사랑채에 모셔 접대하셨는데 우리 형제들을 불러 생면부지 처음 보는 종친들에게 큰절로 인사를 시키시곤 하셨다,

성정이 쾌활하신 아버지는 동네사람들은 물론 면내의 유지들과도 친교하시어 각종 계모임과 애경사에 빠짐이 없으셨는데 그런 자리에서는 항상 좌중을 압도하시는 언변과 유머 기질이 있으셨다.

동네 농악 굿판에서도 상쇠를 맡으실 정도로 두드러졌던 아버지의 흥은 우리 형제 중 둘째와 셋째에게 진하게 이어진 것이 아닌가 싶다.

형제간 우애가 남다르셨던 아버지는 큰집은 물론 전주에서 사업하시던 삼촌네도 틈만 나면 도와드렸는데, 행여 사창에 전주 중부님께서 오셨다는 소식을 접하시는 날엔 나를 시켜서 온 동네를 돌아다니며 찾아뵙게 해 우리 집으로 모셔 와 식사를 대접하시곤 했다,

그토록 안팎으로 모범이 되셨던 아버지는 우리 7남매에게 항상 엄한

훈장님이셨다. 당시 아버지 훈계를 들으려면 무릎을 꿇고 들어야 했는데 너무 오랜 시간 훈계를 듣고 일어서려면 다리가 쥐가 나서 힘들었던 기억들 그래도 감히 싫은 표정 한번 못했던 기억 그것이 참 도리라 여겼던 그 당시 부자간 도리는 지금에 많은 격세지감을 낳게 한다.

방학 때 아버지가 직접 쓰신 천자문과 명심보감을 배웠기에 학창시절에도 한문은 늘 자신 있었다.

고등학교 시절 여름방학에 집에 내려왔는데 앞 냇가에 땀이나 씻으러 가자하시어 따라가 등을 밀어 드렸는데 햇볕에 그을린 등판에 그간의 고생이 고스란히 새겨진 것을 보았다.

"종태야, 애비도 이제 늙었나 보다. 힘이 그전만 못해야."

그 말씀을 하실 때 난 처음 아버지의 약한 모습을 보았다. 당시 아버지는 우리 7남매에게는 산(山)이셨다

청소년 시절 나는 농촌에서 고생하는 삶이 싫어 농사일을 시키실 때 반항하곤 했었다. 뒤돌아보면 청소년기의 나는 노력은 없이 이상만 컸던 것 같다. 주변 잘 사는 친척형제들과 몰려다니며 타지 청소년들과 치고받는 것이 멋지다고 생각했던 착각들은 어렵게 경찰간부시험에 합격한 나의 발목을 잡았다. 나 좋을 대로 살아도 모든 것이 가능하리라 믿었으나 그렇지 않았다.

폭행치상죄로 경찰에 쫓겨 다니던 나날들이 남긴 내 신원상의 기록은 어렵게 경찰간부 시험에 합격하고도 부평 경찰학교 면접에서 당당히 통과했어야 할 나를 가로막았다. 입교도 못하고 돌아오는 길에 나는 지울 수 없는 과거를 마주하며 얼마나 후회했는지 모른다. 이제 와서 세월이 지나며 약해지셨던 아버지의 마음 한켠에, 그 고생 서린 등판에 내 어릴 적 치기어린 행동들이 보탠 상처는 얼마나 될까를 생각하면 한없이 가슴이 미어질 뿐이다.

어머니에 대해 회상해보면, 때론 반항아였던 나를 우리형제 중에서

도 제일 사랑해주신 분이었다. 전주학교에서 잠시 집에 내려왔다 올라갈 참이면 언제나 동구 밖까지 따라 나오시며 눈시울을 적시던 인자한 분이셨다. 고추, 마늘, 깨, 콩, 계란 등을 팔아 마련한 꼬깃돈을 내손에 쥐어 주시며 객지에서 한창때 배곯지 말고 맛있는 거 사먹어라 하시던 모습, 군대 갈 적에 속옷 안쪽에 주머니를 달아 군대 가면 돈도 필요하다며 그곳에 돈을 넣어 꿰매 주셨던 일이 기억난다. 도대체 어머니는 군대도 모르시면서 어떻게 그런 생각을 하셨던가?

이후 수도경비사령부 서울지구 헌병대 군복무 시절 나는 부대 대표로 권투선수와 배구선수로 뽑혀 활동한 바 있다, 그렇게 스포츠를 좋아했던 나는 그때 배운 테니스는 지금도 라켓을 놓지 못하고 있다, 군복무를 마치고 사회 첫발을 법무부에서 국가공무원으로 시작한 나는 7년 후 경찰 간부시험에 매달렸으나 상술했듯 좌절을 맛보게 된다. 당시 1975년 이문동 단독 주택 값이 대지 50평에 7백만 원으로 기억되는데 집 살 때 그 절반을 아버지께서 보태주셨다 첫아이 출산이 늦어지자 어머니께서 한약을 보내와 5년 만에 금쪽같은 첫아들 수환이를 보게 해주셨다. 그 뒤 사기업체(私企業)로 눈을 돌린 나는 당시 롯데그룹에 입사하여 근무하게 되었고, 농한기면 아버지께선 상경하시어 큰아버지 댁을 비롯해 당시 서울에 살던 자식들에게 들르시곤 하셨는데 특히 휘경동 시장에서 사업하던 수환이의 큰외삼촌과 만나 약주를 즐기셨다.

당시 큰아버지댁이 신월동이었는데 조부모님 제사 때면 고향에 계신 아버지 형제 세 분께서 올라오셨고 우리 형제도 같이 참여하였다. 아버지 형제분들께선 약주를 모두 즐기셔 방문할 때 술은 필수였다. 없으면 가게에 가서 다시 사 와야 했다. 그랬던 부모님과 어느덧 형제분까지 모두 작고하셨다.

내가 처자식 먹여 살린다고 부모는 뒷전으로 효도 한 번 제대로 해보지 못하였고, 내 명의로 산 승용차에 한 번 태워드리지도 못했는데 가신 것에 대한 서운함과 아쉬움은 아직도 내 가슴 속에 가득 차 있다. 내 부모님은 똑같이 회갑 쇠자마자 위암으로 작고하셨다 어머니는 서울 세브란스 병원에서 대수술까지 하셨으나 3년 만에 재발 되어 작고 하셨다 그때 막내 현순이가 주야로 간호하느라 고생 많이 하였던 걸로 기억한다.

아버지는 평소 나보다도 기력이 좋으셨고 힘도 좋으셨는데 항상 자기 건강만을 믿고 당신 몸 돌보기를 너무 소홀히 하셨던 것이다. 어느 날 갑자기 찾아온 병마에 수(壽)를 다 못하시고 작고하신 것이다 어머니보다 세 살 연상이셨는데 63세 되던 해에 약속이나 하신 듯 작고하셨다. 무엇이 급하여 그리도 빨리 가셨는지 부모님 작고하신지 벌써 50여 년이 다 되어가는 세월에 나는 무얼 하고 무엇을 위해 살았던가. 어차피 인생은 나그네인 것을….

지금의 나에게 있어 가장 행복한 시절을 말하라면 아내가 전주시 생활체조 강사시절 아내를 차에 태우고 회원들과 다니며 여기저기 행사장 다니던 일과 봄이면 종소와 덕순이 아짐(최용호), 희곤이 등과 삼박골에 가서 두릅 따고 취나물 도라지 더덕 캐던 일, 가을엔 순창 동계 등지에서 메기매운탕 먹고 알밤 줍고 감 따던 일, 모내기철 매년 모내기 끝내는 날 사창 청년회와 부녀회와 같이 전주 사창 향우회와 합동으로 삼박골 일급수 계곡물에서 토종닭과 멍멍이 잡아 야유회 하던 일, 시골의 정취가 물씬 나는 정감어린 삶이었다. 수환이 윤호의 유년기 청소년 시절 광주와 전주에서 승용차로 가고 싶은 곳은 마음대로 가고 즐겼던 시절로 그때는 아이들 데리고 아내와 부모님 산소에도 자주 가서 성묘하고 들에서 쑥 캐고 씀바귀, 도리까쟁이 꽃다지 캐고 부모님 묘소 앞 잔디에 앉아 도시락 먹던 일들이 내 뇌리에 주마등처럼 흘러간다. 그때는 먹고 사는 일이 즐겁고 행복했던 시간이었던 것 같다.

시간도 마음의 여유도 많고 즐기던 그런 생활이 천년이고 갈지 알았지만 그런 시절은 잠깐인 것을, 이제 70대가 된 지금 나를 키워내신 부모님의 삶을 마주해 보면 그저 자식들을 위한 희생만 가득하셨던 부모님의 노력이 밑바탕이 되었던 나의 소년 시절이야말로 가장 숭고했던 시절이 아니었을까 생각해 본다.

우리 7남매를 위해 불철주야 일에 매진하셨고 그것만으로 만족하셨을 부모님의 생애를 회상해 본다. 나는 젊어 한때는 서울에서 회사원 시절 넥타이 부대로 집회에 참여 그 지독한 최루가스 마셔가며 군부독재 타도를 외치며 독재정권에 맞서 민주화투쟁에 앞장섰던 용기와 패기로 똘똘 뭉쳤던 기억들과 정치에 유난히 관심도 많았고 정치를 해보고 싶었던 욕망이 있었으나 나에게 여건이 따르지 못했다 이제 몸도 마음도 많이 약해진 나를 발견하며 나의 남은 인생을 어떻게 사는 것이 진정한 삶인가에 대한 질문을 나 자신에게 자문해 본다.

2016. 5월 삼남 **김종태**

## - 아버지 영전에 바치는 편지 -
## 그리운 아버지

1917년 2월 17일 우석공(愚石公 휘 炯均)과 남양홍씨부인 사이에 6 남매 중 셋째 아들로 태어난 아버지는 차차 자라면서 영특함을 보이셨습니다.

산서보통학교를 다닐 때에는 몹시 가난한 가운데서도 계속 우등생의 자리를 지키셨습니다. 마을 구장(오늘의 이장)으로 계신 할아버지의 구장곡을 받기 위하여 당골 또는 가리대마을까지 다니면서 겉보리를 얻어 찧어 보리죽을 끓여 잡수시고 돌깨뭉뎅이를 내려가면 벌써 시작종이 울리거나 1교시 끝나는 종이 울리기가 예사였습니다. 그러나 이러한 어려운 여건 속에서의 우등생이라는 아버지의 명석한 두뇌에도 불구하고 가정 형편은 점점 더 어려워져 진학을 포기하고 가사 조력을 하시게 되었습니다.

힘든 육체노동에 단련된 가운데 청년이 된 아버지는 어머니 광산김씨부인(光山金氏夫人 휘 玉南)과 혼인하시니 때는 1936년 11월 12일로 아버지 스무 살, 어머니 열일곱 살 때였다지요? 가난한 집안에 따님을 서슴없이 준 것은 외할아버지 오재공(梧齋公 족보명 휘 源泰 호적명 濟源)께서 아버지의 근면 성실을 높이 사신 때문입니다.

21세가 되시던 해에 첫아들 종회, 이어서 둘째 종후, 셋째 종태, 넷째 종원, 딸 계순, 다섯째 아들 종상 그리고 막내인 딸 현순......

근면, 검소, 성실로 일생을 일관해 오신 아버지는 자녀복도 많으셨습니다. 5남 2녀-7남매.(사실은 9남매를 낳으셨지요. 셋째, 아들 종삼과 여섯째, 딸 효순은 병으로 그만 일찍 죽었지요.)

첫째, 둘째, 셋째...... 계속 아들을 얻으신 아버지는 힘이 솟구쳐 남보다 앞서는 생활을 계속하셨습니다.

무에서 유의 창조 – 이것은 아버지의 사전에서 더욱 뚜렷이 찾아볼 수 있는 말일 것입니다. 아버지의 남보다 앞선 피나는 노력은 계속해서 논을 사시도록 했습니다. 한 마지기, 두 마지기, 열 마지기, 스무 마지기, 서른 마지기……

근면·검소함으로써 타의 모범을 보인 아버지는 학구적인 면에서도 남다른 열성을 보이셨습니다. 극심한 가난과 싸우느라 학문에 잠시 소홀했던 아버지는 40대가 되면서 선원이 이 선생님 등 독선생을, 그것도 농한기인 겨울철에 초빙하여 한학을 배우기 시작하셨습니다. 어떤 해엔 초빙하고, 어떤 해엔 서당 선생님이 계신 곳을 매일 찾아다니셨습니다.

그런데 한가한 대낮에 다니는 것이 아니라 새벽 2·3시경에 일어나 쇠죽을 끓이고 사랑방에서 예습·복습을 한 후에 아직도 컴컴한 안산을 넘어 작골까지 매일 다니셨으니……

폭설이 내려 눈이 허벅지까지 차는 데도 아버지는 안산을 넘으셨지요. 작골 서당에를 다녀 온 뒤 아버지는 어머니를 깨워 아침을 짓게 하고, 아들들을 깨워 가사 조력 및 아침 공부하기를 권하시기가 예사였으니 아버지의 근면·성실하심은 어디에다 비할 수가 있겠습니까?

이렇게 농한기에 서당 선생님을 초빙하거나 찾아다니기를 5·6년, 아버지는 유교의 경전을 두루 섭렵하셨습니다. 독실한 전형적인 한국의 유교 가정에서 자란 아버지는 한학에 몰두하면서 확고한 사상을 가지셨습니다. 공자의 학구열, 맹자 어머니의 자녀 교육에 대한 지혜, 기타 중국 한학자·정치가, 우리나라의 한학자들에 대한 이야기는 아버지께서 교훈에 즐겨 인용하시던 고사였습니다.

아버지께선 자녀 교육에 열성이셨습니다. 사창 123번지에 살 때에는 큰아들(종회)·둘째 아들(종후) 또래의 동네 아이들을 모아 놓고 근면·성실을 강조하며 좋은 이야기도 들려주고, '한글 본문장(가갸거겨틀)'

을 선창하면서 따라 읽게 하셨습니다. 때 아닌 한글강습소가 된 것입니다. 아래뜸으로 이사하여서는 아들들을 이웃 마을 독선생에게 보내거나 사랑에 훈장을 모셔와 자식을 위해 서당을 여셨습니다. 독선생으론 선원이 홍회당(晦堂 洪淳柱) 선생, 사랑에 초빙한 훈장으로는 오성리 안개산(介山 安彰洙)·선원이 이사문(思文 李思顯) 선생이 생각납니다. 독선생을 초빙하지 않던 겨울엔 동네 아이들과 자식들을 한데 모아 아버지께서 몸소 한문을 가르치기도 하셨지요. 어려운 농촌 살림에도 불구하고 자식들만은 최소한 고등학교 이상 진학시키고자 하셨습니다.

아버지께선 동기간의 우애 또한 깊으셨습니다. 시세를 따지지 않고 집을 고모댁에 넘겨 준 것이라든지, 큰형인 큰아버지 생신에 가져갈 쌀을 어머니 몰래 도장에서 푸다 큰형수님께 들킨 일이라든지, 어떤 일로 해서 큰아버지가 때릴 때도 반항 없이 맞아 눈이 퉁퉁 부어 수일 동안 바깥출입을 못 하셨던 몇 가지 일만 생각해 보아도 형을 공경하고 아우를 사랑하셨던 아버지의 깊은 동기간의 우애를 짐작할 수 있습니다.

큰아버지는 서울 신월동에 사실 때 큰댁 종형들에게 '공자 맹자 같은 성현이 따로 없다. 너희 화동 작은아버지가 바로 성현이다.'라고 아버지를 본받으라고 곧잘 훈계하셨는데 이 말씀은 형으로서 아우를 잘 평가한 말씀일 것입니다.

아버지는 좌석의 분위기를 사로잡는 힘이 있으셨습니다. 유교적으로 엄격한 가운데서도 분위기를 밝히는 농담을 평소 잘 하셨는데 아버님의 유모어는 농담의 경지를 벗어나 다분히 해학적인 면이 있었습니다. 때로는 농으로, 때로는 시조 가락과 뛰어난 창으로 좌중을 사로잡으셨던 것입니다. 노는 좌석에 끼기만 하면 분위기를 완전히 사로잡으셨기에 아버지께서 가신 뒤 동갑계(同甲契)인 정사계(丁巳契)의 어르신들께선 갑계가 놀러 가도 분위기를 이끌 사람이 없다고 애통해 하셨습니다.

아버님께선 우리 민족 고유의 전통적인 멋과 풍류를 아셨습니다. 목소리가 청아하여 창과 민요를 잘 부르셨지요. '정선 아리랑은 어떻고, 밀양 아리랑은 어떻고, 진도 아리랑은 어떻다.'는 식으로 직접 불러 시범을 보여 설명하시기가 예사였습니다. 지난 1978년 11월 11일, 병환이 위독하여 서울로 모시고 올라올 때에도 둘둘 말은 시조 가락의 악보를 꼬옥 지참하여 가지고 오셨는데…… 맑은 가락을 들려주지도 못하고 가셨지요…….

서울강남시립병원에서 위암이라는 진단이 내려지고, 이어서 암센터라는 원자력병원에서도 같은 진단을 내렸건만 아버지께선 단순한 위장병이라고 태연하셨습니다. 회갑이 지난 뒤에도 쌀가마니를 쉽게 들었던 당신의 건강을 과신함인지 아니면 침통한 표정들인 저희들을 도리어 위로하기 위하심인지…….

1979년 3월 30일, 음력 3월 3일(금요일) 새벽 3시 50분 - 아버지께서 고요히 영면하신 시각이었습니다. 봄비답지 않게 주룩주룩 내리는 비는 아버지를 여읜 저희들의 슬픔을 대신해 주었습니다. 제비가 온다는 3월 삼진날이 아니옵니까…….

돌아가실 무렵이면 고통으로 자녀를 못 살게 굴 만큼 짜증을 내실 것이라던, 그래서 고단위 진통제를 다량 복용하도록 해야 한다던 의사나 약방 사람들 이야기와는 너무도 판이하게 아버지께선 고요히 정말 고요히 주무시듯 가셨습니다.

고향 사창, 당신께서 몸소 마련한 지름댕이 산에 모시고 난 지금에도 아버지께서 돌아가셨다는 것이 실감되지 않습니다.

제가 중학생이던 어느 가을날 소달구지를 끌고 오수(獒樹)에 와 잠시 쉬면서 담뱃불을 붙이는데 그으시던 성냥골이 부러져 자갈 부역으로 쌓아 놓은 신작로 자갈더미 사이로 들어갔지요. 그 성냥골을 찾기 위해 자갈을 하나하나 들어낼 때 저는 정말 창피한 생각뿐이었습니다.

지나던 장꾼들이 힐끗힐끗 쳐다보았으므로……. 너무나 검소한 생활이 몸에 배이셨던 것만은 아닐 것입니다. 아들에게 검소한 생활을 몸소 실천해 보임으로써 교훈을 주었다는 것을 십수 년이 지난 지금에야 깨닫게 된 저의 뇌리에는 그 모습이 너무나 생생히 남아 있습니다.

새벽마다 낭랑한 음성으로 경서(經書)를 강독하시던 아버님이 지금도 불켜져 - 창호지 붙인 - 문 밝은 사랑방에 앉아 계시는 것만 같습니다.

아버지!

지금도 이른 아침이면 어서 일어나라고 아버님께서 깨우실 것만 같습니다.

이렇게 빨리 가실 것을 믿지 않았기 때문에 갖은 고생을 다 하고 한 번도 인생을 즐기는 삶을 누리지 못하셨기에 저희 7남매는 새로운 슬픔에 젖어 회한(悔恨)의 눈물을 흘리옵니다.

그러나 아버지!

아버지께서 가르치신 근면·검소·성실, 자립에의 굳센 의지, 꾸준한 면학, 극기를 통한 동기간의 우애, 해학의 경지에 이른 유모어로 주위를 밝게 하는 사회성, 유교에 바탕을 둔 한국적인 삶의 철학은 저희들 7남매의 가슴에 살아 있습니다. 아니, 아버지를 아는 모든 사람들의 가슴에 길이 전할 것입니다.

아버지, 고이 잠드소서.

1979. 4. 11. (음 3.15.)

아버지 가신 후 첫 삭망전에 넷째 아들 **종원** 올림

# 어머니와 알사탕

넷째 아들 **종원**

어머니는 엿이나 알사탕을 좋아하셨다. 월남전에서 무사히 귀국하여 김포반도 한강 하구에 자대 배치를 받아 청룡부대 해병 병장으로 근무하던 어느 해 초가을. 며칠 외박을 끊어 고향 집으로 향했다. 아버지께는 백화수복 한 병, 어머니께는 알사탕 한 봉지를 사다 드렸다. 깜짝 반가워하시던 아버지와 어머니.

다음날은 어머니를 따라 도독골 밭에서 깻잎을 땄다. 오랜만에 만난 아들, 더구나 월남 전투에서 살아 돌아온 아들과 잠시라도 떨어지기 싫어하는 어머니 마음을 헤아려 도독골 밭으로 어머니와 함께 깻잎을 따러 갔다. 그 때 본 녹음이 우거진 산골은 한 폭의 동양화요, 아늑한 고향 집이었다.

이틀이 지나 고향을 떠나기 전 나는 아버지와 마당 두엄짜리 퇴비를 약간 옮겨 쌓는 작업을 하였고, 어머니는 오정골 밭에 가신다고 하여 안 보였다. 아버지께 귀대하겠다는 인사를 드리고 돌무렁 밭둑길을 지나 오정골로 향했다. 어머니는 오정골 밭일을 하고 계셨다.

"어머이~! 저 부대에 들어갑니다."하고 하직 인사를 드렸더니

"오자마자 바로 이렇게 훌쩍 가니 에미가 마음만 아프다."하신다.

"어쩌겠어요. 국법이 그러한데. 아버지랑 진지 잘 챙겨 자셔서 건강하셔야 해요."

"인제, 언제 오냐?"

"몇 달 안 남았으니 제대하면 와야지요. 방계서 오수 갈 버스 탈시간이 촉박하여 저 가요. 안녕히 계셔요."내가 인사를 하고 당골 앞쪽 아래로 걸어가니 어머니는 밭에서 나와 나를 하염없이 바라보고 계신다. 잘

계시라고 소리치며 바삐 걷다가 다시 뒤돌아보고 또 손을 흔들고 다시 걸었다.

당골마을 앞쯤 갔을 때였다. 뒤에서

"종원아, 종원아!"하고 어머니가 나를 애타게 부르는 소리가 아득히 들렸다. 뒤돌아보니 어머니는 나를 향하여 뛰다시피 손을 휘저으며 오고 계셨다. 나는 걸음을 멈추고 뒤돌아섰다가 안 되겠다 싶어 어머니가 달려오는 쪽으로 뛰어가서 왜 그러시냐고 여쭈니 헐떡이며 사탕봉지를 내게 내미신다.

"이건 어머니 드시라고 제가 사다 드린 것 아니에요?"

"아니다, 내가 줄 것은 이것밖엔 없구나. 사탕 집에 다 있어. 새참 삼아 몇 알 가지고 밭에 나왔는데… 이거 가지고 가면서 출출할 테니 기차 타면서 먹어라. 네가 안 가지고 가면 이 에미가 두고두고 마음에 걸린다."하고 눈시울을 적시신다.

할 수 없이 내가 받아 주머니에 넣고 가던 길을 재촉했다.

"잘 거거라~!"

"예, 어머이, 어서 들어가세요."

바삐 걸으면서 뒤돌아보면 어머니는 그 자리에 그대로 서 계셨다.

"잘 계셔요. 어머이~!"

가다가 또 뒤돌아보며 손을 흔들면 어머니도 손을 흔드신다. 산모퉁이를 돌아갈 때 두 손을 모아 마지막으로 '야호!'하듯 큰소리로

"어머니, 얼른 들어가세요."하고 외치자 어머니도 손을 흔드신다.

아마 어머니는 내가 산모퉁이를 돌아가 보이지 않을 때에도 한 동안 그대로 서서 사라져간 아들 쪽을 하염없이 바라보고 계셨을 것이다.

부모가 지식을 걱정하고 사랑하는 마음을 '열 손가락 깨물어 아프지 않는 손가락 없다.'는 속담으로 일컫곤 한다. 어머니는 다 자란 자식들 얼굴에 뽀뽀를 하거나 안아주거나 하는 살가운 표현은 안하셨다. 그러

나 6남 3녀, 9남매를 낳아 기르면서 편애 없는 자식 사랑을 깊이 간직한 어머니셨다. 그런 어머니의 깊은 사랑을 늘 느끼면서 자랐다. 서울에서 내려간 아들딸들이 너무 반갑고 설레어 들뜬 나머지 잠을 이루지 못할 정도셨다.

먼 타향에서 온 자식들 편지를 받으면 밤새워 읽고 또 읽으셨다. 어머니는 어린 남매를 열병으로 잃고, 7남매를 장성하게 키우셨다. 특히 맏딸 효순이를 잃고 10년이 넘도록 가버린 딸을 생각하며 눈물짓던 모습이 자꾸만 떠오른다. 금년 2021년 12월 14일(화) 음력 11월 11일, 오늘이 어머니 101주년 생신이다. 서기 1920년 음력 동짓달 열하룻날 태어나셨다. 집 나이로는 백두 살이 되신다. 생각해 보니 1981년 음력 10월 17일, 어머니가 이승을 버린 지도 어느덧 40년 세월이 흘렀다. 101주년 탄신일에 어머니 사모하는 마음이 울컥 차올라 옛 추억을 더듬어 보았다.

지금도 오정골 당골마을 앞에서 군대에 귀대하는 아들을 향해 하염없이 손을 흔들고 서 계실 것만 같은 어머니.


**\* 어머니 친정 인적 사항**
광산김씨(光山金氏) 휘 옥남(玉南, 1920.11.11.~1981.10.17. 양 11.13. 17시 20분, 향년 62세)

광산김씨 문숙공파 후예 (文肅公 金周鼎)
아버지 원촌양반 김원태(金源泰), 호 오재(梧齋), 적명(籍名) 김제원 (金濟源,1890.3.14.~1976.3.25. 향수享壽 87세 - 우리 외할아버지)
어머니 원촌댁 남평문씨(南平文氏) 문원촌(文元寸, 1899.10.14.~1964. 3.3. 향년 66세, 文德三과 平康蔡氏의 딸 - 우리 외할머니)

장남(오빠) 현식(賢植, 적명 기영琪瀯,1918.5.25.~1958.5.5. 향년 40
세-둔터 외숙), 장녀 옥남(玉南: 1920.11.11.~1981.10.17. 양 11.13.
17시 20분, 향년 62세,화동댁, 우리 어머니, 장수군 산서면 사상리 우
리 아버지 김은철 님과 혼인), 차남 한영(漢瀯,1924.1.5.~1929.12.3.
향년 6세), 차녀 옥순(玉順,무진1928.11.22.~2010.8.18. 수 83세, 임
실군 오수면 둔기리157. 박환택과 혼인,- 홈실 이모), 3녀 정남(貞
南,1932.1.14.~ , 오수면 오산리196. 오경기와 혼인,- 금산골 이모)

## 근사록(近思錄)을 통한 9덕(九德)

화동 김은철 선생 11대조 거유(巨儒) 담허재(澹虛齋) 김지백(金
之白, 1623~1671) 선생이 강조한 교양인(군자)이 길러야 할 9
가지 덕목이다.

 ① 포용력을 발휘하되, 엄격함을 적절히 유지한다. ② 유연하게
처신하면서도 소신을 꺾지 않는다. ③ 꾸밈없이 소탈하지만 과
격하게 행동하지 않는다. ④ 다양한 능력을 자랑할 수 있지만 자
기 분수를 지킨다. ⑤ 순박하고 인정이 두텁지만 줏대를 잃지 않
는다. ⑥ 솔직 담백하지만 남의 약점을 들추지 않는다. ⑦ 대범
하게 행동하지만 염치(廉恥)를 안다. ⑧ 어떤 일이든지 적극적
으로 대처하지만 만용(蠻勇)을 부리지 않는다. ⑨ 신념을 가지
고 행동하지만 반드시 정도(正道)를 지킨다.

# 그리운 아버님 어머님

존칭만 불러도 눈물부터 납니다.

1975년 지나 아빠와 결혼 후 저는 사창에 남아 아버님, 어머님을 모시고 살게 되었지요. 8개월 동안 사창에 살지 않고 바로 서울로 와 버렸으면 이렇게 두 분과의 추억도 없었겠지요.

그 때는 임신 중이고 마냥 어려운 시집살이였지만 가끔은 아버님께서 "지나 아빠 내려오면 같이 올라간다고 조르라!"고 농담도 하셨지요. 아버님께서는 일만 하시느라 끼니때가 훨씬 지났는데도 들어오시지 않아 애도 태워보고, 늦게 들어오시면 힘드실까 보아 제가 쇠죽도 오후 3시쯤 되면 끓여 놓으면 얼마나 좋아하셨는지요. 아버님, 그런 소소한 일상들이 그립습니다.

어머님!

새벽 일찍 일어나 동녘밭에 가셔서 시금치나물 한 소쿠리를 뜯어다가 주시면 맛있는 시금치나물 아침 밥상에 올려드렸지요. 지금도 그러한 모습이 아련히 떠오르곤 합니다. 언젠가 지나 아빠가 내려와 서울로 올라가야 하는데 큰비가 내려서 흙탕물이 넘실거리며 흐르는 북창 실곡마을 앞 내를 컴컴한 밤에 건너게 되었지요. 어머님께서 걱정스런 목소리로 "종원아, 종원아! 잘 건넜느냐? 애야!" 소리치시던 그 목소리를 다시 한 번 듣고 싶습니다.

어느 날 오수장에 다녀오시면서 대봉감 4개를 사 오셨는데 큰 것과 작은 것을 양손에 들고서 작은 감을 어버님 드린다고 하시기에 제가 "아이고, 큰 것을 아버님 드려야지요!"하며 큰 것을 아버님께 드렸지요. 그 모습을 볼 때 어머님 마음속에는 남편보다 자식들이 먼저였던 것 같습니다.

지금도 생각나는 것은 돌아가시기 보름 전 목욕탕에 모시고 가 몸을 깨끗이 씻겨 드린 것이 마지막 목욕이셨습니다. 목욕 후 얼마나 개운하셨는지 어머님께서 그러셨지요. "이제 죽어도 여한이 없다. 깨끗한 몸으로 갈 수 있겠구나."하셨습니다.

항상 정갈하신 우리 어머님, 그 아프신 병환 중에도 당신 속옷은 저에게 보이기 싫어 비쩍 마른 한 손으로 애벌빨래를 하셔서 비누통 위에 올려놓으시고 "인자, 네가 마무리 하여라."하셨습니다. 그 인품 제가 본받아야겠지요.

두 분 다 너무 일찍 돌아가시다 보니 자식들에게 제대로 효도 한번 받지 못하고 돌아가셨습니다.

제도 어느덧 75세가 되어 새삼스럽게 아버님, 어머님 문집에 추억의 글을 쓰려다 보니 더욱 잘해 드리지 못한 후회만 남습니다. 그 때 제 나이 어린 스물넷으로 철이 없었지요.

두서없는 글이 되었습니다.

아버님, 어머님 뵙고 싶습니다.

넷째 며느리 정혜경 올림

# 그리운 아버지 어머니

막내딸 **현순**

"자 왈

..........

공자께서 말씀하시길···."

　새벽 4시쯤이면 하루도 빠짐없이 사랑채에서 들려오던 아버지 글 읽는 소리에 어린 나는 잠에서 깼었다. 1시간쯤 글을 읽으시고 머슴을 깨우지 않고 소죽을 끓이시고, 삽을 들고 나가신다. 손수 장만한 논 전답이 밤새 내린 비에 둑은 괜찮은지, 어느 논에 피가 많은지, 어느 논에 물이 말랐는지···.

　점검을 하신 다음에 집에 오셔서 아침식사를 하셨다.

　식사 후 대내외적인 스케줄에 맞춰 일을 보시거나 농사일을 하셨는데, 광에 쌀이 가득 차 있는데도, 거리에 떨어진 나락을 보시면 다 주워 주머니에 넣으시고 거리에 널브러진 소똥을 거름하신다고 삽으로 다 거둬들이셨다.　그 근면함과 성실함과 부지런함과 절약정신은 내게는 살아있는 교과서 그 자체다.

　나도 아침준비를 위해 매일 4시 반에 일어나지만 매일 책을 읽지는 않는다. 하지만 아버지의 하루도 빠짐없이 글 읽으시던 모습과 "하루라도 글을 읽지 않으면 이(치아)를 닦지 않는 것과 같다."는 아버님 말씀 때문인지, 책(독서)을 놓아본 적은 없다.

　또한 목청은 얼마나 좋으셨던지 동네잔치나 행사 때 보여주시던 리더십, 그때 부르시던 아버님의 청아한 창 소리···. 지금 생각해보니 아버지는 팔방미인이었던 것 같다. 자식 중에 내가 제일 많이 닮은 것 아닐까? ㅎㅎ

**어머니와 막내딸 현순**

20대 초반 결혼하고 처음 시어머니 아침상을 차리던 날, 끓인 국이며, 나물이며 간을 열 번쯤 보고 정성스레 상을 차리고 마지막으로 밥을 푸려는데 느닷없이 내 두 눈에서 눈물이 주르르 흐르며, "아! 나는 어쩌다 결혼이란 걸 하고 부모님 밥상 한번을 차려드리지 못하나⋯."하는 생각이 저절로 떠오르며 목이 메도록 하염없이 눈물이 흘렀다.

참, 웬⋯. 생각할 때, 그다지 효녀도 아니고 돌아가신 부모님을 매일 그리워한 것도 아닌데 그 순간 그게 도대체 뭔 일인지⋯맘 속 깊숙이 수많은 외로운 날들 속에 켜켜이 쌓여 있던 그리움이었을까?

참, 나처럼 강한 사람한테 웬 말…. 성인이 되어서 손수 밥 한 끼도 지어드리기 전에 돌아가신 두 분에 대한 글을 쓰자니 이게 다 무슨 의미가 있을까 생각하면서도. 이렇게라도 다시 되돌아본 두 분에 대한 시간이 있어 두 눈이 그냥 젖어든다.

다른 분들은 명도 길어 팔십, 구십 세가 되어도 끄떡없더구만 막내딸 시집도 가기 전에 세상을 떠나시고. 내게 왜 그렇게 외로운 시간들을 주셨는지…. 이제 나도 나이 들어 산다는 게 뭔지 생각해보니 그리 대단한 뭔가가 아니고, 같이 밥 먹고, 차 마시고, 외출하고, 떠들고, 웃고… 그렇게 사랑을 나누는 게 아닌가 싶습니다. 사소하지만 그런 소중한 것들을 절대로 나눌 수 없는 두 분….

아버지! 어머니!
제가 세상에서 가장 존경하는 사람은 아버지입니다. 제가 세상에서 가장 우아한 여인으로 생각하는 사람은 어머니입니다.

그 긍지가 어떠한 힘든 상황에서도 절대로 포기하지 않는 저를 만들었습니다. 그러니 어머니, 막내 울음소리는 황천길에서도 들린다던데 염려 내려놓으시고 편히 쉬십시오.

아버지, 어머니!
저를 이 땅에 태어나게 해 주셔서 감사하고, 사랑합니다.

2016년 6월 19일 막내딸 **현순** 올림

# 추구집을 보며

손녀 **미현**

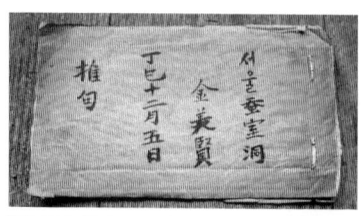

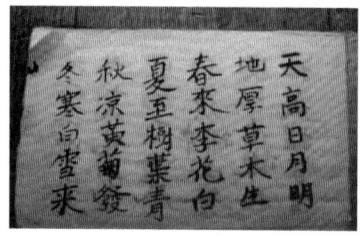

천고일월명이요~ 지후초목생이라
하늘은 높고 날과 달은 밝고, 땅은
두터우니 풀과 나무가 생겨난다.
춘래이화백이요~ 하지수엽청이라

나는 아직도 몸을 옆으로 천천히
흔들면서 읊어낼 수 있다. 할아버지
께서 겨울날 새벽녘이면 가르쳐주신
추구집 덕분이다. 할아버지가 만들어
주신 책, [추구집] 덕분이다. 국민학교에 입학하기 전 우리 셋, 동갑네
기 사촌, 두 살 아래 동생이랑 나, 할아버지한테 한문을 배웠다. 겨울에
만 그랬다. 다른 계절엔 할아버지는 소죽을 끓이시고, 아침을 드실 때
까지 내내 일을 하셨던 것 같다. 앞에 몇 장만을 배우고, 그 다음 해 겨
울에 또 앞 몇 장만 배웠던 것 같다. 그랬는데도, 난 한문이 익숙하고 편
안했고, 중고등학교 시절 한문시간에 최고 점수를 받곤 했다. 난 할아
버지한테 칭찬받는 것이 좋았다. 부지런한 것을 으뜸으로 여기시는 할
아버지 눈에 띄어 칭찬받고 싶어서 새벽에 일어나 인사하면,

"우리 넙죽이 일어났냐!"

기분 좋게 불러주시던 말씀을 칭찬으로 여기며 뿌듯해하고는 이내
다시 잠을 자곤 했던 기억도 있다.

지금도 새벽에 곧잘 일어난다. 거의 매일 5시면 일어나서 기도를 한
다. 5시에 일어나는 것, 거뜬하게 일어나는 것은 아마도 할아버지 칭찬

덕분이지 싶다.

초등학교 4학년 때, 이농의 물결 따라 아버지는 서울 변두리로 이사를 하셨다. 자식들 많은 집엔 전세를 안준다고 하니, 일단 집부터 얻어 하나씩 불러들이는 전술을 따라 하셨는데, 난 형제들 가운데 맨 마지막으로 올라왔다.

엄마랑 아부지 그리고 다른 형제들이랑 살게 된 것은 좋았지만, 변두리 국민학교 전학생은 어색하고, 두렵고, 심심했다. 방학이면 시골에 가고 싶었고, 시골에 가서 지내곤 했다. 5학년인가 6학년 겨울방학 때 할아버지께서는 손수 책을 만들어주셨다. 그 겨울에도 우리는 한문을 배웠던 것 같다. 그러다 가지고 올라온 책, 오늘 다시 본다.

거의 40년만이다. 책을 보니, 내 생긴 모양 따라 '우리 넙죽이'라 부르시던 할아버지 생각이 난다.

# 나의 할아버지 그리고 고향

손자 승수

나의 할아버지는 1917년에 태어나서 1979년에 작고하셨다. 내가 1967년생이니, 나는 할아버지가 51세에 태어났고, 나와 할아버지가 공유한 기간은 12년 정도이며, 할아버지에 대한 나의 기억은 대략 5살부터 13세 사이에 만들어진 셈이다. 고향 마을의 주소는 전라북도 장수군 산서면 사상리 사창. 고향마을에서 버스를 타려면 30분은 걸어야했다. 마찬가지로 매점이나 이발소, 약국도 30분 거리에 있었는데, 적어도 1970년대 후반까지는 그랬다. 그리고 1973년경에 비로소 전기가 들어왔다. 어릴 적 다녔던 주요 장소 사이의 실거리가 얼마나 되는지 궁금하여 네이버지도에서 사창마을회관을 출발점으로 조사해 보았다. 계월국민학교까지 1.9km, 임실군 지사면 영천리 버스정류장 1.6km, 지사면 방계리 면사무소 2.7km, 산서면사무소는 산길로 3km, 오수역 7.6km, 장수군청 24.1km, 남원시청 22.8km.

우리가 늘 사용하는 말은 대부분 한자어이다. 대략 우리말의 70% 이상이 한자어라고 하는데, 심지어 이 심지어(甚至於)라는 단어까지 한자말이다. 그래서 한자어 어휘력이 높을수록 우리말을 정확히 이해할 수 있다. 특히 정확한 표현이 요구되는 교과서나 전문영역에서는 반드시 한자어를 사용한다. 예를 들어 '선사시대'라는 한글을 읽고, 역사 이전의 시대(먼저선 先, 역사사 史)라고 바로 이해하는 사람과 '선사시대는 역사를 기록하기 이전의 시대'라고 따로 배워야만 하는 경우는 받아들이는 속도에서 차이가 날 수밖에 없다. 따라서 언어능력이 형성되는 초등학생 때 한자를 배우면 학업능력이 월등히 좋아진다.

나는 초등학교에 입학할 무렵 할아버지에게 한문을 배웠다. 당시에 사촌형과 작은누나를 가르치시다가 두 살 어린 나도 부르셨는데, 추구(推句)라는 교재를 사용했다. 추구는 인쇄된 책이 아니었다. 나를 위해서 할아버지가 손수 한지를 펼치고 벼루에 먹을 갈아 붓으로 써서 송곳으로 구멍을 내고 끈으로 묶어 만든 필사본이었다. 새 책을 건네주시던 날 표지에 내 이름을 써주셨고 "이것은 이을 승(承) 물가 수(洙), 할애비 이름은 은나라 은(殷) 밝을 철(喆)" 이렇게 말씀하셨다. 그리고 추구는 天高日月明 地厚草木生(천고일월명 지후초목생, 하늘이 높으니 해와 달이 밝고 땅이 두터우니 풀과 나무가 자란다.) 春來梨花白 夏至樹葉青(춘래이화백 하지수엽청, 봄이오니 배꽃은 희게 피고, 여름에 이르니 나뭇잎이 푸르다.) 秋涼黃菊發 冬寒白雪來(추량황국발 동한백설래, 가을이 서늘하니 노란 국화가 피어나고, 겨울에는 차가우니 흰 눈이 내린다.) 이런 내용이었다. 한 자씩 음과 뜻을 배우고, 몸을 흔들어 장단을 맞추며 노래하듯 읽었다. 그렇게 배운 한자는 나에게 두고두고 세상을 마주하는 자신감으로 작용했다. 새로운 단어를 접할 때마다 남들보다 빠르고 정확하게 이해한다면 어찌 자신감이 생기지 않겠는가?

할아버지의 거처는 사랑방이었다. 마당에서 사랑으로 가려면, 마루가 없이 바로 문지방이었다. 양쪽으로 열리는 사랑문을 열고 들어서면, 벽에는 추 달린 시계와 테두리 없이 알맹이만 남은 작은 거울, 할아버지는 그것을 '색경'이라고 불렀다. 그리고 농협이나 농약상회 이름의 달력이 걸려있었고, 골판지 바닥에는 화로와 요강이, 또 바둑판과 물주전자가 놓여 있었고, 앉은뱅이책상에는 편지뭉치와 벼루를 비롯한 문방구가 있었다. 할아버지의 머리는 언제나 짧고 단정했으며 세상에 두려울 것이라곤 전혀 없어 보이는 강렬한 눈빛에는 쉽사리 범접하지 못할 카리스마가 전해졌다. 그래서 모든 식솔들은 할아버지와 마주하면 절로 눈을 아래로 향했고, 고분고분 따랐다. 또한 50대의 할아버지는 단단한 체격이었고 광(창고)에서 쌀가마를 나를 때면 머슴 아저씨들 보다 근력이 좋았고 식사량도 많았다. 외출하는 날은 한복 저고리와 바지 차림에 댓님을 매고 두루마기와 모자 그리고 하얀 고무신을 신으셨다. 손목시계는 불편하게 여겨서 금속 줄에 달린 회중시계를 저고리 주머니에 넣고 다니셨고, 양복이나 구두 차림은 본 적이 없다. 할아버지는 양치를 치약대신 굵은 소금을 묻혀서 하셨다. 할아버지께는 특유의 냄새가 있었는데, 화로에서 나는 타는 느낌과 땀이 섞인 것 같은 냄새였다. 가끔 손에 가시가 박힌 할아버지가 노안으로 눈이 밝지 못하여 내가 바늘을 들고 빼낸 적이 있다. 그때 만져본 할아버지의 손은 거칠고 억센 느낌이었고, 논일을 많이 한 탓으로 손톱의 경계부분과 손바닥의 손금에는 거무스름한 자국이 테를 두르고 있었다. 할아버지는 화롯불이 꺼지지 않도록 하룻밤에도 여러 차례 재와 숯을 다독거렸다. 다음날 아침이면 화로에서 불씨를 일으켜 아궁이의 불을 붙였고, 취사를 마치면 다시 불붙은 숯을 화로에 담아 들이기를 반복했다. 그렇게 하면 성냥을 절약할 수 있었던 것이다. 궁금해진 나는 어느 날 할아버지께 한 달에 성냥을 몇 알이나 사용하는 지 여쭤보았다. 할아버지는 대답 대신 인촌할아버지의 이야기를 들려주셨다. "그 형님 가족이 이사 나갈 때 소달구지에 화롯불을 싣고 떠났다. 3년 후 돌아올 때에도 역시 화롯불을 싣고 오셨는데 성냥을 하나도 쓰지 않았다. 그것이 그 양반의 절약 비결이다."

할아버지는 항상 부지런하셨다. 어쩌다 새벽에 일어나 밖을 내다보면 언제나 일하고 계셨다. 나는 할머니, 고모와 함께 안방에서 잠을 잤는데, 안방의 여닫이 창호지 문에는 밖을 내다보기 좋은 위치에 손바닥 크기의 유리창이 있어서, 추운 겨울에는 허리 아래를 이불속에 두고 조그만 유리창으로 내다보았다. 어둠이 채 가시지 않은 이른 시간에 귀달이 털모자를 쓰고, 할아버지는 그것을 빨치산 모자라고 불렀다. 사랑채 아궁이의 불빛에 반사된 붉은 얼굴로 풀무질하는 할아버지의 모습이 보였다. 할아버지는 언제나 가장 먼저 일어나 의욕적으로 활동하셨다. 그래서 할아버지를 생각하면 가장 먼저 떠오르는 장면은 새벽녘 붉게 물든 부지런한 얼굴이다. 내가 대학입시에 실패하고 재수하던 2월에 새벽별 보고 집을 나서며 의지를 다지던 때가 있었다. 그 때도 할아버지의 새벽녘 모습이 떠올랐다.

대체로 가마솥 안에는 쇠죽을 끓였던 것 같다. 나는 쇠죽 냄새를 특별하게 기억한다. 고향을 떠나 다른 곳에서는 맡아보지 못했기 때문이다. 소 먹이의 재료는 대부분 볏짚이었는데 어린 나는 덩치 큰 소가 어떻게 볏짚만 먹고 힘을 쓰는지 신기하게 생각했다. 나중에 고등학교 생물시간에 반추동물이 셀룰로오스를 소화해서 포도당을 만드는 과정을 배우고 나서야 우리 소의 먹이에 대한 궁금증이 풀렸다. 우리 소는 암소였고 한 끼에 쇠죽 두 양동이를 여물통에 부어주면 남김없이 다 먹었다. 누런 쌀겨를 한 바가지씩 뿌려주면 더욱 잘 먹었다.

할아버지의 사랑방 옆은 머슴방으로 사랑채의 바깥쪽이었다. 머슴을 들일 때 할아버지는 '새경은 쌀 몇 가마, 한 달에 몇 번 집에 가고, 담배는 한 달에 봉초 몇 봉' 이런 식으로 대우를 정했다. 그래서 우리 머슴들은 늘 담배를 말아 피울 종이가 필요했고, 어느 날은 머슴 아저씨의 입에 '철수야 영희야'라고 연필로 눌러쓴 종이가 물려 있던 적도 있었다. 작은 누나가 글쓰기 연습을 마친 공책도 그렇게 사용했던 것이다. 가끔 나는 할아버지와 사랑에서 머슴과 겸상을 받아 식사했는데, 머슴의 밥은 그릇 위로 높이 솟은 고봉밥이었고 숟가락 잡는 방법이 특이했다. 보통 사람은 엄지와 검지 중지를 써서 연필 잡듯이 숟가락을 잡는데, 머슴들은 주먹 쥔 손에 검지에서 약지까지 가로질러 숟가락을 끼워서 큰 동작으로 밥을 퍼먹었다. 또 머슴이 일을 시작하는 첫날은 특별히 좋은 음식으로 대접했는데, 명절도 제사도 아닌 봄날에 고기반찬이

나오면 바로 머슴 오는 날이었다. 그리고 머슴방은 누에를 키우는 곳이기도 했다. 여러 층의 대나무 소쿠리를 가득 설치하고 그 위에서 누에가 자랐다. 누에가 한 창 뽕잎을 먹을 때는 그 방에서 소나기가 쏟아지듯 큰 소리가 났다.

부엌은 '정제'라고 불렀다. 검은색 나무 판으로 만든 양여닫이문을 젖혀 열고 들어가면, 검은색 흙이 다져진 바닥이 나왔고, 왼쪽에는 나무를 쌓아놓은 공간이, 반대편에는 두 개의 아궁이에 솥이 걸려있었다. 솥 주변의 흙이 곱게 다져져 매끄러운 곳을 뜰방이라고 했고 안방과 문으로 연결되었다. 보통 밥을 할 때에는 마른 소나무 잎을 사용했고, 특별한 날에는 장작을 태웠다. 정제에서 벌어지는 진귀한 볼거리는 찰밥을 할 때였다. 뜸들이기 순간에 솥뚜껑 위에 불붙은 장작을 얹어 놓은 장면이 나왔기 때문이다. 그리고 시루떡을 찌면서 솥에 커다란 시루를 얹어놓은 모습도 특별해서 기억난다.

할아버지와 함께 맛본 독특한 음식으로 닭국이 생각난다. 방학 때 고향집에 가면 가끔 맛볼 수 있었는데, 기르던 닭을 잡아서 끓였고, 설날 떡국에도 서울 음식과는 다르게 닭고기를 넣었다. 어린 시절 나는 닭은 당연히 국으로 먹는 것이라고 여겼는데, 적은 양의 닭으로 많은 식구를 먹이려다 보니, 닭 한 마리에 미역을 넣어 한 솥 가득 끓였던 것이다. 서울에 와서는 미역 닭국을 전혀 구경하지 못했다. 나는 나중에도 백숙이나 닭튀김을 즐겨 찾기는 하였으나, 아쉽게도 그 때의 고소하고 담백한 맛을 다시 경험할 수는 없었다. 미역 닭국은 고향에서 접한 최고의 음식이었다. 그리고 돼지고기 국이 생각난다. 돼지고기를 넣은 김치찌개나 부산식 돼지국밥이 아니라 분명히 국이었다. 잔치나 행사가 있는 날이면 별다른 채소도 곁들이지 않은 빨간 돼지국에 밥을 말아 먹었다. 특별히 맛있는 편은 아니었으나 다른 곳에서는 보지 못한 음식이었다. 또 할아버지가 잘 잡수시던 음식으로 '싱건지'가 있다. 이것과 가장 비숫한 것은 물김치인데, 무와 고추 그리고 쪽파만으로 만들었고 봄철에 청국장에 곁들여 먹었다. 그리고 부추무침이 기억나는데, 부추씨는 구자(子)라고 해서 따뜻한 성품으로 몸을 따뜻하게 하고 정력을 돕는 효과가 있다. 이런 부추를 고향집에서는 '솔'이라고 불렀다. 그날 밭에서 뽑아온 솔을 바로 씻어서 고추장 국물에 비벼서 먹었던 것 같다.

안방은 밥하는 아궁이의 불길로 구들이 데워져서 항상 따뜻했다. 조그만 자개장 위에 호롱이 놓여있었고, 벽에는 여러 개의 못을 박아서 옷걸이 역할을 했다. 아침에 일어나면 할머니와 이불을 갰는데 특이한 점은 이불을 시렁에 걸쳐놓았다. 시렁은 기다란 막대기를 고정해서 물건을 걸어 놓을 수 있는 것을 말한다. 현대에는 옷장 속에 옷걸이를 걸어놓는 막대에 해당한다. 나중에 서울학교의 한문시간에 시렁가(架)를 배우면서 오직 나만이 시렁이 무엇인지 알아들었다. 하루 종일 아랫목에 이불을 덮어 놓는 특별한 때가 있었다. 청국장을 발효시킬 때와 엿기름으로 꿀을 만드는 경우였다. 어린 시절 청국장은 냄새나고 맛도 괴상한 음식이어서 관심 밖이었고, 엿을 만드는 일은 아랫목에 단지가 놓인 날부터 매일 손꼽아 기다렸다. 2-3주 지나면 새벽부터 사랑채의 가마솥에 불을 지펴서 저녁 무렵에야 꿀이 되어 나왔고, 밤에는 할머니와 어머니가 머리에 수건을 쓰고 엿을 만드셨다. 고동색 꿀을 두 분이 몇 번 잡아당기면 허연색 엿이 되어 떨어졌고 콩고물을 뿌려서 보관했다. 달콤했고 또 너무 많이 먹어서 속이 부글거렸던 일이 생각난다. 또 겨울이면 무척 추워서, 차가운 샘물에 세수하고 안방문의 쇠 손잡이를 잡으면 손가락이 쩍쩍 달라붙었다. 때로는 쇠죽솥에 넣어둔 한 대야의 물로 따뜻하게 씻는 경우도 있었는데, 대야에서 쇠죽냄새가 났다.

안방의 옆은 도장이었다. 도장은 할머니의 보물창고였다. 어두웠으며, 그릇을 수납한 선반이 있었고, 쌀 넣는 뒤주와 달걀, 꿀, 튀밥, 볶은 콩, 콩고물, 마른 명태 같은 온갖 먹거리를 넣어두었기 때문에 할머니가 도장을 정리할 때는 얼른 따라 들어가 구경했고, 나 혼자 있을 때면 살금살금 들어가 보물찾기 하듯 찾아보았다. 날달걀은 어린아이가 좋아할 맛이 아니었고, 그나마 말린 홍합을 자주 먹었는데 과자구경도 못하던 시절에는 훌륭한 간식이었다. 물론 할머니께 들키면 혼날 일이었지만, 산서 장이나 돌무렝이 밭에 나가실 때가 기회였다. 도장은 바닥이 서늘했다. 난방용 구들이 없었기 때문이고, 나무 바닥 틈사이로 찬바람이 들어서 여름에도 발이 시원했다. 도장 앞의 마루 천정에는 씨옥수수와 수수를 걸어놓았고, 메주를 넣어 두기도 했다. 처마 밑에는 봄마다 제비가 찾아들어 집을 지었다. 제비가 올 무렵 할아버지는 흥부전을 들려주셨다. 또 심청전도 할아버지께 들었다. 벽면은 봄이면 할아버지가 붓으로 '立春大吉 建陽多慶'이라고 써서 붙이는 자리였고, 바닥에는 빨래를 다듬는 방망이와 다듬이돌이 있었다. 그 방망이는 나무를 깎아 만든 것이었는데 표면이 매끄럽고 선이 고왔다. 그래서 나는 미스코리아 대회의 각선미 장면에서 미인들의 종아리를 보면 다듬이 방망이가 떠오른다. 그리고 다듬이 방망이 소리는 경쾌하고 밝았다. 특히 두 사람이 짝을 이뤄 다듬이질 할 때면 정말 듣기 좋은 소리가 났는데, 이 색다른 타악기의 울림은 양쪽에서 노래를 주고받는 것처럼 편안하게 전해졌다. 나에게 고향을 대표하는 소리를 고르라 한다면 단연 다듬이 방망이 소리를 꼽을 것이다.

도장의 옆은 작은방 즉 어머니의 방이었는데, 문의 틀과 문살은 검은색이었고 안방보다는 문고리부터 작았다. 아궁이의 솥에는 주로 돼지죽을 끓였고 껍질을 벗기면 보랏빛이 나는 하지감자를 넣었다. 고향동네에서는 보기 드문 책상이 있었는데 어머니의 학구열을 반영했던 것 같고, 선반위에 있던 태극문양이 붙은 검은색 상자들은 다른 곳에는 없던 독특한 점으로 보아 아마 어머니의 친정에서 온 것일 것이다. 아버지와 형이 외지로 나갔어도 어머니와 누나 둘 그리고 동생, 나까지 같이 지내기에는 방이 작았기 때문에 나는 여섯 살 무렵부터 안방이나 사랑으로 잠자리를 옮겼다. 그리고 이 작은방에서 일어난 특별한 행사는 막은 숙모의 폐백 절을 받은 것이었다. 나와 사촌형제들이 모두 작은방에 모여서 한꺼번에 신부를 맞았는데, 어린 우리까지 절을 받아서 신기하고 황송했던 사건이었다. 처음 보는 숙모 얼굴은 깨끗했고 예쁜 모습이었다.

안채를 내려와 마당을 건너면 거름자리였다. 지푸라기와 찌꺼기를 묵히고 썩혀서 퇴비를 만드는 것이었는데 이것이 고향 냄새의 진원지였다. 서울에서 지내다 고향에 가면 맡게 되는 썩는 듯 구수한 듯 악취도 아니고 향기도 아닌 특유의 냄새. 나는 박완서의 글을 읽고 나서야 이 형언하기 어려운 후각적 경험의 적당한 표현을 알게 되었으니, '두엄냄새'였다. 어릴 적 어두운 변소에 가기 무서울 때는 거름자리에서 대소변을 해결한 적도 많았다. 그리고 거름자리에서 봄철 쌀쌀한 날씨에도 김이 피어올랐고, 비가 오면 여기서 누르스름한 물이 나와 온 마당을 흘러 내렸다. 거름자리의 뒤편전봇대 옆에는 요강의 소변을 모아놓는 커다란 항아리가 있었고, 우리 집과 앞집을 가르는 담장이 있었다. 담장너머 앞집에는 버버리가 살았다. 벙어리를 그렇게 불렀다. 다 큰 처녀였고, 집안에만 숨어 지낸다고 했는데 우리 집 마당에서 그 집의 뒤편이 보이는 위치였기 때문에 몇 번 버버리를 본 적이 있다. "버버리야 말해봐. 와 버버리 힘내라"하고 아이들이 놀리면 알아들을 수 없는 소리로 화를 냈고 조그만 물건을 던지기도 했다. 할머니께 꾸중을 듣고 다시 놀리지는 않았지만 숨어사는 버버리는 무섭고 불쌍하게 여겨지는 묘한 존재였다. 중고등학생 때 소설 '제인에어'에서 로체스터의 숨어 지내는 정신병자 부인 이야기를 읽으며 그 때의 버버리가 떠올랐다.

안채의 정제에서 뒤안으로 가는 담벼락에는 호박넝쿨이 자랐고 키

작은 감나무가 있었다. 뒤안은 뒤뜰을 그렇게 불렀다. 그리고 담장을 덮는 기와가 조금 허물어져 황토 흙이 드러난 부분은 막내 숙부가 자전거를 끌고 월담한 흔적이었다. 대문으로 나가려면 호랑이 같은 할아버지의 눈을 피할 길이 없었던 것이다. 그리고 뒤안의 처마 밑에는 내가 또랑에서 물고기 잡을 때 쓰던 산태미, 땔감용 장작, 사다리, 말아 놓은 멍석이 있었고, 원추리 꽃이 어우러진 장독대에는 크고 작은 항아리가 꽤 많았다.

샘터는 중요한 곳이었다. 당시에는 상수도 시설이 없었기 때문에 식수를 포함한 모든 생활용수를 우리집 대문 앞의 샘에서 물을 길어 사용했다. 샘의 직경은 1.5m 정도였고, 끈에 두레박을 달아서 물을 끌어 올렸다. 이 샘물로 쌀을 씻어서 밥을 지었고, 요리의 재료를 씻고 손질하는 모든 과정이 샘터에서 이루어졌기 때문에 누구 집에서 어떤 음식을 하는지 샘터에서 알 수 있었다. 또한 세수만 가능했고 빨래는 금하는 것이 불문율이었다. 아마 샘의 오염을 염려했기 때문이었을 것이다. 어느 날 아침 어머니가 세수하느라 풀어놓은 손목시계를 잃어버린 곳도 샘터였다. 그래서 샘은 아주 가까운 거리에 사는 사람들만 사용할 수 있었고 그곳에서 늘 만나던 수곡할머니, 종춘이네는 상세하게 기억난다. 종춘이는 나보다 한 살 아래였다. 종춘의 누나는 순화였고 내 둘째 누나와 동갑이었으며, 시대를 앞서간 힙합스타일이었는지 바지를 골반 아래에 걸쳐 입어서 앉을 때는 엉덩이가 드러났다. 그런데 나는 종춘을 통해서 패치기 즉 딱지치기를 배웠다. 종춘이는 외삼촌 덕철에게 배운 것이었다. 든든한 선생님이자 응원군이 있는 종춘이는 내 딱지를 모두 따갔다. 분했지만 내 편이 되어줄 형은 너무 나이 차가 많았고 멀리 있었다. 하루 종일 혼자 딱지를 접는 모습을 보다 못한 어머니가 딱지를 접어주셨다. 딱지치기를 잘 하려면 먼저 두껍고 질긴 종이가 필요했다. '새농민'의 표지와 안쪽의 빳빳한 종이가 제일 좋았다. 또 누나의

헌 미술책을 모두 접어서 상자 가득 만들었다. 연날리기도 종춘과 덕칠을 통해서 배웠으니 그들은 어린 시절 새로운 놀이문화를 접하는 창구였던 셈이다. 그리고 코흘리개 영희네가 전주로 이사 가고 그 집에 우뜸에 살던 순열이네 형제가 옮겨와서 나의 새로운 놀이 선생님이 되었다. 우뜸은 동네의 윗부분을 말한다.

샘터의 장관은 단연 '짐승잡기'였다. 닭을 잡는 모습은 자주 보았고, 간혹 큰 행사나 잔치가 있으면 개나 염소, 돼지를 도축했는데, TV가 없던 시절의 심심한 어린아이들에게는 진귀한 구경거리였다. 우리 집에서 닭을 잡으면 내장을 갱이 할머니에게 드리곤 했는데, 아마 연장자를 공경하는 풍속이었던 것 같다. 종춘이네는 철마다 염소나 개를 잡았다. 종춘의 아버지가 어떤 만성질환이 있어서 보신용이었을 것이다. 털을 불에 그슬려 정리하고 배를 가르면 김이 모락모락 올라오는 내장이 나왔다. 사람들은 간(肝)과 쓸개가 건강에 도움이 된다고 여겼는지 보통 그 자리에서 쓸개나 간을 날것으로 먹었다. 덕분에 나는 어린 시절부터 동물의 내장을 구경할 수 있었고 미리 해부학을 배운 셈이다. 당시 큰누나가 마련한 염소를 잡은 곳도 샘터였다. 누나가 계월국민학교에 다니며 6년 동안 저금한 돈을 어머니 보신용으로 내놓은 것인데, 어머니의 건강을 염려했기 때문이었다. 어느 봄날 방앗간 집 종일이 엄마가 "유수야 너그 엄마 죽었다. 빨리 가봐라"라고 했다. 앞니가 벌어진 이 아줌마는 본래 수다스럽고 떠벌이어서 반신반의하면서도 집으로 뛰어갔다. 이불을 덮은 어머니가 도장 앞의 마루에 눈을 감고 누워 있었고 목들할머니, 숙모, 수곡할머니가 어머니 옆에서 팔다리를 하나씩 맡아 주무르고 있었다. 내 가슴이 마구 콩닥거렸었다. 그렇게 몇 번을 놀란 우리 남매는 어머니의 건강이 간절했던 것이다. 추론해 보면, 어머니는 빈혈과 허혈성 실신이었을 것이다. 어머니는 겉모습과 다르게 타고난 체력이 약했고, 다산의 후유증이 있었는데, 근검절약하는 시부모 밑에서 노동량은 많고 먹는 음식은 부실한 봄철이면 탈이 났던 것이다. 어머니의 봄 병은 이후에도 남아 있다가, 내가 한의사가 되고 어머니 몸에 맞는 처방을 찾아 보완하고 나서야 벗어났다.

고향의 잔치는 대체로 마당에 가마솥 뚜껑을 뒤집어 커다란 프라이팬을 만드는 것과 돼지를 잡는 것으로 시작했다. 가마솥 프라이팬 아래에는 돌이나 블록으로 받침대를 설치해서 장작을 피웠고 동네 아낙들이 모두 달려들어 전을 부치고 음식을 만들었다. 고소한 들기름 냄새가 온 동네에 퍼지고 커다란 막걸리 통이 보이면 잔치가 무르익은 것이었다. 경순 고모의 결혼식 때는 목들할아버지댁 마당에 온 동네 사람들이 모였었고, 만은 숙부의 결혼 때는 계월초등학교 선생님들도 모셔서 식사 대접을 했다. 나의 1학년 담임선생님과 마른 얼굴에 곰보자국이 있는 남자 선생님이 자전거를 타고 오셨다. 수곡할머니네는 하얀 개를 키웠다. 복구라고 불렀는데, 한자로 '복구(福狗)'였는지 나름 세련된 서양식으로 '버크'였는지는 확실하지 않다. 어린 나는 수곡할머니를 복구엄마라고 불렀다. 계월국민학교에 입학하던 해 봄에 볼걸이를 앓느라 3일을 결석했고 뱅기의 의사에게 갔다. 뱅기는 '지사면 방계리'를 시골스럽게 부른 것이고, 의사는 한지의(限地醫)였을 것이다. 한지의사는 의료 인력이 부족하던 6,70년대에 의과대학 졸업자가 아니면서 의료지식이 있는 사람에게 제한된 의료행위를 허용한 제도였다. 아무튼 어머니 등에 업혀가다가 잠시 복구엄마에게 업혀서 다녀왔다. 그리고 수곡할머니는 어머니를 '질부'라고 불렀고 어머니는 '아짐'이라고 부르며 자주 이야기를 나눴는데, 주로 자식자랑을 하거나 한탄하는 내용이었고 마무리는 대략 "종승이와 성수가 시험에 합격하면 오수장에서 함께 춤추세"였고 나중에 서울로 이사한 뒤에는 "남산에서 춤추세"로 바뀌었다. 수곡할아버지는 하얀 콧수염이 있었고, 눈매는 영화배우 안소니 퀸을 닮았으며, 하얀 저고리와 바지 차림에 말수가 적었고 떨리는 음성이 특징이었다. 그리고 복구네 집에는 동네에 찾아든 행상들이 묵어가곤 했다. 옹기장수가 왔을 때는 항아리를 묘기처럼 많이 이고 와서 복구네 마당에 쌓아놓았고, 게장수는 하얀 쌀자루에 구물거리는 게를 담아왔었다.

할아버지의 막내 동생은 지척에 살았다. 우리집 외양간 뒤편이 바로 작은할아버지 댁이었다. 할머니의 친정을 따라 '목들할아버지'라고 불렸는데, 하루는 사촌 형과 내가 사랑 화롯가에서 전날 배운 한문쓰기를 익히는 중이었다. 아마 물 수(水)를 쓰는 차례였을 때 목들할아버지가 들어오셨다. 벼루의 먹물을 붓에 찍어서 신문지에 쓰는 일곱 살, 아홉 살 꼬마들의 글씨는 굵거나 얇거나 비틀어져서 좀처럼 바른 모양이 나오지 않았다. 한참을 지켜보던 목들할아버지는 버럭 호통을 치셨다. "그런 삐침이 아니야. 또 틀리면 한 대 맞는다." 우리 할아버지와는 다른 젊고 매서운 호통이었고 우리는 그날 잔뜩 겁먹었다.

목들할아버지와 할머니는 모두 애연가였다. 작업 중에는 귀 뒤에 안경테 걸치듯 하얀 궐련을 끼워 두었다가 휴식시간이 되면 나란히 앉아서 담배를 피우셨다. 나의 할아버지 할머니가 담배를 멀리하셨기 때문에 신기하게 바라보았다. 나의 할아버지 할머니가 돌아가신 이후에 고향을 찾으면 목들할머니가 우리 가족을 살갑게 맞아주셨다. 그래서 목들할머니는 내 마음속에 고향집이 따뜻한 이미지로 오랫동안 남을 수 있게 만들어준 고마운 분이다. 내가 중학생 무렵 만은(晚隱) 숙부께 '당숙(堂叔)'의 당은 어떤 의미인지 여쭤보았다. 아버지의 사촌형제인데 옛날 대가족제 시대에는 같은 집에 살았기 때문에 집당(堂)으로 표현하며, 나에게는 종보 종도 종유 당숙이 해당한다고 일러 주셨다. 그래서 바로 알아들었다. 당숙은 가장 가까운 아저씨였다.

할아버지의 가까운 형님은 전주에 사셨다. 한복에 두루마기를 입고 중절모를 쓴, 그리고 흰고무신이나 털신을 신고 커다란 자전거를 타고 오셨다. 대체로 얼굴은 불콰하게 취기가 돌았고 자전거에는 새끼돼지를 담은 직육면체의 커다란 대나무 상자가 실려 있었다. 어려서 나는 이 할아버지를 신기하게 여겼다. 우리 할아버지보다 체격이 작고 분명 힘도 약해 보이는데, 어떻게 무거운 자전거를 끌고 전주까지 갈 수 있을까? 하는 궁금증 때문이었다. 나중에 알고 보니 오수까지만 가면 기차에 자전거를 실을 수 있었던 것이다. 나의 할아버지는 전주 할아버지와 자주편지를 주고받았는데 편지에 적힌 '金東喆'은 내가 읽을 수 있는 쉬운 글자였다. 그래서 내가 '동철이 할아버지'라고 했다가 어른은 이름 대신 당호(堂號)를 사용해야한다는 가르침을 받은 적이 있다. 학교에 들어갈 무렵 부모님을 따라 전주할아버지 댁을 방문했었다. 전주가 큰 도시라고 알고 있던 나에게 전주할아버지의 집은 한마디로 실망스러웠다. 대문에 세로로 이름이 적힌 낡은 문패가 달려 있었고, 좁고 야트막한 기와집에 하숙을 치고 돼지를 키우셨는데, 시골집과 별반 차이가 없었기 때문이다. 또한 당시의 전주는 무척 시골스러웠다. 물론 일부분이었을 수도 있지만 할아버지 댁 부근은 말이 끄는 수레가 자동차보다 훨씬 많이 다녔다. 수레에는 말의 똥받이 보자기를 달고 다녔지만 길가에는 말똥이 널려 있었다. 나의 아버지가 전주농림고등학교에 다닐 무렵에는 이 할아버지 댁에서 하숙했다고 한다. 그래서인지 부모님은 전주 할아버지 할머니를 무척 친근하게 대하셨고 나도 전주에 가면 같이 인사드렸던 기억이 난다. 중학시절 여름 방학에 전주 할아버지 댁에서 증조부 제사에 참여했었다. 전주 할아버지가 장남은 아니었는데 한동안 부모님의 제사를 모셨던 것이다.

할아버지의 여동생 즉 고모할머니는 우뜸에 살았고, 여느 할머니처럼 쪽진 머리를 했는데 내가 어려서 돌아가셨기 때문에 기억이 많지 않다. 고모할머니의 아들인 명희아재는 우리 할아버지와 많이 닮은 얼굴이었다. 아버지 형제들보다도 오히려 더 닮은 것 같았다. 그래서 더욱 친근했고 또 고향에 남겨진 아버지의 전답을 맡아주었던 고마운 분이다. 재남이는 고모할머니의 손자인데 나와는 한 살 차이였고, 앞의 종춘이네가 재남이의 외가였기 때문에 같이 어울린 적이 많았다. 언젠가 잔치를 치른 날 일가친척들이 모두 모여 식사하는 자리였다. 여느 잔치처럼 어린 사람들이 모두 모여 한 상을 받았다. 창수형, 나와 지수, 재남이 형제 그리고 종유 당숙까지 함께였는데 내 옆의 재남이가 밀고 당기는 장난을 하다가 내 국에 침을 뱉고 달아났다. 정말 장난꾸러기였다. 당시의 국은 빨간 기름이 둥둥 뜬 돼지국이었다.

할아버지는 내가 초등학교 6학년이던 해 봄에 돌아가셨다. 장례를 치른 후에도 우리 집에는 1년 동안 거실의 윗자리에 할아버지의 위패를 모셨고, 매일 아침과 저녁에 진지를 올렸다. 또 초하루와 보름에는 제사를 모셨다. 할머니가 돌아가시고도 1년 여 동안 같은 의식을 지속하셔서 내가 중학교 다니는 동안은 거의 매일 할아버지 할머니의 진지를 올렸던 것 같다. 이후 부모님은 거실 벽의 제일 좋은 자리에 할아버지의 사진을 모셔두었다. 그리고 아버지는 집을 나서고 들어올 때마다 할아버지의 사진을 바라보며 기도하는 듯, 대화하는 듯 하는 의식을 반복하셨다. 또 내가 나태한 모습을 보일 때나 좋은 성적을 거두었을 때도 할아버지의 성실함을 본보기 삼아 격려하셨다. 그래서 나는 자라면서 할아버지가 늘 가까이 계신 것으로 여겼고, 할아버지를 생각하면 흐트러진 마음을 바로잡는 것으로 알았다. 이제는 할아버지를 생각하면 고향마을이 생각난다. 그리고 할아버지가 왕성하게 활동하셨던 내 어린 시절이 떠오른다. 지금도 가끔 고향을 찾는 까닭은 할아버지의 산소를 찾기 위함이다. 2017년은 할아버지가 살아계셨다면 101세가 되는 해이다. 그리고 51세가 된 나는 대학생 딸과 아들에게 성실할 것과 건강한 몸과 마음을 당부한다. 그 때마다 부지런하고 나에게 한문을 가르쳐주셨던 고향의 할아버지가 떠오른다.

화동 선생 내외분 추모시는 넷째 아들 시인 **종원**이 썼다.


## 사부곡(思父曲)


### I. 아버지의 냄새

질퍼한 들판같은 든든함이
그리울 땐
가슴아피처럼 도지는
여섯 살 어린 시절의 추억

방아들논
물꼬 보는 아버지 따라
들길을 간다.

시샘하듯 때 맞춘 세찬 소나기에
새막에 갇혀
시간여를 하늘만 우러르다가
안 되겠다 싶은 아버지는
꼬맹이를 들춰 업고 빗속을 가른다.

등에 업힌 꼬마둥이는
고속도로를 질주하는 우등 버스인 양

철로를 달리는 새마을호 손님처럼
차창 밖 삼아
빗속의 들판을 바라보다
수마에 쫓겨 안락의자에 얼굴을 묻었다.

마을 앞개울은 태평양
첨벙!
소리에 눈 뜨니
잠수함 아버지호는 대양을 헤엄치듯 건너고 있었다.
이 때
끈끈한 아버지 등에서
진하게 배어 오는
아버지의 냄새

불혹에서 지천명의 고개를 오르면서도
아버지의 냄새가 그리울 때마다
가슴앓이처럼 도지는
여섯 살 어린 시절의 추억


## II. 목화 따던 아버지

하얀 눈이 내리고
밝은 햇살이 비칠 때마다 도지는
열한 살 목화 따던 추억

양지 바른 돌무렁 산자락에
가지런히 베어 놓은 목화 가지에서
하얀 목화가 꽃마냥 피어날 때
온 식구를 거느려 목화 따던 아버지

눈처럼 하얀 목화 송이송이를 뽑아낼 때
아들놈은 신이 나는데······
목화 팔아 광목 사다 검정물 들여
핫바지 대신 신식 양복해 준다는
아버지 말에
서울서 온 용재처럼
신식 광목 양복 입고
영옥이 앞을 뻐기고 다닐
자신의 모습을 떠올린 아들놈은
실실 흘러내린 웃음을 마냥 쳐다보고 있었다.

핫바지와 목화
하얀 눈을 볼 때마다
감기처럼 도지는
열한 살, 아버지와 목화 따던 추억


## Ⅲ. 부러진 성냥개비에 얽힌 전설

멀쩡한 가구가
아파트 뜨락에서

버림받아 방황할 땐
충격처럼 다가오는 열네 살의 추억

시골 장날
소달구지 모는 아버지 따라
타박타박 신작로를 간다.

오가는 자동차의
뽀오얀 먼지도 아랑곳없이
하이얀 이를 드러내고 웃는 아버지는
소달구지에 실린 쌀이며, 콩이랑 돼지 새끼의
짐삯을 헤아리고 있었다.
바닥이 갈라져 샌다고 투정하는
아들놈 검정 운동화를 사고도
절인 고등어와 갈치를
열하룻날 일꾼들 입맛 맞출 만큼이나
살 수 있어서였겠지.

장터 국밥과
모주 한 사발로
요기를 마친 아버지는
신이 나서 돌아오다가
성냥개비를 그었다.
저런, 중동이 잘린 성냥개비는
신작로 가장자리 자갈더미에 내려앉았다.
쇠고삐를 아들놈에게 맡긴 아버지가

자갈을 하나씩 들어낼 때
아버지를 놀리듯
동강난 성냥개비는 장난스레 밑으로 굴러떨어지는데
보물찾기인 양 장꾼들이 우루루 모여 들어
에워싼 틈에
중학교 한 학년인 여학생과 눈길이 마주친 아들놈은
귀밑까지 빨갛게 부끄럽고
아버지가 미워지도록 창피하더니

기어코, 자갈더미 바닥께에서
잃어버린 보물을 찾아들었을 때,
싱겁고 허망한 웃음을 던지고
겸연쩍게 사라진 군중들이 없었기나 한 양
아버지는 보물로 담뱃불을 삼았다.

독일 사람들은 세 사람도 더 있어야
성냥개비를 긋는다는
아버지의 말이 사실이거나 말거나
부전자전이 된 절약의 산교훈.

멀쩡한 가재도구가
낙엽처럼 나뒹굴 때마다
주마등처럼 다가오는
열네 살, 성냥개비의 추억

## Ⅳ. 아버지의 새벽 글 읽는 소리

아버지 글 읽는 소리로 하루를 열면
첫닭도 졸다가 홰를 치고
어미소는 송아지를 다시 핥았다.

한문 경서(經書) 강독을 끝낸 아버지는
쇠죽을 끓이더니
아내와 며느리를 깨우자
안채 굴뚝은 모락모락 연기를 피우고
늦잠 못 잔 아들놈은
행군하는 졸병처럼
졸며 깨며 냇가로 쫓기더니
냇가 새막에 벌렁 눕는다.

아직 여섯 시도 안 되었으니
더 자도 된다고
산속에서 해님은 실없이
꼬드기지만
겁 많은 아침 잠
아버지 헛기침소리에 놀라 달아나면
아들놈은
개울물에 얼굴을 움킨 둥 마는 둥
가방을 싸고
덜 퍼진 보리밥
아욱국에 고추장 풀어 마시더니

고입 아침 보충이 있다며
마냥 부산하다.

이른 새벽
오줌 마려울 때마다
지금도 들려오는
독경소리 같은 새벽 글 읽는 소리.


## V. 아버지의 노랫소리

유월이 되면
귓가에 맴도는 아버지의 농요 가락

아버지는 소리꾼
청아한 목소리 유월 하늘을 날아
농요(農謠) 가락 한 소절에 들판이 춤추면
오형제와 머슴은 방아들 논 다섯 마지기를
이양기보다 빨리 메웠다.

신이 난 명창은
진도 아리랑은 어떻고
밀양 아리랑은 이렇게 빠르고
정선 이리랑은 저렇게 서러운 가락으로 부른다며
시범을 보여 선창하면
유월 들판은 생기 절로 펄펄 나 들뜨고

진초록으로 물들지.

지금도
모내기철이 될 때마다
귓가에 맴도는 아버지의 민요 가락


## VI. 화동양반은 웃음 보따리

화동양반은 웃음 보따리였어.
정사계(丁巳契) 어른들
매양 전설처럼 일컬었지.

당신의 소년 시절
할아버지 제삿상이 새벽까지 이어지자
닭장에서
열한 살 수탉 소년의
닭울음소리 들려
할아버지 혼령은 다음을 기약하고
철상과 음복을
한두 시간 앞당겼다지.

그 익살
연륜이 쌓여
죽어 가던 모임의 분위기
다시 살리는 명의(名醫)로

고을 사람들 입에 오르내려
아, 화동양반
그 해학(諧謔)과 재치여.

이런 저런 모임 때마다
마이크가 손에 쥐어질 때면
부전자전(父傳子傳)은 부도난 전설
허망함을 잉태하고
님의 해학과 청아한 목소리만
허공 위를 떠돌아야.

화동양반은 웃음 보따리였어.
정사계(丁巳契) 어른들
매양 전설처럼 일컬었지.


## Ⅶ. 아버지의 큰 주머니

군인 야전잠바를 볼 때마다 떠오르는
아버지의 작업복

검정 물들인 군인 야전잠바로
가을걷이가 시작되면
아버지의 그 큰 주머니는
서리가 내리도록 불룩하여
궁금증을 증폭시켰지.

투시경으로 보았더니
벼 이삭 조금
콩 낟알 조금
서속 모가지 한 개
길에 떨어진 단추 몇 개
들길에 떨어진 생고구마 한 개
마당에서 주운 부러진 바늘
동구밖에서 주운 헝겊 한 조각
고샅에 뒹굴던 사금파리
그리고
월남 전쟁터에서 보낸 넷째 아들 편지

앗!
아버지의 주머니는 생명의 근원
미물 속에서 살아 꿈틀거리는 아버지의 진실

오늘도
큰 주머니는
불룩하게 아버지의 마음으로 채워
아들놈 가슴을 적신다지.


* 주(註) 연작시 사부곡(思父曲)의 일부임.

## 아버지 산소에서

쌀가마니도 번쩍 들던 장사여서
언제까지나 내 곁에 계실 줄 알았던 님

칠남매가 기댈 줄만 알아
서울 구경 한번 제대로 못 시켜 드리고
옷 한 벌 못해 드렸는데 무엇이 그리 바빠
회갑 쇠자마자 서둘러 떠나셨을까

어제는 밥상머리 좋은 말씀 끝이 없더니
못 잊을 칠남매 어찌 다 잊고
오늘은 말없이 누워 계실까

해마다 한두 차례 가는 성묘 길
즐기시던 약주만 한숨 섞어
잔 가득 부어 올리네.

언제까지나
내 곁에 계실 것 같은 우리 아버지
가신지 사반세기 말없는 구름
덧없이 산 너머로 흘러만 가네.

## 홀로 우는 뻐꾹새

오월 봄비가
애타게 불러내어

뒷동산 대숲 너머
뻐꾹뻐꾹 오는 여름

보리밭
푸른 이랑에
파도치는 사모곡.

돌무렁 보리밭은
오월의 푸른 바다

보리피리 뱃고동에
초록 바다 길을 열면

비 맞고
둥지 찾으며
홀로 우는 뻐꾹새.

## 살강 닦던 임 그리워


삼[麻] 그릇 밀쳐 놓고
품앗이 방 빠져 나와


급한 일 빨리 보듯
아픈 배 만진 한낮


화동댁
사립문에는
또 고추가 열렸다.


짧다란 동짓밤이
편지지를 물들이면


서울의 아들딸은
늘 그렇게 날아오고


밤마다
방울방울로
그렁그렁 지샌 모정(母情).


동짓달 열하룻날*
찬 달 스민 창가에서

정결로 떠오르는
살강 닦던 임 그리워

바람도
걸음 멈추며
생신날을 탓한다.

* 동짓달 열하룻날 : 필자의 돌아가신 어머니의 생신

# 어머니

부르면 눈물로만 떠오르는 당신은
기묘년 그 흉년도 가멸지게 꾸리시고

봄 바람
복사꽃 미손
못난 자식 감쌌지요.

당신은 집안의 태양 안해가 어울리고
사랑은 생명이라 아들딸 여럿 빚어

차디찬
가슴가슴에
더운 눈물 채웠지요.

고인 정 그렁그렁 막내딸 뺨 타 흘러
춘 삼월 무덤가에 전설의 꽃 활짝 펴서

오늘도
사랑의 씨앗
마음밭에 뿌리네요.

## 이지러지는 달을 보며

어제는 보름달이
오늘 벌써 이지러져

낭랑한 임의 음성
아련히 띄워 놓고

화동댁
텅 빈 마당을
쓸쓸하게 비춥니다.

산 같은 그리움이
턱까지 차 오를 땐

서역 삼만리를
비상하고 싶을 땐

남기신
글월 읽으며
허전함을 달랩니다.

이월 열이렛날*
이울 듯한 달을 보며

맨손으로 창조하신
거룩한 삶 떠올리며

또 한 번
작아만 지는
제 모습을 봅니다.


\* 이월 열이렛날 : 필자의 돌아가신 아버지 생신

# 어버이 산소 사초하는 날

포클레인은 큰 일꾼
산을 다듬어
명당을 만든다.

어버이 가신지 사반세기
뒤늦게 새 옷 입는
지름댕이 유택(幽宅)

억새풀 뿌리를 뽑아내고
새 솜이불 덮듯 새 흙으로 바꿔
금잔디를 입히는 날

일은 포클레인이 하고
들밥은 온 동네가 먹어
누렇게 감사로 물결치는
지름댕이 들판

포클레인은 재주꾼
동네 사람들 불러 모아
들판 잔치를 벌인다.

기축년(2009년) 설을 쇠는 화동 선생 넷째 아들 며느리와 손자 손녀들
(앞줄 우측부터 넷째 며느리, 넷째 아들, 맏손자 성수, 둘째 아들 차남 광수,
뒷줄 우측부터 맏아들 차남 승수, 넷째 아들 장녀 지나)

기축년(2009년) 설을 쇠는 화동 선생 손자 손녀와 증손녀들
(우측부터 다섯째 아들 종상의 장녀 한나, 셋째 아들 종태의 장남 수환, 맏손자
성수 장녀 윤하, 성수 차녀 현주, 맏아들 차남 승수 장녀 예지)

# 제2장

## 화동 김은철 선생 묘비문

# 和洞 金殷喆 先生 墓碑文

公丁巳 一九一七年 二月 十七日生 己未 一九七九年 三月 三日 卒享
年 六十三歲

配 庚申 一九二十年 十一月 十一日生 辛酉 一九八一年 十月 十七日
卒 享年 六十二歲

公의 姓은 金, 휘는 殷喆, 字는 永基, 號는 和洞, 본관은 扶安이다. 公
은 長水郡 山西面 社昌에서 愚石公 휘 炯均님과 南陽洪氏 휘 基東 님의
四男二女 중 셋째 아들로 태어나셨다.

公의 遠始祖는 新羅 大輔公 휘 關智, 始祖는 경순 대왕의 태자 휘 鎰
이시니 抗麗 독립 투쟁 정신이 빛나고, 中始祖는 高麗平章事 文貞公 휘
坵시니 곧은 문장으로써 나라를 지키고 빛내셨으며, 郡事公 휘 光敍께
서는 고려가 망하자 벼슬을 버리고 歸鄕하는 不事二君의 忠節을 지키
셨다. 修身齊家의 모범인 司直公派祖 휘 後孫님은 公의 十六代祖시며,
임진왜란의 의병장으로 정유재란에 殉國하신 贈吏曹判書 忠景公 휘
益福님은 南原 入鄕祖로 公의 十三代祖시다. 十一대조 증사헌부 집의
澹虛齋 휘 之白께서는 大義를 세운 巨儒이시니, 곧 山西面 入鄕祖시다.
고조는 五衛將 휘 漢弼, 증조는 昌隱公 휘 洛鯉, 조부는 社昌公 휘 禧述
님이시다.

公은 매우 총명하여 산서보통학교를 우수한 성적으로 마쳤으나 가
난으로 진학을 포기하고, 농사에 힘써 無에서 有를 창조하였으니 맨손
으로 시작하여 논밭, 四十여 마지기를 마련하신 것이 그것이다.

亡國과 가난의 역경 속에서도 근면, 검소, 성실로 난관을 극복한 公
은 四十여 세가 되어서야 틈틈이 漢學에 몰두할 수 있었으니 洪晦堂,
李思文 선생에게 受學하고, 겨울이면 사랑에 마을 아이들을 모아 가르

치셨다. 이 때부터 公은 마을 사람들의 이사 혼인 등의 擇日과 祝文 작성에 봉사하는 생활을 하셨다. 새벽같이 일어나 經書를 강독하고, 쇠죽을 끓인 후 머슴과 식구들을 깨우는 생활이 수십 년간 계속되었으니 公의 면학과 근면 성실하심은 고을 사람들의 거울이 되었다.

公은 조상에 대한 효성과 동기간의 우애가 깊어 南原 등 먼 곳의 조상 묘소 참배에 지성스러웠고, 생일 잔치를 베풀어 일가 친척 대접하기를 즐겨하셨다. 휘 福妍 누님은 일찍 작고했으나 휘 煥喆·權喆公 두 형과 동생 휘 賢珠님, 孝喆公과는 오래도록 우애가 깊으셨다.

公은 목소리가 청아하여 시조창과 민요를 잘 불렀고, 교훈적인 농담으로 좌중을 흥겹게 하는 소질이 있으셨다.

公은 이웃과 애환을 함께 하는 이웃 사랑을 실천하였으나 사행심을 조장하거나 도박같은 행위에는 추호도 용서함이 없으셨다.

社昌에서 梧齋 金源泰公과 南平文氏 元寸님의 四남매 중 맏딸로 태어난 公의 아내 光山金氏 휘 玉南님은 公을 잘 내조하여 집안을 일으켰고, 좋지 않은 남의 말은 결코 옮기는 일이 없었다. 부인은 九남매를 낳았으나 셋째, 아들 鍾三과 여섯째, 맏딸 孝順은 일찍 죽고 七남매를 키웠다. 어린 남매를 잃고 십수 년간 홀로 계실 때 슬퍼하는 모습과 군대와 객지에 있는 아들딸에게서 온 편지를 읽고 또 읽으며 눈물 흘리는 자애로우신 어머니의 모습을 떠올리면 자식으로서 머리털을 전부 뽑아 땋아 관에 넣어 드린다 하더라도 어찌 은혜를 만분의 일이라도 갚는다고 할 수 있겠는가?

公은 鍾會, 鍾厚, 鍾泰, 鍾元, 鍾上의 아들 五형제와 陽城人 李佐範에게 시집간 季順과, 咸平人 车海源과 혼인한 賢順 두 딸을 두었다.

鍾會님은 陽川許順旭님과 혼인, 아들 成洙, 承洙, 志洙, 딸 美洙, 美賢을 두었다. 鍾厚님은 慶州金小男님과 혼인, 아들 昌洙, 光洙와 딸 英美, 貞賢을 두었다. 鍾泰님은 昌原黃英伊님과 혼인 아들 秀桓을, 金海金惠

貞님과 혼인 아들 允浩를 두었다. 鍾元은 昌原丁惠京과 혼인, 아들 漑澤과 딸 智娜를 두었다. 鍾上은 海豊金弘淑과 혼인 아들 한결과 딸 한나를 두었다.

현재 公 내외분의 자녀가 七남매요, 손자가 九, 손녀가 六, 증손자가 一, 증손녀가 四명이다. 또 외손자가 二, 외손녀가 一, 외증손자가 二명이니 公 내외분의 음덕 깊으심이 아니겠는가?

여기 公 내외분 묘소 앞에 碑 세우니 두 분의 거룩한 생애는 뜻을 잇는 후예들과 함께 영원히 전할 것이다.


　　　천성이 총명 호학 겸하여 순후 호방
　　　행동은 근면 성실 검약으로 자수성가
　　　화동공 거룩한 생애 후예들의 귀감일레.


　　　화동댁 입 무거워 말 안 난다 일컫더니
　　　군대 객지 자식 편지 날밤 적셔 읽은 모정
　　　오호라 어머니시여 큰 은덕 어이하리.


檀紀 四三二九年 西紀 一九九六年 四月 五日 한식날


아들 鍾會, 鍾厚, 鍾泰, 鍾元, 鍾上, 딸 사위 季順 李佐範, 賢順 车海源
손자 成洙, 昌洙, 承洙, 志洙, 光洙, 秀桓, 漑澤, 允浩, 한결 삼가 세움


碑文 아들 鍾元 삼가 짓고,
碑文 글씨 寧越 嚴栽周 삼가 쓰다.

# 祝 文

一. 竪碑前 告由祭 祝文

維歲次 丙子 二月乙卯朔十八日壬申
孝子 鍾會敢昭告于
顯考學生府君
顯妣孺人光山金氏之墓伏以封築不謹恐有崩頹修築石環伏惟
尊靈勿震勿驚謹以酒果用伸虔告謹告


二. 山神祭 祝文

維歲次丙子二月乙卯朔十八日壬申
幼學(金    )敢昭告于
土地之神今爲金鍾會先考與先妣光山金氏之墓
今具石儀表衛墓道
神其保佑俾無後艱謹以酒果祗薦于神尙
饗


三. 竪碑後 告由祭 祝文

維歲次丙子二月乙卯朔十八日壬申
孝子鍾會敢昭告于
顯考學生府君
顯妣孺人光山金氏之墓石儀未備今具碑石用表

墓道伏惟

尊靈是憑是依謹以酒果用伸虔告謹告

부안김씨 60(32)세 사창공 김희술 선생 묘비 수비 후 묘제를 지내고
사창 김희술(社昌 金禧述, 1862-1899) 선생은 화동 선생 조부이시다.
(1992.05.03.)

꽃보다 예쁜 부안김씨 며느리들 (2010.05.31.)
(앞줄 우측부터 사창공 맏증손부 및 용산공 맏며느리 오옥녀, 화동공 넷째
며느리 정혜경, 뒷줄 우측부터 상촌공 맏며느리 이금순, 화동공 셋째 며느리
김혜정, 용산공 셋째 며느리 변소영, 맨 뒷줄 화동공 둘째 며느리 김소남)

# 제3장

## 사창공과 자손 이야기

## 증조 사창공과 자손 이야기 (2022.09. 현재, 증손 종원 정리)

화동 김은철 선생 아버지는 우석(愚石) 김형균(金炯均) 선생이고, 조부는 사창(社昌) 김희술(金禧述) 선생이다. 선생의 조부 사창공 자손록을 화동 선생 넷째 아들 종원이 정리했다.

창은공 낙리 4남 김희술
부안김씨 원시조 대보공 김알지 60세(世),
관시조 마의태자 금부대왕 김일 32세(世)
**김희술(金禧述) 배 죽산박씨(竹山朴氏) 홈실댁**


## 사창(社昌) 김희술(金禧述) 선생 묘비명(墓碑銘)

공(公, 철종 13년 1862.3.13.~광무 3년 1899.8.22. 향년 38세)
배(配, 1864.7.20.~1937.8.1. 수 74세)

공(公)의 성(姓)은 김(金), 휘는 희술(禧述), 자(字)는 경선(敬善), 호는 사창(社昌), 본관은 부안(扶安)이다. 공은 조선 철종 13년에 남원부 외진전방(外眞田坊, 현 전북 장수군 산서면) 사창(社昌)에서 창은공(昌隱公) 휘 낙리(洛鯉)님과 전주이씨부인 사이에 7남 3녀 중 넷째아들로 태어나셨다.

공의 원시조(遠始祖)는 신라 대보공(大輔公) 휘 알지(閼智), 시조는 신라 경순대왕의 태자 휘 일(鎰), 득관조(得貫祖)는 부령부원군(扶寧府院君) 휘 춘(春), 중시조(中始祖)는 고려평장사(高麗平章事) 문정공(文貞公) 휘 구(坵), 사직공파조(司直公派祖)는 휘 후손(後孫), 남원(南原) 입향조(入鄕祖)는 충경공(忠景公) 휘 익복(益福), 장수군 산서면 입향조(入鄕祖)는 담허재(澹虛齋) 휘 지백(之白), 고조는 명은공(明隱公) 휘 수민(壽民), 증조는 성경재(誠敬齋) 휘 복현(復鉉), 조부는 오위장(五衛將) 후곡(後谷) 휘 한필(漢弼)님이시다.

공은 형과 함께 송연재(宋淵齋) 선생에게서 글을 배워 지행일치(知行一致)를 실천하고자 노력하였으며, 자신에게 엄격하고 남의 잘못에는 매우 너그러웠다. 죽산박씨부인(竹山朴氏夫人)과 혼인한 뒤에는 더욱 몸을 돌보지 않고 학문에 심취하시었다. 드디어 '외세(外勢)를 몰아내자.'는 스승 연재 송병선 선생의 가르침에 호응하여 우국충정(憂國衷情)으로 동학농민혁명에 가담하였다가 그만 병을 얻어 돌아온 뒤에 서른여덟의 짧은 나이로 돌아가시니 애석함을 어찌 형언할 수 있었으랴? 공의 산소는 처음 임실군 오수면 군곡리 봉비동 뒷산에 모셨다가 뒷날 이곳 사창(社昌) 뒷동산 정상 남향 계좌(癸坐)에 이장하여 모셨다.

남원(南原) 수지면(水旨面) 홈실에서 의금부도사(義禁府都事) 박제현(朴濟鉉)님과 장연변씨부인(長淵邊氏夫人) 사이에 태어난 공의 부인 죽산박씨(竹山朴氏)는 공이 별세하자 사창(社昌) 71번지에서 자녀들은 강하고 엄격하게 키웠다. 부인은 반찬 한 가지라도 새 것이 생기면 이웃을 챙길 만큼 인정이 있었다. 밤이면 옛 이야기책을 낭송하여 찾아와 듣는 이웃 아낙네들의 심금을 울렸다. 또 편지글이 명문장이었다. 홈실 친정에 보낸 편지가 친정집 상자에 그득하였는데 6·25한국전쟁 때 이 마을이 피아간(彼我間)의 격전지가 되어 집이 불타는 바람에 모두 재가 되었다는 친정집 종손 박종기의 증언을 들으니 안타깝기 그지없는 일이다. 부인의 묘소는 전북 장수군 산서면 사상리 사창마을 서쪽 조상거리 뒷동산 산자락 아래 임좌(壬坐)이다.

공은 형진(炯珍), 형균(炯均), 형재(炯才) 아들 3형제와 딸 하나를 두었는데 딸은 남양인(南陽人) 홍순주(洪淳柱)에게 시집갔다.

휘 형진공(炯珍公)은 아들 동철(東喆)을 두었고, 휘 동철공(東喆公)은 아들 종규(鍾珪), 종윤(鍾胤), 종성(鍾聲)을 두었다.

휘 형균공(炯均公)은 환철(煥喆), 권철(權喆), 은철(殷喆), 효철(孝喆)을 두었다. 휘 환철공(煥喆公)은 종훈(鍾塤), 종의(鍾義), 종익(鍾益), 종진(鍾辰)을, 권철(權喆)님은 종식(鍾湜)을, 휘 은철(殷喆)님은 종회(鍾會), 종후(鍾厚), 종태(鍾泰), 종원(鍾元), 종상(鍾上)을 두었고, 휘 효철(孝喆)님은 종보(鍾普), 종도(鍾度), 종유(鍾裕)를 두었다.

휘 형재공(炯才公)은 아들 문철(文喆)을, 휘 문철님은 아들 종완(鍾完)을 두었다. 고손자는 현재 21명이다.
이제 공의 묘소 앞에 공 내외분을 기리는 비(碑)를 세우니 하늘나라에서 편히 쉬소서.

남아로 태어나서 다섯 수레 책을 읽고
지행일치 실천하려 밤낮없이 궁리했네.
누구랴, 서른여덟 해 짧다고 되뇌는가.

부창부수 좋은 전통 홈실댁에 피어나서
편지글 명문장에 친정부모 웃음 짓고
밤마다 글 읽는 소리 동짓밤도 짧아라.

단기(檀紀) 4325년, 서기(西紀) 1992년 5월 3일

생존한 손자 권철(權喆)

증손 鍾會, 鍾義, 鍾珪, 鍾厚, 鍾益, 鍾胤, 鍾泰, 鍾辰, 鍾元, 鍾聲, 鍾湜,
鍾普, 鍾上, 鍾度, 鍾裕 삼가 세움.

비문(碑文) 증손 鍾元 삼가 짓고,

비문(碑文) 글씨 영월(寧越) 엄재주(嚴栽周) 삼가 쓰다.

* 사창공(휘 희술)·배 죽산박씨 묘소와 제사를 모시는 위토답(位土畓)
주소는 전북 장수군 산서면 사상리 1270번지이며 면적이 1205m2이
다.

* 사창공 배 죽산박씨 친정은 전북 남원시 수지면 내호곡리(홈실) 진산
댁이다. 친정아버지 의금부도사 박제현(朴濟鉉)의 손자(종손) 박종
기(일명 갑수 ; 수지면장, 수지우체국장 역임,1983년 12월 당시 전화
0671-32-4053)는 전화통화에서 '사창 고모할머니 편지가 상자에 가
득 들어 있었는데 6·25전쟁 때 불타 없어져 안타깝다.'고 증언해 주었
다.

* 연재 송병선(淵齋 宋秉璿, 1836~1905. 음 12.30.) 대한제국 때 『연재
집』,『근사속록』,『패동연원록』등을 저술한 학자. 을사조약에 항거하
여 자결한 순국지사, 본관은 은진(恩津). 자는 화옥(華玉). 호는 연재
(淵齋)·동방일사(東方一士). 대전시 회덕(懷德) 출생. 송시열(宋時
烈)의 9세손이며, 송면수(宋勉洙)의 맏아들이다.

# 사창공 휘 희술 자손록(社昌公 諱 禧述 子孫錄)

(간단한 요약)

희술 장자 형진(전주이씨)
장자 **동철**(적명 승철,전주이씨) - 장자 종규(해주오씨) - 자 형수(금녕
김씨), 차자 종윤(장흥임씨, 월성이씨) - 자 정수(경주정씨) - 민성, 3자
종성(원주변씨) - 자 극수

희술 차자 형균(남양홍씨)
장자 **환철**(청주한씨) - 장자 종훈(남원양楊씨) - 자 정수, 차자 종의
(흥덕장씨) - 장자 홍수(경주최씨)·차자 익수(전주이씨)·3자 양수, 3
자 종익(밀양박씨,김해김씨) - 자 연수(경주김씨), 4자 종진(영산신씨)
- 장자 진수(창녕성씨)·차자 환수(일명 용택)

형균 차자 **권철**(적명 동철, 전주이씨,함양여씨,안동권씨) - 종식(고흥
유씨) - 민수·희수·영수

형균 3자 **은철**(광산김씨) - 장자 종회(양천허씨), 차자 종후(경주김
씨), 3자 종태(창원황씨,김해김씨), 4자 종원(창원정씨), 5자 종상(해풍
김씨)

형균 4자 **효철**(은진송씨) - 장자 종보(남양홍씨), 차자 종도(밀양박
씨), 3자 종유(흥덕장씨)

희술 3자 **형재**(탐진최씨) - 장자 문철(전주이씨,남평문씨) - 장자 종완
(김제조씨) - 지수

## [자세한 설명]

　사창공(휘 희술)은 창은공(낙리)과 전주이씨(李瑚淵의 딸)의 넷째 아들로 태어나 어버이 가정교육을 잘 받고 자라 남원 홈실 사는 의금부 도사 박제현의 딸 죽산박씨와 혼인하여 홈실양반, 홈실댁이라 불리면서 상큰집 본가에서 서쪽으로 두 번째 집인 사상리 71번지로 분가하여 살았다.

　홈실댁 친정은 홈실 거부로 시집오면서 논 12마지기를 유산으로 타왔다. 사창공은 자(字)가 경선(敬善)으로 스승 송연재 선생의 영향으로 '외세(外勢)를 배격하자!'는 동학농민혁명에 김경선(金敬善)이라는 이름으로 가담하였다. 그 후유증으로 38세에 일찍 별세했다. 아내 죽산박씨는 홀로 3남 1녀를 길렀다. 가장이 없으니 가세가 기울기 시작했다. 큰아들마저 살림을 등한히 하여 사정배미골 등의 옥답이 속속 남의 손으로 넘어갔다. 부자가 망해도 3대를 간다고 했던가. 그래도 홈실댁 만년까지는 그럭저럭 지탱해 나갈 수가 있었다.

　큰아들 형진(炯珍)에게 많은 몫을 놓아두고도 둘째 형균(炯均)에게 12마지기의 논을 유산으로 물려주었고, 막내 형재(炯才)가 제금 날 때는 가세가 기울어 4마지기의 논을 주게 된다. 고명딸은 남양인 홍순주(洪淳柱)에게 시집보냈는데 아들 홍준표(洪準杓), 홍기표(洪機杓)를 두었다.

(사창공 내외분 생몰연대와 묘소 위치는 위 묘비명을 참고하면 된다.)

## 사창공 희술 장자

61(33)세(世)**형진**(炯珍;새터양반,고종24년 정해1887.6.20.~계묘 1963.12.18. 수 77세) 자(字) 준옥(準玉), 초명 형순(炯淳) 호는 신기 (新基)다. 묘는 임실군 오수면 웃군지실 봉비동 선영에 있었으나 종손 종규가 북창 안산 선산으로 이장했다. 임실군 오수면 둔데기 새터[新 基]가 고향인, 배 전주이씨(계미1883.2.21.~임신1932.7.23.향년 49세) 새터댁과 혼인하여 딸 이남(伊南), 아들 동철(東喆)을 두었다. 공은 허 연 수염을 쓰다듬는 거룩한 풍채로 사창 우뜸에 살면서 손자들을 끔찍 할 만큼 귀엽게 여겼다. 막내손자 종성이 벗 기술과 뒤엉켜 싸우자 기 술이 두 귀를 양손으로 번쩍 들어 올려 혼을 낸 적도 있었다. 전주이씨 묘는 진안 좌산에 있었으나 북창 안산으로 이장하여 부부 합폄(合窆) 으로 모셨다.

## 신기공 형진 장자

62(34)세(世) **동철**(東喆 籍名 承喆, 신유 1921.10.20.~을축 1985.4.20. 향년 65세) 용산양반, 호는 용산(龍山)이다. 전북 장수군 산서면 사상 리 73번지에 살면서 천묵재(天默齋) 이상형(李尙馨)의 후예 남원시 덕과면 용산리 사는 이기선(李起善,1892.5.9.~1968.6.17.)·성산이씨 (星山李氏,1893.1.9.~1958.3.11.)의 딸 전주이씨 이윤순(李允順, 기미 1919.7.7.~기묘 1999.8.3.수 81세) 처녀와 1943년 2월 5일 혼인하여 아 들 종규(鍾珪)·종윤(鍾胤)·종성(鍾聲),딸 기남(奇男)·기순(奇順)·기숙 (奇淑), 3남 3녀를 두었다. 전주로 이사하여 전매청 전주연초제조창에 담배 생산직원으로 근무하다가 퇴직하여 복숭아밭 과수원을 경영하였 다. 맏아들 종규가 완주군 봉동면사무소에서 서울 전신전화국으로 전 근하자 서울로 이사하였다.

## 용산공 동철 장자

63(35)세(世) **종규**(鍾珪, 경진 1940.10.1.해시~ ) 호 우봉(郵奉), 두뇌
가 명석하고 학구열이 높았으나 가세가 기울어 산서초, 전주동중, 전주
영생고를 다니고, 5급을류 공무원 시험에 합격하여 완주군 봉동면 사
무소 공무원으로 근무하다가 서울 광장전신전화국으로 전근하여 근무
중, 전북 진안군 진안읍 단양리 32번지 사는 해주인(海州人)오재길(吳
在吉,1910.7.20.~1975.12.27.)·김묘순(金妙順,1917.4.18.~ )딸 해주오
씨 오옥녀(吳玉女, 갑신 1944.3.31.~ )와 12월 3일 전주 봉래원예식장
에서 혼인하였다. 이후 서울 중앙무선국, 서울 국제전신전화국, 우정연
구소, 행정사무관(行政事務官)으로 수원역전북문우체국장을 역임하
였다. 대한민국 녹조근정훈장(綠條勤政勳章)을 수훈(受勳)했다. 서울
송파구 가락아파트 129동 503호, 광진구 자양동에 살다가 안산으로 이
사하였다. 아들 형수(亨洙), 딸 동현(東炫)·동숙(東淑)을 두었다.

## 우봉 종규 장자

**형수**(亨洙, 갑인 1974.9.19.~ ) 서울가락초, 광진중, 광양고, 서울보건
대학교 전산정보처리학과를 졸업하고, 컴퓨터프로그래머(게임개발
자)로서 ㈜넥슨아메리카 중역으로 도미하여 근무하였다. 귀국하여 공
기업 KT(한국통신)개발센터 부장으로 근무하고 있다. 금녕인(金寧人)
김홍조의 딸 금녕김씨 김봉혜(金蜂惠, 갑인 1974.4.28.~ )와 혼인하였
다.

## 우봉 종규 장녀

**동현**(東炫, 병진 1976.4.6.~ ) 서울가락초, 안산중앙중, 반월상고, 안산
제1대학 가정복지과 졸. 경주인 최성태(崔聖泰)의 아들 최종수(崔鍾
洙)와 혼인, 아들 최수현(崔琇玄)·최건호(崔虔豪)를 두었다.

## 우봉 종규 차녀

**동숙**(東淑, 무오 1978.6.2.~ ) 서울가락초, 성포중, 수암고, 아주대학교 특수교육학과를 졸업하고 유치원교사 자격을 취득, 안산대 부설유치원 원감을 역임했다. 월성인(月城人) 김인석(金仁錫)의 아들 김진걸(金鎭杰)과 혼인, 아들 김건우(金乾禑)·김현우(金玹于)를 두었다.

## 용산공 동철 차자

63(35)세(世) **종윤**(鍾胤, 계미 1943.8.15.~ ) 장수군 산서면 사상리 73번지에서 출생하여, 산서초등학교를 졸업했다. 호 미산(嵋山), 서울 광장전신전화국에 다니면서 충남 보령군 미산면 옥현리 129번지 출신, 장흥인(長興人)임종칠(任鍾七,1925.3.25.~)·유옥종(劉玉鍾,1928.1.12.~)의 딸 장흥임씨 임완순(任完順,무자 1948.8.24.~ )과 1969년 3월 12일 서울 통일예식장에서 혼인하였다. 아들 정수(鉦洙), 딸 미경(美京) 남매를 두었으나 성격차이로 합의이혼(合意離婚)하였다. 후배(後配) 월성이씨(月城李氏) 이순자(李順子,1950.9.19.~2024.12.11.수75세)와 전북 전주시에서 거주하고 있다.

## 미산 종윤 장자

**정수**(鉦洙,경술1970.6.4.~) 자양초, 건국중, 고, 대 졸, 경주인(慶州人) 정병무의 딸 경주정씨 정유미(鄭裕美,임자 1972.4.13.~ )와 혼인하여 아들 민성(旼省), 딸 현조(玹兆), 남매를 두었다.

## 정수 장자

**민성**(旼省,을유2005.6.14.~ )

**정수 장녀**

현조(玹兆,경진2000.2.21.~ )

**미산 종윤 장녀**

미경(美京,임자1972.3.17.~ )은 성주인(星州人) 이승길(李勝吉)의 아들 성주인(星州人) 이면순(李冕淳)과 혼인, 아들 이동혁(李東奕), 딸 이연주(李衍宙)·이승영(李承泳) 1남 2녀를 두었다.

**용산공 동철 3자**

63(35)세(世) 종성(鍾聲,기축1949.7.8.~ ) 호 기장(基長), 구로3공단 한국금형 기능사로 1976년 1월 4일 서울 영등포 경원예식장에서 원주인(原州人)변영기(邊永基,1921.12.24.~ )·경주정씨 정영옥(鄭英玉,1931.1.3.~ )의 딸 원주변씨 변소영(邊笑榮,임진1952.4.3.~ )과 혼인하여 아들 극수(克洙)와 딸 민선(敏宣) 남매를 두었다. 종성은 기독교 신심이 깊어 장로(長老)로 추대되었다.

**기장 종성 장자**

극수(克洙,병진1976.10.14.~)는 제주인(濟州人) 양회경(梁會慶)의 딸 제주양씨 양주희(梁柱姬,계축1973.3.11.~ )와 혼인하여 딸 하은·예은 자매를 두었다.

**극수 장녀**

하은(임오2002.12.11.~ )

**극수 차녀**

예은(갑신2004.11.27.~ )

### 기장 종성 장녀

**민선**(敏宣,경신1980.4.11.~ )은 김해인(金海人) 김창은(金昌殷)의 아들 김해인(金海人) 김민성(金珉成)과 혼인하였다.

### 용산공 동철 맏딸

**기남**(奇男,기묘1939.1.18.~ )은 죽산인 안점수(安占洙)와 혼인, 아들 안주철(安柱哲)·안주동(安柱東), 딸 안복희·안숙희를 두었다.

### 용산공 동철 차녀

**기순**(奇順,병술1946.12.19.~ )은 김해인 김상현(金相賢)에게 시집가 아들 김경업(金暻業)·김경준(金暻儁), 딸 김수영을 두었다.

### 용산공 동철 막내딸

**기숙**(奇淑,임진1952.1.15.~ )은 죽산인 박순기(朴順基)와 혼인하여 아들 박종찬(朴鍾贊), 딸 박선영(朴善英)을 두었다.

### 신기공(新基公) 형진(炯珍) 장녀

62(34)세(世) **이남**(伊南, 경술1910.10.23.사시~ )은 경주인(慶州人) 정숙공(貞肅公) 김인경(金仁鏡)의 후예로 산서면 봉서리 고산골 사는 김태선(金兌善)의 아들 경주인(慶州人) 김학진(金鶴鎭)과 혼인하여 조카들이 고산골 고모라 불렀다. 아들 김만옥(金萬玉),김만호(金萬浩), 김만수(金萬洙), 김만용, 김만성의 다섯과 딸 김인순, 5남 1녀를 두었다.

### 사창공 희술 차자

형균(炯均)·배 남양홍씨(南陽洪氏) 텃골댁

61(33)세(世) **형균**(炯均) 자(字) 주로(周路), 호 우석(愚石), 고종 27년 경인 1890년 2월 11일생, 계묘 1963년 06월 17일 졸, 수(壽) 74세. 공은 한학에 밝았고, 이웃 행사의 길일 택일을 도왔으며, 이웃들의 애경사에 격의 없이 출입하여 상부상조하는 미덕을 실천했다. 병들은 아내와 변함없이 해로하여 운암면 텃골 처가에서 군자라고 평하였다. 성품이 호탕하면서도 검소하고 욕심이 없었다. 고을 선비들과 산천을 순례하며 풍수지리를 논하고, 시조를 읊었다. 홍성숙(洪聖淑)의 딸 남양홍씨(南陽洪氏) 홍기동(洪基東, 1888년 01월 28일생, 1962년 12월 21일 졸, 수 75세) 텃골댁과 혼인하여 아들 환철(煥喆), 권철(權喆), 은철(殷喆), 효철(孝喆)과 딸 김해 김용진(金容珎), 청주 한상선(韓相善) 4남 2녀를 두었다. 묘는 장수군 산서면 사상리 오정골 후록 쌍분 임좌(壬坐)이다. 묘비명(墓碑銘)은 손자 종원(鍾元)이 찬하고, 글씨는 운초(雲樵) 정병조(鄭炳朝)가 썼다.

## 우석 김형균 선생 묘비명(愚石 金炯均 先生 墓碑銘)

공(公) 1890년 2월 11일생 1963년 06월 17일 졸 수(壽) 74세
배(配) 1888년 01월 28일생 1962년 12월 21일 졸 수(壽) 75세

공(公)의 성(姓)은 김(金), 휘는 형균(炯均), 자(字)는 주로(周路), 호는 우석(愚石)이며, 본관은 부안(扶安)이다. 공(公)은 고종(高宗) 27년에 산서면 사창(社昌)에서 사창공(社昌公) 휘 희술(禧述)님과 죽산박씨부인(竹山朴氏夫人) 사이에 3남(三男) 1녀(一女) 중 둘째 아들로 태어나셨다. 신라 경순대왕의 태자(太子) 일(鎰)님이 공(公)의 시조(始祖)요, 고려(高麗) 평장사(平章事) 문정공(文貞公) 지포(止浦) 휘 구

(坧)님은 공(公)의 24대조(二十四代祖), 군사공(郡事公) 휘 광서(光叙)님은 18대조(十八代祖), 충무위 부사직 위 후손(後孫)님은 사직공파(司直公派)의 파조(派祖)로 공의 15대조(十五代祖)시다.

증 이조판서(贈吏曹判書) 충경공(忠景公) 휘 익복(益福)님은 남원 입향조(入鄕祖)요, 10대조(十代祖) 증 사헌부 집의(贈司憲府執義) 담허재공(澹虛齋公) 휘 지백(之白)님은 산서면(山西面) 입향조(入鄕祖)시다. 5대조(五代祖)는 증 승정원 좌승지(贈承政院左承旨) 명은공(明隱公) 휘 수민(壽民), 고조는 증 호조참판(贈戶曹參判) 성경재공(誠敬齋公) 휘 복현(復鉉), 증조는 오위도총부 오위장을 지낸 후곡공(後谷公) 휘 한필(漢弼), 조(祖)는 창은공(昌隱公) 휘 낙리(洛鯉)님이시다. 공(公)은 이같이 뿌리 깊은 가문에서 태어나시니, 큰 뜻을 품어 부귀빈천을 가리지 않고 애경사에 격의 없이 출입하는 이웃 사랑을 실천하셨다.

아내 남양홍씨부인(南陽洪氏夫人) 역시 시집와서 글 모르는 이웃아낙네들에게 국문을 깨우치기도 하는 등 선구적인 부인이었다. 부인은 친정 부모 소상을 치르느라 슬픔이 극진하여 신병(身病)을 얻었다. 그러나 공(公)은 부인을 변함없이 사랑하여 해로하니 처가인 임실 운암면 텃골 홍씨(洪氏) 집안사람들은 군자(君子)라고 일컬었다. 호탕하면서도 검소하고 욕심이 없었던 공(公)은 고을 선비들과 산천을 순례하며 술을 즐기고 시조(時調)를 읊었다. 공(公)은 환철(煥喆), 권철(權喆), 은철(殷喆), 효철(孝喆)의 아들 4형제와 복연(福姸), 현주(賢珠) 두 딸을 두었다. 큰딸은 김해인(金海人) 김용진(金容珎)에게, 둘째 딸은 청주인(淸州人) 한상선(韓相善)에게 시집갔다. 네 아들에게서 난 손자가 현재 13명이요, 손녀가 12명, 증손자가 16명, 증손녀가 15명, 현손녀가 2명이니 공(公) 내외분의 음덕 깊으심이 아니겠는가? 공(公) 내외분의 덕행(德行)을 기려 여기 비(碑) 세우니 공의 음덕으로 후예들에게 길이 영광 있으리.

> 병들은 아내인들 조강지처 아닐쏜가
> 백년을 해로하자 맺은 언약 간직하니
> 텃골의 처갓집에서 군자라고 칭송했네.
>
> 부귀 빈천 구분 없이 이웃 애환 함께 하고
> 마음을 비우려고 한 잔 술에 시조 읊네.
> 뜻 깊은 세월일레라 우석공의 칠십 평생

단기(檀紀) 4324년, 서기 1991년 4월(四月) 6일(六日) 한식날
생존한 아들 권철(權喆)
손자 종회(鍾會) 종의(鍾義) 종후(鍾厚) 종익(鍾益) 종태(鍾泰) 종진(鍾辰) 종원(鍾元) 종식(鍾湜) 종보(鍾普) 종상(鍾上) 종도(鍾度) 종유(鍾裕) 삼가 세움.

비문(碑文) 손자 종원(鍾元) 삼가 짓고
비문(碑文) 글씨 운초(雲樵) 정병조(鄭炳朝) 쓰다.

우석공 배 남양홍씨 홍기동 여사 친정, 전북 임실군 운암면 금기리 텃골에는 현재(1983년) 후예 홍인표가 살고 있다. 현명하고 똑똑한 부인이 친정어머니 소상에 음식을 잘못 들은 뒤 병을 얻어 정신을 못 차리자 우석공은 살림에 흥미를 잃고 사창 동녘 이완생네가 경영하는 주막에서 석촌양반, 덕촌양반(김장곤, 김상곤 아버지) 등과 술로 나날을

보내게 되었다. 어떤 때는 산서, 오수, 남원, 임실, 진안 등지로 하얀 두루마기를 걸치고 다니며 풍류를 즐겼으니 집안 살림은 말이 아니었다.

우석공은 논 12마지기를 유산으로 받아 사상리 97번지(현 양회연 거주)에 분가하였다가, 앞집에 사는 4촌형(서창댁)이 어떻게 형 뒤를 누르고 살까보냐고 힐난하는 바람에 바로 이웃 동쪽집(현 김석곤 거주)으로 옮겨 살게 되었다. 내외분이 살림에 재미를 붙이지 못하는 사이 유산으로 받은 논은 차츰 남의 손으로 넘어갔다.

우석공은 아들 환철(煥喆), 권철(權喆), 은철(殷喆), 효철(孝喆)과 딸 복연(福姸), 현주(賢珠), 4남 2녀 6남매를 두었다. 그러나 나라를 빼앗긴 일제침략기에 아들들이 학교에 다닐 무렵에는 끼니마저 잇기가 어렵게 되었다. 월사금 50전을 못 내어 형제들은 산서보통학교(일제침략기의 4년제 초등학교)에서 쫓겨나기가 일쑤였다. 당시 쌀 한 말이 1원이었으니 50전은 쌀 반 말 값이었다.

이런 환경에서 형제들은 아버지의 구장(區長;里長)곡(穀, 구장 수고비를 주민들이 곡식으로 내었음)을 받으러 당골, 가리대마을까지 다녀야 했는데 주로 셋째 영기, 둘째 만기가 다녔다. 당시 구장곡은 쌀보리는 두 납대기(되), 겉보리는 세 납대기였다. 아침거리가 없어 멀리 당골, 가로대에서 구장곡을 받아 찧어 보리죽을 끓여 먹고 학교에 가면 한두 시간 끝나 있을 때가 흔했다.

그런데도 형제들은 반에서 수석도 하고, 성적이 상위권을 유지했으니 마을 사람들은 '시집와서 한글강습회를 열었던 어머니 텃골댁 닮아 두뇌가 명석하다.'고 말하였다. 그러나 고생을 참다못한 둘째 권철(만기)이 만주로 돈 벌러 떠나자 큰아들 환철도 만주로 떠났다. 그러나 만주 봉천(심양) 등지 황사현상 속에 노동으로 고생하던 환철, 권철 형제는 한국이 사람 살기 좋은 곳임을 깨닫고 되돌아오게 된다.

우석공의 맏며느리가 시집와서 빨래를 하려고 보니, 도련님들이 갈아입을 옷이 없어 옷을 벗어 내놓고 벌거숭이인 채로 방안에 있어야 했다. 살림살이가 바닥을 쳐서 우석공 아들들은 신학문은 꿈도 못 꾸고, 겨우 성장하여 맨손으로 다시 신접살림을 시작하여 스스로 집안을 일으켜야 했다.

우석공 묘는 전북 장수군 산서면 사상리 사창 오정골[五井洞] 도독골쪽으로 조금 올라가서 당골쪽 산자락 밭 위 양지바른 곳 부부 쌍분 임좌(壬坐)이다. 배 남양홍씨는 사창 돌무렁[石會洞] 밭 위에 장사지냈으나, 그 뒤 우석공이 보아 둔 경남 함양 고산 연소혈(燕巢穴,제비둥지처럼 생긴 명당)로 이장했다. 그러나 묘소 실전(失傳)을 우려한 둘째 아들 당곡(堂谷, 권철)이 조카 만정(晩貞,종후)을 대동하고 현지에 가서 다시 유골을 모셔와 아버지 묘소에 부좌(祔左) 쌍분으로 모셨다.

### 우석공 형균 장자
62(34)세(世) **환철**(煥喆,1911.4.14.~1975.1.29. 향년 65세) 자(字)는 창기(昌基), 호(號)는 홍곡(洪谷)이다. 아버지 우석공 대에 가세가 기울어 빈한한 가운데서 자랐다. 가난을 타파하고자 오수역에서 열차를 타고 만주 봉천(심양)까지 달려가 노역을 하기도 했다. 공은 총명한 두뇌로 고숙(姑叔)인 회당 홍순주(晦堂 洪淳柱) 선생에게서 한학을 남보다 먼저 깨우쳤다. 1948년 8월 15일 대한민국 정부수립 후, 1949년 7월 4일 지방자치법이 제정 공포되었다. 그러나 1950년 6·25한국전쟁으로 실시되지 못하다가 1952년 4월 25일 시읍면의회 의원을 뽑는 선

거가 실시되었다. 홍곡공은 제1회 산서면의회 의원선거에 출마하여 당선되었다. 제1회 산서면의회 의원은 김환철(金煥喆)을 비롯한 12명인데 1956년 8월 7일까지 임기였다. 나머지 명단은 최영우(崔泳雨), 안양섭(安亮燮), 권흥옥(權興玉), 육종전(陸鍾塡), 김정희(金貞熙), 홍성운(洪性雲), 양해석(梁海錫), 이근우(李根雨), 양해선(梁海先), 권인옥(權仁玉), 권채희(權采喜)이다. 제1대 산서면의회 의원직을 마친 홍곡공은 1956년 실시된 산서면장 선거에 입후보하였다. 아우 만기, 영기, 효기와 아들 조카들이 산서면 마을마다 돌아다니면서 벽보를 붙이는 등 선거운동을 하였으나 낙선하였다. 임실군 삼계면 홍곡리(鴻鵠里) 사는 청성군(清城君) 한종손(韓終孫)의 후예 청주인(淸州人) 한천석(韓千錫)의 딸 한임순(韓任順,1912.10.18.~1996.11.22. 수 85세) 처녀와 혼인하여 아들 종훈(鍾塤)·종의(鍾義)·종익(鍾益)·종진(鍾辰) 4형제와, 딸 계숙(桂淑, 일명 孝淑)·진순(鎭順)의 6남매를 두었다.

## 홍곡공 환철 장자

63(35)세(世) **종훈**(鍾塤,계유1933.7.25.~1982.5.12. 향년 50세) 순창댁, 호 순창(淳昌), 전주공고를 졸업하고 육군 장교 양성학교인 광주 육군보병학교에 합격했다. 장교가 되기 위해 청운의 꿈을 품은 지원자가 많아 경쟁이 치열했는데 광주에 있는 육군보병학교에 당당히 합격하자 두뇌가 총명한 장손의 성장에 감격한 조부 우석공(愚石公 휘 형균)이 '종훈이는 산서면 3대 수재다.'라고 칭찬하였다. 전북 순창군 적성면 내원리 71번지에 사는 남원인(南原人) 양계섭(楊桂燮)·윤미례(尹未禮)의 딸 남원양씨 양이순(楊二順,1936.4.2.~2005.11.11. 수 70세)과 혼인하였다. 그러나 소위 임관 후 수송장교 업무를 수행하면서 술을 너무 좋아했던 탓으로 차량사고가 겹쳐 육군중위로 예편하였다. 5·16쿠데타 국가재건최고위원회 군정(軍政)에서 재건국민운동 장수군촉진

회장(군정시 장수군수에 해당)에 임명되어 그 직을 역임했다. 그 당시 장수군 중위 이상 장교 출신 민간인 중에서 신망을 받았기 때문이다. 그러나 술을 좋아했던 탓으로 곧 그만두고, 전국 산천을 유람하였다. 강원도 속초에서 오징어잡이 배를 타기도 했고, 장수군 말치재 산속에서 보리농사 퇴비용 풀을 베거나 약초를 캐며 산속생활을 하기도 했다. 그러나 워낙 술을 좋아하며, 안주를 먹지 않은 탓에 위암이 발생하였다. 1982년 11월 18일 50세로 동생 종익(鍾益)이 고향 사창에 마련한 집에서 지내다가 노모가 지켜보는 가운데 아까운 재주를 묻고 조용히 타계하였다. 아들 정수(定洙), 딸 경희(京姬, 일명 定順), 복희(福姬) 1남 2녀를 두었다.

### 순창공 종훈 장자
64(36)세(世) **정수**(定洙,신축1961.7.8.~ ) 서울화곡초, 화곡중, 용산공고 금속과 졸업, 경기도 고양시에 거주하고 있다.

### 순창공 종훈 장녀
**경희**(京姬, 일명 定順, 계묘1963.6.6.~ ) 서울화곡초, 화곡여중 졸업 후 취업, 밀양인(密陽人) 박선준(朴善俊)과 혼인하여 아들 박민재(朴旻材)를 두었다. 경희는 고양시에 거주하고 있다.

### 순창공 종훈 차녀
**복희**(福姬,무신1968.3.3.~ ) 삭녕인(朔寧人) 최성권(崔成權)과 혼인하여 아들 최정범(崔杼範)과 딸 최희정(崔喜汀)·최춘영(崔椿永)·최은정(崔恩晶), 1남 3녀를 두었다. 복희는 경기도 김포시에 거주하고 있다.

## 홍곡공 환철 차자

63(35)세(世) **종의**(鍾義,무인1938.10.26.자시~신사2001.10.28. 향년 64세) 번암댁, 호 번암(樊巖), 전주농고 졸업 후 국가공무원 시험에 합격하여 농수산부 양정국 양정과, 농정국 농정과에서 행정주사로 근무했다. 목소리가 호탕하고, 호걸스러웠으며 큰 목소리로 좌중을 사로잡았다. 지금은 없어진 조선총독부 건물인 중앙청에서 근무했는데, 직급은 농수산부 주사였으나 고향 무진장지구 전휴상 국회 농수산분과위원장과 친하여 예산 배정의 실권을 휘둘렀기 때문에 전국 시도지사들도 두려워한다는 평을 들었다. 농협으로 옮겨 서울 광진구 화양동 151-24. 농협화양창고 소장으로 정년퇴임했다. 1959년 3월 13일 전북 장수군 번암면 노단리 흥덕인(興德人) 장원섭(張元燮1918.8.~1950.5.18.)·최소남(1916.6.18.~)의 딸 흥덕장씨 장옥희(張玉姬,무인 1938.9.26.~)와 혼인하여 아들 홍수(弘洙)·익수(翊洙)·양수(亮洙), 딸 화영(和瑛)·난영(蘭瑛) 3남 2녀를 두었다. 공은 농수산부장관 우수공무원 표창 3번, 농협중앙회장 표창 1번을 수상했다. 광진구 화양동에서 오랫동안 거주했다. 묘는 사창 뒤 큰골 선영이다.

## 번암공 종의 장자

64(36)세(世) **홍수**(弘洙,을사1965.11.2.~) 고려대학교 사회학과를 졸업하고, 경주인(慶州人)최덕수(崔德洙)의 딸 경주최씨 최현정(崔賢靜, 병오1966.6.22.~)과 혼인하여 아들 주형(柱亨)·주명(柱名)을 두었다.

## 홍수 장자

65(37)세(世) **주형**(柱亨,병자1996.12.13.~)

## 홍수 차자

65(37)세(世) **주명**(柱名,신사2001.1.9.~ )

## 번암공 종의 차자

64(36)세(世) **익수**(翊洙,무신1968.7.14.~)전주인(全州人)이영수(李榮洙)의 딸 전주이씨 이은(李殷,무신1968.6.20.~ )과 혼인하여 딸 수현(秀炫)·수민(秀珉) 자매를 두었다.

## 익수 장녀

**수현**(秀炫,신미1991.12.19.~ )

## 익수 차녀

**수민**(秀珉,갑술1994.8.2.~ )

## 번암공 종의 3자

**양수**(亮洙,신해1971.11.10.~ )

## 번암공 종의 장녀

**화영**(和瑛,신축1961.5.23.~ ) 밀양인(密陽人) 박기식(朴基植)과 혼인하여 아들 박종선, 딸 박찬주 남매를 두고, 캐나다로 이주하여 살고 있다.

## 번암공 종의 차녀

**난영**(蘭瑛,계묘1963.7.26.~ ) 신구전문대 의상과를 졸업하고, 연안인(延安人) 김정식(金正植)과 혼인하여 딸 김도현, 김종현 자매를 두었다.

## 홍곡공 환철 3자

63(35)세(世) **종익**(鍾益,1941.6.6.~2012.10.16. 수 72세) 호 신안(新安), 서울에 상경하여 운전을 배우기 위하여 시청 소속 분뇨차 기사의 분뇨처리를 도우며 기사에게 운전을 배울 때까지 고생을 많이 하였다. 운전면허증을 취득한 후 수협직원으로 전직하여 군부대납품 업무를 수행했다. 1970년 11월 22일 서울 을지예식장에서 전남 신안군 압해면 대천리 출신 박정술(朴正述,1912.7.23.~1972.12.4.)·김해김씨 김순애(金順愛,1911.3.17.~)의 딸 밀양박씨 박명심(朴明心,1948.5.23.~1991.6.7.양7.18.향년 44세)과 혼인하여 아들 연수(年洙), 딸 경숙(慶淑)·화숙(花淑)을 두었다. 박명심은 영진약품 사원이었는데, 동료 후배 사원 진순이가 자기 오빠를 소개하여 연애 혼인한 것이다. 당시 군납업무 계산처리는 주판알을 굴려가며 장부를 작성해야 했다. 가정 사정으로 학교 공부가 부족해 사칙에 어두운 남편을 금방 알아본 총명한 부인은 차근차근 사칙을 가르쳐 남편을 수리계산에 능통한 사무원으로 만들었다. 부인은 1991년 7월 15일 밤 머리를 감다가 뇌출혈로 넘어져 서울 신월동 서안복음병원에 입원 치료 중 7월 18일(음 6월 7일) 밤 9시 40분 별세했다. 필자는 교육자로서 마침 여름방학이 막 시작된 때였다. 아내상을 당한 종형(從兄)의 요청으로 재종형(종규)과 초상기간 내내 부의금 접수를 교대로 맡아 장지까지 동행하면서, 건강했던 젊은 종형수의 갑작스런 타계에 안타까운 마음이 매우 컸다.

공은 목표의식이 뚜렷하여 한번 작정하면 기어코 거래를 성취시키는 능력을 지녔다. 목소리가 크고 호탕하여 좌중을 사로잡았다. 기골이 장대한 모습을 보고 평야지대에서 온 키 작은 종친인 김형래 국회의원이 '장수 팔공산 정기를 타고나서 장수 일가들은 키가 그렇게 큽니까?'

하고 이야기하여 모두 웃음을 터뜨린 일도 있었다. 술을 좋아하여 친구나 이웃을 불러내어 술잔치를 벌이며 시국 토론으로 담소하기를 즐겼다. 서울사창향우회 제3대 회장을 지냈다. 첫 부인 사별 후 김해김씨(金海金氏) 김쌍희(金雙姬, 을미1955.4.3.~ )와 재혼하여 딸 연진(延眞)을 두었다. 수협직원으로 정년퇴임 후 전북 장수군 산서면 이룡리 오룡마을 3거리에 오룡주유소를 지어 경영했다. 기름을 팔기 위한 거래처 확보 활동으로 강원도와 전라남도까지 다녀 거래를 성사시킨 이야기를 무용담처럼 사촌들에게 자랑삼아 들려주었다. 묘는 고향 사창 큰골 선영 부부 쌍분이다.

**신안공 종익 장자**
**연수**(年洙, 계축 1973.8.31.~ ) 경주인(慶州人) 김일성의 딸 경주김씨 김인옥(金仁玉, 을묘1975.12.7.~ )과 혼인하였다. 오룡주유소를 물려받아 경영하고 있다.

**신안공 종익 장녀**
**경숙**(慶淑, 신해 1971.6.24.~ ) 경주인(慶州人) 김기웅의 아들 김일호(金日鎬)와 혼인하여 아들 김연우, 딸 김연정 남매를 두었다.

**신안공 종익 차녀**
**화숙**(花淑, 을묘 1975.5.9.~ ) 밀양인(密陽人) 박형철의 아들 박정환과 혼인하여 아들 박종원·박종운, 딸 박지민 2남 1녀를 두었다.

**신안공 종익 3녀**
**연진**(延眞, 임술 1982.12.3.~ ) 광산인(光山人) 김일용의 아들 김승남(金勝南)과 혼인하여 딸 김하영(金河英)을 두었다.

## 홍곡공 환철 4자

63(35)세(世) **종진**(鍾辰, 무자 1948.4.26.~ ) 호 당진(唐津), 서울 신월동 본가에 살면서 동양물산 사원으로 근무하며, 진실하고 성실하다는 평을 들었다. 누이동생 진순이가 소개한, 충남 당진군 순성면 봉소리 945번지에서 태어난, 영산인(靈山人) 신복교(辛復敎,1916.3.8.~ )·반남박씨 박순서(朴順緒,1914.11.27.~ )의 딸 영산신씨(靈山辛氏) 신원현(辛元鉉,신묘 1951.2.27.~ )과 1976년 11월 11일 혼인하였다. 수협에서 전주지점을 개설하자 수협직원으로 전직하여 전북 전주시로 이사하였다. 서서학동에 살면서 아들 진수(振洙)·환수(煥洙, 일명 容澤)과 딸 현수(賢洙) 2남 1녀를 두었다.

## 당진 종진 장자

**진수**(振洙, 기미 1979.5.21.~ ) 전주남초, 신흥중, 전주고, 군장대 전기과 졸, 육군 사병으로 입대하여 부사관 시험에 합격하여 하사, 중사, 상사를 거쳐 현재 육군준위로 있다. 창녕성씨(昌寧成氏) 성은하(成은하, 경신 1980.11.19.~ )와 혼인하여 아들 주원(柱元)을 두었다.

## 진수 장자

**주원**(柱元, 신묘 2011.05.07.~ )

## 당진 종진 차자

**환수**(煥洙, 일명 容澤, 임술 1982.3.16.~ ) 전주남초, 전주남중, 삼례공고 섬유학과, 익산대 조경학과 졸, 건설회사 과장으로 근무하고 있다. 경주인 김종오(金鍾五,1958.8.10.~ ) 상주박씨 박점엽(朴占葉,1963.6.23.~ )의 딸 경주 김주미(金珠美,1987.12.31.~ )와 혼인하여 아들 도건(度健), 딸 도희(度喜), 라희(羅熺) 1남 2녀를 두었다.

## 환수 장자

도건(度健, 정유 2017.10.25.~ )

## 환수 장녀

도희(度喜, 을미 2015.09.03.~ )

## 환수 차녀

라희(羅熺, 기해 2019.03.29.~ )

## 당진 종진 장녀

**현수**(賢洙, 병진 1976.5.5.~ ) 전주남초, 기전여중, 전주여고, 기전여자전문대 식품영양과 졸, 김해인(金海人) 김병확의 아들 김대용(金旲勇)과 혼인하여 아들 김도연, 딸 김다연을 두었다.

## 홍곡공 환철 맏딸

**계숙**(桂淑, 일명 孝淑, 을해 1935.12.18.~ ) 남원시 산동면 독골 사는 나주인(羅州人) 임경택(林景澤)과 혼인하여 아들 임채영·임채주·임채준과 딸 임선옥·임윤옥, 3남 2녀를 두었다. 아들 임채영은 서울시 공무원을 역임했다.

## 홍곡공 환철 차녀

**진순**(鎭順, 신묘 1951.8.25.~ )은 공군상사 안동인(安東人) 권영일(權寧一)과 펜팔로 연애 혼인하여 아들 권오양(權五良)과 딸 권오연 남매를 낳았다. 강원도 강릉시에서 거주하고 있다.

## 우석공 형균 차자

62(34)세 **권철**(權喆, 籍名 東喆, 갑인 1914.8.17.인시~임신 1992.8.4. 양 8.31.수 79세) 공의 자(字)는 만기(萬基), 호는 당곡(堂谷)이다. 택호는 당골댁이다. 조선국 사대부 가문의 택호(宅號)는 첫 부인 출신지명으로 정하며, 부인 사별로 부인이 여러 번 바뀌어도 변함없이 첫 부인 택호로 부르는 것이 집안 예법(禮法)이었다. 우석공 둘째 아들로 태어나 가난한 집안 살림에 많은 고생을 하며 자랐다. 공은 매우 활동적이어서 일제침략기에는 돈을 벌기 위해 오수역에서 기차를 타고 만주 봉천(심양)까지 진출하여 노역을 하기도 했다. 그러나 황사현상에 공기조차 나쁜 만주벌보다 고향인 한반도가 더 좋다고 느껴 얼마 후 귀국하였다. 1935년 장수군 산서면 사상리 당골마을 사는 전주인(全州人) 이만기(李萬基)의 딸 전주이씨 이남순(李南順, 병진 1916.5.6.~신사 1941.6.24. 향년 26세)과 혼인하여 맏딸 종순(鍾順)을 두었으나, 아내가 둘째 출산 중 조졸(早卒)하여 사창 뒷산 임좌(壬坐)에 장사지냈다. 계배(繼配) 함양여씨(咸陽呂氏, 정묘 1927.3.2.~정해 1947.7.25. 향년 21세) 또한 출산 중 조졸(早卒)하여 임실군 지사면 북창 안산 간좌(艮坐)에 장사지냈다. 어린 딸 하나를 거느린 홀아비로서 아내가 있어야 살림을 꾸려갈 수 있기 때문에 슬퍼할 겨를도 없이 1948년 삼배(三配), 장수군 산서면 오산리 출신 권굉필·신씨(?~1935.2.15.)의 딸 안동권씨(安東權氏) 권칠효(權七孝, 갑자 1924.5.2.~임오 2002.3.4. 수 79세) 처녀와 혼인하여 전주로 이사하였다. 안동권씨는 1남 5녀를 출산하였다. 전주시 중부노송동 2가 440-10번지(전화74-2959)에서 쌀가게 겸 구멍가게를 경영하였다. 농축산물을 장수군 산서면 지역에서 활발하게 수집하여 전주에서 팔면서도 인자하고 호쾌한 모습을 보였다. 6·25한국전쟁으로 호남이 점령당한 중에도 물자를 운반하는 공의 성실한 태도에 도로를 통제하고 있던 북한 인민군도 공을 통과시켜 주었

다고 한다. 공은 필자의 중부(仲父)로 두뇌가 명석하고, 기억력이 비상하였다. 1980년대초 문중 가승첩발간과 가족사 집필의 뜻을 가지고 취재하는 필자에게 집안 내력을 소상하게 구술해 주어 이러한 글을 쓸 수 있게 했다. 아들 종식(鍾湜, 법률가, 학원강사), 딸 종순(鍾順), 순이(順伊, 일명 순님, 초등교사), 순덕(順德, 전주시청 공무원, 남편 목사), 순종(順鍾, 초등보건교사, 수녀), 덕순(德順, 약사), 선희(善熙, 특수교사), 1남 6녀를 두었다. 자녀들이 정해년 2007년 10월, 고향 사창 안산에 모신 당곡공 묘소에 실전한 함양여씨 묘를 제외한 전주이씨 묘를 이장하여 안동권씨와 3쌍분 간좌(艮坐)로 도래석과 3인 생몰과 자손을 새긴 상석을 설치했다.

## 당곡공 권철 장자

63(35)세 **종식**(鍾湜, 신묘 1951.8.27.~ ) 호 율현(栗峴), 두뇌가 명석하여 명문 전주북중, 전주고, 전북대 법학과를 졸업하고 사법시험에 꾸준히 도전했으나 1차 시험에 합격하고 매번 2차 시험에 실패하여 주위에서 안타까워하였다. 1983년 11월 27일 오후 1시, 전주시 봉래원 예식장에서 고흥인(高興人) 유순동(柳順同,1920.10.30.~)·동래정씨 정현재(鄭賢在 ,1925.1.12.~ )의 2녀 고흥유씨 유정애(柳貞愛, 을미 1955.1.9.~ )와 혼인하였다. 법률가로서 사법고시 준비학원에서 고시준비생들에게 육법전서(六法典書) 강의를 하였다. 제자들이 다수 합격하는 사법고시에 합격하지 못한 것을 집안에서는 더욱 안타깝게 여겼다. 2022년 종합문예지「문학공간」7월호에 '갈대 등 5편이 제385회 시 부문 신인문학상에 당선되어 시인으로 등단했다. 아들 민수(玟秀)·희수(喜洙)·영수(英洙) 3형제를 두었다.

**율현 종식 장자**

민수(玟秀, 병인 1986.7.2.~ )

**율현 종식 차자**

희수(喜洙, 을해 1995.7.5.~ )

**율현 종식 3자**

영수(英洙, 정축 1997.12.24.~ )

**당곡공 권철 장녀**

종순(鍾順, 정축 1937.9.6.~ ) 당곡공 첫 부인 전주이씨 소생이다. 김해인(金海人) 김천두(金千斗)와 혼인하여 아들 김용모(金龍模)·김용배(金龍培)와 딸 김현주(金賢珠) 2남 1녀를 두었다.

**당곡공 권철 차녀**

순이(順伊, 順姬, 순님, 기축1949.7.18.~ ) 전주동초등학교, 성심여중, 성심여고 졸. 성심여중, 성심여고에서 수석을 하여 부안김씨 집안에 재원(才媛)이 나왔다는 명성을 들었다. 학문을 지속했다면 훌륭한 학자가 되었을 것이라고 주위에서 재능을 아까워하였다. 전주교육대학을 졸업하여 초등교사 자격을 취득했다. 봉동초등학교 교사로 봉직 중 고창고교 교련교사 전주인(全州人) 이문재(李文宰)와 혼인하여 아들 이정훈(李廷訓), 딸 이정란·이정선·이정아 1남 3녀를 두었다. 둘째 딸 이정선이 의과대학을 졸업하고 인천성모병원 내과의사로 재직하고 있다. 국가교육공무원으로서 삼례초등학교 등 여러 학교에 봉직하며 판서 글씨를 정자(正字)로 아주 예쁘게 쓰고, 학생들을 사랑으로 자상하게 가르쳐 학생들과 학부모들에게 인기가 많았다. 정년퇴임하여 인천

광역시에 거주하고 있다.

## 당곡공 권철 3녀

순덕(順德, 갑오 1954.7.4.~ ) 전주동초등학교, 영생여중, 영생여고 졸업 후 지방공무원 시험에 합격하여 전주시 여러 동사무소와 전주시청 공무원으로 근무하면서 한국방송통신대 영문과 2학년을 중퇴했다. 1985년 1월 19일(토) 오후 1시에 전주시 인후동 전주 반석침례교회에서 연안인(延安人) 김오동(金伍東)의 3남 김종완(金鍾完, 일명 成哲)과 혼인하여 아들 김준서(金俊瑞), 딸 김은총·김은혜 1남 2녀를 두었다. 딸 김은총이 우석대 특수교육학과를 졸업하고 특수교사 자격증을 취득하여 전주은아초등학교 교사로 근무하고 있다. 순덕은 전주시 6급 주사(계장) 서신도서관장으로 지방공무원직을 정년퇴직하고, 완주군 봉동읍에 살면서 남편 김성철(金成哲) 전주 은혜와평강교회 담임목사를 도와 목사사모로서 성도들을 정성껏 섬겼다. 이제 남편은 72세 은퇴목사가 되었다. 부부는 범사감사로 이어지는 평화로운 은퇴생활을 즐기고 있다.

## 당곡공 권철 4녀

순종(順鍾, 병신 1957.8.18.~ ) 전주동초등학교, 성심여중, 성심여고, 전주간호전문대를 졸업한 간호사로 초등학교 보건교사(保健教師) 시험에 합격하여 무주군 안성면 신안성초등학교 보건교사로 근무하다가 사표를 내고 천주교 수녀(修女)가 되어 대전수녀원에서 오랫동안 주를 섬겼다. 현재는 서울59예수수도회에 있으며, 세례명은 김순종헬레나이다.

## 당곡공 권철 5녀

**덕순**(德順, 경자 1960.8.4.~기해 2019.양 10.10. 향년 60세) 전주동초등 학교, 전일여중, 전주여고 졸, 전주우석대학교 약학과를 졸업한 약사로 삼례읍에서 양지약국을 경영하여 돈을 벌어 새집을 매입하여 부모님 이 이사하도록 도왔다. 전주인 이연재(李連宰)와 혼인하여 아들 이정 환(李鉦煥)·이정준(李鉦俊) 형제와 딸 이유림, 2남 1녀를 두었다. 경기 도 안산으로 이사하여 수원시에서 약사로 유림약국, 신태평양약국 경 영 중 전혀 예상치 않은 뇌출혈로 허망하게 향년 60세로 졸(卒)했다.

## 당곡공 권철 6녀

**선희**(善熙, 계묘 1963.4.9.~ ) 전주동초등학교, 전일여중, 전주성심여 고 졸, 전주우석대 특수교육학과를 졸업하고 전주인(全州人) 유기환 (柳基煥)과 혼인하여 딸 유진을 두었다.


# 화동 김은철 선생과 그 자손들

## 우석공 형균 3자

62(34)세 **은철**(殷喆) 자(字) 영기(永基), 호(號) 화동(和洞), 정사 1917 년 2월 17일 생, 기미 1979년 3월 3일, 양 3월 30일 03시 50분 졸, 향 년 63세. 산서보통학교 재학 중 반에서 수석을 하는 총명함을 보였으 나 집이 가난하여 신학문을 배울 수가 없었다. 그러나 공은 천성이 총 명하고 배우기를 즐겼으며, 세상을 긍정적으로 보아 호방하고 근면 성 실 검소하였다. "착하고 진실하게 살고, 땀 흘려 부지런히 일하며, 검소 하게 살면 반드시 삶의 결실이 있다."는 인생철학을 굳게 가졌다. 맨손 으로 시작하여 논밭 40여 마지기의 부농으로 자수성가하였다. 인품이

어질어 우애가 깊고 언행에 사려 깊은 뜻이 있어 맏형(환철)이 공자 맹자와 같다는 평을 하였다. 40세가 되어 생활이 안정되자 한학을 배우기 위해 선원리 회당 홍순주(晦堂 洪淳柱), 오성리 개산 안창수(介山 安彰洙), 선원리 사문 이사현(思文 李思顯) 선생을 농한기나 들일을 끝낸 밤에 직접 찾아다녔다. 그래도 학구열을 식힐 수 없어 겨울 석 달은 안개산, 이사문 선생을 사랑방에 독선생으로 초빙하여 서당을 열었다. 배우고자 사랑방 서당에 찾아온 마을 사람들과 함께 경서(經書)를 배우기에 열심이었다. 사랑방에 독선생으로 모셨던 이사현 선생은 사창으로 이사하여 일생을 마쳤다. 공이 사랑방에서 논어 맹자 등 사서삼경을 새벽마다 강독하는 글 읽는 소리가 독경소리처럼 새벽마다 낭랑하게 들렸다. 논어 맹자 등 사서삼경 경서(經書) 공부를 끝마친 공은 40세부터 본격적으로 글을 배웠다 하여 40문장 소리를 들으며 이웃의 요청으로 붓글씨로 제사의 축문 작성과 이사 등 길일을 택일해 주거나, 사랑방에서 자손들에게 사자소학이나 추구(推句) 등을 직접 붓글씨로 써 교재를 만들어 가르치기도 하였다. 조상 제사에 정성을 다 하여 지내기 위해 새벽같이 일어나 엄동설한에도 앞 냇가에서 얼음을 깨고 목욕재계하였다. "정신일도(精神一到)면 하사불성(何事不成)이리오, '정신이 한곳에 이르면 어찌 무슨 일이든지 이루어지지 않으리오'."라는 말씀을 자주 강조하며 정성을 다하여 노력하고, 정진하라고 자녀들을 깨우쳤다. 남원 부안 등지의 조상 시제에 집안 두철, 병철 형들과 자주 다녔다. 공은 사상리 85번지에서 출생하여 사상리 97번지에 살던 20세 때, 장성 당숙(炯信) 중매로 같은 마을인 사상리 114-2번지에서 나고 자란, 문숙공(文肅公) 김주정(金周鼎) 후예 오재(梧齋)김원태(金源泰,籍名濟源,1890.3.14.~1976.3.25.)·남평문씨(南平文氏)문원촌(文元寸,1899.10.14.~1964.3.3.)의 1남3녀 중 맏딸 열일곱 살 광산김씨(光山金氏) 묘진옥(妙眞玉) 김옥남(金玉南, 경신 1920년 11월 11일생, 신유

1981년 10월 17일, 양 11월 13일 17시 20분 졸, 향년 62세) 처녀와 신부집 마당에서 1936(병자)년 11월 12일 혼인식을 올렸다. 배(配) 외조(外祖)는 남평(南平) 문덕삼(文德三)이다. 한 고을이 화합하여 일가(一家)를 이루었다 하여 택호(宅號)를 화동댁(和洞宅)이라 하고, 공의 호도 화동(和洞)이라고 집안 어른들이 혼인식 마당의 식이 끝나자 즉석에서 알려 주었다. 공은 술을 좋아했으나 실수가 없었고, 농담을 좋아하여 모임이 있을 때마다 좌중을 잘 웃겼고, 목소리가 고와 민요가락이나 시조창을 잘하여 동갑 정사계(丁巳契) 사람들의 찬사를 받았다. 민요 창(唱)을 잘 했던 차자(종후)가 아버지 목소리를 물려받았다고 하겠다. 아들 종회(鍾會), 종후(鍾厚), 종삼(鍾三), 종태(鍾泰), 종원(鍾元), 종상(鍾上), 딸 효순(孝順), 계순(季順), 현순(賢順), 6남 3녀 9남매를 두었으나 남매(鍾三, 孝順)는 조졸(早卒)하고 7남매를 장성하게 길렀다. 만년에 내외분 모두 위암으로 공은 서울시립강남병원, 원자력병원에서 투병하고, 서울 강동구 성내동 잠실시영아파트 99동 장자 집에서 63세로 타계하셨다. 부인은 서울 연세대세브란스병원에서 위암 수술 후 서울 강서구 화곡동 넷째 아들집에서 요양하다가 병세가 호전된 줄 알고 시골집에 내려가 막내아들과 1년간 농사를 짓고 상경하였다. 그런데 위암이 재발하자 병원에 입원했다가 맏아들 집을 거쳐 다시 넷째 아들 집에서 지내다가 세브란스병원을 거쳐 영등포구 양평동 연립주택 둘째 아들 집에서 막내딸의 간병을 받으며 투병 중 아까운 62세의 연세로 별세하셨다. 묘는 전북 장수군 산서면 사상리 지름댕이 윗논 건너 동쪽 산 선영 간좌(艮坐) 쌍분(雙墳)으로 묘비명(墓碑銘)은 4자 종원(鍾元)이 찬했다.

## 화동공 은철 장자

63(35)세 **종회**(鍾會, 정축 1937.9.30.인시~ ) 자(字)는 경인(鏡仁),

호(號)는 만효(晚孝)이다. 사상리 123번지에서 화동공의 장남으로 태어나 산서초('50.4.),전주동중('53.3),전주농림고등학교(全州農林高等學校 ;1956.3)를 졸업했다. 21세인 1957년 3월 11일 진시에 전북 일실군 삼계면 덕계리 모갈마을 신부집 마당에서 양천인(陽川人) 공암촌주(孔巖村主) 허선(許宣) 후예 허철수(許鐵壽 일명 淳萬,1907.9.12.~1969.8.2.)·전주최씨 최계남(全州崔氏 崔季男,1905.9.24.~1967.8.5.인시)의 1남 4녀 중 둘째 딸 덕계(德溪) 허순욱(許順旭,1936.2.24.유시~ ) 처녀와 혼인식을 올리고 부부의 연을 맺었다. 육군 의무병으로 3년 만기 병장으로 전역하고, 농협 개척원 시험에 합격하여 농협은행원의 길에 들어섰다. 장수농협 개척원 및 장수농협 3급 직원(1962.2.23~1974.2.5)으로 산서지소, 장수지소, 번암지소, 장계지소 등을 거쳐 서울 농협중앙회 축산물공판장 사무국 직원(1974.2.6~1977.8)으로 전보 발령 받아 근무하고, 농협서울시지회 천호동지점('77.8~'79.4),농협중앙회공제부('79.4.~'82.8.),농협서울시지회가락지점('77.8.~'79.4.), 농협 천호동지점('86.10.~'92.4.), 농협2급 을류직 승진시험 합격으로 농협 가락시장지점 근무('92.4.~'94.5) 후 퇴직하니, 농협 창설 이후 32년을 봉직하였다. 만효는 3남 2녀를 두었다. 업무성실로 농협서울시지회장상(1983.8.15.), 농협 발전 유공으로 농업협동조합중앙회장상(1987.8.15.), 농협 발전 유공으로 농업협동조합중앙회장 공로패(1992.8.15.)를 받았다. 운동을 좋아하고 성품이 온화하고 점잖아서 모친이 늘 군자라고 칭찬했다. 서울 강동구 풍납동, 성내동 시영아파트 99동, 송파구 가락동 현대아파트 92동 505호, 송파구 송파동 양지아파트 등에 살다가 만년에 용산구 삼각지 부근 실버타운 하이원빌리지에 입주하여 생활하고 있다.

## 만효 김종회(晩孝 金鍾會) 선생(先生) 회갑(回甲)을 맞아

팔공산 정기받은 장수(長水)골 사창(社昌) 땅에
정축년 구월 그믐 소울음으로 열던 하늘
충직한 한 일생 열려 첫울음도 맑았으리.

외갓집 이모 등에서 재롱꽃을 또 피웠고
두 다리 힘차게 서 아장아장 걷던 아기
성산(城山)을 바라보면서 과묵함도 배웠어라.

화동공 불호령에 흘린 밥알 주워 먹고
쇠꼴 베고 나무하고 새도 쫓고 새끼 꼬고
어머이* 치마폭 싸여 뒤란에서 울던 소년.

아버님 근면 성실 날마다 배우면서
어머님 애틋한 정 피부로 느꼈나니
가없는 엄부 자모(嚴父慈母) 품 만효 인품 이뤘네.

전주는 그리운 땅 학창의 꿈 부풀던 땅
먹어도 또 먹어도 배고프던 그 시절에
닭서리 참외서리에 낭만도 키웠었지.

듬직한 스물한 살 사모(紗帽) 쓰고 관대(冠帶)하고
임실 삼계면 모갈 마을 당도하니
허씨댁 어르신들이 김서방이라 일컬었네.

칠남매 맏이로서 아픈 사연 없을쏜가
가슴 속 묻어 두고 아우들 토닥이더니
어머님 잘 아시고서 군자라고 하셨네.

병풍같은 세 아들과 아리따운 두 공주를
불면 날아갈세라 안으면 깨어질세라
깊은 정 지피셨으니 효자 효녀 되고말고.

농협 시험 합격으로 시작된 직장 생활
장수에서 서울에서 자전거로 자동차로
삼십여 그 긴 세월을 한결같이 봉직했네.

서러움 얼마이며 역겨움 얼마였나
무더위 북풍 한설 뚝심으로 이겨내어
해맑은 내일을 바라 꿈을 키워 가졌네.

화동댁 맏아들로 농협의 큰 일꾼으로
말없이 덕을 쌓고 그늘에서 큰일했네
그 세월 구슬이 되어 영롱하게 빛나리.

삼남 이녀 오남매를 흐뭇하게 혼례시켜
세 며느리 귀여웁고 두 사위도 미더웠지
하늘의 큰 복 있으셔 복된 가정 이루셨네.

모갈댁 허씨부인 알뜰살뜰 내조하여
손자 손녀 거느리고 옷 맵시도 우아하니

드높은 가을 하늘도 오늘 위해 맑아라.


정축년 다시 오니 오늘은 기쁜 환갑
뜻 깊은 이 자리에 축하객도 넘치오니
헌수잔 높이 드시어 만만세를 부릅시다.


오늘은 기쁜 회갑 만효공(晚孝公) 귀빠진 날
뭇시름 잊으시고 두둥실 춤도 추고
헌수가 달게 들으셔 만수 무강 하소서.


\* 어머이 : 어머니의 장수 지방 사투리

(1997.10.26.서울잠실 롯데월드호텔 에메랄드룸 잔치자리에서 아우 종원 짓고 읊음)



## 만효(晚孝) 백형(伯兄)님 산수(傘壽)에


정축년(丁丑年, 1937) 구월 그믐
장수(長水) 고을 사창(社昌)에서
화동댁(和洞宅) 맏아들로 고고성을 울린 님.


나라 잃은 그 시절
모두가 배고팠던 그 때
화동공 가훈 따라 근검을 몸에 익혀
화동댁 9남매 맏아들답게

우직한 황소처럼 앞을 보며 견디었네.

산서에서 전주로 학창시절 그리웁고
정성으로 쓰는 글씨, 님의 마음 담겼으니

우석공(愚石公), 화동공(和洞公) 붓글씨를 칭찬했네.

어버이 가르치신
효제충신(孝悌忠信) 예의염치(禮義廉恥)
듬직한 소걸음으로 뚜벅뚜벅 실천하니
어머니 잘 아시고 군자라 일컬었네.

평생을 하루처럼 농협에서 봉직하고
듬직한 남편으로 산(山) 같은 아버지로
올망졸망 동생들 미더운 큰형 큰오빠로
지나온 그 세월이 꿈처럼 흘렀네요.

아내의 따뜻한 미소 언제나 변함없고
세 아들 두 딸 사회의 큰 일꾼 되니
희로애락(喜怒哀樂) 여든 해는
하늘과 조상이 준 선물이었네.

모두가 바라보는 지금은 백세시대(百歲時代)
흐르는 물처럼 지혜를 벗 삼아
백세를 넘기도록 만수무강하소서.
유유자적(悠悠自適)하소서.

〈2016. 10. 30.(음 9.30) 일. 용산 '기와' 잔치자리에서 아우 鐘元 짓고 읊음〉

## 만효 종회 장자

64(36)세 **성수**(成洙, 정유 1957.12.22.~ ) 자 수연(秀淵), 호 화포 (和浦). 계월초, 오수중, 조선대부속공업전문대 전자공학과 졸, 광주대학교 금융학과 졸. 광주은행 지점장, 한국광통신 감사실장을 역임했다. 제주시 화북일동1585번지에서출생한,이용기(李龍基 1933.2.20.~)·김해김씨(金貞淑;1937.8.28.~)의 딸 전주이씨 이영희(李榮姬;1961.12.8.유시~)와 1983년 10월 9일 오후 2시 서울 뉴코아예식장에서 혼인하여 1남 2녀를 두었다.

## 화포 성수 장자

**동완**(東完, 병자 1996.6.20.~ )자(字) 주혁(柱赫), 호(號) 계산(桂山), 광주각화초, 각화중, 광주석산고, 조선대 정보통신공학과 졸, 공기업 한국인터넷진흥원 채용시험에 합격, 입사하였다.

## 화포 성수 장녀

**윤하**(倫何, 갑자 1984.6.7.~) 호 봄솔, 광주각화초, 신광여중, 살레시오 여고, 한양여자전문대 졸, 광산인(光山人) 김용화(金容華,1978.2.1.~ ) 혼인하여 딸 김유빈(金有彬,2017.9.10.~ )을 두었다. 김용화는 광산인(光山人) 김성수(金成洙,1945.6.16.~ )·청주한씨 한광엽(韓光葉,1953.5.11.~ )의 아들로 검찰사무직 공무원이며 현재 대검찰청 수사관으로 재직하고 있다.

## 화포 성수 차녀

**현주**(賢珠, 병인 1986.4.1.~) 호 솔내, 광주각화초, 신광여중, 전남여고, 조선대 사학과 졸, 신한은행 은행원으로 근무하며 김해인(金海人) 김종렬(金鍾烈,1950.8.5.~)·장흥임씨(長興任氏) 임완례(任完禮,1955.3.10.~)의 아들 신한은행원 김해인(金海人) 김선진(金宣震, 병인 1986.5.31.~)과 혼인하여 아들 김준우(金俊宇,2015.10.20.~,현 초등학교 1년)를 두었다.

### 만효 종회 차자
**승수**(承洙, 정미 1967.10.20.~ ) 자 도연(度淵), 호 인재(仁齋). 서울 잠실고, 경희대 한의예과졸. 한의사(韓醫師), 오덕수한의원부원장, 송암(松岩)한의원 원장. 부부 한의학 박사. 1993년 10월 31일, 경희대 한의예과를 졸업한 한의사(韓醫師) 해주오씨 오기남(吳奇男;1968.3.16.~)과 서울 공항터미널 예식장에서 혼인, 남매를 두었다. 오기남은 오덕수(吳德秀,1935.10.16.~)·우계이씨(羽溪李氏) 이춘자(李春子,1940.9.15.~)의 장녀로 강원도 삼척에서 출생. 서울 세화여고 재학시 수석을 한 재원이다. 아들 동하(東廈),딸 예지(叡志) 남매를 두었다.

### 인재 승수 장자
**동하**(東廈, 무인 1998.7.29.~ ) 자(字) 주섭(柱燮), 호 반포(盤浦), 카이스트 수리전공 3학년 휴학.

### 인재 승수 장녀
**예지**(叡志, 갑술 1994.10.8.~ ) 호(號) 빛샘, 대전대학교 한의과대학 한의예과 졸업, 한의사 자격고시 합격으로 한의사 자격 취득, 3대 한의사 가족 수업을 쌓고 있다.

**만효 종회 3자**

지수(志洙;1970.3.13.~2002.9.10. 향년 33세) 자 재연(載淵), 호 강헌(江軒). 서울잠동초등학교, 석촌중, 배명고를 다녔다. 대한도시가스 사원으로 기술이 좋고 성실하다는 평을 들었다. 1992년 2월 10일, 서울 광진구 능동 백악관예식장에서 동래정씨 정임문(鄭任文,1969.12.25.~)과 혼인 남매를 두었다. 정임문은 정광모(鄭光謨;1929.5.15.~)·전주이씨 이봉재(李奉才, 1930.3. 28.~)의 2남 3녀 중 막내딸로 경기도 양평군 양서면 부용2리에서 태어났다. 아들 주한(柱漢), 딸 소양(笑羊)을 두었다. 2002년 9월 10일, 성남에서 보일러 수리 전문점을 경영할 때, 동네 후배 아우들이 충북 음성 저수지로 밤낚시 가는데 지수 차로 데려다 달라고 부탁하였다. 컴컴한 밤 저수지 둑에 후배들을 내려놓고 좁은 공간에서 차를 돌리기 위해 후진하다가 그만 차가 저수지에 빠져 익사하였다.


## 지수 딸 소양이가 시집간다요

지수 숙부  만은 **김종원**(晚隱金鍾元) 지음

임인년(2022년)도 반이 꺾이니 날이 부쩍 더워진다. 큰형님 생각이 났다. 두 분 연세가 벌써 여든 여섯, 여든 일곱이다. 모처럼 시간을 내어 용산 삼각지 부근 모 실버타운에서 생활하는 큰형님 내외분을 찾아뵈었더니 큰형수님이 청첩장 한 장을 내놓는다.

"지수 딸 소양이가 8월 27일, 토요일에 시집간다요, 청첩장이 나왔소."

"아, 그래요? 축하해 주어야지요."

삼촌 종상과 조카 지수

조카 지수 딸, 곧 종손녀(從孫女) 소양이가 시집을 가는구나. 순간 시퍼런 세른 셋 청춘에 허망하게 세상을 떠난 조카 지수 생각이 떠오른다. 만형 자녀 3남 2녀 중, 막내아들이면서 다섯 번째로 태어난 조카 지수(志洙, 1970.3.13.~2002.9.10. 향년 33세)는 어려서부터 생기가 넘쳤다. 예닐곱 살이 되어 엄마 손을 잡고 서울 작은집에 방문해서는 TV를 켰다, 라디오를 켰다, 서랍을 열었다가, 이 방 저 방을 왔다 갔다 뛰어다니면서 5분도 가만히 있지 않아 보는 사람들 혼을 쏙 빼놓다시피 할 만큼 피가 펄펄 끓었다.

1972년 3월초, 군대에서 제대를 앞둔 휴가로 부모님을 뵈러 고향 사창마을 집에 와서 카메라로 동생들과 조카들 사진을 찍어 주는데, 마침 막내 남동생 종상이가 막내조카 지수를 안고 사진을 찍겠다고 한다. 세 살 먹은 조카를 안은 열여섯 살 막내삼촌. 막내삼촌에 안겨서 배통을 내놓고 정면을 바라보는 세 살 먹은 아기 지수, 삼촌과 조카의 표정이 코믹하다. 무엇이 그리 바빠 이들은 저리 훌쩍 저 세상으로 떠났을꼬.

셋째 만경(晩景) 형이 혼인 후 아이가 없자, 아버지가 큰형 부부를 보고 "너희들은 아들이 셋이니 막내 지수를 종태(鍾泰)에게 양자로 주어라."라고 하셨다. '지수를 양자로 보내다니…' 큰형수님은 자고 있는 막내아들을 보고 또 보고 하면서 아버님 말씀이 마냥 야속하기만 했다고 한다. 셋째 형이 수환이를 낳게 되자 양자 이야기는 쑥 들어갔다. 다행이었다.

어느 해 추석이었다. 맏형 댁에서 추석 차례를 지내고, 홈실 이모 댁을 방문하기 위해 우리 5형제 부부가 막 나서려는데 지수가 다가왔다.

"작은아버지, 수환이랑 은택이 데리고 잠실 롯데월드에 놀러가도 되지요?"

"아니, 그곳 입장료가 비쌀 텐데, 네가 어떻게 어린 사촌동생들과 놀아줄 그런 기특한 생각을 다 했니? 되고말고, 잘 다녀오너라."

사촌동생들을 챙기는 인정어린 모습이 뇌리에 추억의 영상으로 남았다.

이런 인정 많은 조카 지수가 허망한 변을 당했다는 소식이 들려온 것은 2002년 9월 10일이었다. 성남에서 보일러 수리 전문점을 경영하던 조카 지수는 동네 후배 아우들에게도 인정이 넘쳤다. 그날, 충북 음성 저수지에 밤낚시 가는 동네 후배들이 지수 차로 데려다 달라고 부탁하자 흔쾌히 들어주었다. 이 세상 마지막 떠나는 여행인 줄도 몰랐다. 칠흑 같은 밤, 저수지 둑에 후배들을 내려놓고 좁은 공간에서 차를 돌리기 위해 후진하는데 아차 그만 차가 저수지에 빠져 순식간에 가라앉는다. 차가 빠진 저수지 부근은 90도 직각으로 수면 위 2~3m 높이의 시멘트벽이다. 가까스로 차에서 탈출해 시멘트 절벽을 손으로 움켜쥐고 또 쥐어도 미끄러져 헤엄쳐 나올 수가 없다. 캄캄한 밤, "사람, 살려요!"라는 간절한 구호요청에도 구조장비가 없다. 동네 후배 아우들은 황망하여 발만 동동 구르다가 참혹한 이별의 시간 너머로 인정 많은 동네 형은 사라졌다.

자식이 부모 앞에 죽으면 부모는 자식을 가슴에 묻는다고 하는데 만효 맏형 내외분의 흉리(胸裏)가 그 오랜 세월 어떠했을까. 조카 지수가 떠나고 원불교 교당에서 지낸 49재며, 납골당 유골 안치 계약기간이 끝나 지수 유골을 몇 년 전 사창 지름댕이 선영 부모님 산소 아래에 평장으로 안장했던 기억이 아스라이 스쳐지나간다.

조카 지수(志洙)의 자(字)는 재연(載淵), 호(號)는 강헌(江軒)이다. 서울잠동초, 석촌중, 배명고를 나와 대한도시가스 사원이 되어 기술이 좋고 성실하다는 평을 들었다. 1992년 2월 10일, 동래인 정광모(鄭光謨)·전주이씨 이봉재(李奉才)의 2남 3녀 중 막내딸 동래정씨 정임문(鄭任文, 1969.12.25.~ )과 서울 광진구 능동 백악관예식장에서 혼례식을 올리고 부부의 연을 맺었다. 정임문은 경기도 양평군 양서면 부용2리에서 태어났다.

조카 지수 부부는 아들 주한(柱韓, 1995.2.10.~ )과 딸 소양(笑羊, 1992.5.10.~ )을 두었다. 소양 외조부가 '순한 양처럼 웃으며 사는 여성이 되라.'는 뜻으로 웃음 소(笑) 자, 양 양(羊) 자로 이름지어주었다 한다.

저 사진 속의 세 살 먹은 어린이였던 조카 지수가 혼인하여 맏딸과 아들 하나를 두더니, 그 맏딸 소양이가 시집을 간단다. 세월이 참 많이 흘렀다. 내가 소양이 넷째 작은할아버지다. 수명이 짧던 옛날에는 큰할아버지, 작은할아버지가 종손(從孫) 혼례식에 참석하는 일이 드물었다. 백세시대에는 많아질 것이다.

요즘은 옛날처럼 수백 명씩 하객들을 초대하지 않고 가족들끼리 조촐하게 혼례식을 치른다고 한다. 그런데 가족 개념이 핵가족이 되어 요즘 젊은이들은 한 집에서 살지 않으면 가족이 아닌 것으로 여긴다나. 심지어 조부모까지 가족이 아니라고 한다니 참 어이없다. 한 할아버지 자손으로 한 마을에서 옹기종기 집성촌을 이루며 살던 때에는 본인 기준, 고조부모에서 출생한 사람들은 모두 한 가족으로 여겼다. 형제로 치면 종형제(4촌), 재종형제(6촌), 삼종형제(8촌)까지는 묘제가 아닌 방안제사라 하여, 방안에서 고조부모 제사를 함께 지냈으니 한 가족이라는 가족개념이 뚜렷했다. 아무리 핵가족시대가 되었다고 해도 한 집에 사는 사람 외에는 남으로 여기는 풍조는 너무나 삭막하다. 8촌까지는 가깝게 느끼도록 어른들이 자주 만나는 기회를 만들어 주어야 한다. 특히 그 집안 어른들과 종손인 맏아들, 맏며느리는 그런 사명감을 가져야 그 집안이 우애로운 가문을 이어갈 것이다.

고조할아버지가 같은 당내간(堂內間)에는 자손들 애경사에 내 가족처럼 모두 한마음이 되어 상부상조할 때 그 집안 우애와 효도는 저절로 이루어질 것이다. 특히 슬픈 일을 당했을 때, 고인(故人)이 촌수로 나와 3촌까지는 장례 절차에 더욱 엄숙하게 참여하고, 장지(葬地)까지 동행하며, 탈상(脫喪, 49재)에도 함께 하는 것이 천륜(天倫)으로 맺어진 혈육관계 인간의 기본 도리(道理)일 것이다.

단기 4355년, 서기 2022년 임인년(壬寅年) 양 8월 27일 오후 6시 30분에 거행하는 종손녀(從孫女) 소양과 종손서(從孫婿) 김한빛 군의 화촉지례(華燭之禮)를 축하하고 축복한다. 그들의 새 가정에 행복의 파랑새가 늘 함께 하기를 기원해 본다.

새 가정을 막 시작하는 선남선녀들이 성공하는 가정의 부부생활 비결을 묻는다면 이렇게 말해 주고 싶다.

"근면 성실하게 남편과 아내로서 도리를 다하며, 서로 부족한 점을 채워주고, 상대방의 심정을 헤아려 미리 배려하며, 참고 또 참기를 70번씩 10번이라도 하라."

조카 지수야, 네 딸 소양이가 시집간단다. 하늘에서 보고 있니? 지성으로 축복해 주고, 많이많이 기뻐하렴.


## 소양·주한 기준 화동공 자손들 호칭

이름 앞의 두 글자는 호(號)이다. 우리 민족은 어른들의 이름을 함부로 부르는 것을 꺼려 남자는 호(號)와 자(字)를 지었고, 여자는 호(號)를 지어 부르거나 순창에서 시집왔으면, '순창댁' 하듯 택호를 지어 불렀다. 어른들의 이름과 자는 함부로 부르지 못하지만 호는 아버지라 할지라도 친구 이름처럼 마음대로 지칭할 수 있다.

소양이와 주한이가 증조부모가 되는 화동공, 그 자손들과 어떤 관계일까? 소양이 기준으로 족보교육 삼아 이야기해 볼까. 화동공(和洞公, 휘 은철殷喆) 내외분은 증조부와 증조모다. 모갈 만효(만효晩孝, 종회鍾會) 할아버지와 할머니는 조부모이다. 조부 형제자매는 7남매이지. 할아버지 남자 아우들은 종조부(從祖父), 즉 작은할아버지들(만정 종후, 만경 종태, 만은 종원, 만성 종상)이라 일컫고, 그 아내들은 종조모(從祖母)라 하지. 조부 누이동생들은 큰고모할머니(지원芝園 계순季順), 작은고모할머니(예원藝園 현순賢順)라 하고, 그 남편들은 큰고모할아버지, 작은고모할아버지라 부른다.

소양이 조부 만효공(晩孝公) 큰아들, 광주 사는 화포 (和浦 성수成洙) 백부모(伯父母) 내외는 곧 큰아버지·큰어머니이며, 한방병원 한의사 인재 (仁齋 승수承洙) 중부모(仲父母) 내외는 곧 둘째 작은아버지·

둘째 작은어머니가 된다. 그들 모두 소양과 촌수가 3촌이다. 촌수는 직계는 1촌씩 방계(형제자매)는 2촌씩 벌어진다. 3촌의 자녀들, 봄솔 윤하(봄솔 倫何), 솔내 현주(솔내 賢珠), 계산 동완(桂山 東完), 빛샘 예지(빛샘 叡志), 반포 동하(盤浦 東廈)는 너희들과 종형제자매(從兄弟姉妹) 곧, 4촌형제자매라는 것은 이미 알고 있을 것이다. 4촌의 자녀들(현주나 윤하 자녀들)은 너희들과 5촌이 되니 소양이는 당고모가 되고, 주한이는 당숙이 된다. 연정 미수(蓮亭 美洙) 큰고모 아들 강용수(姜鏞秀) 강준영(姜俊瀛)은 고종사촌 오빠들이 되고, 화국 미현(華菊 美賢) 작은고모 두 딸 한승희(韓承希), 한상원(韓翔媛)도 고종사촌 자매관계이다. 고모 남편을 흔히 고모부(姑母夫)라 하는데 고숙(姑叔)이 더 좋은 말이다.

할아버지 바로 아래 동생, 4촌 종조부모(從祖父母)는 곧 만정 둘째 작은할아버지(晩貞 종후鍾厚)·작은할머니다. 그 아들 창곡 광수(昌谷 光洙) 내외는 5촌 당숙·당숙모가 되고, 당숙 아들 계천 주헌(桂泉 柱憲)은 6촌 재종(再從) 동생이 된다. 만정 작은할아버지 맏딸 화정 영미(和庭 英美) 당고모 아들 황윤상(黃尹商)·황세상(黃世翔)과 딸 황은진(黃銀珍)은 소양과 6촌 고재종(姑再從) 남매간이 된다. 만정 종조부 둘째 딸 국원 정현(菊園 貞賢) 당고모 아들 이재원(李在元)과 딸 이재은(李在恩)과도 6촌 고재종(姑再從) 남매간이 된다. 당고모 남편은 당고모부인데 당고숙(堂故叔)이 더 좋은 말이다.

셋째 4촌 종조부모(從祖父母)는 만경 작은할아버지(晩景 종태鍾泰)·작은할머니다. 맏아들 화곡 수환(和谷 秀桓) 내외는 당숙과 당숙모이다. 그 아들 죽헌 주호(竹軒 柱昊), 백헌 주완(柏軒 柱完)은 6촌 재종 동생(再從同生)이 된다. 만경 종조부 둘째 아들 화천 윤호(和泉 允浩)도 당숙이 된다.

넷째 4촌 종조부모(從祖父母)는 만은 작은할아버지(晩隱 종원鍾

元)·작은할머니로 이 글을 쓰는 사람이다. 아들 화계 은택(和溪 溵澤) 내외는 5촌 당숙·당숙모이고, 딸 소정 지나(素庭 智娜) 내외는 당고모, 당고숙이다. 소양이와 소정 당고모 아들 이택범(李澤範)·이택준(李澤俊)과는 6촌 고재종(姑再從) 남매간이 된다.

다섯째 4촌 종조부모(從祖父母)는 만성 작은할아버지(晩盛 종상鍾上)·작은할머니이다. 소양·주한의 아버지 지수가 세 살 때 안고서 사진 찍은 막내삼촌이 만성(종상) 작은할아버지다. 아들 한가람 한결은 호와 이름이 한글로 소양이의 당숙(堂叔)이 된다. 맏딸 샛별 한나 또한 호와 이름이 한글로 한나 내외는 당고모(堂姑母)·당고숙(堂姑叔)이 된다. 소양과 샛별 당고모 딸 신서영(愼栖潛)은 6촌 고재종(姑再從) 자매간이 된다. 흔히 당숙은 종숙(從叔), 당숙모는 종숙모(從淑母), 당고모는 종고모(從姑母), 당고모부(당고숙)은 종고숙(종고모부)이라 하기도 한다.

만효 할아버지 맏누이동생 내외는 지원(芝園 계순季順) 고모할머니·고모할아버지(姑從祖父母)로 아들 이경석(李庚碩)은 고종숙(姑從叔) 또는 고당숙(姑堂叔)이다. 딸 이경진(李庚珍)은 고당고모(姑堂姑母) 또는 고종고모(姑從姑母)라 한다.

만효 할아버지 막내 누이동생 내외는 예원(藝園 현순賢順) 고모할머니·고모할아버지(姑從祖父母)로 아들 모진호(牟鎭虎)·김자명(金慈明)은 고종숙(姑從叔) 또는 고당숙(姑堂叔)이고, 딸 김자비(金慈妃)는 고당고모(姑堂姑母) 또는 고종고모(姑從姑母)라 한다.

1996년 4월 5일, 화동공 묘비 세울 때 비문과 자손록 수록 책자에 자손들 자와 호를 지어 기록해, 부안김씨 족보에도 기록했다. 이번에 화동공 전기와 자손록을 준비하면서 그 뒤에 출생한 자손들 중 남자는 자와 호를 여자는 호를 지어 기록했다. 단, 외손들은 그 집안에서 짓기 때문에 제외했다.

처음 읽으면 무슨 말인지 생소하겠지만 몇 번 읽으면 익숙해질 것이다. 사람 관계는 정확한 호칭에서부터 분명해지니 만큼, 화동공 자손들은 호칭관계를 잘 숙지하여 2천 년 뿌리 깊은 신라 왕족 후예라는 자긍심을 가져야 할 것이다.

## 강헌 지수 장자

**주한**(柱漢;1995.2.10.~) 자(字) 동혁(東赫), 호 송촌(松村), 말레이시아 테일러대학 경영전공 3학년

## 강헌 지수 장녀

**소양**(笑羊;1992.5.10.~) 호(號) 난헌(蘭軒), 중국 제남시 산동사범대학 무역학과 졸, 유치원 교사(영어담당)이다. 2022년 8월 27일(토) 오후 6시 30분, 서울 양천구 오목로 344. 청학빌딩 10층 로프트가든344예식장 단독홀에서 광산인(光山人) 김용옥(金容沃)·절강편씨(浙江片氏) 편명화(片明花)의 아들 광산인(光山人) 김한빛(광산김씨 中子 항렬)과 혼인하였다.

## 만효 종회 장녀

**미수**(美洙, 신축 1961.10.20.~ ) 호 연정(蓮亭), 전북 장수군 산서면 계월초등학교, 서울 영파여중, 진선여고 졸업. 1985년 11월 3일, 전주 행복예식장에서 진주인(晉州人) 강택주(姜澤柱, 1959.3.2.~)와 혼인 아들 강용수(姜鏞洙, 1986.10.15.~), 강준영(姜俊瀛, 1990.3.21.~)을 두었다. 강택주는 전북 완주군 구의면 덕천리 641번지에서 강준호(姜俊鎬;1930.12.26~1965.9.25.)·전주이씨 이순애(李順愛;1939.6.8~) 사이에 출생했다.

## 만효 종회 차녀

**미현**(美賢;1965.6.25.~ ) 호 화국(華菊), 서울 계월초, 정신여중, 정신
여고, 덕성여대 회계학과 졸, 광주대 유아교육학과 졸, 유치원교사 자
격증 취득. 1995년 12월 16일 오후 2시, 서울 영등포 신한예식장에서
청주인 한규현(韓奎賢, 1965.8.15.~ )과 혼인, 딸 한승희(韓承希), 한상
원(韓翔媛)을 두었다. 한규현은 인천광역시 강화군에서 한진열(韓辰
烈,1933.7.4.~)·장수황씨(黃丁淵,1937.5.23.~ ) 사이에 출생했다.

## 화동공 은철 차자

63(35)세(世) **종후**(鍾厚, 신사 1941.4.21.유시~경인 2010.1.31. 수 70
세) 자 경봉(鏡峰), 호 만정(晚貞). 산서국교 졸, 오수중학을 다녔다. 이
사문(李思文) 선생에게서 한문 수학. 농업에 종사하던 1964년 12월 11
일 오시에 전북 임실군 삼계면 어은리(사월리) 신부집에서 경주김씨
일숙(一淑) 김소남(金小南, 임오 1942.1.1.~ ) 처녀와 혼인, 2남 2녀를
두었다. 경주김씨부인은 김진구(金辰九,1908.7.17.~1974.8.13.)·전주
유씨 유아근(柳兒根;1909.8.29.~1967.11.24)의 4남매(2남2녀) 중 셋
째, 둘째딸로 태어남. 조부는 김재시(金在時), 조모는 한성녀(韓姓女),
외조는 류상규(柳庠珪), 외조모는 오동영(吳東泳)이다. 만정은 서울로
이사하여 번창상회(식품점), 고무바킹 제조업 장진산업(長珍産業) 대
표, 피혁사업, 방화회관 등을 경영했다. 사업 성패를 떠나 늘 태평스러
웠고, 술을 좋아하여 취하면 '사람은 진실하고 사람답게 살아야 한다.'
고 늘 주변 사람들을 깨우쳤다. 고향을 떠나 서울로 이사할 때 종영, 인
철, 종재 등 이웃들이 동구밖까지 배웅하고 눈물을 흘리며 이별을 슬퍼
했다 하니, 내외가 이웃을 진심으로 대하면서 대접하기를 즐겨하여 정
을 쌓았기 때문일 것이다. 아버지를 닮아 목소리가 청아하여 민요를 구
성지게 잘 불렀다. 아들 창수((昌洙, 대학 졸업 후 조졸), 광수(아시아

나항공 직원), 딸 영미(남편 우리부동산 대표), 정현(아린이집 교사, 김
포시청 기간제 공무원, 남편 김포시청 공무원)을 두었다.


## 민요 가락 한 소절로
– 만정 김종후(晩貞 金鐘厚) 선생 회갑에 부쳐


해님도 방긋 웃던 신사년 사월 스무하루
왜바람소리 수상쩍게 거리에 일렁여도
푸르른 한울음으로 떨쳐 열던 새 세상.


복사꽃 피던 날은 천자문도 읊조리고
초승달 바라보며 금송아지 꿈도 꾸고
반딧불 쫓아다니며 잠 안 자던 파랑새.


민요 가락 한 소절로 멍에배미 후딱 매고
새막에 졸던 노인 풋잠 깨어 바라보는
청아한 그 목소리를 화동공도 끄덕였지.


풀짐 나뭇짐을 마다 않고 먼저 지고
말치재 넘나들며 퇴비 장만 땔감 마련
아버님 잘 아시고서 듬직하게 여겼지.


함박눈 내리던 날 사모 쓰고 관대하고
임실 삼계면 엉골마을 찾아가니
김서방, 어서 오시게 잔치국수 다 식네.

엉골댁 경주김씨부인 두루두루 잘 살피고
된장국 청국장을 맛나게도 끓이더니
아들딸 쌍쌍이 두어 만정가(晚貞家)를 이뤘네.

깍두기 안주 삼아 막걸리 한 잔으로
이웃 슬픔 같이 나눠 절반으로 줄여 주니
만수 형, 고맙소이다 사창마을 적셨네.

수제비 한 사발로 이웃 기쁨 배로 키워
엉골댁 맛 자랑 엉골 양반 인심 자랑
달님도 방긋이 웃던 부창부수(夫唱婦隨) 한 평생.

집 떠나면 고생인데 고향 떠나 어찌할꼬
비바람 눈보라 치던 서울로 나오던 날
내외분 손 붙들고서 눈물짓던 동네 사람.

내외분 미소 속에 아들딸 절로 자라
두 딸은 시집가고 두 아들도 듬직하니
큰 시름 다 잊으시고 헌수잔을 드소서.

신사년 다시 오니 오늘은 기쁜 환갑
뜻 깊은 이 자리에 덕담도 넘치오니
하하하, 크게 웃으셔 만수무강 하소서.


- 2001.05.13. 서울 방화동 방화회관 잔치자리에서 아우 종원 짓고 읊음 -

## 인생은 풀잎의 이슬처럼
– 중형 만정 김종후(仲兄 晚貞 金鐘厚) 선생 부음에 부쳐


인생은 풀잎의 이슬처럼 순간이라지만
이렇게 허무할 수가 없네.


경인년(庚寅年) 양 정월 말일
손전화 문자 메시지로 비보를 듣고
중국 서안 땅에서 그냥 주저앉네.


살아있는 것은 다 불쌍한 것
살아있을 때 잘해야 하는 것
님이 가고 말면 회한만 남아
남은 자들은 홀로 가슴만 친다네.


인정이 많고 온유했던 님은
술을 좋아하고 목소리가 고와
민요가락 좋아하는 벗들 끊이질 않았네.


짧은 생애라지만
집 나이 칠십 평생
풍류를 아는 호탕한 일생이었네.


늘 이웃에게 충언을 아끼지 않고
노래와 웃음으로 공덕을 쌓았으니
칠십 평생은 뜻 깊은 생애였네.

님을 아는 모든 이들에게

길이 기억되리.

만정(晩貞)은 풍류를 아는 좋은 사람이었다고

인생은 풀잎의 이슬처럼

기다리지 않고 쉬이 지면

회한과 그리움만 남기네.

(2010. 01. 31. 음 2009.12.17. 아우 종원 지음)

## 만정 김종후 선생 묘비명(晚貞 金鍾厚 先生 墓碑銘)

公 一九四一年 四月 二十一日 生, 二千十年 陽 一月三十一日 卒, 壽
七十 歲

配 一九四二年 一月 一日 生, 年 月 日 卒, 壽 歲

공의 姓은 金, 본관은 扶安, 휘는 鍾厚, 字는 鏡峰, 호는 晚貞이다. 社
昌 123번지에서 和洞公 휘 殷喆님과 光山金氏 휘 玉南님의 9남매 중
둘째 아들로 태어나셨다. 원시조는 新羅 大輔公 휘 關智, 始祖는 경순
왕의 태자 휘 鎰, 中始祖는 高麗 平章事 文貞公 휘 坵, 郡事公 휘 光敍는
不事二君의 忠節을 지키셨다. 司直公派祖 휘 後孫은 公의 十七代祖, 정
유왜란에 殉國하신 의병장 贈吏曹判書 忠景公 휘 益福은 南原 入鄉祖
로 公의 十四代祖시다. 十二대조 증사헌부집의 澹虛齋 휘 之白은 大義
를 세운 巨儒로 山西面 入鄉祖시다. 고조는 昌隱公 휘 洛鯉, 증조는 社

昌公 휘 禧述, 조부는 愚石公 휘 炯均이시다. 공은 산서초, 오수중을 다녔고, 농사일을 하면서 李思文 문하에서 한문수학을 했다. 공은 孝悌忠信 禮義廉恥와 근면 성실을 부모님께 배우며 성장하였다. 一九六四年 十二月 十一日, 삼계면 어은리 사월마을 신부 집에서 경주김씨 金辰九님과 전주유씨 柳阿根 여사의 차녀 金小南 처녀와 혼인한 공은 풍류가 있어 사철가 같은 민요와 시조창을 구성지게 불러 찬사를 들었다. 진실하게 사람들을 대하고 남 대접하기를 즐겨하여 내외분이 인심을 얻었다. 공은 술을 즐겨 마시며 담소를 즐겨 벗 아우 자녀들에게 사람다워야 하고, 정신적으로 고상하게 살아야 하며, 양심을 소중히 여기고, 인간성을 유지하고 바르게 살아야 한다고 일깨웠다. 서울로 이사할 때 슬퍼 눈물 흘리는 마을 사람들이 많았다. 부인과 함께 번창상회, 장진산업, 피혁사업, 방화회관 등을 경영했다. 사업성패를 초월하여 태평스럽게 민요가락으로 풍류를 즐겼다. 공의 아내 一淑 경주김씨 小南 여사는 삼계면 어은리 699번지 사월마을에서 출생하여 시집와 2남 2녀를 낳아 기르며 시부모를 공경하고, 남편 내조를 극진히 하고, 동기간 우애가 깊었으며, 언행에 婦德이 있고 인정이 많으셨다. 공이 七十 壽를 누린 것은 부인의 내조 덕이라고 말한다. 공 내외분은 아들 昌洙 光洙, 딸 英美 貞賢을 두었다. 맏아들은 대학 졸업 후 早卒했고, 회사원 차남 光洙는 全州 柳連淑과 혼인 아들 柱憲을 두었다. 長壻 공인중개사 長水黃圭賢은 아들 尹商, 勢翔, 딸 銀珍을 두었고, 次壻 김포시 공무원 載寧李昌薰은 아들 在元, 딸 在恩을 두었다. 공 내외분 묘소 앞에 비 세우니 사람다운 삶을 실천한 두 분의 생애는 뜻을 잇는 후예들과 함께 영원히 전할 것이다.

　민요 가락 한 소절로 멍에배미 후딱 매고
　이웃 슬픔 같이 나눠 절반으로 줄여 주니

만정공 진실한 일생 찾는 가슴 적시리.

수제비 한 사발로 이웃 웃음 배로 키워
엉골댁 맛 인심에 동네 사람 모여드니
시부모 먼저 아시고 미소 짓던 한평생.

단기 四三五三년 서기 二千二十년  四월 五일

아우 鍾元 삼가 짓고,
아들 光洙, 며느리 柳連淑, 손 柱憲
맏딸 英美, 長壻 黃圭賢, 외손 尹商,勢翔,銀珍
차녀 貞賢, 次壻 李昌薰, 외손 在元,在恩 삼가 세움.

## 만정 종후 장자

64(36)세 **창수**(昌洙, 을사 1965.11.1.~신사 2001.12.28. 향년 37세) 자 성연(星淵), 호 화재(和齋). 계월국교, 서울 강남중, 영일고, 한양대학교 국어국문학과 졸, 방위근무 중 군대조직의 폭력적 환경에 적응 못하고 병역의무 후에도 우울증을 계속 앓다가 스스로 조졸(早卒)했다.

### 조카 창수 영전에 고함

창수야!
넷째 작은아버지다.
왜 대답이 없느냐?
이승과 저승이 한없이 멀다지만 너무 허망하구나.
구만리 같이 많이 남은 삶을 버리고 저승을 택한 너를 보면서 산다는 것이 무엇인지 새삼 삶의 허무함을 느낀다.

너의 생을 생각해 보니 너무 짧고 안타깝구나.

너는 1965년 11월 1일 전북 장수군 산서면 사상리 사창마을에서 만정(晚貞) 김종후 님과 경주김씨 일숙부인(一淑夫人) 김소남(金小南) 여사 사이에 2남 2녀 중 장남으로 태어나 부모의 귀여움을 독차지하고 자란 네가 아니냐?

너는 자라면서 앙증맞고, 총명하여 할아버지·할머니, 백숙부모, 고모들의 귀여움도 받았었지. 계월국민학교에 다니면서는 공부를 잘 한다는 소리도 듣고, 산서중학교 1학년 때 온 가족이 서울로 이사하여 너도 서울 강남중학교로 전학하였지. 전학하여서도 기죽지 않고 밝은 얼굴로 중학교를 졸업하고, 영일고등학교에 진학했던 네가 아니냐?

영일고등학교를 졸업하고 한양대학교 국어국문학과에 합격했을 때, 작은아비는 너의 앞날이 무척 희망적일 것으로 낙관하였었다. 같이 입학했었던 너의 급우들도 대학 1,2학년 때 네가 성적도 우수하고 글도 잘 지었다고 회고하였다. 그래서 작은아비는 너에게 자(字)는 성연(星淵), 호(號)는 화재(和齋)라고 지어주었지 않느냐?

호사다마(好事多魔)라더니, 잘 나가던 네가 군복무(방위) 중 상급자에게 당한 후유증으로 시름시름 앓는다는 말이 들려올 때도 설마 했다. 그러면 그렇지. 너는 복학하여 대학을 졸업하는 저력을 보였지 않았느냐?

2002년 임오년 양력 1월 1일, 뜻하지 않는 너의 부음을 들었다. 장가가서 아들딸 낳고 한창 재미있게 살 꽃다운 나이에 이 무슨 청천벽력이란 말이냐? 도무지 사실 같지 않구나.

이번 설에도 조카들의 세배를 받으며 둘러보아도 너의 모습은 보이지 않더구나. 너에게 줄 세뱃돈도 준비했건만 이젠 줄 수가 없구나. 이

럴 줄 알았으면 작년 설에 좀 더 많이 줄 걸 그랬다고 작은아비는 가슴을 친다.

작은아비가 잘못하여 너를 죽게 만든 것만 같다. 네가 우울증으로 힘들어 할 때 교회나 전문상담기관 같은 곳에 같이 가볼걸 내가 게으르고 관심이 없어서 너를 죽게 만들고 말았구나.

지난 2001년 12월 28일 낮잠을 자다가 일어나 말없이 나가기에 네 누이는 바람 쐬러 나가는 줄 알았다는데 너는 그만 그날 하늘나라로 날아올랐구나. 이승이 얼마나 답답했으면 그 높은 아파트 꼭대기까지 올라가 훨훨 날아올랐겠니? 네 답답한 가슴을 풀어줄 사람이 네 주위에 그렇게 없었다더냐?

네가 이승에 와서 머문 날을 헤아려 보니 서른여섯 해하고 한 달 스무이레였구나. 인생의 황금기에 무엇이 그리 바빠 황급히 저승으로 날아갔느냐?

짧은 생애지만 남에게 해를 끼치지 않고 온화한 미소공양으로 남에게 덕을 끼친 너이니 천국에 가도록 기도하마. 불교에서 말하는 내세가 있다면 극락에 가서 즐기다가 좋은 가문에 다시 태어나기를 바란다.

사랑하는 나의 조카 창수야!

부디 고이 잠들거라.

2002.2.14.(음 임오년 정월 초사흘)
너의 49재에 넷째 작은아버지 **만은**(晩隱)

## 만정 종후 차자

**광수**(光洙, 1973.6.10.~ ) 자 여연(汝淵), 호 창곡(昌谷). 서울당산초등학교·당산중·마포고졸. 육군 병장으로 만기전역하고 아시아나항공 회사원으로 있다. 광수는 경북 문경 출신, 유재호(柳在鎬)의 딸 전주유씨 유연숙(柳連淑, 정사 1977.3.11.~ )과 혼인. 아들 주헌(柱憲)을 두었다.

## 창곡 광수 장자

**주헌**(柱憲, 신묘 2011.01.31.~ ) 자 동욱(東旭), 호 계천(桂泉), 인천운남초등학교 5학년 재학

## 만정 종후 장녀

**영미**(英美, 무신 1968.3.23.~ ) 호 화정(和庭), 서울당산초·한강여중·홍익여고 졸. 1995년 5월 21일, 서울 강서구 방화동 국제예식장에서 장수인(長水人) 황규현(黃珪賢, 1967.7.14.~ )과 혼인했다. (주)범아하네스 사원인 황규현은 황성학(黃成鶴;1935.10.10.~)·문정임(文貞任;1943.2.13.~ )의 3남 1녀 중 장남으로 전남 완도군 청산면 양중리에서 태어났다. 황규현은 공인중개사로서 현재 우리부동산 대표로 있다. 영미는 아들 황윤상(黃尹商)·황세상(黃世翔)과 딸 황은진(黃銀珍), 2남 1녀를 두었다.

## 만정 종후 차녀

**정현**(貞賢;1970.9.2.~ ) 호 국원(菊園), 서울당산초·한강여중·홍익여고 졸, 회사원, 어린이집 교사, 현재 김포시청 기간제 공무원으로 근무하고 있다. 정현은 재령인(載寧人) 이창훈(李昌薰; )과 혼인. 이창훈은 이병규(李炳圭)의 아들로 현재 경기도 김포시청 공무원으로 정년퇴직했다. 정현은 아들 이재원(李在元)과 딸 이재은(李在恩)을 두었다. 아들 이재원은 경인교육대학교 재학 중 육군 입대하였다.

## 화동공 은철 3자

63(35)세(世) **종태**(鍾泰, 병술 1946.1.19.사시~ ) 자 경백(鏡白), 호 만경(晚景).산서국교(1959.3.)·오수중(1962.2.)·전주공업고등학교 토목과 졸(1965.2.), 육군 헌병으로 수도경비사령부에서 군복무

(1967.10.~1970.9.), 국가5급을류공무원임용고시합격(1970.9.),법무부서울구치소공무원으로근무(1970.10.~1976.9.), 경남기업사 부사장(1976.10.~1980.5.), (주) 롯데축산 입사·특판과 호텔개척 담당·실수요처 담당·외식사업부 담당·백화점 및 체인본부 담당(1980.8.~1885.4.), (주)롯데축산 육사업부 서부지점소장(1986.10.),육사업부 남부지점소장(1986.10.), 육사업부 동부지점소장(1988.3.),육사업부 광주(광주)지점장(1989.2.과장승진),육사업부 전주지점장(1991.6.),본사 영업관리실 전보 발령(1993.2.).

(주) 미원농장 부장으로 입사(1993.4.), 호남지사장(1993.4.), 캐주얼 이랜드 전주점 경영, (주) 미원농장 퇴사(1995.2.), (주)대우자동차 전주정비센터 전무 취임(1995.12.1.)

1970.12.20.1시 서울에서 창원황씨(昌原黃氏) 황영이(黃英伊,기축1949.4.16.~ )와 혼인 아들 수환(秀桓)을 두었다. 황씨부인은 경남 통영시 항남동 282번지에서 초등학교 교장을 지낸 황재택(黃載宅,1914.5.8.~1963.2.5.)·달성서씨 서흥수(徐興洙,1916.1.3.~1983.8.16.)의 딸로 태어났다. 만경은 황씨부인과의 성격 차이로 1986년 7월 29일 합의 이혼하고, 1986년 9월 24일, 서울에서 김해김씨(金海金氏) 김혜정(金惠汀, 1953.11.5.~ )과 재혼하여 아들 윤호(允浩)를 두었다. 김해김씨부인은 경남 통영시 문화동 26번지에서 김영국(金英國, 1929.4.10.~ )·경주김씨 김봉이(金鳳伊, 1927.8.13.~ )의 2남 2녀 중 맏딸로 태어났다.

수상(受賞)은 (주) 롯데축산 전국 최우수 영업사원 표창(1984.4.), 롯데그룹 대상(영업) 수상(1990.5.), 롯데그룹 영업대상 수상(1992.5.)이 있다.

후광 김대중 선생의 정치철학에 공감하여 정당에 가입하여 정치활동을 시작하였다. 대통령 박근혜 탄핵 및 파면, 대통령 윤석열 탄핵 및 파면촉구집회에 참가하였다. 1982년 신민당 강남지구당 김형래 국회의원선거 홍보대책위원장, 1985년 2월 국제민주민권위원(위원장 김대중, 예춘호), 1992년 민주당(대표 김대중, 이기택) 전북 완주지구당 위원장, 1992년 민주당 전국대의원 홍보위원, 1997년 민주당서울시당 부위원장, 강서선거대책위원장, 1998년 민주당 이재명 대표 정책보좌관, 2022년 전국민주촛불집회 정회원, 홍보위원, 재경사창향우회장, 부안김씨담허대서울종친회 회장 역임, 1921년 12월 1일 우수당원 당대표 표창장(더불어민주당 대표 송영길)을 받았다.

## 병술년 정월 열아흐레 다시 오니
– 만경 김종태(晚景 金鐘泰) 형님 회갑에 부쳐

병술년 정월 열아흐레 부안김씨 가문에서
고고성 힘차게 울어 새 하늘을 열던 날
화동댁 사립문 위엔 금줄 다시 빛났네.

산서국교 다니면서 오수중 드나들면서
벗들과 노래하고 심신을 가다듬더니
전주로 유학하면서 청운의 꿈 부풀렸네.

공무원 시험 합격으로 시작된 직장생활
서울로 지방으로 모범사원 표창이고
근검이 몸에 배이어 복된 가정 이루었네.

두 아들 소나무처럼 올곧게 우뚝 서고
미소 띈 김씨부인 날마다 살가우니
두둥실 보름달처럼 안겨오는 행복감.

병술년 다시 오니 오늘은 기쁜 회갑
뜻 깊은 이 자리에 덕담도 넘치리니
헌수잔 높이 드시어 만만세를 부릅시다.

오늘은 기쁜 환갑 만경공(晚景公) 귀빠진 날
뭇 시름 잊으시고 웃음꽃 활짝 피워
헌수가 달게 들으셔 만수무강 하소서.

(2006. 음 01. 19. 화곡동 잔치자리에서 아우 종원 짓고 읊음)


## 만경(晚景) 형님 칠순에

병술년 정월 열아흐레 장수 사창(社昌)마을
화동댁(和洞宅) 사립문을 빛낸 고추 금줄
성숙은 가시밭 인생길
얼마나 부서져야 바위산은 옥이 될까
얼마나 절망의 골짜기를 지나야
성숙한 인간이라 일컫게 될까
산서 오수 전주 오가며 충효와 예절
인간의 도리를 읊조리고 청운의 뜻을 품었네.
서울로 달려간 마음 근검으로 바쁜 나날

공무원도 대기업 간부직도 봉사직도
밤을 낮인 양하여 사랑스런 아내의 미소와
듬직한 두 아들 얻으니 하늘과 조상이 준 선물
감사와 기쁨이어라.
얼마나 날갯죽지 아프게 날아야 파랑새는 태평양 건너
고향 산골 숲속 보금자리에 편히 잠들 수 있을까.
백세시대라지만 예로부터 일흔 살 되기 드물었으니
이제는 무거운 짐 서서히 내려놓고
어질고 의로움을 벗 삼아 만수무강하소서.
유유자적하소서.

(2015.음 1.19. 晩景 鍾泰 형님 칠순을 축하하여
종로 한일장 칠순잔치 자리에서 아우 鍾元 짓고 읊음)


## 만경(晩景) 형님 산수(傘壽)에

병술년(丙戌年,1946) 정월 열아흐레 장수고을 사창에서
고고성 힘차게 울어 새 우주를 열던 날
화동댁, 사립문 위에 고추 금줄 빛났네.

조국 광복 희망으로
새봄처럼 부풀던 그때
아버지 가훈 따라 근면 성실 몸에 익혀
어머니 아들답게 씩씩하게 성장하여
찬란한 내일을 보며 역경을 견디었네.

그리운 학창시절, 산서초 오수중 전주공고
배구선수, 철봉, 평행봉 후리기 운동신경 빼어났고,
브라스밴드, 학도호국단 연대장으로 또 앞장서서
후백제 서울 시가행진 영광의 세월이여.

수경사 헌병으로 군대치안 병역의무
신접살이, 공무원으로, 회사원·회사중역으로
두 아들 둔 가장으로, 향우회·종친회 회장으로
근검을 생활신조로 팔십 평생이 흘렀네요.

후광 선생 응원하며 민주 가시밭길 들어서서
강남갑 김형래 의원 당선, 기쁨도 또 맛보고
민주당 서울시당 부위원장으로 표창장을 받더니
엄동설한 한길에서 독재자 탄핵을 외치네요.

아내의 따뜻한 미소 언제나 변함없고
두 아들 두 손자로 든든한 가족이니
희로애락(喜怒哀樂) 여든 해는
보람찬 한평생이었네.

모두가 바라보는 지금은 백세시대(百歲時代)
흐르는 물처럼 지혜를 벗 삼아서
홍정재당숙, 서도아짐처럼 만수무강하소서.
유유자적(悠悠自適)하소서.

〈2025. 음 01월 19일. 종로3가 '국일관 드림펠리스' 잔치자리에서
아우 鐘元 짓고 읊음〉

## 만경 종태 장자

64(36)세(世) **수환**(秀桓, 을묘 1975.7.17.~ ) 자 효연(孝淵), 호 화곡(和谷). 부천 소사초, 광주 고려중, 광주 송원고, 목포해양대학교 통신학과 졸업. 연세대 대학원 컴퓨터학과 졸, 공학석사 학위 취득. 해군 학사장교 예편, 경제신문 기자. 광산인(光山人) 김중렬(金仲烈)의 딸 천호성모병원 수간호사 광산김씨 김선옥(金善玉, 신유 1981.3.23.~)과 혼인하여 아들 주호(柱昊), 주완(柱完)을 두었다.

## 화곡 수환 장자

주호(柱昊, 정유 2017.8.2.~ ) 자 동주(東柱), 호 죽헌(竹軒)

## 화곡 수환 차자

주완(柱完, 정유 2017.8.2.~ ) 자 동필(東弼), 호 백헌(柏軒)

## 만경 종태 차자

윤호(允浩, 1987.11.24.~ ) 자 옥연(沃淵), 호 화천(和泉). 전주신성초, 서울 성산중, 화곡고등학교, 전북대학교 사범대학 국어교육학과 졸, 중등 국어교사 자격증 취득, 회사원이다.

## 화동공(和洞公) 은철(殷喆) 4자

63(35)세(世) 종원(鍾元) 자(字) 경문(鏡文), 호 만은(晩隱), 기축 1949년 2월11일 오시(午時)출생. 계월초(1956.04.01.~1962.02.28.), 오수중(1962.3.3.~1965.02.01.), 오수고(1965.03.03.~1968.02.01.), 서경대 국어국문학과(1969.03.06.~1976.02.21.)졸, 문학사, 연세대교육대학원 국어교육학과(1983.08.22.~1986.02.24.) 졸, 국어교육학 석사학위 취득, 대학 재학 중 해병대 입대, 청룡부대 월남전 참전, 해병 병장으로 3

년 만기 전역, 5급을류 국가공무원시험 합격(1973.08.10.), 일반직공무원 서기보 재직 중 중등교사로 전직, 서울특별시교육청 중등교사채용순위고시 국어과 합격(1976.01.13), 서울특별시 화곡중·고등학교, 서운중학교, 이수중학교 중등 국어·한문교사·학급담임교사·부장교사 역임, 서울특별시교육청 교육전문직(장학사,교육연구사)공개채용시험 국어과 수석합격(1995.11.16), 서울특별시교육청 장학사, 서울특별시학생교육원 지도실장(교육연구사), 서울특별시서부교육청 중등교육주무장학사(장학계장), 1999년 서울지역 중등교감자격연수생 358명 중 연수성적 수석(부상 금강산연수), 중등국어과 1,2급정교사, 사서교사, 중등교감, 중등교장 자격증을 취득했다. 서울 영등포구 신길동 대영고(大永高) 교감(校監), 양천구 신월동 신화중(新禾中) 교장(校長), 성북구 삼선동 경동고(京東高) 교장(校長) 역임 후 국가교육공무원직 40년 정년퇴임. 교육부장관상, 서울특별시교육감상, 서울특별시장상, 한국교총회장상, 유공교육자 표창 다수, 대한민국 홍조근정훈장 수훈, 국가유공자 증서 수훈, 시·시조·수필·문학평론 등단, 저서 「김구시문연구(金坵詩文研究)」, 시집 「당신을 알고부터」 등 7권, 마의태자유적지비(麻衣太子遺蹟址碑) 등 비문 8편 찬, 담허재집(澹虛齋集), 명은집(明隱集) 영인 발간, 「扶安金氏서울花樹會誌(편저, 1985.4.30. 부안김씨 서울화수회간)」, 「扶安扶寧金氏뿌리를찾아서(3인편저,2019.12.5.)」 발간, 「뿌리 찾아 삼만리(2024.02.17.명성서림)」, 부안·부령김씨서울경기 종친회 고문 및 회장, 명예회장 역임, 숭조(崇祖) 애족(愛族) 효사상(孝思想)이 깊었고, 정의, 자유, 민주주의를 지키는 시대정신과 역사의식이 깊은 시를 주로 썼다는 비평가들의 평을 들었다. 한국문인협회이사장상, 국제펜클럽한국본부이사장상, 한국참여문학상, 세계시가야금관왕관상, 좋은문학문학상(시 평론부문), 부안김씨서울종친회장상 수상.

배(配) 창원정씨(昌原丁氏) 정혜경(丁惠京, 임진1952.01.03~) 호

월송(月松), 충간공(忠簡公)유헌(遊軒)정황(丁熿)후예 후헌(后軒)
정철수(丁哲洙,1913.3.13.~1996.8.2.수84세)·장수황씨 황이순(黃以
順,1926.9.18.~2016.3.25.수91세)의 12남매 중 일곱째 6녀, 조 계당(溪
堂) 숙현(叔鉉), 증조 호은(湖隱) 협규(夾圭), 외조(外祖) 장수(長水)
황석현(黃錫顯). 딸 지나, 아들 은택 남매를 두었다.

### 만은(晚隱) 종원(鍾元) 장자

64(36)세(世) **은택(澋澤)** 자(字) 호연(昊淵), 호 화계(和溪), 정사 1977
년 양 10월 5일생, 서울잠동초, 신반포중, 세화고, 우석대 행정학과 졸,
행정학사, 육군 탄약병으로 신탄진 육군 제12탄약창에서 복무하고 육
군 병장으로 만기 전역, 해태제과 회계과장 및 차장 역임. 회사에서 회
계업무처리 능력을 인정받고 있다. 2010년 12월 18일 서울 목동 아네
스웨딩컨벤션 예식장에서 경북 영주시가 고향인 예안인(禮安人) 김
제걸(金濟傑,1948.3.29.~2003.7.19.)·동래정씨(東萊鄭氏) 정애란(鄭
愛蘭, 1948.1.10.~ )의 딸 예안김씨(禮安金氏) 김민경(金玟敬, 임술
1982.1.2~ )과 혼인하였다. 김민경의 조(祖)는 김경준(金敬俊), 외조
(外祖)는 동래(東來) 정창우(鄭昌雨)다. 강원대 산업디자인학과를 졸
업하고 신신제약 디자인실에 근무하고 있다.

### 만은(晚隱) 종원(鍾元) 장녀

**지나(智娜)** 호 소정(素庭), 을묘 1975년 양 12월 25일생. 서울신월초,
세화여중, 서문여고 졸, 서울보건대학교 전산정보처리학과 졸. 2005
년 10월 9일 서울 여의도 사학연금회관 예식홀에서 전주인(全州人) 온
녕군(溫寧君) 이정(李程) 후예 이기창(李紀昌,1941.07.18.~2020.5.9.
수 80세)·청주한씨 한민자(韓民子, 1949.7.1~ )의 2남 1녀 중 막내
아들 이락용(李樂鏞,1975.11.21.~ )과 혼인하여 아들 이택범(李澤

範,2009.8.5.~ )·이택준(李澤俊,2012.10.25.~ )을 두었다. 이락용은 서울 화곡동 출신으로 지나와 서울신월초등학교 한 반에서 공부한 동창생의 인연으로 연애 혼인하였다. 이락용은 서울신월초, 신월중, 영일고, 호서대 수학과를 졸업하고, 중등 수학교사 자격을 취득했다. 인천공항공사 관리자회사 관리부 차장으로 근무하고 있다.

## 화동공 은철 5자

63(35)세(世) **종상**(鍾上, 丁酉 1957.12.11. 사시巳時~庚子 2020. 음 11.12. 양 12.26. 04 : 41, 향년 64세) 일명 종점(鍾玷), 자 경서(鏡瑞), 호 만성(晚盛). 계월초 졸, 산서중학을 다녔다. 종상은 1984년 12월 16일 오후 1시 30분에 서울 잠실 미주예식장에서 해풍김씨 김홍숙(海豊金氏 金弘淑,1961.2.10.~ )과 혼인 남매를 두었다. 김홍숙은 김연채(金然彩; 1913.1.7.~1983.10.28.)·성주배씨 배종순(裵鍾順;1923.11.28.~ )의 1남 4녀 중 넷째 딸로 경북 김천시 미곡동(옛 배곡동) 607번지에서 태어났다. 만성과 김홍숙은 아들 한결, 딸 한나를 두었다. 국어교사인 형 만은(晚隱)에게 아들딸 이름을 한글로 지어 달라고 요청하여 한글 이름이다. 종상은 중형(仲兄)이 사장으로 있던 장진산업(長珍産業)에서 고무 기술을 익혀 융진산업 과장을 역임하고, 이어서 롯데삼강, 현해건설 사원을 역임했다. 만성은 2020(경자)년 8월말 폐암 3기 진단을 받고 척추까지 전이된 암과 투병 중 2020년 경자년(庚子年) 음 11.12. 양 12. 26. 04시 41분 별세하니, 향년 64세였다. 순천향대학 부천병원 장례식장 빈소에 때 아닌 전세계적인 감염병 코로나19 사태로 문상객 발걸음이 조심스러웠다. 12월 28일 발인하여 인천가족공원 인천승화원 화장장에서 화장하여 경기도 양주시 장흥면 율곡로 169. 신라천년 고찰 청련사(靑蓮寺) 극락원 추모관에 유골을 안치했다. 2021년 2월 12일(음 1.1. 설날) 청련사에서 49재를 지냈다. 발인 날과 49재에 부인

해풍김씨(김홍숙)와 아들딸과 사위, 처형, 둘째형수(경주김씨 김소남), 셋째 형 종태, 넷째 형 종원 부부가 끝까지 동행했다.


## 아버지를 떠나보내며

약하고 여리지만 따뜻했던 아버지!

이렇게 빨리 작별인사를 하게 될 줄 몰랐습니다. 마음속에 하고 싶은 말이 많은데 어떤 말을 먼저 해야 할지 모르겠습니다. 세상 많은 부녀, 부자지간이 그러하겠지만 별 일 없이 살 때는 마음 깊은 말들을 전하지 못하고 서로에게 무덤덤한 얼굴로 지냈지만 돌아가신 뒤에야 이렇게 솔직한 마음을 전합니다.

아버지가 아프시고서야 많은 시간을 함께 할 수 있게 되었습니다.

이렇게 서둘러 가실 줄 모르고 더 많은 이야기 나누지 못한 게 못내 후회가 됩니다. 아버지의 아픈 시간들을 함께하면서 어릴 땐 이해하지 못했던 아버지의 일생이 외롭고 고단했음을 알게 되고 조금 더 먼저 아버지의 삶을 들여다보지 못한 게 못내 후회가 되기도 했습니다. 인생에 올 수 있는 많은 기회와 운들이 왜 우리 아버지께는 닿지 못했을까 생각도 하고, 그럼에도 아버지 곁을 지켜줄 수 있는 가족들과 함께 보낼 수 있는 시간들이 얼마나 감사한지 느낄 수 있었습니다.

이제 아프지 않고 편히 계실 수 있다고 생각하니 한편으로는 마음이 놓이기도 해요. 주무실 때처럼 편한 얼굴로 돌아가실 수 있어서 저희도 아버지의 편안한 얼굴을 마지막 모습으로 기억할 수 있겠지요.

아버지께는 잘 자란 아들 딸, 듬직한 사위가 있으니 엄마는 걱정하지 마세요. 생전에 가장 아꼈던 손녀 서영이랑 자주 찾아뵙고 인사드릴 테니 같은 자리에서 기다려 주세요.

저희는 아버지 나이를 훌쩍 지날 때까지, 그리고 서영이가 지금의 저희 나이를 훌쩍 넘을 때까지 화목한 가정 지키며 건강하게 지내고 있을게요. 한동안은 매일 열두 번도 더 슬프겠지만, 앞으로는 하루에 한 번씩만 슬퍼하다가, 그 다음에는 일주일에 한 번, 나중에는 한 달에 한 번씩만 슬퍼하고 아버지를 생각하면 떠올랐던 슬픔과 저린 마음들은 점점 잊혀지길 바랄게요. 앞으로는 슬픔 보다는 좋은 추억들을 기억하는 날들로 채워갈게요.

가셔서는 아프지 말고 다시 만날 때까지 하늘나라에서 잘 계세요. 아빠 안녕.

2020. 12. 27(일) 아버지 입관식에서

맏딸 **한나** 올림

## 아우 만성(晚盛) 김종상(金鍾上)을 그리며
### - 만성 종상 아우 49재(齋)에 -

정유년(丁酉年, 1957년) 음 섣달 열 하룻날 사시(巳時 : 09~11시)
장수고을 사창마을에 새 하늘을 열던 아기
화동댁(광산김씨 휘 玉南), 여섯째 아들 그 이름은 김종상(金鍾上)

신라국(新羅國) 종갓집 왕손 부안김씨(扶安金氏) 후예로서
자(字)는 경서(鏡瑞) 호는 만성(晚盛) 다른 이름 종점(鍾玷)이라
화동공(휘 殷喆), 흐뭇한 미소 고추 금줄에 넘실거렸네.

열일곱에 시집와서 여덟 번째 출산한 화동댁은
서른여덟 청춘인데 열하루 뒤(1957.음 12.22.) 손자(成洙) 본 젊은 시어머니
숙질간(叔姪間) 아기 울음은 사창마을 흔들었네.

두 아기 똥 기저귀 날마다 고무 통 한가득
사창마을 앞 냇가에서 얼음 깨며 빠는 모녀
원촌댁(南平文氏), 외할머니는 언 손 불며 글썽였네.

아장아장 걷던 아기 장난도 곧잘 늘어
슬금슬금 다가가서 조카 성수(成洙) 넘어뜨리고
꺼엉껑, 물었다면서 흐느끼던 며느리.

숙질간 자라면서 칡덩굴처럼 엉킨 나날
계월초 다니면서 선서중 다니면서
책보다 골목대장이 더 신바람 난 그 시절.

사창서 농사짓다 서울서 회사 다니다
아버지 별세한 뒤 어머니 사랑 받으며
나라가 부르는 대로 군복무도 마쳤다오.

부모님 별세 후에 서울에 정착하여
갑자년(1984년) 양 섣달 열엿새 오후 한시 반
만성공 장가가던 날 새 인생이 열렸네.

정숙한 아내 해풍김씨(海豐金氏) 김홍숙(金弘淑)은

김연채(金然彩) 님·성주배씨부인(星州裵氏夫人) 1남 4녀 넷째 딸로
김천시 배곡동에서 신축년(1961년) 이월 열흘 태어났죠.


양평동에 둥지 틀고 첫딸 하나 낳은 날은
이름을 지어 주어요, 첫딸은 살림 밑천이래요.
아버지, 그 이름으로 두둥실 들떴다네.


복사골 부천시 중동으로 옮겨 살며
바라던 아들 하나 한결이를 낳던 날은
이름은 한글 이름을, 또 한 번 들떴다네.


한나 엄마 노래 솜씨 가수들 뺨친다고
침이 마르도록 아내 자랑 하던 만성
형제들 노래방에서 모두들 감탄했네.


한나는 공부 잘하고 글짓기도 잘하고
한결이는 말 잘 듣고 착하고 온순하다며
형제간 만날 때마다 아들딸 사랑 깊었었네.


고무기술 기술자로 융진산업 과장으로
롯데삼강 다니다가 현해건설 사원으로
아버지, 그 무거운 짐 헐떡이며 짊어졌네.


맏딸은 한양대 나와 유한양행 다니더니
중국어 전공자답게 존슨앤존슨에 초빙되고
회계사 신 서방 만나 백년가약 맺었다네.

아들 한결이는 포항대 작업치료학 전공
은지아동발달센터 물리치료사로 근면 성실하니
만성공 아들이구나 자랑스런 사회의 역군.

한나 신랑 신 서방은 서울대 기계공학 전공
회계사자격 취득하고 기업은행 명 회계사이니
만성공 지난 세월이 더 한층 빛나는구려.

만성공 해풍김씨부인 인생 열매는 아들딸
딸과 사위 우뚝하고 아들도 큰 일꾼 되니
뜻 깊은 일생이었네, 만성공 부부 한 평생.

경자년(2020년) 한여름에 폐암 진단 받고서도
한두 달쯤 늠름하게 반겨 주던 아우는
경자년 음 동짓달 열이틀(양 12.26. 04:41) 못 올 길을 떠났다오.

초로인생(草露人生) 말하지만 고희(古稀)도 못 산 가여운 아우
형제간 그 천륜이 깊고도 깊었는지
온종일 생각할 때면 눈물만 나는구려.

순천향대 부천병원 장례식장 떠난 행렬
인천가족공원 인천승화원 화장장 눈물의 강을 건너
청련사, 신라천년고찰 추모관에 깃들었네.

화동댁 막내아들로 구남매 아우 오빠로
해풍김씨(김홍숙) 지아비로 한나 한결 아버지로

예순넷, 뜻 깊은 인생 영원히 기억되리.

신축년 설날인데 오늘은 만성 아우 49재
영혼이 이승을 떠나 하늘로 오르는 날
만 편히 떠나시게나, 극락왕생(極樂往生) 하옵시게나.

(2021년 2월 12일 음 1.1. 설날 아우 종상 49재에 청련사靑蓮寺 극락원 추
모관에서 넷째 형 만은 종원晚隱 鍾元 삼가 짓고 읊음)

## 만성공 종상 장자

64(36)세(世) **한결**(신미 1991.4.27.~ ) 자 일연(一淵), 호 한가람, 경기도
부천시 상동초등학교, 상도중학교, 상일고등학교, 포항대학교 작업치료
학과를 졸업하고 은지아동발달센터에서 치료사로서 근무하고 있다.

## 만성공 종상 장녀

**한나**(병인 1986.2.6.~ ) 호 샛별, 경기도 부천시 상동초등학교, 부인중
학교, 부천여자고등학교, 한양대학교 중국어교육학과를 졸업하고 중국
어교사 자격증을 취득했다. 유한양행 회사원으로 입사하여 근무하다
가 외국계 제약회사 ㈜한국존슨앤존슨에 초빙되어 근무하고 있다. 한
나는 2015년 9월 19일(토) 서울대학교 호암교수회관에서 거창인(居昌
人) 신승찬(愼承燦,1982.02.27.~)과 혼인식을 올리고, 딸 신서영(愼栖
濚, 2020.04.25.~)을 두었다. 신승찬은 전북 진안군 성수면 도동리 788
번지가 고향인 신재복(愼宰福)·홍영숙(洪永淑)의 아들로 출생하여, 서
울대학교 공과대학 기계공학과를 졸업하고 한국통신에 다니면서 회계
사자격을 취득했다. 현재 기업은행 회계사로 전직하여 근무하며 부천
시에 살고 있다.

## 화동공 은철 장녀

63(35)세(世) **효순**(孝順, 신묘 1951.9.20.~기해 1959.6.6. 향년 8세) 계월국민학교 1학년 때 급성 열병으로 향년 8세에 조졸(早卒)했다. 모친은 아들만 내리 다섯을 낳다가 여섯째로 딸을 낳아 너무 좋아 뛸 듯이 기뻐하셨다. 애지중지 키우던 딸을 갑자기 잃고 10여 년간 남몰래 눈물지으셨다. (추모글 "효순이 사진을 보며"는 화동공 전기 중 1951년도 부문에 수록, 참고 바람)

## 화동공 은철 차녀

63(35)세(世) **계순**(季順, 갑오 1954.10.30.~ ) 호 지원(芝園), 계월국교,오수중, 서울 덕화여자상업고등학교(현 해성여자상업고등학교)를 졸업하고 세기상사 사원, 야쿠르트 사원 등을 역임했다. 1977년 12월 4일 을지예식장에서 이의선(李義善,1915.11.25.~1971.2.1.)·덕수이씨 이종순(李種順,1913.2.16.~1988.7.26.)의 아들 양성인(陽城人) 이좌범(李佐範;1943.10.11~2024.1.20. 수 82세, 묘소 세종특별자치시 전의면 유천리 산61-1)과 혼인하여 아들 이경석(李庚碩), 딸 **이경진**(李庚珍)남매를 두었다. 아들 이경석(李庚碩,1978.9.8.~ )은 서울연신초, 연천중, 대성고, 고려대 식품경제학과 졸, ㈜오리온제과 과장이다. 양천허씨 허지영(1976.7.13.~)과 혼인하여 아들 이규석(2014.양7.30.~)을 두었다. 딸 이경진(李庚珍,1980.8.13~)은 서울연신초, 연천중, 동명여고, 한양대 미디어공학과졸, LG전자에 입사하여 남편 김해인 김중섭(1975.양9.1.~)과 사내 혼인하여 남편과 LG전자 호주지사에 파견되어 초등학교 6학년 딸 김규연(2010. 양7.23.~ )을 두었다. 부부 모두 외국인회사로 전직하여 호주에서 거주하고 있다.

## 누이동생 지원(芝園) 김계순(金季順) 여사 칠순에

장수 고을 사창마을 123번지 부안김씨(扶安金氏) 가문에서
갑오년(1954) 시월 그믐 화동댁 둘째 딸로
고고성 힘차게 울려 새 하늘을 열었네.

언니와 오빠 따라 나물캐던 돌무렁 밭둑
효순 언니 사라지자 오빠에 매달려서
계월초 운동장까지 업혀서 갔었다네.

계월초 다니면서 공부도 곧잘 하고
오수중 다니면서 영어선생님 칭찬 받아
상위권 바라보면서 청운의 꿈 키웠었지.

아버지(휘 殷喆) 헛기침소리 조신함을 또 배웠고,
어머니(휘 玉南) 말없는 미소 한평생 지침 되어
어려움 닥칠 때마다 떠올리며 견디었네.

어버이 귀염 받고 고향땅을 지키다가
넷째 오빠 손짓으로 서울로 올라와서
장해라, 서울3대여상 덕화여상 합격이네.

의지했던 넷째오빠 해병대가는 용산역에
이모랑 배웅하며 애태우던 누이동생은
월남전, 살아 돌아온 오빠 안고 울었다네.

꿈 많던 여고시절 덕화여상(현 해성여상) 교정에서
상업부기 주판실습 일취월장 사무능력
든직한 실력을 갖춰 교문을 나섰다네.

첫 직장 상장회사 세기상사 대한극장
빈틈없는 경리사원 회사신망 또 받았고,
파인힐 전직하여서 인기도 많았다네.

한밭의 새신랑이 서울로 날아와서
정사년(1977) 섣달 나흗날 연지 곤지 찍던 날
참말로, 잘 살아다오 양쪽 가족 기원했지.

스물넷에 시집가서 다음해에 아들(이경석) 낳고
스물일곱에 예쁜 딸(이경진) 두니 그 이름은 젊은 엄마
식품점 경영하면서 고된 줄도 몰랐었네.

낭군이 몸이 약해 아내가 가장 되니
야쿠르트 아줌마로 한평생을 뛰었다네.
장하오, 화동댁 또순이 그 이름은 김계순

낭군은 가사조력 아이들 가정교육
뒤바뀐 역할분담 힘겨운 한평생을
아들딸 잘 되고 보니 웃으면서 돌아보네.

동국대 역사학도 양성이씨(陽城李氏) 이서방(李佐範)은
팝송을 틀어가며 아들딸 다독이더니

오늘은 저 하늘에서 미소 짓고 바라보네.

경석이는 고려대 나와 오리온제과 차장이고,
경진이는 한양공대 나와 엘지전자 호주지사로
또 한 번 발돋움하여 외국회사로 전직했네.

여자는 약한 것을 아내는 착한 것을
어미는 강한 것을 사람은 바른 것을
인생의 바탕이라며 손수 보여 주었네.

오늘은 기쁜 날, 지원(芝園) 김계순(金季順) 여사 고희연(古稀宴)
화동공 7남매가 한마음으로 축하하고
아들딸, 헌수 받으니 더 멋지게(보람되게, 행복하게) 사시게.

갑진년(2024년) 음 10월 30일, 누이동생 지원(芝園) 김계순(金季順)
여사 고희연에 넷째 오빠 **만은(晩隱) 김종원(金鐘元)** 짓고 읊음

## 화동공 은철 막내딸

63(35)세(世) **현순**(賢順, 신축 1961.3.8.~ ) 호 예원(藝園), 서울화곡
초등학교,화곡여자중학교,혜화여자고등학교 졸. 1982년 5월 11일,
서울 양평동 백조예식장에서 모귀성(牟貴盛,1926.5.21.~1967.5.8)·
음성박씨(朴敬愛,1929.11.7.~)의 아들 함평인(咸平人) 모해원(牟海
源;1950.5.30.~2002.01.11. 향년 53세)과 혼인하여 아들을 두었다. 아
들 모진호(牟鎭虎, 임술 1982.12.5.~ )는 서울홍연초등학교, 명지중학
교, 명지고등학교 졸, 전남도립대학교를 졸업했다.

첫남편 사별(死別) 8년 후, 2010년 8월 21일 김해인(金海人) 삼현파 김종오(金宗午,1935.11.12~2023.11.24.수89세)·여흥민씨 민희례(閔喜禮, 1936.11.28~ )의 아들 김대군(金大群:1959.09.26~ )과 혼인하여 남매를 두었다. 김대군은 전라북도 군산시 대야면 지경리 734번지가 고향으로, 옥구중, 남성고, 고려대를 졸업하고 공무원 시험에 합격하여 국정원 부이사관으로 정년퇴임하였다. 아들 김자명(金慈明, 갑술 1994.01.24.~ )은 동아방송대학교를 졸업했고, 고려대학교를 졸업한 딸 김자비(金慈妃, 정묘 1987.08.16.~ )를 두니, 현순은 자녀가 2남 1녀이다.

**우석공 형균 4자**

62(34)세(世) **효철**(孝喆, 을축 1925.12.7.~임술 1982.11.29. 향년 58세) 목들댁, 자(字) 효기(孝基), 호(號) 창촌(昌村), 천성이 총명하고 부지런하여 고숙(姑叔) 회당 홍순주(晦堂 洪淳柱) 선생에게 한학을 배워 일가견을 이루었다. 그러나 가세가 기울어 신학문을 배울 수 없었다. 천성이 총명하고 쾌활했으며, 한학을 하여 풍부한 상식으로 마을 이장 및 총대활동을 통하여 동네 대소사에 적극 참여하고, 이웃을 배려하여 고을 사람들과 돈독한 관계를 유지하였다. 근면 성실로 농업에 종사, 자수성가하였다. 아들 셋 모두 대학교육을 시켜 자녀교육에 성공했다는 찬사를 들었다. 임실군 지사면 목들 쌍청당 송유(雙淸堂 宋愉)의 후예 송덕삼(宋德三)의 딸 은진송씨(恩津宋氏) 송양기(宋良基, 무진 1928.11.20.~기축 2009.11.29. 수 82세) 처녀와 혼인하여 종보(鍾普, 국민은행 지점장), 종도(鍾度, 농협직원, BC카드 지점장), 종유(鍾裕, 한국투자증권 지점장)와 딸 경순(敬順, 남편 서울시 동대문구의원), 인순(仁順, 남편 초등학교 교장), 3남 2녀를 두었다. 묘는 사창 서록(西麓) 돌무렁이[石會洞] 부부 쌍분(雙墳) 자좌(子坐)이다. 망주 상석과

2007년 10월 17일 자녀 5남매가 세운 묘비가 갖추어져 있다. 묘비명(墓碑銘)은 조카 만은(晩隱) 종원(鍾元)이 찬했다.

## 창촌공 효철 장자

63(35)세(世) **종보**(鍾普, 을미 1955.8.13.~ ) 호 수헌(秀軒), 전투경찰로 군복무를 마치고, 전북대 무역학과를 졸업하고 국민은행에 입사하여 전주지점 등에서 근무했다. 1983년 4월 24일 전주 애향예식장에서 남양인(南陽人) 홍임표(洪壬杓, 1931.3.7.~ )·장수황씨 황윤순(黃潤順, 1935.3.1.~)의 딸 남양홍씨(南陽洪氏) 홍성나(洪性那, 무술 1958.9.21.~ )와 혼인하였다. 전주에서 서울로 전출하여 국민은행 여러 지점장을 역임하고 정년퇴임하였다. 아들 대현(垈炫), 딸 가영(嘉 )·태희(兌姫), 1남 2녀를 두었다.

## 수헌 종보 장자

**대현**(垈炫, 갑술 1994.5.4.~ ) 서울남성초, 사당중, 세화고, 경희대 언론정보학과 졸, 육군 병장 만기 전역, 아시아경제신문 기자로 활동하고 있다.

## 수헌 종보 장녀

**가영**(嘉伶, 일명 松恩, 갑자 1984.6.24.~) 서울남성초, 사당중, 동덕여고, 서울보건대 생활가정학과를 졸업하고 국민은행에 입사하였다. 남편과 해외 파견으로 휴직중이다. 추계인(秋溪人) 추연승과 혼인하여 아들 추윤상, 딸 추하연을 두었다.

## 수헌 종보 차녀

**태희**(兌姫, 무진 1988.9.27.~) 서울남성초, 사당중, 동덕여고, 한성대

경제학과를 졸업했다. 국민은행에 입사하여 경주인(慶州人) 이재강과 혼인하여 아들 이승호, 딸 이지호 남매를 두었다.

### 창촌공 효철 차자

63(35)세(世) **종도**(鍾度, 庚子 1960.11.11.~ ) 호 호헌(湖軒), 전북대 농과대학을 졸업하고, 농협은행원 시험에 합격하여 농협은행에 근무하다가 BC카드로 이직하여 전국 여러 비씨카드 지점장을 역임하였다. 봉사정신이 투철하여 향우회 총무와 서울종친회 임원 등 봉사직을 맡고 있다. 밀양인(密陽人) 박재호(朴在鎬)·이점순(李點順)의 딸 밀양박씨(密陽朴氏) 박경화(朴慶華, 庚子 1960.2.9.~ )와 혼인하여 서울에 살며 아들 성호(成浩), 딸 경진(京珍)을 두었다.

### 호헌 종도 장자

**성호**(成浩, 을해 1988.9.27.~ ) 서울 상계동 상수초, 신상중, 상계고, 백석대 간호학과를 졸업하고 간호사 자격을 취득했다. 육군 병장 만기전역, 고양시 일산차병원 간호사로 근무하고 있다.

### 호헌 종도 장녀

**경진**(京珍, 정축 1997.2.25.~ ) 상수초, 신상중, 문화고, 경기대 영상컨텐츠학과를 졸업하고 회사원으로 있다.

### 창촌공 효철 3자

63(35)세(世) **종유**(鍾裕, 을사 1965.3.25.~ ) 호 화헌(和軒), 서강대 경영학과를 졸업하고 한국투자신탁에 입사하여 한국투자증권 지점장을 역임하였다. 흥덕인(興德人)장영현(張英炫, 1938.7.23.~ )·밀양박씨 박미자(朴美子, 1942.8.12.~ )의 딸 흥덕장씨 장영은(張榮銀, 을사

1965.9.9.~ )과 혼인하여 아들 태환(兌桓), 딸 민정(旼正) 남매를 두었다. 경기도 고양시에서 거주하고 있다.

## 화헌 종유 장자

**태환**(兌桓, 병자 1996.3.24.~임진 2012.6.10. 무졸(夭卒), 향년 17세) 경기도 고양시 화정동 화수초, 화수중, 화정고 1학년 때 17세로 애석하게 조졸(早卒)했다.

## 화헌 종유 장녀

**민정**(旼正, 정축 1997.8.23.~ ) 경기도 고양시 화정동 화수초, 화수중, 서정고, 원광대보건대 간호학과 졸, 간호사 자격 취득으로 동국대일산병원 간호사로 있다.

## 창촌공 효철 장녀

63(35)세(世) **경순**(敬順,, 신묘 1951.4.14.~ ) 전북 임실군 지사면사무소 지방공무원 계장(행정주사)으로 근무하던, 임실군 성수면 월평리 296번지가 고향인 이정의(李貞儀,1917.4.15.~1941.3.15.)·곽금순(郭金順,1925.2.3.~1941.3.15.)의 아들 전주인(全州人) 이기오(李起伍,1947.6.19.~2020. 12.10. 양 2021.1.22.)와 1973년 1월 18일 10시, 사창마을 목들댁 본가 마당에서 혼인식을 올렸다. 아들 이강현(李康賢1974.1.15.~)·이강양(李康壤1978.1.19.~), 딸 이은정(李恩貞1976.10.30.~), 2남 1녀를 두었다. 서울 답십리로 이사하여 이기오는 동대문구의원을 역임했다. 인품이 무난하고 착하여 다정하게 지냈는데 몇 년 암으로 투병하다가 허망하게 떠나 섭섭하고 안쓰럽다. 경순은 경기도 남양주시 별내읍에 거주하고 있다.

## 창촌공 효철 차녀

63(35)세(世) **인순**(仁順, 무술 1958.11.27.~ ) 계월초, 산서중 졸업 후 신부수업을 마치고, 1984년 4월 5일 초등교사 해주인(海州人) 오성규 (吳成奎)와 혼인하여 아들 오경석(吳京錫)·오준석(吳俊錫)을 두었다. 남편 오성규는 초등교장으로 정년퇴직했다.

## 우석공 형균 장녀

62(34)세(世) **복연**(福妍, 籍名 善男, 갑신 1908.10.23.~1949.9.19. 향년 42세) 장수군 산서면 사계리 318번지 유왕마지 사는 김해인(金海人) 김용진(金容珎, 1910.1.5.~1985.7.17.)과 혼인하였다. 친정 조카들이 유왕마지 고숙, 유왕마지 고모라고 불렀다. 혼인 후 사창마을에서 살면서 아들 김태곤(金泰坤)·김순곤(金淳坤)·김기곤(金基坤), 딸 김태순 (金泰順), 3남 1녀를 두었다. 1949년 출산중 기진하여 아기와 타계하니 마을 사람들이 모두 슬퍼하였다. 유왕마지 고숙(김용진)은 아내 사별 후 후처(後妻) 순흥안씨를 두어 김세곤(金世坤, 현 71세, 목사은퇴), 김홍순(68세), 김홍곤(金弘坤), 김홍님(서울시 공립고교 국어교사) 2남 2녀를 더 두었다.

## 복연 맏아들

**김태곤**(金泰坤, 정묘 1927.~계사 2013.5.14, 수 87세)은 전주최씨 최인식(崔仁植, 안평댁)과 혼인하여 아들 김종혁(金鍾赫, 早卒), 검찰사무직 퇴직 후 법무사 김종욱(金鍾旭, 배配 삼척김씨 김재영金在英과 아들 김윤수金潤洙 둠)과 딸 김영숙(金英淑)을 두었다.

## 복연 장녀(序2)

**김태순**(金泰順, 정축 1937. ~)은 산서면 신창리 대창마을 사는 안동인

(安東人) 권희만(權熙萬)과 혼인하여 아들 권석주(權錫周)·권태주(權泰周)와 딸 권삼주(權三周)를 두었다. 권석주(배,창평고씨 高惠淑)는 아들 권혁우(赫佑)·권혁기(赫基)를 두었고, 권태주(배 양천허씨 허진경)는 권혁진을 두고 미국에 산다. 딸 권삼주(안동인 張英傑)는 아들 장항식, 딸 장유희(張有希)를 두었다.

## 복연 차남
김순곤(金淳坤, 계미 1943.9.19.~병오 2026.1.8. 수 84세)은 안동권씨 권영순(權英順)과 혼인하여 아들 김종현(金鍾賢), 딸 김미영(金美英)·김혜영(金惠英), 1남 2녀를 두었다.

## 복연 3남
김기곤(金基坤, 정해 1947.5.4.~)은 진주강씨 강순례(姜順禮)와 혼인하여 아들 김종근(金鍾根), 딸 김은주(金銀柱)·김미현(金美賢), 1남 2녀를 두었다.

## 우석공 형균 차녀
62(34)세(世) **현주**(賢珠, 籍名 善順, 경신 1920.1.5.~병진 1976.8.27.) 장수군 산서면 사상리 97번지에서 우석공 4남 2녀 중 다섯 번째, 차녀로 출생하여 장수군 장수읍 대성리 427번지 청주인(淸州人) 한상선(韓相善, 기미 1919.6.3.~무오 1978.2.21)과 혼인하였다. 조카들이 대성리 고모(姑母), 대성리 고숙(姑叔)이라고 불렀다. 친정 사창마을로 이사하였다. 아들 한명희(韓明熙, 병술 1946.4.29.~무인 1998.12.23.), 딸 한은자(韓銀子) 남매를 두었다.

## 현주 장녀

**한은자**(韓銀子)는 지사면 계산리 현계마을로 시집가서 조졸(早卒)했다.

## 현주 장자

**한명희**(韓明熙)는 사창마을 부안김씨(扶安金氏) 사직공 차자 석희(錫禧) 자(子) 정직(正直,용궁현감) 현감공파, 자(子) 영원(永遠, 운봉현감) 후예 김봉술(金琫述, 籍名 선동)의 딸 부안김씨 김길순(金吉順)과 혼인하여 아들 한재남(韓在男, 이리송학초등학교 교장, 산서초등학교 교장, 장수초등학교 교장)·한재형(韓在亨), 딸 한은미(韓銀美)·한은영(韓銀英)·한은진(韓銀眞), 2남 3녀를 두었다.

## 사창공 희술 3자

61(33)세(世) **형재**(炯才, 을미 1895.5.23.~경신 1920.2.7. 향년 26세) 회봉골댁, 자(字) 중집(中執), 호(號) 회봉(回峰)이다. 사창공 셋째 아들로 장수군 산서면 사상리 사창마을에서 태어나 새파란 청년시절에 갑자기 향년 26세로 조졸(早卒)하였다. 스물한 살에 회봉골에서 시집와서 스물 셋에 아들 하나 문철(文喆, 籍名 유철鎦喆)을 낳은 다음해, 하늘같은 남편이 이렇게 갑자기 타계하니 24세에 청상과부(靑孀寡婦)가 된 아내 회봉골댁 탐진최씨(耽津崔氏, 정유 1897.4.28.~1966.3.27. 수 70세)는 하늘이 무너지는 것 같은 슬픔에 못 이겨 여러 번 까무러쳤다. 탐진최씨는 의관(議官) 최제태(崔濟泰)의 딸이다. 홀어머니 홈실댁 죽산박씨(竹山朴氏)와 신기공(형진)·우석공(형균) 두 형들과 임실군 지사면 선원리 홍순주(洪淳柱)에게 시집간 누이도 달려와 통곡하니, 마을은 울음바다가 되었다. 묘는 공의 11대조 담허재공 묘소가 있는, 전북 임실군 지사면 안하리 대정동(大井洞:한우물) 선산 유좌(酉坐)이다. 담허재공(澹虛齋公, 휘 지백之白)은 그 자손들의 부안김씨 산서면

입향조(入鄕祖)다. 부인 탐진최씨의 묘는 전북 진안군(鎭安郡) 성수면 (聖壽面) 좌산리(佐山里) 원좌산마을 부안김씨 선산 방미산(厖尾山:백미산) 임좌(壬坐)이다. 마을 뒷산(부안김씨 선산)이 소가 누워있는 모습인 '와우혈(臥牛穴)'인데, 소머리가 왼쪽으로 있기 때문에 '좌산(佐山)'이라는 명칭을 갖게 됐다고 한다. 한자로 방미(厖尾)는 '삽살개 꼬리'라는 뜻인데 옛 사람들은 산 모양을 삽살개 꼬리로 본 것 같다. 버스로 가려면 전주에서 임실군 관촌을 경유하는 진안행 버스를 타고 성수면 원좌산 마을에서 하차하면 된다. 사창에서 가려면 관촌에서 진안행 버스로 갈아타면 된다.

## 회봉공 형재 장자

62(34)세 **문철**(文喆, 籍名 유철鏞喆, 기미 1919.1.5.~ 을묘 1975.5.3.17시 향년 57세) 동녘골댁, 호(號) 동촌(東村), 배(配)는 전북 임실군 오수면 둔데기 동녘골[東村] 사는, 전주인(全州人) 금헌(琴軒) 이대윤(李大胤)의 후예 이기우(李起宇)의 딸 동녘골댁 전주이씨(全州李氏) 이이숙(李二淑, 기미 1919.7.29.~? 양 3.14.) 처녀와 혼인하였다. 동녘골댁은 시집 사창에서 오랫동안 지내다가 만년에 친정 둔데기 동녘골로 돌아가 혼자 종신(終身)했다. 묘는 동녘골 친정 선산이다. 후배(後配)는 전북 진안군 용담면 송풍리 1359번지가 고향인 문기중(文基中,1898.9.30.~1950.2.7.)·제주고씨 고평란(高平 1909.9.5.~)의 딸 남평문씨(南平文氏) 문정임(文貞任, 기사 1929.4.3.~정해 2007.6.5. 수 79세)이다. 공은 전북 전주시 남노송동 136-22(전화 6-9300)에 살면서 전매청 전주연초제조창 생산직 직원으로 부부가 함께 근무했다. 후배(後配) 남평문씨와 사이에 아들 종완(鍾完), 딸 희자(喜子,1952.~1975, 향년 24세)·희숙(喜淑)·영주(英珠, 1967.9.30.~) 1남 3녀를 두었으나 남매가 성장하여 혼인하였다. 공의 묘는 전북 진안군 성

수면 좌산리 방미산 선영이다.

## 동촌공 문철 장자

63(35)세(世) **종완**(鍾完, 정유 1957.1.24.~경오 1990.7.29. 향년 34세) 호(號) 국원(菊原), 전주대학교 국어국문학과를 졸업하고 만화가로 활동했다. 김제인 조재흔(趙在昕)의 딸 김제조씨(金堤趙氏) 조애숙(趙愛淑, 경자 1960.8.15.~ )과 혼인하여 아들 지수(志洙, 병인 1986.5.31.~ ), 딸 하린(夏麟, 기사 1989.8.14.~ ) 남매를 두었다. 1990년 7월 29일 경기도 포천군 한탄강 상류에서 진행된 교회 야유회에 아들 지수와 참석했다가 그만 급류에 휩쓸려 익사하였다. 8월 3일 장례를 치렀다. 모친과 청상(靑孀)이 슬퍼하는 모습을 차마 보기 어려웠다. 묘는 공원묘지이다.

## 국원공 종완 장자

**지수**(志洙, 병인 1986.5.31.~ )

## 국원공 종완 장녀

**하린**(夏麟, 기사 1989.8.14.~ )

## 동촌공 문철 장녀

63(35)세(世) **희숙**(喜淑, 을미 1955.3.9.~ ) 전주시 남노송동 136-22번지 본가 부모 슬하에서 성장하면서 전주진북초, 전주중앙여중, 전주영생여고를 졸업했다. 아버지 원적은 전북 장수군 산서면 사상리 84번지이다. 가정에서 신부수업 후, 전북 임실군 지사면 금평리 128번지에 살며 목축업 수림목장을 경영하는 은진인(恩津人) 송남진(宋南鎭 1952.3.3.~ )과 1978년 11월 26일, 오수예식장에서 혼인식을 올리고

부부의 연을 맺었다. 송남진은 오수고를 졸업했다. 부부는 장수군 산서면 소재지 동화리에 살면서 영양식당을 성실하게 경영했다. 아들 송인학(宋仁學, 1979.10.9.~)·송인창(宋仁暢,1981.5.13.~) 형제를 두었다. 희숙은 친정 부안김씨(扶安金氏) 회봉공(回峯公, 휘 형재) 자손들의 연락책을 맡고 있다.

## 사창공(社昌公) 희술(禧述) 장녀
61(33)세(世) **부안김씨**(扶安金氏, 1893.~?)
사창공은 아들 형진, 형균, 형재와 고명딸을 두었다. 사창공 고명딸 부안김씨는 '몸가짐이 단정하고, 현숙(賢淑)했으며, 부덕(婦德)을 갖추었다.'고 사람들이 칭송하였다. 고명딸은 임실군 지사면 원산리 선원(仙源)마을 사는 남양인(南陽人) 홍원숙(洪元淑일명鍾爀)의 아들 회당(晦堂) 홍순주(洪淳柱,1897.12.26.~1971.5.4. 수 75세)에게 시집가 3남 3녀를 두었다. 세 아들은 홍건표(洪建杓), 홍준표(洪準杓), 홍기표(洪機杓)인데 건표는 조졸(早卒)했다. 손자 성조(性祖), 성백(性白), 성대(性大)는 준표가 두었고, 손자 성원(性元)은 기표 아들이다. 사창공 사위 회당 홍순주는 한학에 통달하여 선원마을에서 서당을 열어 후학들을 가르쳤기 때문에 '선원리 회당 홍순주 선생'으로 일컬어졌다. 사창공 장녀 부안김씨와 사위 홍순주 첫째딸은 전주인 이사현(李思顯)에게 시집가 외손 이서규(李瑞圭)를 두었는데, 사위 이사현도 사창 화동댁 사랑에 초빙되어 서당을 열어 한학을 가르친 서당 선생이었다. 둘째딸은 장수군 산서면 사상리 사창 사는 부안김씨 사직공파 소파 현감공파 김수술(金壽述 적명 형수炯壽)에게 시집가 외손 김인철(金仁喆, 譜名 병인炳仁), 김덕철(金德喆, 譜名 병덕炳德), 딸 김기남(金箕男)을 두었다. 셋째딸은 양천(陽川) 허양규(許陽圭)에게 시집가 허모(許某) 등을 두었는데 이직 어리다.

719

부안김씨 61(33)세(世) 우석공(愚石公) 휘 형균(炯均) 배 남양홍씨 묘비

(화동 선생 부모 묘비 및 산소이다. 전북 장수군 산서면 사상리 오정골 양지 임좌)

부안김씨 61(33)세(世) 우석공(愚石公) 휘 형균(炯均) 배 남양홍씨 산소

# 부록

∴

## 1. 뿌리교육의 필요성과 노력

김종원(金鐘元, 부안부령김씨서울경기종친회장)

## 1. 머리말

음수사원(飮水思源)이라는 말이 있다. 물 한 모금을 마셔도 그 근원을 생각하며 고마움을 잊지 못한다. 만물의 영장인 인간이 자신의 생명을 주신 뿌리, 곧 조상님에 대한 고마운 마음과 보은의 자세가 없다면 짐승과 다름없다. 본립도생(本立道生)이다. 근본(根本)이 서면 길이 열린다. 사물의 근본이 서면 도는 저절로 생겨난다. 도(道)란 사람의 바른 길, 나아갈 길(지혜)이다. 기본이 바로 서야 나아갈 길이 생기지 않겠는가? 우리가 가장(家長), 가모(家母)가 되어 제일 먼저 할 일이 가문(家門)을 바로 세우는 일이다. 내 근본을 바로 알고 세워 자손들에게 가르치고 이어주자.

## 2. 본문

### (1) 내 정체성 알기

① 나는 반만년의 긴 역사를 가진 조상들의 강인한 육체와 훌륭한 정신을 이어받았다. 따라서 나는 우주와도 바꿀 수 없는 귀한 존재이다.
② 나는 3국 통일을 주도한 신라왕국의 왕손이다.

③ 반만년 조상의 역사를 보면 우주만물처럼 인류역사도 흥망성쇠가 있음을 알 수 있다. 내 삶이 좋은 때를 만나지 못해 고난의 시기일지라도 미래 자손들의 행복을 위해 참고 노력하며 견딜 수 있다.

④ 자녀를 낳아 집안을 잇고, 뿌리교육을 시켜 "나의 정체성을 알게 하는 것"이 부모의 책임임을 느낀다.

⑤ 조상들의 훌륭한 정신을 자손들에게 가르치겠다.

⑥ 자녀들과 조상의 유택을 자주 찾아 참배하며 그 은혜를 잊지 않도록 가슴에 새기겠다. (추원보본追遠報本)

## (2) 효 사상과 전통

① **효(孝)란?** 동양 : 생전 효도 + 사후 효도, 서양 : 살아있는 사람으로 한정

② **사당(祠堂)** : 영혼이 살아있다고 대접하여 효(孝)를 실천하는 곳

③ **제사(祭祀)** : 조상의 은혜에 보답하고 감사하여 잊지 않으려고 하는 의식.  추원보본(追遠報本)이라 표현함. 현재의 나는 조상이 있기 때문, 내 존재에 대한 감사, 제사는 종교가 아닌 효도의 연장이다.

④ **명절** : 조상 제사 + 가족간의 화합의 장. 명절에 가족 일가가 만나 안부를 묻고, 조상을 생각하여 밥 한 술 떠놓는 것은 당연한 인정(人情)이다.

⑤ 콩 심은 데 콩 나고, 팥 심은 데 팥 난다. **효자 가문에 효자 난다.** 고려장 일화

⑥ **아놀드 토인비(1889~1975)의 1973년 인터뷰 기사에서 "만약 지구가 멸망하여 인류가 다른 혹성으로 이주해야 한다면, 당신은 지구에서 무엇을 가져가고 싶은가?라는 질문을 받았을 때 '한국의 가족제도를 가져가고 싶다.'라고 대답했다. 한국의 '효'는 인류를 위해 가장**

필요한 사상', '서양에도 효 문화를 전파해 달라고 부탁'하였다.

⑦ 세계적인 석학 아놀드 토인비가 부러워했던 한국의 효 문화는 지금 어떠한가?

⑧ 전통이나 역사를 스스로 멸시하거나 함부로 하면 없어져 버린다.

⑨ 전통을 소중히 여겨야 한다. 전통이 정신적인 무형문화재다.

⑩ 갑 을 병 정 무 기 경 신 임 계
　4년 5년 6년 7년 8년 9년 0년 1년 2년 3년

　60갑자 : 10간(갑을병정무…), 12지(자축인묘…) **역사에서 연대순 시험문제에서는** 이것을 아는 것이 필수적이다. (예) 갑오경장(1894), 을미사변(1895), 병자호란(1626), 정묘호란(1637), 임진왜란(1592)…

## (3) 한 인간의 생애

① 출생 (출생 연월일시 기록, 부모·형제자매 기록), ② 교육과 성장

③ 결혼과 자녀 배우자, ④ 직업, 관직 : 직업관과 활동 파악

⑤ 국가 사회 공헌활동, ⑥ 사망과 유적 (사망 연월일시, 장례행사기록) 유택(幽宅 : 능묘:무덤, 망자 좌향), 묘비, 신도비(神道碑), 지석(誌石), 묘역, 종묘(宗廟)·서원(書院)·사우(祠宇)재각(제각) 등 배향(配享) 유무와 전해지는 이야기 등 파악, 조상의 사적을 기록할 민주시대의 사관(史官)은 자손이다. 각 종중마다 사관(기록관)을 지정해 둘 필요가 있다.

## (4) 무덤(묘소)이 필요한 이유

① 무덤(묘,릉)은 만물의 영장이라는 존엄한 한 인간의 인격을 사후에도 나타내는 징표가 된다.

② 무덤은 남은 자손이 조상을 그리워하고 위로받는 공간이다.

③ 조상은 무덤이라는 눈에 보이고 만질 수 있는 형태를 갖춤으로써 자손들의 정신적 지주 구실을 한다.

④ 무덤은 한 시대 인물의 역사적 사료가 된다. 무덤을 없애는 것은 한 집안 역사를 지우는 것과 같다.

⑤ 무덤이 없으면 자손 발복(子孫發福)이 어렵다(풍수지리학).

⑥ 사람은 살아서나 죽어서나 내 집이 있어야 한다. 살아서는 주택(住宅)이요, 죽어서는 유택(幽宅 : 무덤)이다.

## (5) 한 인간의 정신세계 기록

① 기록하는 인간이 역사(歷史)를 만든다.  – 메모, 일기, 편지 등

② 저서, 문집 : 조선시대 사대부들은 어떤 개인이 아무리 벼슬이 높아도 문집이 없으면 존경하지 않았다.

## (6) 자손을 많이 둔 사람이 역사의 승자

① 자손 현황

② 자손이 끊기면 집안이 망하고, 역사에서 사라진다.

③ 우리가 신라왕국 종가집안인 이유 : 동서양 어느 왕조이건  마지막 황제(왕)의 태자 집안이 종가임. 부안·부령김씨는 경순대왕 태자(마의태가 휘 일鎰)가 시조임.

## (7) 직계조상은 백대지친(百代至親)이요
동성동본은 백대지친(百代之親)

* **직계조상은 백대지친(百代至親)** : 나에게 직접 생명과 피를 물려주신 직계조상(直系祖上)은 백대(3000년)가 흘렀어도 지극한(至지극할지) 어버이(親 어버이친)이다. 한 대, 한 대마다 지극정성으로 키운 부모님이니 100 대가 지났어도 아버지, 어머니와 같다는 뜻이다.

* **동성동본은 백대지친(百代之親)** : 동성동본(同姓同本)은 한 시조(始祖)로부터 뻗어나왔으니 100대(3000년)가 지나더라도 한 집안 일가붙이니 한 가족처럼 친하게 지내야 하는 관계라는 뜻이다.

## (7) 부안·부령김씨중앙회관 건립의 필요성

① 남북통일시대를 대비하여 '한반도 중앙에 다목적 부안김씨중앙회관을 건립'하여 박물관, 기념관, 전시실, 연구 및 회의장, 뿌리교육장, 지방학생 기숙사, 종친 간 친목 이용에 활용해야 한다.

② 장소는 서울이나 서울에서 가까운 경기도에 건립해야 한다.

③ 서울·경기종친회 명칭도 '부안·부령김씨중앙종친회(扶安·扶寧金氏中央宗親會)'로 하는 것이 서울 경기 인천지역을 아우르면서 한반도 중앙을 표기하는 것으로 합당할 것이다. 또 중앙종친회를 사단법인화해야 한다.

④ 뜻이 있으면 꿈은 이루어진다.


## 3. 뿌리교육의 필요성과 다짐

나는 반만년의 긴 역사를 가진 조상들의 강인한 육체와 훌륭한 정신을 이어받았다. 따라서 나는 우주와도 바꿀 수 없는 귀한 존재이다. 그러나 만인의 평등을 믿어 겸손과 친절을 지니도록 내 심신을 닦아,

남을 배려하여 남에게 공감하는 편안한 사람이 된다. 곧 모든 인류와 함께 행복하게 살아가는 품위 있는 언행을 실천하는 교양을 갖춘다.

나는 3국을 통일하여 오늘의 한민족이 있게 한 신라왕국의 왕손(王孫)이다. 나는 화랑 세속오계(世俗五戒)를 실천한 조상들의 훌륭한 피와 정신을 이어받은 자부심과 긍지가 있다. 나는 어려서는 자녀요, 자라서는 부모요, 죽어서는 조상이 된다. **나는 자손들의 복(福)의 근원(根源)이 된다. 나는 성(誠), 경(敬), 직(直;정직)의 정신으로 효제충신**(孝悌忠信;효도, 공경·우애, 진실 열정 충심, 공명정대)과 **인의예지(仁義禮智;사랑과 정의와 예절과 지혜)를 실천한 부안부령김씨 우리 집안 조상을 본받고, 그 정신을 자손들에게 가르치며 계승 발전시키겠다. 2천여 년 누대로 내려온 조상님의 가르침을 실천한 사람들은 입신양명(立身揚名)하고 역사에서 존경받는 인물이 되었다.**

*경(敬) : 1. 공경, 2. 삼가고 조심함(愼), 3. 오로지 한 가지에 집중함 (主一無敵;의식이 하나로 집중되어 흐트러짐이 없음)

# 2. 제사 지내는 순서

1. **강신** (降神 **조상님을 맞이한다**) 제주(장자 또는 장손)가 앞에 나아가 향을 피우고 집사자(차례를 돕는 사람)가 술을 따라 주면 모사(쌀)를 담아둔 그릇에 3번 나누어 붓는다. 제주가 2번 절한다.

2. **참신** (參神 **조상님께 인사를 드린다**)차례에 참석한 모든 가족이 두 번 절을 하는데, 음양의 원리에 따라 남자는 두 번, 여자는 네 번 절하기도 한다.

3. **헌작** (獻酌 **조상님께 술잔을 올린다**)각 신위마다 잔을 올려야 하며 제주가 직접 바로 술을 따르거나 집사자가 따라 주기도 한다.

• **초헌**(初獻 **첫잔을 올린다**) 제주(장자)가 올리고 두 번 절한다.

4. **독축**(讀祝) 모두 엎드려 앉고 축관이 축문을 읽는다. (한글 축문의 경우 1년간 지낸 집안 이야기를 아뢰고, 하고 싶은 말, 빌고 싶은 말을 기도문 형식으로 써 읽는다.)

• **아헌**(亞獻 **두 번째 잔을 올린다**) 종부 또는 둘째 아들이 올리고 두 번 절한다.

• **종헌**(終獻 **세 번째 잔을 올린다**) 딸(사위)이 올리고 두 번 절한다.

• **첨작**(添酌) 첨적(添炙)을 하고, 종헌 잔에 나머지 제관이 첨주를 하고 두 번 절한다.

5. **계반삽시**(啓飯揷匙 **조상님의식사를돕는다**) 메(밥)의 뚜껑을열어 숟가락을 꽂고, 젓가락은 적(구이)이나 편에 올려놓는다.설날에는 떡국에 숟가락을 올려놓고, 추석 때에는 송편에 젓가락을 올려놓는다.

6. **합문**(闔門 **조상님이 식사하실 시간을 드린다**) 제사에 참석한 사람들은 밖으로 나가 문을 닫으며, 어쩔 수 없는 경우 모두 무릎을 꿇고 잠시 기다린다.

7. **헌다**(獻茶 **조상님께 숭늉을 드린다**) 밥을 조금 떼어 숭늉에 넣고 정저

8. **철시복반**(撤匙復飯 **음식 뚜껑을 덮는다**) 숟가락을 거두고 음식의 뚜껑을 닫는다. 추석 때에는 송편에 올려놓은 젓가락을 내린다.

9. **사신** (辭神 **모셨던 조상님을 배웅한다**) 차례에 참석한 사람들은 모두 두 번 절한다. 이때도 남자는 두 번, 여자는 네 번 절을 하기도 한다. 절을 한 후, 차례에 사용했던 지방과 축문을 불사른다. 분축(焚祝)

10. **철상** (撤床) **차례 음식과 도구를 정리한다** / **음복** (飮福 조상님께서 남기신 음식을 나눠 먹는다)차례 음식과 차례 도구를 뒤에서부터 거두어 정리한다. 차례에 참석한 사람들이 음복주와 음식을 나누어 먹으며 조상의 덕을 기린다.

## 제사 순서 (제주가 출력해 사용)

1.강신(降神)  2.참신(參神)  3.헌작(獻酌)・초헌(初獻)  5.독축(讀祝)・아헌(亞獻)・종헌(終獻)・첨작(添酌)  9.계반삽시(啓飯挿匙) 10.합문(闔門)  11.헌다(獻茶)  12.철시복반(撤匙復飯)  13.사신(辭神)/분축(焚祝)  14.철상(撤床)/음복(飮福)

# 3. 가족 친인척 관계 호칭과 경조사 용어

(출처 : 부안김씨담허재 종중 및 扶安·扶寧金氏 禮學教育研究院)

## ■ 가족 친인척 관계 용어 해설

- 혈족(血族) : 남자의 조상이 같은 집안으로 핏줄이 같은 자손을 혈족
(血族), 육친(肉親), 친족(親族)이라 한다.
- 인척(姻戚) : 혼인으로 인해서 집안 친족이 된 사람 남자는 아내의 친
정 가족, 여자는 남자의 직계가 아닌 친족. 여자에 있어서는 법률상
인척은 시댁 친족을 말한다.
- 외척(外戚) : 직계 여자 존속인 할머니와 어머니의 친족이다.
- 내척(內戚) : 직계 남자 존속의 자매인 고모 대고모나 자기의 자매 또
는 딸이나 손녀가 시집가서 그 배우자와 낳은 자손을 말한다. 넓게
말하면 혈족인 여자가 시집가서 낳은 자손 즉 외손(外孫)을 말한다.
- 대소가(大小家) : 큰집 작은집이라는 뜻으로 형제. 4촌에서 8촌까지
사용되는 용어로 당내간 친족끼리 쓰는 말이다.
- 당내간(堂內間) : 8촌 이내의 친족이다.
- 족(族) : 12촌부터는 족(族)이라고 하며 조(祖) 손(孫) 숙(叔) 질(姪) 형
제(兄弟)에 족(族)자를 붙여 사용한다. 예: 족숙(族叔) 족질(族姪) 등
- 친족(親族) : 대체로 8촌 이내의 당내간(堂內間)을 말한다.
- 지친(至親) : 10촌 이내이다.
- 종(宗) : 종적(縱的)으로는 종손(宗孫) 종가(宗家), 횡적(橫的)으로
는 종족(宗族) 종친(宗親)으로 쓰며 계촌(計寸)이 불확실한 자리는
서로 종씨(宗氏)라 칭한다.
- 방조(傍祖)와 방친(傍親) : 직계 선조의 형제를 방조(傍祖)라 하며 선

조의 사촌 이상은 방친(傍親)이라 칭한다.


## ■ 인간관계의 호칭(呼稱)

### ▶ 친족의 계촌법과 촌수계산
친족이란 혈연으로 맺어진 관계와 그 배우자를 말한다.

현행 민법에는 법률적으로 효력이 있는 친족으로서 첫째, 남자의 8촌 이내의 부계혈족과 남자의 4촌 이내의 모계혈족 아내의 부모를 지칭한다. 전통적인 의미에서의 친족은 고조부모를 같은 직계 조상으로 하는 혈족과 그 배우자를 말한다.

계촌(計寸)이란 혈연관계의 계통과 그 멀고 가까움을 나타내는 촌수이다. 계통은 혈통의 계통과 친족 간에 자기와 상대가 어떤 관계에 있는지를 나타낸다. 촌수는 자기와 상대와의 사이에 몇 마디의 분기점(分岐點)을 이루는가를 나타낸다.

촌수를 계산하는 방법은 자기와 상대가 누구를 동일 조상으로 하는지 분기점을 기준으로, 자기와 그 분기점까지의 대수(代數)와 분기점에서 상대까지의 대수를 합해서 촌수로 한다.

요즈음은 형제자매가 거의 없어 앞으로 얼마 후에는 큰아버지 작은아버지 삼촌 고모 이모 등 나와 관계되는 친인척에게 정겹게 호칭할 수 있는 사람이 없어 안타깝지만 혹시 있다면 호칭을 할 때 예의에 어긋나지 않게 아래 내용을 참고 하면 좋을 것이다.

### ▶ 관계명칭
• 부자간(父子間) : 아버지와 아들
• 부녀간(父女間) : 아버지와 딸

- 모자간(母子間) : 어머니와 아들
- 모녀간(母女間) : 어머니와 딸
- 형제간(兄弟間) : 남자동기끼리
- 자매간(姉妹間) : 여자동기끼리
- 조손간(祖孫間) : 조부모와 손자·녀
- 옹서간(翁婿間) : 장인과 사위사이
- 온서간(媼婿間): 장모와 사위 사이
- 고부간(姑婦間) : 시어머니와 며느리 사이
- 구부간(舅婦間) : 시아버지와 며느리 사이.
- 남매간(男妹間) : 남자형제와 여자형제. 시누이와 올케. 처남과 매부
- 수숙간(嫂叔間) : 남편의 형제와 형제의 아내
- 동서간(同棲間) : 형제의 아내끼리 * 棲는 '시집에서 함께 살 서'자
- 동서간(同婿間) : 자매의 남편끼리 * 婿는 '사위 서'자
- 숙질간(叔姪間) : 아버지의 형제자매와 형제자매의 자녀
- 외숙질간(外叔姪間) : 누이의 아들과 외숙(어머니와 남매)
- 종형제(從兄弟)·자매(姉妹)·남매간(男妹間) : 4촌끼리
- 재종형제(再從兄弟)·자매·남매간 : 6촌끼리
- 삼종형제(三從兄弟)·자매·남매간 : 8촌끼리
- 당종숙질간(堂從叔姪間) : 아버지의 종형제자매와 종형제자매의 자녀
- 내당숙질간(內堂叔姪間) : 고모의 손자와 할머니의 친정 조카
- 종남매간(從男妹間): 4촌 남자와 여자
- 종자매간(從姉妹間) : 4촌 여자형제
- 종조손간(從祖孫間) : 종조부모와 종손자 종손녀
- 진내재종간(陳內再從間) : 대고모의 손자와 할머니의 친정손자
- 진내종숙질간(陳內從叔姪間) : 대고모의 아들과 어머니의 친정손자
- 구생간(舅甥間) : 외숙과 생질
- 내외종간(內外從間) : 외숙의 자녀와 고모의 자녀

- 이숙질간(姨叔姪間) : 이모와 이질
- 이종간(姨從間) : 자매의 자녀끼리
- 고숙질간(姑叔姪間 ): 고모와 친정조카
- 외종(外從) : 외숙의 자녀
- 고종, 내종(姑從, 內從) : 고모의 자녀
- 처질(妻姪) : 아내의 친정조카
- 생질(甥姪 ) : 남자가 자매의 자녀를
- 이질(姨姪) : 여자가 자매의 자녀를
- 처이질(妻姨姪) : 아내의 이질
- 종:외손(從外孫) : 형제의 외손. 종:외손(從外孫)은 호칭어(呼稱語)
  이고, 형제의 외손은 설명이다. 호칭(呼稱)을 해야지 설명을 하면 남
  이 된다.
- 생손(甥孫)·이손(離孫) : 자매의 손자.
- 생외:손(甥外孫): 자매의 외손자.
- 존이모(尊姨母): 할머니의 여형제.
- 존이종(尊姨從): 존이모의 자녀. 아버지의 이종(姨從).
- 종:이모(從姨母): 어머니의 사촌 여형제.
- 종:이종(從姨從): 종이모의 자녀. ※나와 이성(異姓) 6촌간.
- 종:생질(從甥姪): 사촌누이의 자녀.
- 종:고종(從姑從): 종고모의 자녀. ※나와 이성(異姓) 6촌간.
- 종:반(從班): 사촌. 사촌 반열.
- 종:반간(從班間): 사촌사이.
- 외:질(外姪): 자매의 자녀를 문어로 이르는 말. =생질(甥姪).
- 표종(表從): 고종(姑從). =고종 사촌.
- 온서간(媼婿間): 장모와 사위 사이.↔ 옹서간(翁婿間): 장인과 사위
  사이.
- 고서간(姑婿間): 장모와 사위 사이.=온서간(媼婿間)↔옹서간(翁婿間)

• 외:고(外姑): 장모를 문어(文語)로 이르는 말.

　姑　1.시어미(고). 姑婦(고부): 시어머니와 며느리.
　　　2. 고모(고). 姑母(고모): 고모.
　　　3. 장모(고). 外姑(외고): 장모를 문어(文語)로 이르는 말.
　　　'姑'자는 이와 같이 3가지 뜻으로 쓰인다.

• 중:수(仲嫂): 중형(仲兄)의 아내. 백형(伯兄) 다음 형이 중형(仲兄).
• 종:동서(從同壻): 아내 종형제의 남편.

※ 舅: 1. 시아버지(구). 舅婦(구부): 시아버지와 며느리.
　　　2. 장인(구). 外舅(외구): 장인(丈人)을 문어(文語)로 이르는 말.
　　　3. 외삼촌(구) 內舅(내구): 외숙(外叔)을 문어(文語)로 이르는 말.
　　　'舅'字는 이렇게 3가지의 뜻으로 쓰인다.

• 존고모(尊姑母): 할아버지의 자매. 아버지의 고모.
• 대고모(大姑母), 왕고모(王姑母), 존고모(尊姑母)는 같은 뜻의 말로
  아버지의 고모, 할아버지의 자매를 일컫는다.
• 존고종(尊姑從): 존고모의 자녀. ※중내숙(重內叔)이라고도 한다.
• 증대:고모(曾大姑母): 증조부의 자매. = 증고모(曾姑母).
• 외:존고모(外尊姑母): 어머니의 고모.
• 처존고모(妻尊姑母): 아내의 존고모. 처조부의 자매.

• 시숙모(媤叔母): 남편의 숙모.
• 종:시숙(從媤叔): 남편의 사촌형제.
• 시매부(媤妹夫): 시누의 남편. ※시누이의 한자어가 시매(媤妹)이다.
  媤妹의 남편이 媤妹夫이다.

- 증외:손(曾外孫): 손녀의 자녀. 아들의 외손. 딸의 손자 손녀.
- 현외:손(玄外孫): 증손녀의 자녀. 손자의 외손. 딸의 증손자 증손녀.
- 고서(姑婿): 고모부.
- 이손(姨孫): 여형제끼리 그들의 손자를 서로 이르는 말.
- 고종질(姑從姪): 고종의 아들. 고종의 아들딸.
- 고종질녀(姑從姪女): 고종의 딸.
- 고종질부(姑從姪婦): 고종의 며느리. 고종질의 아내.
- 고종질서(姑從姪婿): 고종의 사위. 고종질녀의 남편.

## ▶ 친족(親族)의 호칭(呼稱)

### ○ 자기에 대한 호칭
- 저·제 : 웃어른이나 여러 사람에게 말할 때.
- 나 : 같은 또래나 아랫사람에게 말할 때
- 우리·저희 : 자기쪽을 남에게 말할 때

### ○ 부모에 대한 호칭
- 아버지 : 자기 아버지를 직접 부를 때와 남에게 말할 때
- 아버님 : 남편의 아버지를 직접 부를 때와 남에게 그 아버지를 말할 때
- 애비 : 할아버지가 손자에게 그 아버지를 말할 때, 또는 아버지가 아들에게 자기를 말할 때
- 아빠 : 말을 배우는 어린이(초등학교 취학 전)가 아버지를 부를 때
- 어르신네 : 남에게 그 아버지를 말할 때
- 가친(家親) : 남에게 자기의 아버지를 말할 때
- 춘부장(春府丈) : 남에게 그 사람의 아버지를 말할 때

- 현고(顯考) : 축문이나 지방에 자기의 죽은 아버지를 쓸 때
- 선고 선친(先考, 先親) : 자기의 죽은 아버지를 남에게 말할 때
- 선대인 선고장(先大人, 先考丈): 남에게 그 사람의 죽은 아버지를 말할 때
- 어머니 : 자기의 어머니를 직접 부를 때와 남에게 말할 때
- 어머님 : 남편의 어머니를 직접 부를 때와 남에게 그 어머니를 말할 때
- 에미 : 할아버지가 손자에게 그 어머니를 말할 때, 또는 어머니가 아들에게 자기를 말할 때
- 엄마 : 말을 배우는 어린이(초등학교 취학 전)가 어머니를 말할 때
- 자친(慈親) : 남에게 자기의 어머니를 말할 때
- 자당(慈堂) : 남에게 그 사람의 어머니를 말할 때
- 현비(顯妣) : 축문이나 지방에 자기의 죽은 어머니를 쓸 때
- 선비(先妣) : 자기의 죽은 어머니를 남에게 말할 때
- 선대부인(先大夫人), 선모당(先慕堂) : 남에게 그의 죽은 어머니를 말할 때

○ 조부모에 대한 호칭
- 할아버지 : 자기의 할아버지를 직접 부를 때와 남에게 말할 때
- 할아버님: 남편의 할아버지를 직접 부를 때와 남에게 그 할아버지를 말할 때
- 할애비 : 할아버지가 손자에게 자기를 말할 때
- 조부(祖父) : 남에게 자기의 할아버지를 말할 때
- 조부장(祖父丈) : 남에게 그 할아버지를 말할 때
- 현조고(顯祖考) : 축문이나 지방에 자기의 죽은 할아버지를 쓸 때
- 조고(祖考), 선조고(先祖考) : 자기의 죽은 할아버지를 남에게 말할 때

- 왕고장(王考丈) : 남에게 그의 죽은 할아버지를 말할 때
- 할머니 : 자기의 할머니를 직접 부를 때와 남에게 말할 때
- 할머님 : 남편의 할머니를 직접 부를 때와 남에게 그 할머니를 말할 때, 또는 자기의 할머니에게 편지를 쓸 때
- 할미 : 할머니가 손자에게 자기를 말할 때
- 조모(祖母) : 남에게 자기의 할머니를 말할 때
- 조모(祖母)님 : 남에게 그 할머니를 말할 때
- 현조비(顯祖妣) : 축문이나 지방에 자기의 죽은 할머니를 쓸 때
- 선조비(先祖妣) : 자기의 돌아가신 할머니를 남에게 말할 때
- 왕대부인(王大夫人) : 남에게 그의 할머니를 말할 때
- 선왕대부인(先王大夫人) : 남에게 그의 죽은 할머니를 말할 때

○ 부부에 대한 호칭
- 여보 : 직접 부를 때("여기 보세요."의 준말)
- 당신 : 부부간의 대화 중에 남편을 지칭하는 말('자기 스스로'라는 말)
- 사랑(舍廊) : 시댁에서 남편의 어른에게나 여자 동서 간에게 남편을 말할 때("사랑방에 거처하는 사람"이라는 뜻)
- 서방 : 친정의 자기의 어른에게 남편을 말할 때
- 남편 : 친척이 아닌 남에게 남편을 말할 때
- 주인·바깥양반·주인양반 : 모르는 남에게 남편을 말할 때 상대에 따라 골라 쓴다
- 애비 : 자녀를 둔 경우 어른에게 말할 때 쓰기도 한다.
- 주인어른·바깥어른·주인양반·바깥양반·부군(夫君) : 남에게 그의 남편을 말할 때 상대에 따라 골라 쓴다.
- 나·아내 : 남편에게 아내가 자기를 말할 때
- 제댁 : 부모나 장인 장모와 같이 높은 어른에게 아내를 말할 때('저의 집'이라는 뜻)

- 안 : 같은 서열이나 위계의 연장자나 제수에게 자기의 아내를 말할 때('안방에 거처하는 사람'이라는 뜻)
- 아내 : 친척이 아닌 남에게 아내를 말할 때
- 내자(內子)·안사람·안주인 : 남에게 자기의 아내를 말할 때
- 상대가 부르는 호칭 : 아내나 자기의 아랫사람에게 아내를 말할 때는 그들이 부르는 호칭으로 말한다.(예: 자녀에게는 '어머니', 동생에게 는 '너의 형수')
- 에미 : 자녀를 둔 경우 어른에게 말할 때 쓰기도 한다.
- 부인(夫人)·영부인(令夫人) : 남에게 그 아내를 말할 때, 부인은 자기 의 아내를 직접 부를 때도 쓴다.
- 안양반·안어른 : 모르는 사람에게 그 아내를 말할 때
- 망실·고실(亡室·故室) : 죽은 아내를 축문이나 지방에 쓸 때
- 나·남편 : 아내에게 남편이 자기를 말할 때


## ○ 형제자매에 대한 호칭
- 언니 : 자매간에 동생이 형을 직접 부를 때(차례가 있으면 '큰' - '째'를 붙인다.
- 형님 : 성년의 남자가 형을 직접 부를 때와 기혼의 여자가 형을 직접 부를 때
  (차례가 있으면 '큰' - '째'를 붙인다. 남녀 동서 간에도 해당됨)
- 애· 이름· 너 : 미혼이나 10년 이상 연하인 동생을 부를 때.
- 동생· 자네· 이름 : 기혼이나 10년 이내 연하인 동생을 부를 때.
- 아우 : 동생의 배우자나 남에게 자기의 동생을 말할 때.
- 아우님·제씨 : 남에게 그 동생을 말할 때.
- 에미 : 집안의 어른에게 자녀를 둔 여동생을 말할 때.
- 오빠 : 미혼 여동생이 남자형을 부를 때.
- 오라버님 : 기혼 여동생이 남자형을 부를 때.

- 오라비 : 여동생이 집안 어른에게 남자형을 말할 때.
- 누나 : 미혼의 남동생이 손위 누이를 부를 때
- 누님 : 성년의 남동생이 손위 누이를 부를 때
- 실·집 : 기혼의 누이동생을 오빠가 부를 때 남편의 성을 붙인다.
- 사백·사중·사형(舍伯·舍仲·舍兄) : 자기의 형을 남에게 말할 때(伯은 큰, 仲은 둘째의 뜻임
- 백씨장·중씨장·영형장(令兄長) : 남에게 그 형을 말할 때
- 선백형·선중형·선형씨(先伯兄·先仲兄·先兄氏) : 자기의 죽은 형을 남에게 말할 때
- 선백씨장(先伯氏長)·선중씨장(先仲氏長)·선형장(先兄長) : 남에게 그 죽은 형을 말할 때
- 영자씨·영매씨(令姉氏·令妹氏) : 남에게 그 누님이나 누이를 말할 때
- 아우·동생·누이 : 남에게 자기의 동생이나 누이동생을 말할 때
- 중제·사제·사매(仲弟·舍弟·舍妹) : 남에게 자기 동생을 말할 때(중제는 큰형이 둘째 동생을 말할 때)

## ○ 형제자매의 배우자
- 아주머니· 형수님·형수씨 : 시동생이 형의 아내를 부를 때
- 아주미· 아지미·형수 : 집안 어른에게 형수를 말할 때
- 형수씨 : 남에게 자기의 형수를 말할 때
- 제수씨 : 동생의 아내를 직접 부를 때
- 제수 : 집안 어른에게 동생의 아내를 말할 때
- 동서(同棲) : 형제의 아내끼리 서로 지칭하는 말
* 동서간(同棲間) : 형제의 아내 사이. 서(棲)는 '시집에서 함께 살 서' 자임.

- 언니 : 시누이가 오라비의 아내를 부를 때

- 올케·새댁·자네 : 시누이가 남동생의 아내를 부를 때
- 댁 : 집안 어른에게 남동생의 아내를 말할 때
- 자형(姊兄)·매형(妹兄) : 누님의 남편을 부를 때와 남에게 말할 때
- 매부(妹夫) : 누이의 남편을 부를 때와 자매의 남편을 남에게 말할 때
- 서방·자네 : 누이동생의 남편을 부를 때
- 매제(妹弟) : 누이동생의 남편을 남에게 말할 때
- 형부(兄夫) : 여동생이 여자형의 남편을 부를 때와 말할 때
- 서방(書房) : 여자형이 여동생의 남편을 부를 때

### ○ 자손에 대한 호칭
- 자식·여식(子息·女息)·아이 : 자기 자녀보다 윗사람에게 자기의 자녀를 말할 때
- 아들·딸 : 자기의 자녀보다 아랫사람에게 자기의 자녀를 말할 때
- 아드님·따님 : 남에게 그 자녀를 말할 때
- 자제·영식(子弟·令息)·영애(令愛) : 남에게 그 자녀를 말할 때
- 실·집 : 시집간 딸을 남편의 성을 붙여 부른다.
- 손자·손녀·손자아이·손녀아이 : 자기의 손자나 손녀를 남에게 말할 때
- 손주님·영손·영포(令孫·令抱) : 남에게 그 손자 손녀를 말할 때

### ○ 형제의 아들·딸 호칭
- 조카, 이름, 자(字)를 부른다.
* 유자(猶子) 또는 종자(從子)는 문어(文語).

### ○ 아버지의 형제에 대한 호칭
- 큰아버지·둘째 아버지·작은아버지 : 아버지의 큰형·둘째 형제·막내 동생을 부를 때
- 삼촌·아저씨 : 아버지의 미혼인 동생

- 백부·중부·숙부·계부(伯·仲·叔·季父) : 남에게 자기의 백숙부를 말할 때(叔은 셋째 이하이고, 季는 막내임), 백부(伯父),세부(世父)는 같은 말임.
* 숙부(叔父)를 유부(猶父)라고 한다. 유부(猶父)는 문어(文語)다. 흡사 아버지 같다는 뜻이다. 남에게 자기 숙부를 지칭하거나, 숙부가 조카에게 자기를 지칭하는 말은 가숙(家叔) 또는 사숙(舍叔)이라고 한다. 자기를 낮추는 겸양어(謙讓語)이다. 조카를 유자(猶子)라고 한다. 흡사 아들 같다는 뜻이다. 유부(猶父), 유자(猶子)는 뜻 깊은 말이다.
- 백부장(丈)·중부장·숙부장·계부장·완장(阮丈) : 남에게 그의 백숙부를 말할 때('완장'은 통털어서 쓰임)
- 선백부·선백부장(先伯父·先伯父丈) : 자기나 남의 죽은 백숙부는 살아 있는 백숙부의 호칭에 '先'을 붙여서 말함.
- 큰어머니·둘째 어머니·셋째 어머니·작은어머니 : 백숙모를 직접 부를 때(작은어머니는 막내에게만 쓴다.)
- 백모(伯母)·중모(仲母)·숙모(叔母) : 남에게 자기의 백숙모를 말할 때
- 존백모·존숙모(尊伯母·尊叔母) : 남에게 그의 백숙모를 말할 때
- 선백모·선백모부인(先伯母·先伯母夫人) : 자기의 죽은 백숙모는 생전시의 칭호에 '先'자를 붙여서 남에게 말하고, 남의 죽은 백숙모는 생존시의 호칭 앞에 '先'을, 뒤에 '夫人'을 붙여서 말한다.

○ 기타 친척에 대한 호칭
(기타 8촌 이내의 근친)
- 고모·고모님·아주머니 : 아버지의 누이를 직접 부를 때
- 외숙· 외숙모 : 어머니의 형제와 그 배우자를 부를 때
- 이모· 이모부(이숙) : 어머니의 자매와 그 배우자를 부를 때
- 아저씨 : 아버지의 4촌 이상 형제들을 부를 때(당숙·재종숙)
- 아주머니 : 아저씨의 배우자나 아버지의 4촌 이상의 자매들을 부를

때(당숙모·재종숙모·당고모)
- 언니·형님·누나·누님·--실·--집 : 4촌 이상의 형제자매간의 호칭(伯·仲·叔·季를 쓰지 않는다. )
- 큰할아버지·--째 할아버지·큰할머니·--째 할머니 : 아버지의 백숙부모를 부를 때

( 8촌이 넘는 일가의 호칭)

- 대부(大父)·대모(大母) : 할아버지와 할머니뻘 되는 어른을 부를 때
- 아저씨 : 아버지의 형제가 되는 남자 어른을 부를 때
- 아주머니 : 아버지의 자매나 아저씨의 배우자를 부를 때
- 언니·형님·누나·누님 : 자기와 형제자매가 되는 사람을 부를 때


▶ 며느리와 시댁의 친족관계와 호칭

시댁의 친족관계와 촌수는 남편의 계통과 촌수에 의한다.
즉 아무리 며느리가 나이가 많더라도 남편이 아랫사람이면 며느리도 아랫사람이고, 며느리의 나이가 적더라도 남편이 웃어른이면 그 아내인 며느리도 남편과 같이 웃어른이 된다.

○ 며느리가 시댁가족의 호칭
- 아버님 : 남편의 아버지
- 어머님 : 남편의 어머니
- 할아버님·할머님 : 남편의 조부모
- 아주버님 : 남편의 형
- 형님 : 남편의 형수와 누님

- 도련님 : 남편의 미혼 동생
- 서방님 : 남편의 기혼 동생
- 작은아씨 : 남편의 미혼 누이동생(기혼의 경우에도 이렇게 부를 수 있다.)
- -서방댁 : 남편의 기혼 누이동생
- 동서(同棲)·자네·여보게 : 남편의 제수

\* 손위 동서(同棲)에게는 '형님'이라 부르고, 아우 동서(同棲)에게는 '동서' 또는 '○○어머니(○○엄마)'라고 부른다. ○○어머니의 ○○는 자녀의 이름이다.

- -서방님 : 남편의 매부
- 시아버지·시어머니 : 친정에서 시부모를 말할 때 또는 남에게 말할 때 쓰이기도 한다.
- 시숙(媤叔) : 남편의 형제를 친정에서나 남에게 말할 때
- 시누이 : 남편의 자매를 친정에서나 남에게 말할 때
- 시누이 남편 : 남편의 매부를 친정에서나 남에게 말할 때
  기타 시댁 가족을 친정에서나 남에게 말할 때는 남편이 그들을 말할 때의 호칭의 머리에 '시'를 붙여서 말한다.

## ○ 친정 가족의 호칭
- 아버지·친정아버지 : 시댁의 남편의 어른에게 친정아버지를 말할 때
- 어머니·친정어머니 : 시댁의 남편의 어른에게 친정어머니를 말할 때
- 제 동생·동생의 댁 : 시댁의 남편의 어른에게 친정 동기간이나 올케를 말할 때

## ○ 며느리에 대한 호칭
- 며느리 : 시부모가 며느리를 직접 부르거나 남에게 말할 때
- 새 아이 : 새 며느리를 시부모가 부를 때

- -댁 : 시부모가 며느리를 지칭할 때나 친척에게 말할 때 아들의 이름을 붙여 말한다.
- 에미·-에미 : 며느리가 아이를 낳으면 시부모나 조부모가 아이의 이름을 붙여 말한다.
- 제수씨,계수씨(季嫂氏) : 동생의 아내를 부를 때. 季는 '동생 계'자임.
- 새댁·올케·-어머니·자네·여보게 : 남편의 누님이 남동생의 아내를 부를 때
- 아주머니·형수님 : 형님의 아내를 부를 때
- 언니 : 오빠의 아내를 부를 때
- 손부·-댁 : 시조부모가 손부를 부를 때
- 질부 : 시백숙부모나 시고모가 조카의 아내를 부를 때
- 자부(子婦) : 시부모가 며느리를 남에게 말할 때
- 며느님·자부님 : 남에게 그 며느리를 말할 때
- 형수씨 : 자기의 형수를 남에게 말할 때
- 영형수씨·영제수씨 : 남에게 그 형수, 제수를 말할 때


## ▶ 외가의 계촌법과 호칭

### ○ 외가의 계촌과 관계명칭
외가(外家)란 어머니의 친척을 말한다.
친족의 계촌이 자기에게서 아버지로 이어지듯이 외가의 계촌은 자기에게서 어머니를 매개로 하여 외가로 이어진다. 현행 민법에 의하면 외가로는 4촌까지만 친족으로서의 법적 효력이 있다.

- 표숙질간(表叔姪間)·구생간(舅甥間) : 어머니의 남자 형제와 누이의 자녀

- 이숙질간(姨叔姪間) : 어머니의 자매와 자매의 자녀
- 내외종간(內外從間) : 외숙의 자녀와 고모의 자녀
- 이종간(姨從間) : 어머니 자매의 자녀와 자기

## ○ 외가의 호칭

- 외할아버지 : 직접 부를 때. 외조부·외옹(外翁)·외왕부(外王父)는 지칭어
- 외조부 : 남에게 말할 때
- 외조부님 : 남에게 그 외할아버지를 말할 때
- 외할머니 : 직접 부를 때
- 외조모, 외왕모(外王母) : 남에게 말할 때
- 외조모님: 남에게 그 외할머니를 말할 때
- 아저씨·외숙님 : 외숙을 직접 부를 때
- 아주머니·외숙모님 : 외숙모를 직접 부를 때
- 이모·이모님: 직접 부를 때
- 이모부님·이숙(姨叔)님 : 이모의 남편을 직접 부를 때
- 어머니의 남자 형제를 외숙(外叔)이라 부르고 외숙의 아들은 외종형제(外從兄弟) 즉 외사촌(外四寸)이며, 어머니의 여동생과 언니는 이모(姨母)라 하며 그의 남편은 이모부(姨母夫)이니 이숙(姨叔)이라 하고 그의 자녀는 이종남매간(姨從男妹間)이 된다. 외숙은 자기를 생질(甥姪)이라 한다.
- 남자 형제는 자매의 자녀가 생질·생질녀이며, 자매의 손자 손녀는 생손(甥孫)·이손(離孫), 생손녀(甥孫女)·이손녀(離孫女)라 한다.

# ▶ 처가와 사위의 관계 및 호칭

## ○ 처가와 사위의 관계

전통적인 한국 관습에 의해서 말하면 엄격한 의미에서 사위에게 어른은 아내의 직계의 직근 존속인 장인과 장모에 국한된다. 그런 까닭으로 현행 민법에서의 법률적 효력이 있는 처가 측 친족은 배우자의 부와 모라고 명시하고 있다.

때문에 처가에서도 사위를 '백년손님' 이라고 말해 어렵고 조심스러운 존재로 여기는 것이 한국의 전통 관념이다.

그러나 요사이는 며느리가 시댁의 친족들과 친족관계의 호칭을 쓰듯이

사위와 처가도 나름대로 아내와의 관계에 따른 호칭을 쓰는 경향이 있다.

## ○ 처가의 계보와 명칭

처가의 계보는 사위와는 관계없는 단순히 아내의 계보이며 사위가 말하는 처족과의 관계 명칭도 친족 명칭에 '처'자를 붙여서 말한다.

- 옹서간(翁壻間) : 장인과 사위
- 남매간(男妹間) : 처남과 매부   * 동서간(同壻間) : 자매의 남편 사이

## ○ 처가와 사위의 호칭
- 장인(丈人)어른, 빙장(聘丈)어른 : 장인을 직접 부를 때
- 장인어른 : 자기의 장인을 남에게 말할 때
- 빙장(聘丈) : 남에게 그의 장인을 말할 때
- 장모님, 빙모님(丈母, 聘母) : 직접 부를 때
- 장모님 : 자기의 장모를 남에게 말할 때

- 빙모(聘母)부인 : 남에게 그의 장모를 말할 때

　○ 사위
- 너·이름 : 장인이 사위를 부를 때
- ○서방 : 장모가 사위를 부를 때
- 사위·서아(婿兒)·여서(女婿) : 자기의 사위를 남에게 말할 때
- 서랑(婿郎) : 남에게 그 사위를 말할 때
- ○서방 : 처형이나 손위 처남, 처 백숙부모 들이 부를 때
- 매부(妹夫) : 처남이 매부를 통틀어 부를 때
- 형부(兄夫) : 처제가 여형의 남편을 부를 때와 남에게 말할 때
- 제부(弟夫) : 처형이 여동생의 남편을 남에게 말할 때
- 고모부(姑母夫), 고숙(姑叔) : 처 조카가 부를 때
- 이모부(姨母夫), 이숙(姨叔) : 처 이질이 부를 때

　○ 기타 처족의 호칭
　직접 부를 때는 사회적 사귐의 호칭으로 하고, 대화중에 지칭(指稱)하거나 남에게 말할 때는 "촌수보기"에서의 명칭으로 말한다. 나이 차이가 10년 이내인 손위 처남이나 동서, 기타 아내의 친척은 서로가 사회적 사귐으로 친구같이 지낸다. 그러나 요사이는 아내의 서열에 따라 손위 동서나 손위 처남을 '형님'이라고 부르는 예가 흔하다. 나이 차이가 10년 이상 날 때는 '형님'이라고 해도 될 것이다.
- 처남댁 : 처남의 아내
- 처형 : 아내의 언니
- 처제 : 아내의 여동생

## ▶ 사돈간의 호칭

### ○ 사돈관계의 정의

사돈(査頓)이란 서로 혼인한 남자와 여자 측의 가족 간을 말한다. 고구려·만주어 사둔(sadun)에서 온 말이다.

피와 살이 섞이지 않았기 때문에 분명히 남이지만 아들과 딸을 주고받은 특수한 관계에 있다. 그래서 사돈끼리도 혈친 관계와 같이 세대(世代)의 위계가 분명해야 하고, 그 위계를 사행(査行)이라고 한다.

딸을 시집보낸 부모의 위치에서 보면 딸의 시부모는 같은 항렬(세대)이지만 딸의 시조부모는 아버지와 같은 항렬이 된다.

이와 같이 사돈 간의 호칭에는 사행이 중시되고 같은 사행에서는 사회적 사귐과 같이 나이로 따지면 된다.

### ○ 양쪽 부모끼리의 호칭

(바깥사돈 간)

- 사돈 : 남에게 말할 때
- 이름·호·자네 : 10년 이내의 사돈을 직접 부를 때
- 노형·형 : 10년이 넘는 사돈을 직접 부를 때
- 사돈어른 : 15년이 넘는 사돈을 직접 부를 때
- 자네 사돈 : 남의 사돈을 말할 때

(안사돈끼리 : 서로 극진하게)

- 사돈 : 남에게 말할 때와 친숙해진 사돈끼리 부를 때 또는 연하의 사돈을 직접 부를 때
- 사돈어른 : 일반적으로 안사돈끼리 이렇게 불렀다. 그러나 요즈음에

는 나이와 안팎 구분이 없어져 양쪽 부모끼리 남녀 구분 없이 쓰고 있다.
- 댁의 사돈 : 남의 사돈을 말할 때

(이성 사돈 간의 호칭 : 서로 극진하게 존대)

- 사돈어른 : 남녀가 모두 상대를 '사돈어른'이라고 부른다.
- 사부인 마님 : 안사돈이 나이가 많을 때 이렇게 부르기도 한다.
- 사장어른 : 동성 이성을 막론하고 사행이 위인 사돈을 직접 부를 때
- 사장 : 사장어른을 남에게 말할 때

* 옛날에는 사돈끼리 편지에서 서로 사형(査兄)이라고 불렸다. 지금은 사돈끼리는 '사돈 전상서(査頓 前上書)'처럼 직접 사돈(査頓)이라고 부른다. 그 사형(査兄)이란 말은 지금은 사돈의 아랫대끼리 서로 부르는 말이 되었다. 즉 형수의 형제자매나 자형의 형제자매를 '사형(査兄)'이라고 부른다.


## ◎ 외가(外家)의 종류

  ○ 외가(外家) : 어머니의 친정(親庭) (生外家)
  ○ 진외가(陳外家)
- 진외가(陳外家) : 아버지 외가 (陳 : 묵을 진, 말할 진, 베풀 진. 여기서는 묵을 진 즉 진외가는 묵은 즉 오래된 외가란 뜻)
- 진외종조부(陳外從祖父) : 아버지의 외삼촌, 할머니의 남동생(진외종조)
- 진외종숙(陳外從淑) : 아버지 외삼촌 아들

- 진외종고모(陳外從姑母) : 아버지 외삼촌 딸

  ○ 외외가(外外家)
- 외외가(外外家) 어머니의 외가
- 외외종조부(外外從祖父) 어머니 외삼촌
- 외외종숙(外外從淑) 어머니 외삼촌 아들
- 외외종고모(外外從姑母) 어머니 외삼촌 딸

  ○ 선외가(先外家) : 증조모(曾祖母) 이상의 선대조모(先代祖母)의 친정(親庭), 조부(祖父) 이상의 선대외가(先代外家)를 말한다. 선외가 중, 조부의 외가를 증외가(曾外家), 증조부의 외가를 고외가(高外家)로 따로 호칭하기도 한다.

  ○ 전외가(前外家) : 전(前)어머니(대개 아버지의 사별한 전처)의 친정(親庭)
  ○ 계외가(繼外家) : 계모(繼母)의 친정(親庭)
  ○ 양외가(養外家) : 양(養)어머니의 친정(親庭)

  * 출처 : 부안김씨담허재 종중 및 부안·부령김씨 예학교육연구원


## ■ 연령별(年齡別) 이칭(異稱)

- 1세 : 남자는 농경(弄璟)이라 하는데 요즘 남자 아이들은 자동차 놀이 감을 가지고 놀지만, 그런 것이 없던 시절에는 주로 구슬을 놀이 감으로 주었다. 그래서 아들을 낳으면 구슬을 선물로 주면서 축하했던 것에서 농경지경(弄璟之慶)이 유래되었다. 경(璟)은 옥 광채 날

경자로 광채가 날 만큼 번쩍이는 구슬을 뜻한다.

여자는 농와(弄瓦)로 딸에게는 실패(瓦)를 놀이 감으로 주었다고 한다. 딸을 낳은 경사를 농와지경(弄瓦之慶)이라고 했다. 이런 놀이 감을 통해서 태어나자마자 성역할을 구분했던 과거의 의식을 알 수 있다.

- 2~3세 : 제해(提孩)라고 한다. 제(提)는 손으로 안는다는 뜻이며, 해(孩)는 어린아이란 뜻으로 아기가 처음 웃을 무렵(2~3세)을 뜻한다. 해아(孩兒)라고 쓰기도 한다.
- 10세 : 충년(沖年)이라 하여 10세 전후의 어린아이를 뜻한다. 여기서 충(沖)은 빌 충이 아니라 어릴 충자이다.
- 15세 : 지학(志學)으로 공자가 15세에 학문에 뜻을 뒀다는 데에서 유래. 학문에 전념할 나이를 말한다.
- 16세 : 과년(瓜年)이라고 과(瓜)를 파자(破字: 글자를 깨트린다. 흩트린다)하면 '八八(8+8)'이므로 여자나이 16세를 나타낸다. 특별히 16세를 강조한 것은 옛날에는 이때가 결혼 적령기였기 때문이다.
- 20세 : 20세 전후한 남자는 약관(弱冠)으로 남자는 스무 살에 관례를 치르고 성인이 된다는 뜻이다.

20세를 전후한 여자는 방년(芳年)이라 하여 꽃다운(芳) 나이. 옛날에는 원복식(어른이 되어 갓을 쓰는 의식)을 했는데 예기(禮記) 곡례편(曲禮編)에 "二十日弱 하니 冠이라"하여 "20세는 약(弱)이라 해서 갓을 쓴다."는 데서 유래 되었으며, 갓을 쓰는 어른이 되었지만 아직은 약하다는 뜻이다.

- 30세 : 이립(而立)이라 한다. 공자가 30세에 자립했다는 삼십이립(三十而立)에서 유래되어 가정과 사회에 기반을 닦고 일어서는 나이를 말한다.
- 40세 : 불혹(不惑)이다. 공자가 40세에는 '모든 것에 미혹(惑)되지 않았다(不)'는 데에서 유래되어 사물의 이치를 터득하고 세상에 흔들

리지 않을 나이를 말한다.

- 50세 : 지천명(知天命)이다. 공자가 50세에 천명(天命:인생의 의미)을 알았다는 데에서 유래되어 타고난 운명을 아는 나이를 말한다.

- 60세 : 이순(耳順)으로 공자가 60세가 되어 어떤 내용에 대해서도 순화시켜 받아들였다는 데서 유래되어 사려와 판단이 성숙하여 무슨 일이든 들으면 곧 이해된다는 뜻이다.

- 61세 : 회갑(回甲) 또는 환갑(還甲)이라 하는데 태어난 해의 간지(干支)로 돌아간다는 뜻이다. 화갑(華甲)이라고도 하는데 화(華)자를 파자하면 십(十)자 6개와 '一'자가 되어 61세를 의미한다.

- 62세 : 진갑(進甲)이다. 환갑에서 한 해 더 나아간 해의 생일을 의미하며, 새로운 갑자(甲子)로 나아간다(進)는 의미가 있다.

- 64세 : 과년(瓜年)으로 과(瓜)자를 파자하면 '八八'이 되는데 여자는 8+8해서 16세를 과년하다고 합니다. 그런데 남자는 8×8로 64세를 말하고, 벼슬에서 물러날 때를 의미한다.

- 70세 : 종심(從心)이라고 공자가 70세에 뜻대로 행동해도 법도에 어긋나지 않았다는 데서 유래. 칠십이종심소욕불유구(七十而從心所欲不踰矩)의 줄임말이다.
  또는 고희(古稀)라고 두보(杜甫)의 시 '곡강(曲江)'의 구절. "인생칠십고래희(人生七十古來稀)" 사람이 태어나 70세가 되기는 예로부터(古) 드물었다(稀)는 데에서 유래되었다.

- 77세 : 희수(喜壽)이다. 오래 살아 기쁘다는 뜻으로 일종의 파자로 희(喜)자를 초서(草書)로 쓸 때 '七十七'처럼 쓰는 데에서 유래되었다.

- 80세 : 산수(傘壽), 팔순(八旬)이다. 산(傘)자의 약자(略字)가 팔(八)을 위에 쓰고 십(十)을 밑에 쓰는 것에서 유래되었다.

- 81세 : 반수(半壽)라고 반(半)자를 파자하면 '八十一' 81세이다. 망구(望九): 90세를 바라본다는 의미. 81세에서 90세까지 장수(長壽)를 기원하는 말이다.

- 88세 : 미수(米壽)다. 미(米)자를 파자하면 '八十八'인데서 유래. 혹은 농부가 모를 심어 추수를 할 때까지 88번의 손질이 필요하다는 데서 쌀 미(米)로 여든 여덟 살을 뜻한다.
- 90세 : 졸수(卒壽)이며 졸(卒)의 속자(俗字)가 아홉 구(九)자 밑에 열 십(十)자이므로 90세를 뜻한다.
- 91세 : 망백(望百)이다. 91세가 되면 100세까지 살 것을 바라본다는 뜻이다.
- 99세 : 백수(白壽)라고 하며 백(百)에서 일(一)을 빼면 백(白)자가 된 다하여 99세를 나타낸다.

- 100세 : 상수(上壽), 기수(期壽)이며 사람의 수명 중 최상의 수명이 란 뜻이다. 기(期)는 100을 뜻한다.
- 111세 : 황수(皇壽)라고 하는데 황제의 수명 또는 나이라는 뜻이다.
- 120세 : 천수(天壽)다. 하늘의 수명, 또는 타고난 수명을 뜻한다.

\* 출처 : 부안김씨 담허재 종중 및 부안·부령김씨 예학교육연구원


## ■ 경조사(慶弔事) 문구(文句)

우리 주변에는 결혼 개업 승진 문병 문상 등 수없이 많은 경조사를 챙겨야 하는 일이 많다. 의례적으로 봉투나 내면에 의사 표시를 하는데 어떤 문구가 행사 내용에 적합할 것인가 염려도 하고 망설일 때가 있는 데 아래에 각종 행사별로 문구를 적어 본다.

### ▶ 결혼식(結婚式)
祝盛典(축성전). 祝聖婚(축성혼). 祝結婚(축결혼). 祝華婚(축화혼).

賀儀(하의) 祝儀(축의). 祝華燭(축화촉). 祝華燭盛典(축화촉성전). 祝
華燭之典(축화촉지전) 慶賀婚姻(경하혼인). 琴瑟友之(금슬우지). 天作
之合(천작지합)

## ▶ 결혼기념일을 축하
- 결혼 10주년 : 祝錫婚式 (축석혼식)
- 결혼 15주년 : 祝銅婚式 (축동혼식)
- 결혼 20주년 : 祝陶婚式 (축도혼식)
- 결혼 25주년 : 祝銀婚式 (축은혼식)
- 결혼 30주년 : 祝眞珠婚式 (축진주혼식)
- 결혼 35주년 : 祝珊瑚婚式 (축산호혼식)
- 결혼 45주년 : 祝紅玉婚式 (축홍옥혼식)
- 결혼 50주년 : 祝金婚式 (축금혼식)
- 결혼 60주년 : 祝金剛婚式 (축금강혼식)

## ▶ 자녀출산(子女出産)
祝弄璋之慶(축농장지경-아들) 祝弄瓦之慶(축농와지경-딸)

## ▶ 생일(生日) 생신(生辰)
祝生日(축생일). 慶賀壽宴(경하수연). 壽宴禮(수연례). 祝儀(축의)
賀儀(하의). 慶儀(경의). 祝暇筵(축가연). 謹賀壽宴(근하수연).

## * 연령별 구분

- 61세(회갑연) : 謹賀回甲宴(근하회갑연). 祝回甲(축회갑). 祝壽宴(축
  수연)
  祝壽筵(축수연). 回甲宴(회갑연). 壽儀(수의). 祝禧筵(축 희연)

- 66세 : 미수연(謹賀美壽宴/근하미수연)
- 70세 : 고희(謹賀古稀宴/근하고희연)
- 77세 : 희수(謹賀喜壽宴/근하희수연)
- 80세 : 산수(謹賀傘壽宴/근하산수연)
- 88세 : 미수(謹賀米壽宴/근하미수연)
- 90세 : 졸수(謹賀卒壽宴/근하졸수연)
- 99세 : 백수(謹賀白壽宴/근하백수연)
- 100세 : 기수(謹賀期壽宴/근하기수연)

## ▶ 新年賀禮(신년하례)

賀正(하정) 謹賀新年(근하신년) 謹賀新正(근하신정) 祝元旦(축원단)
祝正旦(축정단) 恭賀新禧(공하신희)

## ▶ 名節(명절)

節饌(절찬) 奉祝~節(봉축~절)

## ▶ 祭祀(제사) 追悼式(추도식)

奠儀(전의) 祭需費(제수비)

## ▶ 집들이

慶祝設産(경축설산) 祝入宅(축입택) 祝轉移(축이전)

## ▶ 學位取得(학위취득)

祝〈頌〉~學位 成位(축〈송〉~학위 성위) 斐然成章(비연성장)
聲重士林(성중사림).風行遐邇(풍행하이).國門可懸(국문가현).揚聲中
外(양성중외)

## ▶ 喪家(상가) 問喪(문상)

弔儀(조의). 謹弔(근조). 賻儀(부의). 奠儀(전의)

哲人其萎(철인기위). 千秋永訣(천추영결). 香燭代(향촉대)

## ▶ 問病(문병)

祈祝回復(기축회복). 祈祝快癒(기축쾌유). 祈祝快常(기축쾌상)

祈祝快差(기축쾌차). 쾌유(快癒)를 빕니다

## ▶ 祝賀(축하)

- 당선 : 祝當選(축당선)
- 합격 : 祝合格(축합격)
- 영전 : 祝榮轉(축영전)
- 입선 : 祝入選(축입선)
- 입학 : 祝入學(축입학)
- 졸업 : 祝卒業(축졸업)
- 祝螢雪之功(축형설지공)
- 성탄절 : 祝聖誕(축성탄)
- 우승 : 祝優勝(축우승)
- 개업 : 祝開業(축개업). 祝發展(축발전)
- 개교 : 慶祝開校(경축개교)
- 준공 : 祝竣工(축준공)

## ▶ 謝禮(사례)

菲品(비품). 薄謝(박사). 略禮(약례). 薄禮(박례). 微意(미의)

## ▶ 停年退職(정년퇴직)

祝致仕(축치사). 頌致仕(송치사). 謹慰勞功(근위노공.)

善人必壽(선인필수). 國之老成(국지노성). 桑楡佳景(상유가경)

## ▶ 送別(송별)

餞別(전별). 餞儀(전의.) 贐行(신행). 贐儀(신의)

&ast; 출처 : 부안김씨 담허재 종중 및 부안·부령김씨 예학교육연구원

# 편집후기

　지난 2017년은 선고(先考) 화동 김은철(和洞 金殷喆, 1917.02.17.~ 1979.03.03) 선생 탄신 100주년이었습니다. 하여 형제자매 '화동회' 모임에서 아버지 전기를 출간하자고 발의하여 7남매가 뜻을 모았습니다. 필자가 자료를 모아 전기를 집필하고, 전기 끝에 자손들 추모 글과 자손록을 덧붙이기로 했습니다. 그러나 막상 아버지의 근원을 찾아 쓰다 보니 너무 방대하여 많은 세월이 소요되었습니다.

　그러던 중 필자가 부안김씨서울경기종친회 회장으로 선출되었습니다. 그래서 뜻한 바 있어 역대 조상들 전기문 저술에 들어갔습니다. 조상들 전기를 카톡방에 띄웠더니 책으로 출판해 달라는 종친들 요청이 많았습니다. 그리하여 역대 선조들 전기문을 작성하여 각 파별 파조까지는 공통조상이므로 한데 묶어 출간하기로 했습니다. 이렇게 출간된 책이 천년왕국 신라 종가성씨 부안·부령김씨 「뿌리 찾아 삼만리」입니다. 이 책에는 세계김씨 도시조 소호금천씨(少昊金天氏)부터 세계김씨 중시조 투 경후(秺敬侯) 김일제(金日磾, 서기전134~서기전86) 그리고 신라 김씨 비조 대보공 김알지, 가야국 시조 김수로왕과 간략한 가야사, 그리고 신라왕조 종가성씨 부안김씨 9대파 파조까지 전기를 작성하고, 특히 가승보 작성 예시로 필자의 도시조부터 14대조 충경공 금릉 김익복(1551~1599) 선생까지 수록 출간하여 배포하였습니다.

　필자의 선고 1917년생 화동 김은철 선생 삶을 기록하면서 전후 현대사를 곁들이기로 했습니다. 조선왕조와 대한제국의 멸망과정, 대한민국 임시정부 및 독립운동가들의 독립투쟁사, 그리고 일제침략기의 민족수난사와 광복 이후 1980년대 초까지 대한민국 현대사를 알 수 있도록 함께 기록했습니다. 이 책을 읽는 자손들과 독자들이 화동 선생의 삶과 현대사를 이해하는데 도움이 된다면 글쓴이의 보람이겠습니다.

「1917년생 화동 김은철 삶과 현대사」를 출간할 수 있도록 자료수집과 추모글을 쓰고 협력해 준 화동공 7남매의 만효(晩孝) 종회(鍾會) 맏형님을 비롯한 자손 모든 님들께 감사를 드립니다. 또 출판비 중 200만원을 지원해 주신 사창공 종손 우봉(郵奉) 종규(鍾珪) 재종형님께 특별히 감사를 드립니다. 그 뜻을 기려 자손록을 화동공 조부 사창공(社昌公) 자손록으로 확대하여 수록합니다.

이 책이 자극제가 되어 후예들과 독자들의 자서전 및 조상님 전기 집필과 출간이 가문의 전통문화로 꽃피워 새로운 지구촌 한류가 되기를 희망합니다.

부족한 점은 훗날을 기약하며 후예들의 예지가 빛나기를 기대해 봅니다.


을사년 세밑

김포 만은서재에서 화동 선생 넷째 아들 종원(鍾元) 씀

1917년생

# 화동 김은철 삶과 현대사

2026년 3월 10일  초판 1쇄 인쇄 발행

**엮은이**    김종원
**편 집**    화동선생기념회(화동회)
**펴낸이**    **박종래**
**펴낸곳**    도서출판 명성서림

**등록번호**    301-2014-013
**주소**    04625 서울시 중구 필동로 6 (2, 3층)
**대표전화**    02)2277-2800
**팩스**    02)2277-8945
**이메일**    msprint8944@naver.com

**값** 50,000원
**ISBN** 979-11-7439-101-8